中国现代文学经典 1915—2022（三）（第三版）

朱栋霖 主编
吴秀明 本卷主编

北京大学出版社
PEKING UNIVERSITY PRESS

对集中于该作家首篇入选作品之后。中国的台湾、香港、澳门地区的文学作品本应与大陆(内地)的作家作品一起按发表或出版时间编排,考虑到教学时查阅方便,这部分作品相应集中在每一文体的后半部分。

本书编选工作由吉林大学、浙江大学、福建师范大学、苏州大学合作完成,中国作家协会提供了若干建议。

编选工作得到海内外专家的支持和指导,提供了不少宝贵意见与建议;教育部高教司和文科处领导一贯高度重视与支持;北京大学出版社高度重视,责任编辑张雅秋投入了大量劳动,及时编校稿件,与入选作家联系,使本书保证高质量的出版水平。在此,向大家表示衷心的感谢!

我们热诚希望海内外教师、大学生对本教材提出宝贵意见。

朱栋霖

2023 年 5 月 10 日

图书在版编目（CIP）数据

中国现代文学经典.1915—2022.三／朱栋霖主编，吴秀明本卷主编．—3版．—北京：北京大学出版社，2024.4
（博雅大学堂·文学）
ISBN 978-7-301-35009-6

Ⅰ.①中… Ⅱ.①朱…②吴… Ⅲ.①中国文学—现代文学—作品综合集—高等学校—教材 Ⅳ.①I216.1

中国国家版本馆 CIP 数据核字（2024）第 082752 号

书　　名	中国现代文学经典 1915—2022（三）（第三版）
	ZHONGGUO XIANDAI WENXUE JINGDIAN 1915—2022（SAN）（DI-SAN BAN）
著作责任者	朱栋霖 主编　吴秀明 本卷主编
责任编辑	张雅秋
标准书号	ISBN 978-7-301-35009-6
出版发行	北京大学出版社
地　　址	北京市海淀区成府路 205 号　100871
网　　址	http://www.pup.cn　新浪微博：@北京大学出版社
电子邮箱	编辑部 wsz@pup.cn　总编室 zpup@pup.cn
电　　话	邮购部 010-62752015　发行部 010-62750672　编辑部 010-62757065
印　刷　者	三河市博文印刷有限公司
经　销　者	新华书店
	965 毫米×1300 毫米　16 开本　28.25 印张　507 千字
	2007 年 1 月第 1 版　2014 年 6 月第 2 版
	2024 年 4 月第 3 版　2024 年 4 月第 1 次印刷
定　　价	99.00 元

未经许可，不得以任何方式复制或抄袭本书之部分或全部内容。
版权所有，侵权必究
举报电话：010-62752024　电子邮箱：fd@pup.cn
图书如有印装质量问题，请与出版部联系，电话：010-62756370

前　言

《中国现代文学经典 1915—2022》(第三版)系汉……等专业的主干课教材,与朱栋霖、吴义勤、朱晓进主编……1915—2022》(第四版,上下卷)相配套,被列为教……国家级规划教材、国家精品资源共享课配套教……中国特色社会主义伟大旗帜,为全面建设社……斗——在中国共产党第二十次全国代表大……文化立场,提炼展示中华文明的精神标识……中国叙事体系,讲好中国故事、传播好……国形象。"本书秉承这一思想,为国内……师生编写了这套文学经典。

此次修订,除了或增或删若……整了体裁编排顺序,将戏剧……后。这一调整,是为了顺应……

本书选目,旨在以新……经典。选篇主要包括……时期重要作家、各种……湾、香港、澳门地区……中国现当代文学……有新意的、实……

本选材……
出的建议……
小说与……
一些……
录,……

入选……
以作品最初发……

目录

前　言/1

小　说

王愿坚
　　党费/3
王　蒙
　　组织部来了个年轻人/10
宗　璞
　　红豆/36
茹志鹃
　　百合花/57
赵树理
　　"锻炼锻炼"/64
白先勇
　　永远的尹雪艳/78
　　游园惊梦/88
刘心武
　　班主任/104
高晓声
　　李顺大造屋/121
张　洁
　　爱,是不能忘记的/136
汪曾祺
　　受戒/148
路　遥
　　人生(第三章、第四章)/162

目录

扎西达娃
　　系在皮绳扣上的魂/173

莫　言
　　透明的红萝卜/189
　　生死疲劳(第二章、第三章)/224

韩少功
　　爸爸爸(节选)/237

徐　星
　　无主题变奏/270

残　雪
　　山上的小屋/290

刘　恒
　　狗日的粮食/293

余　华
　　十八岁出门远行/302

池　莉
　　热也好冷也好活着就好/308

陈　染
　　嘴唇里的阳光/319

陈忠实
　　白鹿原(第四章、第五章)/332

西　西
　　像我这样的一个女子/341

张大春
　　将军碑/351

毕飞宇
　　青衣/363

萧　鼎
　　诛仙(节选)/402

格　非
　　戒指花/412

刘慈欣
　　流浪地球/421

中长篇小说作品存目(1949—2012)

梁　斌
　　红旗谱(中国青年出版社1957年)
周而复
　　上海的早晨(作家出版社1958年)
欧阳山
　　三家巷(广东人民出版社1959年)
柳　青
　　创业史(中国青年出版社1960年)
杨　沫
　　青春之歌(人民文学出版社1961年)
古　华
　　芙蓉镇(原载《当代》1981年第1期)
陆文夫
　　美食家(原载《收获》1983年第1期)
张贤亮
　　绿化树(原载《十月》1984年第2期)
刘索拉
　　你别无选择(原载《人民文学》1985年第3期)
韩少功
　　爸爸爸(原载《人民文学》1985年第6期)
莫　言
　　红高粱(原载《人民文学》1986年第8期)
贾平凹
　　浮躁(原载《收获》1987年第1期)
王　朔
　　顽主(原载《收获》1987年第6期)
凌　力
　　少年天子(北京十月文艺出版社1987年)

张承志
　　心灵史(花城出版社1991年)
陈忠实
　　白鹿原(人民文学出版社1993年)
林　白
　　一个人的战争(原载《花城》1994年第3期)
余　华
　　许三观卖血记(原载《收获》1995年第6期)
王安忆
　　长恨歌(作家出版社1996年)
王小波
　　黄金时代(花城出版社1997年)
阿　来
　　尘埃落定(人民文学出版社1998年)
阎连科
　　受活(春风文艺出版社2004年)
莫　言
　　生死疲劳(作家出版社2006年)
金宇澄
　　繁花(原载《收获》2012年长篇小说秋冬号,上海文艺出版社2014年)

小　　说

王愿坚

党　　费

每逢我领到了津贴费,拿出钱来缴党费的时候;每逢我看着党的小组长接过钱,在我的名字下面填上钱数的时候,我就不由得心里一热,想起了1934年的秋天。

1934年是我们闽粤赣边区斗争最艰苦的开始。我们那儿的主力红军一部分参加了"抗日先遣队"北上了,一部分和中央红军合编,准备长征,四月天就走了。我们留下来坚持敌后斗争的一支小部队,在主力红军撤走以后,就遭到白匪疯狂的"围剿"。为了保存力量,坚持斗争,我们被逼迫得上了山。

队伍虽然上了山,可还是当地地下斗争的领导中心,我们支队的政治委员魏杰同志就是这个中心县委的书记。当时,我们一面瞅空子打击敌人,一面通过一条条看不见的交通线,和各地地下党组织保持着联系,领导着斗争。这种活动进行了没多久,敌人看看整不了我们,竟使出了一个叫做"移民并村"的绝着:把山脚下、偏僻的小村子的群众统统强迫迁到靠平原的大村子去了。敌人这一招来得可真绝,切断了我们和群众的联系,各地的党组织也被搞乱了,要坚持斗争就得重新组织。

上山以前,我是干侦察员的。那时候整天在敌人窝里逛荡,走到哪里,吃、住都有群众照顾着,瞅准了机会,一下子给敌人个"连锅端",歼灭个把小队的保安团,真干得痛快。可是自打上了山,特别是敌人来了这一手,日子不那么惬意了:生活艰苦倒不在话下,只是过去一切生活、斗争都和群众在一起,现在蓦地离开了群众,可真受不了;浑身有劲没处使,觉得憋得慌。

正憋得难受呢,魏杰同志把我叫去了,要我当"交通",下山和地方党组织取得联系。

接受了这个任务,我可是打心眼里高兴。当然,这件工作跟过去当侦察员有些不一样,任务是秘密地把"并村"以后的地下党组织联络起来,沟通各村党支部和中心县委——游击队的联系,以便有组织的斗争。去的落脚站八角坳,是个离山较近的大村子,有三四个村的群众新近被迫移到那里去。要接头的人名叫黄新,是个二十五六岁的媳妇,1931年入党的。

1932年"扩红"的时候,她带头把自由结婚的丈夫送去参加了红军。以后,她丈夫跟着毛主席长征了,眼下家里就剩下她跟一个才五岁的小妞儿。敌人实行"并村"的时候,把她们那村子一把火烧光了,她就随着大伙来到了八角坳。听说她在"并村"以后还积极地组织党的活动,是个忠实、可靠的同志,所以这次就去找她接头,传达县委的指示,慢慢展开活动。这些,都是魏政委交代的情况。其实我只知道八角坳的大概地势,至于接头的这位黄新同志,我并不认识。魏政委怕我找错人,在交代任务时还特别嘱咐说:"你记着,她耳朵边上有个黑痣!"就这样,我收拾了一下,换了身便衣,就趁天黑下山了。

八角坳离山有三十多里路,再加上要拐弯抹角地走小路,下半夜才赶到。这庄子以前我来过,那时候在根据地里像这样大的庄子,每到夜间,田里的活干完了,老百姓开会啦,上夜校啦,锣鼓喧天,山歌不断,闹得可热火。可是,现在呢,鸦雀无声,连个火亮儿也没有,黑沉沉的,活像个乱葬岗子。只有个把白鬼有气没力地喊两声,大概他们以为根据地的老百姓都被他们的"并村"制服了吧。可是我知道这看来阴森森的村庄里还埋着星星点点的火种,等这些火种越着越旺,连串起来,就会烧起漫天大火的。

我悄悄地摸进了庄子,按着政委告诉的记号,从东头数到第十七座窝棚,蹑手蹑脚地走到窝棚门口。也奇怪,天这么晚了,里面还点着灯,看样子是使什么遮着亮儿,不近前是看不出来的。屋里有人轻轻地哼着小调儿,听声音是个女人,声音压得很低很低的。哼的那个调儿那么熟,一听就听出是过去"扩红"的时候最流行的《送郎当红军》:

......
五送我郎当红军,
冲锋陷阵要争先,
若为革命牺牲了,
伟大事业侬担承。
......
十送我郎当红军,
临别的话儿记在心。
郎当红军我心乐,
我做工作在农村。
......

好久没有听这样的歌子了,在这样的时候,听到这样的歌子,心里真觉得熨帖。我想得一点也不错,群众的心还红着哩,看,这么艰难的日月,群众还想念着红军,想念着扯起红旗闹革命的红火日子。兴许这哼歌的就是我要找的黄新同志?要不,怎么她把歌子哼得七零八落呢?看样子她的心不在唱歌,她在想她那在长征路上的爱人哩。我在外面听着,真不愿打断这位红军战士的妻子对红军、对丈夫的思念,可是不行,天快亮了。我连忙贴在门边上,按规定的暗号,轻轻地敲了敲门。

歌声停了,屋里顿时静下来。我又敲了一遍,才听见脚步声走近来,一个老妈妈开了门。

我一步迈进门去,不由得一怔:小窝棚里挤挤巴巴坐着三个人,有两个女的,一个老头,围着一大篮青菜,头也不抬地在摘菜叶子。他们的态度都那么从容,像没有什么人进来一样。这一来我可犯难了:到底哪一个是黄新?万一认错了人,我的性命事小,带累了整个组织事大。怔了一霎,也算是急中生智,我说:"咦,该不是走错了门了吧?"

这一招很有效,几个人一齐抬起头来望我了。我眼珠一转,一眼就看见在地铺上坐着的那位大嫂耳朵上那颗黑痣了。我一步抢上去说:"黄家阿嫂,不认得我了吧?卢大哥托我带信来了!"末了这句话也是约好的,原来这块儿"白"了以后,她一直说她丈夫卢进勇在外地一家香店里给人家干活。

别看人家是妇道人家,可着实机灵,她满脸堆笑,像招呼老熟人似的,一把扔给我个木凳子让我坐,一面对另外几个人说:"这么的吧:这些菜先分分拿回去;盐,等以后搞到了再分!"

那几个人眉开眼笑地望望我,每人抱起一大抱青菜,悄悄地走了。

她也跟出去了,大概是去看动静去了吧。这工夫,按我们干侦察员的习惯,我仔细地打量了这个红军战士的妻子、地下党员的家:这是一间用竹篱子糊了泥搭成的窝棚,靠北墙,一堆稻草搭了个地铺,地铺上一堆烂棉套子底下躺着一个小孩子,小鼻子翅一扇一扇的睡得正香。这大概就是她的小妞儿。墙角里三块石头支着一个黑乎乎的砂罐子,这就是她煮饭的锅。再往上看,靠房顶用几根木棒搭了个小阁楼,上面堆着一些破烂家具和几捆甘蔗梢子……

正打量着,她回来了,关上了门,把小油灯遮严了,在我对面坐下来,说:"刚才那几个也是自己人,最近才联系上的。"她大概想到了我刚进门时的那副情景,又指着墙角上的一个破洞说:"以后再来,先从那里瞅瞅,别出了什么岔子。"——看,她还很老练哪。

她看去已经不止政委说的那年纪,倒像个三十开外的中年妇人了。头发往上拢着,挽了个髻子,只是头发嫌短了点;当年"剪了头发当红军"的痕迹还多少可以看得出来。脸不怎么丰满,可是两只眼睛却忽悠悠悠有神,看去是那么和善、安详又机警。眼里潮润润的,也许是因为太激动了,不多一会儿就撩起衣角擦擦眼睛。

半天,她说话了:"同志,你不知道,跟党断了联系,就跟断了线的风筝似的,真不是味儿啊!眼看着咱们老百姓遭了难处,咱们红军遭了难处,也知道该斗争,只是不知道该怎么干,现在总算好了,和县委联系上了,有我们在,有你们在,咱们想法把红旗再打起来!"

本来,下山时政委交代要我鼓励鼓励她的,我也想好了一些话要对她说,可是一看刚才这情况,听了她的话,她是那么硬实,口口声声谈的是怎么坚持斗争,根本没把困难放在心上,我还有啥好说的?干脆就直截了当地谈任务了。

我刚要开始传达县委的指示,她蓦地像想起什么似的,说:"你看,见了你我喜欢得什么都忘了,该弄点东西你吃吃。"她揭开砂罐,拿出两个红薯丝子拌和菜叶做的窝窝,又拉出一个破坛子,在里面掏了半天,摸出一块咸萝卜,递到我脸前说:"自从并了村,离山远了,白鬼看得又严,什么东西也送不上去,你们可受了苦了;好的没有,凑合着吃点吧!"

走了一夜,也实在有些饿了,再加上好久没见盐味儿了,看到了咸菜,也真想吃;我没怎么推辞就吃起来。咸菜虽说因为缺盐,腌得带点酸味,吃起来可真香。一吃到咸味,我不由得想起山上同志们那些黄瘦的脸色——山上缺盐缺得凶哪。

一面吃着,我就把魏政委对地下党活动的指示,传达了一番。县委指示的问题很多,譬如了解敌人活动情况、组织反收租夺田等等,还有一些可能遇到的困难和办法。她一边听一边点头,还断不了问几个问题,末了,她说:"魏政委说的一点也不假,是有困难哪,可咱是什么人!十八年①上刚开头干的时候,几次反'围剿'的时候,咱都坚持了,现在的任务也能完成!"她说得那么坚决又有信心,她把困难的任务都包下来了。

我们交换了一些情况,鸡就叫了。因为这是初次接头,我一时还落不住脚,要趁着早晨雾大赶回去。

在出门的时候,她又叫住了我。她揭起衣裳,把衣裳里子撕开,掏出了一个纸包。纸包里面是一张党证,已经磨损得很旧了,可那上面印的镰刀斧头和县委的印章都还鲜红鲜红的。打开党证,里面夹着两块银洋。她把银洋拿在手里掂了掂,递给我说:"程同志,这是妞她爹出征以前给我留下的,我自从'并村'以后好几个月也没缴党费了,你带给政委,积少成多,对党还

---

① 十八年,指民国十八年,即1929年。闽西根据地的革命政权,大都是1929年"夏收暴动"以后建立的,所以当地群众多用"十八年"作为翻身的分界线。

有点用处。"

那怎么行呢,一来上级对这问题没有指示,一来眼看一个女人拖着个孩子,少家没业的,还要在这样的环境里坚持工作,也得准备着点用场。我就说:"关于党费的事,上级没有指示,我不能带,你先留着吧!"

她见我不带,想了想又说:"也对,目下这个情况,还是实用的东西好些!"

缴党费,不缴钱,缴实用的东西,看她想得多周到!可是谁知道事情就出在这句话上头呢!

过了半个多月,听说白匪对"并村"以后的群众斗争开始注意了,并且利用个别动摇分子破坏我们,有一两个村里党的组织受了些损失。于是我又带着新的指示来到了八角坳。

一到黄新同志的门口,我按她说的,顺着墙缝朝里瞅了瞅。灯影里,她正忙着呢。屋里地上摆着好几堆腌好的咸菜,也摆着上次拿咸菜给我吃的那个破坛子,有腌白菜、腌萝卜、腌蚕豆……有黄的,有绿的。她把这各种各样的菜理好了,放进一个笋筐里。一边整着,一边哄孩子:

"乖妞子,咱不要,这是妈要拿去卖的,等妈卖了菜,赚了钱,给你买个大烧饼……什么都买!咱不要,咱不要!"

妞儿不如大人经折磨,比她妈瘦得还厉害,细长的脖子挑着瘦脑袋,有气无力地倚在她妈的身上。大概也是轻易不大见细盐,两个大眼轱辘轱辘地瞪着那一堆堆的咸菜,馋得不住地咂嘴巴。她不肯听妈妈的哄劝,还是一个劲地扭着她妈的衣服要吃。又爬到那个空空的破坛子口上,把干瘦的小手伸进坛子里去,用指头沾点盐水,填到口里吮着;最后忍不住竟伸手抓了一根腌豆角,就往嘴里填。她妈一扭头看见了,瞅了瞅孩子,又瞅了瞅笋筐里的菜,忙伸手把那根菜拿过来。孩子哇的一声哭了。

看了这情景,我直觉得鼻子尖一酸一酸的,我再也憋不住了,就敲了门进去。一进门我就说:"阿嫂,你这就不对了,要卖嘛,自己的孩子吃根菜也算不了啥,别屈了孩子!"

她看我来了,又提到孩子吃菜的事,长抽了一口气说:"老程啊,你寻思我当真是要卖?这年头盐比金子还贵,哪里有咸菜卖啊!这是我们几个党员凑合着腌了这点咸菜,想交给党算作党费,兴许能给山上的同志们解决点困难。这刚刚凑齐,等着你来哪!"

我想起来了,第一次接头时碰到她们在择的青菜,就是这咸菜啊!

她望望我,望望孩子,像是对我说,又像自言自语似的说:"只要有咱的党,有咱的红军,说不定能保住多少孩子哩!"

我看看孩子,孩子不哭了,可是还围个空坛子转。我随手抓起一把豆角递到孩子手里,说:"千难万难也不差这一点点,我宁愿十天不吃啥也不能让孩子受苦！……"

我的话还没有说完，忽然门外一阵慌乱的脚步声，一个人跑到门口，轻轻地敲着门，急呼呼地说："阿嫂，快，快开门！"

拉开门一看，原来就是第一次来时见到的择菜的一个妇女。她气喘吁吁地说："有人走漏了消息，说山上来了人，现在，白鬼子来搜人了，快想办法吧！我再通知别人去。"说罢，悄悄地走了。我一听有情况，忙说："我走！"

黄新一把拉住我说："人家来搜人，还不围个风雨不透？你往哪走？快想法隐蔽起来！"

这情况我也估计到了，可是为了怕连累了她，我还想甩开她往外走。她一霎间变得严肃起来，板着脸，说话也完全不像刚才那么柔声和气了，变得又刚强，又果断。她斩钉截铁地说："按地下工作的纪律，在这里你得听我管！为了党，你得活着！"她指了指阁楼说："快上去躲起来，不管出了什么事也不要动，一切有我应付！"

这时，街上乱成了一团，吆喝声、脚步声越来越近了。我上了阁楼，从楼板缝里往下看，看见她把菜筐子用草盖了盖，很快地抱起孩子亲了亲，把孩子放在地铺上，又霍地转过身来，朝着我说："程同志，既然敌人已经发觉了，看样子是逃不脱这一关了，万一我有个什么好歹，八角坳的党组织还在，反'夺田'已经布置好了，我们能搞起来！以后再联络你找胡敏英同志，就是刚才来的那个女同志。你记着，她住西头从北数第四个窝棚，门前有一棵小榕树……"她指了指那筐咸菜，又说："你可要想着把这些菜带上山去，这是我们缴的党费！"

停了一会，她侧耳听了听外面的动静，又说话了，只是声音又变得那么和善了："孩子，要是你能带，也托你带上山去，或者带到外地去养着，将来咱们的红军打回来，把她交给卢进勇同志。"话又停了，大概她的心绪激动得很厉害，"还有，上次托你缴的钱，和我的党证，也一起带去；有一块钱买盐用了。我把它放在砂罐里，你千万记着带走！"

话刚完，白鬼子已经赶到门口了。她连忙转过身来，搂着孩子坐下，慢条斯理地理着孩子的头发。我从板缝里看她，她还像第一次见面时那么和善，那么安详。

白匪敲门了。她慢慢地走过去，开了门。四五个白鬼闯进来，劈胸揪住了她问："山上来的人在哪？"

她摇摇头："不知道！"

白鬼们在屋里到处翻了一阵，眼看着泄气了，忽然一个家伙发现了那一箩筐咸菜，一脚把箩筐踢翻，咸菜全撒了。白鬼子用刺刀拨着咸菜，似乎看出了什么，问："这咸菜是哪来的？""自己的！"

"自己的！干吗有这么多的颜色！这不是凑了来往山上送的？"那家伙打量了一下屋子，命令其他白鬼说："给我翻！"

就这么间房子，要翻还不翻到阁楼上来？这时，只听得她大声地说："知道了还问什么！"她猛地一挣跑到了门口，直着嗓子喊："程同志，往西跑啊！"

两个白匪跑出去，一阵脚步声往西去了。剩下的两个白匪扭住她就往外走。

我原来想事情可以平安过去的，现在眼看她被抓走了，我能眼看着让别人替我去牺牲？我得去！凭我这身板，赤手空拳也干个够本！我刚打算往下跳，只见她扭回头来，两眼直盯着被惊呆了的孩子，拉长了声音说："孩子，好好地听妈妈的话啊！"

这是我听到她最后的一句话。

这句话使我想到刚才发生情况时她说的话，我用力抑制住了冲动。但是这句话也只有我明白，"听妈妈的话"，妈妈，就是党啊！

当天晚上，村里平静了以后，我把孩子哄得不哭了。我收拾了咸菜，从砂罐里菜窝窝底下找到了黄新同志的党证和那一块银洋，然后，把孩子也放到一个箩筐里，一头是菜，一头是孩子，挑着上山了。

见了魏政委。他把孩子揽到怀里，听我汇报。他详细地研究了八角坳的情况以后，按照往常做的那样，在登记党费的本子上端端正正地写上：

黄新同志一九三四年十一月二十一日缴到党费……

他写不下去了。他停住了笔。在他脸上我看到了一种不常见的严肃的神情。他久久地抚摸着孩子的头，看着面前的党证和咸菜。然后掏出手巾，蘸着草叶上的露水，轻轻地，轻轻地把孩子脸上的泪痕擦去。

在黄新的名字下面，他再也没有写出党费的数目。

是的，一筐咸菜是可以用数字来计算的，一个共产党员爱党的心怎么能够计算呢？一个党员献身的精神怎么能够计算呢？

> 1954年6月15日初稿
> 1954年11月8日三次修改
> （初载《解放军文艺》1954年第12期）

王 蒙

组织部来了个年轻人

一

三月,天空中纷洒着的似雨似雪。三轮车在区委会门口停住,一个年轻人跳下来。车夫看了看门口挂着的大牌子,客气地对乘客说:"您到这儿来,我不收钱。"传达室的工人、复员荣军老吕微跛着脚走出,问明了那年轻人的来历后,连忙帮他搬下微湿的行李,又去把组织部的秘书赵慧文叫出来。赵慧文紧握着年轻人的两只手说:"我们等你好久了。"这个叫林震的年轻人,在小学教师支部的时候就与赵慧文认识。她的苍白而美丽的脸上,两只大眼睛闪着友善亲切的光亮,只是下眼皮上有着因疲倦而现出来的青色。她带林震到男宿舍,把行李放好,解开,把湿了的毡子晾上,再铺被褥。在她料理这些事情的时候,常常撩一撩自己的头发,正像那些能干而漂亮的女同志们一样。

她说:"我们等了你好久!半年前就要调你来,区人民委员会文教科死也不同意,后来区委书记直接找区长要人,又和教育局人事室吵了一回,这才把你调了来。"

"可我前天才知道,"林震说,"听说调我到区委会,真不知怎么好。咱们区委会尽干什么呀?"

"什么都干。"

"组织部呢?"

"组织部就做组织工作。"

"工作忙不忙?"

"有时候忙,有时候不忙。"

赵慧文端详着林震的床铺,摇摇头,大姐姐似的不以为然地说:"小伙子,真不讲卫生。瞧那枕头布,已经由白变黑;被头呢,吸饱了你脖子上的油;还有床单,那么多褶子,简直成了泡泡纱……"

林震觉得,他一走进区委会的门,他的新的生活刚一开始,就碰到了一个很亲切的人。他带着一种节日的兴奋心情跑着到组织部第一副部长的办公室去报到。副部长有一个古怪的名字：刘世吾。在林震心跳着敲门的时候，他正仰着脸衔着烟考虑组织部的工作规划。他热情而得体地接待林震，让林震坐在沙发上，自己坐在办公桌边，推一推玻璃板上摞得高高的文件，从容地问：

"怎么样？"他的左眼微眯，右手弹着烟灰。

"支部书记通知我后天搬来，我在学校已经没事，今天就来了。叫我到组织部工作，我怕干不了，我是个新党员，过去当小学教师，小学教师的工作与党的组织工作有些不同……"

林震说着他早已准备好的话，说得很不自然，正像小学生第一次见老师一样。于是他感到这间屋子很热。三月中旬，冬天就要过去，屋里还生着火，玻璃上的霜花溶解成一条条的污道子。他的额头沁出了汗珠，他想掏出手绢擦擦，在衣袋里摸索了半天没有找到。

刘世吾机械地点着头，看也不看地从那一大叠文件中抽出一个牛皮纸袋，打开纸袋，拿出林震的党员登记表，锐利的眼光迅速掠过，宽阔的前额下出现了密密的皱纹。他闭了一下眼，手扶着椅子背站起来，披着的棉袄从肩头滑落了，他用熟练的毫不费力的声调说：

"好，好，好极了，组织部正缺干部，你来得好。不，我们的工作并不难做，学习学习就会做的，就那么回事。而且，你原来在下边工作得……相当不错嘛，是不是不错？"

林震觉得这种称赞似乎有某种嘲笑意味，他惶恐地摇头："我工作做得并不好……"

刘世吾的不太整洁的脸上现出隐约的笑容，他的眼光聪敏地闪动着，继续说："当然也可能有困难，可能。这是个了不起的工作。中央的一位同志说过，组织工作是给党管家的，如果家管不好，党就没有力量。"然后他不等问就加以解释："管什么家呢？发展党和巩固党，壮大党的组织和增强党组织的战斗力，把党的生活建立在集体领导、批评和自我批评与密切联系群众的基础上。这样做好了，党组织就是坚强的、活泼的、有战斗力的，就足以团结和指引群众，完成和更好地完成社会主义建设与社会主义改造的各项任务……"

他每说一句话，都干咳一下，但说到那些惯用语的时候，快得像说一个字。譬如他说"把党的生活建立在……上"，听起来就像"把生活建在登登上"，他纯熟地驾驭那些林震觉得相当深奥的概念，像拨弄算盘珠子一样灵活。林震集中最大的注意力，仍然不能把他讲的话全部把握住。

接着，刘世吾给他分配了工作。

当林震推门要走的时候。刘世吾又叫住他,用另一种全然不同的随意神情问:

"怎么样,小林,有对象了没有?"

"没……"林震的脸唰地红了。

"大小伙子还红脸?"刘世吾大笑了,"才二十二岁,不忙。"他又问:"口袋里装着什么书?"

林震拿出书,说出书名:"《拖拉机站站长与总农艺师》。"

刘世吾拿过书去,从中间打开看了几行,问:"这是他们团中央推荐给你们青年看的吧?"

林震点头。

"借我看看。"

"您还能有时间看小说吗?"林震看着副部长桌上的大摞材料,惊异了。

刘世吾用手托了托书,试了试分量,微眯着左眼说:"怎么样?这么一薄本有半个夜车就开完啦。四本《静静的顿河》我只看了一个星期,就那么回事。"

当林震走向组织部大办公室的时候,天已经放晴,残留的几片云现出了亮晶晶的边缘,太阳照亮了区委会的大院子。人们都在忙碌:一个穿军服的同志夹着皮包匆匆走过,传达室的老吕提着两个大铁壶给会议室送茶水,可以听见一个女同志顽强地对着电话机子说:"不行,最迟明天早上!不行……"还可以听见忽快忽慢的喤哧喤哧声——是一只生疏的手使用着打字机,"她也和我一样,是新调来的吧?"林震不知凭什么理由,猜打字员一定是个女的。他在走廊上站了一站,望着耀眼的区委会的院子,高兴自己新生活的开始。

二

组织部的干部算上林震一共二十四个人,其中三个人临时调到肃反办公室去了,一个人半日工作准备考大学,一个人请产假,能按时工作的只剩下十九个人。四个人做干部工作,十五个人按工厂、机关、学校分工管理建党工作,林震被分配与工厂支部联系组织发展工作。

组织部部长由区委副书记李宗秦兼任,他并不常过问组织部的事,实际工作是由第一副部长刘世吾掌握,另一个副部长负责干部工作。具体指导林震工作的是工厂建党组组长的韩常新。

韩常新的风度与刘世吾迥然不同。他二十七岁,穿蓝色海军呢制服,干净得抖都抖不下土。他有高大的身材,配着英武的只因为粉刺太多而略有瑕疵的脸。他拍着林震的肩膀,用嘹亮的嗓音讲解工作,不时发出豪放的笑声,使林震想:"他比领导干部还像领导干部。"特别是第二天韩常新与一个支部的组织委员的谈话,加强了他给林震的这种印象。

"为什么你们只谈了半小时?我在电话里告诉你,至少要用两小时讨论发展计划!"

那个组织委员说:"这个月生产任务太忙……"

韩常新打断了他的话,富有教训意味地说:"生产任务忙就不认真研究发展工作了,这是把中心工作与经常工作对立起来,也是党不管党的一种表现……"

林震弄不明白什么叫"中心工作与经常工作对立起来"和"党不管党",他熟悉的是另外一类名词:"课堂五环节"与"直观教具"。他很钦佩韩常新的这种气魄与能力——迅速地提高到原则上分析问题和指示别人。

他转过头,看见正伏在桌上复写材料的赵慧文。她皱着眉怀疑地看一看韩常新,然后扶正头上的假琥珀发卡,用微带忧郁的目光看向窗外。

晚上,有的干部去参加基层支部的组织生活,有的休息了,赵慧文仍然赶着复写"税务分局培养、提拔干部的经验",累了一天,手腕酸疼,不时在写的中间撂下笔,摇摇手,往手上吹口气。林震自告奋勇来帮忙,她拒绝了,说:"你抄,我不放心。"于是林震帮她把抄过的美浓纸叠整齐,站在她身旁,起一点精神支援作用。她一边抄,一边时时抬头看林震,林震问:"干吗老看我?"赵慧文咬了一下复写笔,笑了笑。

三

林震是一九五三年秋天由师范学校毕业的,当时是候补党员,被分配到这个区的中心小学当教员。作了教师的他,仍然保持中学生的生活习惯:清晨练哑铃,夜晚记日记,每个大节日——五一、七一、十一——之前到处征求人们对他的意见。曾经有人预言,过不了三个月他就会被那些生活不规律的成年人"同化"。但不久以后,许多教师夸奖他也羡慕他了,说:"这孩子无忧无虑,无牵无挂,除了工作,就是工作……"

他也没有辜负这种羡慕,一九五四年寒假,由于教学上的成绩,他受到了教育局的奖励。

人们也许以为,这位年轻的教师就会这样平稳地、满足而快乐地度过自己的青年时代。但是不,孩子般单纯的林震,也有自己的心事。

一年以后,他经常焦灼地鞭策自己。是因为社会主义高潮的推动、全国青年社会主义积极分子会议的召开,还是因为年龄的增长?

他已经二十二岁了,记得在初中一年级时写过一篇作文,题目是《当我××岁的时候》,他写成《当我二十二岁的时候,我要……》。现在二十二岁,他的生命史上好像还是白纸,没有功勋,没有创造,没有冒险,也没有爱情——连给某个姑娘写一封信的事都没做过。他努力工作,但是他做得少、慢、差。和青年积极分子们比较,和生活的飞奔比较,难道能安慰自己吗?他订规划,学这学那,做这做那,他要一日千里!

这时,接到调动工作的通知。"当我二十二岁的时候,我成了党的工作者……"也许真正的生活在这里开始了?他抑制住对小学教育工作和孩子们的依恋,燃烧起对新的工作的渴望。支部书记和他谈话的那个晚上,他想了一夜。

就这样,林震口袋里装着《拖拉机站站长与总农艺师》,兴高采烈地登上区委会的石阶。他对党的工作者(他是根据电影里全能的党委书记的形象来猜测他们的)的生活,充满了神圣的憧憬。但是,等他接触到那些忙碌而自信的领导同志、看到来往的文件和同时举行的会议、听到那些尖锐争吵与高深的分析,他眨眨那有些特别的淡褐色眼珠的眼睛,心里有点怯……

到区委会的第四天,林震去通华麻袋厂了解第一季度发展党员工作的情况。去以前,他看了有关的文件和名叫《怎样进行调查研究》的小册子,再三地请教了韩常新,他密密麻麻地写了一篇提纲,然后飞快地骑着新领到的自行车,向麻袋厂驶去。

工厂门口的警卫同志听说他是区委会的干部,没要他签名,信任地请他进去了。穿过一个大空场,走过一片放麻的露天仓库与机器隆隆响的厂房,他心神不安地去敲厂长兼支部书记王清泉办公室的门。得到了里面"进来"的回答后,他慢慢地走进去,怕走快了显得没有经验。他看见一个阔脸、粗脖子、身材矮小的男人正与一个头发上抹了许多油的驼背的男人下棋。小个子的同志抬起头,右手玩着棋子,问清了林震找谁以后,不耐烦地挥一挥手:"你去西跨院党支部办公室找魏鹤鸣,他是组织委员。"然后低下头继续下棋。

林震找着了红脸的魏鹤鸣,开始按提纲发问了:"一九五六年第一季度,你们发展了几个人?"

"一个半。"魏鹤鸣粗声粗气地说。

"什么叫'半'?"

"有一个通过了,区委拖了两个多月还没有批下来。"

林震掏出笔记本记了下来。又问:

"发展工作是怎么样进行的,有什么经验?"

"进行过程和向来一样——和党章的规定一样。"

林震看了看对方,为什么他说出的话像搁了一个星期的窝窝头一样干巴?魏鹤鸣托着腮,眼睛看着别处,心里也像在想别的事。

林震又问:"发展工作的成绩怎么样?"

魏鹤鸣答:"刚才说过了,就是那些。"他好像应付似的希望快点谈完。

林震不知道应该再问什么了。预备了一下午的提纲,和人家只谈上五分钟就用完了,他很窘。

这时门被一只有力的手推开了,那个小个子的同志进来,匆匆忙忙地问魏鹤鸣:"来信的事你知道吗?"

魏鹤鸣无精打采地点了点头。

小个子的同志来回踱着步子,然后劈开腿站在房中央:"你们要想办法!质量问题去年就提出来了,为什么还等着合同单位给纺织工业部写信?在社会主义高潮当中我们的生产迟迟不能提高,这是耻辱!"

魏鹤鸣冷冷地看着小个子的脸,用颤抖的声音问:"您说谁?"

"我说你们大家!"小个子手一挥,把林震也包括在里面了。

魏鹤鸣因为抑制着的愤怒的爆发而显得可怕,他的红脸更红了,他站起来问:"那么您呢?您不负责任?"

"我当然负责。"小个子的同志却平静了,"对于上级,我负责,他们怎么处分我我也接受。对于我,你得负责,谁让你是生产科长呢?你得小心……"说完,他威胁地看了魏鹤鸣一眼,走了。

魏鹤鸣坐下,把棉袄的扣子全解开了,喘着气。林震问:"他是谁?"魏鹤鸣讽刺地说:"你不认识?他就是厂长王清泉。"

于是魏鹤鸣向林震详细地谈起了王清泉的情况。王清泉原来在中央某部工作,因为在男女关系上犯错误受了处分,一九五一年调到这个厂子当副厂长,一九五三年厂长调走,他就被提拔成厂长。他一向是吃饱了转一转,躲在办公室批批文件下下棋,然后每月在工会大会、党支部大会、团总支大会上讲话,批评工人群众竞赛没搞好,对质量不关心,有经济主义思想……魏鹤鸣没说完,王清泉又推门进来了。他看看左腕上的表,下令说:"今天中午十二点十分,你通知党、团、工会和行政各科室的负责人到厂长室开会。"然后把门砰地一带,走了。

魏鹤鸣嘟哝着:"你看他怎么样。"

林震说:"你别光发牢骚,你批评他,也可以向上级反映。上级绝不允许有这样的厂长。"

魏鹤鸣笑了,问林震:"老林同志,你是新来的吧?"

"老林"同志脸红了。

魏鹤鸣说:"批评不动!他根本不参加党的会议,你上哪儿批评去?偶尔参加一次,你提意见,他说:'提意见是好的,不过应该掌握分寸,也应该看时间、场合。现在,我们不应该因为个人意见侵占党支部讨论国家任务的宝贵时间。'好,不占用宝贵时间,我找他个别提,于是我们俩吵成了现在这个样子。"

"向上级反映呢?"

"一九五四年我给纺织工业部和区委写了信,部里一位张同志与你们那儿的老韩同志下来检查了一回。检查结果是:'官僚主义较严重,但主要是作风问题。任务基本上完成了,只是完成任务的方法有缺点。'然后找王清泉'批评'了一下,又鼓励了一下我开展自下而上的批评的精神,就完事了。此后,王厂长有一个月对工作比较认真,不久他得了肾病,病好以后他说自己是'因劳致疾',就又成了这个样子。"

"你再反映呀!"

"哼,后来与韩常新也不知说过多少次,老韩也不搭理,反倒向我进行教育说,应该尊重领导,加强团结。也许我不该这样想,但我觉得,也许要等到王厂长贪污了人民币或者强奸了妇女,上级才会重视起来!"

林震出了厂子再骑上自行车的时候,车轮旋转的速度就慢多了。他深深地把眉头皱了起来,他发现他的工作的第一步就有重重的困难,但他也受到一种刺激,甚至是激励——这正是发挥战斗精神的时候啊!他想着想着,直到因为车子溜进了急行线而受到交通民警的申斥。

四

吃完午饭,林震迫不及待地找韩常新汇报情况。韩常新有些疲倦地靠着沙发背,高大的身体显得笨重,从身上掏出火柴盒,拿起一根火柴剔牙。

林震杂乱地叙述他去麻袋厂的见闻,韩常新脚尖打着地不住地说:"是的,我知道。"然后他拍一拍林震的肩膀,愉快地说:"情况没了解上来不要紧,第一次下去嘛,下次就好了。"

林震说:"可是我了解了关于王清泉的情况。"他把笔记本打开。

韩常新把他的笔记本合上,告诉他:"对,这个情况我早知道。前年区委让我处理过这个事情,我严厉地批评过他,指出他的缺点和危险性,我们谈了至少有三四个钟头……"

"可是并没有效果呀,魏鹤鸣说他只好了一个月……"林震插嘴说。

"一个月也是效果,而且绝不止一个月。魏鹤鸣那个人思想上有问题,见人就告厂长的状……"

"他告的状是不是真的?"

"很难说不真,也很难说全真。当然这个问题是应该解决的,我和区委副书记李宗秦同志谈过。"

"副书记的意见是什么?"

"副书记同意我的意见,王清泉的问题是应该解决也是可能解决的……不过,你不要一下子就陷到这里边去。"

"我?"

"是的。你第一次去一个工厂,全面情况也不了解,你的任务又不是去解决王清泉的问题,而且,直爽地说,解决他的问题也需要更有经验的干部,何况我们并不是没有管过这件事……你要是一下子陷到这个里头,三个月也出不来,第一季度的建党总结还了解不了解?上级正催我们交汇报呢!"

林震说不出话。

韩常新又拍拍林震的肩膀:"不要急躁嘛!咱们区三千个党员,百十个支部,你一来就什么问题都摸还行?"他打了个哈欠,有倦意的脸上的粉刺涨红了:"啊——哈,该睡午觉了。"

"那,发展工作怎么再去了解?"林震没有办法地问。

韩常新又去拍林震的肩膀,林震不由得躲开了。韩常新有把握地说:"明天咱们俩一齐去,我帮你去了解,好不好?"然后他拉着林震一同到宿舍去。

第二天,林震很有兴趣地观察韩常新如何了解情况。三年前,林震在北京师范上学的时候,出去当过见习教师,老教师在前面讲,林震和学生一起听,学了不少东西。这次,他也抱着见习的态度,打开笔记本,准备把韩常新的工作过程详细记录下来。

韩常新问魏鹤鸣:"发展了几个党员?"

"一个半。"

"不是一个半,是两个,我是检查你们的发展情况,不是检查区委批没批。"韩常新纠正他。又问:"这两个人本季度生产计划完成的怎么样?"

"很好,他们一个超额百分之七,一个超额百分之四,厂里黑板报还表扬……"

谈起生产情况,魏鹤鸣似乎起劲了些,但是韩常新打断了他的话:"他们有些什么缺点?"

魏鹤鸣想了半天,空空洞洞地说了些缺点。

韩常新叫他给所举的缺点提一些例子。

提完例子,韩常新再问他党的积极分子完成本季度生产任务的情况,他特别感兴趣的是一些数字和具体事例,至于这些先进的工人克服困难、钻研创造的过程,他听都不要听。

回来以后,韩常新用流利的行书示范地写了一个"麻袋厂发展工作简况",内容是这样的:

……本季度(一九五六年一月至三月)麻袋厂支部基本上贯彻了积极慎重发展新党员的方针,在建党工作上取得了一定的成绩。新通过的党员朱××与范××受到了共产党员的光荣称号的鼓舞,增强了主人翁的观念,在第一季度繁重的生产任务中各超额百分之七、百分之四。广大积极分子围绕在支部周围,受到了朱××与范××模范事例的教育,并为争取入党的决心所推动,发挥了劳动的积极性与创造性,良好地完成或者超额完成了第一季度的生产任务……(下面是一系列数字与具体事例)这说明:一、建党工作不仅与生产工作不会发生矛盾,而且大大推动了生产,任何借口生产忙而忽视建党工作的做法是错误的。二、……但同时必须指出,麻袋厂支部的建党工作,也仍然存在着一定的缺点……例如……

林震把写着"简况"的片艳纸捧在手里看了又看。有一刹那,他甚至于怀疑自己去没去过麻袋厂,怀疑自己上次与韩常新同去时睡着了,为什么许多情况他根本不记得呢?他迷惑地问韩常新:

"这,这是根据什么写的?"

"根据那天魏鹤鸣的汇报呀!"

"他们在生产上取得的成绩是因为建党工作么?"林震口吃起来。

韩常新抖一抖裤脚,说:"当然。"

"不吧?上次魏鹤鸣并没有这样讲。他们的生产提高了,也可能是由于开展竞赛,也许由于青年团建立了监督岗,未必是建党工作的成绩……"

"当然,我不否认。各种因素是统一起来的,不能形而上学地割裂地分析这是甲项工作的成绩,那是乙项工作的成绩。"

"那,譬如我们写第一季度的捕鼠工作总结,是不是也可以用这些数字和事例呢?"

韩常新沉着地笑了,他笑林震不懂"行",他说:"那可以灵活掌握嘛……"

林震又抓住几个小问题问:

"你怎么知道他们的生产任务是繁重的呢?"

"难道现在会有一个工厂任务很清闲吗?"

林震目瞪口呆了。

五

初到区委会十天的生活,在林震头脑中积累起的印象与产生的问题,比他在小学呆了两年的还多。区委会的工作是紧张而严肃的。在区委书记办公室,连日开会到深夜。从汉语拼音到预防大脑炎,从劳动保护到政治经济学讲座,无一不经过区委会的忠实的手。林震有一次去收发室取报纸,看见一份厚厚的材料,第一页上写着"区人民委员会党组关于调整公私合营工商业的分布、管理、经营方法及贯彻市委关于公私合营工商业工人工资问题的报告的请示"。他怀着敬畏的心情看着这份厚得像一本书的材料和它的长长的题目。有时,一眼望去,却又觉得区委干部们是随意而松懈的,他们在办公时间聊天,看报纸,大胆地拿林震认为最严肃的题目开玩笑,例如,青年监督岗开展工作,韩常新半嘲笑地说:"嚯,小青年们,脑门子热起来啦……"林震参加的一次部务会议也很有意思,讨论市委布置的一个临时任务,大家抽着烟,说着笑话,打着岔,开了两个钟头,拖拖沓沓,没有什么结果。这时,皱着眉思索了好久的刘世吾提出了一个方案,大家马上热烈地展开了讨论,很多人发表了使林震惊佩的精彩意见。林震觉得,这最后的三十多分钟的讨论要比以前的两个钟头有效十倍。某些时候,譬如说夜里,各屋亮着灯;第一会议室,出席座谈会的胖胖的工商业者愉快地与统战部长交换意见;第二会议室,各单位的学习辅导员们为"价值"与"价格"的关系争得面红耳赤;组织部坐着等待入党谈话的激动的年轻人,而市委的某个严厉的书记出现在书记办公室,找区委正副书记汇报贯彻工资改革的情况……这时,人声嘈杂,人影交错,电话铃声断断续续,林震仿佛从中听到了本区生活的脉搏的跳动,而区委会这座不新的、平凡的院落,也变得辉煌壮观起来。

在一切印象中,最突出和新鲜的印象是关于刘世吾的:刘世吾工作极多,常常同一个时间好几个电话催他去开会,但他还是一会儿就看完了《拖拉机站站长与总农艺师》,把书转借给了韩常新。而且,他已经把前一个月公布的拼音文字草案学会了,开始在开会时用拼音文字做记录了。某些传阅文件刘世吾拿过来看看题目和结尾就签上名送走,也有的不到三千字的指示他看上一下午,密密麻麻地画上各种符号。刘世吾有时一面听韩常新汇报情况,一面漫不经心地查阅其他的材料,听着听着却突然指出:"上次你汇报的情况不是这样!"韩常新不自然地笑了。刘世吾的眼睛捉摸不定地闪着光,但他并不深入追究,仍然查他的材料,于是韩常新恢复了常态,有声有色地汇报下去。

赵慧文与韩常新的关系也被林震看出了一些疑窦:韩常新对一切人都是拍着肩膀,称呼着"老王""小李",亲热而随便。独独对赵慧文,却是一种礼貌的"公事公办"的态度。这样说话:"赵慧文同志,党刊第一百零四期放在哪里?"而赵慧文也用顺从包含着警戒的神情对待他。

……四月,东风悄悄地刮起,不再被人喜爱的火炉蜷缩在阴暗的贮藏室,只有各房间熏黑了的屋顶还存留着严冬的痕迹。往年这个时候,林震就会带着活泼的孩子们去卧佛寺或者西山八大处踏青,在早开的桃李与混浊的溪水中寻找春天的消息。区委会的生活却不怎么受季节的影响,继续以那种紧张的节奏和复杂的色彩流转着。当林震从院里的垂柳上摘下一片多汁的嫩芽时,他稍微有点怅惘,因为春天来得那么快,而他,却没做出什么有意义的事情来迎接这个美妙的季节……

晚上九点钟,林震走进了刘世吾办公室的门。赵慧文正在这里,她穿着紫黑色的毛衣,脸儿在灯光下显得越发苍白。听到有人进来,她迅速地转过头来,林震仍然看见了她略略突出的颧骨上的泪迹。他回身要走,低着头吸烟的刘世吾作手势止住他:"坐在这儿吧,我们就谈完了。"

林震坐在一角,远远地隔着灯光看报,刘世吾用烟卷在空中划着圆圈,诚恳地说:

"相信我的话吧,没错。年轻人都这样,最初互相美化,慢慢发现了缺点,就觉得都很平凡。不要有不切实际的要求,没有遗弃,没有虐待,没有发现他政治上、品质上的问题,怎么能说生活不下去呢?才四年嘛。你的许多想法是从苏联电影里学来的,实际上,就那么回事……"

赵慧文没说话,她撩一撩头发,临走的时候,对林震惨然地一笑。

刘世吾到林震旁边,问:"怎么样?"他丢下烟蒂,又掏出一支来点上火,紧接着贪婪地吸了几口,缓缓地吐着白烟,告诉林震:"赵慧文跟她爱人又闹翻了……"接着,他开开窗户,一阵风吹掉了办公桌上的几张纸,传来了前院里散会以后人们的笑声、招呼声和自行车铃响。

刘世吾把只抽了几口的烟扔出去,伸了个懒腰,扶着窗户,低声说:"真的是春天了呢!"

"我想谈谈来区委工作的情况,我有一些问题不知道怎么解决。"林震用一种坚决的神气说,同时把落在地上的纸页拾起来。

"对,很好。"刘世吾仍然靠着窗户框子。

林震从去麻袋厂说起:"……我走到厂长室,正看见王清泉同志在……"

"下棋呢还是打扑克?"刘世吾微笑着问。

"您怎么知道?"林震惊骇了。

"他老兄什么时候干什么我都算得出来。"刘世吾慢慢地说,"这个老兄棋瘾很大,有一次在咱这儿开了半截会,他出去上厕所,半天不回来,我出去一找,原来他看见老吕和区委书记的儿子下棋,他在旁边支上招儿了。"

林震把魏鹤鸣对他的控告讲了一遍。

刘世吾关上窗户,拉一把椅子坐下,用两个手扶着膝头支持着身体,轻轻地摆动着头:

"魏鹤鸣是个直性子,他一来就和王清泉吵得面红耳赤……你知道,王清泉也是个特殊人物,不太简单。抗日胜利以后,王清泉被派到国民党军队里工作,他当过国民党军的副团长,是个呱呱叫的情报人员。一九四七年以后他与我们的联系中断,直到解放以后才接上线。他是去瓦解敌人的,但是他自己也染上国民党军官的一些习气,改不过来,其实是个英勇的老同志。"

"这样……"

"是啊。"刘世吾严肃地点点头,接着说,"当然,不能以这为他辩护,党是派他去战胜敌人而不是与敌人同流合污,所以他的错误是应该纠正的。"

"怎么去解决呢?魏鹤鸣说,这个问题已经拖了好久。他到处写过信……"

"是啊。"刘世吾又干咳了一会儿,做着手势说,"现在下边支部里各类问题很多,你如果一一地用手工业的方法去解决,那是事倍功半的。而且,上级布置的任务追着屁股,完成这些任务已经感到很吃力。作为领导,必须掌握一种把个别问题与一般问题结合起来,把上级分配的任务与基层存在的问题结合起来的艺术。再者,王清泉工作不努力是事实,但还没有发展到消极怠工的地步,作风有些生硬,也不是什么违法乱纪。显然,这不是组织处理问题而是经常教育的问题。从各方面看,解决这个问题的时机目前还不成熟。"

林震沉默着,他判断不清究竟怎样对。是娜斯嘉的"对坏事绝不容忍"对呢,还是刘世吾的"条件成熟论"对。他一想起王清泉那样的厂长就觉得难受,但是,他驳不倒刘世吾的"领导艺术"。刘世吾又告诉他:"其实,有类似毛病的干部也不只一个……"这更加使得林震睁大了眼睛,觉得这跟他在小学时所听的党课的内容不是一个味儿。

后来,林震又把看到的韩常新如何了解情况与写简报的事说了说,他说,他觉得这样整理简报不太真实。

刘世吾大笑起来,说:"老韩……这家伙……真高明……"笑完了,又长出一口气,告诉林震:"对,我把你的意见告诉他。"

林震犹豫着。刘世吾问:"还有别的意见么?"

于是林震勇敢地提出:"我不知道为什么,来了区委会以后发现了许多许多缺点,过去我想象的党的领导机关不是这样……"

刘世吾把茶杯一放:"当然,想象总是好的,实际呢,就那么回事。问题不在于有没有缺点,而在于什么是主导的。我们区委的工作,包括组织部的工作,成绩是基本的呢,还是缺点是基本的?显然成绩是基本的,缺点是前进中的缺点。我们伟大的事业,正是由这些有缺点的组织和党员完成着的。"

走出办公室以后,林震有一种奇怪的感觉:和刘世吾谈话似乎可以消食化气,而他自己的那些肯定的判断,明确的意见,却变得模糊不清了。他更加惶惑了。

六

不久,在党小组会上,林震受到了一次严厉的批评。

事情是这样:有一次,林震去麻袋厂,魏鹤鸣说,由于季度生产质量指标没有达到,王厂长狠狠地训了一回工人,工人意见很大,魏鹤鸣打算找些人开个座谈会,搜集意见,准备向上反映。林震很同意这种做法,以为这样也许能促进"条件的成熟"。过了三天,王清泉气急败坏地到区委会找副书记李宗秦,说魏鹤鸣在林震支持下搞小集团进行反领导的活动,还说参加魏鹤鸣主持的座谈会的工人都有历史问题,最后说自己请求辞职。李宗秦批评了他的一些缺点,同意制止魏鹤鸣再开座谈会,"至于林震,"他对王清泉说,"我们会给予应有的教育的。"

批评会上,韩常新分析道:"林震同志没有和领导上商量,擅自同意魏鹤鸣召集座谈会,这首先是一种无组织无纪律的行为……"

林震不服气,他说:"没有请示领导,是我的错。但是我不明白为什么我们不但不去主动了解群众的意见,反而制止基层这样做。"

"谁说我们不了解?"韩常新跷起一只腿,"我们对麻袋厂的情况统统掌握……"

"掌握了而不去解决,这正是最痛心的!党章上规定着,我们党员应该向一切违反党的利益的现象做斗争……"林震的脸变青了。

富有经验的刘世吾开始发言了,他向来就专门能在一定的关头起扭转局面的作用。

"林震同志的工作热情不错,但是他刚来一个月就给组织部的干部讲党章,未免仓促了些。林震以为自己是支持自下而上的批评,是做一件漂亮事,他的动机当然是好的。不过,自下而上的批评必须有领导地去开展,譬如这回事,请林震同志想一想:第一,魏鹤鸣是不是对王清泉有个人成见呢?很难说没有。那么魏鹤鸣那样积极地去召集座谈会,可不可能有什么个人目的呢?我看不一定完全不可能。第二,参加会的人是不是有一些历史复杂别有用心的分子?这也应该考虑到。第三,开这样一个会,会不会在群众里造成一种王清泉快要挨整了的印象因而天下大乱了呢?等等。至于林震同志的思想情况,我愿意直爽地提出一个推测:年轻人容易把生活理想化,他以为生活应该怎样,便要求生活怎样。作为一个党的工作者,要多考虑的却是客观现实,是生活可能怎样。年轻人也容易过高估计自己,抱负甚多,一到新的工作岗位就想对缺点斗争一番,充当个娜斯嘉式的英雄。这是一种可贵的、可爱的想法,也是一种虚妄……"

林震像被打中了似的颤了一下,他紧咬住了下嘴唇。

他鼓起勇气再问:"那么王清泉……"刘世吾把头一仰:"我明天找他谈话,有原则性的并不仅是你一个人。"

七

星期六晚上,韩常新举行婚礼。林震走进礼堂,他不喜欢那弥漫的呛人的烟气和地上杂乱的糖果皮与空中杂乱的哄笑,没等婚礼开始他就退了出来。

组织部的办公室黑着,他拉开灯,看见自己桌上的信,是小学的同事们写来,其中还夹着孩子们用小手签了名的信:

> 林老师:您身体好吗?我们特别特别想您,女同学都哭了,后来就不哭了,后来我们做算术,题目特别特别难,我们费了半天劲,中于算出来了……

看着信,林震不禁独自笑起来了,他拿起笔把"中于"改成"终于",准备在回信时告诉他们下次要避免别字。他仿佛看见了系蝴蝶结的李琳琳、爱画水彩画的刘小毛和常常爱把铅笔头含在嘴里的孟飞……他猛地把头从信纸上抬起来,看见的却是电话、吸墨纸和玻璃板。他所熟悉的孩子的世界和他的单纯的工作已经离他而去了,新的工作要复杂得多……他想起前天党小组会上人们对他的批评。难道自己真的错了?真的是莽撞和幼稚,再加几分年轻人的廉价的勇气?也许真的应该切实估量一下自己,把分内的事做好,过两年,等到自己"成熟"了以后再干预一切?

礼堂里传来爆发的掌声和笑声。

一只手落在肩上,他吃惊地回过头来,灯光显得刺眼,赵慧文没有声响地站在他的身边,女同志走路都有这种不声不响的本事。

赵慧文问:"怎么不去玩?"

"我懒得去。你呢?"

"我该回家了。"赵慧文说,"到我家坐坐好吧?省得一个人在这儿想心事。"

"我没有心事。"林震分辩着,但他接受了赵慧文的好意。

赵慧文住在离区委会不远的一个小院落里。

孩子睡在浅蓝色的小床里,幸福地含着指头。赵慧文吻了儿子,拉林震到自己房间里来。

"他父亲不回来吗?"林震问。

赵慧文摇摇头。

这间卧室好像是布置得很仓促,墙壁因为空无一物而显得过分洁白,盆架孤单地缩在一角,窗台上的花瓶傻气地张着口。只有床头小桌上的收音机,好像还能扰乱这卧室的安静。

林震坐在藤椅上,赵慧文靠墙站着。林震指着花瓶说:"应该插枝花。"又指着墙壁说:"为什么不买几张画挂上?"

赵慧文说:"经常也不在,就没有管它。"然后她指着收音机问:"听不听?星期六晚上,总有好的音乐。"

收音机响了,一种梦幻般的柔美的旋律从远处飘来,慢慢变得热情激荡。提琴奏出的诗一样的主题,立即揪住了林震的心。他托着腮,屏住了气。他的青春,他的追求,他的碰壁,似乎都能与这乐曲相通。

赵慧文背着手靠在墙上,不顾衣服蹭上了石灰粉,等这段乐曲过去,她用和音乐一样的声音说:"这是柴可夫斯基的《意大利随想曲》,让人想到南国,想到海……我在文工团的时候常听它,慢慢觉得,这调子不是别人演奏出的,而是从我心里钻出来的……"

"在文工团?"

"参加军事干部学校以后被分配去的,在朝鲜,我用我的蹩脚的嗓子给战士唱过歌,我是个哑嗓子的歌手。"

林震像第一次见面似的又重新打量赵慧文。

"怎么?不像了吧?"这时电台改放"剧场实况"了,赵慧文把收音机关了。

"你是文工团的,为什么很少唱歌?"林震问。

她不回答,走到床边,坐下。她说:"我们谈谈吧,小林,告诉我,你对咱们区委的印象怎么样?"

"不知道,我是说,还不明确。"

"你对韩常新和刘世吾有点意见吧,是不?"

"也许。"

"当初我也这样,从部队转业到这里,和部队的严格准确比较,许多东西我看不惯。我给他们提了好多意见,和韩常新激动地吵过一回,但是他们笑我幼稚,笑我工作没做好意见倒一大堆,慢慢地我发现,和区委的这些缺点做斗争是我力不胜任的……"

"为什么力不胜任?"林震像刺痛了似的跳起来,他的眉毛拧在一起了。

"这是我的错。"赵慧文抓起一个枕头,放在腿上,"那时我觉得自己水平太低,自己也很不完美,却想纠正那些水平比自己高得多的同志,实在自不量力。而且,刘世吾、韩常新还有别人,他们确实把有些工作做得很好。他们的缺点散布在咱们工作的成绩里边,就像灰尘散布在美好的空气中,你嗅得出来,但抓不住,这正是难办的地方。"

"对!"林震把右拳头打在左手掌上。

赵慧文也有些激动了,她把枕头抛开,话说得更慢,她说:"我做的是事务工作,领导同志也不大过问,加上个人生活上的许多牵扯,我沉默了。于是,上班抄抄写写,下班给孩子洗尿布、买奶粉。我觉得我老得很快,参加军干校时候那种热情和幻想,不知道哪里去了。"她沉默着,一个一个地捏着自己的手指,接着说:"两个月以前,北京市进入社会主义高潮,工人、店员还有资本家,放着鞭炮,打着锣鼓到区委会报喜。工人、店员把入党申请书直接送到组织部,大街上一天一变,整个区委会彻夜通明,吃饭的时候,宣传部、财经部的同志滔滔不绝地讲着社会主义高潮中的各种气象。可我们组织部呢? 工作改进很少! 打电话催催发展数字,按前年的格式添几条新例子写写总结……最近,大家检查保守思想,组织部也检查,拖拖沓沓开了三次会,然后写个材料完事……哎,我说乱了,社会主义高潮中,每一声鞭炮都刺着我,当我复写批准新党员通知的时候,我的手激动得发抖,可是我们的工作就这样依然故我地下去吗?"她喘了一口气,来回踱着,然后接着说:"我在党小组会上谈自己的想法,韩常新满足地问:'难道我们发展数字的完成比例不是各区最高的? 难道市委组织部没要我们写过经验?'然后他进行分析,说我情绪不够乐观,是因为不安心事务工作……"

"开始的时候,韩常新给人一个了不起的印象,但是,实际一接触……"林震又说起那次写汇报的事。

赵慧文同意地点头:"这一两年,虽然我没提什么意见,但我无时无刻不在观察。生活里的一切,有表面也有内容,做到金玉其外,并不是难事。譬如韩常新,充领导他会拉长了声音训人,写汇报他会强拉硬扯生动的例子,分析问题他会用几个无所不包的概念,于是,俨然成了个少壮有为的干部,他漂浮在生活上边,悠然得意。"

"那么刘世吾呢?"林震问,"他绝不像韩常新那样浅薄,但是他的那些独到的见解,精辟的分析,好像包含着一种可怕的冷漠。看到他容忍王清泉这样的厂长,我无法理解,而当我想向他表示什么意见的时候,他的议论却使人越绕越糊涂,可除了跟着他走,似乎没有别的路……"

"刘世吾有一句口头语:就那么回事。他看透了一切,以为一切就那么回事。按他自己的说法,他知道什么是'是',什么是'非',还知道'是'一定战胜'非',又知道'是'不能一下子战胜'非'。他什么都知道,什么都见过——党的工作给人的经验本来很多。于是他不再操心,不再爱也不再恨。他取笑缺陷,仅仅是取笑;欣赏成绩,仅仅是欣赏。他满有把握地应付一切,再也不需要虔诚地学习什么,除了拼音文字之类的具体知识。一旦他认为条件成熟需要干一气,他就一把把事情抓在手里,教育这个,处理那个,俨然是一切人的上司。凭他的经验和智慧,他当然可以做好一些事,于是他更加自信。"赵慧文毫不容情地说道。这些话曾经在多少个不眠的夜晚萦绕在她的心头。

"我们的区委副书记兼部长呢?他不管么?"

赵慧文更加兴奋了,她说:"李宗秦身体不好,他想去做理论研究工作,嫌区委的工作过于具体。他当组织部长只是挂名,把一切事情推给刘世吾。这也是一种相当普遍的不正常的现象,有一批老党员,因为病,因为文化水平低,或者因为是首长爱人,他们挂着厂长、校长和书记的名,却由副厂长、教导主任、秘书或者某个干事做实际工作。"

"我们的正书记——周润祥同志呢?"

"周润祥是一个非常令人尊敬的领导同志,但是他工作太多,忙着肃反、私营企业的改造……各种带有突击性的任务。我们组织部的工作呢,一般说永远成不了带突击性的中心任务,所以他管得也不多。"

"那……怎么办呢?"林震直到现在,才开始明白了事情的复杂性,一个缺点,仿佛粘在从上到下的一系列的缘故上。

"是啊。"赵慧文沉思地用手指弹着自己的腿,好像在弹一架钢琴,然后她向着远处笑了,她说:"谢谢你……"

"谢我?"林震以为自己听错了。

"是的,见到你,我好像又年轻了。你天不怕地不怕,敢于和一切坏现象做斗争,于是我有一种婆婆妈妈的预感:你……一场风波要起来了。"

林震脸红了。他根本没想到这些,他正为自己的无能而十分羞耻。他嘟哝着说:"但愿是真正的风波而不是瞎胡闹。"然后他问:"你想了这么多,分析得这么清楚,为什么只是憋在心里呢?"

"我老觉得没有把握,"赵慧文把手放在自己的胸前,"我看了想,想了又看,我有时候想得一夜都睡不好,我问自己:'你的工作是事务性的,你能理解这些吗?'"

"你怎么会这样想?我觉得你刚才说得对极了!你应该把你刚才说的对区委书记谈,或者写成材料给《人民日报》……"

"瞧,你又来了。"赵慧文露出润湿的牙齿笑了。

"怎么叫又来了?"林震不高兴地站起来,使劲搔着头皮,"我也想过多少次,我觉得,人要在斗争中使自己变正确,而不能等到正确了才去做斗争!"

赵慧文突然推门出去了,把林震一个人留在这空旷的屋子里,他嗅见了肥皂的香气。马上,赵慧文回来了,端着一个长柄的小锅,她跳着进来,像一个梳着三只辫子的小姑娘。她打开锅盖,戏剧性地向林震说:

"来,我们吃荸荠,煮熟了的荸荠!我没有找到别的好吃的。"

"我从小就喜欢吃熟荸荠。"林震愉快地把锅接过来,他挑了一个大的没剥皮就咬了一口,然后他皱着眉吐了出来,"这是个坏的,又酸又臭。"赵慧文大笑了。林震气愤地把捏烂了的酸荸荠扔到地上。

临走的时候,夜已经深了,纯净的天空上布满了畏怯的小星星。有一个老头儿吆喝着"炸丸子开锅!"推车走过。林震站在门外,赵慧文站在门里,她的眼睛在黑暗中闪光,她说:"下次来的时候,墙上就有画了。"

林震会心地笑着:"而且希望你把丢下的歌儿唱起来!"他摇了一下她的手。

林震用力地呼吸着春夜的清香之气,一股温暖的泉水从心头涌了上来。

八

韩常新最近被任命为组织部副部长。新婚和被提拔,使他愈益精神焕发和朝气勃勃。他每天刮一次脸,在参观了服装展览会以后又做了一套凡尔丁料子的衣服。不过,最近他亲自出马下去检查工作少了,主要是在办公室听汇报、改文件和找人谈话。刘世吾仍然那么忙。

一天,晚饭以后,韩常新把《拖拉机站站长与总农艺师》还给林震,他用手弹一弹那本书,点点头说:"很有意思,也很荒唐。当个作家倒不坏,编得天花乱坠。赶明儿我得了风湿性关节炎或者犯错误受了处分,就也写小说去。"

林震接过书,赶快拉开抽屉,把它压在最底下。

刘世吾坐在另一边的沙发上正出神地研究一盘象棋残局,听了韩常新的话,刻薄地说:"老韩将来得关节炎或者受处分倒不见得不可能。至于小说,我们可以放心,至少在这个行星上不会看到您的大作。"他说的时候一点不像开玩笑,以致韩常新尴尬地转过头,装没听见。

这时刘世吾又把林震叫过去,坐在他旁边,问:"最近看什么书了?有没有好的借我看看?"

林震说没有。

刘世吾挪动着身体，斜躺在沙发上，两手托在脑后，半闭着眼，缓慢地说："最近在《译文》上看了《被开垦的处女地》第二部的片段，人家写得真好，活得很……"

"您常看小说？"林震真不大相信。

"我愿意荣幸地表示，我和你一样爱读书：小说、诗歌，包括童话。解放以前，我最喜欢屠格涅夫。小学五年级，我已经读《贵族之家》，我为伦蒙那个德国老头儿流泪，我也喜欢叶琳娜，英沙罗夫写得却并不好……可他的书有一种清新的、委婉多情的调子。"他忽地站起来，走近林震，扶着沙发背，弯着腰继续说，"现在也爱看，看的时候很入迷，看完了又觉得没什么，你知道，"他紧挨林震坐下，又半闭起眼睛，"当我读一本好小说的时候，我梦想一种单纯的、美妙的、透明的生活。我想去当水手，或者穿上白衣服研究红血球，或者当一个花匠，专门培植十样锦……"他笑了，他从来没这样笑过，不是用机智，而是用心。"可还是得当什么组织部长。"他摊开了手。

"为什么您把现在的工作看得和小说那么不一样呢？党的工作不单纯、不美妙，也不透明么？"林震友好而关切地问。

刘世吾接连摇头，咳嗽了一会儿又站起来。靠到远一点的地方，嘲笑地说："党的工作者不适合看小说……譬如，"他用手在空中一画，"拿发展党员来说，小说可以写：'在壮丽的事业里，多少名新战士参加了无产阶级的先锋行列，万岁！'而我们呢，组织部呢，却正在发愁：第一，某支部组织委员工作马大哈，谈不清新党员的历史情况。第二，组织部压了百十个等着批准的新党员，没时间审查。第三，新党员须经常委会批准，而常委委员一听开会批准党员就请假。第四，公安局长参加常委会批准党员的时候老是打瞌睡……"

"您不对！"林震大声说，他像本人受了侮辱一样难以忍耐，"您看不见壮丽的事业，只看见某某在打瞌睡……难道您也打瞌睡了？"

刘世吾笑了笑，叫韩常新："来，看看报上登的这个象棋残局，该先挪车呢还是先跳马？"

九

魏鹤鸣告诉林震，他要求回到车间当工人，他说："这个支部委员和生产科长我干不了。"林震费尽唇舌，劝他把那次座谈会搜集的意见写给党报，并且质问他："你退缩了，你不信任党和国家了，是吗？"后来魏鹤鸣和几个意见较多的工人写了一封长信，偷偷地寄给报纸，连魏鹤鸣本人都对自己有些怀疑："也许这又是'小集团活动'？那就处罚我吧！"他是带着有罪的心情把大信封扔进邮箱的。

五月中旬,《北京日报》以显明的标题登出揭发王清泉官僚主义作风的群众来信。署名"麻袋厂一群工人"的信,愤怒地要求领导上处理这一问题。《北京日报》编者也在按语中指出:"……有关领导部门应迅速做认真的检查……"

赵慧文首先发现了,她叫林震来看。林震兴奋得手发抖,看了半天连不成句子,他想:"好!终于揭出来了!还是党报有力量!"

他把报纸拿给刘世吾看,刘世吾仔细地看了几遍,然后抖一抖报纸,客观地说:"好,开刀了!"

这时,区委书记周润祥走进来,他问:"王清泉的情况你们了解不?"

刘世吾不慌不忙地说:"麻袋厂支部的一些不健康的情况那是确实存在的。过去,我们就了解过,最近我亲自找王清泉谈过话,同时小林同志也去了解过。"他转身向林震:"小林,你谈谈王清泉的情况吧。"

有人敲门,魏鹤鸣紧张地撞进来,他的脸由红色变成了青色,他说,王厂长在看到《北京日报》以后非常生气,现在正追查写信的人。

经过党报的揭发与区委书记的过问,刘世吾以出乎林震意料之外的雷厉风行的精神处理了麻袋厂的问题。刘世吾一下决心,就可以把工作做得很出色。他把其他工作交代给别人,连日与林震一起下到麻袋厂去。他深入车间,详细调查了王清泉工作的一切情况,征询工人群众的一切意见。然后,与各有关部门进行了联系,只用了一个多星期的时间,就对王清泉做了处理——党内和行政都予以撤职处分。

处理王清泉的大会一直开到深夜。开完会,外面下起雨,雨忽大忽小,久久地不停息,风吹到人脸上有些凉。刘世吾与林震到附近的一个小铺子去吃馄饨。

这是新近公私合营的小铺子,整理得干净而且舒适。由于下雨,顾客不多。他们避开热气腾腾的馄饨锅,在墙角的小桌旁坐下来。

他们要了馄饨,刘世吾还要了白酒,他呷了一口酒,掐着手指,有些感触地说:"我这是第六次参加处理犯错误的负责干部的问题了,头几次,我的心很沉重。"由于在大会上激昂地讲过话,他的嗓音有些嘶哑,"党的工作者是医生,他要给人治病,他自己却是并不轻松的。"他用无名指轻轻敲着桌子。

林震同意地点头。

刘世吾忽然问:"今天是几号?"

"五月二十。"林震告诉他。

"五月二十,对了。九年前的今天,'青年军'二〇八师打坏了我的腿。"

"打坏了腿?"林震对刘世吾的过去历史还不了解。

刘世吾不说话,雨一阵大起来,他听着那哗啦哗啦的单调的响声,嗅着潮湿的土气。一个被雨淋透的小孩子跑进来避雨,小孩的头发在往下滴水。

刘世吾招呼店员:"切一盘肘子。"然后告诉林震:"一九四七年,我在北大当自治会主席。参加五·二〇游行的时候,二〇八师的流氓打坏了我的腿。"他挽起裤子,可以看到一道弧形的疤痕,然后他站起来:"看,我的左腿是不是比右腿短一点?"

林震第一次以深深的尊敬和爱戴的眼光看着他。

喝了几口酒,刘世吾的脸微微发红,他坐下,把肉片夹给林震,然后歪着头说:"那个时候……我是多么热情,多么年轻啊!我真恨不得……"

"现在就不年轻,不热情了么?"林震用期待的眼光看着。

"当然不。"刘世吾玩着空酒杯,"可是我真忙!忙得什么都习惯了,疲倦了。解放以来从来没睡够过八小时觉,我处理这个人和那个人,却没有时间处理处理自己。"他托起腮,用最质朴的人对人的态度看着林震,"是啊,一个布尔什维克,经验要丰富,但是心还要单纯……再来一两!"刘世吾举起酒杯,向店员招手。

这时林震已经开始被他深刻和真诚的抒发所感动了。刘世吾接着闷闷地说:"据说,炊事员的职业病是缺少良的好食欲,饭菜是他们做的,他们整天和饭菜打交道。我们,党工作者,我们创造了新生活,结果,生活反倒不能激动我们……"

林震的嘴动了动,刘世吾摆摆手,表示希望不要现在就和他辩论。他不说话,独自托着腮发愣。

"雨小多了,这场雨对麦子不错。"过了半天,刘世吾叹了口气,忽然又说:"你这个干部好,比韩常新强。"

林震在慌乱中赶紧喝汤。

刘世吾盯着他,亲切地笑着,问他:"赵慧文最近怎么样?"

"她情绪挺好。"林震随口说。他拿起筷子去夹熟肉,看见了他熟悉的刘世吾的闪烁的目光。

刘世吾把椅子拉近他,缓缓地说:"原谅我的直爽,但是我有责任告诉你……"

"什么?"林震停止了夹肉。

"据我看,赵慧文对你的感情有些不……"

林震颤抖着手放下了筷子。

离开馄饨铺,雨已经停了,星光从黑云下面迅速地露出来,风更凉了,积水潺潺地从马路两边的泄水池流下去。林震迷惘地跑回宿舍,好像喝了酒的不是刘世吾,倒是他。同宿舍的同志都睡得很甜,粗短的和细长的鼾声此起彼伏。林震坐在床上,摸着湿了的裤脚,眼前浮现了赵慧文的苍白而美丽的脸……他还是个毛头小伙子,他什么也没经历过,什么都不懂。他走近窗子,把脸紧贴在外面沾满了水珠的冰冷的玻璃上。

十

区委常委开会讨论麻袋厂的问题。

林震列席参加。他坐在一角,心跳、紧张、手心里出了汗。他的衣袋里装着好几千字的发言提纲,准备在常委会上从麻袋厂事件扯出组织部工作中的问题。他觉得麻袋厂问题的揭发和解决,造成了最好的机会,可以促请领导从根本上考虑一下组织部的工作。时候到了!刘世吾正在条理分明地汇报情况。书记周润祥显出沉思的神色,用左拳托着士兵式的粗壮而宽大的脸,右腕上压着一张纸,时而在上面写几个字。李宗秦用食指在空中写画着。韩常新也参加了会,他专心地把自己的鞋带解开又系上。

林震几次想说话,但是心跳得使他喘不上气。第一次参加常委会,就作这种大胆的发言,未免过于莽撞吧?不怕,不怕!他鼓励自己。他想起八岁那年在青岛学跳水,他也一边听着心跳,一边生气地对自己说:"不怕,不怕!"

区委常委批准了刘世吾对于麻袋厂问题提出的处理意见,马上就要进行下面一项议程了,林震霍地举起了手。

"有意见吗?不举手就可以发言的。"周书记笑着说。

林震站起来,碰响了椅子,掏出笔记本看着提纲,他不敢看大家。

他说:"王清泉个人是作了处理了,但是如何保证不再有第二、第三个王清泉出现呢?我们应该检查一下区委组织工作中的缺点:第一,我们只抓了建党,对于巩固党没给予应有的注意,使基层的党内斗争处于自流状态。第二,我们明知有问题却拖延着不去解决,王清泉来厂子整整五年,问题一直存在而且愈发展愈严重。……具体地说,我认为韩常新同志与刘世吾同志有责任……"

会场起了轻微的骚动,有人咳嗽,有人放下了烟卷,有人打开笔记本,有人挪了一下椅子。

韩常新耸了一下肩,用舌头舐了一下扭动着的牙床,讽刺地说:"往往听到一种事后诸葛亮的意见:'为什么不早一点处理呢?'当然是愈早愈好喽!高、饶事件发生了,有人问为什么不早一点,贝利亚,也有人问为什么不早一点。再者,组织部并不能保证第二、第三个王清泉不会出现,林震同志也未尝能保证这一点。……"

林震抬起头,用激怒的目光看着韩常新。韩常新却只是冷冷地笑。林震压抑着自己说:"老韩同志知道缺点的存在是规律,但他不知道克服缺点前进更是规律。老韩同志和刘部长,就是抱住了头一个规律,因而对各种严重的缺点采取了容忍乃至于麻木的态度!"说完,他用手抹了抹头上的汗,他也不知道自己怎么敢说得这样尖锐,但是终究说出来了,他有一种如释重负的感觉。

李宗秦在空中画着的食指停住了。周润祥转头看看林震又看看大家,他的沉重的身躯使木椅发出了吱吱声。他向刘世吾示意:"你的意见?"

刘世吾点点头:"小林同志的意见是对的,他的精神也给了我一些启发……"然后他悠闲地溜到桌子边去倒茶水,用手抚摸着茶碗沉思地说:"不过具体到麻袋厂事件,倒难说了。组织部门巩固党的工作抓得不够,是的,我们干部太少,建党还抓不过来。麻袋厂王清泉的处理,应该说还是及时而有效的。在宣布处理的工人大会上,工人的情绪空前高涨,有些落后的工人也表示更认识到了党的大公无私,有一个老工人在台上一边讲话一边落泪,他们口口声声说着感谢党,感谢区委……"

林震小声说:"是的,正因为这样,我才觉得我们工作中的麻木、拖延、不负责任,是对群众犯罪。"他提高了声音,"党是人民的、阶级的心脏,我们不能容忍心脏上有灰尘,就不能容忍党的机关的缺点!"

李宗秦把两手交叉起来放在膝头,他缓缓地说,像是一边说一边思索着如何造句:"我认为林震、韩常新、刘世吾同志的主要争论有两个症结,一个是规律性与能动性的问题,……一个是……"

林震以不知从哪儿来的勇气对李宗秦说:"我希望不要只作冷静而全面的分析……"他没有说下去,他怕自己掉下眼泪来。

周润祥看一看林震,又看一看李宗秦,皱起了眉头,沉默了一会儿,迅速地写了几个字,然后对大家说:"讨论下一项议程吧。"

散会后,林震气恼得没有吃下饭,区委书记的态度他没想到。他不满甚至有点失望。韩常新与刘世吾找他一齐出去散步,就像根本没理会他对他们的不满意,这使林震更意识到自己和他们力量的悬殊。他苦笑着想:"你还以为常委会上发一席言就可以起好大的作用呢!"他打开抽屉,拿起那本被韩常新嘲笑过的苏联小说,翻开第一页,上面写着:"按娜斯嘉的方式生活!"他自言自语:"真难啊!"

他缺少了什么呢?

十一

第二天下班以后,赵慧文告诉林震:"到我家吃饭去吧,我自己包饺子。"他想推辞,赵慧文已经走了。

林震犹豫了好久,终于在食堂吃了饭再到赵慧文家去。赵慧文的饺子刚刚煮熟。她穿着暗红色的旗袍,系着围裙,手上沾满面粉,像一个殷勤的主妇似的对林震说:"新下来的豆角做的馅子……"

林震嗫嚅地说:"我吃过了。"

赵慧文不信,跑出去给他拿来了筷子,林震再三表示确实吃过,赵慧文不满意地一个人吃起来。林震不安地坐在一旁,一会儿看看这,一会儿看看那,一会儿搓搓手,一会儿晃一晃身体。

"小林,有什么事么?"赵慧文停止了吃饺子。

"没……有。"

"告诉我吧。"赵慧文目不转睛地看着他。

"昨天在常委会上我把意见都提了,区委书记睬都不睬……"

赵慧文咬着筷子头想了想,她坚决地说:"不会的,周润祥同志只是不轻易发表意见……"

"也许。"林震半信半疑地说,他低下头,不敢正面接触赵慧文关切的目光。

赵慧文吃了几个饺子,又问:"还有呢?"

林震的心跳起来了。他抬起头,看见了赵慧文的好意的眼睛,他轻轻地叫:"赵慧文同志……"

赵慧文放下筷子,靠在椅子背上,有些吃惊了。

"我很想知道,你是否幸福。"林震用一种粗重的、完全像大人一样的声音说,"我看见过你的眼泪,在刘世吾的办公室,那时候春天刚来……后来忘记了。我自己马马虎虎地过日子,也不会关心人。你幸福吗?"

赵慧文略略疑惑地看着他,摇头,"有时候我也忘记……"然后点头,"会的,会幸福的。你为什么问它呢?"她安详地笑着。

林震把刘世吾对他讲的告诉了她:"……请原谅我,把刘世吾同志随便讲的一些话告诉了你,那完全是瞎说……我很愿意和你一起说话或者听交响乐,你好极了,那是自然而然的,……也许这里边有什么不好的,不合适的东西,马马虎虎的我忽然多虑了,我恐怕我扰乱谁。"林震抱歉地结束了。

赵慧文安详地笑着,接着皱起了眉尖儿,又抬起了细瘦的胳臂,用力擦了一下前额,然后她甩了一下头,好像甩掉什么不愉快的心事似的转过身去了。

她慢慢地走到墙壁上新挂的油画前边,默默地看画。那幅画的题目是《春》,莫斯科,太阳在春天初次出现,母亲和孩子一起到街头去……

一会儿,她又转过身来,迅速地坐在床上,一只手扶着床栏杆,异常平静地说:"你说了些什么呀?真是!我不会做那些不经过考虑的事。我有丈夫,有孩子,我还没和你谈过我的丈夫。"她不用常说的"爱人",而强调地说着"丈夫"。"我们在五二年结的婚,我才十九,真不该结婚那么早。他从部队里转业,在中央一个部里当科长,他慢慢地染上了一种油条劲儿,争地位、争待遇,和别人不团结。我们之间呢,好像也只剩下了星期六晚上回来和星期一走。我的看法是:或者是崇高的爱情,或者什么都没有。我们争吵了……但是我仍然等待着……他最近出差去上海,等回来,我要和他好好谈一谈。可你说了些什么呢?"她又一次问,"小林,你是我所尊敬的顶好的朋友,但你还是个孩子——这个称呼也许不对,对不起。我们都希望过一种真正的生活,我们希望组织部成为真正的党的工作机构,我觉着你像是我的弟弟,你盼望我振作起来,是吧?生活是应该有互相支援和友谊的温暖,我从来就害怕冷淡。就是这些了,还有什么呢?还能有什么呢?"

林震惶恐地说:"我不该受刘世吾话的影响……"

"不,"赵慧文摇头,"刘世吾同志是聪明人,他的警告也许并不是完全没有必要,然后……"她深深地吐一口气:"那就好了。"

她收拾起碗筷,出去了。

林震茫然地站起,来回踱着步子,他想着,想着,好像有许多话要说,慢慢地,又没有了。他要说什么呢?本来什么都没有发生。生活有时候带来某种情绪的波流,使人激动也使人困扰,然后波流流过去,没有一点痕迹……真的没有痕迹吗?它留下对于相逢者的纯洁和美好的记忆,虽然淡淡,却难忘……

赵慧文又进来了,她领着两岁的儿子,还提着一个书包。小孩已经与林震见过几次面,亲热地叫林震"夫夫"——他说不清楚"叔叔"。

林震用强健的手臂把他举了起来。空旷的屋子里顿时充满了孩子的笑闹声。

赵慧文打开书包,拿出一叠纸,翻着,说:"今天晚上,我要让你看几样东西。我已经把三年来看到的组织部工作中的一些问题和自己的意见写了一个草稿。这个……"她不好意思地摸了一下一张橡皮纸,"大概这是可笑的,我给自己规定了一个竞赛的办法,让今天的自己和昨天的自己竞赛。我画了表,如果我的工作有了失误——写入党批准通知的时候抄错了名字或者统计错了新党员人数,我就在表上画一个黑叉子,如果一天没有错,就画一个小红旗。连续一个月都是红旗,我就买一条漂亮的头巾或者别的什么奖励自己……也许,这像幼儿园的做法吧? 你觉得好笑吗?"

林震入神地听着,他严肃地说:"不。我尊敬你对自己的……"

临走的时候,夜已经深了。林震站在门外,赵慧文站在门里,她的眼睛在黑暗中闪着光,她说:"今天的夜色非常好,你同意吗? 你闻见槐花的香气了没有? 平凡的小白花,它比牡丹清雅,比桃李浓馥。你闻不见? 真是! 再见,明天一早就见面了,我们各自投身在伟大而麻烦的工作里边。然后晚上来找我吧,我们听美丽的《意大利随想曲》。听完歌,我给你煮荸荠,然后我们把荸荠皮扔得满地都是……"

林震靠着组织部门前的大柱子好久好久地呆立着,望着夜的天空。初夏的南风吹拂着他——他来时是残冬,现在已经是初夏了。他在区委会度过了第一个春天。

他做好的事情简直很少,简直就是没有,但他学了很多,多懂了不少事。他懂了生活的真正的美好和真正的分量,他懂了斗争的困难和斗争的价值。他渐渐明白,在这平凡而又伟大的、包罗万象的、担负着无数艰巨任务的区委会,单凭个人的勇气是做不成任何事情的……从明天……

办公室的小刘走过,叫他:"林震,你上哪儿去了? 快去找周润祥同志,他刚才找了你三次。"

区委书记找林震了吗? 那么不是从明天,而是从现在,他要尽一切力量去争取领导的指引,这正是目前最重要的……

隔着窗子,他看见绿色的台灯和夜间办公的区委书记的高大侧影,他坚决地、迫不及待地敲响了领导同志办公室的门。

(初载《人民文学》1956 年第 9 期)

宗 璞

红 豆

  天气阴沉沉的,雪花成团地飞舞着。本来是荒凉的冬天的世界,铺满了洁白柔软的雪,仿佛显得丰富了,温暖了。江玫手里提着一只小箱子,在×大学的校园中一条弯曲的小道上走着。路旁的假山,还在老地方。紫藤萝架也还是若隐若现地躲在假山背后。还有那被同学戏称为阿木林的枫树林子,这时每株树上都积满了白雪,真是"忽如一夜春风来,千树万树梨花开"了。雪花迎面扑来,江玫觉得又清爽又轻快。她想起六年以前,自己走着这条路,离开学校,走上革命的工作岗位时的情景,她那薄薄的嘴唇边,浮出一个微笑。脚下不觉愈走愈快,那以前住过四年的西楼,也愈走愈近了。
  江玫走进了西楼的大门,放下了手中的箱子,把头上紫红色的围巾解下来,抖着上面的雪花。楼里一点声音也没有,静悄悄的。江玫知道这楼已作了单身女教职员宿舍,比从前是学生宿舍时,自然不同。只见那间门房,从前是工友老赵住的地方,门前挂着一个牌子,写着"传达室"三个字。
  "有人么?"江玫环顾着这熟悉的建筑,还是那宽大的楼梯,还是那阴暗的甬道,吊着一盏大灯。只是墙边布告牌上贴着"今晚团员大会"的布告,又是工会基层选举的通知,用红纸写着,显得喜气洋洋的。
  "谁呀?"一个苍老的声音从传达室里发出来。传达室门开了,一个穿着干部服的整洁的老头儿,站在门口。
  "老赵!"江玫叫了一声,又高兴又惊奇,跑过去一把抱住了他。"你还在这儿!"
  "是江玫!"老赵几乎不相信自己昏花的老眼,揉了揉眼睛,仔细看着江玫。"是江玫!打前儿个总务处就通知我,说党委会新来了个干部,叫给预备一间房,还说这干部还是咱们学校的学生呢,我可再也没想到是你!你离开学校六年啦,可一点没变样,真怪,现时的年轻人,怎么再也长不老哇!走!领你上你屋里去,可真凑巧,那就是你当学生时住的那间房!"
  老赵絮絮叨叨领着江玫上楼。江玫抚着楼梯栏杆,好像又接触到了六年以前的大学生生活。
  这间房间还是老样子,只是少了一张床,多了些别的家具,窗外可以看到阿木林,还有阿木林后面的小湖,在那里,夏天时,是要长满荷花的。江玫四面看着,眼光落到墙上嵌着的一个耶稣受难像上。那十字架的颜色,显然深了许多。

好像是有一个看不见的拳头,重重地打了江玫一下。江玫觉得一阵头昏,问老赵:"这个东西怎么还在这儿?"

"本来说要取下来,破除迷信,好些房间都取下来了。后来又说是艺术品让留着,有几间屋子就留下了。"

"为什么要留下?为什么要留下这一间的?"江玫怔怔地看着那十字架,一歪身坐在还没有铺好的床上。

"那也是凑巧呗!"老赵把桌上的一块破抹布揿在手里。"这屋子我都给收拾好啦,你归置归置,休息休息。我给你张罗点开水去。"

老赵走了。江玫站起身来,伸手想去摸那十字架,却又像怕触到使人疼痛的伤口似的,伸出手又缩回手,怔了一会儿,后来才用力一揿耶稣的右手,那十字架好像一扇门一样打了开。墙上露出一个小洞。江玫踮起脚尖往里看,原来被冷风吹得绯红的脸色刷地一下变得惨白。她低声自语:"还在!"遂用两个手指,钳出了一个小小的有象牙托子的黑丝绒盒子。

江玫坐在床边,用发颤的手揭开了盒盖。盒中露出来血点儿似的两粒红豆,镶在一个银丝编成的指环上,没有耀眼的光芒,但是色泽十分匀静而且鲜亮。时间没有给它们留下一点痕迹。

江玫知道这里面有多少欢乐和悲哀。她拿起这两粒红豆,往事像一层烟雾从心上升了起来——

那已经是八年以前的事了。那时江玫刚二十岁,上大学二年级。那正是一九四八年,那动荡的翻天覆地的一年,那激动,兴奋,流了不少眼泪,决定了人生的道路的一年。

在这一年以前,江玫的生活像是山岩间平静的小溪流,一年到头潺潺地流着,很少波浪。她生长于小康之家,父亲做过大学教授,后来做了几年官。在江玫五岁时,有一天,他到办公室去,就再没有回来过。江玫只记得自己被送到舅母家去住了一个月,回家时,看见母亲如画的脸庞消瘦了,眼睛显得惊人的大,看去至少老了十年。据说父亲是患了急性肠炎去世了。以后,江玫上了小学上中学,上了中学上大学。日寇入侵的那段水深火热的日子,江玫也在母亲的尽力遮蔽下较平静地度过。在中学时,有一些密友常常整夜叽叽喳喳地谈着知心话。上大学后,因为大家都是上课来,下课走,不参加什么活动的人简直连同班同学也不认识,只认识自己的同屋。江玫白天上课弹琴,晚上坐图书馆看参考书,礼拜六就回家。母亲从摆着夹竹桃的台阶上走下来迎接她,生活就像那粉红色的夹竹桃一样与世隔绝。

一九四八年春天,新年刚过去,新的学期开始了。那也是这样一个下雪天,浓密的雪花安安静静地下着。江玫从练琴室里走出来,哼着刚弹过的调子。那雪花使她感到非常新鲜,她那年轻的心充满了欢快。她走在两排粉妆玉琢的短松墙之间,简直想去弹动那雪白的树枝,让整个世界都跳起舞来。她伸出了右手,自己马上觉得不好意思,连忙缩了回来,掠了掠鬓发,按了按母亲从箱子底下找出来的一个旧式发夹,发夹是黑白两色发亮的小珠串成的,还托着两粒红豆,她的新同屋肖素说好看,硬给她戴在头上的。

在这寂静的道路上,一个青年人正急速地向练琴室走来。他身材修长,穿着灰绸长袍,罩着蓝布长衫,半低着头,眼睛看着自己前面三尺的地方,世界对于他,仿佛并不存在。也许是江玫身上活泼的气氛,脸上鲜亮的颜色搅乱了他,他抬起头来看了她一眼。江玫看见他有着一张清秀的象牙色的脸,轮廓分明,长长的眼睛,有一种迷惘的做梦的神气。江玫想,这人虽然抬起头来,但是一定没有看见我。不知为什么,这个念头,使她觉得很遗憾。

晚上,江玫躺在床上,久久不能入睡。许多片断在她脑中闪过。她想着母亲,那和她相依为命的老母亲,这一生欢乐是多么少。好像有什么隐秘的悲哀在过早地染白她那一头丰盛的头发。她非常嫌恶那些做官的和有钱的人,江玫也从她那里承袭了一种清高的气息,那与世隔绝的清高。江玫想想,忽然好笑了起来。

江玫自己知道,觉得那种清高好笑是因为想到肖素的缘故。肖素是江玫这一学期的新同屋。同屋不久,可是两人已经成为很要好的朋友。肖素说江玫像是从另一个世界来的,清高这个词儿也是肖素说的,她还说:"当然,这也有好处也有不好处。"这些,江玫并不完全了解。只不知为什么,乱七八糟的一些片断都在脑海中浮现出来。

这屋子多么空!肖素还不回来。江玫很想看见她那白中透红的胖胖的面孔,她总是给人安慰、知识和力量。学物理的人总是聪明的,而且她已经四年级了,江玫想。但是在肖素身上,好像还不只是学物理和上到大学四年级,她还有着更丰富的东西,江玫还想不出是什么。

正乱想着,肖素推门进来了。

"哦!小鸟儿!还没有睡!"小鸟儿是肖素给江玫起的绰号。

"睡不着。真希望你快点回来。"

"为什么睡不着?"肖素带回来一个大萝卜,切了一片给江玫。

"等着吃萝卜,——还等着你给讲点什么。"江玫望着肖素坦白率真的脸,又想起了母亲。上礼拜她带肖素回家去,母亲真喜欢肖素,要江玫多听肖姐姐的话。

"我会讲什么？你是幼稚园？要听故事？呶,给你本小书看看。"江玫接过那本小书,书面上写着"方生未死之间"。

两人静静地读起书来了。这本书很快就把江玫带进了一个新的天地。它描写着中国人民受的苦难,在血和泪中,大家在为一种新的生活——真正的丰衣足食,真正的自由——奋斗,这种生活,是大家所需要的。

"大家？——"江玫把书抱在胸前,沉思起来。江玫的二十年的日子,可以说全是在那粉红色的夹竹桃后面度过的。但她和母亲一样,憎恶权势,憎恶金钱。母亲有时会流着泪说:"大家都该过好日子,谁也不该屈死。"母亲的"大家"在这本小书里具体化了。是的,要为了大家。

"肖素,"江玫靠在枕上说:"我这简单的人,有时也曾想过人活着是为了什么,但想不通。你和你的书使我明白了一些道理。"

"你还会明白得更多。"肖素热切地望着她,"你真善良——你让我忘记刚才的一场气了,刚刚我为我们班上的齐虹真发火——"

"齐虹？他是谁？"

"就是那个常去弹琴,老像在做梦似的那个齐虹,真是自私自利的人,什么都不能让他关心。"

肖素又拿起书来看了。

江玫也拿起书来,但她觉得那清秀的象牙色的脸,不时在她眼前晃动。

雪不再下了。坚硬的冰已经逐渐变软。江玫身上的黑皮大衣换成了灰呢子的,配上她习惯用的红色的围巾,洋溢着春天的气息。她跟着肖素,生活渐渐忙起来。她参加了"大家唱"歌咏团和"新诗社"。她多么喜欢那"你来我来他来她来大家一齐来唱歌"的热情的声音,她因为《黄河大合唱》刚开始时万马奔腾的鼓声兴奋得透不过气来。她读着艾青、田间的诗,自己也悄悄写着什么"飞翔,飞翔,飞向自由的地方"的句子。"小鸟"成了大家对她的爱称。她和肖素也更接近,每天早上一醒来,先要叫一声"素姐"。

她还是天天去弹琴,天天碰见齐虹,可是从没有说过话。本来总在那短松夹道的路上碰见他,后来常在楼梯上碰见他,后来江玫弹完了琴出来时,总看见他站在楼梯栏杆旁,仿佛站了很久了似的,脸上的神气总是那样漠然。

有一天天气暖洋洋的,微风吹来,丝毫不觉得冷,确实是春天来了。江玫在练琴室里练习贝多芬的月光曲,总弹也弹不会,老要出错,心里烦躁起来,没到时间就不弹了。她走出琴室,一眼就看见齐虹站在那里。他的神色非常柔和,劈头就问:

"怎么不弹了？"

"弹不会。"江玫多少带了几分诧异。

"你大概太注意手指的动作了。不要多想它,只记着调子,自然会弹出来。"

他在钢琴旁边坐下了,冰冷的琴键在他的弹奏下发出了那样柔软热情的声音。换上别的人,脸上一定会带上一种迷醉的表情,可是齐虹神采飞扬,目光清澈,仿佛现实这时才在他眼前打开似的。

"这是怎么样的人?"江玫问着自己。"学物理,弹一手好钢琴,那神色多么奇怪。"

齐虹停住了,站起来,看着倚在琴边的江玫,微微一笑。

"你没有听?"

"不,我听了。"江玫分辩道,"我在想——"想什么,她自己也不知道。

"我送你回去,好么?"

"你不练琴?"

"不想练。你看天气多么好!"

就这样,他们开始了第一次的散步,就这样,他们散步,散步,看到迎春花染黄了柔软的嫩枝,看到亭亭的荷叶铺满了池塘。他们曾迷失在荷花清远的微香里,也曾迷失在桂花浓郁的甜香里,然后又是雪花飞舞的冬天。哦!那雪花,那阴暗的下雪天!——

齐虹送她回去,一路上谈着音乐,齐虹说:"我真喜欢贝多芬,他真伟大,丰富,又那样朴实。每一个音符上都充满了诗意。"

江玫懂得他的"诗意"含有一种广义的意思。她的眼睛很快地表露了她这种懂得。

齐虹接着说:"你也是喜欢贝多芬的。不是吗?据说肖邦最不喜欢贝多芬,简直不能容忍他的音乐。"

"可我也喜欢肖邦。"江玫说。

"我也喜欢。那甜蜜的忧愁——人和人之间是有很多相同的也有很多不同的东西——"那漠然的表情又来到他的脸上。"物理和音乐能把我带到一个真正的世界去,科学的,美的世界,不像咱们活着的这个世界,这样空虚,这样紊乱,这样丑恶!"

他送她到西楼,冷淡地点了点头就离开了,根本没有问她的姓名。江玫又一次感到有些遗憾。

晚上,江玫从图书馆里出来,在月光中走回宿舍。身后有一个声音轻轻唤她:"江玫!"

"哦!是齐虹。"她回头看见那修长的身影。

"你怎么知道我的名字?"齐虹问。月光照出他脸上热切的神气。

"你怎么知道我的名字?"江玫反问。她觉得自己好像认识齐虹很久了,齐虹的问题可以不必回答。

"我生来就知道。"齐虹轻轻地说。

两人都不再说话。月光把他们的影子投在地上。

以后,江玫出来时,只要是一个人,就总会听到温柔的一声"江玫"。他们愈来愈熟。不知从什么时候起,从图书馆到西楼的路就无限度地延长了。走啊,走啊,总是走不到宿舍。江玫并不追究路为什么这样长,她甚至希望路更长一些,好让她和齐虹无止境地谈着贝多芬和肖邦,谈着苏东坡和李商隐,谈着济慈和勃朗宁。他们都很喜欢苏东坡的那首江城子:"十年生死两茫茫,不思量,自难忘,千里孤坟、无处话凄凉。"他们幻想着十年的时间会在他们身上留下怎样的痕迹。他们谈时间,空间,也谈论人生的道理——

齐虹说:"人活着就是为了自由。自由,这两个字实在好极了。自就是自己,自由就是什么都由自己,自己爱做什么就做什么。这解释好吗?"

他的语气有些像开玩笑,其实他是认真的。

"可是我在书里看见,认识必然才是自由。"江玫那几天正在看《大众哲学》。"人也不能只为自己,一个人怎么活?"

"呀!"齐虹笑道,"我倒忘了,你的同屋就是肖素。"

"我们非常要好。"

因为看到路旁的榆叶梅,齐虹说用热闹两字形容这种花最好,江玫很赞赏这两个字,就把自由问题搁下了。

江玫隐约觉得,在某些方面,她和齐虹的看法永远也不会一致。可是她并没有去多想这个,她只喜欢和他在一起,遏止不住地愿意和他在一起。

一个礼拜天,江玫第一次没有回家。她和齐虹商量好去颐和园。春天的颐和园真是花团锦簇,充满了生命的气息。来往的人都脱去了臃肿的冬装,显得那样轻盈可爱。江玫和齐虹沿着昆明湖畔向南走去,那边简直没有什么人,只有和暖的春风和他们作伴。绿得发亮的垂柳直向他们摆手。他们一路赞叹着春天,赞叹着生命,走到玉带桥旁。

"这水多么清澈,多么丰满啊。"江玫满心欢喜地向桥洞下面跑去。她笑着想要摸一摸那湖水。齐虹几步就追上了她,正好在最低的一层石阶上把她抱住。

"你呀!你再走一步就掉到水里去了!"齐虹掠着她额前的短发,"我救了你的命,知道么?小姑娘,你是我的。"

"我是你的。"江玫觉得世界上什么都不存在了。她靠在齐虹胸前,觉得这样撼人的幸福渗透了他们。在她灵魂深处汹涌起伏着潮水似的柔情,把她和齐虹一起溶化。

齐虹抬起了她的脸,"你哭了?"

"是的。我不知为什么,为什么这样感动——"

齐虹也感动地望着她,在清澈的丰满的春天的水面上,映出了一双倒影。

齐虹喃喃地说:"我第一次看见你,就是那个下雪天,你记得么? 我看见了你,当时就下了决心,一定要永远和你在一起,就像你头上的那两粒红豆,永远在一起,就像你那长长的双眉和你那双会笑的眼睛,永远在一起。"

"我还以为你没有看见我——"

"谁能不看见你! 你像太阳一样发着光,谁能不看见你!"齐虹的语气是这样热烈,他的脸上真的散发出温暖的光辉。

他们循着没有人迹的长堤走去,因为没有别人而感到自由和高兴。江玫抬起她那双会笑的眼睛,悄声说:"齐虹,咱们最好去住在一个没有人的岛上,四面是茫茫的大海,只有你是唯一的人——"

齐虹快乐地喊了一声,用手围住她的腰。"那我真愿意! 我恨人类! 只除了你!"

对于江玫来说,正是由于深切的爱,才想到这样的念头,她不懂齐虹为什么要联想到恨,未免有些诧异地望着他。她在齐虹光亮的眼睛里感到了热情,但在热情后面却有一些冰冷的东西,使她发抖。

齐虹注意到她的神色,改了话题:

"冷吗? 我的小姑娘?"

"我只是奇怪,你怎么能恨——"

"你甜蜜的爱,就是珍宝,我不屑把处境和帝王对调。"齐虹顺口念着莎士比亚的两句诗,他确是真心的。可是江玫听来,觉得他对那两句诗的情感,更多于对她自己。她并没有多计较,只说是真有些冷,柔顺地在他手臂中,靠得更紧一些。

江玫的温柔的衰弱的母亲不大喜欢齐虹。江玫问她:"他怎么不好? 他哪里不好?"母亲忧愁地微笑着,说他是聪明极了,也称得起漂亮,但做为一个人,他似乎少些什么,究竟少些什么,母亲也说不出。在江玫充满爱情的心灵里,本来有着一个奇怪的空隙,这是任何在恋爱中的女孩子所不会感到的。而在江玫,这空隙是那样尖锐,那样明显,使她在夜里痛苦得不能入睡。她想马上看见他,听他不断地诉说他的爱情。但那空隙,是无论怎样的诉说也填不满的罢。母亲的话更增加了江玫心上的阴影。更何况还有肖素。

红五月里,真是热闹非凡。每天晚上都有晚会。五月五日,是诗歌朗诵会。最后一个朗诵节目是艾青的《火把》。江玫担任其中的唐尼。她本来是再也不肯去朗诵诗的,她正好是属于一听朗诵诗就浑身起鸡皮疙瘩的那种人。肖素只问了她两句话:"喜欢这首诗不?""喜欢。""愿意多有一些人知道它不?""愿意。""那好了。你去念罢。"江玫拂不过她,最后还是站到台上来了。她听到自己清越的声音飘在黑压压的人群上,又落在他们心里。她觉得自己就是举着火把游行的唐尼,感觉到了一种完全新的东西、陌生的东西。而肖素正像是指导着唐尼的李茵。她愈念愈激动,脸上泛着红晕。她觉得自己在和上千的人共同呼吸,自己的情感和上千的人一同起落。"黑夜从这里逃遁了,哭泣在遥远的荒原。"那雄壮的齐诵好像是一种无穷的力量,推着她,使她想要奔跑,奔跑——

回到房间里,她对肖素说:"我今天忽然懂得了大伙儿在一起的意思,那就是大家有一样的认识,一样的希望,爱同样的东西,也恨同样的东西。"

肖素直看着她,问道:"你和齐虹有一样的认识,一样的期望么?"

江玫很怪肖素这时提到齐虹,打断了她那些体会,她那双会笑的眼睛严肃起来:"我真不知道怎样告诉你,我和齐虹,照我看,有很多地方,是永远也不会一致的。"

肖素也严肃地说:"本来是不会一致。小鸟儿,你是一个好女孩子,虽然天地窄小,却纯洁善良。齐虹憎恨人,他认为无论什么人彼此都是互相利用。他有的是疯狂的占有的爱,事实上他爱的还是自己。我和他已经同学四年——"

"你怎么能这样说他!我爱他!我告诉你我爱他!"江玫早忘了她和齐虹之间的分歧,觉得有一团火在胸中烧,她斩钉截铁地说,砰的一声关上房门,到走廊里去了。

"回来!回来。"第一声是严厉的,第二声是温柔的。肖素打开房门,看见她站在走廊里,眼睛像星星般亮。"你这礼拜天回家吗?有点事要你做。"

江玫是从不拒绝肖素的任何要求的。她隐约觉得肖素正在为一个伟大的事业做着工作,肖素的生活是和千百万人联系在一起的,非常炽热,似乎连石头也能温暖,她望着肖素,慢慢走了回来。

"什么事?交给我办好了。"

"你不回家么?"

"原来想回去看看。听说面粉已经涨到三百万一袋了。前几天大公报登了几首小诗,有一点稿费,想去送给母亲。"江玫一下子觉得疲倦得要命,坐在椅子上。

肖素本来想说"不食人间烟火的江玫也知道关心物价了",又一想,就没有说。只说:

"这里有几篇壁报稿子,礼拜一要出,你来把它们修改一遍,文字上弄通顺些,抄写清楚。我明天进城,可以把钱送给伯母。"她把稿子递给江玫,关心地看着她,说:"过两天,咱们还要好好谈一谈。"

礼拜天,江玫吃过早饭就坐在桌旁看那些稿子。为什么这些短短的文字并不怎么通顺的文章这样有说服力?要民主反饥饿,像钟声一样在江玫耳边敲着。参加新诗朗诵会的兴奋心情又升起来了。《火把》中的唐尼的形象仿佛正站在窗帘上。

有人敲门。

"江玫!"是齐虹的声音。

江玫转过头去,正是齐虹站在门口,一脸温柔的笑意,在看着江玫。

"哦!你来了!"

"昨天晚上到你家里去了,伯母说你没有回来。我连家也没有回,就回学校来了。"他走上来握住江玫的手。

一提起齐虹的家,江玫眼前就浮现出富丽堂皇的大厅,老银行家在数着银元,叮叮当当响,这和江玫手上的那些文章很不调和。甚至齐虹,这温文尔雅的齐虹,也和它们很不调和,但江玫看见他,还是很高兴的。

"在干什么?要出壁报么?听说你还朗诵诗?你怎么?也参加民主运动了?我的女诗人!"

江玫不太喜欢他那说话的语气,颔首要他坐下。

"我是来找你出去玩的。你看天气多么好!转眼就是夏天了。我来接你到'绝域'去做春季大扫除。"

"绝域"是他们两个都喜欢的一个童话"潘波得"中的神仙领域。他们的爱情就建筑在这些并不存在的童话,终究要萎谢的花朵,要散的云,会缺的月上面。

"今天不行呀,齐虹。"江玫抱歉地说。她抽回了自己的手,理了理放在桌上的稿子。"肖素要我——"

"肖素!又是肖素!你怎么这么听她的话!"齐虹不耐烦地说。

"她的话对么!"

"可是你知道我多么想和你在一起,去听那新生的小蝉的叫唤,去看那新长出来的小小的荷叶——我想要怎样,就要做到!"齐虹脸上温柔的笑意不见了,好像江玫是他的一本书,或者一件仪器。

江玫惊诧地望着他。

"也许,你还会去参加游行罢!你真傻透了!就知道一个肖素!"忿怒的阴云使他的脸变得很凶恶。但他马上又换上一副温和的腔调:"跟我去罢,我的小姑娘。"

江玫咬着自己的嘴唇,几乎咬出血来。

门外有人叫:"小鸟儿!江玫!快来看看这幅漫画,合适不合适。"

江玫想要出去。齐虹却站在桌前不放她走。江玫绕到桌子这边,齐虹也绕了过来,照旧拦住她。江玫又急又气,怎么推他也推不动,不一会儿,江玫的头发散乱,那红豆发夹落在地上,马上就被齐虹那穿着两色镶皮鞋的脚踩碎了,满地散着黑白两色的小珠。江玫觉得自己整个的灵魂正像那个发夹一样给压碎了。她再没有一点力气,屈辱地伏在桌上哭起来。

齐虹需要的正是这样的哭泣。他捡起那两粒红豆,极其体贴地抚着她的肩:"原谅我,原谅我!我太任性,我只是说不出的要和你在一起,我需要你——"

"别哭了,别哭了,我的小姑娘。"齐虹真的着急起来,"我再也不惹你生气了,再也不——再也不————"

江玫觉得这一切真没意思。她很快就抬起头来,擦干了眼泪。她看出来壁报是编不成了,但她也下定决心不跟他出去。只呆呆地坐着,望着窗外。

"好了,好了,不要生气。我来做个盒子把这两粒红豆装起来吧。做个纪念,以后绝不会再惹你。咱们该把这两粒红豆藏在哪儿?"

以后,这两粒红豆就被装在一个精致的盒子里面,放在耶稣像后面的小洞里了。那小洞是齐虹偶然发现的。江玫睡在床上看见耶稣的像,总觉得他太累,因为他负荷着那么多人世间的痛苦。

这一次争吵以后,齐虹和江玫并不是再也不,而是把争吵、哭泣,变成了他们爱情中的一部分。他们每次见面总有一阵风波,有时大有时小,但如有一天不见面,不看到听到对方的音容笑貌,在他们却又是受不了的事。他们的爱情正像鸦片烟一样,使人不幸,而又断绝不了。江玫一天天地消瘦了,苍白了,母亲望着她忍不住哭。齐虹脸上那种漠不关心的神气消失了,换上的是提心吊胆的急躁和忧愁。因为他对人生不信任,他对爱情也不信任,他监视着爱情,监视着幸福,监视着江玫——

就在这个时候,江玫也一天天明白了许多事。她知道少数人剥削多数人的制度该被打倒。她那善良的少女的心,希望大家都过好的生活。而且物价的飞涨正影响着江玫那平静温暖的小天地。母亲存着一些积蓄的那家银行忽然关了门。江玫和母亲一下子变成舅舅的负担了。江玫是决不愿意成为别人的负担的。她渴望着新的生活,新的社会秩序。共产党在她心里,已经成为一盏导向幸福自由的灯,灯光虽还模糊,但毕竟是看得见的了。

也就在这时候,江玫的母亲原有的贫血症愈来愈严重,医生说必须加紧治疗,每天注射肝精针,再拖下去的话,后果不堪设想。但是这一笔医药费用筹办起来谈何容易！舅舅已经是自顾不暇了,难道还去麻烦他？本来和齐虹一提也可以,但是江玫决不愿求他。江玫只自己发愁,夜里直睡不着觉。

肖素很快就看出来江玫有心事。一盘问,江玫就一五一十告诉了她。

"那可不能拖下去。"肖素立刻说,她那白白的脸上的神色总是那样果断。"我输血给她！小鸟儿,你看,我这样胖！"她含笑弯起了手臂。

江玫感动地抱住了她："不行,肖素。你和我的血型一样,和母亲不一样,不能输血。"

"那怎么办？我们总得想办法去筹一笔款子。"

第三天晚上,肖素兴高采烈地冲进房间。一进来就喊："江玫！快看！"江玫吃惊地看她,她大笑着,扬起了一叠钞票。

"素！哪里来的？你怎么这样有本事！"江玫也笑了,笑得那样放心。这种笑,是齐虹极想要听而听不到的。

"你别管,明天快拿去给伯母治病吧。"肖素眨眨眼睛,故作神秘地说。

"非要知道不可！不然我不安心！"

"别说了。我要睡觉了。"肖素笑过了,一下子显得很是疲倦。她脱去了朴素的蓝外套,只穿着短袖竹布旗袍,坐在床边上。

江玫上下打量她,忽然看见她的臂弯里贴着一块橡皮膏。江玫过去拉起她的手,看看橡皮膏,又看看她的脸。

"有什么好打量的？"肖素微笑着抽回了手,盖上了被。

"你——抽了血？"

肖素满不在乎地说："我卖了血。不只我一个人,还有几个伙伴。"

人常常会在一刹那间,也许只是因为一个眼神一个手势,伤透了心,破坏了友谊。人也常常会在一刹那间,也许就因为手臂上的一点针孔,建立了生死不渝的感情。江玫这时什么话也说不出来。她一下子跪在床边,用两只手遮住了脸。

礼拜六,江玫一定要肖素自己送钱去给母亲。肖素答应了和江玫一道回家,江玫也答应了肖素不告诉母亲钱的来源。两人欢欢喜喜回家去了。到了家,江玫才发现母亲已经病倒在床,这几天饭都是舅母那边送过来的。她站在衰老病弱的母亲床边,一阵心酸,眼泪夺眶而出。肖素也拿出了手绢。但她不只是看见这一位母亲躺在床上,她还看见千百万个母亲形销骨立心神破碎地被压倒在地下。

这一晚,两人自己做了面,端在母亲床边一同吃了。母亲因为高兴,精神也好了起来。她吃过了面,笑着问："我真是病得老了,今天你舅母来,问我有火没有,我听成有狗没有。直告诉她从前咱们养了一只狗,名叫斐斐——"肖素和江玫听了笑得不得了。江玫正笑着,想起了齐虹。她想:这种生活和感情是齐虹永远不会懂的。她也没有一点告诉给他的欲望。

六月,反对美国扶植日本的运动达到了高潮。江玫比以前更关心当前的政治局势。她感到美国正在筹谋着什么坏主意。很明显,扶植压迫中国人民八年之久的日本,在每一个中国人心上都会引起抑制不住的愤怒。

有一天,肖素和江玫坐在窗前,读着当时美驻华大使司徒雷登在报上发表的声明,一面读一面生气。声明中说:"如使日人成为饥饿不安之人民,则日人亦将续为和平之威胁,此种情形适为共产主义所需。如吾人诚意为一般之利益计,必须消灭鼓励共产主义之因素。"这很可以看清楚美国的目的究竟何在了。读完报纸,江玫忿忿地说:

"要不要共产主义,是我们自己的事!"

肖素微笑道:"你知道共产主义是什么?"

江玫坦率地说:"我不知道。不过我想那种生活总不会比现在坏。那时的人,都像你一样——"

肖素又笑道:"现在哪里不够好?你吃着大米饭,穿的花布旗袍,还坏么?"

江玫倚在肖素身上,一面想,一面说:"这个人吃人的社会,不只在物质上,也在精神上。"她出了一会儿神,又说:"肖素,要知道,我是多么寂寞呵。"

肖素抚着她的肩,说:"人生的道路,本来不是平坦的。要和坏人斗争,也要和自己斗争——"以后江玫在最困难的时候,总会想起这几句话。

六月九日,北京学生举行反美扶日大游行,江玫也参加了。

那天早上,窗外还黑得像老鸦的翅膀,江玫就起来收拾医药包,她是救护队的。她看看肖素空了一夜的床,又看看救护包上的红十字,心想肖素这一夜不知忙得怎样了,也许今天就会用这包里的绷带纱布来救护她罢。不知为什么,江玫特别为肖素和几个社团里的同学担心,江玫摸摸碘酒和红药水的药瓶,心中又兴奋,又不安。

"小鸟儿快走呀!"同学在门外叫起来了。

她们跑到操场上,夏天的太阳刚在东柳村那边村庄的屋顶上射出一片红光。肖素正在人丛里,她分明是一夜没有睡,胖胖的面庞有些苍白,但精神还是那样好。她看见江玫和同学们跑来,脸上闪过一个嘉许的微笑。

"江玫!"

"肖素!"江玫悄悄地塞给她一个大苹果,那是齐虹昨天送来的。对于齐虹不断向西楼运来的各式各样的礼物,江玫只偶尔接受一点水果和糖食。

长长的队伍出发了,举着各种标语,沉默地走在郊外的大道上。愈走天愈亮,愈走路愈分明,一个男同学问江玫:"药包重吗?我代你拿。"江玫微笑,说:"一个兵士的枪,能让人家代他背着吗?"那男同学也微笑,看着她穿着白衬衫蓝长裤红背心的雄赳赳的样子,问:"你永远都要做一个兵?"江玫严肃地睁大眼睛,略想了一想,她回答:"是的,永远。"

队伍七点钟就到了西直门,可是城门关了,进不去。人群中有人喊着:"不开城门,决不回校!"有的喊着:"大家冲呵,冲进去!"一时群情激昂,人声嘈杂,那些标语牌子忽高忽低地伏着。肖素在队伍里跑来跑去叫着:"别嚷!别乱!已经去交涉了。"江玫忽然很希望自己是一个手执拂尘的仙女,用拂尘一指,城门马上便开——自己这样想想,又觉得好笑,还是等肖素他们交涉,肖素比仙女有用得多。

果然,到九点钟时,城门开了,队伍涌进城去,正遇到城里几个大学的同学拥在门前迎接他们。"同学们,你好!""兄弟们,你好!"热情的呼声,此起彼落,江玫觉得泪水已冲到了眼睛里,她连忙低下头,看着自己的鞋尖。

游行开始了,大家一步步地走着,一声声地喊着。"反对美国扶植日本!""要自由!""要独立!"口号像炸弹一样在空中炸了开来,路旁有些军警脸上带了惊慌的神色,江玫几乎来不及想喊了什么,只觉得每一步路每一声喊都使大家更接近光明——

队伍走过了西四西单天安门,绕南池子到北京大学的民主广场。走过天安门的时候,江玫望着那雄伟的建筑,心里升起一种怜悯而又惭愧的心情。天安门在不肖的子孙手里,蒙受了多少耻辱。江玫觉得那剥落的红墙也在盼望着:新的社会快点来,让中华民族站起来,让天安门也站起来!

在民主广场举行了群众大会,有几个教授讲演。也许是累了,也许是别的原因,江玫觉得思想很不集中,那种兴奋和激动已经过去了。她惦记着那黄昏笼罩了的初夏的校园,惦记着自己住的西楼,说得更确切些,她是惦记着那在西楼窗下徘徊的那个年轻人。天知道他会急成什么样子,会发多么大的脾气,会做出怎样的事来!她把肩上挎的药包紧了一紧,感觉到一阵头昏。

肖素走过来,低声问:"你不舒服么?"

"没有,一点儿都没有!"江玫连忙振起了精神。自己暗暗责骂自己,在这样的场合,偏会想到他!

大队回到学校时,灯光已经缀满校园。江玫回到房间里,两腿再也抬不起来,像是绑上了两块大石头。这时有人敲门,江玫心中一紧,感到一场风暴就要发生了,她靠在床栏杆上,默默地啜着热水。门开了,进来的是老赵。他的眉头皱得打了结,手里拿着一个破碎的糖盒子,往桌上一放说:

"哎哟江小姐!可真不得了啦!我活了这么大年纪也没见过脾气这么

火暴的人!你们这位齐先生别是用公鸡血喂大的吧?他要死了,准得下冰冻地狱把人镇凉了才行,要不然连阎王殿都给烧啦!"

"什么'你们齐先生'!别这么说。他怎么了?你快说呀。"江玫放下了手中的杯子。

"今儿个下午他来找您,我说江小姐游行去了。他一听,就把他带来的这盒糖扔到大门外台阶上了,像是扔球似的!盒子破了,糖都滚了出来,我看这盒糖呀,值一袋面的钱,心里怪舍不得,我说,'齐先生,江小姐不在,你给东西留下得了,干嘛发这么大的火呀?'他一听更急了,一张脸煞红煞白,抄起门房的一个茶杯就摔在玻璃窗上,哗啦!你瞧瞧这满地的玻璃碴子!我看他是有点儿疯病!摔完了拔腿就走,还扔在台阶上三百万的票子,那是让我们修玻璃买茶杯?您说是不是?"

"别说了。"江玫无力地挥手。"就补块玻璃买个茶杯罢。"

"这糖,我看怪可惜了儿的,给您捡了来了。"

"你带回家去,那不是我的,我不要。"

这时肖素已经进来了,把这一段话都听了去。她一回来就洗脸洗脚,都收拾好了就伏在桌上写什么。而江玫还靠在床栏杆上,一动也不动。

肖素停下笔来:"你干什么?小鸟儿?你这样会毁了自己的。看出来了没有?齐虹的灵魂深处是自私残暴和野蛮,干嘛要折磨自己?结束了吧,你那爱情!真的到我们中间来,我们都欢迎你,爱你——"肖素走过来,用两臂围着江玫的肩。

"可是,齐虹——"江玫没有完全明白肖素在说什么。

"什么齐虹!忘掉他!"肖素几乎是生气地喊了起来,"你是个好孩子,好心肠,又聪明能干,可是这爱情会毒死你!忘掉他!答应我!小鸟儿。"

江玫还从没有想到要忘掉齐虹。他不知怎么就闯入了她的生命,她也永不会知道该如何把他赶出去。她迟钝地说:"忘掉他——忘掉他——我死了,就自然会忘掉。"

肖素真生她的气:"怎么这样说话!好好儿要说到死!我可想活呢,而且要活得有价值!"她说着,颜色有些凄然。

"怎么了?素姐!"细心而体贴的江玫一眼就看出有什么不平常的事。对肖素的关心一下子把自己的痛苦冲了开去。

肖素望着窗外,想了一会儿,说:"危险得很。小鸟儿。我离开你以后,你还是要走我们的路,是不是?千万不要跟着齐虹走,他真会毁了你的。"

"离开我!"江玫一把抱住了肖素。"离开我!为什么!我要跟你在一起!"

"我要毕业了呀,家里要我回湖南去教书。"肖素似真似假地回答。她是湖南人,父亲是个中学教员。

"毕业?"

"是毕业呀。"

可是肖素并没有能毕业,当然也没有回湖南去教书。她去参加毕业考试的最后一项科目,就没有回来。

同学们跑来告诉江玫时,江玫正在为"英国小说选"这一门课写读书报告,读的书是英国女作家艾米莱·勃朗特的《咆哮山庄》。江玫和齐虹常常谈论这本书。齐虹对这本书有那么多精辟的见解,了解得那样透彻,他真该是最懂得人生、最热爱人生的,但是竟不然——

肖素被捕的消息一下子就把江玫从《咆哮山庄》里拉出来了。江玫跳起来夺门而出,不顾那精心写作的读书报告撒得满地。好些同学跟她一起跑出了西楼,一直跑到学校门口,只看见一条笔直的马路,空荡荡的,望不到头。路边的洋槐发散着淡淡的香气。江玫手扶着一棵洋槐树,连声问:"在哪儿?在哪儿?"一个同学痛心地说:"早装上闷子车,这会子到了警察局了。"江玫觉得天旋地转,两腿再没有一点力气,一下子就坐在地上了。大家都拥上来看她,有的同学过来搀扶她。

"你怎么了?"

"打起精神来,江玫!"

大家喊喊喳喳在说着。是谁忿忿的声音特别响:"流血,流泪,逮捕,更教人睁开了眼睛!"

"是呀!"江玫心里说,"逮走一个肖素,会让更多的人都长成肖素。"

江玫弄不清楚人群怎样就散开了,而自己却靠在齐虹的手臂上,缓缓走着。

齐虹对她说:"我们系里那些进步同学嚷嚷着江玫晕倒了,我就明白是为了那肖素的缘故,连忙赶来。"

"对了。你们不是一起考理论物理吗?听说她是在课堂上被抓走的。"江玫这时多么希望谈谈肖素。

"是在考试时被抓走的。你看,干那些民主活动,有什么好下场!你还要跟着她跑!我劝你多少次——"

"什么!你说什么!"江玫叫了起来,她那会笑的眼睛射出了火光。"你!你真是没有心肝!"她把齐虹扶着她的手臂用力一推,自己向宿舍跑去了。跑得那么快,好像后面有什么妖魔鬼怪在追着她。

她好容易跑到自己房间,一下子扑在床上,半天喘不过气来。这时齐虹的手又轻轻放在她肩上了。齐虹非常吃惊,他不懂江玫为什么会发这么大的脾气,他曲着一膝伏在床前说:

"我又惹了你吗？玫！我不过忌妒着肖素罢了，你太关心她了。你把我放在什么地方？我常常恨她，真的，我觉得就是她在分开咱们俩——"

"不是她分开我们，是我们自己的道路不一样。"江玫抽咽着说。

"什么？为什么不一样？我们有些看法不同，我们常常打架，我的脾气确实不好。不过，那有什么关系，反正我只知道，没有你就不行。我还没有告诉你，玫，我家里因为近来局势紧张，预备搬到美国去，他们要我也到美国去留学。"

"你！到美国去？"江玫猛然坐了起来。

"是的。还有你，玫。我已经和父亲说到了你，虽然你从来都拒绝到我家里去，他们对你都很熟悉。我常给他们看你的相片。"齐虹得意地拿出他随身携带的小皮夹子，那里面装着江玫的一张照片，是齐虹从她家里偷去的。那是江玫十七岁时照的，一双弯弯的充满了笑意的眼睛，还有那深色的嘴唇微微翘起，像是在和谁赌气。"我对他们说，你是一首最美的诗，一只最美的乐曲——"若说起赞美江玫的话来，那是谁也比不上齐虹的。

"不要说了。"江玫辛酸地止住了他。"不管是什么，可不能把你留在你的祖国呵。"

"可是你是要和我一块儿去的，玫，你可以接着念大学，我们要永远在一起，没有任何东西能分开我们。"

"不要说了，不要说了。"这是江玫惟一能说的话。

心上的重压逼得江玫走投无路。她真怕看肖素留下的那张空床，那白被单刺得她眼睛发痛。没有到礼拜六，她就回家去了。那晚正停电，母亲坐在摇曳的烛光下面缝着什么，在阴影里，她显得那样苍老而且衰弱，江玫心里一阵发痛，无声地唤着"心爱的母亲，可怜的母亲"，眼泪不由自主地流了下来。

"玫儿！"母亲丢了手中的活计。

"妈妈！肖素被捉走了。"

"她被捉走了？"母亲对女儿的好朋友是熟悉的。她也深深爱着那坦率纯朴的姑娘，但她对这个消息竟有些漠然，她好像没有知觉似地沉默着，坐在阴影里。

"肖素被捉走了。"江玫又重复了一遍。她眼前仿佛看见一个殷红的圆圆的面孔。

"早想得到呵。"母亲喃喃地说。

江玫把手中的书包扔到桌上，跑过来抱住母亲的两腿。"您知道！"

"我不知道但我想得到。"母亲叹了一口气，用她枯瘦的手遮住自己的脸，停了一下，才说："我一直没有告诉你。我想着，没有父亲的日子，对我的小女儿来说,已经够受的了,怎能再加上别的缘故,让你的日子更沉重。——要知道你的父亲,十五年前,也是这样不明不白地就再没有回来。他从来也没有害过什么肠炎胃炎,只是那些人说他思想有毛病。他脾气倔,不会应酬人,还有些别的什么道理,我不懂,说不明白。他反正没有杀人放火,可我们就这样糊里糊涂地再也看不见他了——"母亲说着,失声痛哭起来。

原来父亲并不是死于什么肠炎!无怪母亲常常说不该有一个人屈死。屈死!父亲正是屈死的!江玫几乎要叫出来。她也放声哭了。母亲抚着她的头,眼泪浇湿了她的头发……

从父亲死后,江玫只看见母亲无言流泪,还从没有看见她这样激动过。衰弱的母亲,心底埋藏了多少悲痛和仇恨!江玫觉得母亲的眼泪滴落在她头上,这眼泪使得她平静下来了。是的,难道还该要这屈死人的社会么?彷徨挣扎的痛苦离开了她,仿佛有一种大力量支持着她走自己选择的路。她把母亲粗糙的手搁在自己被泪水浸湿的脸颊上,低声唤着:"父亲——我的父亲——"

门轻轻开了,烛光把齐虹的修长的影子投在墙上,母亲吃惊地转过头去。江玫知道是齐虹,仍埋着头不做声。齐虹应酬地唤了一声"伯母",便对江玫说:

"你怎么今天回家来了?我到处找你找不着。"

江玫没有理他,抬头告诉母亲:"他要到美国去。"

"是要和江玫一块儿去,伯母。"齐虹抢着加了一句。

"孩子,你会去吗?"母亲用颤抖的手摸着女儿的头。

"您说呢?妈妈!"江玫抱住母亲的双膝,抬起了满是泪痕的脸。

"我放心你。"

"您同意她去了,伯母?"人总是照自己所期待的那样理解别人的话,齐虹惊喜万分地走过来。

"母亲放心我自己做决定。她知道我不会去。"江玫站起来,直望着齐虹那张清秀的象牙色的脸。齐虹浑身上下都滴着水,好像他是游过一条大河来到她家似的。

可是齐虹自己一点不觉得淋湿了,他只看见江玫满脸泪痕,连忙拿出手帕来给她擦,一面说:"咱们别再闹别扭了,玫,老打架,有什么意思?"

"是下雨了吗?"母亲包起她的活计,"你们商量罢,玫儿,记住你的父亲。"

"我不知道下雨了没有。"齐虹心不在焉地回答,他没有看见江玫的母亲已经走出房去,他的眼睛一刻都没有离开江玫。

江玫呆呆地瞪着他,尽他拭去了脸上的泪,叹了一口气,说:

"看来竟不能不分手了。我们的爱情还没有能让我们舍弃自己的一生。"

"我们一定会过得非常舒适而且快活——为什么提到舍弃,为什么提到分手?"齐虹狂热地吻着他最熟悉的那有着粉红色指甲的小手。

"那你留下来!"江玫还是呆呆地看着他。

"我留下来?我的小姑娘,要我跟着你满街贴标语,到处去游行么?我们是特殊的人,难道要我丢了我的物理音乐,我的生活方式,跟着什么群众瞎跑一气,扔开智慧,去找愚蠢!傻心眼的小姑娘,你还根本不懂生活,你再长大一点,就不会这样天真了。"

"傻心眼?人总还是傻点好!"

"你一定得跟我走!"

"跟你走,什么都扔了。扔开我的祖国,我的道路,扔开我的母亲,还扔开我的父亲!"江玫的声音细若游丝,她自己都听不见自己在说什么。说到父亲两字,她的声音猛然大起来,自己也吃了一惊。

"可是你有我。玫!"齐虹用责备的语气说,他看见江玫眼睛里闪耀一种亮得奇怪的火光,不觉放松了江玫的手。紧接着一阵遏止不住的渴望和激怒,使他抓住了江玫的肩膀。他压低了声音,一字一字地说:"我恨不得杀了你,把你装在棺材里带走。"

江玫回答说:"我宁愿听说你死了,不愿知道你活得不像个人。"

风呼啸着,雨滴急速地落着。疾风骤雨,一阵比一阵紧,忽然哗啦一声响,是什么东西摔碎了。齐虹把江玫搂在胸前,借着闪电的惨白的光辉,看见窗外阶上的夹竹桃被风刮到了阶下。江玫心里又是一阵疼痛,她觉得自己的爱情,正像那粉碎了的花盆一样,像那被吹落的花朵一样,永远不能再重新完整起来,永远不能再重新开在枝头。

这种爱情,就像碎玻璃一样割着人。齐虹和江玫,虽然都把话说得那样决绝,却还是形影相随。花池畔,树林中,不断地增添着他们新的足迹。他们也还是不断地争吵,流泪。

十月里东北局势紧张,解放军排山倒海地压来,解放了好几个城市。当时蒋介石提出的方针是:"维持东北,确保华北,肃清华中"。虽然对华北是确保,但华北的"贵人"们还是纷纷南迁。齐虹的家在秋初就全部飞南京转沪赴美了,只有齐虹一个人留在北京。他告诉家里说论文还有点尾巴没写好,拿不到毕业文凭,而实际上,他还在等着江玫回心转意。他根本不相信江玫可能不跟他走。他,齐虹,这样的齐虹,又在发疯地爱着的齐虹!在那执拗的江玫面前,他不只一次想,若真能把她包扎起来带走该有多好!他脸上的神色愈来愈焦愁,紧张,眼神透露着一种凶恶。这些都常在黑夜里震荡着江玫的梦。

江玫的梦现在已不是那种透明的、颜色非常鲜亮的少女的梦了。局势的变化,肖素的被捕,齐虹的爱,以及她自己的复杂的感情,使她多懂了许多事。在抗议"七五"事件(国民党屠杀东北来的青年学生)的游行里,她已经不再当救护队,而打着"反剿民,要活命,要请愿"的大标语走在队伍的前列了。她领头喊着"为死者伸冤,为生者请命"的口号,她奇怪自己的声音竟会这样响。她想到,在死者里面有她的父亲;在生者里面有母亲、肖素和她自己。她渴望着把青春贡献给为了整个人类解放的事业,她渴望着生活来一次翻天覆地的变动。

后来据肖素说,(肖素在解放后出狱,在广播电台做播音员,向全世界广播北京的声音。)那时的地下组织原打算发展江玫参加地下民主青年联盟的,只是她和齐虹的感情,让人闹不清她究竟爱什么,憎恶什么,就搁下来了。江玫听说这话,只轻轻叹了口气。

一九四八年冬天,北京已经到了解放前夕。城里流传着这样的民谣:"家家挂红灯,迎接毛泽东。"最沉得住气的反动官员们、大亨们都纷纷逃走了。齐虹家里几乎是一天一封电报催他走,并且代他订了飞机座位。那时江玫的中心工作是和同学们一起讨论怎样应"变",宣传护校。她为即将来到的解放,感到兴奋,好像等待着一件期待已久的亲人的礼物,满怀着感情,幻想解放后的日子。而同时,她和齐虹那注定了的无可挽回的分别啮咬着她的心。她觉得自己的心一面在开着花,同时又在萎缩。

一天,齐虹进城去了,直到晚上还没有露面。江玫坐在图书馆里,一页书也没有看,进来一个人她就抬头,可是直到电灯开了,齐虹还是不见。她忽然想,很可能他已经走了。走了,永远再也见不到他了。可是江玫一定还要再看他一眼,最后一眼!"齐虹!齐虹!"江玫几乎要叫出来,叫得全图书馆都听见。她连忙紧咬着嘴唇,快步走出了图书馆。

那是那一年冬天的第一个下雪天。路上的雪还没有上冻,灯光照在雪花上,闪闪刺人的眼。江玫一直向北楼走去,她想看一看那正对着一棵白杨树梢的窗子,有没有灯光。那个房间她从没有去过,可是那窗口她却十分熟悉。齐虹常对她讲窗口的白杨树叶的沙沙声怎样伴着他度过多少不眠的夜。透过飞舞着的迷乱的雪花,她一下子就找到那棵白杨树,而那白杨树梢的窗口,漆黑一片,没有灯光。

江玫的心沉了下去。她两腿发软,站在北楼前,一动不动。

也许他从城里回来太累,已经去睡了?也许他还没有回来?江玫快步走进了北楼,走到齐虹的房间,她敲门又推门,门是锁着的。

"难道再见不着他了！真见不着他了！"江玫走出北楼,心里在大声哭泣。她完全没有看见新诗社的一个同学从她身边走过,也没有听见人家在唤着"小鸟儿"。

好容易走到西楼,江玫真是一点力气都没有了。她想找个地方靠一靠再上楼,一眼看见自己房间里有灯光。那房间,自从肖素被抓去以后,是那样空,那样冷,晚上进去总是黑洞洞的。这时竟点着灯,这灯光温暖了江玫,她三步两步跑上去,在门外就叫着"虹！"

果然是齐虹在房间里等她,满脸的焦急使他看上去苍老了许多。他一看见江玫,连忙迎上来握着她的手,疲倦地、也多少有些安心地说："你到底回来了！我以为我再也见不着你了。"

江玫没有回答。她怕自己会把刚才那一番焦急向他倾吐,会让他明白她多离不开他。而他却就要走了,永远地走了。

"明天一早的飞机,今晚就要去机场。"齐虹焦躁地说,"一切都已经定了,怎么样？咱们就得分别么？"

"分别？——永远不能再见你——"江玫看着那耶稣受难的像,她仿佛看见那像后的两粒红豆。

"完全可以不分别,永不分别！玫！只要你说一声同我一道走,我的小姑娘。"

"不行。"

"不行！你就不能为我牺牲一点！你说过只愿意跟我在一起！"

"你自己呢？"江玫的目光这样说。

"我么！我走的路是对的。我绝不能忍受看见我爱的人去过那种什么'人民'的生活！你该跟着我！你知道么！我从来没有这样求过人！玫！你听我说！"

"不行。"

"真的不行么？你就像看见一个临死的人而不肯去救他一样,可他一死去就再也不会活转来了。再也不会活了！走开的人永远也不会再回来。你会后悔的,玫！我的玫！"他用力摇着江玫的肩。

"我不后悔。"

齐虹看着她的眼睛,还是那亮得奇怪的火光。他叹了一口气："好,那么,送我下楼罢。"

江玫温柔地代他系好围巾,拉好了大衣领子,一言不发,送他下楼。

纷飞的雪花在无边的夜里飘荡,夜,是那样静,那样静。他们一出楼门,马上开过来一辆小汽车。从车里跳出一个魁梧的司机。齐虹对司机摇摇手,把江玫领到路灯下,看着她,摇头,说："我原来预备抢你走的。你知道么?你看,我预备了车,飞机票也买好了。不过,我看了出来,那样做,你会恨我一辈子。你会的,不是么?"他拿出一张飞机票,也许他还希望江玫会忽然同意跟他走,迟疑了一下,然后把它撕成几瓣。碎纸片混在飞舞的雪花中,不见了。"再见!我的玫。我的女诗人!我的女革命家!"他最后几句话,语气非常尖刻。江玫看见他的脸因为痛苦而变了形,他的眼睛红肿,嘴唇出血,脸上充满了烦躁和不安。江玫忽然想起,第一次看见他时,他脸上那种漠不关心,什么都看不见的神气。

江玫想说点什么,但说不出来,好像有千把刀子插在喉头。她心里想:"我要撑过这一分钟,无论如何要撑过这一分钟。"她觉得齐虹冰凉的嘴唇落在她的额上,然后汽车响了起来。周围只剩了一片白,天旋地转的白,淹没了一切的白——

她最后对齐虹说的一句话就是"我不后悔"。

江玫果然没有后悔。那时称她革命家是一种讽刺,这时她已经真的成长为一个好的党的工作者了。解放后又渐渐健康起来的母亲骄傲地对人说:"她父亲有这样一个女儿,死得也不算冤了。"

雪还在下着。江玫手里握着的红豆已经被泪水滴湿了。

"江玫!小鸟儿!"老赵在外面喊着。"有多少人来看你啦!史书记,老马,郑先生,王同志,还有小耗子——"

一阵笑语声打断了老赵不伦不类的通报。江玫刚流过泪的眼睛早已又充满了笑意。她把红豆和盒子放在一旁,从床边站了起来。

1956 年 12 月

(初载《人民文学》1957 年第 7 期)

茹志鹃

百　合　花

一九四六年的中秋。

这天打海岸的部队决定晚上总攻。我们文工团创作室的几个同志,就由主攻团的团长分派到各个战斗连去帮助工作。大概因为我是个女同志吧!团长对我抓了半天后脑勺,最后才叫一个通讯员送我到前沿包扎所去。

包扎所就包扎所吧!反正不叫我进保险箱就行。我背上背包,跟通讯员走了。

早上下过一阵小雨,现在虽放了晴,路上还是滑得很,两边地里的秋庄稼,却给雨水冲洗得青翠水绿,珠烁晶莹。空气里也带有一股清鲜湿润的香味。要不是敌人的冷炮,在间歇地盲目地轰响着,我真以为我们是去赶集呢!

通讯员撒开大步,一直走在我前面。一开始他就把我摞下几丈远。我的脚烂了,路又滑,怎么努力也赶不上他。我想喊他等等我,却又怕他笑我胆小害怕;不叫他,我又真怕一个人摸不到那个包扎所。我开始对这个通讯员生起气来。

嗳!说也怪,他背后好像长了眼睛似的,倒自动在路边站下了。但脸还是朝着前面,没看我一眼。等我紧走慢赶地快要走近他时,他又蹬蹬蹬地自个向前走了,一下又把我甩下几丈远。我实在没力气赶了,索性一个人在后面慢慢晃。不过这一次还好,他没让我摞得太远,但也不让我走近,总和我保持着丈把远的距离。我走快,他在前面大踏步向前;我走慢,他在前面就摇摇摆摆。奇怪的是,我从没见他回头看我一次,我不禁对这通讯员发生了兴趣。

刚才在团部我没注意看他,现在从背后看去,只看到他是高挑挑的个子,块头不大,但从他那副厚实实的肩膀看来,是个挺棒的小伙。他穿了一身洗淡了的黄军装,绑腿直打到膝盖上。肩上的步枪筒里,稀疏地插了几根树枝,这要说是伪装,倒不如算作装饰点缀。

没有赶上他,但双脚胀痛得像火烧似的。我向他提出了休息一会后,自己便在做田界的石头上坐了下来。他也在远远的一块石头上坐下,把枪横搁在腿上,背向着我,好像没我这个人似的。凭经验,我晓得这一定又因为我是个女同志的缘故。女同志下连队,就有这些困难。我着恼地带着一种反抗情绪走过去,面对着他坐下来。这时,我看见他那张十分年轻稚气的圆脸,顶多有十八岁。他见我挨他坐下,立即张惶起来,好像他身边埋下了一颗定时炸弹,局促不安,掉过脸去不好,不掉过去又不行,想站起来又不好意思。我拼命忍住笑,随便地问他是哪里人。他没回答,脸涨得像个关公,讷讷半晌,才说清自己是天目山人。原来他还是我的同乡呢!

"在家时你干什么?"

"帮人拖毛竹。"

我朝他宽宽的两肩望了一下,立即在我眼前出现了一片绿雾似的竹海,海中间,一条窄窄的石级山道,盘旋而上。一个肩膀宽宽的小伙,肩上垫了一块老蓝布,扛了几枝青竹,竹梢长长的拖在他后面,刮打得石级哗哗作响……这是我多么熟悉的故乡生活啊!我立刻对这位同乡,越加亲热起来。我又问:

"你多大了?"

"十九。"

"参加革命几年了?"

"一年。"

"你怎么参加革命的?"我问到这里自己觉得这不像是谈话,倒有些像审讯。不过我还是禁不住地要问。

"大军北撤时①我自己跟来的。"

"家里还有什么人呢?"

"娘、爹、弟弟妹妹,还有一个姑姑也住在我家里。"

"你还没娶媳妇吧?"

"……"他飞红了脸,更加忸怩起来,两只手不停地数摸着腰皮带上的扣眼;半晌他才低下了头,憨憨地笑了一下,摇了摇头。我还想问他有没有对象,但看到他这样子,只得把嘴里的话,又咽了下去。

两人闷坐了一会儿,他开始抬头看看天,又掉过来扫了我一眼,意思是在催我动身。

当我站起来要走的时候,我看见他摘了帽子,偷偷地在用毛巾拭汗。这是我的不是,人家走路都没出一滴汗,为了我跟他说话,却害他出了这一头

---

① 一九四五年鬼子投降后,共产党为了全国人民实现和平的愿望,和国民党进行和平谈判,并忍痛撤出江南。但时隔不久,国民党竟背信撕毁"双十"协定,又向我中原、苏中等解放区大举进攻。

大汗,这都怪我了。

我们到包扎所,已是下午两点钟了。这里离前沿有三里路,包扎所设在一个小学里,大小六个房子组成品字形,中间一块空地长了许多野草,显然,小学已有多时不开课了。我们到时屋里已有几个卫生员在弄着纱布棉花,满地上都是用砖头垫起来的门板,算作病床。

我们刚到不久,来了一个乡干部,他眼睛熬得通红,用一片硬拍纸插在额前的破毡帽下,低低地遮在眼睛前面挡光。他一肩背枪,一肩挂了一杆秤;左手挎了一篮鸡蛋,右手提了一口大锅,呼哧呼哧地走来。他一边放东西,一边对我们又抱歉又诉苦,一边还喘息地喝着水,同时还从怀里掏出一包饭团来嚼着。我只见他迅速地做着这一切,他说的什么我就没大听清。好像是说什么被子的事,要我们自己去借。我问清了卫生员,原来因为部队上的被子还没发下来,但伤员流了血,非常怕冷,所以就得向老百姓去借。哪怕有一二十条棉絮也好。我这时正愁工作插不上手,便自告奋勇讨了这件差事,怕来不及就顺便也请了我那位同乡,请他帮我动员几家再走。他踌躇了一下,便和我一起去了。

我们先到附近一个村子,进村后他向东,我往西,分头去动员。不一会儿,我已写了三张借条出去,借到两条棉絮,一条被子,手里抱得满满的,心里十分高兴,正准备送回去再来借时,看见通讯员从对面走来,两手还是空空的。

"怎么,没借到?"我觉得这里老百姓觉悟高,又很开通,怎么会没有借到呢,我有点惊奇地问。

"女同志,你去借吧!……老百姓死封建……"

"哪一家?你带我去。"我估计一定是他说话不对,说崩了。借不到被子事小,得罪了老百姓影响可不好。我叫他带我去看看。但他执拗地低着头,像钉在地上似的,不肯挪步。我走近他,低声地把群众影响的话对他说了。他听了,果然就松松爽爽地带我走了。

我们走进老乡的院子里,只见堂屋里静静的,里面一间房门上,垂着一块蓝布红额的门帘,门框两边还贴着鲜红的对联。我们只得站在外面向里"大姐大嫂"地喊,喊了几声,不见有人应,但响动是有了。一会,门帘一挑,露出一个年轻媳妇来。这媳妇长得很好看,高高的鼻梁,弯弯的眉,额前一绺蓬松松的刘海。穿的虽是粗布,倒都是新的。我看她头上已硬翘翘地挽了髻,便大嫂长大嫂短地对她道歉,说刚才这个同志来,说话不好别见怪等等。她听着,脸扭向里面,尽咬着嘴唇笑。我说完了,她也不作声,还是低头咬着嘴唇,好像忍了一肚子的笑料没笑完。这一来,我倒有些尴尬了,下面的话怎么说呢!我看通讯员站在一边,眼睛一眨不眨地看着我,好像在看连长做示范动作似的。我只好硬了头皮,讪讪地向她开口借被子了,接着还对她说了一遍共产党的部队,打仗是为了老百姓的道理。这一次,她不笑了,一边听着,一边不断向房里瞅着。我说完了,她看看我,看看通讯员,好像在掂量我刚才那些话的斤两。半晌,她转身进去抱被子了。

通讯员乘这机会,颇不服气地对我说道:

"我刚才也是说的这几句话,她就是不借,你看怪吧!……"

我赶忙白了他一眼,不叫他再说。可是来不及了,那个媳妇抱了被子,已经在房门口了。被子一拿出来,我方才明白她刚才为什么不肯借的道理了。这原来是一条里外全新的新花被子,被面是假洋缎的,枣红底,上面撒满白色百合花。她好像是在故意气通讯员,把被子朝我面前一送,说:"抱去吧。"

我手里已捧满了被子,就一努嘴,叫通讯员来拿。没想到他竟扬起脸,装作没看见。我只好开口叫他,他这才绷了脸,垂着眼皮,上去接过被子,慌慌张张地转身就走。不想他一步还没走出去,就听见"嘶"的一声,衣服挂住了门钩,在肩膀处,挂下一片布来,口子撕得不小。那媳妇一面笑着,一面赶忙找针拿线,要给他缝上。通讯员却高低不肯,夹了被子就走。

刚走出门不远,就有人告诉我们,刚才那位年轻媳妇,是刚过门三天的新娘子,这条被子就是她惟一的嫁妆。我听了,心里便有些过意不去,通讯员也皱起了眉,默默地看着手里的被子。我想他听了这样的话一定会有同感吧。果然,他一边走,一边跟我嘟哝起来了。

"我们不了解情况,把人家结婚被子也借来了,多不合适呀!……"我忍不住想给他开个玩笑,便故作严肃地说:

"是呀!也许她为了这条被子,在做姑娘时,不知起早熬夜,多干了多少零活积起来的钱,或许她曾为了这条花被,睡不着觉呢。可是还有人骂她死封建……"

他听到这里,突然站住脚,呆了一会,说:

"那!……那我们送回去吧!"

"已经借来了,再送回去,倒叫她多心。"我看他那副认真、为难的样子,又好笑,又觉得可爱。不知怎么的,我已从心底爱上了这个傻乎乎的小同乡。

他听我这么说,也似乎有理,考虑了一下,便下决心似的说:

"好,算了。用了给她好好洗洗。"他决定以后,就把我抱着的被子,通统抓过去,左一条、右一条地披挂在自己肩上,大踏步地走了。

回到包扎所以后,我就让他回团部去。他精神顿时活泼起来了,向我敬了礼就跑了。走不几步,他又想起了什么,在自己挂包里掏了一阵,摸出两个馒头,朝我扬了扬,顺手放在路边石头上,说:"给你开饭啦!"说完就脚不点地地走了。我走过去拿起那两个干硬的馒头,看见他背的枪筒里不知在什么时候又多了一枝野菊花,跟那些树枝一起,在他耳边抖抖地颤动着。

他已走远了,但还见他肩上挂下来的布片,在风里一飘一飘,我真后悔没给他缝上再走。现在,至少他要裸露一晚上的肩膀了。

包扎所的工作人员很少。乡干部动员了几个妇女,帮我们打水,烧锅,做些零碎活。那位新媳妇也来了,她还是那样,笑眯眯地抿着嘴,偶然从眼角上看我一眼,但她时不时地东张西望,好像在找什么。后来她到底问我说:

"那位同志弟到哪里去了?"我告诉她同志弟不是这里的,他现在到前沿去了。她不好意思地笑了一下说:"刚才借被子,他可受我的气了!"说完又抿了嘴笑着,动手把借来的几十条被子、棉絮,整整齐齐地分铺在门板上、桌子上(两张课桌拼起来,就是一张床)。我看见她把自己那条白百合花的新被,铺在外面屋檐下的一块门板上。

天黑了,天边涌起一轮满月。我们的总攻还没发起。敌人照例是忌怕夜晚的,在地上烧起一堆堆的野火,又盲目地轰炸,照明弹也一个接一个地升起,好像在月亮下面点了无数盏的汽油灯,把地面的一切都赤裸裸地暴露出来了。在这样一个"白夜"里来攻击,有多困难,要付出多大的代价啊!我连那一轮皎洁的月亮,也憎恶起来了。

乡干部又来了,慰劳了我们几个家做的干菜月饼。原来今天是中秋节了。

啊!中秋节,在我的故乡,现在一定又是家家门前放一张竹茶几,上面供一副香烛,几碟瓜果月饼。孩子们急切地盼那炷香快些焚尽,好早些分摊给月亮娘娘享用过的东西。他们在茶几旁边跳着唱着:"月亮堂堂,敲锣买糖……"或是唱着:"月亮嬷嬷,照你照我……"我想到这里,又想起我那个小同乡,那个拖毛竹的小伙,也许,几年以前,他还唱过这些歌吧!……我咬了一口美味的家做月饼,想起那个小同乡大概现在正趴在工事里,也许在团指挥所,或者是在那些弯弯曲曲的交通沟里走着哩!……

一会儿,我们的炮响了,天空划过几颗红色的信号弹,攻击开始了。不久,断断续续的有几个伤员下来,包扎所的空气立即紧张起来。

我拿着小本子,去登记他们的姓名、单位,轻伤的问问,重伤的就得拉开他们的符号,或是翻看他们的衣襟。我拉开一个重彩号的符号时,"通讯员"三个字使我突然打了个寒战,心跳起来。我定了下神才看到符号上写着×营的字样。啊!不是,我的同乡他是团部的通讯员。但我又莫名其妙地想问问谁,战地上会不会漏掉伤员。通讯员在战斗时,除了送信,还干什么——我不知道自己为什么要问这些没意思的问题。

战斗开始后的几十分钟里,一切顺利,伤员一次次带下来的消息,都是我们突击第一道鹿砦,第二道铁丝网,占领敌人前沿工事打进街了。但到这里,消息忽然停顿了,下来的伤员,只是简单地回答说"在打",或是"在街上巷战"。但从他们满身泥泞,极度疲乏的神色上,甚至从那些似乎刚从泥里掘出来的担架上,大家明白,前面在进行着一场什么样的战斗。

包扎所的担架不够了,好几个重彩号不能及时送后方医院,耽搁下来。我不能解除他们任何痛苦,只得带着那些妇女,给他们拭脸洗手,能吃得的喂他们吃一点,带着背包的,就给他们换一件干净衣裳,有些还得解开他们的衣服,给他们拭洗身上的污泥血迹。

做这种工作,我当然没什么,可那些妇女又羞又怕,就是放不开手来,大家都要抢着去烧锅,特别是那新媳妇。我跟她说了半天,她才红了脸,同意了。不过只答应做我的下手。

前面的枪声,已响得稀落了。感觉上似乎天快亮了,其实还只是半夜。外边月亮很明,也比平日悬得高。前面又下来一个重伤员。屋里铺位都满了,我就把这位重伤员安排在屋檐下的那块门板上。担架员把伤员抬上门板,但还围在床边不肯走。一个上了年纪的担架员,大概把我当做医生了,一把抓住我的膀子说:"大夫,你可无论如何要想办法治好这位同志呀!你治好他,我……我们全体担架队员给你挂匾!……"他说话的时候,我发现其他的几个担架队员也都睁大了眼盯着我,似乎我点一点头,这伤员就立即会好了似的。我心想给他们解释一下,只见新媳妇端着水站在床前,短促地"啊"了一声。我急拨开他们上前一看,我看见了一张十分年轻稚气的圆脸,原来棕红的脸色,现已变得灰黄。他安详地阖着眼,军装的肩头上,露着那个大洞,一片布还挂在那里。

"这都是为了我们……"那个担架员负罪地说道,"我们十多副担架挤在一个小巷子里,准备往前运动,这位同志走在我们后面,可谁知道狗日的反动派不知从哪个屋顶上扔下颗手榴弹来,手榴弹就在我们人缝里冒着烟乱转,这时这位同志叫我们快趴下,他自己就一下扑在那个东西上了……"

新媳妇又短促地"啊"了一声。我强忍着眼泪,给那些担架员说了些话,打发他们走了。我回转身看见新媳妇已轻轻移过一盏油灯,解开他的衣服;她刚才那种忸怩羞涩已经完全消失,只是庄严而虔诚地给他拭着身子。这位高大而又年轻的小通讯员无声地躺在那里……我猛然醒悟地跳起身,磕磕绊绊地跑去找医生。等我和医生拿了针药赶来,新媳妇正侧着身子坐在他旁边。

她低着头,正一针一针地在缝他衣肩上那个破洞。医生听了听通讯员的心脏,默默地站起身说:"不用打针了。"我过去一摸,果然手都冰冷了。新媳妇却像什么也没看见,什么也没听到,依然拿着针,细细地、密密地缝着那个破洞。我实在看不下去了,低声地说:"不要缝了。"她却对我异样地瞟了一眼,低下头,还是一针针地缝。我想拉开她,我想推开这沉重的氛围,我想看见他坐起来,看见他羞涩的笑。但我无意中碰到了身边一个什么东西,伸手一摸,是他给我开的饭,两个干硬的馒头……

卫生员让人抬了一口棺材来,动手揭掉他身上的被子,要把他放进棺材去。新媳妇这时脸发白,劈手夺过被子,狠狠地瞪了他们一眼。自己动手把半条被子平展展地铺在棺材底,半条盖在他身上。卫生员为难地说:"被子……是借老百姓的。"

"是我的——"她气汹汹地嚷了半句,就扭过脸去。在月光下,我看见她眼里晶莹发亮,我也看见那条枣红底色上洒满白色百合花的被子,这象征纯洁与感情的花,盖上了这位平常的、拖毛竹的青年人的脸。

1958年3月

(初载《延河》1958年第4期)

赵树理

"锻炼锻炼"

"争先"农业社,地多劳力少,
动员女劳力,作得不够好;
有些妇女们,光想讨点巧,
只要没便宜,请也请不到——
有说小腿疼,床也下不了,
要留儿媳妇,给她送屎尿;
有说四百二,她还吃不饱,
男人上了地,她却吃面条。
她们一上地,定是工分巧,
做完便宜活,老病就犯了;
割麦请不动,拾麦起得早,
敢偷又敢抢,纪律全不要;
开会常不到,也不上民校,
提起正经事,啥也不知道;
谁给提意见,马上跟谁闹,
没理占三分,吵得天塌了。
这些老毛病,赶紧得改造,
快请识字人,念念大字报!
——杨小四写

这是一九五七年秋末"争先农业社"整风时候出的一张大字报。在一个吃午饭的时间,大家正端着碗到社办公室门外的墙上看大字报,杨小四就趁这个热闹时候把自己写的这张快板大字报贴出来,引得大家丢下别的不看,先抢着来看他这一张,看着看着就轰隆轰隆笑起来。倒不因为杨小四是副主任,也不是因为他编得顺溜写得整齐才引得大家这样注意,最引人注意的是他批评的两个主要对象是"争先社"的两个有名人物——一个外号叫"小腿疼",那一个外号叫"吃不饱"。

小腿疼是五十来岁一个老太婆，家里有一个儿子一个儿媳，还有个小孙孙。本来她瞧着孙孙做做饭媳妇是可以上地的，可是她不，她一定要让媳妇照着她当日伺候婆婆那个样子伺候她——给她打洗脸水、送尿盆、扫地、抹灰尘、做饭、端饭……不过要是地里有点便宜活的话也不放过机会。例如夏天拾麦子，在麦子没有割完的时候她可去，一到割完了她就不去了。按她的说法是"拾东西全凭偷，光凭拾能有多大出息"。后来社里发现了这个秘密，又规定拾的麦子归社，按斤给她记工，她就不干了。又如摘棉花，在棉桃盛开每天摘的能超过定额一倍的时候，她也能出动好几天，不用说刚能做到定额她不去，就是只超过定额三分她也不去。她的小腿上，在年轻时候生过连疮，不过早在二十多年前就治好了。在生疮的时候，她的丈夫伺候她；在治好之后，为了容易使唤丈夫，她说她留下了个腿疼根。"疼"是只有自己才能感觉到的。她说"疼"，别人也无法证明真假，不过她这"疼"，疼得有点特别：高兴时候不疼，不高兴了就疼；逛会、看戏、游门、串户时候不疼，一做活就疼；她的丈夫死后儿子还小的时候有好几年没有疼，一给孩子娶过媳妇就又疼起来；入社以后是活儿能大量超过定额时候不疼，超不过定额或者超过的少了就又要疼。乡里的医务站办得虽说还不错，可是对这种腿疼还是没有办法的。

"吃不饱"原名"李宝珠"，比"小腿疼"年轻得多——才三十来岁，论人材在"争先社"是数一数二的，可惜她这个优越条件，变成了她自己一个很大的包袱。她的丈夫叫张信，和她也算是自由结婚。张信这个人，生得也聪明伶俐，只是没有志气，在恋爱期间李宝珠跟他提出的条件，明明白白就说是结婚以后不上地劳动，这条件在解放后的农村是没有人能答应的，可是他答应了。在李宝珠看来，她这位丈夫也不能算最满意的人，只能说是"比上不足比下有余"——因为不是个干部——所以只把他作为个"过渡时期"的丈夫，等什么时候找下了最理想的人再和他离婚。在结婚以后，李宝珠有一个时期还在给她写大字报这位副主任杨小四身上打过主意，后来打听着她自己那个"吃不饱"的外号原来就是杨小四给她起的，这才打消了这个念头。她既然只把张信当成她"过渡时期"的丈夫，自然就不能完全按"自己人"来对待他，因此她安排了一套对待张信的"政策"。她这套政策：第一是要掌握经济全权，在社里张信名下的账要朝她算，家里一切开支要由她安排，张信有什么额外收入全部缴她，到花钱时候再由她批准、支付。第二是除做饭和针线活以外的一切劳动——包括担水、和煤、上碾、上磨、扫地、送灰渣一切杂事在内——都要由张信负担。第三是吃饭穿衣的标准要由她规定——在吃饭方面她自己是想吃什么就做什么，对张信是她做什么张信吃什么；同样，在穿衣方面，她自己是想穿什么买什么，对张信自然又是她买什么张信穿什么。她这一套政策是她暗自规定暗自执行的,全面执行之后,张信完全变成了她的长工。自从实行粮食统购以来,她是时常喊叫吃不饱的。她的吃法是张信上了地她先把面条煮得吃了,再把汤里下几颗米熬两碗糊糊粥让张信回来吃,另外还做些火烧干饼锁在箱里,张信不在的时候几时想吃几时吃。队里动员她参加劳动的时候,她却说"粮食不够吃,每顿只能等张信吃完了刮个空锅,实在劳动不了"。时常做假的人,没有不露马脚的。张信常发现床铺上有干饼星星(碎屑),也不断见着糊糊粥里有一两根没有捞尽的面条,只是因为一提就得生气,一生气她就先提"离婚",所以不敢提,就那样睁只眼阖只眼吃点亏忍忍饥算了。有一次张信端着碗在门外和大家一齐吃饭,第三队(他所属的队)的队长张太和发现他碗里有一根面条。这位队长是个比较爱说俏皮话的青年。他问张信说:"吃不饱大嫂在哪里学会这单做一根面条的本事哩?"从这以后,每逢张信端着糊糊粥到门外来吃的时候,爱和他开玩笑的人常好夺过他的筷子来在他碗里找面条,碰巧的是时常不落空,总能找到那么一星半点。张太和有一次跟他说:"我看'吃不饱'这个外号给你加上还比较正确,因为你只能吃一根面条。"在参加生产方面,"吃不饱"和"小腿疼"的态度完全一样。她既掌握着经济全权,就想利用这种时机为她的"过渡"以后多弄一点积蓄,因此在生产上一有了取巧的机会她就参加,绝不受她自己所定的政策第二条的约束;当便宜活做完了她就仍然喊她的"吃不饱不能参加劳动"。

杨小四的快板大字报贴出来一小会,吃不饱听见社房门口起了哄,就跑出来打听——她这几天心里一直跳,生怕有人给她贴大字报。张太和见她来了,就想给她当义务读报员。张太和说:"大家不要起哄,我来给大家从头念一遍!"大家看见吃不饱走过来,已经猜着了张太和的意思,就都静下来听张太和的。张太和说快板是很有工夫的。他用手打起拍子,有时候还带着表演,跟流水一样马上把这段快板说了一遍,只说得人人鼓掌、个个叫好。吃不饱就在大家鼓掌鼓得起劲的时候,悄悄溜走了。

不过吃不饱可没有回了家,她马上到小腿疼家里去了。她和小腿疼也不算太相好,只是有时候想借重一下小腿疼的硬牌子。小腿疼比她年纪大,闯荡得早,又是正主任王聚海、支书王镇海、第一队队长王盈海的本家嫂子,有理没理常常敢到社房去闹,所以比吃不饱的牌子硬。吃不饱听张太和念过大字报,气得直哆嗦,本想马上在当场骂起来,可是看见人那么多,又没有一个是会给自己说话的,所以没有敢张口就悄悄溜到小腿疼家里。她一进门就说:"大婶呀!有人贴着黑帖子骂咱们哩!"小腿疼听说有人敢骂她好像还是第一次。她好像不相信地问:"你听谁说的?""谁说的?多少人都在社房门口吵了半天了,还用听谁说?""谁写的?""杨小四那个小死材!""他这小死材都写了些什么?""写的多着哩,说你装腿疼,留下儿媳妇给你送屎尿;说你偷麦子;说你没理占三分,光跟人吵架……"她又加油加醋添了些大字报上没有写上去的话,一顿把个小腿疼说得腿也不疼了,挺挺挺挺就跑到社房里去找杨小四。

这时候,主任王聚海、副主任杨小四、支书王镇海三个人都正端着碗开碰头会,研究整风与当前生产怎样配合的问题,小腿疼一跑进去就把个小会给他们搅乱了。在门外看大字报的人们,见小腿疼的来头有点不平常,也有些人跟进去看。小腿疼一进门一句话也没有说,就伸开两条胳膊去扑杨小四,杨小四从座上跳起来闪过一边,主任王聚海趁势把小腿疼拦住。杨小四料定是大字报引起来的事,就向小腿疼说:"你是不是想打架?政府有规定,不准打架。打架是犯法的。不怕罚款、不怕坐牢你就打吧!只要你敢打一下,我就把你请得到法院!"又向王聚海说:"不要拦她!放开叫她打吧!"小腿疼一听说要出罚款要坐牢,手就软下来,不过嘴还不软。她说:"我不是要打你!我是要问问你政府规定过叫你骂人没有?""我什么时候骂过你?""白纸黑字贴在墙上你还昧得了?"王聚海说:"这老嫂!人家提你的名来没有?"小腿疼马上顶回来说:"只要不提名就该骂是不是?要可以骂我可就天天骂哩!"杨小四说:"问题不在提名不提名,要说清楚的是骂你来没有!我写的有哪一句不实,就算我是骂你!你举出来!我写的是有个缺点,那就是不该没有提你们的名字。我本来提着的,主任建议叫我去了。你要嫌我写得不全,我给你把名字加上好了!""你还嫌骂得不痛快呀?加吧!你又是副主任,你又会写,还有我这不识字的老百姓活的哩!"支书王镇海站起来说:"老嫂你是说理不说理?要说理,等到辩论会上找个人把大字报一句一句念给你听,你认为哪里写得不对许你驳他!不能这样满脑一把抓来派人家的不是!谁不叫你活了?""你们都是官官相卫,我跟你们说什么理?我要骂!谁给我出大字报叫他死绝了根!叫狼吃得他不剩个血盘儿,叫……"支书认真地说:"大字报是毛主席叫贴的!你实在要不说理要这样发疯,这么大个社也不是没有办法治你!"回头向大家说:"来两个人把她送乡政府!"看的人们早有几个人忍不住了,听支书一说,马上跳出五六个人来把她围上,其中有两个人拉住她两条胳膊就要走。这时候,主任王聚海却拦住说:"等一等!这么一点事哪里值得去麻烦乡政府一趟?"大家早就想让小腿疼去受点教训,见王聚海一拦,都觉得泄气,不过他是主任,也只好听他的。小腿疼见真要送她走,已经有点胆怯,后来经主任这么一拦就放了心。她定了定神,看到局势稳定了,就强鼓着气说了几句似乎是光荣退兵的话:"不要拦他们!让他们送吧!看乡政府能不能拔了我的舌头!"王聚海认为已经到了收场的时候,就拉长了调子向小腿疼说:"老嫂!你且回去吧!没有到不了底的事！我们现在要布置明天的生产工作,等过两天再给你们解释解释!""什么解释解释？一定得说个过来过去!""好好好!就说个过来过去!"杨小四说:"主任你的话是怎么说着的？人家闹到咱的会场来了,还要给人家陪情是不是？"小腿疼怕杨小四和支书王镇海再把王聚海说倒了弄得自己不得退场,就赶紧抢了个空子和王聚海说:"我可走了!事情是你承担着的!可不许平白白地拉倒啊!"说完了抽身就走,跑出门去才想起来没有装腿疼。

主任王聚海是个老中农出身,早在抗日战争以前就好给人和解个争端,人们常说他是个会和稀泥的人；在抗日战争中八路军来了以后他当过村长,作各种动员工作都还有点办法；在土改时候,地主几次要收买他,都被他拒绝了,村支部见他对斗争地主还坚决,就吸收他入了党；"争先农业社"成立时候,又把他选为社主任,好几年来,因为照顾他这老资格,一直连选连任。他好研究每个人的"性格",主张按性格用人,可惜不懂得有些坏性格一定得改造过来。他给人们平息争端,主张"和事不表理",只求得"了事"就算。他以为凡是懂得他这一套的人就当得了干部,不能照他这一套来办事的人就都还得"锻炼锻炼"。例如在一九五五年党内外都有人提出可以把杨小四选成副主任,他却说"不行不行,还得好好锻炼几年",直到本年(一九五七年)改选时候他还坚持他的意见,可是大多数人都说杨小四要比他还强,结果选举的票数和他得了个平。小四当了副主任之后,他可是什么事也不靠小四做,并且常说:"年轻人,随在管委会里'锻炼锻炼'再说吧!"又如社章上规定要有个妇女副主任,在他看来那也是多余的。他说:"叫妇女们闹事可以,想叫她们办事呀,连门都找不着!"因为人家别的社里每社都有那么一个人,他也没法坚持他的主张,结果在选举时候还是选了第三队里的高秀兰来当女副主任。他对高秀兰和对杨小四还有区别,以为小四还可以"锻炼锻炼",秀兰连"锻炼"也没法"锻炼",因此除了在全体管委会议的时候按名单通知秀兰来参加以外,在其他主干碰头的会上就根本想不起来还有秀兰那么个人。不过高秀兰可没有忘了他。就在这次整风开始,高秀兰给他贴过这样一张大字报：

> "争先"社,难争先,因为主任太主观;
> 只信自己有本事,常说别人欠锻炼;
> 大小事情都包揽,不肯交给别人干,
> 一天起来忙到晚,办的事情很有限。
> 遇上社员有争端,他在中间赔笑脸,
> 只求说个八面圆,谁是谁非不评断,
> 有的没理沾了光,感谢主任多照看,
> 有的有理受了屈,只把苦水往下咽。

正气碰了墙,邪气遮了天,
有力没处使,谁还肯争先?
希望王主任,来个大转变;
办事靠集体,说理分长短,
多听群众话,免得耍光杆!
　　　　——高秀兰写

　　他看了这张大字报,冷不防也吃了一惊,不过他的气派大,不像小腿疼那样马上唧唧喳喳乱吵,只是定了定神仍然摆出长辈的口气来说:"没想到秀兰这孩子还是个有出息的,以后好好'锻炼锻炼'也许能给社里办点事。"王聚海就是这样一个人。

　　杨小四给小腿疼和吃不饱出的那张大字报,在才写成稿子没有誊清以前,征求过王聚海的意见。王聚海坚决主张不要出。他说:"什么病要吃什么药,这两个人吃软不吃硬。你要给她们出上这么一张大字报,保证她们要跟你闹麻烦;实在想出的话,也应该把她们的名字去了。"杨小四又征求支书王镇海的意见,并且把主任的话告诉了支书,支书说:"怕麻烦就不要整风!至于名字写不写都行,一贴出去谁也知道指的是谁!"杨小四为了照顾王聚海的老面子,又改了两句,只把那两个人的名字去了,内容一点也没有变,就贴出去了。

　　当小腿疼一进社房来扑杨小四,王聚海一边拦着她,一边暗自埋怨杨小四:"看你惹下麻烦了没有?都只怨不听我的话!"等到大家要往乡政府送小腿疼,被他拦住用好话把小腿疼劝回去之后,他又暗自夸奖他自己的本领:"试试谁会办事?要不是我在,事情准闹大了!"可是他没有想到当小腿疼走出去、看热闹的也散了之后,支书批评他说:"聚海哥!人家给你提过那么多意见,你怎么还是这样无原则?要不把这样无法无天的人的气焰打下去,这整风工作还怎么往下做呀?"他听了这几句批评觉得很伤心。他想:"你们闯下了事自己没法了局,我给你们做了开解,倒反落下不是了?"不过他摸得着支书的"性格"是"认理不认人、不怕不了事"的,所以他没有把真心话说出来,只勉强承认说:"算了算了!都算我的错!咱们还是快点布置一下明后天的生产工作吧!"

　　一谈起布置生产来,支书又说:"生产和整风是分不开的。现在快上冻了,妇女大半不上地,棉花摘不下来,花秆拔不了,牲口闲站着,地不能犁,要不整风,怎么能把这种情况变过来呢?"主任王聚海说:"整风是个慢工夫,一两天也不能转变个什么样子;最救急的办法,还是根据去年的经验,把定额减一减——把摘八斤籽棉顶一个工,改成六斤一个工,明天马上就能把大部分人动员起来!"支书说:"事情就坏到去年那个经验上!现在一天摘十斤也摘得够,可是你去年改过那么一下,把那些自私自利的人改得心高了,老在家里等那个便宜。这种落后思想照顾不得!去年改成六斤,今年她们会要求改成五斤,明年会要求改成四斤!"杨小四说:"那样也就对不住人家进步的妇女!明天要减了定额,这几天的工分你怎么给人家算?一个多月以前定额是二十斤,实际能摘到四十斤,落后的抢着摘棉花,叫人家进步的去割谷,就已经亏了人家;如今摘三遍棉花,人家又按八斤定额摘了十来天了,你再把定额改小了让落后的来抢,那像话吗?"王聚海说:"不改定额也行,那就得个别动员。会动员的话,不论哪一个都能动员出来,可惜大家在作动员工作方面都没有'锻炼',我一个人又只有一张嘴,所以工作不好作……"接着他就举出好多例子,说哪个媳妇爱听人夸她的手快,哪个老婆爱听人说她干净……只要摸得着人的"性格",几句话就能说得她愿意听你的话。他正唠唠叨叨举着例子,支书打断他的话:"够了够了!只要克服了资本主义思想,什么'性格'的人都能动员出来!"

　　话才说到这里,乡政府来送通知,要主任和支书带两天给养马上到乡政府集合,然后到城关一个社里参观整风大辩论。两个人看了通知,主任说:"怎么办?"支书说:"去!""生产?""交给副主任!"主任看了看杨小四,带着讽刺的口气说:"小四!生产交给你!支书说过,'生产和整风分不开',怎样布置都由你!""还有人家高秀兰哩!""你和她商量去吧!"

　　主任和支书走后,杨小四去找高秀兰和副支书,三个人商量了一下,晚上召开了个社员大会。

　　人们快要集合齐了的时候,向来不参加会的小腿疼和吃不饱也来了。当她们走近人群的时候,吃不饱推着小腿疼的脊背说:"快去快去!凑他们都还没有开口!"她把小腿疼推进场,她自己却只坐在圈外。一队的队长王盈海看见她们两个来得不大正派,又见小腿疼被推进场去以后要直奔主席台,就趁了两步过来拦住她说:"你又要干什么?""干什么?今天晌午的事你又不是不知道!先得把小四骂我的事说清楚,要不今天晚上的会开不好!"前边提过,王盈海也是小腿疼的一个本家小叔子,说话要比王聚海、王镇海都尖刻。王盈海当了队长,小腿疼虽然能借着个叔嫂关系跟他要无赖,不过有时候还怕他三分。王盈海见小腿疼的话头来得十分无理,怕她再把个会场搅乱了,就用话顶住她说:"你的兴就还没有败透?人家什么地方屈说了你?你的腿到底疼不疼?""疼不疼你管不着!""编在我队里我就要管你!说你腿疼哩,闹起事来你比谁跑得也快;说你不疼哩,你却连饭也不能做,把个媳妇拖得上不了地!人家给你写了张大字报,你就跟被蝎子螫了一样,唧唧喳喳乱叫喊!叫吧!越叫越多!再要不改造,大字报会把你的大门上也贴满了!"这样一顶,果然有效,把个小腿疼顶得关上嗓门慢慢退出场外和吃不饱坐到一起去。杨小四看见小腿疼息了虎威,悄悄和高秀兰说:"咱们主任对小腿疼的'性格'摸得还是不太透。他说小腿疼是'吃软不吃硬',我看一队长这'硬'的比他那'软'的更有效些。"

宣布开会了,副支书先讲了几句话说:"支书和主任今天走得很急促,没有顾上详细安排整风工作怎样继续进行。今天下午我和两位副主任商议了一下,决定今天晚上暂且不开整风会,先来布置明天的生产。明天晚上继续整风,开分组检讨会,谁来检讨、检讨什么,得等到明天另外决定。我不说什么了,请副主任谈生产吧!"副支书说了这么几句简单的话就坐下了。有个人提议说:"最好是先把检讨人和检讨什么宣布一下,好让大家准备准备!"副支书又站起来说:"我们还没有商量好,还是等明天再说吧!"

接着就是杨小四讲话。他说:"咱们现在的生产问题,大家都看得很清楚:棉花摘不下来,花秆拔不了,牲口闲站着,地不能犁,再过几天地一冻,秋杀地就算误了。摘完了的棉花秆,断不了还要丢下一星半点,拔花秆上熏了肥料,觉着很可惜;要让大家自由拾一拾吧,还有好多三遍花没有摘,说不定有些手不干净的人要偷偷摸摸的。我们下午商量了一下,决定明后两天,由各队妇女副队长带领各队妇女,有组织地自由拾花;各队队长带领男劳力,在拾过自由花的地里拔花秆,把这一部分地腾清以后,先让牲口犁着,然后再摘那没有摘过三遍的花。为了防止偷花的毛病,现在要宣布几条纪律:第一,明天早晨各队正副队长带领全队队员到村外南池边犁过的那块地里集合,听候分配地点。第二,各队妇女队只准到指定地点拾花,不许乱跑。第三,谁要不到南池边集合,或者不往指定地点,拾的花就算偷的,还按社里原来的规定,见一斤扣除五个劳动日的工分,不愿叫扣除的送到法院去改造。完了!散会!"

大会没有开够十分钟就散了,会后大家纷纷议论:有的说:"青年人究竟没有经验!就定一百条纪律,该偷的还是要偷!"有的说:"队长有什么用?去年拾自由花,有些妇女队长也偷过!"有的说:"年轻人可有点火气,真要处罚几个人,也就没人敢偷了!"有的说:"他们不过替人家当两天家,不论说得多么认真,王聚海回来还不是平塌塌地又放下了?"准备偷花的妇女们,也互相交换着意见:"他想的倒周全,一分开队咱们就散开,看谁还管得住谁?""分给咱们个好地方咱们就去,要分到没出息的地方,干脆都不要跟上队长走!""他一只手拖一个,两只手拖两个,还能把咱们都拖住?""我们的队长也不那么老实!"……

"新官上任,不摸秉性",议论尽管议论,第二天早晨都还得到村外南池边那块犁过的地里集合。

要来的人都来到犁耙得很平整的这块地里来坐下,村里再没有往这里走的人了,小四、秀兰和副支书一看,平常装病、装忙、装饿的那些妇女们这时候差不多也都到齐,可是小腿疼和吃不饱两个有名人物没有来。他们三个人互相看了看,秀兰说:"大概是一张大字报真把人家两个人惹恼了!"大家又稍微等了一下,小四说:"不等她们了,咱们就按咱们的计划来吧!"他走到面向群众那一边说:"各队先查点一下人数,看一共来了多少人!男女分别计算!"各个队长查点了一遍,把数字报告上来。小四又说:"请各队长到前边来,咱们先商量一下!"各队长都集中到他们三个人跟前来。小四和各队长低声说了几句话,各个队长一听都大笑起来,笑过之后,依小四的吩咐坐在一边。

小四开始讲话了。小四说:"今天大家来得这样齐整,我很高兴。这几天,队长每天去动员人摘花,可是说来说去,来的还是那几个人,不来的又都各有理由:有的说病了,有的说孩子病了,有的说家里忙得离不开……指东划西不出来,今天一听说自由拾花大家就什么事也没有了!这不明明是自私自利思想作怪吗?摘头遍花能超过定额一倍的时候,大家也是这样来得整齐。你们想想:平常活叫别人做,有了便宜你们讨,人家长年在地里劳动的人吃你们多少亏?你们真是想'拾'花吗?一个人一天拾不到一斤籽棉,值上两三毛钱,五天也赚不够一个劳动日,谁有那么傻瓜?老实说:愿意拾花的根本就是想偷花!今年不能像去年,多数人种地让少数人偷!花秆上丢的那一点棉花不拾了,把花秆拔下来堆在地边让每天下午小学生下了课来拾一拾,拾过了再熏肥。今天来了的人一个也不许回去!妇女们各队到各队地里摘三遍花,定额不动,仍是八斤一个劳动日;男人们除了往麦地担粪的还去担粪,其余到各队摘尽了花的地里拔花秆!我的话讲完了!副支书还要讲话!"有一个媳妇站起来说:"副主任!我不说瞎话!我今天不能去!我孩子的病还没有好!不信你去看看!"小四打断她的话:"我不看!孩子病不好你为什么能来?""本来就不能来,因为……""因为听说要自由拾花!本来不能来你怎么来的?天天叫也叫不到地,今天没有人去叫你,你怎么就来了?副支书马上就要跟你们讲这些事!"这个媳妇再没有说的,还有几个也想找理由请假,见她受了碰,也都没有敢开口。她们也想到悄悄溜走,可是坐在村外一块犁过的地里,各个队长又都坐在通到村里去的路上,谁动一动都看得见,想跑也跑不了。

副支书站起来讲话了。他说:"我要说的话很简单;有人昨天晚上要我把今天的分组检讨会布置一下,把检讨人和检讨什么告大家说,让大家好准备。现在我可以告大家说了:检讨人就是每天不来今天来的人,检讨的事就是'为什么只顾自己不顾社',现在先请各队的记工员把每天不来今天来的人开个名单。"

一会,名单也开完了,小四说:"谁也不准回村去!谁要是半路偷跑了,或者下午不来了,把大字报给她出到乡政府!"秀兰插话说:"我们三队的地在村北哩,不回村怎么过去?"小四向三队队长张太和说:"太和!你和你副队长把人带过村去,到村北路上再查点一下,一个也不准回去!各队干各队的事!散会!"

在散会中间又有些小议论:"小四比聚海有办法!""想得出来干得出来!""这伙懒婆娘可叫小四给整住了!""也不止小四一个,他们三个人早就套好了!""聚海只学过内科,这些年轻人能动手术!""聚海的内科也不行,根本治不了病!""可惜小腿疼和吃不饱没有来!"……说着就都走开了。

第三队通过了村,到了村北的路上,队长查点过人数,就往村北的杏树底地里来。这地方有两丈来高一个土岗,有一棵老杏树就长在这土岗上,围着这土岗南、东、北三面有二十来亩地在成立农业社以后连成了一块,这一年种的是棉花,东南两面向阳地方的棉花已经摘尽了,只有北面因为背阴一点,第三遍花还没有摘。他们走到这块地里,把男劳力和高秀兰那样强一点的女劳力留在南头拔花秆,让妇女队长带着软一点的女劳力上北头去摘花。

妇女们绕过了南边和东边快要往北边转弯了,看见有四个妇女早在这块地里摘花,其中有小腿疼和吃不饱两个人。大家停住了步,妇女队长正要喊叫,有个妇女向她摆摆手低声说:"队长不要叫她们!你一叫她们不拾了!咱们也装成自由拾花的样子慢慢往那边去!到那里咱们摘咱们的,她们拾她们的!让她们多拾一点处理起来也有个分量!"妇女队长说:"我说她们怎么没有出来!原来早来了!"另一个不常下地的妇女说:"吃不饱昨天夜里散会以后,就去跟我商量过不要到南池边去集合,早一点往地里去,我没有敢听她的话。"大家都想和小腿疼她们开开玩笑,就都装作拾花的样子,一边在摘过的空花秆上拾着零花,一边往北边走。

原来头天晚上开会时候,小腿疼没有闹起事来,不是就退出场外和吃不饱坐在一起了吗?她们一听到第二天叫自由拾花,吃不饱就对住小腿疼的耳朵说:"大婶!咱明天可不要管他那什么纪律!咱们叫上几个人天不明就走,赶她们到地,咱们就能弄他好几斤!她们到南池边集合,咱们到村北杏树底去,谁也碰不上谁;赶她们也到杏树底来咱们跟她们一块儿拾。拾东西谁也不能不偷,她们一偷,就不敢去告咱们的状了!"小腿疼说:"我也是这么想!什么纪律?犯纪律的多哩!处理过谁?光咱们俩人去多好!不要叫别人!""要叫几个人,犯了也有个垫背的;不过也不要叫得太多,太多了轮到一个人手里东西就不多了!"她们一共叫过五个人,不过有三个没有敢来,临出发只来了两个,就相跟着到杏树底来了。她们正在五六亩大的没有摘过三遍花的地里偷得起劲,听见有人说话,抬头一看,见三队的妇女都来了,就溜到摘过的这一边来;后来见三队的人也到没有摘过的那边去了,她们就又溜回去。三队的人都哈哈大笑起来。小腿疼说:"笑什么?许你们偷不许我们偷?"有个人说:"你们怎么拾了那么多?""谁不叫你们早点来?"三队的人都是挨着摘,小腿疼她们四个人可是满地跑着拣好的。三队有个人说:"要偷也该挨住片偷呀!"小腿疼说:"自由拾花你管我们怎么拾哩?要说是偷,你们不也是偷吗?"大家也不认真和她辩论,有些人隔一阵还忍不住要笑一次。

妇女队长悄悄和一个队员说:"这样一直开玩笑也不大好。我离开怕她们闹起来,请你跑到南头去和队长、副主任说一声,叫他们看该怎么办!"那个队员就去了。

队长张太和更是个开玩笑大王。他一听说小腿疼和吃不饱那两个有名人物来了,好像有点幸灾乐祸的样子说:"来了才合理!我早就想到这些人物碰上这些机会不会不出马!你先回去摘花,我马上就到!"他又向高秀兰说:"副主任!你先不要出面,等我把她们整住了请你你再去!你把你的上级架子扎得硬硬地!"可是高秀兰不愿意那样做。高秀兰说:"咱们都是才学着办事,还是正正经经来吧!咱们一同去!"他们走到北头,队员们看见副主任和队长都来了,又都大笑起来。张太和依照高秀兰的意见,很正经地说:"大家不要笑了!你们那几位也不要满地跑了!"小腿疼又耍她的厉害:"自由拾花!你管不着!""就算自由拾花吧!你们来抢我三队的花,我就要管!都先把篮子缴给我!"吃不饱说:"我可是三队的!三队的花许别人偷就得许我偷!要缴大家都缴出来!"张太和说:"谁也得缴!"说着就先把她们四个人的篮子夺下来,然后就问她们说:"你们为什么不到南池边集合?"吃不饱说:"你且不要问这个!你不是说'谁也得缴'吗?为什么不缴她们的?""她们是给社里摘!""我们也是给社里摘!""谁叫你们摘的?""谁叫她们摘的?""对!现在就先要给你们讲明是谁叫她们摘的!"接着就把在南池边集合的时候那一段事给她们四个讲述了一遍,讲得她们都软下来。小腿疼说:"不叫拾不拾算了!谁叫你们不先告我们说?""不告说为什么还叫到南池边集合?告你说你不去听,别人有什么办法?"小腿疼说:"算我们白拾了一趟!你们把花倒下,给我们篮子我们走!"

这时候,高秀兰说话了。她说:"事情不那么简单:事前宣布纪律,为的是让大家不犯,犯了可就不能随便了事!这棉花分明是偷的。太和同志!把这些棉花送回社里,过一过秤,让保管给她们每一个篮子上贴上个条子,写明她们的姓名和棉花的分量,连篮子一同保存起来,等以后开个社员大会,让大家商量一个处理办法来处理!"张太和把四个篮子拿起来走了,小腿疼说:"秀兰呀!你可不能说我们是偷的!我们真正不知道你们今天早上变了卦!"秀兰说:"我们一点也没有变卦!昨天晚上杨小四同志给大家说得明白:'谁要不到南池边集合,拾的花就都算偷的',何况你们明明白白在没有摘过的地里来抢哩,这是妨害全社利益的事,我们不能自作主张,准备交给群众讨论个处理办法!你们有什么话到社员大会上说去吧!"

小腿疼和吃不饱偷了棉花的事,等到吃早饭的时候,就传遍了全村。上午,各队在做活的时候提起这事,差不多都要求把整风的分组检讨会推迟一天,先在本天晚上开个社员大会处理偷花问题——因为大多数人都想叫在王聚海回来之前处理了,免得他回来再来个"八面圆"把问题平放下来。两个副主任接受了大家的要求,和副支书商量把整风会推迟一天,晚上就召开了处理偷花问题的社员大会。

大会开了。会议的项目是先由高秀兰报告捉住四个偷花贼的经过,再要她们四个人坦白交代,然后讨论处理办法。

在她们四个人坦白交代的时候,因为篮子和偷的棉花都还在社里,爱"了事"的主任又不在家,所以除了小腿疼还想找一点巧辩的理由外,一般都还交代得老实。前头是那两个垫背的交代的。一个说是她头天晚上没有参加会,小腿疼约她去她就去了,去到杏树底见地里没有人,根本没有到已经摘尽了的地里去拾,四个人一去,就跑到北头没摘过的地里去了。另一个说的和第一个大体相同,不过她自己是吃不饱约她的。这两个人交代过之后,群众中另有三个人插话说小腿疼和吃不饱也约过她们,她们没有敢去。第三个就叫吃不饱交代。吃不饱见大风已经倒了,老老实实把她怎样和小腿疼商量,怎样去拉垫背的,计划几时出发、往哪块地去……详细谈了一遍。有人追问她拉垫背的有什么用处,她说根据主任处理问题的习惯,犯案的人越多了处理得越轻,有时候就不处理;不过人越多了,每个人能偷到的东西就太少了,所以最好是少拉几个,既不孤单又能落下东西。她可以算是摸着主任的"性格"了。

最后轮着小腿疼作交代了。主席杨小四所以把她排在最后,就是因为她好倚老卖老来巧辩,所以让别人先把事实摆一摆来减少她一些巧辩的机会。可是这个小老太婆真有两下子,有理没理总是争个盛气。她装作很受屈的样子说:"说什么?算我偷了花还不行?"有人问她:"怎么'算'你偷了?你究竟偷了没有?""偷了!偷也是副主任叫我偷的!"主席杨小四说:"哪个副主任叫你偷的?""就是你!昨天晚上在大会上说叫大家拾花,过了一夜怎么就不算了?你是说话呀是放屁哩?"她一骂出来,没有等小四答话,群众就有一半以上的人"哗"地一下站起来:"你要造反!""叫你坦白呀叫你骂人?"……三队长张太和说:"我提议:想坦白也不让她坦白了!干脆送法院!"大家一齐喊"赞成"。小腿疼着了慌,头像货郎鼓一样转来转去四下看。她的孩子、媳妇见说要送她也都慌了。孩子劝她说:"娘你快交代呀!"小四向大家说:"请大家稍静一下!"然后又向小腿疼说:"最后问你一次:交代不交代?马上答应,不交代就送走!没有什么客气的!""交交交代什么呀!""随你的便!想骂你就再骂!""不不不那是我一句话说错了!我交代!"小四问大家说:"怎么样?就让她交代交代看吧?""好吧!"大家答应着又都坐下了。小腿疼喘了几口气说:"我也不会说什么!反正自己做错了!事情和宝珠说的差不多:昨天晚上快散会的时候,宝珠跟我说:'咱明天可不要管他那什么纪律!咱们叫上几个人……'"

这时候忽然出了点小岔子:城关那个整风辩论会提前开了半天,支书和主任摸了几里黑路赶回来了。他们见场里有灯光,预料是开会,没有回家就先到会场上来。主任远远看见小腿疼先朝着小四说话然后又转向群众,以为还是争论那张大字报的问题,就赶了几步赶进场里,根本也没有听小腿疼正说什么,就拦住她说:"回去吧老嫂!一点点小事还值得追这么紧?过几天给你们解释解释就完了……"大家初看见他进到会场时候本来已经觉得有点泄气,赶听到他这几句话,才知道他还根本不了解情况,"轰隆"一声都笑了。有个年纪老一点的人说:"主任!你且坐下来歇歇吧!'没有调查就没有发言权'!"支书也拉住他说:"咱们打听打听再说话吧!离开一天多了,你知道人家的工作是怎样安排的?"主任觉得很没意思,就和支书一同坐下。

小腿疼见主任王聚海一回来,马上长了精神。她不接着往下交代了。她离开自己站的地方走到王聚海面前说:"老弟呀!你走了一天,人家就快把你这没出息嫂嫂摆弄死了!"她来了这一下,群众又上都站起来:"你不用装蒜!""你犯了法谁也替不了你!"……主任站起来走到小四旁边面向大家说:"大家请坐下!我先给大家谈谈!没有了不了的事……"有人说:"你请坐下!我们今天没有选你当主席!""这个事我们会'了'!"……支书急了,又把主任拉住说:"你为什么这么肯了事?先打听一下情况好不好?让人家开会,我们到社房休息休息!"又向副支书说:"你要抽得出身来的话,抽空子到社房给我们谈谈这两天的事!"副支书说:"可以!现在就行!"

他们三个离了会场到社房,副支书把他和杨小四、高秀兰怎样设计把那些光想讨巧不想劳动的妇女调到南池边,怎样批评了他们,怎样分配人力摘花,拔花秆,怎样碰上小腿疼她们偷花……详细谈了一遍,并且说:"棉花明天就可以摘完,今天下午犁地的牲口就全部出动了,花秆拔得赶得上犁,剩下的男劳力仍然往准备冬浇的小麦地里运粪。"他报告完了情况,就先赶回会场去。

副支书走了,支书想了一想说:"这些年轻人还是有办法!做法虽然有点开玩笑,可是也解决了问题!"主任说:"我看那种动员办法不可靠!不捉摸每个人的'性格',勉强动员到地里去,能做多少活哩?""再不要相信你摸得着人的'性格'了!我看人家几个年轻同志非常摸得着人的'性格'。那些不好动员的妇女们有她们的共同'性格',那就是'偷懒''取巧'。正因为摸透了她们这种性格,才把她们都调动出来。人家不止'摸得着'这种性格,还能'改变'这种性格。你想:开了那么一个'思想展览会',把她们的坏思想抖出来了,他们还能原封收回去吗?你说人家动员的人不能做活,可是棉花是靠那些人摘下来的。用人家的办法两天就能摘完,要仍用你那'摸性格'的老办法,恐怕十天也摘不完——越摘人越少。在整风方面,人家一来就找着两个自私自利的头子,你除不帮忙,还要替人家'解释解释'。你就没有想到全社的妇女你连一半人数也没有领导起来,另一半就是咱那个小腿疼嫂嫂和李宝珠领导着的!我的老哥!我看你还是跟那几位年轻同志在一块'锻炼锻炼'吧!"主任无话可说了,支书拉住他说:"咱们去看看人家怎样处理这偷花问题。"

他们又走到会场时候,小腿疼正向小四求情。小腿疼说:"副主任!你就让我再交代交代吧!"原来自她说了大家"捉弄"了她以后,大家就不让她再交代,只讨论了对另外三个人的处分问题,留下她准备往法院送。有个人看见主任来了,就故意讽刺小腿疼说:"不要要求交代了!那不是?主任又来了!"主任说:"不要说我!我来不来你们该怎么办还怎么办!刚才怨我太主观,不了解情况先说话!"小腿疼也抢着说:"只要大家准我交代,不论谁来了我也交代!"小腿疼看了看群众,群众不说话;看了看副支书和两个副主任,这三个人也不说话。群众看了看主任,主任不说话;看了看支书,支书也不说话。全场冷了一下以后,小腿疼的孩子站起来说:"主席!我替我娘求个情!还是准她交代好不好?"小四看了看这青年,又看了看大家说:"怎么样?大家说!"有个老汉说:"我提议,看在孩子的面上还让她交代吧!"又有人接着说:"要不就让她说吧!"小四又问:"大家看怎么样?"有些人也答应:"就让她说吧!""叫她说说试试!"……小腿疼见大家放了话,因为怕进法院,恨不得把她那些对不起大家的事都说出来,所以坦白得很彻底。她说完了,大家决定也按一斤籽棉五个劳动日处理,不过也跟给吃不饱规定的条件一样,说这工一定得她做,不许用孩子的工分来顶。

散会以后,支书走在路上和主任说:"你说那两个人'吃软不吃硬'你可算没有摸透她们的'性格'吧?要不是你的认识给她们撑了腰,她们早就不敢那么猖狂了!所以我说你还是得'锻炼锻炼'!"

1958年7月14日

(初载《火花》1958年第8期)

白先勇

永远的尹雪艳

一

尹雪艳总也不老。十几年前那一班在上海百乐门舞厅替她捧场的五陵年少①,有些天平开了顶,有些两鬓添了霜;有些来台湾降成了铁厂、水泥厂、人造纤维厂的闲顾问,但也有少数却升成了银行的董事长、机关里的大主管。不管人事怎么变迁,尹雪艳永远是尹雪艳,在台北仍旧穿着她那一身蝉翼纱的素白旗袍,一径那么浅浅地笑着,连眼角儿也不肯皱一下。

尹雪艳着实迷人。但谁也没能道出她真正迷人的地方。尹雪艳从来不爱擦胭抹粉,有时最多在嘴唇上点着些似有似无的蜜丝佛陀②;尹雪艳也不爱穿红戴绿,天时炎热,一个夏天,她都浑身银白,净扮的了不得。不错,尹雪艳是有一身雪白的肌肤,细挑的身材,容长的脸蛋儿配着一副俏丽甜净的眉眼子,但是这些都不是尹雪艳出奇的地方。见过尹雪艳的人都这么说,也不知是何道理,无论尹雪艳一举手、一投足,总有一份世人不及的风情。别人伸个腰、蹙一下眉,难看,但是尹雪艳做起来,却又别有一番妩媚了。尹雪艳也不多言、不多语,紧要的场合插上几句苏州腔的上海话,又中听、又熨帖。有些荷包不足的舞客,攀不上叫尹雪艳的台子,但是他们却去百乐门坐坐,观观尹雪艳的风采,听她讲几句吴侬软话,心里也是舒服的。尹雪艳在舞池子里,微仰着头,轻摆着腰,一径是那么不慌不忙地起舞着;即使跳着快狐步,尹雪艳从来也没有失过分寸,仍旧显得那么从容,那么轻盈,像一球随风飘荡的柳絮,脚下没有扎根似的。尹雪艳有她自己的旋律。尹雪艳有她自己的拍子。绝不因外界的迁异,影响到她的均衡。

尹雪艳迷人的地方实在讲不清,数不尽。但是有一点却大大增加了她

---

① 五陵年少:五陵:汉代五个皇帝的陵墓,都在长安附近。汉代贵族少年常聚集此地逞勇称威。后喻为少年豪侠之徒。
② 蜜丝佛陀:一种高级的美国唇膏。

的神秘。尹雪艳名气大了，难免招忌，她同行的姊妹淘醋心重的就到处吵起说：尹雪艳的八字带着重煞，犯了白虎，沾上的人，轻者家败，重者人亡。谁知道就是为着尹雪艳享了重煞的令誉，上海洋场的男士们都对她增加了十分的兴味。生活优闲了，家当丰沃了，就不免想冒险，去闯闯这颗红遍了黄浦滩的煞星儿。上海棉纱财阀王家的少老板王贵生就是其中探险者之一。天天开着崭新的开德拉克，在百乐门门口候着尹雪艳转完台子，两人一同上国际饭店二十四楼的屋顶花园去共进华美的宵夜。望着天上的月亮及灿烂的星斗，王贵生说，如果用他家的金条儿能够搭成一道天梯，他愿意爬上天空去把那弯月牙儿掐下来，插在尹雪艳的云鬓上。尹雪艳吟吟地笑着，总也不出声，伸出她那兰花般细巧的手，慢条斯理地将一枚枚涂着俄国乌鱼子的小月牙儿饼拈到嘴里去。

王贵生拼命地投资，不择手段地赚钱，想把原来的财富堆成三倍四倍，将尹雪艳身边那批富有的逐鹿者一一击倒，然后用钻石玛瑙串成一根链子，套在尹雪艳的脖子上，把她牵回家去。当王贵生犯上官商勾结的重罪，下狱枪毙的那一天，尹雪艳在百乐门停了一宵，算是对王贵生致了哀。

最后赢得尹雪艳的却是上海金融界一位热可炙手的洪处长。洪处长休掉了前妻，抛弃了三个儿女，答应了尹雪艳十条条件。于是尹雪艳变成了洪夫人，住在上海法租界一幢从日本人接收过来华贵的花园洋房里。两三个月的工夫，尹雪艳便像一株晚开的玉梨花，在上海上流社会的场合中以压倒群芳的姿态绽发起来。

尹雪艳着实有压场的本领。每当盛宴华筵，无论在场的贵人名媛，穿着紫貂，围着火狸，当尹雪艳披着她那件翻领束腰的银狐大氅，像一阵三月的微风，轻盈盈地闪进来时，全场的人都好像给这阵风熏中了一般，总是情不自禁地向她迎过来。尹雪艳在人堆子里，像个冰雪化成的精灵，冷艳逼人，踏着风一般的步子，看得那些绅士以及仕女们的眼睛都一齐冒出火来。这就是尹雪艳：在兆丰夜总会的舞厅里、在兰心剧院的过道上，以及在霞飞路上一幢幢侯门官府的客堂中，一身银白，歪靠在沙发椅上，嘴角一径挂着那流吟吟浅笑，把场合中许多银行界的经理、协理、纱厂的老板及小开，以及一些新贵和他们的夫人们都拘到跟前来。

可是洪处长的八字到底软了些，没能抵得住尹雪艳的重煞。一年丢官，两年破产，到了台北来连个闲职也没捞上。尹雪艳离开洪处长时还算有良心，除了自己的家当外，只带走一个从上海跟来的名厨司及两个苏州娘姨。

二

尹雪艳的新公馆落在仁爱路四段的高级住宅区里,是一幢崭新的西式洋房,有个十分宽敞的客厅,容得下两三桌酒席。尹雪艳对她的新公馆倒是刻意经营过一番。客厅的家具是一色桃花心红木桌椅。几张老式大靠背的沙发,塞满了黑丝面子鸳鸯戏水的湘绣靠枕,人一坐下去就陷进了一半,倚在柔软的丝枕上,十分舒适。到过尹公馆的人,都称赞尹雪艳的客厅布置妥帖,叫人坐着不肯动身。打麻将有特别设备的麻将间,麻将桌、麻将灯都设计得十分精巧。有些客人喜欢挖花,尹雪艳还特别腾出一间有隔音设备的房间,挖花的客人可以关在里面恣意唱和。冬天有暖炉,夏天有冷气,坐在尹公馆里,很容易忘记外面台北市的阴寒及溽暑。客厅案头的古玩花瓶,四时都供着鲜花。尹雪艳对于花道十分讲究,中山北路的玫瑰花店常年都送来上选的鲜货,整个夏天,尹雪艳的客厅中都细细地透着一股又甜又腻的晚香玉。

尹雪艳的新公馆很快地便成为她旧雨新知的聚会所。老朋友来到时,谈谈老话,大家都有一腔怀古的幽情,想一会儿当年,在尹雪艳面前发发牢骚,好像尹雪艳便是上海百乐门时代永恒的象征,京沪繁华的佐证一般。

"阿媛,看看干爹的头发都白光喽!侬还像枝万年青一式,愈来愈年青!"

吴经理在上海当过银行的总经理,是百乐门的座上常客,来到台北赋闲,在一家铁工厂挂个顾问的名义。见到尹雪艳,他总爱拉着她半开玩笑而又不免带点自怜的口吻这样说。吴经理的头发确实全白了,而且患着严重的风湿,走起路来,十分蹒跚,眼睛又害沙眼,眼毛倒插,常年淌着眼泪,眼圈已经开始溃烂,露出粉红的肉来。冬天时候,尹雪艳总把客厅里那架电暖炉移到吴经理的脚跟前,亲自奉上一盅铁观音,笑吟吟地说道:

"哪里的话,干爹才是老当益壮呢!"

吴经理心中熨帖了,恢复了不少自信,眨着他那烂掉了睫毛的老花眼,在尹公馆里,当众票了一出"坐宫",以苍凉沙哑的嗓子唱出:

"我好比浅水龙,
被困在沙滩。"

尹雪艳有迷男人的功夫,也有迷女人的功夫。跟尹雪艳结交的那班太太们,打从上海起,就背地数落她。当尹雪艳平步青云时,这起太太们气不忿,说道:凭你怎么爬,左不过是个货腰娘。当尹雪艳的靠山相好遭到厄运的时候，她们就叹气道：命是逃不过的，煞气重的娘儿们到底沾惹不得。可是十几年来这起太太们一个也舍不得离开尹雪艳，到了台北都一窝蜂似的聚到尹雪艳的公馆里，她们不得不承认尹雪艳实在有她惊动人的地方。尹雪艳在台北的鸿祥绸缎庄打得出七五折，在小花园里挑得出最登样的绣花鞋儿，红楼的绍兴戏码，尹雪艳最在行，吴燕丽唱"孟丽君"的时候，尹雪艳可以拿得到免费的前座戏票，论起西门町的京沪小吃，尹雪艳又是无一不精了。于是这起太太们，由尹雪艳领队，逛西门町、看绍兴戏、坐在三六九里吃桂花汤团，往往把十几年来不如意的事儿一古脑儿抛掉，好像尹雪艳周身都透着上海大千世界荣华的麝香一般，熏得这起往事沧桑的中年妇人都进入半醉的状态，而不由自主都津津乐道起上海五香斋的蟹黄面来。这起太太们常常容易闹情绪。尹雪艳对于她们都一一施以广泛的同情，她总耐心地聆听她们的怨艾及委曲，必要时说几句安抚的话，把她们焦躁的脾气一一熨平。

"输呀，输得精光才好呢！反正家里有老牛马垫背，我不输，也有旁人替我输！"

每逢宋太太搓麻将输了钱时就向尹雪艳带着酸意的抱怨道。宋太太在台湾得了妇女更年期的痴肥症，体重暴增到一百八十多磅，形态十分臃肿，走多了路，会犯气喘。宋太太的心酸话较多，因为她先生宋协理有了外遇，对她颇为冷落，而且对方又是一个身段苗条的小酒女。十几年前宋太太在上海的社交场合出过一阵风头，因此她对以往的日子特别向往。尹雪艳自然是宋太太倾诉衷肠的适当人选，因为只有她才能体会宋太太那种今昔之感。有时讲到伤心处，宋太太会禁不住掩面而泣。

"宋家阿姐，'人无千日好，花无百日红'，谁又能保得住一辈子享荣华，受富贵呢？"

于是尹雪艳便递过热毛巾给宋太太揩面，怜悯的劝说道。宋太太不肯认命，总要抽抽搭搭地怨怼一番：

"我就不信我的命又要比别人差些！像侬吧，尹家妹妹，侬一辈子是不必发愁的，自然有人会来帮衬侬。"

三

尹雪艳确实不必发愁，尹公馆门前的车马从来也未曾断过。老朋友固然把尹公馆当做世外桃源，一般新知也在尹公馆找到别处稀有的吸引力。

尹雪艳公馆一向维持它的气派。尹雪艳从来不肯把它降低于上海霞飞路的排场①。出入的人士,纵然有些是过了时的,但是他们有他们的身份,有他们的派头,因此一进到尹公馆,大家都觉得自己重要,即使是十几年前作废了的头衔,经过尹雪艳娇声亲切的称呼起来,也如同受过诰封一般,心理上恢复了不少的优越感。至于一般新知,尹公馆更是建立社交的好所在了。

当然,最吸引人的,还是尹雪艳本身。尹雪艳是一个最称职的主人。每一位客人,不分尊卑老幼,她都招呼得妥妥帖帖。一进尹公馆,坐在客厅中那些铺满黑丝面椅垫的沙发上,大家都有一种宾至如归,乐不思蜀的亲切之感,因此,做会总在尹公馆开标,请生日酒总在尹公馆开席,即使没有名堂的日子,大家也立一个名目,凑到尹公馆成一个牌局。一年里,倒有大半的日子,尹公馆里总是高朋满座。

尹雪艳本人极少下场,逢到这些日期,她总预先替客人们安排好牌局;有时两桌,有时三桌。她对每位客人的牌品及癖性都摸得清清楚楚,因此牌搭子总配得十分理想,从来没有伤过和气。尹雪艳本人督导着两个头干脸净的苏州娘姨在旁边招呼着。午点是宁波年糕或者湖州粽子。晚饭是尹公馆上海名厨的京沪小菜:金银腿、贵妃鸡、抢虾、醉蟹——尹雪艳亲自设计了一个转动的菜牌,天天转出一桌桌精致的筵席来。到了下半夜,两个娘姨便捧上雪白喷了明星花露水的冰面巾,让大战方酣的客人们揩面醒脑,然后便是一碗鸡汤银丝面作了宵夜。客人们掷下的桌面十分慷慨,每次总上两三千。赢了钱的客人固然值得兴奋,即使输了钱的客人也是心甘情愿。在尹公馆里吃了玩了,末了还由尹雪艳差人叫好计程车,一一送回家去。

当牌局进展激烈的当儿,尹雪艳便换上轻装,周旋在几个牌桌之间,踏着她那风一般的步子,轻盈盈地来回巡视着,像个通身银白的女祭司,替那些作战的人们祈祷和祭祀。

"阿媛,干爹又快输脱底喽!"

每到败北阶段,吴经理就眨着他那烂掉了睫毛的眼睛,向尹雪艳发出讨救的哀号。

"还早呢,干爹,下四圈就该你摸清一色了。"

尹雪艳把个黑丝椅垫枕到吴经理害了风湿症的背脊上,怜恤地安慰着这个命运乖谬的老人。

"尹小姐,你是看到的。今晚我可没打错一张牌,手气就那么背!"

女客人那边也经常向尹雪艳发出乞怜的呼吁,有时宋太太输急了,也顾

---

① 上海霞飞路的排场:霞飞路是旧时上海法租界的一条路段,两旁多为高等住宅区。它的排场代表了三四十年代上海都市生活的最高消费方式。

不得身份,就抓起两颗骰子啐道:

"呸!呸!呸!勿要面孔的东西,看你霉到甚么辰光!"

尹雪艳也照例过去,用着充满同情的语调,安抚她们一番。这个时候,尹雪艳的话就如同神谕一般令人敬畏。在麻将桌上,一个人的命运往往不受控制,客人们都讨尹雪艳的口采来恢复信心及加强斗志。尹雪艳站在一旁,叼着金嘴子的三个九,徐徐地喷着烟圈,以悲天悯人的眼光看着她这一群得意的、失意的、老年的、壮年的、曾经叱咤风云的、曾经风华绝代的客人们,狂热地互相厮杀,互相宰割。

四

新来的客人中,有一位叫徐壮图的中年男士,是上海交通大学的毕业生;生得品貌堂堂,高高的个儿,结实的身体,穿着剪裁合度的西装,显得分外英挺。徐壮图是个台北市新兴的实业巨子,随着台北市的工业化,许多大企业应运而生,徐壮图头脑灵活,具有丰富的现代化工商管理的知识,才是四十出头,便出任一家大水泥公司的经理。徐壮图有位贤慧的太太及两个可爱的孩子。家庭美满,事业充满前途,徐壮图成为一个雄心勃勃的企业家。

徐壮图第一次进入尹公馆是在一个庆生酒会上。尹雪艳替吴经理做六十大寿,徐壮图是吴经理的外甥,也就随着吴经理来到尹雪艳的公馆。

那天尹雪艳着实装饰了一番,穿着一袭月白短袖的织锦旗袍,襟上一排香妃色的大盘扣;脚上也是月白缎子的软底绣花鞋,鞋尖却点着两瓣肉色的海棠叶儿。为了讨喜气,尹雪艳破例地在右鬓簪上一朵酒杯大血红的郁金香,而耳朵上却吊着一对寸把长的银坠子。客厅里的寿堂也布置得喜气洋洋。案上全换上才铰下的晚香玉,徐壮图一踏进去,就嗅中一阵沁人脑肺的甜香。

"阿媛,干爹替侬带来顶顶体面的一位人客。"吴经理穿着一身崭新的纺绸长衫,佝着背,笑呵呵地把徐壮图介绍给尹雪艳道,然后指着尹雪艳说:

"我这位干小姐呀,实在孝顺不过。我这个老朽三灾五难的还要赶着替我做生。我忖忖:我现在又不在职,又不问世,这把老骨头天天还要给触霉头的风湿症来折磨。管他折福也罢,今朝我且大模大样的生受了干小姐这场寿酒再讲。我这位外甥,年轻有为,难得放纵一回,今朝也来跟我们这群老朽一道开心开心。阿媛是个最妥当的主人家,我把壮图交把侬,侬好好地招待招待他吧。"

"徐先生是稀客,又是干爹的令戚,自然要跟别人不同一点。"尹雪艳笑吟吟地答道,发上那朵血红的郁金香颤巍巍地抖动着。

徐壮图果然受到尹雪艳特别的款待。在席上,尹雪艳坐在徐壮图旁边一径殷勤地向他劝酒让菜,然后歪向他低声说道:

"徐先生,这道是我们大司傅的拿手,你尝尝,比外面馆子做的如何?"

用完席后,尹雪艳亲自盛上一碗冰冻杏仁豆腐捧给徐壮图,上面却放着两颗鲜红的樱桃。用完席成上牌局的时候,尹雪艳经常走到徐壮图背后看他打牌。徐壮图的牌张不熟,时常发错张子。才是八圈,徐壮图已经输掉一半筹码。有一轮,徐壮图正当发出一张梅花五筒的时候,突然尹雪艳从后面欠过身伸出她那细巧的手把徐壮图的手背按住说道:

"徐先生,这张牌是打不得的。"

那一盘徐壮图便和了一副"满园花",一下子就把输出去的筹码赢回了大半。客人中有一个开玩笑抗议道:

"尹小姐,你怎么不来替我也点点张子,瞧瞧我也输完啦。"

"人家徐先生头一趟到我们家,当然不好意思让他吃了亏回去的喽。"徐壮图回头看到尹雪艳朝着他满面堆着笑容,一对银耳坠子吊在她乌黑的发脚下来回地浪荡着。

客厅中的晚香玉到了半夜,吐出一蓬蓬的浓香来。席间徐壮图喝了不少热花雕,加上牌桌上和了那盘"满园花"的亢奋,临走时他已经有些微醺的感觉了。

"尹小姐,全得你的指教,要不然今晚的麻将一定全盘败北了。"

尹雪艳送徐壮图出大门时,徐壮图感激地对尹雪艳说道。尹雪艳站在门框里,一身白色的衣衫,双手合抱在胸前,像一尊观世音,朝着徐壮图笑吟吟地答道:

"哪里的话,隔日徐先生来白相,我们再一道研究研究麻将经。"

隔了两日,果然徐壮图又来到了尹公馆,向尹雪艳讨教麻将的诀窍。

五

徐壮图太太坐在家中的藤椅上,呆望着大门,两腮一天天削瘦,眼睛凹成了两个深坑。

当徐太太的干妈吴家阿婆来探望她的时候,她牵着徐太太的手失惊叫道:

"嗳呀,我的干小姐,才是个把月没见着,怎么你就瘦脱了形?"

吴家阿婆是一个六十来岁的妇人,硕壮的身材,没有半根白发,一双放大的小脚,仍旧行走如飞。吴家阿婆曾经上四川青城山去听过道,拜了上面白云观里一位道行高深的法师做师父。这位老法师因为看上吴家阿婆天资禀异，飞升时便把衣钵传了给她。吴家阿婆在台北家中设了一个法堂，中央供着她老师父的神像。神像下面悬着八尺见方黄绫一幅。据吴家阿婆说，她老师父常在这幅黄绫上显灵，向她授予机宜，因此吴家阿婆可以预卜凶吉，消灾除祸。吴家阿婆的信徒颇众，大多是中年妇女，有些颇有社会地位。经济环境不虞匮乏，这些太太们的心灵难免感到空虚。于是每月初一十五，她们便停止一天麻将，或者标会的聚会，成群结队来到吴家阿婆的法堂上，虔诚地念经叩拜，布施散财，救济贫困，以求自身或家人的安宁。有些有疑难大症，有些有家庭纠纷，吴家阿婆一律慷慨施以许诺，答应在老法师灵前替她们祈求神助。

"我的太太，我看你的气色竟是不好呢！"吴家阿婆仔细端详了徐太太一番，摇头叹息。徐太太低首俯面忍不住伤心哭泣，向吴家阿婆道出了许多衷肠话来。

"亲妈，你老人家是看到的，"徐太太流着泪断断续续地诉说道，"我们徐先生和我结婚这么久，别说破脸，连句重话都向来没过。我们徐先生是个争强好胜的人。他一向都么说：'男人的心五分倒有三分应该放在事业上。'来台湾熬了这十来年，好不容易盼着他们水泥公司发达起来，他才出了头，我看他每天为公事在外面忙着应酬，我心里只有暗暗着急。事业不事业倒在其次，求祈他身体康宁，我们母子再苦些也是情愿的。谁知道打上月起，我们徐先生竟好像变了一个人似的。经常两晚三晚不回家。我问一声，他就摔碗砸筷，脾气暴的了不得。前天连两个孩子都挨了一顿狠打。有人传话给我听说是我们徐先生在外面有了人，而且人家还是个有头有脸的人物。亲妈，我这个本本分分的人那里经过这些事情？人还撑得住不走样？"

"干小姐，"吴家阿婆拍了一下巴掌说道："你不提呢，我也就不说了。你知道我是最怕兜揽是非的人。你叫了我声亲妈，我当然也就向着你些。你知道那个胖婆儿宋太太呀，她先生宋协理搞上个甚么'五月花'的小酒女。她跑到我那里一把鼻涕一把眼泪要我替她求求老师父。我拿她先生的八字来一算，果然冲犯了东西。宋太太在老师父灵前许了重愿，我替她念了十二本经。现在她男人不是乖乖的回去了？后来我就劝宋太太：'整天少和那些狐狸精似的女人穷混，念经做善事要紧！'宋太太就一五一十地把你们徐先生的事情原原本本数了给我听。那个尹雪艳呀，你以为她是个甚么好东西？她没有两下，就能拢得住这些人？连你们徐先生那么个正人君子她都有本事抓得牢。这种事情历史上是有的：褒姒、妲己、飞燕、太真——这起祸水！你以为都是真人吗？妖孽！凡是到了乱世，这些妖孽都纷纷下凡，扰乱人间。那个尹雪艳还不知道是个甚么东西变的呢!我看你呀,总得变个法儿替你们徐先生消了这场灾难才好。"

"亲妈,"徐太太忍不住又哭了起来,"你晓得我们徐先生不是那种没有良心的男人。每次他在外面逗留了回来,他嘴里虽然不说,我晓得他心里是过意不去的。有时他一个人闷坐着猛抽烟,头筋叠暴起来,样子真唬人。我又不敢去劝解他,只有干着急。这几天他更是着了魔一般,回来嚷着说公司里人人都寻他晦气。他和那些工人也使脾气,昨天还把人家开除了几个。我劝他说犯不着和那些粗人计较,他连我也呵斥了一顿。他的行径反常得很,看着不像,真不由得不叫人担心哪!"

"就是说呀!"吴家阿婆点头说道,"怕是你们徐先生也犯着了什么吧?你且把他的八字递给我,回去我替他测一测。"

徐太太把徐壮图的八字抄给了吴家阿婆说道:

"亲妈,全托你老人家的福了。"

"放心,"吴家阿婆临走时说道,"我们老师父最是法力无边,能够替人排难解厄的。"

然而老师父的法力并没有能够拯救徐壮图。有一天,正当徐壮图向一个工人拍起桌子喝骂的时候,那个工人突然发了狂,一把扁钻从徐壮图前胸刺穿到后胸。

六

徐壮图的治丧委员会吴经理当了总干事。因为连日奔忙,风湿又弄犯了,他在极乐殡仪馆穿出穿进的时候,一径挂着拐杖,十分蹒跚。开吊的那一天灵堂就设在殡仪馆里。一时亲戚友好的花圈丧帐白簇簇的一直排到殡仪馆的门口来。水泥公司同仁挽的却是"痛失英才"四个大字。来祭吊的人从早上九点钟起开始络绎不绝。徐太太早已哭成了痴人,一身麻衣丧服带着两个孩子,跪在灵前答谢。吴家阿婆却率领了十二个道士,身着法衣,手执拂尘,在灵堂后面的法坛打解冤洗业醮。此外并有僧尼十数人在念经超度,拜大悲忏。

正午的时候,来祭吊的人早挤满了一堂,正当众人熙攘之际,突然人群里起了一阵骚动,接着全堂静寂下来,一片肃穆。原来尹雪艳不知什么时候却像一阵风一般的闪了进来。尹雪艳仍旧一身素白打扮,脸上未施脂粉,轻盈盈地走到管事台前,不慌不忙地提起毛笔,在签名簿上一挥而就地签上了名,然后款款地步到灵堂中央,客人们都傃地分开两边,让尹雪艳走到灵台跟前,尹雪艳凝着神,敛着容,朝着徐壮图的遗像深深地鞠了三鞠躬。这时在场的亲友大家都呆如木鸡。有些显得惊讶,有些却是忿愤,也有些满脸惶惑,可是大家都好似被一股潜力镇住了,未敢轻举妄动。这次徐壮图的惨死,徐太太那一边有些亲戚迁怒于尹雪艳,他们都没有料到尹雪艳居然有这个胆识闯进徐家的灵堂来。场合过分紧张突兀,一时大家都有点手足无措。尹雪艳行完礼后,却走到徐家太太面前,伸出手抚摸了一下两个孩子的头,然后庄重地和徐太太握了一握手。正当众人面面相觑的当儿,尹雪艳却踏着她那风一般的步子走出了极乐殡仪馆。一时灵堂里一阵大乱,徐太太突然跪倒在地,昏厥了过去,吴家阿婆赶紧丢掉拂尘,抢身过去,将徐太太抱到后堂去。

当晚,尹雪艳的公馆里又成上了牌局,有些牌搭子是白天在徐壮图祭悼会后约好的。吴经理又带了两位新客人来。一位是南国纺织厂新上任的余经理;另一位是大华企业公司的周董事长。这晚吴经理的手气却出了奇迹,一连串的在和满贯。吴经理不停地笑着叫着,眼泪从他烂掉了睫毛的血红眼圈一滴滴淌下来。到了第十二圈,有一盘吴经理突然双手乱舞大叫起来:

"阿媛,快来! 快来! '四喜临门'! 这真是百年难见的怪牌。东、南、西、北——全齐了,外带自摸双! 人家说和了大四喜,兆头不祥。我倒霉了一辈子,和了这副怪牌,从此否极泰来。阿媛,阿媛,侬看看这副牌可爱不可爱? 有趣不有趣?"

吴经理喊着笑着把麻将撒满了一桌子。尹雪艳站到吴经理身边,轻轻地按着吴经理的肩膀,笑吟吟地说道:

"干爹,快打起精神多和两盘。回头赢了余经理及周董事长他们的钱,我来吃你的红!"

(初载《现代文学》1965 年第 24 期)

游园惊梦

钱夫人到达台北近郊天母窦公馆的时候,窦公馆门前两旁的汽车已经排满了,大多是官家的黑色小轿车。钱夫人坐的计程车开到门口她便命令司机停了下来。窦公馆的两扇铁门大敞,门灯高烧,大门两侧一边站了一个卫士,门口有个随从打扮的人正在那儿忙着招呼宾客的司机。钱夫人一下车,那个随从便赶紧迎了上来,他穿了一身藏青哔叽的中山装,两鬓花白。钱夫人从皮包里掏出了一张名片递给他,那个随从接过名片,即忙向钱夫人深深地行了一个礼,操了苏北口音,满面堆着笑容说道:

"钱夫人,我是刘副官,夫人大概不记得了?"

"是刘副官吗?"钱夫人打量了他一下,微带惊愕地说道,"对了,那时在南京到你们公馆见过你的。你好,刘副官。"

"托夫人的福,"刘副官又深深地行了一礼,赶忙把钱夫人让了进去,然后抢在前面用手电筒照路,引着钱夫人走上一条水泥砌的汽车过道,绕着花园往正屋里行去。

"夫人这向好?"刘副官一行引着路,回头笑着向钱夫人说道。

"还好,谢谢你,"钱夫人答道,"你们长官夫人都好呀?我有好几年没见着他们了。"

"我们夫人好,长官最近为了公事忙一些,"刘副官应道。

窦公馆的花园十分深阔,钱夫人打量了一下,满园子里影影绰绰,都是些树木花草,围墙周遭却密密地栽了一圈椰子树,一片秋后的清月,已经升过高大的椰树干子来了。钱夫人跟着刘副官绕过了几丛棕榈树,窦公馆那座两层楼的房子便赫然出现在眼前,整座大楼,上上下下灯火通明,亮得好像烧着了一般。一条宽敞的石级引上了楼前一个弧形的大露台,露台的石栏边沿上却整整齐齐置了十来盆一排齐胸的桂木,钱夫人一踏上露台,一阵桂花的浓香便侵袭过来了。楼前正门大开,里面有几个仆人穿梭一般来往着。刘副官停在门口,哈着身子,做了个手势,毕恭毕敬地说了声:

"夫人请。"

钱夫人一走入门内前厅,刘副官便对一个女仆说道:

"快去报告夫人,钱将军夫人到了。"

前厅只摆了一堂精巧的红木几椅,几案上搁了一套景泰蓝的瓶樽,一只鱼篓瓶里斜插了几枝万年青;右侧壁上,嵌了一面鹅卵形的大穿衣镜。钱夫人走到镜前,把身上那件玄色秋大衣卸下,一个女仆赶忙上前把大衣接了过去。钱夫人往镜里瞟了一眼,很快地用手把右鬓一绺松弛的头发抿了一下。下午六点钟才去西门町红玫瑰做的头发,刚才穿过花园,吃风一撩,就乱了。钱夫人往镜子又凑近了一步,身上那件墨绿杭绸的旗袍,她也觉得颜色有点不对劲儿。她记得这种丝绸,在灯光底下照起来,绿汪汪翡翠似的,大概这间前厅不够亮,镜子里看起来,竟有点发乌。难道真的是料子旧了?这份杭绸还是从南京带出来的呢。这些年都没舍得穿,为了赴这场宴才从箱子里拿出来裁了。早知如此,还不如到鸿翔绸庄去买份新的。可是她总觉得台湾的衣料粗糙,光泽扎眼,尤其是丝绸,哪里及得上大陆货那么细致,那么柔熟?

"五妹妹到底来了。"一阵脚步声,窦夫人走了出来,一把便攥住了钱夫人的双手笑道。

"三阿姐,"钱夫人也笑着叫道,"来晚了,累你们好等。"

"哪里的话,恰是时候,我们正要入席呢。"

窦夫人说着便挽了钱夫人往正厅走去。在走廊上,钱夫人用眼角扫了窦夫人两下,她心中不禁觑敲起来;桂枝香果然还是没有老。临离开南京那年,自己明明还在梅园新村的公馆替桂枝香请过三十岁的生日酒,得月台的几个姐妹淘都差不多到齐了——嫁给上海棉纱大王陶鼎新的老二露凝香,桂枝香的妹子后来嫁给任主席任子久做小的十三天辣椒,还有她自己的亲妹妹十七月月红——几个人还学洋派凑份子替桂枝香定制了一个三十寸两层楼的大寿糕,上面足足插了三十根红蜡烛。现在她总该有四十大几了吧?钱夫人又朝窦夫人瞄了一下。窦夫人穿了一身银灰洒朱砂的薄纱旗袍。足上也配了一双银灰闪光的高跟鞋,右手的无名指上戴了一只莲子大的钻戒,左腕也笼了一付白金镶碎钻的手串,发上却插了一把珊瑚缺月钗,一对寸把长的紫瑛坠子直吊下发脚外来,衬得她丰白的面庞愈加雍容矜贵起来。在南京那时,桂枝香可没有这般风光,她记得她那时还做小,窦瑞生也不过是个次长,现在窦瑞生的官大了,桂枝香也扶了正,难为她熬了这些年,到底给她熬出了头了。

"瑞生到南部开会去了,他听说五妹妹今晚要来,特地着我向你问好呢。"窦夫人笑着侧过头来向钱夫人说道。

"哦,难为窦大哥还那么有心,"钱夫人答道。一走近正厅,里面一阵人语喧笑便传了出来,窦夫人在正厅门口停了下来,又握住钱夫人的双手笑道:

"五妹妹,你早就该搬来台北了,我一直都挂着,你一个人住在南部那种地方有多冷清呢?今夜你是无论如何缺不得席的——十三也来了。"

"她也在这儿吗?"钱夫人问道。

"你知道呀,任子久一死,她便搬出了任家。"窦夫人说着又凑到钱夫人耳边笑道,"任子久是有几份家当的,十三一个人也算过得舒服了。今晚就是她起的哄,来到台湾还是头一遭呢。她把天香票房里的几位朋友搬了来,锣鼓笙箫都是全的,他们还巴望着你上去显两手呢。"

"罢了,罢了,哪里还能来这个玩意儿!"钱夫人急忙挣脱了窦夫人,摆着手笑道。

"客气话不必说了,五妹妹,你当年的老工夫一定是在的,连你蓝田玉都说不能,别人还敢开腔吗?"窦夫人笑道,也不等钱夫人分辩便挽了她往正厅里走去。

正厅里东一堆西一堆,锦簇绣丛一般,早坐满了衣裙明艳的客人。厅堂异常宽大,呈凸字形,是个中西合璧的款式。左半边置一堂软垫沙发,右半边置着一堂紫檀硬木桌椅,中间地板上却隔着一张两寸厚刷着二龙抢珠的大地毯。沙发两长四短,对开围着,黑绒底子洒满了醉红的海棠叶儿,中开一张长方矮几上摆了一只两尺高天青细磁胆瓶,瓶里冒着一大蓬金骨红肉的龙须菊。右半边八张紫檀椅子团团围着一张嵌纹石桌面的八仙桌。桌子上早布满了各式的糖盒茶具。厅堂凸字尖端,也摆着六张一式的红木靠椅,椅子三三分开,圈了个半圆,中间缺口处却高高竖了一档乌木架流云蝙蝠镶云母片的屏风。钱夫人看见那些椅子上搁满了铙钹琴弦,椅子前端有两个木架,一个架着一只小鼓,另一只却齐齐的插了一排笙箫管笛。厅堂里灯光辉煌,两旁的座灯从地面斜射上来,照得一面大铜锣金光闪烁。

窦夫人把钱夫人先引到厅堂左半边,然后走到一张沙发跟前对一位五十多岁穿了珠灰旗袍,带了一身玉器的女客说道:

"赖夫人,这是钱夫人,你们大概见过的吧?"

钱夫人认得那位女客是赖祥云的太太,以前在南京时,社交场合里见过几面,那时赖祥云大概是个司令官,来到台湾,报纸上倒常见到他的名字。

"这位大概就是钱鹏公的夫人了?"赖夫人本来正和身旁一位男客在说话,这下才转过身来,打量了钱夫人半晌,款款地立了起来笑着说道。一面和钱夫人握手,一面又扶了头。说道:

"我是说面熟得很!"

然后转向着身边一位黑红脸身材硕肥头顶光秃穿了宝蓝丝葛长袍的男客说:

"刚才我还和余参军长聊天,梅兰芳第一次到上海在丹桂第一台唱的是甚么戏,再也想不起来了。你们瞧,我的记性!"

余参军长老早立了起来,朝着钱夫人笑嘻嘻地行了一个礼说道:

"夫人久违了。那年在南京励志社大会串瞻仰过夫人的风采的。我还记得夫人票的是'游园惊梦'呢!"

"是呀。"赖夫人接嘴道,"我一直听说钱夫人的盛名,今天晚上总算有耳福要领教了。"

钱夫人赶忙向余参军长谦谢了一番,她记得余参军长在南京时来过她公馆一次,可是她又仿佛记得他后来好像犯了甚么大案子被革了职退休了。接着窦夫人又引着她过去把在座的几位客人都一一介绍一轮。几位夫人太太她一个也不认识,她们的年纪都相当年轻,大概来到台湾才兴起来的。

"我们到那边去吧,十三和几位票友都在那儿。"

窦夫人说着又把钱夫人领到厅堂的右手边去。她们两人一过去,一位穿红旗袍的女客便踏着碎步迎了上来,一把便将钱夫人的手臂勾了过去,笑得全身乱颤说道:

"五阿姐,刚才三阿姐告诉我你也要来,我就喜得叫道:'好哇,今晚可真把名角给抬了出来了!'"

钱夫人方才听窦夫人说天辣椒蒋碧月也在这里,她心中就踌躇了一番,不知天辣椒嫁了人这些年,可收敛了一些没有。那时大伙儿在南京夫子庙得月台清唱的时候,有风头总是她占先,扭着她们师傅专拣讨好的戏唱。一出台,也不管清唱的规矩,就脸朝了那些捧角的,一双眼睛钩子一般,直伸到台下去。同是一个娘生的,性格儿却差得那么远。论到懂世故,有担待,除了她姐姐桂枝香再也找不出第二个人来。桂枝香那儿的便宜,天辣椒也算捡尽了。任子久连她姐姐的聘礼都下定了,天辣椒却有本事拦腰一把给夺了过去。也亏桂枝香有涵养,等了多少年才委委曲曲做了窦瑞生的三房。难怪桂枝香老叹息说:是亲妹子才专拣自己的姐姐往脚下踹呢! 钱夫人又打量了一下天辣椒蒋碧月,蒋碧月穿了一身火红的缎子旗袍,两只手腕上,铮铮锵锵,直戴了八只扭花金丝镯,脸上勾得十分入时,眼皮上抹了眼圈膏,眼角儿也着了墨,一头蓬得像鸟窝似的头发,两鬓上却刷出几只俏皮的月牙钩来。任子久一死,这个天辣椒比从前反而愈更标劲,愈更佻侻了,这些年的动乱,在这个女人身上,竟找不出半丝痕迹来。

"哪,你们见识见识吧,这位钱夫人才是真正的女梅兰芳呢!"

蒋碧月挽了钱夫人向座上几个男女票友客人介绍道。几位男客都慌忙不迭站了起来朝了钱夫人含笑施礼。

"碧月,不要胡说,给这几位内行听了笑话。"

钱夫人一行还礼,一行轻轻责怪蒋碧月道。

"碧月的话倒没有说差。"窦夫人也插嘴笑道,"你的昆曲也算是得了梅派的真传了。"

"三阿姐——"

钱夫人含糊地叫了一声,想分辩几句。可是若论到昆曲,连钱鹏志也对她说过:

"老五,南北名角我都听过,你的'昆腔'也算是个好的了。"

钱鹏志说,就是为着在南京得月台听了她的"游园惊梦",回到上海去,日思夜想,心里怎么也丢不下,才又转了回来娶她的。钱鹏志一迳对她讲,能得她在身边,唱几句"昆腔"作娱,他的下半辈子也就无所求了。那时她刚在得月台冒红,一句"昆腔",台下一声满堂彩,得月台的师傅说:一个夫子庙算起来,就数蓝田玉唱得最正派。

"就是说呀,五阿姐。你来见见。这位徐太太也是个昆曲大王呢!"蒋碧月把钱夫人引到一位着黑旗袍,十分净扮的年青女客跟前说道,然后又笑着向窦夫人说:"三阿姐,回头我们让徐太太唱'游园',五阿姐唱'惊梦',把这出昆腔的戏祖宗搬出来,让两位名角上去较量较量,也好给我们饱饱耳福。"

那位徐太太连忙立了起来,道了不敢,钱夫人也赶忙谦让了几句,心中却着实嗔怪天辣椒讲话太过冒失,今天晚上这些人,大概没有一个不懂戏的,恐怕这位徐太太就现放着是个好角色,回头要真给抬了上去,倒不可以大意呢。运腔转调,这些人都不足畏,倒是在南部这么久,嗓子一直没有认真吊过,却不知如何了。而且裁缝师傅的话果然说中:台北不兴长旗袍喽。在座的——连那个老得脸上起了鸡皮皱的赖夫人在内,个个的旗袍下摆都缩到差不多到膝盖上去,露出大半截腿子来。在南京那时,哪个夫人的旗袍不是长得快拖到脚面上来了的?后悔没有听从裁缝师傅,回头穿了这身长旗袍站出去,不晓得还登不登样。一上台,一亮相,最要紧了。那时在南京梅园新村请客唱戏,每次一站上去,还没开腔就先把那台下压住了的。

"程参谋,我把钱夫人交给你了。你不替我好好伺候着,明天罚你作东。"

窦夫人把钱夫人引到一个三十多岁的军官面前笑着说道,然后转身悄声对钱夫人说:"五妹妹,你在这里聊聊,程参谋最懂戏的,我得进去招呼着上席了。"

"钱夫人久仰了。"

程参谋朝着钱夫人,立了正,倒落的一鞠躬,行了一个军礼。他穿了一身浅色凡呢丁的军礼服,外套的翻领上捌了一付金亮的两朵梅花中校领章,一双短统皮鞋靠在一起,乌光水滑的。钱夫人看见他笑起来时,咧着一口齐朵朵净白的牙齿,容长的面孔,下巴剃得青亮,眼睛细长上挑,随一双飞扬的眉毛,往两鬓插去,一杆葱的鼻梁,鼻尖却微微下佝,一头墨浓的头发,处处都抿得妥妥帖帖的。他的身段颀长,着了军服分外英发。可是钱夫人觉得他这一声招呼里却又透着温柔,半点也没带武人的粗糙。

"夫人请坐"。

程参谋把自己的椅子让了出来,将椅子上那张海绵椅垫挪挪正,请钱夫人就了座,然后立即走到那张八仙桌端了一盅茉莉香片及一个四色糖盒来,钱夫人正要伸手去接过那盅石榴红的磁杯,程参谋却低声笑道:

"小心烫了手,夫人。"

然后打开了那个描金乌漆糖盒,佝下身去,双手捧到钱夫人面前,笑吟吟地望着钱夫人,等她挑选。钱夫人随手抓了一把松瓤,程参谋忙劝止道:

"夫人,这个东西顶伤嗓子。我看夫人还是尝颗蜜枣,润润喉吧。"

随着便拈起一根牙签挑了一枚蜜枣,递给钱夫人。钱夫人道了谢,将那枚蜜枣接了过来,塞到嘴里,一阵沁甜的蜜味,果然十分甘芳。程参谋另外搬了一张椅子,在钱夫人右侧坐了下来。

"夫人最近看戏没有?"程参谋坐定后笑着问道。他说话时,身子总是微微倾斜过来,十分专注似的,钱夫人看见他又露出了一口白净的牙齿来,灯光下,照得莹亮。

"好久没看了,"钱夫人答道,她低下头去,细细地啜了一口手里那盅香片,"住在南部,难得有好戏。"

"张爱云这几天正在国光戏院演'洛神'呢,夫人。"

"是吗?"钱夫人应道,一直俯着首在饮茶,沉吟了半晌才说道,"我还是在上海天蟾舞台看她演过这出戏——那是好久以前了。"

"她的做工还是在的,到底不愧是'青衣祭酒',把个宓妃和曹子建两个人那段情意,演得细腻到了十分。"

钱夫人抬起头来,触到了程参谋的目光,她即刻侧过了头去。程参谋那双细长的眼睛,好像把人都罩住了似的。

"谁演得这般细腻呀?"天辣椒蒋碧月插了进来笑道,程参谋赶忙立起来,让了座。蒋碧月抓了一把朝阳瓜子,跷起腿嗑着瓜子笑道:"程参谋,人人说你懂戏,钱夫人可是戏里的通天教主,我看你趁早别在这儿班门弄斧了。"

"我正在和钱夫人讲究张爱云的'洛神',向钱夫人讨教呢。"程参谋对蒋碧月说着,眼睛却瞟向了钱夫人。

"哦,原来是说张爱云吗?"蒋碧月噗哧笑了一下,"她在台湾教教戏也就罢了,偏偏又要去唱'洛神',扮起宓妃来也不像呀!上礼拜六我才去国光看来,买到了后排,只见她嘴巴动,声音也听不到,半出戏还没唱完,她嗓子先就哑掉了——嗳唷,三阿姐来请上席了。"

一个仆人拉开了客厅通到饭厅的一扇镂空心凸字的桃花心木推门,窦夫人已经从饭厅里走了出来。整座饭厅银素装饰,明亮得像雪洞一般,两桌席上,却是猩红的细布桌面,杯碗羹箸一律都是银的。客人们进去后都你推我让,不肯上坐。

"还是我占先吧,这样让法,这餐饭也吃不成了,倒是辜负了主人这番心意!"

赖夫人走到第一桌的主位坐了下来,然后又招呼着余参军长说道:

"余参军长,你也来我旁边坐下吧。刚才梅兰芳的戏,我们还没有论出头绪来呢。"

余参军长把手一拱,笑嘻嘻地道了一声:"遵命。"客人们哄然一笑便都相随入了席。到了第二桌,大家又推让起来了,赖夫人隔着桌子向钱夫人笑着叫道:

"钱夫人,我看你也学学我吧。"

窦夫人便过来拥着钱夫人走到第二桌主位上,低声在她耳边说道:

"五妹妹,你就坐下吧。你不占先,别人不好入座的。"

钱夫人环视了一下,第二桌的客人都站在那儿带笑瞅着她。钱夫人赶忙含糊地推辞了两句,坐了下去,一阵心跳,连她的脸都有点发热了。倒不是她没经过这种场面,好久没有应酬,竟有点不惯了。从前钱鹏志在的时候,筵席之间,十有八九的主位,倒是她占先的。钱鹏志的夫人当然上坐,她从来也不必推让。南京那起夫人太太们,能僭过她辈分的,还数不出几个来。她可不能跟那些官儿的姨太太们去比,她可是钱鹏志明公正道迎回去做填房夫人的。可怜桂枝香那时出面请客都没份儿,连生日酒还是她替桂枝香做的呢。到了台湾桂枝香才敢这么出头摆场面,而她那时才冒二十岁,一个清唱的姑娘,一夜间便成了将军夫人了。卖唱的嫁给小户人家还遭多少议论,又何况是入了侯门?连她亲妹子十七月月红还克薄过她两句:姐姐,你的辫子也该铰了,明日你和钱将军走在一起,人家还以为你是他的孙女儿呢!钱鹏志娶她那年已经六十靠边了,然而怎么说她也是他正正经经的填房夫人啊。她明白她的身份,她也珍惜她的身份。跟了钱鹏志那十几年,筵前酒后,哪次她不是捏着一把冷汗,任是多大的场面,总是应付得妥妥帖帖的?走在人前,一样风华翩跹,谁又敢议论她是秦淮河得月台的蓝田玉了?

"难为你了,老五。"

钱鹏志常常抚着她的腮对她这样说道。她听了总是心里一酸,许多的委曲却是没法诉的。难道她还能怨钱鹏志吗?是她自己心甘情愿的。钱鹏志娶她的时候就分明和她说清楚了,他是为着听了她的"游园惊梦"才想把她接回去伴他的晚年的。可是她妹子月月红说的呢,钱鹏志好当她的爷爷了,她还要希冀甚么?到底应了得月台瞎子师娘那把铁嘴:五姑娘,你们这种人只有嫁给年纪大的,当女儿一般疼惜算了,年青的,哪里靠得住?可是瞎子师娘偏偏又捏着她的手,眨巴着一双青光眼叹息道:荣华富贵你是享定了,蓝田玉,只可惜你长错了一根骨头,也是你前世的冤孽!不是冤孽还是甚么?除却天上的月亮摘不到,世上的金银财宝,钱鹏志怕都设法捧了来讨她的欢心。她体验得出钱鹏志那番苦心。钱鹏志怕她念着出身低微,在达官贵人面前气馁胆怯,总是百般怂恿着她讲排场,耍派头。梅园新村钱夫人宴客的款式怕不噪反了整个南京城,钱公馆里的酒席钱,"袁大头"就用得罪过花啊的。单就替桂枝香请生日酒那天吧,梅园新村的公馆里一摆就是十台,吹箫的是琴雪芳那儿搬来的吴声豪,大厨司却是花了十块大洋特别从桃叶渡的绿柳居接来的。

"窦夫人,你们大司务是哪儿请来的呀?来到台湾我还是头一次吃到这么讲究的鱼翅呢。"赖夫人说道。

"他原是黄钦之黄部长家在上海时候的厨子,来台湾才到我们这儿的。"窦夫人答道。

"那就难怪了,"余参军长接口道"黄钦公是有名的吃家呢。"

"哪天要能借府上的大司务去烧个翅,请起客来就风光了,"赖夫人说道。

"那还不容易?我也乐得去白吃一餐呢!"窦夫人说道,客人们都笑了起来。

"钱夫人,请用碗翅吧。"程参谋盛了一碗红烧鱼翅,加了一匙羹镇江醋,搁在钱夫人面前,然后又低声笑道:

"这道菜,是我们公馆里出了名的。"

钱夫人还没来得及尝鱼翅,窦夫人却从隔壁桌子走了过来,敬了一轮酒,特别又叫程参谋替她斟满了,走到钱夫人身边,按着她的肩膀笑道:

"五妹妹,我们两个好久没对过杯了。"

说完便和钱夫人碰了一下杯,一口喝尽,钱夫人也细细地干掉了。窦夫人离开时又对程参谋说道:

"程参谋,好好替我劝酒啊!你长官不在,你就在那一桌替他做主人吧。"

程参谋立起,执了一把银酒壶,弯了身,笑吟吟便往钱夫人杯里筛酒,钱夫人忙阻止道:

"程参谋,你替别人斟吧,我的酒量有限得很。"

程参谋却站着不动,望着钱夫人笑道:

"夫人,花雕不比别的酒,最易发散。我知道夫人回头还要用嗓子,这个酒暖过了,少喝点儿,不会伤喉咙的。"

"钱夫人是海量,不要饶过她!"

坐在钱夫人对面的蒋碧月却走了过来,也不用人让,自己先斟满了一杯,举到钱夫人面前笑道:

"五阿姐,我也好久没有和你喝过双钟儿了。"

钱夫人推开了蒋碧月的手,轻轻咳了一下说道:

"碧月,这样喝法要醉了。"

"到底是不赏妹子的脸,我喝双份儿好啦,回头醉了,最多让他们抬回去就是了。"

蒋碧月一仰头便干了一杯,程参谋连忙捧上另一杯,她也接过去一气干了,然后把个银酒杯倒过来,在钱夫人脸上一晃。客人们都鼓起掌来喝道:

"到底是蒋小姐豪兴!"

钱夫人只得举起了杯子,缓缓地将一杯花雕饮尽。酒倒是烫得暖暖的,一下喉,就像一股热流般,周身游荡起来了。可是台湾的花雕到底不及大陆的那么醇厚,饮下去终究有点割喉。虽说花雕容易发散,饮急了,后劲才凶呢。没想到真正从绍兴办来的那些陈年花雕也那么伤人。那晚到底中了她们的道儿!她们大伙儿都说,几杯花雕那里就能把嗓子喝哑了?难得是桂枝香的好日子,姐妹们不知何日才能聚得齐,主人尚且不开怀,客人哪能恣意呢?连月月红十七也夹在里面起哄:姐姐,我们姐妹俩儿也来干一杯,亲热亲热一下。月月红穿了一身大金大红的缎子旗袍,艳得像只鹦哥儿,一双眼睛,鹘伶伶地尽是水光。姐姐不赏脸,她说,姐姐到底不赏妹子的脸,她说道。逞够了强,捡够了便宜,还要赶着说风凉话。难怪桂枝香叹息:是亲妹子才专拣自己的姐姐往脚下踹呢。月月红——就算她年轻不懂事,郑彦青他就不该也跟了来胡闹了。他也捧了满满的一杯酒,咧着一口雪白的牙齿说道:夫人,我也来敬夫人一杯。他喝得两颧鲜红,眼睛烧得像两团黑水,一双带刺的马靴啪哒一声并在一起,弯着身腰柔柔地叫道:夫人——。

"这下该轮到我了,夫人。"程参谋立起身,双手举起了酒杯,笑吟吟地说道。

"真的不行了,程参谋。"钱夫人微俯着首,喃喃说道。

"我先干三杯,表示点敬意,夫人请随意好了。"

程参谋一连便喝了三杯,一片酒晕把他整张脸都盖了过去了。他的额头发出了亮光,鼻尖上也冒出几颗汗珠子来。钱夫人端起了酒杯,在唇边略略沾了一下。程参谋替钱夫人拈了一只贵妃鸡的肉翅,自己也挟了一个鸡头来过酒。

"嗳唷,你敬的是甚么酒呀?"

蒋碧月站起来,伸头前去嗅了一下余参军长手里那杯酒,尖着嗓门叫了起来,余参军长正捧着一只与众不同的金色鸡缸杯在敬蒋碧月的酒。

"小姐,这杯是'通宵酒'哪!"余参军长笑嘻嘻地说道,他那张黑红脸早已喝得像猪肝似的了。

"'呀呀啐,何人与你们通宵哪!'"蒋碧月把手一挥,打起京白说道:

"蒋小姐,百花亭里还没摆起来,你先就'醉酒'了。"赖夫人隔着桌子笑着叫道,客人们又一声哄笑起来。窦夫人也站了起来对客人们说道:

"我们也该上场了,请各位到客厅那边去吧。"

客人们都立了起来,赖夫人带头,鱼贯而入进到客厅里,分别坐下。几位男票友却走到那档屏风面前几张红木椅子就了座,一边调弄起管弦来。六个人,除了胡琴外,一个拉二胡,一个弹月琴,一个管小鼓拍板,另外两个人立着,一个擎了一双铙钹,一个手里却吊了一面大铜锣。

"夫人,那位杨先生真是把好胡琴,他的洞箫,台湾还找不出第二个人呢,回头你听他一吹,就知道了。"

程参谋指着那位拉胡琴姓杨的票友,在钱夫人耳根下说道。钱夫人微微斜靠在一张单人沙发上,程参谋在她身旁一张皮垫矮圆凳上坐了下来。他又替钱夫人沏了一盅茉莉香片,钱夫人一面品着茶,一面顺着程参谋的手,朝那位姓杨的票友望去。那位姓杨的票友约莫五十上下,穿了一件古铜色起暗团花的熟罗长衫,面貌十分清癯,一双手指修长,洁白得像十管白玉一般,他将一柄胡琴从布袋子里抽了出来,腿上垫一块青搭布,将胡琴搁在上面,架上了弦弓,随便咿呀的调了一下,微微将头一垂,一扬手,猛地一声胡琴,便像抛线一般蹿了起来,一段西皮流水,奏得十分清脆滑溜,一奏毕,余参军长便头一个跳了起来叫了声:"好胡琴!"客人们便也都鼓起掌来。接着锣鼓齐鸣,奏出了一只"将军令"的上场牌子来。窦夫人也跟着满客厅一一去延请客人们上场演唱,正当客人们互相推让间,余参军长已经拥着蒋碧月走到胡琴那边,然后打起丑腔叫道:

"启娘娘,这便是百花亭了。"

蒋碧月双手握着嘴,笑得前俯后仰,两只腕上几个扭花金镯子,铮铮锵锵地抖响着。客人们都跟着起哄喝彩起来,胡琴便奏出了"贵妃醉酒"里的四平调。蒋碧月身也不转,面朝了客人便唱了起来。唱到过门的时候,余参军长跑出去托了一个朱红茶盘进来,上面搁了那只金色的鸡缸杯,一手撩了袍子,在蒋碧月跟前做了个半跪的姿势,效那高力士叫道:

"启娘娘,奴婢敬酒。"

蒋碧月果然装了醉态,东歪西倒地做出了种种身段,弯下身去,用嘴将那只酒杯衔了起来,然后又把杯子当啷一声掷到地上,唱出了两句:

人生在世如春梦
且自开怀饮几盅

客人们早笑得滚做了一团,窦夫人笑得岔了气,沙着喉咙对了赖夫人喊道:

"我看我们碧月今晚真的醉了!"

赖夫人笑得直用绢子揩眼泪,一面大声叫道:"蒋小姐醉了倒不要紧,只是莫学那杨玉环又去喝一缸醋就行了。"

客人们正在闹着要蒋碧月唱下去,蒋碧月却摇摇摆摆地走了下来,把那位徐太太给抬了上去,然后对客人们宣布道:

"昆曲大王来给我们唱'游园'了,回头再请另外一位昆曲泰斗——钱夫人来接唱'惊梦'。"

钱夫人赶忙抬起了头来,将手里的茶杯搁到左边的矮几上,她看见徐太太已经站到了那档屏风前面,半背着身子,一只手却扶在插笙箫的那只乌木架上。她穿了一身净黑的丝绒旗袍,脑后松松地挽了一个贵妇髻,半面脸微微向外,莹白的耳垂露在发外,上面吊着一丸翠绿的坠子。客厅里几只喇叭形的座灯像数道注光,把徐太太那细挑的身影,袅袅娜娜地推到那档云母屏风上去。

"五阿姐,你仔细听听,看看徐太太的'游园'跟你唱的可有个高下。"

蒋碧月走了过来,一下子便坐到了程参谋的身边,伸过头来,一只手拍着钱夫人的肩,悄声笑着说道。

"夫人,今晚总算我有缘,能领教夫人的'昆腔'了。"

程参谋也转过头来,望着钱夫人笑道。钱夫人睇着蒋碧月手腕上那只金光乱窜的扭花镯子,她忽然感到一阵微微的晕眩。一股酒意涌上了她的脑门似的,刚才灌下去的那几杯花雕好像渐渐着力了,她觉得两眼发热,视线都有点朦胧起来。蒋碧月身上那袭红旗袍如同一团火焰,一下子明晃晃地烧到了程参谋的身上,程参谋衣领上那几枚金梅花,便像火星子般,跳跃了起来。蒋碧月的一对眼睛像两丸黑水银在她醉红的脸上溜转起来,程参谋那双细长的眼睛却眯成了一条缝,射出了逼人的锐光,两张脸都向着她,一齐咧着整齐的白牙,朝她微笑着,两张红得发油光的脸庞渐渐地靠拢起来,凑在一块儿,咧着白牙,朝她笑着。洞箫和笛子都鸣了起来,笛音如同流水,把靡靡下沉的箫声又托了起来,送进"游园"的"皂罗袍"中去——

> 原来姹紫嫣红开遍
> 似这般都付与断井颓垣
> 良辰美景奈何天
> 便赏心乐事谁家院——

杜丽娘唱的这段"昆腔"便算是昆曲里的警句了。连吴声豪也说：钱夫人，您这段"皂罗袍"便是梅兰芳也不能过的。可是吴声豪的箫却偏偏吹得那么高（吴师傅，今晚让她们灌多了，嗓子靠不住，吹低些吧）。吴声豪说，练嗓子的人，第一要忌酒；然而月月红十七却端着那杯花雕过来说道：姐姐，我们姐妹俩儿也来干一杯。她穿得大金大红的，还要说，姐姐，你不赏脸。不是这样说，妹子，不是姐姐不赏脸，实在为着他是姐姐命中的冤孽。瞎子师娘不是说过：荣华富贵——蓝田玉，可惜你长错了一根骨头。冤孽呵。他可不就是姐姐命中招的冤孽了？懂吗，妹子，冤孽。然而他也捧着酒杯来叫道：夫人。他笼着斜皮带，戴着金亮的领章，腰杆子扎得挺细，一双带白铜刺的长统马靴乌光水滑的啪哒一声靠在一起，眼皮都喝得泛了桃花，却叫道：夫人。谁不知道南京梅园新村的钱夫人呢？钱鹏公，钱将军的夫人啊。钱鹏志的夫人。钱鹏志的随从参谋。钱将军的夫人，钱将军的参谋。钱将军。难为你了，老五，钱鹏志说道，可怜你还那么年青。然而年青的人哪里会有良心呢？瞎子师娘说，你们这种人，只有年纪大的才懂得疼惜啊。荣华富贵——只可惜长错了一根骨头。懂吗？妹子，他就是姐姐命中招的冤孽了。钱将军的夫人。钱将军的随从参谋。将军夫人。随从参谋。冤孽，我说。冤孽，我说（吴师傅，吹得低一些，我的嗓子有点不行了。哎，这段"山坡羊"）。

> 没乱里春情难遣
> 蓦地里怀人幽怨
> 则为俺生小婵娟
> 拣名门一例一例里神仙眷
> 甚良缘把青春抛的远
> 俺的睡情谁见——

那团红火焰又熊熊的冒了起来了，烧得那两道飞扬的眉毛，发出了青湿的汗光。两张醉红的脸又渐渐地靠拢在一处，一齐咧着白牙，笑了起来。紫箫上那几根玉管子似的手指，上下飞跃着。那袭袅娜的身影儿，在那档雪青的云母屏风上，随着灯光，仿仿佛佛地摇曳起来。洞箫声愈来愈低沉，愈来愈凄咽，好像把杜丽娘满腔的怨情都吹了出来似的。杜丽娘快要入梦了，柳梦梅也该上场了。可是吴声豪却说，"惊梦"里幽会那一段，最是露骨不过的（吴师傅吹低一点，今晚我喝多了酒）。然而他却偏捧着酒杯过来叫道：

夫人。他那双乌光水滑的马靴啪哒一声靠在一处,一双白铜马刺扎得人的眼睛都发痛了。他喝得眼皮泛了桃花,还要那么叫道:夫人,我来扶你上马,夫人,他说道,他的马裤把两条修长的腿子翻得滚圆,夹在马肚子上,像一双钳子。他的马是白的,路也是白的,树干子也是白的,他那匹白马在猛烈的太阳底下照得发了亮。他们说:到中山陵的那条路上两旁种满了白桦树。他那匹白马在桦树林子里奔跑起来,活像一头麦秆丛中乱窜的兔儿。太阳照在马背上,蒸出一缕缕的白烟来。一匹白的,一匹黑的——两匹马都在流汗了。而他身上却沾满了触鼻的马汗。他的眉毛变得碧青,眼睛像两团烧着了的黑火,汗珠子一行行从他额上流到他鲜红的颧上来。太阳,我叫道。太阳照得人的眼睛都睁不开了。那些树干子,又白净,又细滑,一层层的树皮都卸掉了,露出里面赤裸裸的嫩肉来。他们说:那条路上种满了白桦树。太阳,我叫道,太阳直射到人的眼睛上来了。于是他便放柔了声音唤道:夫人。钱将军的夫人。钱将军的随从参谋。钱将军的——老五,钱鹏志叫道,他的喉咙已经咽住了。老五,他喑痖地喊道,你要珍重吓。他的头发乱得像一丛枯白的茅草,他的眼睛坑出了两只黑窟窿,他从白床单下伸出他那只瘦黑的手来,说道,珍重吓,老五。他抖索地打开了那只描金的百宝匣儿,这是祖母绿,他取出了第一层抽屉。这是猫儿眼。这是翡翠叶子。珍重吓,老五,他那乌青的嘴皮颤抖着,可怜你还这么年青。荣华富贵——只可惜你长错了一根骨头。冤孽,妹子,他就是姐姐命中招的冤孽了。你听我说,妹子,冤孽呵。荣华富贵——可是我只活过那么一次。懂吗?妹子,他就是我的冤孽了。荣华富贵——只有那一次。荣华富贵——我只活过一次。懂吗?妹子,你听我说,妹子。姐姐不赏脸,月月红却端着酒过来说道,她的眼睛亮得剩了两泡水。姐姐到底不赏妹子的脸,她穿得一身大金大红的,像一团火一般,坐到了他的身边去(吴师傅,我喝多了花雕)。

迁延,这衷怀那处言
淹煎,泼残生除问天——

就是那一刻,泼残生——就是那一刻,她坐到他身边,一身大金大红的,就是那一刻,那两张醉红的面孔渐渐地凑拢在一起,就在那一刻,我看到了他们的眼睛:她的眼睛,他的眼睛。完了,我知道,就在那一刻,除问天——(吴师傅,我的嗓子。)完了,我的喉咙,你摸摸我的喉咙,在发抖吗?完了,在发抖吗?天——天——(吴师傅,我唱不出来了。)天——天——完了,荣华富贵——可是我只活过一次,——冤孽、冤孽、冤孽——天——天——(吴师傅,我的嗓子。)——就在那一刻,就在那一刻,哑掉了——天——天——天——

"五阿姐,该是你'惊梦'的时候了,"蒋碧月站了起来,走到钱夫人面前,伸出了她那一双戴满了扭花金丝镯的手臂,笑吟吟地说道。

"夫人——"程参谋也立了起来,站在钱夫人跟前,微微倾着身子,轻轻地叫道。

"五妹妹,请你上场吧,"窦夫人走了过来,一面向钱夫人伸出手说道。

锣鼓笙箫一齐鸣了起来,奏出了一只"万年欢"的牌子来。客人们都候地离了座,钱夫人看见满客厅里都是些手臂在交挥拍击,把徐太太团团围在客厅中央。笙箫管笛愈吹愈急切,那面铜锣高高地举了起来,敲得金光乱闪。

"我不能唱了,"钱夫人望着蒋碧月,微微摇了摇两下头,喃喃说道。

"那可不行!"蒋碧月一把捉住了钱夫人的双手:"五阿姐,你这位名角今晚无论如何逃不掉的。"

"我的嗓子哑了,"钱夫人突然用力摔开了蒋碧月的双手,嘎声说道,她觉得全身的血液一下子都涌到头上来了似的,两腮滚热,喉头好像猛让刀片拉了一下,一阵阵地刺痛起来,她听见窦夫人插进来说:

"五妹妹不唱算了——余参军长,我看今晚还是你这位名黑头来压轴吧。"

"好呀,好呀,"那边赖夫人马上响应道,"我有好久没有领教余参军长的'八大锤了'。"

说着赖夫人便把余参军长推到了锣鼓那边。余参军长一站上去,便拱了手朝下面道了一声"献丑",客人们一阵哄笑,他便开始唱了一段金兀术上场时的"点绛唇";一面唱着,一面又撩起了袍子,做了个上马的姿势,踏着马步便在客厅中央环走起来,他那张宽肥的醉脸涨得紫红,双眼圆睁,两道粗眉一齐竖起,几声呐喊,把胡琴都压了下去。赖夫人笑得弯了腰,跑上去,跟在余参军长后头直拍着手,蒋碧月即刻上去加入了他们的行列,不停地尖起嗓子叫着"好黑头!好黑头!"另外几位女客也上去跟了她们喝彩,团团围走,于是客厅里的笑声便一阵比一阵暴涨了起来。余参军长一唱歇,几个着白衣黑裤的女佣已经端了一碗碗的红枣桂圆汤进来让客人们润喉了。

窦夫人引了客人们走出到屋外的露台上的时候,外面的空气里早充满了风露,客人们都穿上了大衣,窦夫人却围了一张白丝的大披肩,走到了台阶的下端去。钱夫人立在露台的石栏旁边,往天上望去,她看见那片秋月恰恰地升到中天,把窦公馆花园里的树木路阶都照得镀了一层白霜,露台上那十几盆桂花,香气却比先前浓了许多,像一阵湿雾似的,一下子罩到了她的面上来。

"赖将军夫人的车子来了",刘副官站在台阶下面,往上大声通报各家的汽车。头一辆开进来的,便是赖夫人那架黑色崭新的林肯,一个穿着制服的司机赶忙跳了下来,打开车门,弯了腰毕恭毕敬地候着。赖夫人走下台阶,和窦夫人道了别,把余参军长也带上了车,坐进去后,却伸出头来向窦夫人笑道:

"窦夫人,府上这一夜戏,就是当年梅兰芳和金少山也不能过的!"

"可是呢,"窦夫人笑着答道,"余参军长的黑头真是赛过金霸王了。"

立在台阶上的客人都笑了起来,一齐向赖夫人挥手作别。第二辆开进来的,却是窦夫人自己的小包车,把几位票友客人都送走了。接着程参谋自己开了一辆吉普军车进来,蒋碧月马上走了下去,捞起旗袍,跨上车子去,程参谋赶着过来,把她扶上了司机旁边的座位上,蒋碧月却歪出半个身子来笑道:

"这架吉普车连门都没有,回头怕不把我摔出马路上去呢!"

"小心点开啊,程参谋,"窦夫人说道,又把程参谋叫了过去,附耳嘱咐了几句,程参谋直点着头笑应道:"夫人请放心。"

然后他朝了钱夫人,立了正,深深地行了一个礼,抬起头来笑道:

"钱夫人,我先告辞了。"

说完便利落地跳上了车子,发了火,开动起来。

"三阿姐再见!五阿姐再见!"

蒋碧月从车门伸出手来,不停地招挥着,钱夫人看见她臂上那一串扭花镯子,在空中划了几个金圈圈。

"钱夫人的车子呢?"客人快走尽的时候,窦夫人站在台阶下问刘副官道:

"报告夫人,钱将军夫人是坐计程车来的,"刘副官立了正答道。

"三阿姐——"钱夫人站在露台上叫了一声,她老早就想跟窦夫人说替她叫一辆计程车来了,可是刚才客人多,她总觉得有点堵口,钱鹏志过世后,她那辆官家汽车已经归还政府了。

"那么我的汽车回来,立刻传进来送钱夫人吧,"窦夫人马上接口道。

"是,夫人。"刘副官接了命令便退走了。

窦夫人回转身,便向着露台走了上来,钱夫人看见她身上那块白披肩,在月光下,像朵云似的簇拥着她。一阵风掠过去,周遭的椰树都沙沙地鸣了起来,把窦夫人身上那块大披肩吹得姗姗扬扬,钱夫人赶忙用手把大衣领子锁了起来,连连打了两个寒噤。刚才滚热的面腮,吃这阵凉风一扬逼,汗毛都张开了。

"我们进去吧,五妹妹。"窦夫人伸出手来,搂着钱夫人的肩膀往屋内走去,"我叫人沏壶茶来,我们正好谈谈心——你这么久没来,可发觉台北变了些没有?"

钱夫人沉吟了半晌,侧过头来答道:

"变多喽。"

走到房子门口的时候,她又轻轻地加了一句:

"变得我都快不认识了——起了好多新的高楼大厦。"

(初载台北《现代文学》1966年第30期)

刘心武

班 主 任

一

你愿意结识一个小流氓,并且每天同他相处吗?我想,你肯定不愿意,甚至会嗔怪我何以提出这么一个荒唐的问题。

但是,在光明中学党支部办公室里,当黑瘦而结实的支部书记老曹,用信任的眼光望着初三(三)班班主任张俊石老师,换一种方式向他提出这个问题时,张老师并不以为古怪荒唐。他只是极其严肃地考虑了一分钟左右,便断然回答说:"好吧!我愿意认识认识他……"

事情是这样的:前些日子,公安局从拘留所把小流氓宋宝琦放了出来。他是因为卷进了一次集体犯罪活动被拘留的。在审讯过程中,面对着无产阶级专政的强大威力与政策感召,他浑身冒汗,嘴唇哆嗦,作了较为彻底的坦白交代,并且揭发检举了首犯的关键罪行,因此,公安局根据他的具体情况——情节较轻而坦白揭发较好,加上还不足十六岁——将他教育释放了。他的父母感到再也难在老邻居们面前抛头露面,便通过换房的办法搬了家,恰好搬到光明中学附近。根据这几年实行的"就近入学"办法,他父母来申请将宋宝琦转入光明中学上学。他该上初三,而初三(三)班又恰好有空位子,再加上张老师有十几年的班主任工作经验,又是这个年级班主任里唯一的党员,因此,经过党支部研究,接受了宋宝琦的转学要求,并且由老曹直接找到张老师,直截了当地摆出情况,向他说:"怎么样?你把宋宝琦收下吧?"

正像你所知道的那样,张老师思忖的目光刚同老曹那饱含期待、鼓励的目光相遇,他便答应下来了。

二

张老师是个什么样的人呢?

趁他顶着春天的风沙,骑车去公安局了解宋宝琦情况的当口,我们可以仔细观察他一番。

张老师实在太平凡了。他今年三十六岁,中等身材,稍微有点发胖。他的衣裤都明显地旧了,但非常整洁,每一个纽扣都扣得规规矩矩,连制服外套的风纪扣,也一丝不苟地扣着。他脸庞长圆,额上有三条挺深的抬头纹,眼睛不算大,但能闪闪放光地看人,撒谎的学生最怕他这目光;不过,更让学生们敬畏的是张老师的那张嘴,人们都说薄嘴唇人能说会道,张老师却是一对厚嘴唇,冬春常被风吹得爆出干皮儿;从这对厚嘴唇里迸出的话语,总是那么热情、生动、流利,像一架永不生锈的播种机,不断在学生们的心田上播下革命思想和知识的种子,又像一把大笤帚,不停息地把学生心田上的灰尘无情地扫去……

一路上,张老师的表情似乎挺平淡。等到听完公安局同志的情况介绍,翻完卷宗以后,他的脸上才显露出强烈的表情来——很难形容,既不全是愤慨,也不排除厌恶与蔑视,似乎渐渐又由决心占了上风,但忧虑与沉重也明显可见。

张老师从公安局回到学校时,已经是下午三点钟。他掏出叠得很整齐的手绢,一边擦着脑门上的汗,一边走进年级组办公室。显然同组的老师们都已知道宋宝琦将于明天到他班上课的事了。教数学的尹达磊老师头一个迎上他,形成了关于宋宝琦的第一个波澜。

三

尹老师和张老师同岁,同是一个师范学院毕业,同时分配到光明中学任教,又经常同教一个年级。他们一贯推心置腹,就是吵嘴,也从不含沙射影、指桑骂槐,总是把想法倾巢倒出,一点"底儿"也不留。

尹老师身材细长,五官长得紧凑,这就使他永远摆脱不了"娃娃相",多亏鼻梁上架着副深度近视镜,才使他在学生们面前不至有失长者的尊严。

在这一九七七年的春天,尹老师感到心里一片灿烂的阳光。他对教育战线,对自己的学校、所教的课程和班级,都充满了闪着光晕的憧憬。他觉得一切不合理的事物都应该而且能够迅速得到改进。他认为"四人帮"既已揪出,扫荡"四人帮"在教育战线的流毒,形成理想的境界应当不需要太多的时间。不过,最近这些天他有点沉不住气。他愿意一切都如春江放舟般顺利,不曾想却仍要面临一些复杂的问题。

关于宋宝琦即将"驾到"的消息一入他的耳中,他就忍不住热血沸腾。张老师刚一迈进办公室,他便把满腔的"不理解"朝老战友发泄出来。他劈面责问张老师:"你为什么答应下来?眼下,全年级面临的形势是要狠抓教学质量,你弄个小流氓来,陷到作他个别工作的泥坑里去,哪还有精力抓教学质量?闹不好,还弄个'一粒耗子屎坏掉一锅粥'!你呀你,也不冷静地想想,就答应下来,真让人没法理解……"

办公室的其他老师,有的赞同尹老师的观点,却不赞同他那生硬的态度;有的不赞成他的观点,却又觉得他的确是出于一片好心;有的一时还拿不准道理上该怎么看,只是为张老师凭空添了这么副重担子,滋生了同情与担忧……因此,虽然都或坐或站地望着张老师,却一时都没有说话。就连搁放在存物架上的生理卫生课教具——耳朵模型,仿佛也特意把自己拉成了一尺半长,在专注地等待着张老师作答。

张老师觉得尹老师的意见未免偏激,但并不认为尹老师的话毫无道理。他静静地考虑了一分钟,便答辩似地说:"现在,既没有道理把宋宝琦退回给公安局,也没有必要让他回原学校上学。我既然是个班主任老师,那么,他来了,我就开展工作吧……"

这真是几句淡而无味的话。倘若张老师咄咄逼人地反驳尹老师,也许会引起一场火爆的争论,而他竟出乎意料地这样作答,尹老师仿佛反被慑服了。别的老师也挺感动,有的还不禁低首自问:"要是把宋宝琦分到我的班上,我会怎么想呢?"

张老师的确必须立即开展工作,因为,就在这时,他班上的团支部书记谢惠敏找他来了。

四

谢惠敏的个头比一般男生还高,她腰板总挺得直直的,显得很健壮。有一回,她打业余体校栅栏墙外走过,一眼被里头的篮球教练看中。教练热情地把她请了进去,满心以为发现了个难得的培养对象。谁知让这位长圆脸、大眼睛的姑娘试着跑了几次篮后,竟格外地失望——原来,她弹跳力很差,手臂手腕的关节也显得过分僵硬,一问,她根本对任何球类活动都没有兴趣。

的确,谢惠敏除了随着大伙看看电影、唱唱每个阶段的推荐歌曲,几乎没有什么业余爱好。她功课中平,作业有时完不成,主要是由于社会工作占去的精力和时间太多了——因此倒也能获得老师和同学们的谅解。

头年夏天,张老师接任这个班的班主任时,谢惠敏已经是团支部书记了。张老师到任不久便轮到这个班下乡学农。返校的那天,队伍离村二里多了,谢惠敏突然发现有个男生手里转动着个麦穗,她不禁又惊又气地跑过去批评说:"你怎么能带走贫下中农的麦子?给我!得送回去!"那个男生不服气地辩解说:"我要拿回家给家长看,让他们知道这儿的麦子长得有多么棒!"结果引起一场争论,多数同学并不站在谢惠敏一边,有的说她"死心眼",有的说她"太过分"。最后自然轮到张老师表态。谢惠敏手里紧紧握着那根丰满的麦穗,微张着嘴唇,期待地望着张老师。出乎许多同学的意料,张老师同意了谢惠敏送回麦穗的请求。耳边响着一片扬声争论与喁喁低议交织成的音波,望着在雨后泥泞的大车道上奔回村庄的谢惠敏那独特的背影,张老师曾经感动地想:问题不在于小小的麦穗是否一定要这样来处理;看哪,这个仅仅只有三个月团龄的支部书记,正用全部纯洁而高尚的感情,在维护"绝不能让贫下中农损失一粒麦子"的信念——她的身上,有着多么可贵的闪光素质啊!

但是,这以后,直到"四人帮"揪出来之前,浓郁的阴云笼罩着我们祖国的大地,阴云的暗影自然也投射到了小小的初三(三)班。被"四人帮"控制的那个团市委,已经向光明中学派驻了联络员,据说是来培养某种"典型",是否在初三(三)班设点,已在他们考虑之中。谢惠敏自然常被他们找去谈话。谢惠敏对他们的"教诲"并不能心领神会,因为她没有丝毫的政治投机心理,她单纯而真诚。但是,打从这时候起,张老师同谢惠敏之间开始显露出某种似乎解释不清的矛盾。比如说,谢惠敏来告状,说团支部过组织生活时,五个团员竟有两个打瞌睡。张老师没有去责难那两个不像样子的团员,却向谢惠敏建议说:"为什么过组织生活总是念报纸呢?下回搞一次爬山比赛不成吗?保险他们不会打瞌睡!"谢惠敏瞪圆了双眼,几乎不相信自己的耳朵,隔了好一阵,才抗议地说:"爬山,那叫什么组织生活?我们读的是批宋江的文章啊……"再比如,那一天热得像被扣在了蒸笼里,下了课,女孩子们都跑拢窗口去透气,张老师把谢惠敏叫到一边,上下打量着她说:"你为什么还穿长袖衬衫呢?你该带头换上短袖才是,而且,你们女孩子该穿裙子才对啊!"谢惠敏虽然热得直喘气,却惊讶得满脸涨红,她简直不能理解张老师在提倡什么作风!班上只有宣传委员石红才穿带小碎花的短袖衬衫,还有那种带褶子的短裙,这在谢惠敏看来,乃是"沾染了资产阶级作风"的表现!

"四人帮"揪出来之后,张老师同谢惠敏之间的矛盾自然可以解释清楚了,但并没有完全消除。

现在,谢惠敏找到张老师,向他汇报说:"班上同学都知道宋宝琦要来了,有的男生说他原来是什么'菜市口老四',特别厉害;有些女生害怕了,说是明天宋宝琦真来,她们就不上学了!"

张老师一愣。他还没有来得及预料到这些情况。现在既然出现了这些情况,他感到格外需要团支部配合工作,便问谢惠敏:"你怕吗?你说该怎么办?"

谢惠敏晃晃小短辫说:"我怕什么?这是阶级斗争!他敢犯狂,我们就跟他斗!"

张老师心里一热。一霎时,那在泥泞的大车道上奔走的背影活跳在记忆的屏幕上。他亲热地对谢惠敏说:"你赶紧把团支部和班委会的人找齐,咱们到教室开个干部会!"

五

四点二十左右,干部会结束了。其他干部们都走了,教室里只剩下张老师、谢惠敏和石红三个人。

石红恰好面对窗户坐着,午后的春阳射到她的圆脸庞上,使她的两颊更加红润;她拿笔的手托着腮,张大的眼眶里,晶亮的眸子缓慢地游动着,丰满的下巴微微上翘——这是每当她要想出一个更巧妙的方法来解决一道数学题时,为数学老师所熟悉、所喜爱的神态。可是此刻她并不是在解数学题,而是在琢磨怎么写出明天一早同大家——也包括宋宝琦——见面的"号角诗"。

张老师同谢惠敏在一旁谈着话。围绕着接收宋宝琦需要展开的工作,已经全部落实。男生干部们分头找男生们做工作去了,跟他们讲宋宝琦并不是什么威震菜市口的"英雄",而是个犯了错误的需要帮助的人。对他既别好奇乃至于敬畏,也不能歧视打击,大家要齐心合力地帮助他。女生干部将分头到那几个或者是因为胆小,或者是出于赌气,宣布明天不来上学的女生家去,对她们和她们的家长讲清楚,学校一定会保证女孩子们不受宋宝琦欺侮;对宋宝琦这样的小流氓,消极躲避只能助长他的恶习,只有团结起来同他斗争,进行教育,才能化有害为无害,并且逐步化无害为有益。张老师则要对宋宝琦进行家访,对他以及他的家长进行初步了解,并进行第一次思想工作。石红的"号角诗"明天一早将向大家强调:"让我们的教室响彻四化建设的脚步声!"

当石红的"号角诗"快要写完的时候,张老师同谢惠敏的谈话结束了。张老师把摊在桌上、刚给干部们看过的几件东西往一块敛。那是张老师从派出所带回来的、宋宝琦犯案后被搜出的物品:一把用来斗殴的自行车弹簧锁,一副残破油腻的扑克牌,一个式样新颖附有打火机的镀镍烟盒,还有一本撕掉了封皮的小说。小干部们面对这些东西都厌恶得皱鼻子、撇嘴角。谢惠敏提议说:"团支部明天课后开个现场会,积极分子们也参加,摆出这些东西,狠狠批判一顿!"大伙都同意,张老师也点头说:"对。要利用这个机会,进一步抓好反腐蚀教育。"

没曾想,临到张老师收敛这几件物品时,突然出现了矛盾,还闹得挺僵。

别的东西都收进书包了,只剩下那本小说。张老师原来顾不得细翻,这时拿起来一检查,不由得"啊!"了一声。原来那是本文化大革命以前,中国青年出版社出版的长篇小说《牛虻》。

谢惠敏感到张老师神情有点异常,忙把那本书要过来翻看。她以前没听说过、更没看见过这本书。她见里头有外国男女讲恋爱的插图,不禁惊叫起来:"唉呀!真黄!明天得狠批这本黄书!"

张老师皱起眉头,思索着。他回忆起自己中学时代的情况。那时候,团支部曾向班上同学们推荐过这本小说……围坐在篝火旁,大伙用青春的热情轮流朗读过它;倚扶着万里长城的城堞,大伙热烈地讨论过"牛虻"这个人物的优缺点……这本英国小说家伏尼契写成的作品,曾激动过当年的张老师和他的同辈人,他们曾从小说主人公的形象中,汲取过向上的力量……也许,当年对这本小说的缺点批判不够?也许,当年对小说的精华部分理解得也不够准确、不够深刻?……但,不管怎么说——张老师想到这儿,忍不住对谢惠敏开口分辩道:

"这本《牛虻》可不能说成是黄书……"

谢惠敏的两撇眉毛险些飞出脑门,她瞪圆了双眼望着张老师,激烈地质问说:"怎么?不是黄书?!这号书不是黄书什么是黄书?"在谢惠敏的心目中,早已形成一种铁的逻辑,那就是凡不是书店出售的、图书馆外借的书,全是黑书、黄书。这实在也不能怪她。她开始接触图书的这些年,恰好是"四人帮"搞法西斯文化专制主义最凶的几年。可爱而又可怜的谢惠敏啊,她单纯地崇信一切用铅字新排印出来的东西,而在"四人帮"控制舆论工具的那几年里,她用虔诚的态度拜读的报纸刊物上,充塞着多少他们的"帮文",喷溅出了多少戕害青少年的毒汁啊!倘若在谢惠敏最亲近的人当中,有人及时向她点明张春桥、姚文元那两篇号称"阐述无产阶级专政理论"的"重要文章"大可怀疑,而"梁效""唐晓文"之类的大块文章也绝非马列主义的"权威论著"……那该有多好啊!但是,由于种种主观和客观上的原因,没有人向她点明这一点。她的父母经常嘱咐谢惠敏及其弟妹,要听毛主席的话,要认真听广播、看报纸;要求他们遵守纪律、尊重老师;要求他们好好学功课……谢惠敏从这样的家庭教育中受益不浅,具备了强烈的无产阶级感情、劳动者后代的气质;但是,在白骨精化为美女现形的斗争环境里,光有朴素的无产阶级感情就容易陷于轻信和盲从,而"白骨精"们正是拼命利用一些人的轻信与盲从以售其奸!就这样,谢惠敏正当风华正茂之年,满心满意想成为一个好的革命者,想为共产主义这个大目标而奋斗,却被"四人帮"害得眼界狭窄、是非模糊。岂止《牛虻》这本书她会认为是毒草,我们这段故事发生的时候,《青春之歌》已经进行再版了,但谢惠敏还保持着"四人帮"揪出前形成的习惯——把那些热衷于传播"文艺消息",什么又会有某个新电影上演啦,电台又播了个什么新歌呀这样的同学们,看成是"沾染了资产阶级思想"。就在前几天,她发现石红在自习课上看一本厚厚的小说,下课她便给没收了。那是一九五九年出版的《青春之歌》,她随便翻检了几页,把自己弄得心跳神乱——断定是本"黄书",正想拿来上交给张老师,石红笑嘻嘻地一把抢了回去,还拍着封面说:"可带劲啦!你也看看吧!"结果两人争吵了一场。后来她忙着去团委开会,倒忘记向张老师反映了,没想到今天张老师竟比石红还要石红——亲口否认这本外国"黄书"不黄!在谢惠敏心中,外国的"黄书"当然一律又要比中国的"黄书"更黄了。面对着这样一位张老师,她又联想起以前的许多细琐冲突来。于是,往常毕竟占据支配地位的尊敬之感,顿然减少了许多。她微微撅起嘴,飞走的眉毛落回来拧成了个死疙瘩。

这时候,石红写完"号角诗",正准备给张老师和谢惠敏朗诵,忽然听到张老师说:"这本《牛虻》可不能说成是黄书……"她这才知道那本破书原来就是《牛虻》,赶忙凑拢谢惠敏身边去看。谢惠敏大声质问张老师的话刚一出口,她便热情地晃动着谢惠敏胳膊说:"别这么说!我听爸爸妈妈讲过,《牛虻》这本书值得一读!这两天我正读《钢铁是怎样炼成的》,里头的保尔·柯察金是个无产阶级英雄,可他就特别佩服'牛虻'……"石红早就想找本《牛虻》来看,一直没有借到,所以她从谢惠敏手中拿过书来翻动时,心里翻腾着强烈的求知欲:这本书写的是什么时代的事儿?故事发生在什么地方?"牛虻"究竟是个啥样的人?真的有值得佩服的地方吗?……当她把破书还到张老师手上时,不禁问道:"读这本书,该注意些啥?学习些啥?"谢惠敏咬住嘴唇,眯起眼睛,不满地望着石红,心里怦怦直跳。

张老师翻动着那本饱经沧桑的《牛虻》。他本想耐心地对谢惠敏解释为什么不能把它算作"黄书",但这本书是从宋宝琦那儿抄出来的,并且,瞧,插图上,凡有女主角琼玛出现,一律野蛮地给她添上了八字胡须。又焉知宋宝琦他们不是把它当成"黄书"来看的呢?生活现象是复杂的。这本《牛虻》的遭遇也够光怪陆离了。对谢惠敏这样实际上还很幼稚的孩子,分析过于复杂的生活现象和精华糟粕并存的文艺作品,需要充裕的时间和适宜的场合。

想到这些,我们的张老师便把破旧的《牛虻》放入书包,和蔼地对谢惠敏说:"关于这本书的事儿,咱们改天再谈吧。看,快五点了,咱们赶紧听听石红写的'号角诗'吧,听完分头按计划行动。"

石红念的诗,谢惠敏一句也没装进脑子里去。她痛苦而惶惑地望着映在课桌上的那些斑驳的树影。她非常、非常愿意尊敬张老师,可张老师对这样一本书的古怪态度,又让她不能不在心里嘀咕:"还是老师呢,怎么会这样啊?! ……"

六

五点刚过,张老师骑车抵达宋家的新居。小院的两间东屋里,东西还来不及仔细整理,显得很凌乱。比如说,一盆开始挂花的"令箭",就很不恰当地摆放在了歪盖着塑料布的缝纫机上。

宋宝琦的母亲是个售货员,这天正为搬家倒休,忙不迭地拾掇着屋子。见张老师来了,她有些宽慰,又有点羞愧,忙把宋宝琦从屋里喊出来,让他给老师敬礼,又让他去倒茶。我们且不忙随张老师的眼光去打量宋宝琦,先随张老师坐下来同宋宝琦母亲谈谈,了解一下这个家庭的大概。

宋宝琦的父亲在园林局苗圃场工作,一直上"正常班",就是说,下午六点以后就能往家奔了。但他每天常常要八、九点钟才回家。为什么?宋宝琦母亲说起来连连叹气,原来这些年他养成了个坏习惯:下班的路上经过月坛,总要把自行车一撂,到小树林里同一些人席地而坐,打扑克消遣,有时打到天黑也不散,挪到路灯底下接茬打,非得其中有个人站起来赶着去工厂上夜班,他们才散。

显然,这样一位父亲,既然缺乏丰富而有意义的精神生活,那么,对宋宝琦的缺乏教育管束也就可想而知了。至于当母亲的,从她含怨的叙述中,不难看出她是怎样自食了溺爱与放任独生子的苦果。

绝不要以为这个家庭很差劲。张老师注意到,尽管他们还有大量的清理与安置工作,才能使房间达到窗明几净的程度,但是那张镶镜框的毛主席像,却已端正地挂到了北墙,并且,一张稍小的周总理像,装在一个自制的环绕着银白梅花图案的镜框中,被郑重地摆放在了小衣柜的正中。这说明这对年近半百的平凡夫妇,内心里也涌荡着和亿万人民相同的感情波澜。那么,除了他们自身的弱点以外,谁应当对他们精神生活的贫乏负责呢?……

差一刻六点的时候,张老师请当母亲的尽管去忙她的家务事,他把宋宝琦带进里屋,开始了对小流氓的第一次谈话。

现在我们可以仔细看看宋宝琦是个什么模样了。他上身只穿着尼龙弹力背心,一疙瘩一疙瘩的横肉,和那白里透红的肤色,充分说明他有幸生活在我们这个不愁吃不愁穿的社会里,营养是多么充分,躯体里蕴藏着多么充沛的精力。唉,他那张脸啊,即便是以经常直视受教育者为习惯的张老师,乍一看也不免浑身起栗。并非五官不端正,令人寒心的是从面部肌肉里,从殴斗中打裂过又缝上的上唇中,从鼻翅的神经质扇动中,特别是从那双一目了然地充斥着空虚与愚蠢的眼神中,你立即会感觉到,仿佛一个被污水泼得变了形的灵魂,赤裸裸地立在了聚光灯下。

经过三十来个回合的问答,张老师已在心里对宋宝琦有了如下的估计:缺乏起码的政治觉悟,知识水平大约只相当初中一年级程度,别看有着一身犍肉,实际上对任何一种正规的体育活动都不在行。张老师想到,一些满足于贴贴标签的人批判起宋宝琦这样的小流氓来,一定会说他是"满脑子资产阶级思想"。但是,随着进一步地询问,张老师便愈来愈深切地感到,笼统地说宋宝琦这样的小流氓具有资产阶级思想,那就近乎无的放矢,对引导他走上正路也无济于事。

宋宝琦的确有严重的资产阶级思想,但究竟是哪一些资产阶级思想呢?

资产阶级标榜"自由、平等、博爱",讲究"个人奋斗""成名成家",用虚伪的"人性论"掩盖他们追求剥削、压迫的罪行。而宋宝琦呢?他自从陷入了那个流氓集团以后,便无时无刻不处于森严的约束之中,并且多次被大流氓"扇耳茄子"与用烟头烫后脑勺。他愤怒吗?反抗吗?不,他既无追求"个性解放"、呼号"自由、平等"的思想行动,也从未想到过"博爱";他一方面迷信"哥儿们义气",心甘情愿地替大流氓当"炊拨儿",另一方面又把扇比他更小的流氓耳光当作最大的乐趣。什么"成名成家",他连想也没有想过,因为从他懂事的时候起,一切专门家——科学家、工程师、作家、教授……几乎都被林贼、"四人帮"打成了"臭老九",论排行,似乎还在他们流氓之下,对他来说,何羡慕之有?有何奋斗而求之的必要?"知识即力量"吗?对不起,我们的宋宝琦也绝无此种观念。知识有什么用?无休无止地"造反"最好。张铁生考试据说得了个"大鸭蛋",不是反而当上大官了吗?……所以,不能笼统地给宋宝琦贴上个"满脑袋资产阶级思想"的标签便罢休,要对症下药!资产阶级在上升阶段的那些个思想观点,他头脑里并不多甚至没有,他有的反倒是封建时代的"哥儿们义气"以及资产阶级在没落阶段的享乐主义一类的反动思想影响……请不要在张老师对宋宝琦的这种剖析面前闭上你的眼睛,塞上你的耳朵,这是事实!而且,很遗憾,如果你热爱我们的祖国,为我们可爱的祖国的未来操心的话,那么,你还要承认,宋宝琦身上所反映出的这种问题,在一定程度上还并不是极个别的!请抱着解决实际问题、治疗我们祖国健壮躯体上的局部痈疽的态度,同我们的张老师一起,来考虑考虑如何教育、转变宋宝琦这类青少年吧!

张老师从书包里取出那本饱遭蹂躏的小说来,问宋宝琦:"这本书叫什么名儿?你还记得吗?"

宋宝琦刚经历过专政机关严厉的审讯和带强制性的训斥,那滋味当然远比一个班主任老师的询问与教育难受,所以,他尽可能用最恭顺的态度回答说:"记得。这是牛亡。"他不认识虻字,照他识字的惯例,只读一半。

"不是牛亡,是'牛虻'。你知道这两个字是什么意思吗?"

面部没有表情,两眼直愣愣地望着对面在窗玻璃外扑腾的一只粉蝶,极坦率地回答说:"不懂。"

"那么,这本书你究竟读完了没有呢?"

"翻了翻。我不懂。"

"不懂,你要它干什么呢?这本书是打哪儿来的呢?"

"我们偷的。"

"打哪儿偷的呢?偷它干什么呢?"

"打原来我们学校废书库偷的。听说那里头的书都是不让借、不让看的。全是坏书。我们撬开锁,偷了两大抱。我们偷出来为的是拿去卖。"

"怎么没把这本卖了呢?"

"后来都没卖。我们听说,盖了图书馆戳子的书,我们要是卖去,人家就要逮着我们。"

"你们偷出来的书里,还有些什么呢?你还能说出几个名儿来吗?"

"能!"宋宝琦为能表现一下自己并非愚钝无知感到非常高兴,他第一次有了专注的神情,眨着眼,费劲地回忆着:"有《红岩》,有……《和平与争》,要不,就是《战争与和平》,对了,还有一本书特怪,叫……叫《新嫁车的词儿》……"

这让张老师吃了一惊。他想了想,掏出钢笔在手心里写了《辛稼轩词选》几个字,伸出去让宋宝琦看,宋宝琦赶忙点头:"就是!没错儿!"

张老师心里一阵阵发痛。几个小流氓偷书,倒还并不令人心悸。问题是,凭什么把这样一些有价值的、乃至于非但不是毒草,有的还是香花的书籍,统统扔到库房里锁起来,宣布为禁书呢?宋宝琦同他流氓伙伴堕落的原因之一,出乎一般人的逻辑推理之外,并非一定是由于读了有毒素的书而中毒受害,恰恰是因为他们相信能折腾就能"拔份儿",什么书也不读而堕落于无知的深渊!

张老师翻动着《牛虻》,责问宋宝琦:"给这插图上的妇女全画上胡子,算干什么呢?你是怎样想的呢?"

宋宝琦垂下眼皮,认罪地说:"我们比赛来着,一人拿一本,翻画儿,翻着女的就画,谁画的多,谁运气就好……"

张老师愤然注视着宋宝琦,一时说不出话来。宋宝琦抬起眼皮偷觑了张老师一眼,以为一定是自己的态度不够老实,忙补充说:"我们不对,我们不该看这黄书……我们算命,看谁先交上女朋友……我们……我再也不敢了!"他想起了在公安局里受审的情景,也想起了母亲接他出来那天,两只红红的、交织着疼和恨的眼睛。

"我们不该看这黄书"——这句话像鼓槌落到鼓面上,使张老师的心"咚"地一响。怪吗?也不怪——谢惠敏那样品行端方的好孩子,同宋宝琦这样品质低劣的坏孩子,他们之间的差别该有多么大啊,但在认定《牛虻》是"黄书"这一点上,却又不谋而合——而且,他们又都是在并未阅读这本书的情况下,"自然而然"地作出这个结论的。这是多么令人震惊的一种社会现象!谁造成的?谁?

当然是"四人帮"!

一种前所未及的,对"四人帮"铭心刻骨的仇恨,像火山般喷烧在张老师的心中,截至目前为止,在人类文明史上,能找出几个像"四人帮"这样用最革命的"逻辑"与口号,掩盖最反动的愚民政策的例子呢?

望着低头坐在床上,两只肌肉饱满的胳膊撑在床边,两眼无聊地瞅着互相搓动的、穿着白边懒鞋的双脚,拒绝接受一切人类文明史上有益的知识和美好的艺术结晶的这个宋宝琦,张老师只觉得心里的火苗扑腾扑腾往上窜,一种无形的力量冲击着他的喉头,他几乎要喊出来——

救救被"四人帮"坑害的孩子!

七

春天日短。当远处电报大楼的七记钟声,悠悠地随风飘来时,暮色已经笼罩着光明中学附近的街道和胡同。

张老师推着自行车,有意识拐进了免费出入、日夜开放的小公园里。他寻了一条僻静处的长椅,支上车,坐到长椅上,燃起一支香烟,眉尖耸动着,有意让胸中汹涌的感情波涛,能集中到理智的闸门,顺合理的渠道奔流出去,化为强劲有力的行动,来执行自己这班主任的职责。

晚风吹动着一直拖到椅背上来的柳丝,身上落下了一些随风旋转而来的干榆钱,在看不见的地方,丁香花开了,飘来沁人心脾的芳馥气息。

同宋宝琦本人及其家庭的初步接触,竟将张老师心弦中的爱弦和恨弦拨动得如此之剧烈,颤动得他竟难以控制自己。他恨不能立时召集全班同学,来这长椅前开个班会。他有许多深刻而动人的想法,有许多诚挚而严峻的意念,有许多倾心而深沉的嘱托、建议、批评、引导和号召,就在这个时候,能以最奔放的感情最有感染力的方式,包括使用许多一定能脱口而出的丰富而奇特的、易于为孩子们所接受的例证和比喻,淋漓尽致地表达出来……

他感到,他比以往任何时候,都更爱我们亲爱的祖国。想到她的未来,想到她的光明前景,想到本世纪结束、下世纪开始时,"四化"初具规模的迷人境界,他便产生了一种不容任何人凌辱、戏弄祖国,不许任何人扼杀、窒息祖国未来的强烈感情!他想到自己的职责——人民教师,班主任,他所培养的,不要说只是一些学生,一些花朵,那分明就是祖国的未来,就是使中华民族在这九百六十万平方公里的土地上,强盛地延续下去,发展下去,屹立于世界民族之林的未来!

他感到,他比以往任何时候,都更深刻地仇恨"四人帮"这伙祸国殃民的蟊贼。不要仅仅看到"四人帮"给国民经济所造成的有形危害,更要看到"四人帮"向亿万群众灵魂上泼去的无形污秽;不要仅仅注意到"四人帮"培养出了一小撮"头上长角、浑身长刺"的张铁生式丑类,还要注意到,有多少宋宝琦式的"畸形儿"已经出现!而且,甚至像谢惠敏这样本质纯正的孩子身上,都有着"四人帮"用残酷的愚民政策所打下的黑色烙印!"四人帮"不仅糟蹋着中华民族的现在,更残害着中华民族的未来!

对丑类的恨加深着对人民的爱,对人民的爱又加深着对丑类的恨。当爱和恨交织在一起的时候,人们就有了为真理而斗争的无穷勇气,就有了不怕牺牲去夺取胜利的无穷力量。

张老师陡然站了起来,他看看表,七点一刻。他想到了晚饭。不是他感到饿了,考虑到自己该回家吃饭去,他简直把自己也需要吃晚饭这件事忘到爪哇岛去了。他是打算亲自到几个同学家里去,了解一下他们对宋宝琦来初三(三)班的反应。而这个时候,同学们家里一定都在吃饭,吃饭的时候进行家访是不适宜的。他想了想,便背着手,在小公园的树林子里踱起步来,同时确定下来,七点半左右再离开这里……

丁香花的芳馨一阵阵更加浓郁。浓郁的香气令人联想起最称心如意的事。张老师想到"四人帮"已经被扫进了垃圾箱,想到党中央已经在短短的半年内打出了崭新的局面,想到亲爱的祖国不但今天有了可靠的保证,未来也更加充满希望,他便感到宋宝琦也并非朽不可雕的烂树,而谢惠敏的糊涂处以及对自己的误解与反感,比之于蕴藏在她身上的优良素质和社会主义积极性来,简直更不是什么难以消融的冰雪了。

八

张老师推车走出小公园时,恰巧遇上了提着鼓囊囊的塑料包,打从小公园门口走过的尹老师。

尹老师大吃一惊:"俊石,你怎么还有逛公园的雅兴?"

张老师笑了笑,没有解释。他也并不问尹老师从哪儿来,到哪儿去。他知道,尹老师坚持有一个多月了,每天下午四点以后,除了在学校组织一些数学后进的学生补课以外,还要轮流到他们家里去进行个别辅导。他熟悉尹老师的脾性,特别是"四人帮"控制着文教战线的时期,他往往牢骚满腹,对教育部不满,对学校领导不满,对学生不满,对家长不满。倘是一个局外人,听了他那些愤激之情溢于言表的话,一定会以为他是个惯于撂挑子、甩袖子的人;其实尹老师牢骚归牢骚,工作归工作,不管是什么时候,不管遇上什么打击、障碍、困难和挫折,他从未放弃过辛勤的教学劳动。就是在"四人帮"把学生中的无政府主义思潮煽动得达于极点,课堂里往往乱得像一锅煮沸的粥时,他虽然能在办公室里把牢骚话说到"咱们干脆罢教"的地步,一听到上课铃响,却又立即奔赴教室,仍然竭尽全力地用粉笔敲着黑板,用劝导、吆喝、说服、恫吓来让同学们听他讲述那些方程式和多面体。

张老师知道这是他已经结束了个别辅导,要奔赴胡同外的汽车站,乘车回家去了。他既然是忙完了工作,那么,牢骚一定是一触即发。果不其然,不等张老师开口,他便拍着张老师自行车的车座子,长叹一声说:"'四人帮'给咱们造成了些什么样的学生啊!你想想看吧,我教的是初三了,可刚才却还在为两个学生翻来覆去地讲勾股定理……你比我更有'福气'——摊上个'新文盲'宋宝琦!说实在的我不能理解你,眼下是'百废待举',该做的事情那么多,而光是今天一个下午,你就为收留一个小流氓耗费了那么多心血,犯得上吗?!让宋宝琦滚蛋吧!公安局不收,让他回原来的学校!原来的学校不要,就让他在家呆着!……"

张老师诚恳地对他说:"经过这一下午,我越来越自觉地认识到,症结不在是不是一定要收下宋宝琦——的确,也许应当为他这样的学生专门办一种学校,或者把他同相似的学生专门编成一班;要不按他的文化程度,干脆把他降到初一去从头学起……但这都不是主要的。症结在哪里呢?今天下午围绕着收留宋宝琦发生的这一件又一件的事情,好比一面镜子,照出了'四人帮'糟害我们下一代的罪恶;有些'四人帮'的流毒和影响,我以前或者没有觉察出来,或者没有像今天这样感到触目惊心,我想到了很多、很多……达磊,现在是一九七七年的春天,这是多么美好、多么幸福的春天啊,可它又是要求我们迎向更深刻的斗争、付出更艰苦的劳动的春天,因而也是要求我们更加严格的一个春天!朝前看吧,达磊!……"

尹老师从这简单的话语里不可能感受到张老师已经感受到的一切,但是,当他同张老师那饱含着醒悟、深思、信心、力量的动人目光相遇时,他的牢骚和烦躁情绪顿时消失了。七七年春天的晚风吹拂着这两个平平常常、默默无闻的人民教师,有那么一两分钟,他们各自任自己的思绪飞扬奔腾,静静地没有交谈。

张老师想到，过几天，针对尹老师思想方法偏于简单和急躁的缺点，一定要好好地找他谈一谈：感情决不能代替政策；迫切希望革命事业向前迈进的心情，不能简单地表现为焦躁和牢骚；锲而不舍地坚持斗争的同时，又应当对事物的发展抱相应的积极等待的态度；对宋宝琦这类小流氓的厌恨，还可以转化为对祖国的幼苗遭到"四人帮"戕害而生的怜惜和疼爱……总之，要好好地同尹老师谈谈哲学，谈谈辩证法，谈谈现在和未来，谈谈爱和恨，谈谈生活和工作，乃至于谈谈《红岩》和《牛虻》……

远处又飘来了报告七点半已到的一记钟声，张老师收回沸腾的思绪，拍拍尹老师肩膀说："咱俩另找个时间好好聊聊吧。我还要到几个同学家里去一下。"

"快去石红那儿吧，"尹老师忽然想起，赶紧告诉张老师："我刚从他们楼里出来，听我那班的一个同学说，谢惠敏跟石红吵了一架，你快去了解一下吧！"

张老师心里一震，他立即骑上车，朝石红家所在的居民楼驶去。

九

石红的爸爸是区上的一个干部，妈妈是个小学教师。两口子都是在"四清"运动里入党的；从入党前后起，他们形成了一种很好的习惯，就是坚持学习马列、毛主席著作，他们书架上的马恩、列宁四卷集、毛选四卷和许多厚薄不一的马列、毛主席著作单行本，书边几乎全有浅灰的手印，书里不乏折痕、重点线和某些意味着深深思索的符号……石红深深受着这种认真读书的气氛的熏陶，她也成了个小书迷。

石红是幸运的。"晚饭以后"成了她家的一个专用语，那意味着围坐在大方桌旁，互相督促着学习马列、毛主席著作，以及在互相关怀的气氛中各自做自己的事——爸爸有时是读他爱读的历史书，妈妈批改学生的作文，石红抿着嘴唇、全神贯注地思考着一道物理习题或是解着一个不等式……有时一家又在一起分析时事或者谈论文艺作品，父亲和母亲，父母和女儿之间，展开愉快的、激烈的争论。即便在"四人帮"推行法西斯文化专制主义最凶狠的情况下，这家人的书架上仍然屹立着《暴风骤雨》《红岩》《茅盾文集》《盖达尔选集》《欧也妮·葛朗台》《唐诗三百首》……这样一些书籍。

张老师曾经把石红通读过的《共产党宣言》《马克思主义的三个来源和三个组成部分》和毛选四卷，以及她的两本学习笔记，拿到班会上和家长会上传看过，但是，他觉得更可欣喜的是，这孩子常常能够根据马列主义、毛泽东思想的原则去思考、分析一些问题，这些思考和分析，往往比较正确，并体现在她积极的行动中。

我们这个故事发生的那一天,张老师敲开石红他们家那个单元的门后,发现迎门的那间屋里,坐满了人。石红坐在屋中饭桌边,正朗读着一本书。另外有五个女孩子,也都是张老师班上的学生,散坐在屋中不同的部位,有的右手托腮、睁大双眼出神地望着石红;有的双臂折放在椅背上,把头枕上去;有的低首揉弄着小辫梢……显然,她们都正听得入神。根据下午谢惠敏的汇报,这恰恰是那几个因为害怕或赌气,而扬言明天宋宝琦去了她们就不去上学的同学。

石红读得专心致志,没有发觉张老师的到来,有两三个女孩子抬眼瞧见了张老师,也只是羞涩地对他笑笑,没有出声叫他"张老师",那显然并非是忘记了礼貌,而是不忍心中断她们已经沉浸进去的那个动人的故事。

来开门的石红妈妈把张老师引到隔壁屋里,请他坐下,轻声地解释说:"孩子们正在读鲁迅翻译的《表》……"

《表》是苏联作家班台莱耶夫在十月革命后不久写的一部儿童作品。它描写了一个流浪儿在苏维埃教养院里的转变过程。鲁迅先生当年以巨大的热情翻译了它。张老师虽然好多年没翻过这本书了,但石红妈妈一提,这本书里的一些人物形象和片断情节,顿时涌现在张老师的脑海中。张老师在短短的几分钟里,已经猜测出石红家里出现这种局面的来龙去脉了。果然,石红妈妈告诉他:"石红一回家就把宋宝琦的事跟我说了。吃晚饭的时候她一个劲巴眼睛,洗碗的时候她跟我商量:'妈妈,要是我约上谢惠敏,把那些害怕、赌气的同学们都找来,读读《表》这本书怎么样呢?'我很赞成。我跟她说:'有党的领导,有社会主义制度,路线对了头,只要老师、同学们发挥集体的作用,小流氓也是能转变的啊!'后来她就找同学们去了——只是谢惠敏不知怎么没有来……"

正说着,石红读完一个段落,知道张老师来了,拿着书跳进里屋,高兴地嚷:"张老师,你来得正好!快给我们讲讲吧!"

张老师被她拉到了外屋,几个小姑娘都站起来叫"张老师",不等他发话,各种各样的问题就争先恐后地提出来了:

"张老师,这本书我们能读吗?"

"张老师,这本书里的小流氓,怎么又惹人生气,又惹人同情呢?"

"张老师,谢惠敏说我们读毒草,这本书能叫毒草吗?"

"张老师,您见着宋宝琦了吗?跟这本书里的小流氓比,他好点儿还是坏点儿呢?"

……

张老师且不忙回答,却反问她们:"谢惠敏为什么不来呢?石红跟她吵嘴啦？你们应该齐心合力把她拉来啊！"

小姑娘们激动地同声回答起来，吵成一片，结果一句也听不清，还是石红让大伙静下来，解释说："拉不来啊！除非现在报上专门登篇文章，宣布《表》是一本好书……"

原来，石红刚一找到谢惠敏的时候，谢惠敏见石红工作这么积极，还挺高兴。可是一听是找到一块儿去读一本外国小说，她就打心眼里反感。石红跟她解释，这本书挺不错，读了对解决那几个同学的问题能有启发……谢惠敏没等石红说完，立刻反问道："报上推荐过吗？"这一问使石红呆住了，半晌才回答："没推荐呢。""读没推荐的书不怕中毒吗？现在正反腐蚀，咱们干部可不能带头受腐蚀呀！……"谢惠敏一脸警惕的神色，警告着石红，不仅自己拒绝参加这个活动，还劝说石红不要"犯错误"……这把石红惹恼了，同她吵了一场，但临走时仍然拉着她的手，央告她去"听听再说"，她把石红的手拂开了。石红走后，谢惠敏激动地走出屋子，晚风吹拂着她火烫的面颊，她很痛苦，上牙把下唇咬出了很深的印子……

在石红家里，接下来出现了这样的场面：张老师坐在桌边，石红和那几个小姑娘围住他，师生一起无拘无束地谈了起来，从《表》谈到苏联的演变，从《表》里的流浪儿谈到宋宝琦；从应当怎样改造小流氓谈到大多数小流氓是能够教育好的，最后渐渐谈到明天以后班里面临的新形势，张老师笑着问那几个小姑娘："怎么样，你们还罢课吗？"

她们互相交换完眼色，便都望着张老师，几乎是异口同声地说："不罢啦！"

张老师离开石红家的时候，满天的星斗正在宝蓝色的晚空中熠熠闪光。用不着思索，蹬上自行车以后，他自然而然地向谢惠敏家里驰去。说实在的，当他同石红和那几个小姑娘议论时，谢惠敏无时不在他的心中；他疼爱谢惠敏，如同医生疼爱一个不幸患上传染病的健壮孩子；他相信，凭着谢惠敏那正直的品格和朴实的感情，只要倾注全力加以治疗，那些"四人帮"在她身上播下的病菌，是一定能够被杀灭的。

离谢惠敏的家越近，张老师心上的内疚感便越沉重。过去，对谢惠敏成为这样一种状态，他总觉得自己难以承担责任——他在接班不久的情况下，就向谢惠敏含蓄地指出过，不要只是学习零星的语录，不要迷信解释领袖思想的文章，要认真学习原著，要独立思考……但谢惠敏并未领悟。今天，张老师有了新的感触，他责问自己，虽然去年十月以前的那个学期里，是个乌云压顶的形势，可是，难道自己就不能更勇敢、更坚决地同荒诞、反动的东西作斗争吗，就不能更直截了当地、更倾注全力地同谢惠敏谈心，引导她擦亮眼睛、识别真假吗？……

快到谢惠敏家的门口时,一个计划已在张老师心中初现轮廓:他今天要把书包中的那本《牛虻》留给谢惠敏,说服她去读读这本书,允许她对这本书发表任何读后感,然后,从分析这本书入手,引导谢惠敏运用马列主义、毛泽东思想的立场、观点、方法去解答一系列互相关联的问题:应当怎样认识生活?应当怎样了解历史?应当怎样对待人类社会产生的一切文明成果?应当怎样批判过去文化遗产中的糟粕而吸取其精华?应当怎样全面地、辩证地看问题?应当怎样辨别香花和毒草,识别真假马列主义?应当使自己成为一个什么样的人?应当怎样去为祖国的"四化"、为共产主义的灿烂未来而斗争?……

张老师心中掀动着激昂的感情波澜。当他刹住车,在谢惠敏家门口站定时,心中的计划进一步明朗起来:不仅要从这件事入手,来帮助谢惠敏消除"四人帮"的流毒,而且,还要深入揭批"四人帮",开展有指导的阅读活动,来教育包括宋宝琦在内的全班同学……他决定明天一早就去请示党支部,会获得支持吗?他眼前浮现出老曹在支部会上目光灼灼地发言的面影:"现在,是真格儿按毛主席的思想体系搞教育的时候了!"他正是要"真格儿"地大干一场啊,一定会得到组织支持的!他心中又闪过了一些老师可能发出的疑问,于是,他决定,要争取在教师会上发言,阐述自己的想法:现在,我们不仅要加强课堂教学,使孩子们掌握好课本和课堂上的科学文化知识,获得德、智、体全面发展②;而且,还要引导他们注目于更广阔的世界,使他们对人类全部文明成果产生兴趣,具有更高的分析能力,从而成为社会主义革命和社会主义建设的更强有力的接班人……

这时,春风送来沁鼻的花香,满天的星星都在眨眼欢笑,仿佛对张老师那美好的想法给予着肯定与鼓励……

1977 年 11 月

(初载《人民文学》1977 年第 11 期)

高晓声

李顺大造屋

一

老一辈的种田人总说,吃三年薄粥,买一条黄牛。说来似乎容易,做到就很不简单了。试想,三年中连饭都舍不得吃,别的开支还能不紧缩到极点吗?何况多半还是句空话!如果本来就吃不起饭,那还有什么好节省的呢!

李顺大家从前就是这种样子,所以,在解放前,他并没有做过买牛的梦。可是,土地改革以后,却立了志愿,要用"吃三年薄粥,买一条黄牛"的精神,造三间屋。

造三间屋,究竟要吃几个"三年粥"呢?他不晓得,反正和解放前是不同了,精打细算过日子的确有得积余,因此他就有足够的信心。

那时候,李顺大二十八岁,粗黑的短发,黑红的脸膛,中长身材,背阔胸宽,俨然一座铁塔。一家四口(自己、妻子、妹妹、儿子)倒有三个劳动力,分到六亩八分好田。他觉得浑身的劲道比天还大,一铁耙把地球锄一个对穿洞也容易,何愁造不成三间屋!他那镇定而并不机灵的眼睛,刺虎鱼般压在厚嘴唇上的端正阔大的鼻子,都显示出坚强的决心;这决心是牛也拉不动的了。

别说牛,就是火车也拉不动。李顺大的爹、娘,还有一个周岁的弟弟,都是死在没有房子上的。他们本来是船户,在江南的河浜里打鱼,到处漂泊,自己也不知道祖籍在哪里。到李顺大爹手里,这只木船已经很破旧了;钉头锈出漏洞,芦棚开了天窗,经不起风浪,打不得鱼虾了。一家人改了行,有的拾荒,有的用糖换破烂,有的扒螺蛳,挣一口粥吃。一九四二年,李顺大十九岁,寒冬腊月,破船停在陈家村边河浜里。那一天,云黑风紧,李顺大带了十四岁的妹妹顺珍上岸,一个换破烂,一个拾荒。走出去十多里路。傍晚回来时,风停云灰,漫天大雪,顷刻迷路。幸亏碰着一座破庙,兄妹俩躲过一夜。天亮后赶回陈家村,破船已被大雪压沉在河浜里,爹娘和小弟冻死在一家农户大门口。原来大雪把船压沉前,他们就上岸叩门呼救,先后敲过十几家大门。怎奈兵荒马乱,盗贼如毛,他们在外面喊救命,人们还以为是强盗上了村,谁也不敢开门,结果他们活活冻死在雪地里。天没有眼睛,地没有良心,穷人受的灾,想也想不到,说也说不尽,……没有房子,唉!

李顺大兄妹俩哭昏在爹娘身边,陈家村上的穷苦人无不伤心。他们把那条沉船拖上岸来,拆了一半做棺材,埋葬了死人;剩下的半只,翻身底朝天,在坟边搭成一个小窝棚,让李顺大安家落户。

抗战结束,内战开始,国民党抽壮丁,谁也不肯去。保长收了壮丁捐,看中李顺大是六亲无靠的异乡人,出三石米强迫他卖了自己去当兵。他看看窝棚,窝棚上没有门,怕自己走了,妹妹被人糟蹋,就用卖身钱造了四步草屋,才揩干眼泪去扛那"七斤半"。

他怎么肯替国民党卖命!隔了三个月,一上前线就开小差逃了回来。到了明年,保长又把他买了去。前前后后,他一共把自己卖了三次。第二次的卖身钱,付了草屋的地皮钱;第三次的卖身钱,付了爹娘的坟地钱。咳,如果再把自己卖三次,钱也都会给别人搞去的。

然而还亏得有了四步草屋,总算找着了老婆。他出去当兵时,妹妹找来了一个无依无靠的讨饭姑娘同住做伴,后来就成了他的妻。一年后生了个胖小子,哪一点都不比别人的孩子差。

土改分到了田,却没有分到屋。陈家村上只有一户地主,房子造在城里,没法搬到乡下来分。李顺大只有自己想办法了。他粗粗一码算,兄妹两人二个房(妹妹以后出嫁了就让儿子住)起坐、灶头各半间,养猪、养羊、堆柴也要一间,看来一家人家,至少至少要三间屋。

这就是李顺大翻身以后立下的奋斗目标。

二

一个翻身的穷苦人,把造三间屋当做奋斗目标,也许眼光太短浅,志向太渺小了。但李顺大却认为,他是靠了共产党,靠了人民政府,才有这个雄心壮志,才有可能使雄心壮志变成现实。所以,他是真心诚意要跟着共产党走到底的。一直到现在,他的行动始终证明了这一点。在他看来,搞社会主义就是"楼上楼下,电灯电话",主要也是造房子。不过,他以为,一间楼房不及二间平房合用,他宁可不要楼上要楼下。他自己也只想造平房,但又不知道造平房算不算社会主义。至于电灯,他是赞成要的。电话就用不着,他没有什么亲戚朋友,要电话做什么?给小孩子弄坏了,修起来要花钱,岂不是败家当东西吗?这些想法他都公开说出来,倒也没有人认为有什么不是。

陈家村上的种田汉,不但没有轻视他的奋斗目标,反而认为他的目标过高了。有人用了当地一句老话开头,说:"'十亩三间,天下难拣',在我们这里要造三间屋,谈何容易!"有的说:"真要造得成,你也得吃半辈子苦。"有的说:"解放后的世界,要容易些,怕也少不了十年积聚。"

这些话是很实在的。当时沪宁线两侧,以奔牛为界,民房的格局,截然不同:奔牛以西,八成是土墙草屋;奔牛以东,十九是青砖瓦房。陈家村在奔牛以东百多里,全村除了李顺大,没有一家是草屋。李顺大穷虽穷,在这种环境里,倒也看惯了好房子。唉,这个老实人,还真有点好高骛远,竟想造三间砖房,谈何容易啊!

在众多的议论面前,李顺大总是笑笑说:"总不比愚公移山难。"他说话的时候,厚嘴唇掀动着笨重的大鼻子,显得很吃力,因此,那说出的简单的话,给人的印象,倒是很有分量的。

从此,李顺大一家,开始了一场艰苦卓绝的战斗,他们以最简单的工具进行拼命的劳动去挣得每一颗粮,用最原始的经营方式去积累每一分钱。他们每天的劳动所得是非常微小的,但他们完全懂得任何庞大都是无数微小的积累,表现出惊人的乐天而持续的勤俭精神。有时候,李顺大全家一天的劳动甚至不敷当天正常生活的开支,他们就决心带饿一点,每人每餐少吃半碗粥,把省下来的六碗看成了盈余。甚至还有这样的时候,例如连天大雨或大雪,无法劳动,完全"失业"了,他们就躺在床上不起来,一天三顿合并成两顿吃,把节约下来的一顿纳入当天的收入。烧菜粥放进几颗黄豆,就不再放油了,因为油本来是从黄豆里榨出来的;烧螺蛳放一勺饭汤,就不用酒了,因为酒也无非是米做的⋯⋯长年养鸡不吃蛋;清明买一斤肉上坟祭了父母,要留到端阳脚下开秧元①才吃。

只要一有空闲,李顺大就操起祖业,挑起糖担在街坊、村头游转,把破布、报纸、旧棉絮、破鞋子等废品换回来,分门别类清理后卖给收购站,有时能得到很好的利润。废品中还往往有可以补了穿的衣裤、雨鞋等物,就拣出来补了穿一阵,到无法再补的时候仍纳入废品中,这样也省了不少生活费用。那换废品的糖,是买了饴糖回来自己加工的,成本很便宜,可是李顺大的独生儿子小康,长到七岁还不知道那就是糖,不知道是甜的还是咸的。八岁的时候,被村上小伙伴怂恿着回去尝了一块,就被娘当贼捉出来,打他的屁股,让他痛得杀猪似的叫,被娘逼着发誓从此洗心革面。娘还口口声声说他长大了要做败家精,说他会把父母想造的三间屋吃光的,说将来讨不着老婆休要怪爹娘!

最可敬佩的事情,是发生在李顺大的妹妹顺珍身上。一九五一年分进

---

① 开秧元——莳秧第一天。

土地时,她已经二十三岁了。当时政府还没有号召晚婚,按照习惯,正到了结婚的妙龄。她不但肯苦能干,温顺老实,而且一副相貌,也长得出奇的漂亮。细细看去,似乎和她哥哥一模一样,只是鼻子小了一点,嘴唇薄了一点;就在这两个"一点"上,造化却又显露出了它无所不能的伟大,把高挑个儿、鹅蛋脸型的李顺珍衬出了一派清秀俏丽之气。当时,附近村上一些小伙子央人登门求婚的,也不是三个两个。可是,不管对方条件怎样,人品如何,顺珍姑娘只是说自己年纪还轻,一概回绝。她是哥哥抚养长大的,她决心要报答哥哥的恩情。她知道离开她的帮助,哥哥的奋斗目标就很难实现;如果她出嫁,哥哥不但少了一个坚强可靠的助手,而且还得把她名下分到的一亩七分田让她带走。这样一来,她哥哥的经济基础和劳动能力都会大大削弱,不知要到何年何月才能造出三间屋。因此,她甘愿把一生中最美好的时代——称得上是青春中的青春,留给她哥哥的事业。

一直到了一九五七年底,李顺大已经买回了三间青砖瓦屋的全部建筑材料,李顺珍才算了却心事,以二十九岁的大姑娘嫁给邻村一个三十岁的老新郎。新郎因为要负担两个老人和一个残废妹妹的生活,穷得家徒四壁,鹑衣百结,才独身至今。所以,迎接李顺珍的,仍然是艰苦的生活。因为她已苦惯了,所以并不在乎。

三

办过妹妹的婚事,就跨进了一九五八年。李顺大这时候还缺少什么呢?还缺些瓦木匠的工钱和买小菜的费用,再有一年,问题就可完全解决了。而且公社化以后,对李顺大很为有利。土地都归公了,他可以随意选择一块最合适的地基造屋。这不是太理想了吗。

可是,李顺大终究不是革命家,他不过是一个跟跟派。听毛主席话,跟共产党走,能坚决做到,而且完全落实,随便哪个党员讲一句,对他都是命令。有一夜李顺大一觉醒来,忽然听说天下已经大同,再不分你的我的了。解放八年来,群众手里确实是有点东西了。例如李顺大不是就有三间屋的建筑材料吗?那么,何妨把大家的东西都归拢来加快我们的建设呢?我们的建设完全是为了大家,大家势必全力支援这个建设。任何个人的打算都没有必要,将来大家的生活都会一样美满。那点少得可怜的私有财产算得了什么,把它投入伟大的事业才是光荣的行为。不要有什么顾虑,统统归公使用,这是大家大事①,谁也不欺。

---

① 大家大事——大家一样。

这种理论,毫无疑问出自公心。李顺大看看想想,顿觉七窍齐开,一身轻快。虽然自己的砖头被拿去造炼铁炉,自己的木料被拿去制推土车,最后,剩下的瓦片也上了集体猪舍的屋顶,他也曾肉痛得簌簌流泪。但想到将来的幸福又感到异常的快慰。近来的经验也改变了他原来的看法,他认为楼房比平房更优越了。因为粮食存放在楼上不会霉烂,人住在楼上不会患湿疹。看来以后还是住分配到的楼房好,何必自讨苦吃,像蜗牛那样老是把房子作为自己的负担呢。所以,他的思想就彻底解放了,不管集体要什么,他都乐意拿出来。如果需要他的破床,他也会毫不吝惜;因为他和他的老婆,都不是困在床上长大的。他的老婆,那个原先的讨饭姑娘,说真的倒比他多了一个心眼。但十二级台风早把大家刮得身不由己了,她一个女人家又有什么用!多一个心眼无非多一层愁。不过究竟也藏下一只铁锅,没有送进炼铁炉里熔化,所以集体食堂散了以后,不曾要去登记排队买锅子。

后来是没有本钱再玩下去了,才回过头来重新搞社会主义。自家人拆烂污,说多了也没意思。不过在战场尚未打扫之前,李顺大确实常常跑去凭吊,看着那倒坍了的炼铁炉和丢弃在荒滩上的推土车,睁着泪眼,迎风唏嘘。他想起了六年的心血和汗水,想起了饿着肚皮省下来的粮食,想起了从儿子手里夺下来的糖块,想起了被耽误了的妹妹的青春……

四

政府的退赔政策,毫无疑问是大得人心的。但是,把李顺大的建筑材料拿去用光的不是国家,而是集体。这个集体,当然也要执行退赔政策。可是集体也弄得穷透了,要赔材料没材料,要赔钞票也困难,当干部的只好尽一切力量去做思想工作,提高李顺大这类人的政治觉悟,要求他们作出自我牺牲,以最低的价格落实退赔政策。

李顺大的损失是很不小的,但政治觉悟是确实提高了。因为在这以前,从不曾有人对他进行过像这样认真细致的思想教育。区委书记刘清同志,一个作风正派、威信很高的领导人,特地跑来探望他,同他促膝谈心,说明他的东西,并不是哪个贪污掉的,也不是谁同他有仇故意搞光的。党和政府的出发点都是很好的,纯粹是为了加快实现社会主义建设,让大家早点过幸福生活。为了这个目的,国家和集体投入的财物比他李顺大投入的大了不知多少倍,因此,受到的损失也无法估计。现在,党和政府不管本身损失多大,还是决定对私人的损失进行退赔。除了共产党,谁会这样做? 历史上从来没有过。只有共产党,才对我们农民这样关心。希望他理解党的困难,以国家集体利益为重,分担一些损失;经过这几年,党和政府也有了经验教训,以后发展起来就快了。只要国家和集体的经济一好转,个人的事情也就好办了。你要造那三间屋,现在看起来困难重重,其实将来是容易煞的。不要失望。最后,刘清同志又帮助他和供销社联系,要供销社在任何困难的情况下都要尽量供应饴糖,使他能够换破烂,多挣一点钱。

李顺大的感情是容易激动的,得到刘清同志的教导和具体的帮助,他的眼泪,早就噗落噗落流了出来,二话没说,呜咽着满口答应了。

另有两万片瓦,由生产队拿去盖了七间五步头猪舍,现在还完整地铺在屋面上,应该是可以原物归还的。但是,如果拆下来,一时买不到新瓦换上去,猪就得养在露天;瓦又是易碎物品,拆拆卸卸,损坏也不会少,还是不拆为宜。后经双方协商同意,互相照顾困难,决定不拆,而由生产队腾出两间猪舍来,借给顺大暂住;等将来李顺大造新屋时,队里还瓦,他也让出猪舍。那猪舍也比李顺大住的草屋强,两间共有十步,够宽敞了;屋脊也有一丈一尺高,就是后步比人矮,但房主人也没有必要挺起胸膛在屋里逞威风,无妨大局。况且李顺大是从小钻惯船棚的,他自然不嫌。

退赔问题就这样解决了。尽管李顺大衷心接受干部们的开导,但是,他从这一件事里也吸取了特殊的教训,在这以前,他想到的是旧社会的通货膨胀,钞票存放在手里是靠不住的;所以,一有余钱,就买了东西存放起来。现在有了新的体验,觉得在新社会里,存放货物是靠不住的,还是把钞票藏在枕头底下保险。老实说,从这种主张里,嗅觉特别敏锐的"左"派是闻得出"反党"味道来的。

从一九六二年到六五年,靠了"六十条",靠了刘清同志特别照顾的饴糖,李顺大又积聚了差不多能造三间屋的钞票。但是他什么也没有买,他打定主张:要么不买,要买就一下子把材料买齐,马上造成屋,免得夜长梦多,再吃从前的亏。

这个李顺大,真和许多农民一样,具有这种向后看的小聪明。因此,当他认为有把握不再吃老亏的时候,转眼又跌倒在前边路上了。说真话,扶着这种人前进,手也真酸。

那时候,物资丰富,什么都敞开供应,他偏不买。过了几年,物资样样紧张起来,没有点"三分三"的人什么都买不到了,他倒又想一下子样样都买全,岂不又做了阿木林!其实怪他也冤枉,谁又是诸葛亮呢?

五

在通常情况下,李顺大觉得自己做一个跟跟派,也还胜任,真心实意,感情上毫不勉强。可是"文化大革命"开始以后,他就跟不上了。要想跟也不知道去跟谁,东南西北都有人在喊:"惟我正确!"究竟谁对谁错,谁好谁坏,谁真谁假,谁红谁黑,他头脑里轰轰响,乱了套,只得蹲下来,赖着不跟了。"是非之心,人皆有之",这话口气挺大,其实是没有经过"文化大革命",太天真了。你总不能光看人家在台上唱什么,还得看看在台底下干的什么吧。"好恶之心,人皆有之",这倒也还有理。李顺大就是有一点不高兴。这不高兴和他想造房子有密切关系。他看到那汹汹的气势,和五八年的更不相同,五八年不过是弄坏点东西罢了,这一次倒是要弄坏点人了,动不动就性命交关。这房子目前是造不成的了,谁知道明天会怎样呢!他为此真有点厌恶。转而又庆幸自己住到村中心的猪舍里来了,如果还孤零零地呆在河边的草屋里,他枕头底下的造屋钱只怕还要遭到盗劫呢。

李顺大想得太落后了,在文明的时代里,文明的人是无须使用那野蛮手段的。有一个造反派的头头,在光天化日之下,腰里插着手枪,肩上挂着红宝书,由生产队长陪同,到李顺大家作客来了。原来他是公社砖瓦厂的"文革"主任,很讲义气,知道李顺大要造房子买不到砖,特地跑来帮助解决困难。他大骂了一通走资派刘清不替贫下中农谋利益,现在则轮到他来当救世主了,只要李顺大拿出二百一十七元钱来,他负责代买一万砖头,下个月就可以提货。这话说得过分漂亮,原是值得怀疑的。但李顺大却认为,彼此都住同一大队,虽然没有交情,也三天两头见面,从前也不曾听说过这人有什么劣迹,现在出来革命,总也想做点好事,不见得一上马就骗人。况且又是生产队长同来的,还有枪有红宝书,真是讲交情有交情,讲信仰有信仰,讲威势有威势。李顺大虽然当过三次逃兵,还没有经过这种软硬兼施的场面,心一吓,面一软,双手颤颤数出了二百一十七。

到了下个月,大概本来是可以提货的,想不到李顺大交了厄运,被公社的专政机关请去了,要他交代几件事:一、你是哪里人?老家是什么成分?二、你当过三次反动兵,快把枪交出来。三、交代反动言行(例如他说过"楼房不及平房适用,电话坏了修不起"的话,就是恶毒攻击社会主义)。

后来的事情就不用说了,那是人人皆知的。他自己出来后也没有多言。不过有两点颇有性格,第一是他吃不消喊救命的时候,是砖瓦厂的"文革"主任解了他的围。作为报答,事后私下商定从此不再提起那二百一十七。第二是关押他的那间房子造得相当牢固,他平生第一次详细地在那里研究了建筑学,对自己将来要造的屋,有了非常清楚的轮廓。

等到放出来,他扶着儿子(已经十九岁了)的肩胛拐回家。流着眼泪的老婆、妹妹问他为了什么事,吃了什么苦?他嘶哑着喉咙说了两个莫名其妙的短语:"他们恶啊!我的屋啊!"

之后有一年多时间不能劳动,腰里不好受,碰到阴天和交节气,浑身骨头痛。他有点奇怪,虽然这顿生活从前不曾挨过,但毕竟从小就苦苦拉拉、跌跌掼掼过来的,怎么现在这样娇嫩了?莫非也变"修"了吗?他有点吃惊,觉得自己变牛变马都可以,但是不能变"修"。"修"是什么东西呢?是一只黑锅,是一只不能烧饭、只能驮在背上的装饰品,是一个没有生命因而不会死亡,能够世代相传的"传家宝"。儿子今年十九岁了,如果背上这只锅,到哪里去讨媳妇呢?而房子又没有造,一点条件也没有。

李顺大想到这一点,心中恐慌又迷信。他从小听过不少老故事,其中就有说到人会变成多种东西的。讲的人总这样说:"一夜过来,他变成了××。"而且在变化之前,也总有异样的感觉,比如浑身骨头痛,热皮爆燥……等等。所以,李顺大一碰到身子难受,就怕黑夜,怕自己睡着了。他总是睁大眼睛,以防在昏睡中不知不觉变成一只黑锅。他的警惕性一直很高,所以至今还不曾变过去。

在那些不敢睡着的夜里,李顺大为了打发掉肉体上的痛苦,也想过一点使人开心的文娱生活。他没有收音机,想读书又不认几个字,而且也浪费火油;因此,惟一的办法是去回忆从小听过的故事、看过的戏文和老一辈教给孩儿们的俚歌。后来身体好一些,他挑起糖担出去换废品,嘴里常常不三不四唱着一个小曲儿,招惹孩子们。据他说这就是他在那些夜晚回忆出来的。从这些就可以看出他当时究竟想的是什么。他唱道:

> 稀奇稀奇真稀奇,
> 老公公困在摇篮里;
> 稀奇稀奇真稀奇,
> 八仙台装在袋袋里;
> 稀奇稀奇真稀奇,
> 老鼠咬破猫肚皮;
> 稀奇稀奇真稀奇,
> 狮子长受跳蚤气;
> 稀奇稀奇真稀奇,
> 狗派黄鼠狼去看鸡;
> 稀奇稀奇真稀奇,
> 天鹅肉进了蛤蟆嘴;
> 稀奇稀奇真稀奇,
> 大船翻在阴沟里;
> 稀奇稀奇真稀奇,
> 长人做了短人梯;
> 哎呀呀,癞痢头戴西瓜皮,

蚌壳兜里一泡尿,
皮球肚里装个屁,
穿袍的邪神一胎泥。
稀奇呀,稀奇呀,真稀奇,
火赤练①过冬钻在菩萨肚皮里,
闻着香火装神气。

这确是一只公认的装满一兜肚"稀奇"的儿歌,而且老掉了牙。不过,各人兜肚里的货色是不同的,总要把自认为稀奇的东西装进去。但如果追查起来,李顺大决不承认自己加进了什么。他又不是作家,不会有黑字落在白纸上,是不怕有什么把柄落在别人手里的。他虽然笨,究竟也经过锻炼了,晓得当时那一班人——造反的当权派和当权的造反派,如果要触你的霉头,倒不在乎你做了什么,而在于要达到一个这样那样的目的,例如他的二百一十七。

有一天,他在邻村换糖唱歌,偶然碰到了在那里劳改的走资派——老区委书记刘清,悲喜交集,久久不忍离开,最后刘清央求他再唱一遍稀奇歌,他毫不犹豫地唱起来,那悲惨、沉重、愤怒的声音使空气也颤抖,两个人都流下了眼泪。

六

一年病拖下来,李顺大有点心灰意懒了。他常常想自己还能活几年?何必要再操心造屋!愚公立下移山志,也是靠后代去完成的,为啥一定要亲手造成功!再说也算积有一笔钱,也有点汗马功劳,不算坍台了。可是凡胎未脱,尘心难破,儿子已经二十出头了,房子造不出,媳妇就找不着,猪舍做新房,谁肯来住!要像自己那样拾个要饭姑娘做妻子,现在也没有这种好机会了。那可不行,没有媳妇哪有孙子?没有孙子哪有重孙?将来建成共产主义过幸福生活,焉能独缺他李顺大的后代?看来房子还是非造不可,而且要抓紧时间。就算这样,儿子恐怕也得拖到政府规定的晚婚年龄以后才有婚结了。

经过动摇之后又坚定下来,立即开始行动。他挑起拾破烂的箩筐,悠悠地从这个市镇晃荡到那个市镇,县城里大小街巷也几乎跑遍,却从不见有建筑材料出售,询问有关商店,才知道买一块砖也得有本地三级证明,更无空口说白话的余地。他晓得再瞎跑也没有用,只有向当地生产队、大队、公社

---

① 火赤练——赤练蛇。

申请了。幸亏自己是带了箩筐出来的,虽不曾买到造屋材料,拾到的破烂倒也卖得十几元钱,不算白误了工。

接着自然是找生产队、大队干部打证明,人家听了笑笑说:"打证明有什么用,民用建筑材料,有时稍微有一点,有时简直就没有。给了证明,你也买不到。"李顺大不肯信,以为是干部筑坝。又不敢反驳,怕弄僵。就耐着性子赖着不走,搞变相静坐示威。谁知人家倒并不放在心上,到吃晚饭时发现他没有走,就说:"走吧,锁门了。"他也只得回去,到了明天,又去坐。如此三天,干部不耐烦了,说:"好话你不听,瞎缠。你以为有用,就打个证明给你!"果然打了。他高高兴兴上供销社。营业员看了证明,也和大队干部一样笑笑,说:"没办法,无货供应。"

"几时有呢?"

"不晓得。"营业员说,"有空你就常来问问。"

从此李顺大就如学生上学校,七天里去问六次;半年下来,还是不曾买到一块砖。那营业员是个好心人,暗地里叹息顺大太笨,却也被他的精神感动了。终于有一天,悄悄告诉他说:"你还是省点工夫吧,不要来跑了。这几年革命革得厉害,地皮都快革光了,难得有点东西来,干部都照顾不周全,哪会轮到你。真要有你的份,也都是经过千拣万拣拣剩的落脚货,价钱倒和拣走的好货一样大,你也不划算。我劝你还是另想办法吧!"

李顺大得了这个忠告,十分失望,又非常感激。因此由不得要请教:"另想别的什么法?"

营业员沉吟半晌,说:"可有至亲好友当干部的?"

"没有。"李顺大沉重而吃力地说,"只有一个种田的妹婿,没有第二个亲戚。"

"那就没有路了。"营业员惋惜道,"现在是'圆圆头'不及'点点头'①,你没有亲友可靠,除了买黑市,还有什么办法。"

李顺大信以为真,从此想办法买黑市材料。那晓得营业员倒也并无这方面的经验,不懂得黑市交易的复杂,一万砖头,市价二百一十七元,黑市要卖到四百左右,而且必须先付钱,过上一年半载才能提货,往往还会碰到骗子手。李顺大已经上过一次当了,钞票当然是不肯轻易出手的。所以,跑了千里路,说了万句话,过了三年也不曾买成。倒还是那个营业员肯帮忙,替他买了一吨官价石灰。那石灰原是分配在蚕室里用的,只为近年来一个劲儿旱改水,许多桑田改莳水稻了,剩下几棵癞痢毛桑树,还能养几条蚕!也就用不了那么多石灰;倒给营业员钻了空子,李顺大拾着了便宜。为此他想买包好烟请营业

---

① 圆圆头——印章。点点头——私人交情。

员的客,却又买不到。偶然碰见砖瓦厂的原"文革"主任(已当上厂革委会主任了),想起他从来是吸好烟的,他亏待过自己,现在请他买包烟总肯吧。就老着脸皮上去拉交情。主任倒也爽快,拿了他五角钱,从袋里掏出一包还没有开封的"大前门"。但是,在递给他之前,竟自作主张拆开来拿一支抽了,并且说:"我就这一包,要不是你,我谁也不回。"

李顺大拿了十九支去送给营业员,营业员坚决不收,拗不过面子,才抽了一支。其余十八支,硬是让顺大带回去了。

李顺大回家路上,想到自己今天做了一件从来没有做过的欠妥事情,他竟请了自己的恩人和仇人各一支烟。到吃晚饭的时候他真的发怒了,骂他的儿子没出息,二十五岁了,还吃隐下饭①,害他老子在外面受罪。

七

闹腾了许多年,李顺大房子没造成,造房的名气倒很大了。精诚所至,金石为开,不仅感动了营业员,而且还感动了上帝。这上帝不是别人,就是他未来的媳妇,名叫新来。新来姑娘住在邻村,早就同李顺大吃隐下饭的儿子小康有串联活动。她倒不在乎房子造了没有,反正看中了人,过了门造屋也行。可是她爹筑坝,怎么说也不肯把女儿嫁到猪舍里去。他以自己的模范事例教导女儿,因为他尽管穷,也想法造了两间屋,才讨了第一房媳妇。他骂李顺大是屠头,是阿木林,不会做事情。可是,想不到老天爷爱开玩笑,喜欢打说满话人的嘴巴。事隔一年,公社里一班打倒了走资派的当权派,为了要把山河重安排,看着一条河像老家伙似的弯着背,很不舒服。硬是动用了几千民工,花了几万个劳动日开出一条笔直的样板河,足以使火星上的高等动物看了,称赞地球人的伟大。新来姑娘家那两间新屋,偏偏就在样板河的河床上(当然也不止两间),只好拆了搬走。公社补贴搬屋费每间一百五十元,拆拆造造,又借了三百元添进去,才勉强重新搭起一间半来。新来爹瘦了两个膘,头发白了七八成。而且还要做小,听新来姑娘的教育。新来建议他应该向李顺大伯伯学习,人家就是精明,不盲动,钞票放在枕头边,一个也不少。要造房子,也该看准了形势动手呀!他说不响嘴,只得服输,任凭女儿婚姻自主。

李顺大不但有了儿媳妇,而且也知道儿媳妇在理论上对他的实践作了充分肯定,非常的高兴。因此,在儿子结婚那天晚上,喝了几杯酒,灵机一动,对着亲家翁说了两句神来之话,他说:"现在是地牌吃天牌,烂污二封

---

① 隐下饭——不出头露面,只做事,不拿主张的意思。

王,你的房子造得太急了,天天闹地震,大家宁愿住牛棚,还要房子做什么。我一万砖头给窑鬼吃在肚里,也比你省心。"……他还想说下去,幸亏老婆警惕性高,为了挽救他,当着新亲的面,开口就训他"灌了点酒就像吃了尿,说话没有关拦,骨头痛的日子忘记了!"这才转话收场,皆大欢喜。

从那时开始,李顺大不再白花心计去买东买西,他挑着糖担,东转一天,西转一天,替国家收废品,赚一点生活费。可是,事情也怪,造房子的人家,还真多着呢。他看了不禁眼馋,往往就要打听打听,这幢那幢是谁家造的,哪里买的材料。得到的答复也真千种百样,细细说来,每一幢屋都能写一本书,但也不惹人看,无非是"大官送上门,小官开后门,老百姓求别人"而已。那些吃尽苦头的人,反而羡慕起李顺大来。说还是他乖巧,不曾钻进这苦胆里头去,不愧为识时务的俊杰。有个熟人竟不忌讳,忿然对他说:"我这一块砖、一片瓦,没一样不是黑市货,造两间屋,用了四间的钱。上梁那天,靠造反起家的大队书记来吃了我一顿,还说我这房子,没有'文化大革命',哪能造得出。×他娘,我这房子又不是他那官衔,是用拳头打得来的吗!"

到此为止,李顺大对于建筑学的知识,本来已经登峰造极,叹为观止了。想不到天地渊博,造化无穷,值得大书特书的事情,如长江浊流,滚滚而来。竟无法忍心不看。那鸡零狗碎的事,恕不细说,但值得大书特书的奇迹,放过未免可惜。例如有一个大队,要把全部民房拆了,合并到一个地方去,造一列式的楼房,名曰"新农村"。民房拆下的材料,折价归公,谁要住新房,重新出钱买。李顺大听了,大为振奋,认为"楼上楼下"果然要实现了。耐不住挑着糖担,飞奔去自费参观。

那个地方,李顺大从前也常走过,此番看去,果然大不一样,村村巷巷,都有人家在拆屋,拆了把材料运到公路边头一块大田里,那里正在造第一排楼房。那些拆屋的人家,议论非常热烈,甚至到了激烈的程度,都说盘古开天辟地以来,像这样的事情,从未有过;因此有人流出眼泪来,大概过于兴奋了。有些屋上卸下来的瓦,还沾着窑里的煤灰,分明盖上去还没有经过雨淋,倒又翻身了。看了这些,李顺大觉得自己二十几年来空喊造屋没有造成,倒是平生做的一件最正确的事情,不过想着拆屋主过去的一番心血,也不禁有点眼酸。他慨叹着一路低头走去,忽听有人喊道:"喂,换糖的。"

李顺大抬头一看,见一个老头带着个女孩站在公路旁看造屋。十分面熟,却想不起是谁了。那老头笑道:"怎么,不认识了?"

李顺大恍然大悟,忙道:"原来是你,老书记。还在劳改吗?"他忽然伤心起来。想不到,几年不见,竟老得认不出了。可见老书记的心境不直落。

老书记笑笑说:"劳还在劳,改却未改。你呢,又来搜集唱稀奇歌材料吗?"

"唉唉,老书记,你取笑我。"李顺大难为情地说:"这可是'楼上楼下',搞'新农村'。我到今天才晓得,原来这农村分新旧,就在这房子上。倒不在集体化不集体化。"

老书记轻轻地嘘了口气,说:"唉,有话你就说清楚点吧。"

李顺大笑笑说:"自然,说给你听听没关系。不过也不能知法犯法。从前我说过楼房不如平房适用的话,已经当反动言论批过了,现在看了这种样子,倒还真有点想法。满好的屋,有的还是新的,倒又拆了再造,何必呢?有这个力气,不好把田地种种熟吗?这种事情,阳间里人不敢说,阴间里看了也要盯白眼呢。"

听了这"反动"话,老书记不但不驳斥,反而点了点头,严肃地答腔说:"'何必呢?'你问得对。告诉你吧,有人想把这个当上天梯。你倒也明白,晓得集体化是新农村的根本,可是人家搞起复辟来,公社这个组织形式也是可以利用的。你的眼睛还要睁大些。你看看吧,贫下中农吃了二十多年苦造了点房子,一声拆就得拆,还管群众死活吗。可是公社不仍旧是公社!"

李顺大听了,虽有所悟,也不能完全领会,只得张开嘴巴,睁大眼睛,尊敬地看着这个老人,默默无言。

老人愤怒地哼了一声,也不再说,低头看了看小女孩,指着顺大说:"叫公公。"

小女孩亲热地叫了一声。李顺大大为感动,连忙敲下一块糖塞在她小手里,称她是最乖最乖的小囡。他今年五十四岁,一个拾破烂的外乡人,还是第一次有人叫他公公,这给了他非常有力的鼓舞,竟把别的念头都冲淡了。

从此以后,他同老书记交了朋友。

八

到了一九七七年春节,李顺大带了几块糖去看老书记,才知道老书记重新上了任,又在区里办公了。李顺大喜出望外,把糖给了小囡,吃了小囡妈烧出来的点心,兴冲冲就往区里跑。他觉得如今有了区委书记做朋友,总弄得着造屋材料了。

老朋友一见面,果然十分亲热。可是一提到材料,老书记沉吟不语,打起嗝顿来,弄得顺大心也一颤,觉得不妙。只听老书记慢腾腾说:"老弟,你的困难,我都知道。从前你唱稀奇歌,我十分赞成。现在你我总不能做稀奇事了吧。"

李顺大忙说:"老书记,别人不做,我也不做。现在不是还通行吗,为什么惟独你我不做,岂不太吃亏!"

老书记笑笑说:"十一年混乱,积习难改。现在应该拨乱反正了。否则的话,建设国家的计划,就成了空话。别人做,我们是不能做的。全区干部来说,第一应从我改起;群众来说,先从唱稀奇歌的人改起,你说合理不合理?"

听了这番话,李顺大心里糖罐醋瓶,一齐打翻,一方面感到书记要同他一起带头整风,不禁自豪;一方面又想到好不容易交了个大官朋友,竟又不能拉私人关系,不禁怅然。他经过"文化大革命",也学得很乖了,不愿吃这个亏。想了一下,振振有词道:"老书记,你讲的道理我服帖,不过,话说在前头,叫我不做稀奇事,一定照办。你可也不能动摇,不要以后碰到交情比我深的,面子比我大的,就帮他开后门,让别人笑我同你白交了一场。那我是要造你的反的。"

老书记哈哈大笑,拿过纸笔,迅速把顺大的话写了下来,说:"我念一遍,你听。"他念了,和顺大讲的一字不差,然后说,"你拿去请人写一张大字报来,贴在我的办公室里。"

李顺大愕然道:"我不,这不是要你的好看!"

老书记说:"哪里哪里,这才叫帮了我的大忙,我还真怕有大面子的人来开臭口呢!你贴了这大字报,就不用我作难了。"

李顺大高高兴兴真的照办了。

到了一九七七年冬天,李顺大家忽然忙碌起来;老书记刘清同志,在那位"文革"主任出身的砖瓦厂厂长身上做了点工作,让他把李顺大的一万砖头退赔了,公社革委会也批准了李顺大的报告,同意供应十八根水泥桁条。那位好心的供销社营业员,通知李顺大,现在椽子已经敞开供应了。这一次,李顺大的房屋,会有把握造成了。要运回这么多东西,李顺大一家四口,哪里忙得过来,只得把妹妹、妹婿、儿媳妇的兄弟妯娌都请来帮忙,摇船的摇船,推车的推车,连年老的亲家公也高高兴兴地流了几身汗,大大热闹了一番。

不过,在高兴的时候,也还发生了一点扫兴的事情。运回那一万砖头,曾经过一些波折。大船停在砖瓦厂,人家不发货,皮笑肉不笑地对他说:"你的桁条还没有买,砖头拿回去白堆在那儿没有用,再等等吧。"李顺大同他吵了个脸红耳赤,说桁条已经落实了。那个人却比李顺大更懂李顺大,一口咬定他没有桁条。幸而他的亲家公跑来,凭自己买过砖头的经验,暗地里告诉李顺大什么叫"桁条",李顺大这才恍然大悟,马上到供销社买了两条最好的香烟送过去,这才皆大欢喜,砖头下船。后来到水泥制品厂运桁条,李顺大再不用别人开口,就散发了一条香烟,免得人家说他还没有买到橡子。

做了这些腐蚀别人的事,李顺大内心惭愧,不敢告诉老书记。但是他的灵魂不得安宁,有时候半夜醒过来,想起这件事,总要骂自己说:"唉、呃,我总该变得好些呀!"

(初载《雨花》1979年第7期)

张　洁

爱,是不能忘记的

　　我和我们这个共和国同年。三十岁,对于一个共和国来说,那是太年青了。而对一个姑娘来说,却有嫁不出去的危险。

　　不过,眼下我倒有一个正儿八经的求婚者。看见过希腊伟大的雕塑家米伦所创造的"掷铁饼者"那座雕塑么?乔林的身躯几乎就是那尊雕塑的翻版。即使在冬天,臃肿的棉衣也不能掩盖住他身上那些线条优美的轮廓。他的面孔黝黑,鼻子、嘴巴的线条都很粗犷。宽阔的前额下,是一双长长的眼睛。光看这张脸和这个身躯,大多数的姑娘都会喜欢他。

　　可是,倒是我自己拿不准主意要不要嫁给他。因为我闹不清楚我究竟爱他的什么,而他又爱我的什么?

　　我知道,已经有人在背地里说长道短:"凭她那些条件,还想找个什么样的?"

　　在他们的想象中,我不过是一头劣种的牲畜,却变着法儿想要混个肯出大价钱的冤大头。这使他们感到气恼,好像我真的干了什么伤天害理的、冒犯了众人的事情。

　　自然,我不能对他们过于苛求。在商品生产还存在的社会里,婚姻,也像其他的许多问题一样,难免不带着商品交换的烙印。

　　我和乔林相处将近两年了,可直到现在我还摸不透他那缄默的习惯到底是因为不爱讲话,还是因为讲不出来什么?逢到我起意要对他来点智力测验,一定逼着他说出对某事或某物的看法时,他也只能说出托儿所里常用的那种词汇:"好!"或"不好!"就这么两档,再也不能换换别的花样儿了。

　　当我问起:"乔林,你为什么爱我?"的时候,他认真地思索了好一阵子。对他来说,那段时间实在够长了。凭着他那宽阔的额头上难得出现的皱纹,我知道,他那美丽的脑壳里面的组织细胞,一定在进行着紧张的思维活动。我不由地对他生出一种怜悯和一种歉意,好像我用这个问题刁难了他。

　　然后,他抬起那双儿童般的、清澈的眸子对我说:"因为你好!"

　　我的心被一种深刻的寂寞填满了。"谢谢你,乔林!"

　　我不由地想:当他成为我的丈夫,我也成为他的妻子的时候,我们能不能把妻子和丈夫的责任和义务承担到底呢？也许能够。因为法律和道义已经紧紧地把我们拴在一起。而如果我们仅仅是遵从着法律和道义来承担彼此的责任和义务，那又是多么悲哀啊！那么，有没有比法律和道义更牢固、更坚实的东西把我们联系在一起呢？

逢到我这样想着的时候，我总是有一种古怪的感觉，好像我不是一个准备出嫁的姑娘，而是一个研究社会学的老学究。

也许我不必想这么许多，我们可以照大多数的家庭那样生活下去：生儿育女，厮守在一起，绝对地保持着法律所规定的忠诚……虽说人类社会已经进入了二十世纪七十年代，可在这点上，倒也不妨像几千年来人们所做过的那样，把婚姻当成一种传宗接代的工具，一种交换、买卖，而婚姻和爱情也可以是分离着的。既然许多人都是这么过来的，为什么我就偏偏不可以照这样过下去呢？

不，我还是下不了决心。我想起小的时候，我总是没缘没故地整夜啼哭，不仅闹得自己睡不安生，也闹得全家睡不得安生。我那没有什么文化，却相当有见地的老保姆说我"贼风入耳"了。我想这带有预言性的结论，大概很有一点科学性，因为直到如今我依然如故，总好拿些不成问题的问题不但搅扰得自己不得安宁，也搅扰得别人不得安宁。所谓"禀性难移"吧！

我呢，还会想到我的母亲，如果她还活着，她会对我的这些想法，对乔林，对我要不要答应他的求婚说些什么?！

我之所以习惯地想到她，绝不因为她是一个严酷的母亲，即使已经不在人世也依然用她的阴魂主宰着我的命运。不，她甚至不是母亲，而是一个推心置腹的朋友。我想，这多半就是我那么爱她，一想到她已经离我远去便悲从中来的原因吧！

她从不教训我，她只是用她那没有什么女性温存的低沉的嗓音，柔和地对我谈她一生中的过失或成功，让我从这过失或成功里找到我自己需要的东西。不过，她成功的时候似乎很少，一生里总是伴着许许多多的失败。

在她最后的那些日子里，她总是用那双细细的、灵秀的眼睛长久地跟随着我，仿佛在估量着我有没有独立生活下去的能力，又好像有什么重要的话要叮嘱我，可又拿不准主意该不该对我说。准是我那没心没肺，凡事都不大有所谓的派头让她感到了悬心。她忽然冒出了一句："珊珊，要是你吃不准自己究竟要的是什么，我看你就是独身生活下去，也比糊里糊涂地嫁出去要好得多！"

照别人看来，做为一个母亲，对女儿讲这样的话，似乎不近情理。而在我看来，那句话里包含着以往生活里的极其痛苦的经验。我倒不觉得她这样叮咛我是看轻我或是低估了我对生活的认识。她爱我，希望我生活得没有烦恼,是不是?

"妈妈,我不想嫁人!"我这么说,绝不是因为害臊或是在忸怩作态。说真的,我真不知道一个姑娘什么时候需要做出害臊或忸怩的姿态,一切在一般人看来应该对孩子隐讳的事情,母亲早已从正面让我认识了它。

"要是遇见合适的,还是应该结婚。我说的是合适的!"

"恐怕没有什么合适的!"

"有还是有,不过难一点——因为世界是这么大,我担心的是你会不会遇上就是了!"她并不关心我嫁得出去还是嫁不出去,她关心的倒是婚姻的实质。

"其实,您一个人过得不是挺好吗?"

"谁说我过得挺好?"

"我这么觉得。"

"我是不得不如此……"她停住了说话,沉思起来。一种淡淡的、忧郁的神情来到了她的脸上。她那忧郁的、满是皱纹的脸,让我想起我早年夹在书页里的那些已经枯萎了的花。

"为什么不得不如此呢?"

"你的为什么太多了。"她在回避我。她心里一定藏着什么不愿意让我知道的心事。我知道,她不告诉我,并不是因为她耻于向我披露,而多半是怕我不能准确地估量那事情的深浅而曲扭了它,也多半因为人人都有一点珍藏起来的、留给自己带到坟墓里去的东西。想到这里,我有点不自在。这不自在的感觉迫使我没有礼貌,没有教养地追问下去:"是不是您还爱着爸爸?"

"不,我从没有爱过他。"

"他爱您吗?"

"不,他也不爱我!"

"那你们当初为什么结婚呢?"

她停了停,准是想找出更准确的字眼来说明这令人费解和反常的现象,然后显出无限悔恨的样子对我说:"人在年轻的时候,并不一定了解自己追求的、需要的是什么,甚至别人的起哄也会促成一桩婚姻。等到你再长大一些、更成熟一些的时候,你才会明白你真正需要的是什么。可那时,你已经干了许多悔恨得让你感到锥心的蠢事。你巴不得付出任何代价,只求重新生活一遍才好,那你就会变得比较聪明了。人说'知足者常乐',我却享受不到这样的快乐。"说着,她自嘲地笑了笑,"我只能是一个痛苦的理想主义者。"

莫非我那"贼风入耳"的毛病是从她那里来的?大约我们的细胞中主管"贼风入耳"这种遗传性状的是一个特别尽职尽责的基因。

"您为什么不再结婚呢?"

她不大情愿地说:"我怕自己还是吃不准自己到底要什么。"她明明还是不肯对我说真话。

我不记得我的父亲。他和母亲在我很小的时候便分手了。我只记得母亲曾经很害羞地对我说过他是一个相当漂亮的、公子哥儿似的人物。我明白,她准是因为自己也曾追求过那种浅薄而无聊的东西而感到害臊。她对我说过:"晚上睡不着觉的时候,我常常迫使自己硬着头皮去回忆青年时代所做过的那些蠢事、错事!为的是使自己清醒。固然,这是很不愉快的,我常会羞愧地用被单蒙上自己的脸,好像黑暗里也有许多人在盯着我瞧似的。不过这种不愉快的感觉里倒也有一种赎罪似的快乐。"

我真对她不再结婚感到遗憾。她是一个很有趣味的人,如果她和一个她爱着的人结婚,一定会组织起一个十分有趣味的家庭。虽然她生得并不漂亮,可是优雅、淡泊,像一幅淡墨的山水画。文章写得也比较美,和她很熟悉的一位作家喜欢开这样的玩笑:"光看你的作品,人家就会爱上你的!"

母亲便会接着说:"要是他知道他爱的竟是一个满脸皱纹、满头白发的老太婆,他准会吓跑了。"

到了这种年龄,她绝不会是还不知道自己到底要什么。这分明是一句遁词。我之所以这么说,是因为她有一些引起我生出许多疑惑的怪毛病。

比如,不论她上哪儿出差,她必得带上那二十七本一套的、一九五〇年到一九五五年出版的契诃夫小说选集中的一本。并且叮咛着我:"千万别动我这套书。你要看,就看我给你买的那一套。"这话明明是多余的,我有自己的一套,干嘛要去动她的那套呢?况且这话早已三令五申地不知说过多少遍了。可她还是怕有个万一的时候,她爱那套书爱得简直像是得了魔症一般。

我们家有两套契诃夫小说选集。这也许说明对契诃夫的爱好是我们家的家风,但也许更多的是为了招架我和别的喜欢契诃夫的人。逢到有人想要借阅的时候,她便拿了我房间里的那套给人。有一次,她不在家的时候,一位很熟的朋友拿了她那套里的一本。她知道了之后,急得如同火烧了眉毛,立刻拿了我的一本去换了回来。

从我记事的那天起,那套书便放在她的书橱里了。别管我多么钦佩伟大的契诃夫,我也不能明白,那套书就那么百看不厌,二十多年来有什么必要天天非得读它一读?

有时,她写东西写累了,便会端着一杯浓茶,坐在书橱对面,瞧着那套契诃夫小说选集出神。要是这个时候我突然走进了她的房间,她便会显得慌乱不安,不是把茶水泼了自己一身,便是像初恋的女孩子,头一次和情人约会便让人撞见似地羞红了脸。

我便想:她是不是爱上了契诃夫?要是契诃夫还活着,没准真会发生这样的事。

当她神志不清,就要离开这个世界的时候,她对我说的最后一句话是:"那套书——"她已经没有力气说出"那套契诃夫小说选集"这样一个长句子。不过我明白她指的就是那一套。"……还有,写着,'爱,是不能忘记的'……笔记本,和我,一同火葬。"

她最后叮咛我的这句话,有些,我为她做了,比如那套书。有些,我没有为她做,比如那些题着"爱,是不能忘记的"笔记本子。我舍不得。我常想,要是能够出版,那一定是她写过的那些作品里最动人的一篇,不过它当然是不能出版的。

起先,我以为那不过是她为了写东西而积累的一些素材。因为它既不像小说,也不像札记;既不像书信,也不像日记。只是当我从头到尾把它们读了一遍的时候,渐渐地,那些只言片语与我那支离破碎的回忆交织成了一个形状模糊的东西。经过久久的思索,我终于明白,我手里捧着的,并不是没有生命、没有血肉的文字,而是一颗灼人的、充满了爱情和痛苦的心,我还看见那颗心怎样在这爱情和痛苦里挣扎、熬煎。二十多年啦,那个人占有着她全部的情感,可是她却得不到他。她只有把这些笔记本当做是他的替身,在这上面和他倾心交谈。每时,每天,每月,每年。

难怪她从没有对任何一个够意思的求婚者动过心,难怪她对那些说不出来是善意的愿望或是恶意的闲话总是淡然地一笑付之。原来她的心已经填得那么满,任什么别的东西都装不进去了。我想起"曾经沧海难为水,除却巫山不是云"的诗句,想到我们当中多半有人不会这样去爱,而且也没有人会照这个样子来爱我的时候,我便感到一种说不出来的怅惘。

我知道了三十年代末,他在上海做地下工作的时候,一位老工人为了掩护他而被捕牺牲,撇下了无依无靠的妻子和女儿。他,出于道义、责任、阶级情谊和对死者的感念,毫不犹豫地娶了那位姑娘。逢到他看见那些由于"爱情"而结合的夫妇又因为"爱情"而生出无限的烦恼的时候,他便会想:"谢天谢地,我虽然不是因为爱情而结婚,可是我们生活得和睦、融洽,就像一个人的左膀右臂。"几十年风里来、雨里去,他们可以说是患难夫妻。

他一定是她那机关里的一位同志。我会不会见过他呢?从到过我家的客人里,我看不出任何迹象,他究竟是谁呢?

大约六二年的春天,我和母亲去听音乐会。剧场离我们家不太远,我们没有乘车。

一辆黑色的小轿车悄无声息地停在人行道旁边。从车上走下来一个满头白发、穿着一套黑色毛呢中山装的、上了年纪的男人。那头白发生得堂皇而又气派!他给人一种严谨的、一丝不苟的、脱俗的、明澄得像水晶一样的印象。特别是他的眼睛,十分冷峻地闪着寒光,当他急速地瞥向什么东西的时候,会让人联想起闪电或是舞动着的剑影。要使这样一对冰冷的眼睛充满柔情,那必定得是特别强大的爱情,而且得为了一个确实值得爱的女人才行。

他走过来,对母亲说:"您好!钟雨同志,好久不见了。"

"您好!"母亲牵着我的那只手突然变得冰凉,而且轻轻地颤抖着。

他们面对面地站着,脸上带着凄厉的甚至是严峻的神情,谁也不看着谁。母亲瞧着路旁那些还没有抽出嫩芽的灌木丛。他呢,却看着我:"已经长成大姑娘了。真好,太好了,和妈妈长得一样。"

他没有和母亲握手,却和我握了握手。而那手也和母亲的手一样,也是冰冷的,也是轻轻地颤抖着的。我好像变成了一路电流的导体,立刻感到了震动和压抑。我很快地从他的手里抽出我的手,说道:"不好,一点也不好!"

他惊讶地问我:"为什么不好?"或许我以为他故作惊讶。因为凡是孩子们说了什么直率得可爱的话时候,大人们都会显出这副神态的。

我看了看妈妈的面孔,是,我真像她。这让我有些失望:"因为她不漂亮!"

他笑了起来,幽默地说:"真可惜,竟然有个孩子嫌自己的妈妈不漂亮。记得吗?五三年你妈妈刚调到北京,带你来机关报到的那一天?她把你这个小淘气留在了走廊外面,你到处串楼梯,扒门缝,在我房间的门上夹疼了手指头。你哇啦哇啦地哭着,我抱着你去找妈妈?"

"不,我不记得了。"我不大高兴,他竟然提起我穿开裆裤时代的事情。

"啊,还是上了年纪的人不容易忘记。"他突然转身向我的母亲说:"您最近写的那部小说我读过了。我要坦率地说,有一点您写得不准确。您不该在作品里非难那位女主人公……要知道,一个人对另一个人产生感情原没有什么可以非议的地方,她并没有伤害另一个人的生活……其实,那男主人公对她也会有感情的。不过为了另一个人的快乐,他们不得不割舍自己的爱情……"

这时,有一个交通民警走到停放小汽车的地方,大声地训斥着司机,说车停的不是地方,司机为难地解释着。他停住了说话,回头朝那边望了望,匆匆地说了声:"再见!"便大步走到汽车旁边,向那民警说:"对不起,这不怪司机,是我……"

我看着这上了年纪的人,也俯首帖耳地听着民警的训斥,觉得很是有趣。当我把顽皮的笑脸转向母亲的时候,我看见她是怎样地窘迫呀!就像小学校里一个一年级的小女孩,凄凄惶惶地站在那严厉的校长面前一样,好像那民警训斥的是她而不是他。

汽车开走了,留下了一道轻烟。很快地,就连这道轻烟也随风消散了,好像什么都没有发生过,而我,不知道为什么却没有很快地忘记。

现在分析起来,他准是以他那强大的精神力量引动了母亲的心。那强大的精神力量来自他那成熟而坚定的政治头脑,他在动荡的革命时代里出生入死的经历,他活跃的思维、工作上的魄力、文学艺术上的素养……而且——说起来奇怪,他和母亲一样喜欢双簧管。对了,她准是崇拜他,她说过,要是她不崇拜那个人,那爱情准连一天也维持不了。

至于他爱不爱我的母亲,我就猜不透了。要是他不爱她,为什么笔记本里会有这样一段记载呢?

"这礼物太厚重了。不过您怎么知道我喜好契诃夫呢?"

"您说过的!"

"我不记得了。"

"我记得。我听到你有一次在和别人闲聊的时候说起过。"

原来那套契诃夫小说选集是他送给母亲的。对于她,那几乎就是爱情的信物。

没准儿,他这个不相信爱情的人,到了头发都白了的时候才意识到他心里也有那种可以称为爱情的东西存在,到了他已经没有权力去爱的时候,却发生了这足以使他献出全部生命的爱情。这可真够凄惨的。也许不只是凄惨,也许还要深刻得多。

关于他,能够回到我的记忆里来的就是这么一小点。

她那迷恋他,却又得不到他的心情有多么苦呀!为了看一眼他乘的那辆小车,以及从汽车的后窗里看一眼他的后脑勺,她怎样煞费苦心地计算过他上下班可能经过那条马路的时间;每当他在台上做报告,她坐在台下,隔着距离、烟雾、昏暗的灯光、窜动的人头,看着他那模糊不清的面孔,她便觉得心里好像有什么东西凝固了,泪水会不由地充满她的眼眶。为了把自己的泪水瞒住别人,她使劲地咽下它们。逢到他咳嗽得讲不下去,她就会揪心地想到为什么没人阻止他吸烟?担心他又会犯了气管炎。她不明白为什么他离她那么近而又那么遥远?

他呢,为了看她一眼,天天,从小车的小窗里,眼巴巴地瞧着自行车道上流水一样的自行车辆,闹得眼花缭乱,担心着她那辆自行车的闸灵不灵,会不会出车祸;逢到万一有个不开会的夜晚,他会不乘小车,自己费了许多周折来到我们家的附近,不过是为了从我们家的大院门口走这么一趟;他在百忙中也不会忘记注意着各种报刊,为的是看一看有没有我母亲发表的作品。

在他的一生中,一切都是那么清楚、明确,哪怕是在最困难的时刻。但在这爱情面前却变得这样软弱,这样无能为力。这在他的年纪来说,实在是滑稽可笑的。他不能明白,生活为什么偏偏是这样安排着的?

可是,临到他们难得地在机关大院里碰了面,他们又竭力地躲避着对方,匆匆地点个头便赶紧地走开去。即使这样,也足以使我母亲失魂落魄,失去听觉、视觉和思维的能力,世界立刻会变成一片空白……如果那时她遇见一个叫老王的同志,她一定会叫人家老郭,对人家说些连她自己也听不懂的话。

她一定死死地挣扎过,因为她写道:

我们曾经相约:让我们互相忘记。可是我欺骗了你,我没有忘记。我想,你也同样没有忘记。我们不过是在互相欺骗着,把我们的苦楚深深地隐藏着。不过我并不是有意要欺骗你,我曾经多么努力地去实行它。有多少次我有意地滞留在远离北京的地方,把希望寄托在时间和空间上,我甚至觉得我似乎忘记了。可是等到我出差回来,火车离北京越来越近的时候,我简直承受不了冲击得使我头晕眼花的心跳。我是怎样急切地站在月台上张望,好像有什么人在等着我似地。不,当然不会有。我明白了,什么也没有忘记,一切都还留在原来的地方。年复一年,就跟一棵大树一样,它的根却越来越深地扎下去,想要拔掉这生了根的东西实在太困难了,我无能为力。

每当一天过去,我总是觉得忘记了什么重要的事情,或是夜里突然从梦中惊醒:发生了什么事情?不,什么也没有发生,我清清楚楚地意识到:没有你!于是什么都显得是有缺陷的,不完满的,而且是没有任何东西可以弥补的。我们已经到了这一生快要完结的时候了,为什么还要像小孩子一样地忘情?为什么生活总是让人经过艰辛的跋涉之后才把你追求了一生的梦想展现在你的眼前?而这梦想因为当初闭着眼睛走路,不但在岔道上错过了,而且这中间还隔着许多不可逾越的沟壑。

对了,每每母亲从外地出差回来,她从不让我去车站接她,她一定愿意自己孤零零地站在月台上,享受他去接她的那种幻觉。她,头发都白了的、可怜的妈妈,简直就像个痴情的女孩子。

那些文字并没有多少是叙述他们的爱情的,而多半记载的都是她生活里的一些琐事:她的文章为什么失败,她对自己的才能感到了惶惑和猜疑;珊珊(就是我)为什么淘气,该不该罚她;因为心神恍惚她看错了戏票上的时间,错过了一场多么好的话剧;她出去散步,忘了带伞,淋得像个落汤鸡……她的精神明明日日夜夜都和他在一起,就像一对恩爱的夫妻。其实,把他们这一辈子接触过的时间累计起来计算,也不会超过二十四小时。而这二十四小时,大约比有些人一生享受到的东西还深、还多。莎士比亚笔下的朱丽叶说过:"我不能清算我财富的一半。"大约,她也不能清算她的财富的一半。

似乎他在"文化大革命"中死于非命。也许因为当时那种特定的历史条件,这一段的文字记载相当含糊和隐晦。我奇怪我那因为写文章而受着那么厉害的冲击的母亲,是用什么办法把这习惯坚持下来的?从这隐晦的文字里,我还是可以猜得出,他大约是对那位红极一世,权极一时的"理论权威"的理论提出了疑问,并且不知对谁说过:"这简直就是右派言论。"从母亲那沾满泪痕的纸页上可以看出,他被整得相当惨,不过那老头子似乎十分坚强,从没有对这位有大来头的人物低过头,直到死的时候,留下来的最后一句话还是:"就是到了马克思那里,这个官司也非打下去不可!"

这件事一定发生在六九年的冬天,因为在那个冬天里,还刚近五十岁的母亲一下子头发全白了。而且,她的手臂上还缠上了一道黑纱。那时,她的处境也很难,为了这条黑纱,她挨了好一顿批斗,说她坚持四旧,并且让她交代这是为了谁?

"妈妈,这是为了谁?"我惊恐地问她。

"为一个亲人!"然后怕我受惊似地解释着,"一个你不熟悉的亲人!"

"我要不要戴呢?"她做了一个许久都没有对我做过的动作,用手拍了拍我的脸颊,就像我小的时候她常做的那样。她好久都没有显出过这么温柔的样子了。我常觉得,随着她的年龄和阅历的增长,特别是那几年她所受过的折磨,那种温柔的东西似乎离她越来越远了,也或许是被她越藏越深了,以致常常让我感到她像个男人。

她恍惚而悲凉地笑了笑,说:"不,你不用戴。"

她那双又干又涩的眼睛显得没有一点水分,好像已经把眼泪哭干了。我很想安慰她,或是做点什么使她高兴的事。她却对我说:"去吧!"

我当时不知为什么生出了一种恐怖的感觉,我觉得我那亲爱的母亲似乎有一半已经随着什么离我而去了。我不由地叫了一声:"妈妈!"

我的心情一定被我那敏感的妈妈一览无余地看透了。她温和地对我说:"别怕,去吧!让我自己呆一会儿。"

我没有错,因为她的确这样地写着:

> 你去了。似乎我灵性里的一部分也随你而去了。
>
> 我甚至不能知道你的下落,更谈不上最后看你一眼。我也没有权利去向他们质询,因为我既不是亲眷又不是生前友好……我们便这样

地分离了。我恨不能为你承担那非人的折磨,而应该让你活下去!为了等到昭雪的那一天,为了你将重新为这个社会工作,为了爱你的那些个人们,你都应该活着啊!我从不相信你是什么三反分子,你是被杀害的、最优秀中间的一个。假如不是这样,我怎么会爱你呢?我已经不怕说出这三个字。

纷纷扬扬的大雪不停地降落着。天哪,连上帝也这样地虚伪,他用一片洁白覆盖了你的鲜血和这谋杀的丑恶。

我独自一人,走在我们惟一一次曾经一同走过的那条柏油小路上,听着我一个人的脚步声在沉寂的夜色里响着、响着……我每每在这小路上徘徊、流连,哪一次也没有像现在这样使我肝肠寸断。那时,你虽然也不在我身边,但我知道,你还在这个世界上,我便觉得你在伴随着我,而今,你的的确确不在了,我真不能相信!

我走到了小路的尽头,又折回去,重新开始,再走一遍。

我弯过那道栅栏,习惯地回头望去,好像你还站在那里,向我挥手告别。我们曾淡淡地、心不在焉地微笑着,像两个没有什么深交的人,为的是尽力地掩饰住我们心里那镂骨铭心的爱情。那是一个没有一点诗意的初春的夜晚,依然在刮着冷峭的风。我们默默地走着,彼此离得很远。你因为长年害着气管炎,微微地喘息着。我心疼你,想要走得慢一点,可不知为什么却不能。我们走得飞快,好像有什么重要的事情在等着我们去做,我们非得赶快走完这段路不可。我们多么珍惜这一生中惟一的一次"散步",可我们分明害怕,怕我们把持不住自己,会说出那可怕的、折磨了我们许多年的那三个字:"我爱你"。除了我们自己,大概这个世界上没有一个活着的人会相信我们连手也没有握过一次!更不要说到其它!

不,妈妈,我相信,再没有人能像我那样眼见过你敞开的灵魂。

啊,那条柏油小路,我真不知道它是那样充满了辛酸的回忆的一条小路。我想,我们切不可忽略世界上任何一个最不起眼的小角落,谁知道呢?那些意想不到的小角落会沉默地蕴藏着多少隐秘的痛苦和欢乐呢?

难怪她写东西写得疲倦了的时候,常会沿着我们窗后的那条柏油小路慢慢地踱来踱去。有时是彻夜不眠后的清晨,有时甚至是月黑风高的夜晚,哪怕是在冬天,哪怕峭厉的风像发狂的野兽般地吼叫,卷着沙石噼哩叭啦地敲打着窗棂……那时,我只以为那不过是她的一种怪癖,却不知她是去和他的灵魂相会。

她还喜欢站在窗前,瞅着窗外的那条柏油小路出神。有一次,她显出那样奇特的神情,以致我以为柏油小路上走来了我们最熟悉的、最欢迎的客人。我连忙凑到窗前,在深秋的傍晚,只有冷风卷着枯黄的落叶,飘过那空荡荡的小路的路面。

好像他还活着一样,用文字和他倾心交谈的习惯并没有因为他的去世而中断。直到她自己拿不起来笔的那一天。在最后一页上,她对他说了最后的话:

> 我是一个信仰唯物主义的人。现在我却希冀着天国,倘若真有所谓天国,我知道,你一定在那里等待着我。我就要到那里去和你相会,我们将永远在一起,再也不会分离。再也不必怕影响另一个人的生活而割舍我们自己。亲爱的,等着我,我就要来了——

我真不知道,妈妈,在她行将就木的这一天,还会爱得那么沉重。像她自己所说的,那是镂骨铭心的。我觉得那简直不是爱,而是一种疾痛,或是比死亡更强大的一种力量。假如世界上真有所谓不朽的爱,这也就是极限了。她分明至死都感到幸福;她真正地爱过。她没有半点遗憾。

如今,他们的皱纹和白发早已从碳水化合物变成了其它的什么元素。可我知道,不管他们变成什么,他们仍然在相爱着。尽管没有什么人间的法律和道义把他们拴在一起,尽管他们连一次手也没有握过,他们却完完全全地占有着对方。那是任什么都不能使他们分离的。哪怕千百年过去,只要有一朵白云追逐着另一朵白云;一棵青草傍依着另一棵青草;一层浪花拍打着另一层浪花;一阵轻风紧跟着另一阵轻风……相信我,那一定就是他们。

每每我看着那些题着"爱,是不能忘记的"笔记本,我就不能抑制住自己的眼泪。我哭,这不止一次地痛哭,仿佛遭了这凄凉而悲惨的爱情的是我自己。这要不是大悲剧就是大笑话。别管它多么美,多么动人,我可不愿意重复它!

英国大作家哈代说过:"呼唤人的和被呼唤的很少能互相答应。"我已经不能从普通意义上的道德观念去谴责他们应该或是不应该相爱。我要谴责的却是:为什么当初他们没有等待着那个呼唤着自己的灵魂?

如果我们都能够互相等待,而不糊里糊涂地结婚,我们会免去多少这样的悲剧哟!

到了共产主义,还会不会发生这种婚姻和爱情分离着的事情呢?既然世界是这么大,互相呼唤的人也就可能有互相不能答应的时候,那么说,这样的事情还会发生?可是,那是多么悲哀啊!可也许到了那时,便有了解脱这悲哀的办法!

我为什么要钻牛角尖呢?

说到底,这悲哀也许该由我们自己负责。谁知道呢?也说不定还得由过去的生活所遗留下来的那种旧意识负责。因为一个人要是老不结婚,就会变成对这种意识的一种挑战。有人就会说你的神经出了毛病,或是你有什么见不得人的隐私,或是你政治上出了什么问题,或是你刁钻古怪,看不起凡人,不尊重千百年来的社会习惯,你准是个离经叛道的邪人……总之,他们会想出种种庸俗无聊的玩意儿来糟蹋你。于是,你只好屈从于这种意识的压力,草草地结婚了事。把那不堪忍受的婚姻和爱情分离着的镣铐套到自己的脖子上去,来日又会为这不能摆脱的镣铐而受苦终生。

　　我真想大声疾呼地说:"别管人家的闲事吧!让我们耐心地等待着,等着那呼唤我们的人,即使等不到也不要糊里糊涂地结婚!不要担心这么一来独身生活会成为一种可怕的灾难。要知道,这兴许正是社会生活在文化、教养、趣味……等等方面进化的一种表现!"

(初载《北京文艺》1979 年第 3 期)

汪曾祺

受　戒

　　明海出家已经四年了。
　　他是十三岁来的。
　　这个地方的地名有点怪,叫庵赵庄。赵,是因为庄上大都姓赵。叫做庄,可是人家住得很分散,这里两三家,那里两三家。一出门,远远可以看到,走起来得走一会,因为没有大路,都是弯弯曲曲的田埂。庵,是因为有一个庵。庵叫菩提庵,可是大家叫讹了,叫成荸荠庵,连庵里的和尚也这样叫。"宝刹何处?"——"荸荠庵。"庵本来是住尼姑的。"和尚庙""尼姑庵"嘛。可是荸荠庵住的是和尚。也许因为荸荠庵不大,大者为庙,小者为庵。
　　明海在家叫小明子。他是从小就确定要出家的。他的家乡不叫"出家",叫"当和尚"。他的家乡出和尚。就像有的地方出劁猪的,有的地方出织席子的,有的地方出箍桶的,有的地方出弹棉花的,有的地方出画匠,有的地方出婊子,他的家乡出和尚。人家弟兄多,就派一个出去当和尚。当和尚也要通过关系,也有帮。这地方的和尚有的走得很远。有到杭州灵隐寺的、上海静安寺的、镇江金山寺的、扬州天宁寺的。一般的就在本县的寺庙。明海家田少,老大、老二、老三,就足够种的了。他是老四。他七岁那年,他当和尚的舅舅回家,他爹、他娘就和舅舅商议,决定叫他当和尚。他当时在旁边,觉得这实在是在情在理,没有理由反对。当和尚有很多好处。一是可以吃现成饭,哪个庙里都是管饭的。二是可以攒钱。只要学会了放瑜伽焰口,拜梁皇忏,可以按例分到辛苦钱。积攒起来,将来还俗娶亲也可以;不想还俗,买几亩田也可以。当和尚也不容易,一要面如朗月,二要声如钟磬,三要聪明记性好。他舅舅给他相了相面,叫他前走几步,后走几步,又叫他喊了一声赶牛打场的号子:"格当嘚——",说是"明子准能当个好和尚,我包了!"要当和尚,得下点本,——念几年书。哪有不认字的和尚呢!于是明子就开蒙入学,读了《三字经》《百家姓》《四言杂字》《幼学琼林》"上论下论""上孟下孟",每天还写一张仿。村里都夸他字写得好,很黑。
　　舅舅按照约定的日期又回了家,带了一件他自己穿的和尚领的短衫,叫明子娘改小一点,给明子穿上。明子穿了这件和尚短衫,下身还是在家穿的紫花裤子,赤脚穿了一双新布鞋,跟他爹、他娘磕了一个头,就随舅舅走了。

他上学时起了个学名,叫明海。舅舅说,不用改了。于是"明海"就从学名变成了法名。

过了一个湖。好大一个湖!穿过一个县城。县城真热闹:官盐店,税务局,肉铺里挂着成边的猪,一个驴子在磨芝麻,满街都是小磨香油的香味,布店,卖茉莉粉、梳头油的什么斋,卖绒花的,卖丝线的,打把式卖膏药的,吹糖人的,耍蛇的,……他什么都想看看。舅舅一劲地推他:"快走!快走!"

到了一个河边,有一只船在等着他们。船上有一个五十来岁的瘦长瘦长的大伯,船头蹲着一个跟明子差不多大的女孩子,在剥一个莲蓬吃。明子和舅舅坐到舱里,船就开了。

明子听见有人跟他说话,是那个女孩子。

"是你要到荸荠庵当和尚吗?"

明子点点头。

"当和尚要烧戒疤呕!你不怕?"

明子不知道怎么回答,就含含糊糊地摇了摇头。

"你叫什么?"

"明海。"

"在家的时候?"

"叫明子。"

"明子!我叫小英子!我们是邻居。我家挨着荸荠庵。——给你!"

小英子把吃剩的半个莲蓬扔给明海,小明子就剥开莲蓬壳,一颗一颗吃起来。

大伯一桨一桨地划着,只听见船桨泼水的声音:

"哗——许!哗——许!"

…………

荸荠庵的地势很好,在一片高地上。这一带就数这片地高,当初建庵的人很会选地方。门前是一条河。门外是一片很大的打谷场。三面都是高大的柳树。山门里是一个穿堂。迎门供着弥勒佛。不知是哪一位名士撰写了一副对联:

> 大肚能容容天下难容之事
> 开颜一笑笑世间可笑之人

弥勒佛背后,是韦驮。过穿堂,是一个不小的天井,种着两棵白果树。天井两边各有三间厢房。走过天井,便是大殿,供着三世佛。佛像连龛才四尺来高。大殿东边是方丈,西边是库房。大殿东侧,有一个小小的六角门,白门

绿字,刻着一副对联:

　　一花一世界
　　三藐三菩提

进门有一个狭长的天井,几块假山石,几盆花,有三间小房。

小和尚的日子清闲得很。一早起来,开山门,扫地。庵里的地铺的都是筜底方砖,好扫得很,给弥勒佛、韦驮烧一炷香,正殿的三世佛面前也烧一炷香、磕三个头,念三声"南无阿弥陀佛",敲三声磬。这庵里的和尚不兴做什么早课、晚课,明子这三声磬就全都代替了。然后,挑水,喂猪。然后,等当家和尚,即明子的舅舅起来,教他念经。

教念经也跟教书一样,师父面前一本经,徒弟面前一本经,师父唱一句,徒弟跟着唱一句。是唱哎。舅舅一边唱,一边还用手在桌上拍板。一板一眼,拍得很响,就跟教唱戏一样。是跟教唱戏一样,完全一样哎。连用的名词都一样。舅舅说,念经:一要板眼准,二要合工尺。说:当一个好和尚,得有条好嗓子。说:民国二十年闹大水,运河倒了堤,最后在清水潭合龙,因为大水淹死的人很多,放了一台大焰口,十三大师——十三个正座和尚,各大庙的方丈都来了,下面的和尚上百。谁当这个首座?推来推去,还是石桥——善因寺的方丈!他往上一坐,就跟地藏王菩萨一样,这就不用说了;那一声"开香赞",围看的上千人立时鸦雀无声。说:嗓子要练,夏练三伏,冬练三九,要练丹田气!说:要吃得苦中苦,方为人上人!说:和尚里也有状元、榜眼、探花!要用心,不要贪玩!舅舅这一番大法说得明海和尚实在是五体投地,于是就一板一眼地跟着舅舅唱起来:

"炉香乍爇——"

"炉香乍爇——"

"法界蒙薰——"

"法界蒙薰——"

"诸佛现金身……"

"诸佛现金身……"

…………

等明海学完了早经,——他晚上临睡前还要学一段,叫做晚经,——荸荠庵的师父们就都陆续起床了。

这庵里人口简单,一共六个人。连明海在内,五个和尚。

有一个老和尚,六十几了,是舅舅的师叔,法名普照,但是知道的人很少,因为很少人叫他法名,都称之为老和尚或老师父,明海叫他师爷爷。这是个很枯寂的人,一天关在房里,就是那"一花一世界"里。也看不见他念佛,只是那么一声不响地坐着。他是吃斋的,过年时除外。

下面就是师兄弟三个,仁字排行:仁山、仁海、仁渡。庵里庵外,有的称他们为大师父、二师父;有的称之为山师父、海师父。只有仁渡,没有叫他"渡师父"的,因为听起来不像话,大都直呼之为仁渡。他也只配如此,因为他还年轻,才二十多岁。

仁山,即明子的舅舅,是当家的。不叫"方丈",也不叫"住持",却叫"当家的",是很有道理的,因为他确确实实干的是当家的职务。他屋里摆的是一张账桌,桌子上放的是账簿和算盘。账簿共有三本。一本是经账,一本是租账,一本是债账。和尚要做法事,做法事要收钱,——要不,当和尚干什么?常做的法事是放焰口。正规的焰口是十个人。一个正座,一个敲鼓的,两边一边四个。人少了,八个,一边三个,也凑合了。荸荠庵只有四个和尚,要放整焰口就得和别的庙里合伙。这样的时候也有过。通常只是放半台焰口。一个正座,一个敲鼓,另外一边一个。一来找别的庙里合伙费事;二来这一带放得起整焰口的人家也不多。有的时候,谁家死了人,就只请两个,甚至一个和尚咕噜咕噜念一通经,敲打几声法器就算完事。很多人家的经钱不是当时就给,往往要等秋后才还。这就得记账。另外,和尚放焰口的辛苦钱不是一样的。就像唱戏一样,有份子。正座第一份。因为他要领唱,而且还要独唱。当中有一大段"叹骷髅",别的和尚都放下法器休息。只有首座一个人有板有眼地曼声吟唱。第二份是敲鼓的。你以为这容易呀?哼,单是一开头的"发擂",手上没功夫就敲不出迟疾顿挫!其余的,就一样了。这也得记上:某月某日、谁家焰口半台,谁正座,谁敲鼓……省得到年底结账时赌咒骂娘。……这庵里有几十亩庙产,租给人种,到时候要收租。庵里还放债。租、债一向倒很少亏欠,因为租佃借钱的人怕菩萨不高兴。这三本账就够仁山忙的了。另外香烛灯火、油盐"福食",这也得随时记记账呀。除了账簿之外,山师父的方丈的墙上还挂着一块水牌,上漆四个红字:"勤笔免思"。

仁山所说当一个好和尚的三个条件,他自己其实一条也不具备。他的相貌只要用两个字就说清楚了:黄、胖。声音也不像钟磬,倒像母猪。聪明么?难说,打牌老输。他在庵里从不穿袈裟,连海青直裰也免了。经常是披着件短僧衣,袒露着一个黄色的肚子。下面是光脚趿拉着一双僧鞋,——新鞋他也是趿拉着。他一天就是这样不衫不履地这里走走,那里走走,发出母猪一样的声音:"呣——呣——"。

二师父仁海。他是有老婆的。他老婆每年夏秋之间来住几个月,因为庵里凉快。庵里有六个人,其中之一,就是这位和尚的家眷。仁山、仁海叫她嫂子,明海叫她师娘。这两口子都很爱干净,整天的洗涮。傍晚的时候,坐在天井里乘凉。白天，闷在屋里不出来。

三师父是个很聪明精干的人。有时一笔账大师兄扒了半天算盘也算不清，他眼珠子转两转，早算得一清二楚。他打牌赢的时候多，二三十张牌落地，上下家手里有些什么牌，他就差不多都知道了。他打牌时，总有人爱在他后面看歪头胡。谁家约他打牌，就说"想送两个钱给你"。他不但经忏俱通（小庙的和尚能够拜忏的不多），而且身怀绝技，会"飞铙"。七月间有些地方做盂兰会，在旷地上放大焰口，几十个和尚，穿绣花袈裟，飞铙。飞铙就是把十多斤重的大铙钹飞起来。到了一定的时候，全部法器皆停，只几十副大铙紧张急促地敲起来。忽然起手，大铙向半空中飞去，一面飞，一面旋转。然后，又落下来，接住。接住不是平平常常地接住，有各种架势，"犀牛望月""苏秦背剑"……这哪是念经，这是耍杂技。也许是地藏王菩萨爱看这个，但真正因此快乐起来的是人，尤其是妇女和孩子。这是年轻漂亮的和尚出风头的机会。一场大焰口过后，也像一个好戏班子过后一样，会有一个两个大姑娘、小媳妇失踪，——跟和尚跑了。他还会放"花焰口"。有的人家，亲戚中多风流子弟，在不是很哀伤的佛事——如做冥寿时，就会提出放花焰口。所谓"花焰口"就是在正焰口之后，叫和尚唱小调，拉丝弦，吹管笛，敲鼓板，而且可以点唱。仁渡一个人可以唱一夜不重头。仁渡前几年一直在外面，近二年才常住在庵里。据说他有相好的，而且不止一个。他平常可是很规矩，看到姑娘媳妇总是老老实实的，连一句玩笑话都不说，一句小调山歌都不唱。有一回，在打谷场上乘凉的时候，一伙人把他围起来，非叫他唱两个不可。他却情不过，说："好，唱一个。不唱家乡的。家乡的你们都熟，唱个安徽的。"

> 姐和小郎打大麦，
> 一转子讲得听不得。
> 听不得就听不得，
> 打完了大麦打小麦。

唱完了，大家还嫌不够，他就又唱了一个：

> 姐儿生得漂漂的，
> 两个奶子翘翘的。
> 有心上去摸一把，
> 心里有点跳跳的。
> …………

这个庵里无所谓清规，连这两个字也没人提起。

仁山吃水烟，连出门做法事也带着他的水烟袋。

他们经常打牌。这是个打牌的好地方。把大殿上吃饭的方桌往门口一搭,斜放着,就是牌桌。桌子一放好,仁山就从他的方丈里把筹码拿出来,哗啦一声倒在桌上。斗纸牌的时候多,搓麻将的时候少。牌客除了师兄弟三人,常来的是一个收鸭毛的,一个打兔子兼偷鸡的,都是正经人。收鸭毛的担一副竹筐,串乡串镇,拉长了沙哑的声音喊叫:

"鸭毛卖钱——!"

偷鸡的有一件家什——铜蜻蜓。看准了一只老母鸡,把铜蜻蜓一丢,鸡婆子上去就是一口。这一啄,铜蜻蜓的硬簧绷开,鸡嘴撑住了,叫不出来了。正在这鸡十分纳闷的时候,上去一把薅住。

明子曾经跟这位正经人要过铜蜻蜓看看。他拿到小英子家门前试了一试,果然! 小英的娘知道了,骂明子:

"要死了! 儿子! 你怎么到我家来玩铜蜻蜓了!"

小英子跑过来:

"给我! 给我!"

她也试了试,真灵,一个黑母鸡一下子就把嘴撑住,傻了眼了!

下雨阴天,这二位就光临荸荠庵,消磨一天。

有时没有外客,就把老师叔也拉出来,打牌的结局,大都是当家和尚气得鼓鼓的:"×妈妈的! 又输了! 下回不来了!"

他们吃肉不瞒人。年下也杀猪。杀猪就在大殿上。一切都和在家人一样,开水、木桶、尖刀。捆猪的时候,猪也是没命地叫。跟在家人不同的,是多一道仪式,要给即将升天的猪念一道"往生咒",并且总是老师叔念,神情很庄重:

"……一切胎生、卵生、息生,来从虚空来,还归虚空去。往生再世,皆当欢喜。南无阿弥陀佛!"

三师父仁渡一刀子下去,鲜红的猪血就带着很多沫子喷出来。

…………

明子老往小英子家里跑。

小英子的家像一个小岛,三面都是河,西面有一条小路通到荸荠庵。独门独户,岛上只有这一家。岛上有六棵大桑树,夏天都结大桑椹,三棵结白的,三棵结紫的;一个菜园子,瓜豆蔬菜,四时不缺。院墙下半截是砖砌的,上半截是泥夯的。大门是桐油油过的,贴着一副万年红的春联:

> 向阳门第春常在
> 积善人家庆有余

门里是一个很宽的院子。院子里一边是牛屋、碓棚;一边是猪圈、鸡窠,还有个关鸭子的栅栏。露天地放着一具石磨。正北面是住房,也是砖基土筑,上面盖的一半是瓦,一半是草。房子翻修了才三年,木料还露着白茬。正中是堂屋,家神菩萨的画像上贴的金还没有发黑。两边是卧房。隔扇窗上各嵌了一块一尺见方的玻璃,明亮亮的,——这在乡下是不多见的。房檐下一边种着一棵石榴树,一边种着一棵栀子花,都齐房檐高了。夏天开了花,一红一白,好看得很。栀子花香得冲鼻子。顺风的时候,在荸荠庵都闻得见。

这家人口不多。他家当然是姓赵,一共四口人:赵大伯、赵大妈,两个女儿,大英子、小英子。老两口没有儿子。因为这些年人不得病,牛不生灾,也没有大旱大水闹蝗虫,日子过得很兴旺。他们家自己有田,本来够吃的了,又租种了庵上的十亩田。自己的田里,一亩种了荸荠,——这一半是小英子的主意,她爱吃荸荠,一亩种了茨菰。家里喂了一大群鸡鸭,单是鸡蛋鸭毛就够一年的油盐了。赵大伯是个能干人。他是一个"全把式",不但田里场上样样精通,还会罩鱼、洗磨、凿砻、修水车、修船、砌墙、烧砖、箍桶、劈篾、绞麻绳。他不咳嗽,不腰疼,结结实实,像一棵榆树。人很和气,一天不声不响。赵大伯是一棵摇钱树,赵大娘就是个聚宝盆。大娘精神得出奇。五十岁了,两个眼睛还是清亮亮的。不论什么时候,头都是梳得滑溜溜的,身上衣服都是格挣挣的。像老头子一样,她一天不闲着。煮猪食,喂猪,腌咸菜,——她腌的咸萝卜干非常好吃,舂粉子,磨小豆腐,编蓑衣,织芦筐。她还会剪花样子。这里嫁闺女,陪嫁妆,磁坛子、锡罐子,都要用梅红纸剪出吉祥花样,贴在上面,讨个吉利,也才好看:"丹凤朝阳"呀、"白头到老"呀、"子孙万代"呀、"福寿绵长"呀。二三十里的人家都来请她:"大娘,好日子是十六,你哪天去呀?"——"十五,我一大清早就来!"

"一定呀!"——"一定!一定!"

两个女儿,长得跟她娘像一个模子里托出来的。眼睛长得尤其像,白眼珠鸭蛋青,黑眼珠棋子黑,定神时如清水,闪动时像星星。浑身上下,头是头,脚是脚。头发滑溜溜的,衣服格挣挣的。——这里的风俗,十五六岁的姑娘就都梳上头了。这两个丫头,这一头的好头发!通红的发根,雪白的簪子!娘女三个去赶集,一集的人都朝她们望。

姐妹俩长得很像,性格不同。大姑娘很文静,话很少,像父亲。小英子比她娘还会说,一天咕咕呱呱地不停。大姐说:

"你一天到晚咕咕呱呱——"

"像个喜鹊!"

"你自己说的!——吵得人心乱!"

"心乱？"

"心乱！"

"你心乱怪我呀！"

二姑娘话里有话。大英子已经有了人家。小人她偷偷地看过，人很敦厚，也不难看，家道也殷实，她满意。已经下过小定，日子还没有定下来。她这二年，很少出房门，整天赶她的嫁妆。大裁大剪，她都会。挑花绣花，不如娘。她可又嫌娘出的样子太老了。她到城里看过新娘子，说人家现在绣的都是活花活草。这可把娘难住了。最后是喜鹊忽然一拍屁股："我给你保举一个人！"

这人是谁？是明子。明子念"上孟下孟"的时候，不知怎么得了半套《芥子园》，他喜欢得很。到了荸荠庵，他还常翻出来看，有时还把旧账簿子翻过来，照着描。小英子说：

"他会画！画得跟活的一样！"

小英子把明海请到家里来，给他磨墨铺纸，小和尚画了几张，大英子喜欢得了不得：

"就是这样！就是这样！这就可以乱孱！"——所谓"乱孱"是绣花的一种针法；绣了第一层，第二层的针脚插进第一层的针缝，这样颜色就可由深到淡，不露痕迹，不像娘那一代绣的花是平针，深浅之间，界限分明，一道一道的。小英子就像个书童，又像个参谋：

"画一朵石榴花！"

"画一朵栀子花！"

她把花掐来，明海就照着画。

到后来，凤仙花、石竹子、水蓼、淡竹叶、天竺果子、腊梅花，他都能画。

大娘看着也喜欢，搂住明海的和尚头：

"你真聪明！你给我当一个干儿子吧！"

小英子捺住他的肩膀，说：

"快叫，快叫！"

小明子跪在地下磕了一个头，从此就叫小英子的娘做干娘。

大英子绣的三双鞋，三十里方圆都传遍了。很多姑娘都走路坐船来看。看完了，就说"啧啧啧，真好看！这哪是绣的，这是一朵鲜花！"她们就拿了纸来央大娘求了小和尚来画。有求画帐檐的，有求画门帘飘带的，有求画鞋头花的。每回明子来画花，小英子就给他做点好吃的，煮两个鸡蛋，蒸一碗芋头，煎几个藕团子。

因为照顾姐姐赶嫁妆，田里的零碎生活小英子就全包了。她的帮手，是明子。

这地方的忙活是栽秧、车高田水、薅头遍草,再就是割稻子、打场了。这几茬重活,自己一家是忙不过来的。这地方兴换工。排好了日期,几家顾一家,轮流转。不收工钱,但是吃好的。一天吃六顿,两头见肉,顿顿有酒。干活时,敲着锣鼓,唱着歌,热闹得很。其余的时候,各顾各,不显得紧张。

薅三遍草的时候,秧已经很高了,低下头看不见人。一听见非常脆亮的嗓子在一片浓绿里唱:

  栀子哎开花哎六瓣头哎……
  姐家哎门前哎一道桥哎……

明海就知道小英子在哪里,三步两步就赶到,赶到就低头薅起草来。傍晚牵牛"打汪",是明子的事。——水牛怕蚊子。这里的习惯,牛卸了轭,饮了水,就牵到一口和好泥水的"汪"里,由它自己打滚扑腾,弄得全身都是泥浆,这样蚊子就咬不透了。低田上水,只要一挂十四轧的水车,两个人车半天就够了。明子和小英子就伏在车杠上,不紧不慢地踩着车轴上的拐子,轻轻地唱着明海向三师父学来的各处山歌。打场的时候,明子能替赵大伯一会,让他回家吃饭。——赵家自己没有场,每年都在荸荠庵外面的场上打谷子。他一扬鞭子,喊起了打场号子:

"格当嘚——"

这打场号子有音无字,可是九转十三弯,比什么山歌号子都好听。赵大娘在家,听见明子的号子,就侧起耳朵:

"这孩子这条嗓子!"

连大英子也停下针线:

"真好听!"

小英子非常骄傲地说:

"一十三省数第一!"

晚上,他们一起看场。——荸荠庵收来的租稻也晒在场上。他们并肩坐在一个石磙子上,听青蛙打鼓,听寒蛇唱歌,——这个地方以为蝼蛄叫是蚯蚓叫,而且叫蚯蚓叫"寒蛇",听纺纱婆子不停地纺纱,"唦——",看萤火虫飞来飞去,看天上的流星。

"呀! 我忘了在裤带上打一个结!"小英子说。

这里的人相信,在流星掉下来的时候在裤带上打一个结,心里想什么好事,就能如愿。

…………

"捋"荸荠,这是小英子最爱干的生活。秋天过去了,地净场光,荸荠的叶子枯了,——荸荠的笔直的小葱一样的圆叶子里是一格一格的,用手一捋，哗哗地响，小英子最爱捋着玩，——荸荠藏在烂泥里。赤了脚，在凉浸浸滑溜溜的泥里踩着，——哎，一个硬疙瘩！伸手下去，一个红紫红紫的荸荠。她自己爱干这生活，还拉了明子一起去。她老是故意用自己的光脚去踩明子的脚。

她挎着一篮子荸荠回去了，在柔软的田埂上留下一串脚印，明海看着她的脚印，傻了。五个小小的趾头，脚掌平平的，脚跟细细的，脚弓部分缺了一块。明海身上有一种从来没过的感觉，他觉得心里痒痒的。这一串美丽的脚印把小和尚的心搞乱了。

…………

明子常搭赵家的船进城，给庵里买香烛，买油盐。闲时是赵大伯划船；忙时是小英子去，划船的是明子。

从庵赵庄到县城，当中要经过一片很大的芦花荡子。芦苇长得密密的，当中一条水路，四边不见人。划到这里，明子总是无端端地觉得心里很紧张，他就使劲地划桨。

小英子喊起来：

"明子！明子！你怎么啦？你发疯啦？为什么划得这么快？"

…………

明海到善因寺去受戒。

"你真的要去烧戒疤呀？"

"真的。"

"好好的头皮上烧八个洞，那不疼死啦？"

"咬咬牙。舅舅说这是当和尚的一大关，总要过的。"

"不受戒不行吗？"

"不受戒的是野和尚。"

"受了戒有啥好处？"

"受了戒就可以到处云游、逢寺挂褡。"

"什么叫'挂褡'？"

"就是在庙里住。有斋就吃。"

"不把钱？"

"不把钱。有法事，还得先尽外来的师父。"

"怪不得都说'远来的和尚会念经'。就凭头上这几个戒疤？"

"还要有一份戒牒。"

"闹半天，受戒就是领一张和尚的合格文凭呀！"

"就是!"

"我划船送你去。"

"好。"

小英子早早就把船划到荸荠庵门前。不知是什么道理,她兴奋得很。她充满了好奇心,想去看看善因寺这座大庙,看看受戒是个啥样子。

善因寺是全县第一大庙,在东门外,面临一条水很深的护城河,三面都是大树,寺在树林子里,远处只能隐隐约约看到一点金碧辉煌的屋顶,不知道有多大。树上到处挂着"谨防恶犬"的牌子。这寺里的狗出名的厉害。平常不大有人进去。放戒期间,任人游看,恶狗都锁起来了。

好大一座庙!庙门的门坎比小英子的肌膝都高。迎门矗着两块大牌,一边一块,一块写着斗大两个大字:"放戒",一块是:"禁止喧哗",这庙里果然是气象庄严,到了这里谁也不敢大声咳嗽。明海自去报名办事,小英子就到处看看。好家伙,这哼哈二将、四大天王,有三丈多高,都是簇新的,才装修了不久。天井有二亩地大,铺着青石,种着苍松翠柏。"大雄宝殿",这才真是个"大殿"!一进去,凉飕飕的。到处都是金光耀眼。释迦牟尼佛坐在一个莲花座上。单是莲座,就比小英子还高。抬起头来也看不全他的脸,只看到一个微微闭着的嘴唇和胖墩墩的下巴。两边的两根大红蜡烛,一搂多粗。佛像前的大供桌上供着鲜花、绒花、绢花,还有珊瑚树、玉如意、整棵的大象牙。香炉里烧着檀香。小英子出了庙,闻着自己的衣服都是香的。挂了好些幡。这些幡不知是什么缎子的,那么厚重,绣的花真细。这么大一口磬,里头能装五担水!这么大一个木鱼,有一头牛大,漆得通红的。她又去转了转罗汉堂,爬到千佛楼上看了看。真有一千个小佛!她还跟着一些人去看了看藏经楼。藏经楼没有什么看头,都是经书!妈吔!逛了这么一圈,腿都酸了。小英子想起还要给家里打油,替姐姐配丝线,给娘买鞋面布,给自己买两个坠围裙飘带的银蝴蝶,给爹买旱烟,就出庙了。

等把事情办齐,晌午了。她又到庙里看了看,和尚正在吃粥。好大一个"膳堂",坐得下八百个和尚。吃粥也有这样多讲究:正面法座上摆着两个锡胆瓶,里面插着红绒花,后面盘膝坐着一个穿了大红满金绣袈裟的和尚,手里拿了戒尺。这戒尺是要打人的。哪个和尚吃粥吃出了声音,他下来就是一戒尺。不过他并不真的打人,只是做个样子。真稀奇,那么多的和尚吃粥,竟然不出一点声音!她看见明子也坐在里面,想跟他打个招呼又不好打。想了想,管他禁止不禁止喧哗,就大声喊了一句:"我走啦!"她看见明子目不斜视地微微点了点头,就不管很多人都朝自己看,大摇大摆地走了。

第四天一大清早小英子就去看明子。她知道明子受戒是第三天半夜,——烧戒疤是不许人看的。她知道要请老剃头师傅剃头,要剃得横摸顺摸都摸不出头发茬子,要不然一烧,就会"走"了戒,烧成了一片。她知道是用枣泥子先点在头皮上,然后用香头子点着。她知道烧了戒疤就喝一碗蘑菇汤,让它"发",还不能躺下,要不停地走动,叫做"散戒"。这些都是明子告诉她的。明子是听舅舅说的。

她一看,和尚真在那里"散戒",在城墙根底下的荒地里。一个一个,穿了新海青,光光的头皮上都有八个黑点子。——这黑疤掉了,才会露出白白的、圆圆的"戒疤"。和尚都笑嘻嘻的,好像很高兴。她一眼就看见了明子。隔着一条护城河,就喊他:

"明子!"

"小英子!"

"你受了戒啦?"

"受了。"

"疼吗?"

"疼。"

"现在还疼吗?"

"现在疼过去了。"

"你哪天回去?"

"后天。"

"上午?下午?"

"下午。"

"我来接你!"

"好!"

…………

小英子把明海接上船。

小英子这天穿了一件细白夏布上衣,下边是黑洋纱的裤子,赤脚穿了一双龙须草的细草鞋,头上一边插着一朵栀子花,一边插着一朵石榴花。她看见明子穿了新海青,里面露出短褂子的白领子,就说:"把你那外面的一件脱了,你不热呀!"

他们一人一把桨。小英子在中舱,明子扳艄,在船尾。

她一路问了明子很多话,好像一年没有看见了。

她问,烧戒疤的时候,有人哭吗?喊吗?

明子说,没有人哭,只是不住地念佛,有个山东和尚骂人:

"俺日你奶奶!俺不烧了!"

她问善因寺的方丈石桥是相貌和声音都很出众吗?

"是的。"

"说他的方丈比小姐的绣房还讲究?"

"讲究。什么东西都是绣花的。"

"他屋里很香?"

"很香。他烧的是伽楠香,贵得很。"

"听说他会做诗,会画画,会写字?"

"会。庙里走廊两头的砖额上,都刻着他写的大字。"

"他是有个小老婆吗?"

"有一个。"

"才十九岁?"

"听说。"

"好看吗?"

"都说好看。"

"你没看见?"

"我怎么会看见? 我关在庙里。"

明子告诉她,善因寺一个老和尚告诉他,寺里有意选他当沙弥尾,不过还没有定,要等主事的和尚商议。

"什么叫'沙弥尾'"?

"放一堂戒,要选出一个沙弥头,一个沙弥尾。沙弥头要老成,要会念很多经。沙弥尾要年轻,聪明,相貌好。"

"当了沙弥尾跟别的和尚有什么不同?"

"沙弥头,沙弥尾,将来都能当方丈。现在的方丈退居了,就当。石桥原来就是沙弥尾。"

"你当沙弥尾吗?"

"还不一定哪。"

"你当方丈,管善因寺? 管这么大一个庙?!"

"还早呐!"

划了一气,小英子说:"你不要当方丈!"

"好,不当。"

"你也不要当沙弥尾!"

"好,不当。"

又划了一气,看见那一片芦花荡子了。

小英子忽然把桨放下,走到船尾,趴在明子的耳朵旁边,小声地说:

"我给你当老婆,你要不要?"

明子眼睛鼓得大大的。

"你说话呀!"

明子说:"嗯。"

"什么叫'嗯'呀! 要不要,要不要?"

明子大声地说:"要!"

"你喊什么!"

明子小小声说:"要——!"

"快点划!"

英子跳到中舱,两只桨飞快地划起来,划进了芦花荡。

芦花才吐新穗。紫灰色的芦穗,发着银光,软软的,滑溜溜的,像一串丝线。有的地方结了蒲棒,通红的,像一枝一枝小蜡烛。青浮萍,紫浮萍。长脚蚊子,水蜘蛛。野菱角开着四瓣的小白花。惊起一只青桩(一种水鸟),擦着芦穗,扑鲁鲁鲁飞远了。

…………

  一九八〇年八月十二日,写四十三年前的一个梦
      (初载《北京文学》1980 年第 10 期)

路 遥

人生(第三章、第四章)

第三章

吃过早饭不久,在大马河川道通往县城的简易公路上,已经开始出现了熙熙攘攘去赶集的庄稼人。由于这两年农村政策的变化,个体经济有了大发展,赶集上会、买卖生意,已经重新成了庄稼人生活的重要内容。

公路上,年轻人骑着用彩色塑料缠绕得花花绿绿的自行车,一群一伙地奔驰而过。他们都穿上了崭新的"见人"衣裳,不是涤卡,就是的确良,看起来时兴得很。粗糙的庄稼人的赤脚片上,庄重地穿上尼龙袜和塑料凉鞋。脸洗得干干净净,头梳得光光溜溜,兴高采烈地去县城露面:去逛商店,去看戏,去买时兴货,去交朋友,去和对象见面……

更多的庄稼人大都是肩挑手提:担柴的,挑菜的,吆猪的,牵羊的,提蛋的,抱鸡的,拉驴的,推车的;秤匠、鞋匠、铁匠、木匠、石匠、箩匠、毡匠、箍锅匠、泥瓦匠、游医、巫婆、赌棍、小偷、吹鼓手、牲口贩子……都纷纷向县城涌去了。川北山根下的公路上,蹚起了一股又一股的黄尘。

当高加林挽着一篮子蒸馍加入这个洪流的时候,他立刻后悔起来。他感到自己突然变成一个真正的乡巴佬了。他觉得公路上前前后后的人都朝他看。他,一个曾经是潇潇洒洒的教师,现在却像一个农村老太婆一样,上集卖蒸馍去了!他的心难受得像无数虫子在咬着。

但这一切是毫无办法的。严峻的生活把他赶上了这条尘土飞扬的路。他不得不承认,他现在只能这样开始新的生活。家里已经连买油量盐的钱都没了,父母亲那么大的年纪都还整天为生活苦熬苦累,他一个年轻轻的后生,怎好意思一股劲呆下吃闲饭呢?

他提着蒸馍篮子,头尽量低着,什么也不看,只瞅着脚下的路,匆匆地向县城走。路上,他想起父亲临走时安咐他,叫他卖馍时要吆喝。他的脸立刻感到火辣辣地发烧。天啊,他怎能喊出声来!

"可是,"他想,"如果我不叫卖,谁知道我提这蒸馍是干啥哩?"

走到一个小沟岔的时候,高加林突然想:干脆让我先跑到这没人的拐沟里试验喊叫一下,到城里好习惯一些嘛!

他满脸通红朝公路两头望了望,见没什么人,于是就像做一件见不得人的事一样,匆忙地折身走进了公路边的那条拐沟里。

他在这荒沟里走了好一段路,直到看不见公路的时候才站住。

他站住,口张了一下,但没勇气喊出声来。又张了一下口,还是不行。短短的时间里,汗水已经沁满了他的额头。四野里静悄悄的,几只雪白的蝴蝶在他面前一丛淡蓝色的野花里安详地飞着;两面山坡上茂密的苦艾发出一股新鲜刺鼻的味道。高加林感到整个大地都在敛声屏气地等待他那一声"白蒸馍哎——!"

啊呀,这是多么的难人!他感到就像要在大庭广众面前学一声狗叫唤一样受辱。

他用手背擦了一下额头的汗水,决心下一声非喊出来不可!他狠狠地咽了一口唾沫,把眼一闭,张开嘴怪叫一声:"白蒸馍哎——"

他听见四山里都在回荡着他那一声演戏般的、悲哀的喊叫声。他牙咬住嘴唇,强忍着没让眼里的泪花子溢出来。

他直愣愣地在这个荒沟野地里站了老半天,才难受地回到公路上,继续向县城走去。从他们村到县城只有十来里路,但他感到这段路是多么的漫长和艰难。他知道,更大的困难还在前头——在那万头攒动的集市上!

当他走到大马河与县河交汇的地方,县城的全貌已经出现在视野之内了。一片平房和楼房交织的建筑物,高低错落,从半山坡一直延伸到河岸上。亲爱的县城还像往日一样,灰蓬蓬地显出了它那诱人的魅力。他没有走过更大的城市,县城在他的眼里就是大城市,就是别一番天地。他对这里的一切都是熟悉的,亲切的;从初中到高中,他都是在这里度过。他对自己和社会的深入认识,对未来生活的无数梦想,都是在这里开始的。学校、街道、电影院、商店、浴池、体育场……生活是多么的丰富多彩!可是,三年前,他就和这一切告别了……

现在,他又来了。再不是当年的翩翩少年,衣服整洁而笔挺,满身的香皂味,胸前骄傲地别着本县最高学府的校徽。他现在提着蒸馍篮子,是一个普通的赶集的庄稼人了。

往事的回忆使他心酸。他靠在大马河桥的石栏杆上,感到头有点眩晕起来。四面八方赶集的人群正源源不绝地通过大桥,进了街道。远处城市中心街道的上空,腾起很大一片灰尘,嘈杂的市声听起来像蜂群发出的嗡嗡声一般。

他猛然想到一个更糟糕的问题:要是碰上他在县城的同学怎么办?

他下意识地抬起头,先慌忙朝前后看了看。这时候他才真正后悔赶这趟集了。一般的赶集倒也没什么,可他是来卖蒸馍的呀!

现在折回去吗,可这怎行呢!他已经走到了县城。再说,家里连一点零花钱都没有了,这样回去,父母亲虽然不会说什么,但他们肯定心里会难受的——不仅为这篮没卖掉的蒸馍,更为他的没出息而难受!

"不,"他想,"我既然来了,就是硬着头皮也要到集上去!"当然,他也在心里祷告,千万不要碰上县城里的同学。

他很快提起篮子,过了桥,向街道上走去。他准备穿过街道,到南关里去。那里是猪市、粮食市和菜市,人很稠,除过买菜的干部,大部分都是庄稼人,不显眼。

当他路过汽车站候车室外面的马路时,脸刷一下白了——白了的脸很快又变得通红。他感到全身的血一下都向脸上涌上来了:他猛然看见他高中时的同班同学黄亚萍和张克南正站在候车室门口。躲是来不及了,他俩显然也看见了他,已经先后向他走过来了。

高加林恨不得把这篮子馍一下扔到一个人所不知的地方。张克南和黄亚萍很快走到他面前了,他只好伸出空着的那只手和克南握了握手。

他俩问他提个篮子干啥去呀?他即兴撒了个谎,说去城南一个亲戚家里走一趟。

黄亚萍很热情地对他说:"加林,你进步真大呀!我看见你在地区报上发表的那几篇散文啦!真不简单!文笔很优美,我都在笔记本上抄了好几段呢!"

"你还在马店教书吗?"克南问他。

他摇摇头,苦笑了一下说:"已经被大队书记的儿子换下来了,现在已经回队当了社员。"

黄亚萍立刻焦虑地说:"那你学习和写文章的时间更少了!"

高加林解嘲地说:"时间更多了!不是有一个诗人写诗说:'我们用镢头在大地上写下了无数的诗行'吗?"

他的幽默把他的两个同学都逗笑了。

"你们出差去吗?"加林问他们俩。他隐约地感到,他两个的关系似乎有点微妙。在中学时,他俩的关系倒也很一般。

"我不出去。克南要到北京给他们单位买彩色电视机。我是闲逛哩……"黄亚萍说着,似乎有点不好意思。

"你还在副食公司当保管吗?"加林问克南。

"不。前不久刚调到副食门市上。"克南说。

"高升了!当了门市部主任!不过,前面还有个副字!"亚萍有点嘲弄地看了看克南,不以为然地撇了一下嘴。

"要买什么烟酒一类的东西,你来,我尽量给你想办法。我这人没其它能耐,就能办这么些具体事。唉,现在乡下人买一点东西真难!"克南对他说。

尽管张克南这些话都是真诚的,但高加林由于他自己的地位,对这些话却敏感了。他觉得张克南这些话是在夸耀自己的优越感。他的自尊心太强了,因此精神立刻处于一种藐视一切的状态,稍有点不客气地说:"要买我想其它办法,不敢给老同学添麻烦!"

一句话把张克南刺了个大红脸。

黄亚萍也是个灵人,已经听出他俩话不投机,便对高加林说:"你下午要是有空,上我们广播站来坐坐嘛!你毕业后,进县城从不来找我们拉拉话。你还是那个样子,脾气真犟!"

"你们现在位置高了,咱区区老百姓,实在不敢高攀!"加林的坏毛病又犯了!一旦他感到自己受了辱,话立刻变得非常刻薄,简直叫人下不了台。

张克南已经明显地有点受不了了,正好车站的广播员让旅客排队买票,这一下把大家都解脱了。

克南马上和他握了手,先走了。亚萍犹豫了一下,对他说:"……我真的想和你拉拉话。你知道,我也爱好文学,但这几年当个广播员,光练了嘴皮子了,连一篇小小的东西都写不成,你一定来!"

她的邀请是真诚的,但高加林不知为什么,心里感到很不舒服。他对亚萍说:"有空我会来的。你快去送克南吧,我走了。"

黄亚萍的脸唰一下红了,说:"我不是去送他的!我来车站接一个老家来的亲戚……"她显然也即兴撒了个谎。加林心里想:你根本没必要撒谎!

高加林再不说什么,他向她很礼貌地点点头,便转身向街道上走去。他一边走,一边心里为他和亚萍各自撒的谎感到好笑,忍不住自言自语说:"你去接你的'亲戚'吧,我也得看我的'亲戚'去了……"

但是,刚才和克南、亚萍的见面,很快又勾起了他对往日学校生活的回忆。

在学校时,亚萍是班长,他是学习干事,他们之间的交往是比较多的。他俩也是班上学习最好的,又都爱好文学,互相都很尊重。他和克南平时不是太接近的,因为都在校篮球队,只是打球的时候才在一块交往得多一些。

黄亚萍是江苏人,她父亲是县武装部长和县委常委。亚萍是在他刚上高中的那年随父亲调来县上,插入他那个班的。她带有鲜明的南方姑娘的特点,又经见过世面;那种聪敏、大方和不俗气,立刻在整个学校都很惹眼了。高加林虽然出身农民家庭,也没走过大城门,但平时读书涉猎的范围很广;又由于山区闭塞的环境反而刺激了他爱幻想的天性,因而显得比一般同学飘洒,眼界也宽阔。黄亚萍很快发现了他的这种气质,很自然地在班上更接近他。他同样也喜欢和她在一块儿。因为在这之前,他还没有接触过这样的女生。本地女同学和黄亚萍相比,都有点不大方,有的又很俗气,动不动就说吃说穿,学习大部分都赶不上男同学,他很少和她们交往。他俩有时在一块儿讨论共同看过的一本小说,或者说音乐,说绘画,谈论国际问题。班上的同学一度曾议论过他们的长长短短。他当时并不敢想什么出边的事。他和黄亚萍相比,有难以克服的自卑感。这不是说他个人比她差,而是指家庭、经济条件和社会地位这些方面而言。在这些方面,张克南全部有。克南父亲是县商业局长,他母亲也是县药材公司的副经理,在县上都是很像样的人物。当时克南也对亚萍有好感,经常设法和她接近,但看出她并没有和他过多交往的愿望。

很快,高中毕业了。他们班一个也没有考上大学。农村户口的同学都回了农村,城市户口的纷纷寻门路找工作。亚萍凭她一口高水平的普通话到了县广播站,当了播音员。克南在县副食公司当了保管。生活的变化使他们很快就隔开很远了,尽管他们相距只有十来里路,但在实际生活中,他们已经是在两个世界了。

高加林回村后,起初每当听见黄亚萍清脆好听的普通话播音的时候,总有一种很惆怅的感觉,就好像丢了一件贵重的东西,而且没指望找回来了。后来,这一切都渐渐地淡漠了。只是不知什么时候,他隐约听另外村一个同学说,黄亚萍可能正和张克南谈恋爱时,他才又莫名其妙地难受了一下。以后他便很快把这一切都推得更远了,很长时间甚至没有想到过他们……

他刚才碰见他们,感到很晦气。他现在一边提着蒸馍篮子往热闹的集市中间走,一边眼睛灵活地转动着,以防再碰上城里工作的同学。

刚到十字街口,接近人流漩涡的地方,他又碰到了一个熟人!

不过,这回他倒没什么恐慌。当他们城关公社文教专干马占胜有点尴尬地过来和他握手时,他这一刻不觉得胳膊上挽的蒸馍篮子丢人了——哼!让他看看吧,正是他们把他逼到了这个地步!

当专干问他干啥时,他很干脆地告诉他:卖蒸馍!他并且从篮子里取出一个来,硬往马占胜手里塞;他感到他拿的是一颗冒烟的、带有强烈报复性的手榴弹!

马占胜两只手慌忙把这个蒸馍捉住,又重新硬塞到篮子里,手在已经有了胡茬的脸上摸了一把,显得很难受的样子说:

"加林!你大概一直在心里恨我哩!我一肚子苦水无处倒哇!有些话,我真想给你说,又不好说!现在你听我给你说。"马占胜把高加林拉在

十字街自行车修理部的一个拐角处,又摸了一把脸,放低声音说:

"唉,好加林哩!你不知情!咱公社的赵书记和你们村的高明楼是十几年的老交情了。别看是上下级关系,两人好得不分你我。前几年,明楼家没什么要安排的人,就一直让你教书。今年他二小子高中毕业了,他在公社跑了几回,老赵当然要考虑。你知道,这几年国民经济调整哩,国家在农村又不招工招干,因此农村把民办教师这工作看得很重要。明楼当然想叫他小子干这事嘛!下另外村子的教师,人家谁让哩?因此,就只好把你下了,让三星上。这事虽然是我在会上宣布的,可这不是我决定的嘛!我马占胜哪有这么大的牛皮!因此,好加林哩,你千万不要恨我!"

高加林心不在焉地用手指头理了理头发,对专干说:"老马,你太多心了。你不说,我也都了解这些情况。我们共事几年了,你应该了解我。"

"我当然了解啦!全公社教师里面,你是拔尖的!再说,你这娃娃心眼活,性子硬,我就喜欢这号人。不怕!……噢,我忘记告诉你了,我已经调到县政府的劳动局,算是提拔了,当了个副局长。我前几天还给公社赵书记谈过,叫他有机会就考虑再让你当教师。赵书记满口答应了……不怕!你等着!……你快忙你的,我还要开个会哩。新官上任三把火!咱烧不起来火,最起码得按时给人家应酬嘛!……"

马占胜说完,手在脸上摸了一把,和高加林握了一下手,像逃避什么似的很快就钻到了人群里。

高加林因为一直就对这个公社有名的滑头没有好感,所以基本上没认真听他说了些什么。他现在只知道他离开了城关公社,高升到县政府了。但这些和他有什么关系呢?他现在最要紧的是把胳膊上挽的这篮子蒸馍卖掉!

高加林很快从街道里的人群中挤过,向南关的交易市场走去。

第四章

县城南关的交易市场热闹得简直叫人眼花缭乱。一大片空场地,挤满了各式各样买卖东西的人。以菜市、猪市、牲口市和熟食摊为主,形成了四个基本的中心。另一个最大的人群中心是河南一个什么县的驯兽表演团,用破旧的蓝布围了一个大圈当剧场,庄稼人挤破脑袋两毛钱买一张票,去看狗熊打篮球,哈巴狗跳罗圈。市场上弥漫着灰尘,噪音像洪水声一般喧嚣,到处充满了庄稼人的烟味和汗味。

高加林提着那篮子馍,从本县那条主要的大街上满头大汗地挤过来,就投入到这个闹哄哄的人海里了。

他提着篮子在人群里瞎挤了一气,自己也不知道该到哪里去。他是个讲卫生的人,雪白的毛巾一直把馍篮子盖得严严的,生怕落进去灰尘。谁也看不出他是个干什么的,有几次他试图把口张开,喊叫一声,但怎么也喊不出声音来。他听见市场上所有卖东西的人都在吆喝,尤其是一些生意油子,那叫卖的声音简直成了一种表演艺术。他以前听见这样的喊叫,只觉得好笑。可现在他在心里很佩服这种什么也不顾忌的欢畅舒坦的叫喊声;觉得也是一种很大的本事。他自己明显地感到,他在这个世界里,成了一个最无能的人。

正当他在人堆里茫然乱挤的时候,听见背后有个妇女对旁边一个什么人说:"今儿个死老头子又要喝酒,请下一堆客人,热得不想做饭,国营食堂的馍又黑又脏,串了半天,这市场上还没个卖好白馍的……"

高加林一听,赶忙转过身,准备把蒸馍上的毛巾揭开。可他身子刚转过去,马上又转了过来,慌忙躲到一个卖木锨的老汉身后——他看见那个寻找着买馍的妇女正好是张克南他妈!以前上学时,他去过克南家一两次,克南他妈认识他!

可怜的小伙子像小偷一样藏在那个卖木锨的老汉背后,直等到看不见克南他妈才又走动起来。也许克南他妈早认不得他了,但他的自尊心使他不能和这样一个过去认识的人做这笔买卖。

这时候,满城的高音喇叭响了起来。喇叭里传来了黄亚萍预报节目的声音。亚萍的声音通过扩音器,变得更庄重而柔和;普通话的水平简直可以和中央台的女播音员乱真。

高加林疲乏地背靠在一根水泥电杆上,两道剑眉在眉骨上一跳一跳的。他眼睛微微地闭住,牙齿咬着嘴唇。他想到克南此刻也许正在长途汽车上悠闲地观赏着原野上的风光;黄亚萍正坐在漂亮的播音室里,高雅地念着广播稿……而他,却在这尘土飞扬的市场上颠簸着为几个钱受屈受辱,心里顿时翻起了一股苦涩的味道。

他已经完全无心卖馍了。他决定离开这个他无能为力的场所,到一个稍微清静的地方呆一会儿。至于馍卖不了怎么办,现在他也不想考虑了。

到哪里去呢?他突然想起了他已经久违的县文化馆阅览室。

他很快又从大街里挤过来,来到十字街以北的县文化馆。因为他爱好文学,文化馆他有几个熟人,本来想进去喝点水,但他很快又打消了这个念头——他今天怕见任何熟人!

他径直进了阅览室,把馍篮放在长椅的角上,从报架上把《人民日报》《光明日报》《中国青年报》《参考消息》和本省的报纸取了一堆,坐在椅子上看起来。这里没什么人。在城市喧嚣的海洋里,难得有这平静的一隅。

他最近由于生活发生了混乱,很多天没看报纸杂志了。他从初中就养成了每天看报的习惯,一天不看报纸总像缺个什么似的。当他好多天以后重新进入报纸的世界,立刻就把所有的一切都忘了个一干二净。

他首先看《人民日报》的国际版。他很关心国际问题,曾梦想过进国际关系学院读书。在高中时,他曾钉过一个很大的笔记本,里面虚张声势地写上"中东问题""欧洲共同体国家相互政治经济关系研究""东盟五国和印支三国未来关系的演变""中美苏三角关系中美国的因素"等等胡思乱想的"研究"题目。现在他想起来已经有点可笑,但当时的"气派"却把同学们吓了一跳! 其实他也并没能"研究"什么,只不过剪贴了一点报刊资料而已。

他先把各种报纸翻着浏览了一遍,然后找了一篇长一点的文章"过瘾"。他身子蜷曲在长椅子里,看起了韩念龙在联合国召开的柬埔寨国际会议上的发言。

他把几种大报好多天的重要内容几乎通通看完以后,浑身感到一种十分熨帖舒服的疲倦。

直到阅览室的工作人员来关门的时候,他才大吃一惊:现在已经到城里人吃下午饭的时光了!

他慌忙提起蒸馍篮子,出了阅览室。

太阳已经远远向西边倾斜过去了。市声基本落下,街道上稀稀落落的没有了多少人。

啊呀,他在阅览室呆的时间太长了! 现在怎么办呢?庄稼人大部分都已经像潮水一样退出了城市,这时候他要是再出现在街上,很容易碰见熟悉的同学。

想来想去,没有什么办法了。他站在阅览室的门口踌躇了半天,最后只好决定提着篮子回家去。

他垂头丧气出了城,向大马河川道那里走去。一切都还是来时的样子,篮子里的白馍一个也没少。他赶这回集,连一分钱的买卖都没做。

他走到大马河桥上时,突然看见他们村的巧珍立在桥头上,手里拿块红手帕扇着脸,身边撑着他们家新买的那辆"飞鸽"牌自行车。

巧珍看见他,主动走过来了,并且站在了他的面前——实际上等于把他堵在了路上。

"加林,你是不是卖馍去了?"她脸红扑扑的,不知为什么,看来精神有点紧张,身体像发抖似的微微颤动着,两条腿似乎都有点站不稳。

"嗯⋯⋯"高加林应承了一声,很奇怪地看了她一眼,没话寻话地说:"你也赶集去了?"

"嗯⋯⋯"巧珍用手帕揩着脸上沁出的汗珠,眼睛斜看着她的自行车,但精神却在注意着他,说:"我来赶集,一点事也没……加林,"她突然转过脸看着他说,"我知道你一个馍也没卖掉!我知道哩!你怕丢人!你干脆把馍给我,你在这里把我的车子看住,让我给你卖去!"

巧珍说着,两只手很快过来拿他的篮子。

高加林闷头闷脑地还没反应过来这是怎么一回事,巧珍已经从他胳膊上把篮子夺走了。她什么话也没说,提着篮子就返身向街道上走去了。

高加林望着她远去的苗条的背影,不知该如何是好。他两只手在桥栏杆上摸来摸去,怎么也弄不清楚为什么突然出现了这样的事情。

对于巧珍来说,她今天的行动是蓄谋已久的。不是一天两天,而是多少年埋藏在她心中的感情,已经忍无可忍——她要爆发了!否则,她觉得自己简直活不下去了!

刘立本这个漂亮得像花朵一样的二女子,并不是那种简单的农村姑娘。她虽然没有上过学,但感受和理解事物的能力很强,因此精神方面的追求很不平常。加上她天生的多情,形成了她极为丰富的内心世界。村前庄后的庄稼人只看见她外表的美,而不能理解她那绚丽的精神光彩。可惜她自己又没文化,无法接近她认为"更有意思"的人。她在有文化的人面前,有一种深刻的自卑感。她常在心里怨她父亲不供她上学。等她明白过来时,一切都已经为时过晚了。为了这个无法弥补的不幸,她不知暗暗哭过多少回鼻子。

但她决心要选择一个有文化、而又在精神方面很丰富的男人做自己的伴侣。就她的漂亮来说,要找个公社的一般干部,或者农村出去的国家正式工人,都是很容易的;而且给她介绍这方面对象的媒人把她家的门槛都快踩断了。但她统统拒绝了。这些人在她看来,有的连农民都不如。退一步说,就是和这样的人结婚了,男人经常在门外,一年回不来几次;娃娃、家庭都要她一个人操磨。这样的例子在农村多得很!而最根本的是,这些人里没有她看得上的。如果真正合她心的男人,她就是做出任何牺牲也心甘情愿。她就是这样的人!

她父亲虽然生了她,养活了她,但根本不理解她。他见她不寻干部、工人,就急着给她找农村的。并且一心看上个马店的马拴。马拴这人前几年公社农田基建会战时,她和他接触不少。他人诚实,心眼也不死,做买卖很利索,劳动也是村前庄后出名的。家里的光景富裕而殷实,拿农村的眼光看,算是上等人家。但她就是产生不了爱马拴的感情。尽管马拴热心地三一回五一回常往她家里跑,她总是躲着不见面,急得她父亲把她骂过好几回了。

其实,她并不是没有自己心上的人。多年来,她内心里一直都在为这个人发狂发痴——这人就是高加林!

巧珍刚懂得人世间还有爱情这一回事的时候,就在心里爱上了加林。她爱他的潇洒的风度,漂亮的体形和那处处都表现出来的大丈夫气质。她认为男人就应该像个男人;她最讨厌男人身上的女人气。她想,她如果跟了加林这样的男人,就是跟上他跳了崖也值得!她同时也非常喜欢他的那一身本事:吹拉弹唱,样样在行;会安电灯,会开拖拉机,还会给报纸上写文章哩!再说,又爱讲卫生,衣服不管新旧,常穿得干干净净,浑身的香皂味!

她曾在心里无数次梦想她和这个人在一起的情景:她把她的手放在他的手里,让他拉着,在春天的田野里,在夏天的花丛中,在秋天的果林里,在冬天的雪地上,走呀,跑呀,并且像人家电影里一样,让他把她抱住,亲她……

可是在现实生活里,她的自卑感使她连走近他的勇气都没有。她时时刻刻在想念他,又处处在躲避他。她怕她的走路、姿势和说话在他面前显出什么不妥当来,惹她心爱的人笑话。但是,她的心思和眼睛却从来也没有离开过他啊!

加林上高中时,她尽管知道人家将来肯定要远走高飞,她永远不会得到他,但她仍然一往情深,在内心里爱着他。每当加林星期天回来的时候,她便找借口不出山,坐在她家院子的河畔上,偷偷地望对面加林家的院子。加林要是到村子前面的水潭去游泳,她就赶忙提个猪草篮子到水潭附近的地里去打猪草。星期天下午,她目送着加林出了村子,上县城去了,她便忍不住眼泪汪汪,感到他再也不回高家村了。

加林高中毕业没考上大学,灰溜溜地回到村里以后,巧珍高兴得几乎发了疯。她多少次的梦想露出了希望的光芒。她谋算:加林现在成了农民,大概将来就得找个农村媳妇吧?如果他找农村户口的姑娘,她虽然没文化,但她自己有信心让他爱她。她知道她有一个别的姑娘很难比上的长处:俊。

可是,希望的光芒很快暗淡了。加林当了教师。教师现在是唯一有希望进入商品粮世界的。按加林的能力来说,将来完全有把握转成正式教师。

她又陷入了深深的痛苦之中。她常常一个人躲在她们家河畔上的那棵老槐树后面,向学校那里呆呆地张望。她目送着加林从那条被学生娃踩得白光刺眼的小路上向学校走去;又望着他从那条路上向村里走来……

她是个心眼很活的姑娘,所有这一切做得谁也看不出来。是的,村里谁也不知道这个俊女孩子的梦想和痛苦!只有她在县城正上高中的妹妹巧玲,似乎有一点觉察,有时对她麻木的发呆和莫名其妙的焦躁不安,诡秘地一笑,或真诚地为她叹息一声!现在,在高加林又一次当了农民的时候,她那长期被压抑的感情又一次剧烈地复活了。这次就好像火山冲破了地壳,感情的洪流简直连她自己也控制不住了。她为他当了农民而高兴,又同时为他的痛苦而痛苦——为此,她甚至还在她大姐面前骂高明楼不是个人。

她不知道该怎样心疼他。昨天中午,她看见他去游泳的时候,匆忙提了猪草篮在水潭边的玉米地里穿过,顺便摘了自留地的一个甜瓜,想破开脸皮去安慰一下他;今天她看见他上集去了,又骑了个车子撵来了。她今天上集的确什么事也没;她赶这回集,完全是想找机会对他说出她全部的心里话!她今天实际上一直都不远不近地跟着加林在集上的人群里挤。她看见亲爱的人提着蒸馍篮子,在人群里躲躲闪闪,一个也卖不了,后来痛苦地靠在水泥电杆上闭起眼睛的时候,她脸上的泪水也唰唰地淌着,手帕揩也揩不及。

后来,她看见加林进了文化馆,知道他的蒸馍是卖不出去了。她当时很想也进阅览室去,但她想自己不识字,进那里去干什么?再说,那里面人多,她不好和加林说什么话。于是,她就骑车来到大马河桥上,在那里等他过来,从中午一直站到下午……

刘巧珍在提着一篮子蒸馍,兴奋地走在县城的大街上,感到天地一下子变得非常明亮了;好像街道上所有的人都在咧开嘴巴或者抿着嘴向她笑。迎面过来一群幼儿园刚放了学的娃娃,她抱住一个就亲了一口!

直到过了十字街,穿过城里那条主要街道,来到南关的自由交易市场时,她才停住了脚步,忍不住害臊地笑自己的荒唐:她原来根本不是打算来卖这篮蒸馍的,而准备送给城里她的一个姨姨家。她姨家住在十字街上面的山坡上,她现在却疯头涨脑地跑到了这里!至于馍钱,她不会向姨姨要的,她早已给加林准备好了。她并且还给加林买了一条好烟,已放在自行车的花布提包里了。

她很快又掉转身,向姨姨家走去。巧珍把一篮子蒸馍给姨姨家放下,折转身就起身。她姨和她姨夫硬拉住让她吃饭,她坚决地拒绝了:她怕加林在桥上等她等得不耐烦。

她提着空篮子从姨姨家出来,几乎是跑着向大马河桥上赶去。

(初载《收获》1982年第3期)

扎西达娃

系在皮绳扣上的魂

　　现在很少能听见那首唱得很迟钝、淳朴的秘鲁民歌《山鹰》。我在自己的录音带里保存了下来。每次播放出来，我眼前便看见高原的山谷。乱石缝里窜出的羊群。山脚下被分割成小块的田地。稀疏的庄稼。溪水边的水磨房。石头砌成的低矮的农舍。负重的山民。系在牛颈上的铜铃。寂寞的小旋风。耀眼的阳光。

　　这些景致并非在秘鲁安第斯山脉下的中部高原，而是在西藏南部的帕布乃冈山区。我记不清是梦中见过还是亲身去过。记不清了。我去过的地方太多。

　　直到后来某一天我真正来到帕布乃冈山区，才知道存留在我记忆中的帕布乃冈只是一幅康斯太勃笔下十九世纪优美的田园风景画。

　　虽然还是宁静的山区，但这里的人们正悄悄享受着现代化的生活。这里有座小型民航站，每星期有五班直升飞机定期开往城里。附近有一座太阳能发电站。在哲鲁村口自动加油站旁的一家小餐厅里，与我同桌的是一位喋喋不休的大胡子，他是城里一家名气很大的"喜马拉雅运输公司"的董事长，在全西藏第一个拥有德国进口的大型集装箱车队。我去访问当地一家地毯厂时，里面的设计人员正使用电脑程序设计图案。地面卫星接收站播放着五个频道，每天向观众提供三十八小时的电视节目。不管现代的物质文明怎样迫使人们从传统的观念意识中解放出来，帕布乃冈山区的人们，自身总还残留着某种古老的表达方式：获得农业博士学位的村长与我交谈时，嘴里不时抽着冷气，用舌头弹出"罗罗"的谦卑的应声。人们有事相求时，照样竖起拇指摇晃着，一连吐出七八个"咕叽咕叽"的哀求。一些老人们对待远方的城里人，仍旧脱下帽子捧在怀中站到一旁表示真诚的敬意。虽然多年前国家早已统一了计量法，这里的人们表示长度时还是伸直一条胳膊，另一只手掌横砍在胳膊的手腕、小臂、肘部直到肩膀上。

　　桑杰达普活佛快要死了，他是扎妥寺的第二十三位转世活佛。高龄九十八岁。在他之后，将不再会有转世继位。我想为此写篇专题报道。我和他以前有过交道。全世界最深奥和玄秘之一的西藏喇嘛教（包括各教派）

在没有了转世继位制度从而不再有大大小小的宗教领袖以后,也许便走向了它的末日。形式在一定程度上也支配着意识,我说。

扎妥·桑杰达普活佛摇摇头,表示否认我的观点。他的瞳孔正慢慢扩散。

"香巴拉,"他嚅动嘴唇,"战争已经开始。"

根据古老的经书记载,北方有个"人间净土"的理想国——香巴拉。据说天上瑜伽密教起源于此,第一个国王索查德那普在这里受过释迦的教诲,后来弘传密教《时轮金刚法》。上面记载说,在某一天,香巴拉这个雪山环抱的国家将要发生一场大战。"你率领十二天师,在天兵神将中,你永不回头,骑马驰骋。你把长矛掷向哈鲁太蒙的前胸,掷向那反对香巴拉的群魔之首,魔鬼也随之全部除净。"这是《香巴拉誓言》中对最后一位国王神武轮王赞美的描写。扎妥·桑杰达普有一次跟我说起过这场战争。他说经过数百年的恶战,妖魔被消灭后,甘丹寺里的宗喀巴墓会自动打开,再次传布释迦的教义,将进行一千年。随后,就发生风灾、火灾,最后洪水淹没整个世界。在世界末日到达时,总会有一些幸存的人被神祇救出天宫。于是当世界再次形成时,宗教又随之兴起。

扎妥·桑杰达普躺在床上,他进入幻觉状态,跟眼前看不见的什么人在说话:"当你翻过喀隆雪山,站在莲花生大师的掌纹中间,不要追求,不要寻找。在祈祷中领悟,在领悟中获得幻象。在纵横交错的掌纹里,只有一条是通往人间净土的生存之路。"

我恍惚看见莲花生离开人世时,天上飞来了一辆战车,他在两位仙女的陪伴下登上战车,向遥远的南方凌空驶去。

"两个康巴地区的年轻人,他们去找通往香巴拉的路了。"活佛说。

我疲惫地看着他。

"你要说的是——在1984年,这里来了两个康巴人,一男一女?"我问。

他点点头。

"男的在这里受了伤?"我又问。

"你也知道这件事。"活佛说。

扎妥·桑杰达普活佛闭上眼,断断续续回忆起当年那两个年轻人来到帕布乃冈山区的事,他讲起那两个人告诉他一路上的经历。我听出扎妥活佛是在背诵我虚构的一篇小说。这篇小说我给谁都没有看过,写完锁进了箱里。他几乎是在逐字逐句地背诵,地点是一路上直到帕布乃冈一个叫甲的村庄。时间是1984年。人物一男一女。这篇小说没给别人看的原因就是到最后我也不知道主人公要去什么地方。经活佛点明我现在才清楚。唯一不同的一点是结尾时主人公是坐在酒店里有一位老人指路。我没写老人指的是什么路,当时连我自己也不知道。而扎妥活佛说是在他的房子里给那两人指的路,但这里还有一个巧合,即老人与活佛都谈起过关于莲花生的掌纹。

最后,其他人进屋来围在活佛身边,活佛眼睛半睁,渐渐进入了失去知觉和思想的状态。

有人开始准备后事了。扎妥活佛将被火葬,我知道有人想拾到活佛的舍利作为永久的收藏和纪念。

与扎妥·桑杰达普诀别后,在回家的路上,我边走边考虑着有关文学创作的动机问题……

回到家,我打开贴有"可爱的弃儿"题词的箱子盖。里面整齐地排列着上百只牛皮纸袋,我所有不被发表或我不愿发表的作品都存在这儿。我取出一个编码是840720的纸袋,里面是一个短篇小说,记录着两个康巴人来到帕布乃冈的经过,还没有题目。下面是这篇小说的原文:

婛赶着她的二十几只羊下山的时候,站在半山腰。她看见山脚底下那一条宽阔蜿蜒、砾石累累的枯干的河床有个蚂蚁般的小黑点在缓缓移动。她辨认出那是一个男人,正朝她家的方向走来。婛挥挥羊鞭,匆匆把羊往山下赶。

她粗略算了算,那人得走到天黑时才能到这儿。周围荒野只有这隆起的小山岗上有几间鹅卵石垒起的矮房,房后是羊圈,一共两户人家:婛和她的爸爸,还有一个五十多岁的哑女人。爸爸是个说《格萨尔》的艺人,常常被几十里远的外村人请去说唱,有时还被请到更远的镇里。短则几天,长则数月。来人骑马,还牵匹空马来到小山岗,把身背长柄六弦琴的爸爸请上马。随后马蹄伴着铜铃声有节奏地久久敲响着荒野里的寂静。婛站在岗上,一手抚摩坐立在她裙边的大黑狗,一直望到两匹马拐过前面的山弯。

婛从小就在马蹄和铜铃单调的节奏声中长大,每当放羊坐在石头上,在孤独中冥思时,那声音就变成一支从遥远的山谷中飘过的无字的歌,歌中蕴含着荒野中不息的生命和寂寞中透出的一丝苍凉的渴望。

哑女人整天织氆氇,每天早晨站在小山岗上,向空中撒出一把豌豆糌粑,呼喊着观音菩萨。然后手摇一柄浸满油污的经轮筒,朝东方喃喃祈祷。偶尔在半夜时分,爸爸爬起身去女人房里,天蒙蒙亮时头顶蒙着长长的袍子又钻进自己的羊皮垫里。早晨婛起来挤完奶打好茶,喝糌粑糊。然后背上装了一天口粮的小羊皮口袋,背一只小黑锅,去房后拉开羊圈栅栏,软鞭一挥,赶着羊群上山。生活就是这样。

婛把食物和热茶准备好,趴在毯子上等待来客。室外的狗叫了,她冲出门,月亮刚刚升起。她拉住狗链,不见四周有人,一会儿,从她前面的坡下冒出个脑袋。

"来吧,不要紧,我抓住狗的。"婼说。

来人是一位顶天立地的汉子。

"辛苦,大哥。"婼说。她把汉子领进了房里,他礼帽下的额边垂着一绺鲜红的丝穗。爸爸不在家,去说《格萨尔》了。隔壁传来哑女人织氆氇时木槌砸下的梆梆声。这位疲惫的汉子吃过饭道完谢后便倒在婼的爸爸床上睡了。

婼在门外站了一会儿,天空繁星点点,周围沉寂得没有一点大自然的声音,眼前空旷的峡谷地带在月光下泛着青白色。大黑狗被铁链拴着在原地转圈,婼过去蹲下身搂着它的脖子。想起自己在这寂寞简朴的小山岗上度过的童年和少年时代,想起每次来接爸爸上马的都是些沉闷不语的人,想到屋里那位从远方来明天又要去远方的酣睡的旅人。她哭了,跪在地上捧着脸,默默祈求爸爸的宽恕,然后将眼泪在黑狗的皮毛上蹭擦干,起身回屋。

黑暗中,她像发疟疾似地浑身打颤,一声不响地钻进了汉子的羊毛毯里。

当东方的启明星刚刚升起,在摇曳的酥油灯下,婼把自己的薄毯裹成一个卷,在一只布袋里塞了些牛肉干、揉糌粑的皮口袋、粗盐和一块酥油,又背上天天放羊时在山上熬茶用的小黑锅,一个姑娘该带的都在她背上了。她最后巡视一眼昏暗的小屋。

"好了。"她说。

汉子吸完最后一撮鼻烟,拍拍巴掌上的烟末,起身。摸她头顶。搂住她肩膀,两人低头钻出小屋,向黑魆魆的西方走去。婼全身负重,身上的东西一路上叮当作响。她根本不想去打听汉子会把她带向何处,她只知道她永远要离开这片毫无生气的土地了。汉子手中只提着一串檀香木佛珠,他昂首阔步,似乎对前方漫漫的旅途充满了信心。

"你腰上挂条皮绳干什么?像只没人牵的小狗。"塔贝问。

"用它来计算天数,你没见上面打了五个结吗!"婼告诉他,"我离开家有五天了。"

"五天算什么,我生来没有家。"

她跟着塔贝徒步行走,一路上,有时在村庄的麦场上过夜,有时住羊圈里,有时卧在寺庙废墟的墙角下,有时住山洞,运气好时,能在农人外屋借宿,或是在牧人的帐篷里。

每进一个寺庙,他俩便逐一在每个菩萨像的座台前伸出额头触碰几下,膜拜顶礼。在寺庙外,道路旁、江河边、山口上,只要看见玛尼堆,都少不了拾几块小白石放在上面。一路上还有些磕等身长头的佛教徒,他们一步一磕,系着厚帆布围裙,胸部和膝部磨穿了,又补了几层厚补丁。他们脸上突出的地方全是灰,额头上磕了一个鸡蛋大的肉瘤,血和土粘在一起。手掌上打铁皮的木板护套在他们身体俯卧的两边地上印出两道深深的擦痕。塔贝和婧没有磕长头,他俩是走路,于是超过了他们。

西藏高原群山绵延,重重叠叠,一路上人烟稀少。走上几天看不到一个人影,更没有村庄。山谷里刮来呼呼的凉风。对着蓝色的天空仰望片刻,就会感到身体在飘忽上升,要离开脚下的大地。烈日烤炙,大地灼烫。在白昼下沉睡的高原山脉,永恒与无极般宁静。塔贝的身体矫健灵活,上山时脚尖踩着一块块滑动的石头步步上蹿,他径直攀上一块圆石,回头看见婧被甩下好长一截,便坐下来等她。他们在赶路时总是默默无言,婧有时在难以忍受的沉默中突然爆发出她的歌声,像山谷里的一只母兽在仰天吼叫。塔贝并不转过头看她一眼,只顾行路。婧过一会不唱了,周围又是死一般沉寂。婧低头跟在他身后,只有坐下来小憩时才说说话。

"不流血了吧?"

"它现在一点也不疼。"

"我看看。"

"你去给我捉几只蜘蛛来,我捏碎了涂在上面就会好得快。"

"这儿没有蜘蛛。"

"去找找,石头缝里,你扒开石块会有的。"

婧在四周扒开一块块半掩在土中的石块,认真地寻找蜘蛛。一会儿她就捉了五六只,握在掌中,走过来扳开塔贝的手掌放在上面。他一只只捏碎后涂在小腿的伤口上。

"那条狗好凶,我跑跑跑跑,背上的锅老碰我的后脑勺,碰得我眼睛都花了。"

"当初我该拔出刀宰了它。"

"那女人给我们这个。"她模仿着做了个最污辱人的下流动作,"真吓人。"

塔贝又抓起一把土撒在伤口上,让太阳晒着。

"她钱放在哪儿的?"

"在酒店的屋柜子里,有这么厚一叠。"他亮亮巴掌,"我只拿了十几张。"

"你用它想买什么呢?"

"我要买什么?前面山下有个次古寺,我给菩萨送去。我还要留一点。"

"好的。你现在好点了吗?不疼了吧?"

"不疼了。我说,我口干得要冒烟。"

"你没见我把锅已经架上了吗?我就去捡点干刺枝。"

塔贝懒洋洋躺在石头上,将宽礼帽拉在眼睛上挡住阳光,嘴里嚼着干草,嫆趴在三颗白石垒成的灶前,脸贴着地,鼓起腮帮吹火熬茶。火苗"嘭"地燃烧起来。她跳起身,揉揉被烟熏得灼辣的眼,拉下前额的头发看看,已经被火舌燎焦了。

远处高山顶上有两个黑影,大约是牧羊人,一高一矮,像是盘踞在山顶岩石上的黑鹰。他们一动也不动。

嫆也看见了他们,挥起右手在空中划圈向他们招呼,上面的人晃动起来,也划起圈向她致意。距离太远,扯破嗓子喊互相也听不见。

"我还以为这里只有我们两个人。"嫆对塔贝说。

"我在等你的茶。"他闭上眼。

嫆忽然想起了什么,她从怀里掏出一本书,很得意地向塔贝展示自己的猎物,那是昨晚上在村里投宿时从一个往她耳里灌满了甜言蜜语、行为并不太规矩的小伙子屁股兜里偷来的。塔贝接过一看,他不认识这种文字和一些机械图,封面印的是一幅拖拉机。

"这玩意儿没一点用处。"他扔给嫆。

嫆很沮丧,下一次烧茶时她一页页撕下来用作引火的燃料了。

走到黄昏,站在山弯远远看见前面的一个被绿树怀抱的村庄时,嫆的精神重新振奋起来,又唱起歌了,她抡起挂棍在地边的马兰草堆里乱舞,又端起棍子小心翼翼地戳戳塔贝的胳肢窝和腰下想逗他发痒。塔贝不耐烦地抓住棍梢往外一甩,拽得她趔趄几下跌倒在地。

进了村,塔贝自己一个人去喝酒或者干别的什么去了。他俩约好在村里小学校边一幢刚刚盖好还没有安装门窗的空房子里住宿。村里的广场晚上演电影,有人在木杆上挂银幕。嫆在一片林子里拾柴火时被一群小孩围住,孩子们趴在墙头朝她扔石头。有一颗打在她肩上,她没有回头,直到一个戴黄帽子的年轻人把孩子们轰走。

"他们扔了八颗石头,有一颗打中了你了。"黄帽子笑眯眯地说,他把手中握着的一只电子计算机摊在嫆眼前,显示屏显出一个阿拉伯数字"8","你从哪儿来?"

嫆看着他。

"你记不记得你走了多少天?"

"我不记得。"嫆撩起皮绳说,"我数数看。你帮我数数。"

"这一个结算一天吗?"他跪在她跟前。"有意思……九十二天。"

"真的!"

"你没数过吗？"

婛摇摇头。

"九十二天，一天按二十公里计算。"他戳戳计算机上的数字键码，"一千八百四十公里。"

婛没有数字概念。

"我是这儿的会计。"小伙子说，"我遇到什么问题，都用它来帮我解答。"

"这是什么？"婛问。

"是电子计算机，好玩极了。它知道你今年多大。"他按出一个数字给婛看。

"多大？"

"十九岁。"

"我今年十九岁吗？"

"那你说。"

"我不知道。"

"我们藏族以前从不计算自己的年龄。但它却知道。看，上面写的是十九吧。"

"不像。"

"是吗？我看看。哦，刚开始看有些不习惯，它的数字有点怪。"

"它能知道我名字吗？"

"当然。"

"叫什么。"

他一连按出八位数，把显示屏显得满满的。

"怎么样？它知道吧。"

"叫什么？"

"你连自己的名字还看不出来？笨蛋。"

"怎么看？"

"你这样看，"他竖着给她看。

"这是叫婛吗？"

"当然叫婛，洽霞布久曲呵婛。"

"嘿！"她兴奋地叫道。

"嘿什么，人家外国人早用了。我在想一个问题，以前我们没日没夜地干活，用经济学的解释是输出的劳动力应该和创造的价值成正比。"他信口开河起来，把工分值、劳动值以及商品值和年月日加减乘除乱说一通。又显出数字，"你看看，计算出来倒成了负数。结果到年终我们还要吃返销粮，向国家伸手要粮。这是违反经济规律的……你瞪我干什么?想吃掉我?"

"如果你没晚饭吃,就在这儿吃好了,我拾了柴就烧菜。"

"他妈的,你是从中世纪走来的吗?或者你是……是叫什么外星人。"

"我从很远的地方来,走了……"她又撩起皮绳。"刚才你数了多少?"

"我想想,八十五天。"

"走了八十五天。不对,你刚才说九十二天,你骗我。"婤咯咯笑起来。

"啊啧啧!菩萨哟,我快醉了。"他闭眼喃喃道。

"你在这儿吃吗?我还有点肉干。"

"姑娘,我带你去一个地方好吧?有快活的年轻人,有音乐、啤酒,还有迪斯科。把你手上那些烂树枝扔掉吧!"

塔贝从黑压压一片看电影的人群中挤出来。他没被酒灌醉,倒被那银幕上五光十色、晃来晃去、时大时小的景物和人物弄得昏头胀脑、疲惫不堪,只好拖着脚步回到那幢空房里。小黑锅架在石头上,石头是冰凉的。婤的东西都放在角落边。他端起锅喝了几口凉水,便背靠墙壁对着天空冥思苦想。越往后走,所投宿的村庄越来越失去了大自然夜晚的恬静,越来越嘈杂、喧嚣。机器声、歌声、叫喊声。他要走的决不是一条通往更嘈杂和各种音响混合声的大都市,他要走的是……

婤撞撞跌跌回来,她靠着没有门框的土坯墙,隔着一段距离塔贝就闻到她身上发出的酒气,比他喷出的酒气要香一些。

"真好玩,他们真快活,"婤似哭似笑地说。"他们像神仙一样快活。大哥,我们后……大后天再走。"

"不行。"他从不在一个村里住两个晚上。

"我累了,我很疲倦。"婤晃着沉甸甸的脑袋。

"你才不懂什么叫累,瞧你那粗腿,比牦牛还健壮。你生来就不懂什么叫累。"

"不,我说的不是身体。"她戳戳自己的心窝。

"你醉了,睡觉。"他扳住婤的肩头将她按倒在满是灰土的地上。最后替她在皮绳上系了个结。

婤越来越疲倦了,每次在途中小憩时,她躺下就不想继续往前走。

"起来,别像贪睡的野狗一样赖着。"塔贝说。

"大哥,我不想走了。"她躺在阳光下,眯起眼望着他。

"你说什么?"

"你一人走吧,我不愿再天天跟着你走啊走啊走啊走。连你都不知道该去什么地方,所以永远在流浪。"

"女人,你什么都不懂。"但是他知道该往哪个方向走。

"是,我不懂。"她闭上眼,蜷缩成一团。

"滚起来,"他在婙屁股上踹了两脚,高高扬起巴掌,做出砍来的样子。"要不,我揍你。"

"你是个魔鬼!"婙哼哼唧唧爬起身。塔贝先走了,她拄着棍子跟在后面。

婙在一个她认为适当的机会时逃跑了。他俩睡在山洞里,半夜时她爬起身,没忘记背上她的小黑锅,借着星光和月光朝山下往回跑。她觉得自己像出笼的小鸟一样自由。到第二天中午,在一边是深谷的岩边休息时,从对面山脊出现了一个黑点,就像那天她放羊回家时所看见的一样。塔贝截住了她,走来。她气得发抖,抡起小黑锅向他头上死命砸去,那奇大无比的力量足以使一头野公牛的脑浆飞迸出来。塔贝惊骇机智地闪过,抬手一拨,黑锅从她手中飞脱,叮叮当当滚下深谷里。他俩互相看看,听见那声音响了好一阵。最后婙只得呜呜咽咽攀下深谷,几个时辰后才把锅捡上来。锅身碰满了大大小小的凹坑。

"你赔我的锅。"婙说。

"我看看,"他接过来。两人仔细检查了一阵,"只有一条小缝,我能补好。"

塔贝走了,婙垂头丧气地跟着。

"哎——"她用大得出奇的声音唱起一首歌,把整个山谷震得嗡嗡响。

大概有那么一天,塔贝对婙也厌倦了,他想:只因我前世积了福德和智慧资粮,弃恶从善,才没有投到地狱,生在邪门外道,成为饿鬼痴呆,而生于中土,善得人身。然而在走向解脱苦难终结的道路上,女人和钱财都是身外之物,是道路中的绊脚石。

不久,他俩来到名叫"甲"的村庄。这个时候,婙的腰间那根皮绳已系了一串密密麻麻的结。没想到甲村的人们会敲锣打鼓站在村口迎接他俩。民兵组成仪仗队背着半自动步枪站在两旁,为了保险起见,枪口塞了红布卷。两头由四个村民装扮的牦牛在夹道中跳着舞。村长和几个姑娘捧着哈达和壶嘴上沾着酥油花的银壶在最前面迎接。原来这里一直大旱,前不久有人打了卦,今天黄昏时会有两个从东边来的人进村,他们将带来一场琼浆般吉祥的雨水,使久旱的庄稼得到好收成。他俩果然出现了,人们认为这是一个好兆头。欢天喜地将塔贝和婙扶上挂满哈达的铁牛拖拉机簇拥着进了村。男女老少都穿着新衣,家家户户的屋顶都换了新的五色经幡布。有人从婙的音容、谈吐和体态上看出她有转世下凡的白度母的特征,于是塔贝被撇在一边。但是塔贝知道婙决不是白度母的化身。因为在婙睡熟的时候,他发现她的睡相丑陋不堪,脸上皮肉松弛,半张的嘴角流出一股股口涎。

他一人闷闷不乐地去酒店喝酒,他想惹点事,最好有人讨厌他,跟他过不去,他就有事干了。打上一场,那人敢跟他拼刀子更好。

酒店只有一个老头在喝酒,苍蝇在他头顶飞来飞去。塔贝进去后,带着挑衅的神气坐在他对面。一个包花头巾的农家姑娘取一只玻璃杯放在他桌前,斟满酒。

"这酒像马尿。"他喝了一口大声说。

没有人回答。

"你说像不像?"他问老头。

"要说马尿,我年轻时喝过。那真正是用嘴对着公马底下那玩意儿喝的。"

塔贝得意地笑起来。

"为了把我的牛羊从阿米丽尔大盗手中夺回来,我从格则一直追到塔克拉玛干沙漠。"

"阿米丽尔是谁?"

"嘿,那是几十年前从新疆那边来的一支强盗的女首领,是哈萨克人,在阿里和藏北一带赫赫有名。一个万户数不清的牛羊群在一夜之间就从草原上带走,第二天从帐篷出来一看,白茫茫一片,留下的只有数不清的蹄印,连噶厦政府派出的藏兵也制不了她。"

"后来?"

"刚才你说马尿。是啊,我背着叉子枪,骑马追我的牛羊,在那大沙漠里,就是那几口马尿救了我的命。"

"再后来?"

"再后来,女首领要留我,留我给她当……"

"丈夫?"

"羊倌。我是万户的儿子啊!她娘的长得真漂亮,她简直是太阳,谁都不敢对直看她一眼,我逃了回来。你说说,我除了地狱和天堂,还有什么地方没去过?"

"我要去的地方你就没去过。"塔贝说。

"你准备去哪儿?"老头问。

"我,不知道。"塔贝第一次对前方的目标感到迷惘,他不知道该继续朝前面什么地方去。老头明白他的心思。

老头指着他身后的一座山说:"谁也没有往那边去过。我们甲村以前是驿站,通四面八方,可就是没人往那边去。1964年的时候,"他回忆起来,"这里开始办人民公社,大家都讲走共产主义道路,那时没几个人讲得清楚共产主义是什么,反正它是一座天堂。在哪儿,不知道。问卫藏的来人说,没有。问阿里的来人说,没有。康藏的人也说没看见。那只有喀隆雪山没人去过。村里就有几个人变卖了家产,背着糌粑口袋,他们说去共产主义,翻越喀隆雪山,从此没回来。后来,村里人没一个再去那边,哪怕日子过得再苦。"

塔贝用牙咬住玻璃杯口,翻起眼看他。

"但是我知道有关喀隆雪山下的一点秘密。"老头眨眨眼。

"说吧。"

"你准备去那边吗?"

"也许。"

"爬到山顶,你会听见一种奇怪的哭声,像一个被遗弃的私生子的哭声,不要紧,那是从一个石缝里吹来的风声。爬完七天,到山顶时刚好天亮,不要急着下山。太阳下,雪的反光会刺瞎你的眼,等天黑后再下山。"

"这不是秘密。"塔贝说。

"对,这不是秘密。我要说的是,下山走两天,能看见山脚下时,那底下有数不清的深深浅浅的沟壑。它们向四面八方伸展,弯弯曲曲。你走进沟底就算是进了迷宫。对,这也不是什么秘密,别打断我的话,你知道山脚为什么有比别的山脚多得多的沟壑吗?那是莲花生大师右手的掌纹。当年他与一个叫喜巴美如的妖魔在那里混战一百零八天不分胜负,大师施出种种法力未能降伏喜巴美如。当妖魔变成一只小小的虱子想使对手看不见时,莲花生举起了神奇的右手,口中高声念诵着咒经,一巴掌盖向大地,把喜巴美如镇到了地狱中,从此在那里留下了自己的掌纹。凡人只要走到那里面就会迷失方向。据说在这数不清的沟壑中只有一条能走出去,剩下的全是死路。那条生路没有任何标记。"

塔贝神情严肃地看着老头。

"这是一个传说,我也不知道走出去以后前面是个什么世界。"老头摇摇头,咕噜道。

塔贝准备去那边了。老头后来向他提出要求,请他将婼留下。他家有个儿子,最近刚买了一台拖拉机。现在家家都想买拖拉机。大清早,隆隆的机器声掩盖了千百年雄鸡的打鸣声。道路上的马车和毛驴被挤到了边上。人们喝着从雪山流下的纯洁透明的溪水时,也嗅到一股淡淡的柴油气味。老头自己经营着一座电机磨坊,老伴耕种着十几亩田地。前不久,老头还去大城市出席了一个"治穷致富先进代表大会",领到奖状和奖品,报纸上也登过他的四寸大照片。他们世世代代没像现在这么富裕过,也世世代代没像现在这么忙碌过。需要一个操持家务的媳妇。说话的时候,他儿子进来了,掏出一叠花花绿绿的钞票,想在外乡人面前炫耀。儿子戴着电子表,腰间挂着小巧的放声机,头上戴着耳机,他随着别人听不见的音乐节奏扭着舞步,真是把城里公子哥儿的派头学到家了。塔贝对此无动于衷,只是门外停着的那辆没熄火的手扶拖拉机的突突声牵动了一下他的心弦。他起身走向拖拉机旁,摸摸扶手。

"好的,嫁留给你了。"塔贝说。

小伙子大概刚从嫁那里得到了一点什么,笑眼朦胧。

"我能坐坐你这玩意儿吗?"塔贝问。

"当然,半个小时保你会开。"小伙子上前教他操作常识,教他怎样控制油门,教他怎样换挡、离合器怎样配合、怎样起步和刹车。

塔贝慢慢开动了拖拉机,行驶在黄昏的乡村土道上。嫁在一旁看着他。她要留下来了。她愉快地流着眼泪。这时后面开来一辆速度很快的带拖斗的铁牛拖拉机,塔贝不知道怎么办。旁边是条浅沟,小伙子在后面高声喊他开进沟里。塔贝从驾驶座跳到了路中间,手扶拖拉机自己慢慢溜进了沟里。他被来不及刹车的"铁牛"后面的拖斗撞倒在地。大家全围上前。塔贝爬起身,拍拍土。他的腰部被撞了,他说没什么,一点事也没有。大家松了口气。

塔贝要走了,他第一次摆弄机器就被它咬了一口。他抱住嫁,跟她行了个碰头礼,往喀隆雪山那边去了。到夜晚时,果然下了场雨,村里人高高兴兴唱起歌。塔贝离开甲村,一人进了山。在半路上,他吐了一口血,他的内脏受了伤。

小说到此结束。

我决定回到帕布乃冈,翻过喀隆雪山,去莲花生的掌纹地寻找我的主人公。

从甲村翻过喀隆雪山到掌纹地的路途比我预料的要遥远得多。雇的一匹骡子在途中累倒了。它卧在地上,口中流着白沫,用临死前那样一种眼光看着我。我只得卸下它驮的包囊背在自己身上,在它嘴边放了几块捏碎的压缩面包。一翻过喀隆雪山,首先听见海啸般轰轰的巨响,山下的雪堆像云朵般上下翻卷,脚下的雪粒像急流的河水。但是我的整个身体一点没感到风的吹动,空气就像无风的冬夜一样寒冷而静谧。我戴着防护镜,所以用不着等到天黑才下山。整个山面是被厚雪覆盖的一片平滑的大斜坡,看上去没什么凸凹障碍,我背着囊包走"Z"形缓慢下山。沉重的囊包从背上慢慢坠到腰间,就在我收腹挺胸耸肩想把囊包提起来时,由于猛烈的失重,脚下站立不稳,一个跟头朝前跌倒。我知道已经无法再站起来,身体正快速往下滑动,于是手脚抱成一团,接着天旋地转向山下滚去。

万幸的是,还没掉进雪窝里去。等我醒来,已躺在平整松软的雪地上,我已到了山脚，从上望去，在雪坡中一道深深的条痕通到高处雪雾飘渺的空间。

在山顶时我看了一次表，时间是九点四十六分，此刻再次看表时，指针却指向八点零三分。走下雪线便进入草苔地带，再往下是草地、高寒灌木丛、小树林，接着是一片大森林。穿出森林，树木植物又渐渐稀少，呈现出光秃秃的荒凉的山石、空坝。整个途中，我不时地看表，把心里估计的时间和表上的时间不断加以对照，计算一番后得出了结论：翻过喀隆雪山以后，时间开始出现倒流现象，右手腕上这块精工牌全自动太阳能电子表从月份数字到星期日历全向后翻，指针向逆方向运转，速度快于平常的五倍。

越往前走，映入视觉中的自然景象也越来越产生了形的异变：一株株长着卵形叶子、枝干黄白的菩提树，根部像生长在输送带上一样整整齐齐从我眼前缓缓移过。旁边有座古代寺庙的废墟。在一片广阔的大坝上走来一只长着天梯般长脚的大象。它使我想起了萨尔瓦多·达利的《圣安东尼的诱惑》，我小心翼翼避开这一切，加快脚步，并不回头再望一眼。一直走到蒸腾着热气的温泉边才歇息一会儿。我实在太累了，但不敢睡，我知道一旦合上眼皮，将永远长眠不醒了。透过温泉的热气，前面有些不知哪个时代遗弃在这里的金马鞍、弓箭铁矛、盔甲、转经筒和法号，还有破布条的黄旗，这里很像是一个古战场。如果我不那么累的话，我会走过去仔细看看，也许能考证出《格萨尔》史诗中所描写的某一战场是在这里。现在我只能坐在一旁远远地观看。这些金属被温泉长时间的高温熔化了，软绵绵摊在那里，失去了视觉上的硬度感，有的已无法辨认出它本身的形状，变成稀释的物质四处流溢，颇有规律地排列组合成像玛雅文字一样难解的符号。起先我怀疑眼前这一切物象是由于患上了孤独症而错误地感知外界客体产生形的变异，但马上又排斥了这个想法，因为我大脑的思维是有逻辑性的，记忆力和分析能力都良好。太阳自始至终由东向西，宇宙不管怎样还是在按照自身的规律存在和运动。虽然白昼和黑夜交替出现，但由于手表上的指针继续向反时针方向作快速运行，日历和星期月份牌不断向后翻，这使我心理上产生一种体内生物钟的紊乱，甚至身体出现失重现象。

等我从一个黎明醒来，发现自己睡在一块高大无比的红色巨石下面。我是在一个呈放射型向前延伸的数不清沟壑的汇聚点上。一定是这又凉又潮的寒意把我冻醒了，加上从四处沟底吹来的风更冷得我牙齿打颤。我急忙攀上眼前一面乱石突出的沟壁，探头一看，前面是一望无际的地平线，我已经到了掌纹地。数不清的黑沟像魔爪一样四处伸展，沟壑像是干旱千百年所形成的无法弥合的龟裂地缝，有的沟深不见底。竟然找不到一棵树，一根草。一片蛮荒，它使我想起一部描写核战争电影的最后一个广角镜头：在世界末日的焦土上,一东一西两个男女主人公慢慢抬起头,费力地向对方爬去,最后这两个世界上唯一的幸存者终于爬到一起,拥抱。苦难的眼光。定格。他们将成为又一对亚当和夏娃。

扎妥·桑杰达普的躯体早已被火葬,大概有人在烫手的灰烬中拣到了几块珍宝般的舍利。我的主人公却没有在眼前出现。

"塔——贝!你——在——哪——儿?"我放开声音喊叫,我觉得他走不出这块地方。声音传得很远,却没有一点回音。

不一会儿,我便看见了奇迹:一两公里外的前面出现了一个黑点。我沿着垄沟朝前飞跑,一面喊着我的主人公的名字。等我看清时,惊讶得站住了:是婞!这是我万万没预料到的。

"塔贝要死了。"她哭哭啼啼走过来说。

"他在哪儿?"

婞把我带到她身边的沟底下。塔贝躺在地上,他脸色苍白,憔悴,沉重地呼吸着。沟边长着苔藓的石缝里滴着水,在地上积成个小水洼,婞不停地用腰带蘸一点水,滴在他半张的嘴里。

"先知,我在等待,在领悟,神会启示我的。"塔贝睁眼看着我说。

"他腰上的伤很严重,需要不停地喝水。"婞在我耳边低语。

"你为什么没留在甲村?"我问。

"我为什么要留在甲村呢?"她反问。"我根本没这样想过,他从来没答应我留在什么地方。他把我的心摘去系在自己腰上,离开他我准活不了。"

"不见得。"我说。

"他一直想知道那是什么。"婞指着我身后,我回过头,从沟底往回望去,这是一条笔直的深沟,一直可见到头,前面那座红色巨石正是我昨晚过夜的地方。现在才看清,红色的心脏上刻着一个雪白的"弓"。站在红石下仰起头是无法看见的。"弓"通常是喇嘛念"唵吗呢叭咪哄"六字真言一百遍时要喊出的一个音节。它刻在红石上据我所知,要么,就是此地是神灵鬼怪出没的地方,要么,这里曾埋葬过一位伟人的英灵,在从江孜到帕里的一个名叫曲米新古河边的一块岩石上也刻着这样一个"弓",那是为纪念一九〇四年为抵抗英国人的侵略在那里献身的藏军首领二代本拉丁而刻的。但这一切我觉得没有对塔贝再解释的必要。

此时此刻,我才发现一个为时过晚的真理,我那些"可爱的弃儿"们原来都是被赋予了生命和意志的。我让塔贝和婞从编有号码的牛皮纸袋里走出来,显然是犯了一个不可弥补的错误。为什么我至今还没塑造出一个"新人"的形象来?这更是一个错误。对人物的塑造完成后,他们的一举一动即成客观事实,如果有人责问我在今天这个伟大的时代为什么还允许他们的存在,我将作何回答呢?

怀着最后的一丝侥幸心理,我俯在塔贝耳边,轻声细语地用各种他似乎能理解的道理说服他,使他相信他要寻找的地方是不存在的,就像托马斯·莫尔创造的《乌托邦》,就那么一回事。

晚上,在他生命的最后一刻要让他放弃多少年形成的信仰是不可能了。他翻了个身,将脑袋贴在地面。

"塔贝,"我说,"你会好起来的,你等我一会儿,我的东西全放在那边,里面还有些急救药……"

"嘘!"塔贝制止住我,耳朵贴紧冰凉潮湿的地面。"你听!听!"

好半天,我只听见自己心律跳动中出现的一点微弱的杂音。

"扶我上去!我要到上面去!"塔贝坐起身,挥舞着手喊道。

我只得扶起他。婧先爬到沟上面,我在下面托住塔贝,他身体居然很沉。我扛着他,一手小心护着他腰,另一只手扭住锋利突出的岩石块,一点点把他往上托。两只脚踩在外凸的石块上。攀石的那只手被划的一下,先是麻木,接着灼痛,热呼呼的血流了出来,顺着胳膊流到衣袖里。婧趴在上面,伸下两只手夹住了塔贝的胳肢窝。一个在上面拽,一个在下面托,费好大的劲才把他抬上沟来。太阳正要从地平线上升起,东边辉映着一派耀眼的光芒。他贪婪地吸了一口早晨的空气,眼睛警觉地四处搜寻,想要发现什么。

"它说的是什么,先知?我听不懂,快告诉我,你一定听懂了,求求你。"他转过身匍匐在我脚下。

他耳朵里接收的信号比我早几分钟,随后我和婧都听见了一种从天上传来的非常真实的声音。我们注意聆听。

"是寺庙屋顶的铜铃声。"婧喊道。

"是教堂的钟声。"我纠正道。

"山崩了,好吓人。"婧说。

"不,这是气势庞大的鼓号乐和千万人的合唱。"我再次纠正道。婧困惑地看我一眼。

"神开始说话了。"塔贝严肃地说。

这次我没敢纠正。是一个男人用英语从扩音器里传来的声音。我怎么也不能告诉他,这是在美国洛杉矶举行的第二十三届奥林匹克运动会的开幕式,电视和广播正通过太空向地球上的每一个角落报送着这一盛会的实况。我终于获得了时间感。手表上的指针和日历全停止了,整个显出的数字告诉我:现在是公元一千九百八十四年七月北京时间二十九日上午七时三十分。

"这不是神的启示,是人向世界挑战的钟声、号声,还有合唱声,我的孩子。"我只能对他这样讲。

不知他听见没有,或者他什么都明白了。他好像很冷似的蜷缩起身子,闭上眼,跟睡着了一样。

我放下塔贝,跪在他身边,为他整理着破烂的衣衫,将他的身体摆成一个弓形,由于我右手上的血沾在了他衣衫上,这使我感到很内疚。是我害了他,也许,这以前我曾不止一次地将我其他的主人公引向死亡的路。是该好好内省一番了。

"现在,只剩下我一个人了。"婥可怜巴巴地说。

"你不会死。婥,你已经经历了苦难的历程,我会慢慢地把你塑造成一个新人的。"我仰面望着她说,我从她纯真的神情中看见了她的希望。

她腰间的皮绳在我鼻子前晃荡。我抓住皮绳,想知道她离家的日子,便顺着顶端第一个结认真地往下数:"五……八……二十五……五十七……九十六……"

数到最后一个结是一百零八个,正好与塔贝手腕上念珠的颗数相吻合。

这时候,太阳以它气度雍容的仪态冉冉升起,把天空和大地辉映得黄金一般灿烂。

我代替了塔贝,婥跟在我后面,我们一起往回走。时间又从头算起。

(初载《西藏文学》1985年第1期)

莫　言

透明的红萝卜

一

秋天的一个早晨,潮气很重,杂草上,瓦片上都凝结着一层透明的露水。槐树上已经有了浅黄色的叶片,挂在槐树上的红锈斑斑的铁钟也被露水打得湿漉漉的。队长披着夹袄,一手里抓着一块高粱面饼子,一手里捏着一棵剥皮的大葱,慢吞吞地朝着钟下走。走到钟下时,手里的东西全没了,只有两个腮帮子像秋田里搬运粮草的老田鼠一样饱满地鼓着。他拉动钟绳,钟锤撞击钟壁,"嘡嘡嘡"响成一片。老老少少的人从胡同里涌出来,汇集到钟下,眼巴巴地望着队长,像一群木偶。队长用力把食物吞咽下去,抬起袖子擦擦被络腮胡子包围着的嘴。人们一齐瞅着队长的嘴,只听到那张嘴一张开——那张嘴一张开就骂:"他娘的腿!公社里这些狗娘养的,今日抽两个瓦工,明日调两个木工,几个劳力全被他们给零打碎敲了。小石匠,公社要加宽村后的滞洪闸,每个生产队里抽调一个石匠,一个小工,只好你去了。"队长对着一个高个子宽肩膀的小伙子说。

小石匠长得很潇洒,眉毛黑黑的,牙齿是白的,一白一黑,衬托得满面英姿。

他把脑袋轻轻摇了一下,一绺滑到额头上的头发轻轻地甩上去。他稍微有点口吃地问队长去当小工的人是谁,队长怕冷似的把膀子抱起来,双眼像风车一样旋转着,嘴里嘈嘈地说:"按说去个妇女好,可妇女要拾棉花。去个男劳力又屈了料。"最后,他的目光停在墙角上。墙角上站着一个十岁左右的男孩子。孩子赤着脚,光着脊梁,穿一条又肥又长的白底带绿条条的大裤头子,裤头上染着一块块的污渍,有的像青草的汁液,有的像干结的鼻血。裤头的下沿齐着膝盖。孩子的小腿上布满了闪亮的小疤点。

"黑孩儿,你这个小狗日的还活着?"队长看着孩子那凸起的瘦胸脯,说:"我寻思着你该去见阎王了。打摆子好了吗?"

黑孩不说话,只是把两只又黑又亮的眼睛直盯着队长看。他的头很大,脖子细长,挑着这样一个大脑袋显得随时都有压折的危险。

"你是不是要干点活儿挣几个工分?你这个熊样子能干什么?放个屁都怕把你震倒。你跟上小石匠到滞洪闸上去当小工吧,怎么样?回家找把小锤子,就坐在那儿砸石头子儿,愿意动弹就多砸几块,不愿动弹就少砸几块,根据历史的经验,公社的差事都是糊弄洋鬼子的干活。"

黑孩慢慢地蹭到小石匠身边,扯扯小石匠的衣角。小石匠友好地拍拍他的光葫芦头,说:"回家跟你后娘要把锤子,我在桥头上等你。"

黑孩向前跑了。有跑的动作,没有跑的速度,两只细胳膊使劲甩动着,像谷地里被风吹动着的稻草人。人们的目光都追着他,看着他光着的背,忽然都感到身上发冷。队长把夹袄使劲扯了扯,对着黑孩喊:"回家跟你后娘要件褂子穿着,嗐,你这个小可怜虫儿。"

他翘腿蹾脚地走进家门。一个挂着两条清鼻涕的小男孩正蹲在院子里和着尿泥,看着他来了,便扬起那张扁乎乎的脸,孞煞着手叫:"可……可……抱……"黑孩弯腰从地上捡起一个浅红色的杏树叶儿,给后母生的弟弟把鼻涕擦了,又把粘着鼻涕的树叶像贴传单一样"吧唧"拍到墙上。对着弟弟摆摆手,他向屋里溜去,从墙角上找到一把铁柄羊角锤子,又悄悄地溜出来。小男孩又冲着他叫唤,他找了一根树枝,围着弟弟画了一个大大的圆圈,扔掉树枝,匆匆向村后跑去。他的村子后边是一条不算大也不算小的河,河上有一座九孔石桥。河堤上长满垂柳,由于夏天大水的浸泡,树干上生满了红色的须根。现在水退了,须根也干巴了。柳叶已经老了,橘黄色的落叶随着河水缓缓地向前漂。几只鸭子在河边上游动着,不时把红色的嘴插到水草中,"呱唧呱唧"地搜索着,也不知吃到什么没有。

黑孩跑上河堤,已经累得气喘吁吁。凸起的胸脯里像有只小母鸡在打鸣。

"黑孩!"小石匠站在桥头上大声喊他,"快点跑!"

黑孩用跑的姿势走到小石匠跟前,小石匠看了他一眼,问:"你不冷?"

黑孩怔怔地盯着小石匠。小石匠穿着一条劳动布的裤子,一件劳动布夹克式上装,上装里套着一件火红色的运动衫,运动衫领子耀眼地翻出来,黑孩盯着领口,像盯着一团火。

"看着我干什么?"小石匠轻轻拨拉了一下黑孩的头,黑孩的头像货郎鼓一样晃了晃。"你呀,"小石匠说,"生被你后娘给打傻了。"

小石匠吹着口哨,手指在黑孩头上轻轻地敲着鼓点,两人一起走上了九孔桥。黑孩很小心地走着,尽量使头处在最适宜小石匠敲打的位置上。小石匠的手指骨节粗大,坚硬得像小棒槌,敲在光头上很痛,黑孩忍着,一声不吭,只是把嘴角微微吊起来。小石匠的嘴非常灵巧,两片红润的嘴唇忽而嘬起,忽而张开,从他唇间流出百灵鸟的婉转啼声,响,脆,直冲到云霄里去。

过了桥上了对面的河堤,向西走半里路,就是滞洪闸,滞洪闸实际上也是一座桥,与桥不同的是它插上闸板能挡水,拔开闸板能放洪。河堤的漫坡上栽着一簇簇蓬松的紫穗槐。河堤里边是几十米宽的河滩地,河滩细软的沙土上,长着一些大水落后匆匆生出来的野草。河堤外边是辽阔的原野,连年放洪,水里挟带的沙土淤积起来,改良了板结的黑土,土地变得特别肥沃。今年洪水不大,没有危及河堤,滞洪闸没开闸滞洪,放洪区里种植了大片的孟加拉国黄麻。黄麻长得像原始森林一样茂密。正是清晨,还有些薄雾缭绕在黄麻梢头,远远看去,雾下的黄麻地像深邃的海洋。

小石匠和黑孩悠悠逛逛地走到滞洪闸上时,闸前的沙地上已集合了两堆人。一堆男,一堆女,像两个对垒的阵营。一个公社干部拿着一个小本子站在男人和女人之间说着什么,他的胳膊忽而扬起来,忽而垂下去。小石匠牵着黑孩,沿着闸头上的水泥台阶,走到公社干部面前。小石匠说:"刘副主任,我们村来了。"小石匠经常给公社出官差,刘副主任经常带领人马完成各类工程,彼此认识。黑孩看着刘副主任那宽阔的嘴巴。那构成嘴巴的两片紫色嘴唇碰撞着,发出一连串音节:"小石匠,又是你这个滑头小子!你们村真他妈的会找人,派你这个笨篱捞不住的滑蛋来,够我淘的啦。小工呢?"

黑孩感到小石匠的手指在自己头上敲了敲。

"这也算个人?"刘副主任捏着黑孩的脖子摇晃了几下,黑孩的脚跟几乎离了地皮。"派这么个小瘦猴来,你能拿动锤子吗?"刘副主任虎着脸问黑孩。

"行了,刘副主任,刘太阳。社会主义优越性嘛,人人都要吃饭。黑孩家三代贫农,社会主义不管他谁管他?何况他没有亲娘跟着后娘过日子,亲爹鬼迷心窍下了关东,一去三年没个影,不知是被熊瞎子舔了,还是被狼崽子咬了。你的阶级感情哪儿去了?"小石匠把黑孩从刘太阳副主任手里拽过来,半真半假地说。

黑孩被推搡得有点头晕。刚才靠近刘副主任时,他闻到了那张阔嘴里喷出了一股酒气。一闻到这种味儿他就恶心,后娘嘴里也有这种味。爹走了以后,后娘经常让他拿着地瓜干子到小卖铺里去换酒。后娘一喝就醉,喝醉了他就要挨打,挨拧,挨咬。

"小瘦猴!"刘副主任骂了黑孩一句,再也不管他,继续训起话来。

黑孩提着那把羊角铁锤,焉儿咕唧地走上滞洪闸。滞洪闸有一百米长,十几米高,闸的北面是一个和闸身等长的方槽,方槽里还残留着夏天的雨水。黑孩站在闸上,把着石栏杆,望着水底下的石头,几条黑色的瘦鱼在石缝里笨拙地游动。滞洪闸两头连结着高高的河堤,河堤也就是通往县城的道路。闸身有五米宽,两边各有一道半米高的石栏杆。前几年,有几个骑自行车的人被马车搡到闸下,有的摔断了腿,有的摔折了腰,有的摔死了。那时候他比现在当然还小,但比现在身上肉多,那时候父亲还没去关东,后娘也不喝酒。他跑到闸上来看热闹,他来得晚了点,摔到闸下的人已被拉走了,只有闸下的水槽里还有几团发红发浑的地方。他的鼻子很灵,嗅到了水里飘上来的血腥味……

他的手扶住冰凉的白石栏杆,羊角锤在栏杆上敲了一下,栏杆和锤子一齐响起来。倾听着羊角铁锤和白石栏杆的声音,往事便从眼前消散了。太阳很亮地照着闸外大片的黄麻,他看到那些薄雾匆匆忙忙地在黄麻里钻来钻去。黄麻太密了,下半部似乎还有间隙,上半部的枝叶挤在一起,湿漉漉,油亮亮。他继续往西看,看到黄麻地西边有一块地瓜地,地瓜叶子紫勾勾地亮。黑孩知道这种地瓜是新品种,蔓儿短,结瓜多,面大味道甜,白皮红瓤儿,煮熟了就爆炸。地瓜地的北边是一片菜园,社员的自留地统统归了公,队里只好种菜园。黑孩知道这块菜园和地瓜都是五里外的一个村庄的,这个村子挺富。菜园里有白菜,似乎还有萝卜。萝卜缨儿绿得发黑,长得很旺。菜园子中间有两间孤独的房屋,住着一个孤独的老头,黑孩都知道。菜园的北边是一望无际的黄麻。菜园的西边又是一望无际的黄麻。三面黄麻一面堤,使地瓜地和菜地变成一个方方的大井。黑孩想着,想着,那些紫色的叶片,绿色的叶片,在一瞬间变成井中水,紧跟着黄麻也变成了水,几只在黄麻梢头飞蹿的麻雀变成了绿色的翠鸟,在水面上捕食鱼虾……

刘副主任还在训话。他的话的大意是,为了农业学大寨,水利是农业的命脉,八字宪法水是一法,没有水的农业就像没有娘的孩子,有了娘,这个娘也没有奶子,有了奶子,这个奶子也是个瞎奶子,没有奶水,孩子活不了,活了也像那个瘦猴。(刘副主任用手指指闸上的黑孩。黑孩背对着人群,他脊梁上有两块大疤癞,被阳光照得呼啦呼啦打闪电)。而且这个闸太窄,不安全,年年摔死人,公社革委特别重视,认真研究后决定加宽这个滞洪闸。因此调来了全公社各大队共合二百余名民工。第一阶段的任务是这样的,姑娘媳妇半老婆子加上那个瘦猴(他又指指闸上的黑孩,阳光照着大疤癞,像照着两面小镜子),把那五百方石头砸成柏子养心丸或者是鸡蛋黄那么大的石头子儿。石匠们要把所有的石料按照尺寸剥磨整齐。这两个是我们的铁匠(他指着两个棕色的人,这两个人一个高,一个低,一个老,一个少),负责修理石匠们秃了尖的钢钻子之类。吃饭嘛,离村近的回家吃,离村远的到前边村里吃,我们开了一个伙房。睡觉嘛,离村近的回家睡,离村远的睡桥洞(他指指滞洪闸下那几十个桥洞)。女的从东边向西睡,男的从西边向东睡。桥洞里铺着麦秸草,暄得像钢丝床,舒服死你们这些狗日的。

"刘副主任,你也睡桥洞吗?"

我是领导。我有自行车。我愿意在这儿睡不愿意在这儿睡是我的事,你别操心烂了肺。官长骑马士兵也骑马吗?狗日的,好好干,每天工分不少挣,还补你们一斤水利粮,两毛水利钱,谁不愿干就滚蛋。连小瘦猴也得一份钱粮,修完闸他保证要胖起来……

刘副主任的话,黑孩一句也没听到。他的两根细胳膊拐在石栏杆上,双手夹住羊角锤。他听到黄麻地里响着鸟叫般的音乐和音乐般的秋虫鸣唱。逃逸的雾气碰撞着黄麻叶子和深红或是淡绿的茎秆,发出震耳欲聋的声响。蚂蚱剪动翅羽的声音像火车过铁桥。他在梦中见过一次火车,那是一个独眼的怪物,趴着跑,比马还快,要是站着跑呢?那次梦中,火车刚站起来,他就被后娘的扫炕笤帚打醒了。后娘让他去河里挑水。笤帚打在他屁股上,不痛,只有热乎乎的感觉。打屁股的声音好像在很远的地方有人用棍子抽一麻袋棉花。他把扁担钩儿挽上去一扣,水桶刚刚离开地皮。担着满满两桶水,他听到自己的骨头"咯崩咯崩"地响。肋条跟胯骨连在了一起。爬陡峭的河堤时,他双手扶着扁担,摇摇晃晃。上堤的小路被一棵棵柳树扭得弯弯曲曲。柳树干上像装了磁铁,把铁皮水桶吸得摇摇摆摆。树撞了桶,把水撒在小路上,很滑,他一脚踏上去,像踩着一块西瓜皮。不知道用什么姿势他趴下了,水像瀑布一样把他浇湿了。他的脸碰破了路,鼻子尖成了一个平面,一根草梗在平面上印了一个小沟沟。几滴鼻血流到嘴里,他吐了一口,咽了一口。铁桶一路欢唱着滚到河里去了。他爬起来,去追赶铁桶。两个桶一个歪在河边的水草里,一个被河水载着向前漂。他沿着水边追上去,脚下长满了四个棱的他和一班孩子们称之为"狗蛋子"的野草。尽管他用脚指头使劲扒着草根,还是滑到了河里。河水温暖,没到了他的肚脐。裤头湿了,漂起来,围在他的腰间,像一团海蜇皮。他呼呼隆隆蹚着水追上去,抓住水桶,逆着水往回走。他把两只胳膊夌煞开,一只手拖着桶,另一只手一下一下划着水。水很硬,顶得他趔趔趄趄。他把身体斜起来,弓着脖子往前用力。好像有一群鱼把他包围了,两条大腿之间有若干温柔的鱼嘴在吻他。他停下来,仔细体会着,但一停住,那种感觉顿时就消逝了。水面忽地一暗,好像鱼群惊惶散开。一走起来,愉快的感觉又出现了,好像鱼儿又聚拢过来。于是他再也不停,半闭着眼睛,向前走啊,走……

"黑孩!"

"黑孩!"

他猛然惊醒,眼睛大睁开,那些鱼儿又忽地消失了。羊角铁锤从他手中挣脱了,笔直地钻到闸下的绿水里,溅起了一朵白菊花一样的水花。

"这个小瘦猴,脑子肯定有毛病。"刘太阳上闸去,拧着黑孩的耳朵,大声说:

"过去,跟那些娘们砸石子去,看你能不能从里边认个干娘。"

小石匠也走上来,摸摸黑孩凉森森的头皮,说:"去吧,去摸上你的锤子来。砸几块算几块,砸够了就要耍。"

"你敢偷奸磨滑我就割下你的耳朵下酒。"刘太阳张着大嘴说。

黑孩哆嗦了一下。他从栏杆空里钻出去,双手勾住最下边一根石杆,身子一下子挂在栏杆下边。

"你找死!"小石匠惊叫着,猫腰去扯黑孩的手。黑孩往下一缩,身体贴在桥墩菱状突出的石棱上,轻巧地溜了下去。黑孩贴在白桥墩上,像粉墙上一只壁虎。他哧溜到水槽里,把羊角锤摸上来,然后爬出水槽,钻进桥洞不见了。

"这小瘦猴!"刘太阳摸着下巴说,"他妈的这个小瘦猴!"

黑孩从桥洞里钻出来,畏畏缩缩地朝着那群女人走去。女人们正在笑骂着。话很脏,有几个姑娘夹杂在里边,想听又怕听,脸儿一个个红扑扑的像鸡冠子花。黑孩黑黑地出现在她们面前时,她们的嘴一下子全封住了。愣了一会儿,有几个咬着耳朵低语,看着黑孩没反应,声音就渐渐大了起来。

"瞧瞧,这个可怜样儿!都什么节气了还让孩子光着。"

"不是自己腔里养出来的就是不行。"

"听说他后娘在家里干那行呢……"

黑孩转过身去,眼睛望着河水,不再看这些女人。河水一块红一块绿,河南岸的柳叶像蜻蜓一样飞舞着。

一个蒙着一条紫红色方头巾的姑娘站在黑孩背后,轻轻地问:"哎,小孩,你是哪个村的?"

黑孩歪歪头,用眼角扫了姑娘一下。他看到姑娘的嘴上有一层细细的金黄色的茸毛,她的两眼很大,但由于眼睫毛太多,毛茸茸的,显出一副睡眼惺忪的样子。

"小孩,你叫什么名字?"

黑孩正和沙地上一棵老蒺藜作战,他用脚指头把一个个六个尖或是八个尖的蒺藜撕下来,用脚掌去捻。他的脚像骡马的硬蹄一样,蒺藜尖一根根断了,蒺藜一个个碎了。

姑娘愉快地笑起来:"真有本事,小黑孩,你的脚像挂着铁掌一样。哎,你怎么不说话?"姑娘用两个手指戳着黑孩的肩头说:"听到了没有,我问你话呢!"

黑孩感觉到那两个温暖的手指顺着他的肩头滑下去,停到他背上的伤疤上。

"哎,这,是怎么弄的?"

黑孩的两个耳朵动了动。姑娘这才注意到他的两耳长得十分夸张。

"耳朵还会动,哟,小兔一样。"

黑孩感觉到那只手又移到他的耳朵上,两个指头在捻着他漂亮的耳垂。

"告诉我,黑孩,这些伤疤,"姑娘轻轻地扯着男孩的耳朵把他的身体调转过来,黑孩齐着姑娘的胸口。他不抬头,眼睛平视着,看见的是一些由红线交叉成的方格,有一条梢儿发黄的辫子躺在方格布上。"是狗咬的?生疮啦?上树拉的?你这个小可怜……"

黑孩感动地仰起脸来,望着姑娘浑圆的下巴。他的鼻子吸了一下。

"菊子,想认个干儿吗?"一个脸盘肥大的女人冲着姑娘喊。

黑孩的眼睛转了几下,眼白像灰蛾儿扑棱。

"对,我就叫菊子,前屯的,离这儿十里,你愿意说话就叫我菊子姐好啦。"姑娘对黑孩说。

"菊子,是不是看上他了?想招个小女婿吗?那可够你熬的,这只小鸭子上架要得几年哩……"

"臭老婆,张嘴就喷粪。"姑娘骂着那个胖女人。她把黑孩牵到像山岭一样的碎石堆前,找了一块平整的石头摆好,说,"就坐在这儿吧,靠着我,慢慢砸。"她自己也找了一块光滑石头,给自己弄了个座位,靠着男孩坐下来。很快,滞洪闸前这一片沙地上,就响起了"噼噼啪啪"的敲打石头声。女人们以黑孩为话题议论着人世的艰难和造就这艰难的种种原因,这些"娘儿们哲学"里,永恒真理羼杂着胡说八道,菊子姑娘一点都没往耳里入,她很留意地观察着黑孩。黑孩起初还以那双大眼睛的偶然一瞥来回答姑娘的关注,但很快就像入了定一样,眼睛大睁着,也不知他看着什么,姑娘紧张地看着他。他左手摸着石头块儿,右手举着羊角锤,每举一次都显得筋疲力竭,锤子落下时好像猛抛重物一样失去控制。有时姑娘几乎要惊叫起来,但什么也没发生,羊角铁锤在空中划着曲里拐弯的轨迹,但总能落到石头上。

黑孩的眼睛本来是专注地看着石头的,但是他听到了河上传来了一种奇异的声音,很像鱼群在唼喋,声音细微,忽远忽近,他用力地捕捉着,眼睛与耳朵并用,他看到了河上有发亮的气体起伏上升,声音就藏在气体里。只要他看着那神奇的气体,美妙的声音就逃跑不了。他的脸色渐渐红润起来,嘴角上漾起动人的微笑。他早忘记了自己坐在什么地方干什么,仿佛一上一下举着的手臂是属于另一个人的。后来,他感到右手食指一阵麻木,右胳膊也不由自主地抽搐了一下。他的嘴里突然迸出了一个音节,像哀叫又像叹息。低头看时,发现食指指甲盖已经破成好几半,几股血从指甲破缝里渗出来。

"小黑孩,砸着手了是不?"姑娘耸身站起,两步跨到黑孩面前蹲下,"亲娘哟,砸成了什么样子?哪里有像你这样干活的?人在这儿,心早飞到不知哪国去了。"

姑娘数落着黑孩。黑孩用右手抓起一把土按到砸破的手指上。

"黑孩,你昏了?土里什么脏东西都有!"姑娘拖起黑孩向河边走去,黑孩的脚板很响地扇着油光光的河滩地。在水边上蹲下,姑娘抓住黑孩的手浸到河水里。一股小小的黄浊流在黑孩的手指前形成了。黄土冲光手,血丝又渗出来,像红线一样在水里抖动,黑孩的指甲像砸碎的玉片。

"痛吗?"

他不吱声。这时候他的眼睛又盯住了水底的河虾,河虾身体透亮,两根长须冉冉飘动,十分优美。

姑娘掏出一条绣着月季花的手绢,把他的手指包起来。牵着他回到石堆旁,姑娘说:"行了,坐着耍吧,没人管你,冒失鬼。"

女人们也都停下了手中的锤子,把湿漉漉的目光投过来,石堆旁一时很静。一群群绵羊般的白云从青蓝蓝的天上飞奔而过,投下一团团稍纵即逝的暗影,时断时续地笼罩着苍白的河滩和无可奈何的河水。女人们脸上都出现一种荒凉的表情,好像寸草不生的盐碱地。待了好长一会儿,她们才如梦初醒,重新砸起石子来,锤声寥落单调,透出了一股无可奈何的情绪。

黑孩默默地坐着,目不转睛地看着手绢上的红花儿。在红花旁边又有一朵花儿出现了,那是指甲里的血渗出来了。女人们很快又忘了他,"嘎嘎咕咕"地说笑起来。黑孩把伤手举起来放在嘴边,用牙齿咬开手绢的结儿,又用右手抓起一把土,按到伤指上。姑娘刚要开口说话,却发现他用牙齿和右手又把手绢扎好了。她长长地叹了一口气,举起锤子,沉重地打在一块酱红色的石片上。石片很坚硬,石棱儿像刀刃一样,石棱与锤棱相接,碰出了几个很大的火星,大白天也看得清。

中午,刘副主任骑着辆乌黑的自行车从黑孩和小石匠的村子里窜出来。他站在滞洪闸上吹响了收工哨。他接着宣布,伙房已经开火,离家五里以外的民工才有资格去吃饭。人们匆匆地收拾着工具。姑娘站起来。黑孩站起来。

"黑孩,你离家几里?"

黑孩不理她,脑袋转动着,像在寻找什么。姑娘的头跟着黑孩的头转动,当黑孩的头不动了时,她也把头定住,眼睛向前望,正碰上小石匠活泼的眼睛,两人对视了几十秒钟。小石匠说:"黑孩,走吧,回家吃饭,你不用瞪眼,瞪眼也是白瞪眼,咱俩离家不到二里,没有吃伙房的福分。"

"你们俩是一个村的?"姑娘问小石匠。

小石匠兴奋地口吃起来,他用手指指村子,说他和黑孩就是这村人,过了桥就到了家。姑娘和小石匠说了一些平常但很热乎的话。小石匠知道了姑娘家住前屯,可以吃伙房,可以睡桥洞。姑娘说,吃伙房愿意,睡桥洞不愿意。秋天里刮秋风,桥洞凉。姑娘还悄悄地问小石匠黑孩是不是哑巴。小石匠说绝对不是,这孩子可灵性哩,他四五岁时说起话来就像竹筒里晃豌豆,咯崩咯崩脆。可是后来,话越来越少,动不动就像尊小石像一样发呆,谁也不知道他寻想着什么。你看看他那双眼睛吧,黑洞洞的,一眼看不到底。姑娘说看得出来这孩子灵性,不知为什么我很喜欢他,就像我的小弟弟一样。小石匠说,那是你人好心眼儿善良。

小石匠、姑娘、黑孩儿,不知不觉落到了最后边,他和她谈得很热乎,恨不得走一步退两步。黑孩跟在他俩身后,高抬腿、轻放脚,那神情和动作很像一只沿着墙边巡逻的小公猫。在九孔桥上,刚刚在紫穗槐树丛里耽误了时间的刘太阳骑着车子"嘎嘎啦啦"地赶上来,桥很窄,他不得不跳下车子。

"你们还在这儿磨蹭?黑猴,今天上午干得怎么样?噢,你的爪子怎么啦?"

"他的手让锤子打破了。"

"他妈的。小石匠,你今天中午就去找你们队长,让他趁早换人,出了人命我可担不起。"

"他这是公伤,你忍心撵他走?"姑娘大声说。

"刘副主任,咱俩多年的老交情了,你说,这么大个工地,还多这么个孩子?你让他瘸着只手到队里去干什么?"小石匠说。

"瘦猴儿,真你妈的,"刘太阳沉吟着说,"给你调个活儿吧,给铁匠炉拉风匣,怎么样?会不会?"

黑孩求援似地看看小石匠,又看看姑娘。

"会拉,是不是黑孩?"小石匠说。

姑娘也冲着他鼓励地点点头。

二

黑孩在铁匠炉上拉风箱拉到第五天,赤裸的身体变得像优质煤块一样乌黑发亮;他全身上下,只剩下牙齿和眼白还是白的。这样一来,他的眼睛就更加动人,当他闭紧嘴角看着谁的时候,谁的心就像被热铁烙着一样难受。他的鼻翼两侧的沟沟里落满煤屑,头发长出有半寸长了,半寸长的头发间也全是煤屑。现在,全工地的男人女人们都叫他"黑孩"儿,他谁也不理,连认真看你一眼也不。只有菊子姑娘和小石匠来跟他说话时,他才用眼睛回答他们。昨天中午,工地上的人们全去吃饭了,铁匠师傅的一把小锤和一个淬火用的新水桶被人偷走了。刘太阳在滞洪闸上大骂了半个小时。他分派给黑孩一个新任务:每天中午放工吃饭后,留在工地看守工具,午饭由铁匠师傅从伙房里带来。刘副主任说,便宜黑孩这个狗小子一顿午饭。

  人全走了,喧闹了一上午的工地静得很。黑孩走出桥洞,在闸前的沙地上慢慢地踱步。他倒背着胳膊,双手捂着屁股,蹙着眉毛,额头上出现三道深深的皱纹。他翻来覆去地数着桥洞,从两片嘴唇间"叽儿叽儿"地吐出一个个小泡泡儿。在第七个桥墩前,他站住了,然后双腿夹住桥墩的菱状石棱,一耸一耸地往上爬。爬到半截时,他滑了下来,肚皮上擦破了一大块,渗出一层血珠来。他弯腰抓起一把土,按到肚子上。然后倒退几步,抬起手掌打着眼罩,看着桥墩与桥面相接处那道石缝,他放心了。

  很快地他又走到了妇女们砸石子的地方,他曾经坐过的那块石头没有了。他很准地找到了菊子姑娘的座位,他认识她那把六棱石匠锤。他坐在姑娘的座位上,不断地扭动着身体,变换着姿势,一直等调整到眼睛跟第七个桥墩上那条石缝成一条直线时,才稳稳地坐住,双眼紧盯着石缝里那个东西……

  那天中午,他早早地跑到滞洪闸下,在西边第一个桥洞里蹲下来。他眼睛一遍遍地抚摸红炉、铁钳、大锤、小锤、铁桶、煤铲,甚至每块煤,甚至每块煤渣。快到上工时间了,他右手拿起煤铲,捅开了压住火的红炉,左手用力一拉风箱,煤烟和着煤灰飞起来,迷了眼睛,他使劲揉着,眼眶处充血发了紫。风箱里新勒了鸡毛,很沉,他一只手拉起来有些吃力。右手食指被碰了一下。看手指时才想起那条包着伤指的手绢。手绢已经不白了,月季花还是鲜红的。他转了一个念头,走出桥洞,四下打量着。在第七个桥墩前,他解下手绢用口叼着,费力地爬上去,把手绢塞到石缝里……三捅两戳,火灭了。他的额上沁出一层汗珠。这时桥洞外响起踢踢踏踏的脚步声,他惶恐地倒退着,一直退到脊背贴着凉凉的石壁。黑孩看到一个短腿的青年弯着腰走进桥洞,那姿势好像要证明桥洞很低他人很高。黑孩咧了咧嘴。短腿青年看着被捅灭的火炉和拉出半截的风箱,又看看紧贴石壁站着的他,骂一声:"小狗崽子!你来折腾什么?火也捅灭了,风匣也拉歪了,欠揍的小混蛋"。黑孩听到头上响起一阵风声,感到有一个带棱角的巴掌在自己头皮上扇过去,紧接着听到一个很脆的响,像在地上摔死一只青蛙。

  "滚出去砸你的石头子儿,小混蛋!"青年人骂着。

  黑孩这才知道这就是小铁匠。小铁匠的脸上布满密集的粉刺疙瘩,鼻子像牛犊的鼻子一样,扁扁的,平平的,上边布满汗珠。黑孩看到小铁匠麻利地清理炉膛。又看着他从桥洞的角上抓过一把金黄的麦秸塞到炉膛里,点燃,轻轻地拉儿下风箱,麦秸先冒出又轻又白的烟,紧跟着蹿出火苗。小铁匠铲了一铲湿漉漉的煤,薄薄地撒在正在燃烧的麦秸上,拉风箱的手一直不停。又撒了一层煤。又撒了一层煤。炉里蹿起焦黄的烟,烟里夹带着呛鼻子的煤味。小铁匠用铁铲尖儿把炉中煤一戳,几缕强劲有力的暗红色的火苗蹿了出来,煤着了。

黑孩兴奋地"噢"了一声。

"你还不滚,小混蛋!"

一个又高又瘦的老头子慢吞吞地走进桥洞,问小铁匠:"不是压住火了吗?怎么又生?"他的语声沉闷,声音像是从胸膈以下发出来的。

"被这个小混蛋给捅灭了。"小铁匠抬起煤铲指指黑孩。

"你让他拉吧。"老头说。他把一块蛋黄色的油布围在腰间,把两块蛋黄色的油布绑在脚脖子上护住了脚面。油布上布满了火星烧成的洞洞眼眼。黑孩知道这就是老铁匠了。

"让他拉风匣,你专管打锤,这样你也轻松一点。"老铁匠说。

"让这么个毛孩子拉风匣?你看他瘦得那个猴样,在火炉边还不给烤成干柴棍儿!"小铁匠不满意地嘟哝着。

刘太阳一步闯进来,翻着眼皮说:"怎么啦?不是你说的要个拉火的吗?"

"要拉火的不要他!刘副主任,你看他瘦得那个样子,恐怕连他妈的煤铲都拿不动,你派他来干什么?臭杞摆碟凑样数!"

"我知道你小子的鬼心眼子。你想要个大姑娘来给你拉火是不是?挑个最漂亮的,让那个蒙着紫红色方头巾的来?美得你这个臊包狗蛋!黑孩,拉风箱吧。"刘太阳冲着小铁匠说,"你他妈的好好教教他!"

黑孩畏畏缩缩地走到风箱前站定,目光却期待什么似地望着老铁匠的脸。黑孩发现,老铁匠的脸色像炒焦了的小麦,鼻子尖像颗熟透了的山楂。他走上前来,教给黑孩一些烧火的要领。黑孩的耳朵抖动着,把老铁匠的话儿全听进去了。

刚开始拉火时,他手忙脚乱,满身都是汗水,火焰烤得他的皮肤像针尖刺着一样疼痛。老铁匠面部没有表情,僵硬犹如瓦片,连看也不看他一眼。黑孩咬着下嘴唇,不断地抬起黑胳膊擦着流到眼睛上边的汗水。他的鸡胸脯一起一伏,嘴和鼻孔像风箱一样"呼哧呼哧"喷着气。

小石匠送来磨秃的钢钻待修,看着黑孩那副样子,说:"能不能挺住?挺不住就吱声,还去砸你的石头子儿。"

黑孩连头都没抬。

"这倔种!"小石匠把钢钻扔在地上,走了。但很快他又折了回来,和菊子姑娘一起。菊子把方头巾扎在脖子上,整个脸显得更加完整。

桥洞里的小铁匠忽然感到眼前一亮,使劲咽了一口唾液,又用肥厚的舌头舔了舔干裂的嘴唇。他的两只眼睛不比黑孩的眼睛小,但右眼里有一个鸭蛋皮色的"萝卜花"遮盖了瞳孔。天长日久地用左眼看东西,养成了脑袋往右歪的习惯。他的头枕在右肩上,左眼里射出一道灼热的光,直盯着姑娘红扑扑的脸膛。十八磅的大铁锤头朝下站在他的两腿间,他手扶锤把子,像拄着一根拐棍。

炉中烟火升腾,黑烟夹带着火星直冲到桥面上,又愤怒地反扑下来。黑孩的脸笼罩在烟雾里,他咳嗽着,胸脯里"呲呲"地响。老铁匠冷冷地看了黑孩一眼,从磨得油亮的皮口袋里掏出烟袋,慢吞吞地装上烟,就着炉火点燃,把两股白色烟喷进黑色烟里,鼻孔里两撮黑毛抖动着,他从烟雾里漠然地看了一眼桥洞口的小石匠和菊子,这才对黑孩说:"少加煤,撒匀一点。"

黑孩急促地拉着风箱,瘦身子前倾后仰,炉火照着他汗湿的胸脯,每一根肋巴条都清清楚楚。左胸脯的肋条缝中,他的心脏像只小耗子一样可怜巴巴地跳动着。老铁匠说:"拉长一点,一下是一下。"

菊子姑娘看到黑孩的下唇流出深红的血,眼睛里顿时充满泪水。她喊道:"黑孩,不给他们干了。走,回去跟我砸石子儿。"她走到风箱前,捏住了黑孩那两条干柴棍一样的细胳膊。黑孩拼命挣扎着,喉咙里呜呜地响着,像一条要咬人的小狗。他身体很轻,姑娘架着他的胳膊把他端出了桥洞,他粗糙的脚趾划着地面,地上的碎石片儿哗哗地响着。

"黑孩,咱不给他们干了,你顶不住烟熏火燎,你这么瘦,流光了汗,就烤成锅巴啦。还是跟姐姐去砸石子儿轻松。"一边说着,一边把他放下,用一只手拖着他往石堆那边走。她的胳膊粗壮有力,手很大很柔软,捏着黑孩的手腕,像捏着一条小山羊腿。黑孩打着坠,脚后跟哗哗啦啦犁着地上的碎石片。"小傻瓜,小拗种,好好跟我走。"姑娘停住脚,回头对他说着,手用力捏捏他的腕子,"看看你这小狗腿,我要一用劲,保准捏碎了,那么重的活你怎么干得了?"黑孩恨恨地盯了她一眼,猛地低下头,在姑娘胖胖的手腕上狠狠地咬了一口。她"哎哟"了一声,松开手,黑孩转身跑回了桥洞。

黑孩的牙齿十分锋利,姑娘的手腕上被咬出了两排深深的牙印。他的犬齿是两个锥牙儿,这两个锥牙在姑娘腕上钻出了两个流血的小洞。小石匠关切地走上前去,掏出一条皱巴巴的手绢要给姑娘包扎。她推开他,眼睛也不看他,弯腰从地上抓起一把土,按在伤口上。

"有病菌!"小石匠吃惊地叫喊。

姑娘走回乱石堆前,寻着自己的座位坐下来,呆呆地瞅着河水上层出不穷的波纹,一块石头儿也不砸。

"看看,又傻了一个。"

"黑孩八成会使魔法。"

女人们咬着耳朵低语。

"黑孩,你给我滚出来,狗崽子,狗咬吕洞宾,不识好人心。"小石匠骂着往铁匠炉所在的桥洞里走。

一股脏乎乎、热烘烘的水泼出来,劈头盖脸蒙住了小石匠。小石匠对得正,桥洞里瞄得准,半桶水几乎没浪费一滴。他柔软的黄头发上,劳动布夹克衫上、大红运动衫翻领上,沾满了铁屑和煤灰,脏水像小溪一样从头往脚流。

"瞎了狗眼了!"小石匠大骂着冲进桥洞,"谁干的?说,谁干的?"

没有人答理他。桥洞里黑烟散尽,炉火正旺,紫红色的老铁匠用一把长长的铁钳子把一根烧得发白透亮的钢钻子从炉里夹出来,钻子尖上"噼噼"地爆着耀眼的钢花。老铁匠把钻子放在铁砧上,用小叫锤敲了一下铁钻的边缘,铁钻清脆地回答着他。他的左手操着长把铁钳,铁钳夹着钻子,钻子按着他的意思翻滚着;右手的小叫锤很快地敲着钢钻。他的小锤敲到哪儿,独眼小铁匠的十八磅大铁锤就打到哪儿。老铁匠的小锤像鸡啄米一样迅疾,小铁匠的大锤一步不让,桥洞里生出习习热风。在惊心动魄的锻打声中,钢钻子火星四溅,火星溅到老铁匠和小铁匠围腰护脚的油布上,"滋滋"地冒着白色的烟。火星也飞到了黑孩裸露的皮肤上,他咧着嘴,龇出两排雪白的小狼牙齿。钢火在他肚皮上烫起几个大燎泡,他一点都没有痛的表情,眼睛里跳动着心荡神迷的火苗,两个瘦削的肩头耸起来,脖子使劲缩着,双臂交叉在胸前,手捂着下巴和嘴巴,挤着鼻子上满是皱纹。

秃钻子被打出了尖,颜色暗淡下来——先是殷红,继而是银白。地下落着一层灰白的铁屑,铁屑引燃了一根草梗,草梗悠闲地冒着袅袅的白烟。

"谁他妈的泼了我?"小石匠盯着小铁匠骂。

"老子泼的,怎么着?"小铁匠遍体放光,双手拄着锤把,优雅地歪着头,说。

"你瞎眼了吗?"

"瞎了一个。老爹泼水你走路,碰上了算你运气。"

"你讲理不讲?"

"这年头,拳头大就有理。"小铁匠捏起拳头,胳膊上的肉隆起来。

"来吧,独眼龙!老子今天把你这只狗眼也打瞎。"小石匠怒气冲冲地靠了前,老铁匠好像无意地往前跨了一步,撞了他一下。小石匠猛然觉得老人那双深深地眍着的眼窝里射出了一股物质,好像暗示着什么,他顿时感到浑身肌肉松弛。老铁匠微微扬起脸,极随便地哼唱了一句说不出是什么味道的戏文或是歌词来。

恋着你刀马娴熟通晓诗书少年英武,跟着你闯荡江湖风餐露宿吃尽了世上千般苦。

老铁匠只唱了这一句,声音戛然而止,听得出他把一大截悲怆凄楚的尾音咽进了肚子。老铁匠又看了小石匠一眼,低下头去给刚打出尖的钻子淬火。淬火前,他捋起右手衣袖,把手伸进水桶里试着水温,他的小臂上有一个深紫色的伤疤,圆圆的,中间凸出,尽管这个伤疤不像一只眼睛,但小石匠却觉得这个紫疤像一只古怪的眼睛盯着自己。他撇了一下嘴,恍恍惚惚像中了魔症,飘飘地出了桥洞,红炉这边,一下午没见到他的影子。

……黑孩的眼睛酸了,头皮也晒得发烫。他从姑娘的座位上站起来,踱回到铁匠炉边。桥洞里很暗,他摸摸索索地坐在老铁匠的马扎上,什么都不想的时候,双手便火烧火燎地痛起来,他把手放在凉森森的石壁上,赶快去想过去的事情。

三天前,老铁匠请假回家拿棉衣和铺盖,他说人老了腿值钱,不愿天天往家跑,在红炉边絮个铺,冻不着的。(黑孩抬眼看看老铁匠的铺。桥洞的北边已经用闸板堵起来了,几缕亮光从板缝里漏进来,斜照着老铁匠那件油晃晃的棉袄和那条狗毛脱落的皮褥子。)老师傅回了家,小铁匠成了一洞之主。那天上午进桥洞来,他挺着胸,凸着肚,好颜好色地说:"黑孩,生火,老东西回家了,咱们俩干。"

黑孩看着他。

"瞪什么眼,兔崽子!你瞧不起老子是不?老子跟着老东西已经熬了整三年啦,他那点把戏我全知道。"小铁匠说。

黑孩懒洋洋地生起火来。小铁匠得意地哼着什么。他把几支头天没来得及修的钢钻插进炉膛烧着。黑孩把火拉得很旺,照着自己的黑脸透出红来。小铁匠忽然笑起来,说:"黑孩,你小子冒充老红军准行,浑身是疤。"

黑孩使劲拉火。

"这几天怎么也不见你那个浪干娘来看你啦?你咬了她一口,把她得罪啦,狗儿子。她的胳膊什么味儿?是酸的还是甜的?你狗日的好口福。要是让我捞到她那条白嫩胳膊,我像吃黄瓜一样啃着吃了。"

黑孩提起长钳,夹起一根烧透了的钢钻扔到砧子上。

"哟,儿子,好快!"小铁匠抄起一把比大锤小比小锤大的中锤,一手掌钳,一手抡锤,狠狠地打起来。黑孩呆呆地看着。小铁匠一身好力气,铁锤耍得出神出鬼,打出的钢钻尖儿棱角分明,像支削好的铅笔。黑孩很悲哀地看着老铁匠那把小叫锤儿。小铁匠用铁钳夹着打好的钢钻到桶边淬火,他淬火的动作跟老铁匠一模一样。黑孩背过脸,又去看那把躺在砧子旁边的小叫锤,小叫锤的木把儿像老牛的角尖一样又光又滑。

小铁匠好马快刀,一会儿功夫就修好十几支钢钻。他得意地坐在师傅的马扎上卷烟。卷好烟,插进嘴,吩咐黑孩夹过一块通红的炭给他点着。

"儿子,看到了吧?没有老梆子我们照样干!"

小铁匠正得意着,刚才拿走钻子的石匠们找他来了。

"小铁匠,你淬得什么鸟火?不是崩头就是弯尖,这是剥石头,不是打豆腐。没有弯弯肚子,别吞镰头刀子。等你师傅回来吧,别拿着我们的钢钻练功夫。"

石匠们把那十几支坏钻子扔在地上。走了。小铁匠脸变了色,咋呼着黑孩拉火烧钻子。一会儿工夫他又把钻子打好,淬好,亲自抱着送到工地上。他前脚进了桥洞,石匠们后脚就跟来了。坏钻子扔在地上,脏话扔在小铁匠头上:"去你娘的蛋,别耍我们的大头了,看看你淬的火!全崩了你娘的尖啦!"

黑孩看看小铁匠,嘴角上漾出两道纹来,谁也不知道他是高兴还是难过。小铁匠把工具摔得"噼哩卡啦"响,蹲到地上,呼呼地吐闷气。他抽了一支烟,那只独眼骨碌碌地转着,射出迷茫暴躁的光线,两条大蝌蚪一样的眉毛急遽地扭动着。他扔掉烟屁股,站起来,说:

"妈的,就不信羊不吃蒿子!黑孩,拉火再干!"

黑孩无精打采地拉着风箱,动作一下比一下迟缓。小铁匠催他,骂他,他连头都不抬。钻子又烧好了。小铁匠草草打了几锤,就急不可耐地到桶边淬火。这次他改变了方式,不是像老铁匠那样一点点地淬,而是把整个钻子一下插到水里。桶里的水吱吱地叫着,一股白气绞着麻花冲起来。小铁匠把钢钻提起来,举到眼前,歪着头察看花纹和颜色。看了一阵,他就把这支钻子放在砧子上,用锤轻轻一敲,钢钻断成两半。他沮丧地把锤子扔到地上,把那半截钻子用力甩到桥洞外边去。坏钻子躺在洞前石片上,怎么看都难受。

"去把那根钻子捡回来!"小铁匠怒冲冲地吩咐黑孩。黑孩的耳朵动了动,脚却没有动。他的屁股上挨了一脚,肩膀上被捅了一钳子,耳边响起打雷一样的吼声:"去把钻子捡回来。"

黑孩垂着头走到钻子前,一点一点弯下腰去,伸手把钻子抓起来。他听到手里"滋滋啦啦"地响,像握着一只知了。鼻子里也嗅到炒猪肉的味道。钻子沉重地掉在地上。

小铁匠一愣,紧接着大笑起来:"兔崽子,老子还忘了钻子是热的,烫熟了猪爪子,啃吧!"

黑孩走回桥洞,一眼也不看小铁匠,把烫熟了皮肉的手淹到水桶里泡了泡,又慢悠悠走出桥洞。他弯下腰去,仔细地端详着那半截钢钻子。钢钻是银灰色的,表面粗糙,有好多小颗粒。地上的湿土在钢钻下冒着白气,那白气很细,若有若无。他更低地俯下身去,屁股高高地翘起来,大裤头全褪到屁股上,露出比小腿颜色略浅的大腿。他的一只手捂在背上,一只手从肩前垂下去,慢慢地接近钢钻,水珠沿着指尖滴下去,钢钻子嗤啦一声响。水珠在钻子上跳动着,叫着,缩小着,变成一圈波纹,先扩大一下,立即收缩,终于消逝了。他的指尖已经感到了钢钻的灼热,这种灼热感一直传导到他心里去。

"你他妈的在那儿干什么,弯腰撅腚,冒充走资派吗?"小铁匠在桥洞里喊他。

他一把攥住钢钻,哆嗦着,左手使劲抓着屁股,不慌不忙走回来。小铁匠看到黑孩手里冒出黄烟,眼像风瘫病人一样咼斜着叫道:"扔、扔掉!"他的嗓子变了调,像猫叫一样,"扔掉呀,你这个小混蛋!"

黑孩在小铁匠面前蹲下,松开手,抖了两抖,钻子打了两滚儿躺在小铁匠脚前。然后就那么蹲着,仰望着小铁匠的脸。

小铁匠浑身哆嗦起来:"别看我,狗小子,别看我。"他拧过脸去。黑孩站起来,走出桥洞……他记得他走出桥洞后望了一会儿西天,天上连一丝云彩也没有,只有半个又白又薄的月亮,像一块小小的云……

他想得很累,耳朵里有蜜蜂的叫声。从马扎子上起来,走到老铁匠的铺前躺下来。头枕着棉袄,眼皮不知不觉合上了。他感到有一个人在抚摸自己的脸,抚摸自己的手,痛,他忍着。有两滴沉甸甸的水珠落下来,一滴落在两片唇间,他咽了;一滴打到鼻尖上,鼻子被砸得酸溜溜的。

"黑孩、黑孩,醒醒,吃饭啦。"

他觉得鼻子酸得厉害,匆忙爬起来,看着姑娘。有两股水儿想从眼窝里滚出来,他使劲憋住,终于让水儿流进喉咙。

"给你。"姑娘解开那条紫红色头巾。头巾里包着两个窝窝头。一个窝窝头的眼里塞着一根腌黄瓜,一个窝窝头眼里栽着一棵大葱。一根长长的梢儿发黄的头发粘在窝窝头上。姑娘用两个指头拈起头发,轻轻一弹,头发落地时声音很响,黑孩听到了。

"吃吧,你这条小狗!"姑娘摸着他的脖子说。

黑孩咬葱咬黄瓜咬窝窝头,一边咀嚼一边看姑娘。

"手是怎么烫的?是不是独眼龙使坏?还咬我吗?看看你的狗牙多快。"

黑孩的耳朵使劲忽扇着,左手举起窝窝头,右手举起大葱腌黄瓜,遮住了脸。

三

夜里,莫名其妙地下了一场雷阵雨。清晨上工时,人们看到工地上的石头子儿被洗得干干净净,沙地被拍打得平平整整。闸下水槽里的水增了两拃,水面蓝汪汪地映出天上残余的乌云。天气仿佛一下子冷了,秋风从桥洞里穿过来,和着海洋一样的黄麻地里的窸窣之声,使人感到从心里往外冷。老铁匠穿上了他那件亮甲似的棉袄,棉袄的扣子全掉光了,只好把两扇襟儿交错着掩起来,拦腰捆上一根红色胶皮电线。黑孩还是只穿一条大裤头子,光背赤足,但也看不出他有半点瑟缩。他原来扎腰的那根布条儿不知是扔了还是藏了,他腰里现在也扎着一节红胶皮电线。他的头发这几天像发疯一样地长,已经有二寸长,头发根根竖起,像刺猬的硬毛。民工们看着他赤脚踩着石头上积存的雨水走过工地,脸上都表现出怜悯加敬佩的表情来。

"冷不冷?"老铁匠低声问。

黑孩惶惑地望着老铁匠,好像根本不理解他问话的意思。"问你哩!冷吗?"老铁匠提高了声音。惶惑的神色从他眼里消失了,他垂下头,开始生火。他左手轻拉风箱,右手持煤铲,眼睛望着燃烧的麦秸草。老铁匠从草铺上拿起一件油腻腻的褂子给黑孩披上。黑孩扭动着身体,显出非常难受的样子。老铁匠一离开,他就把褂子脱下来,放回到铺上去。老铁匠摇摇头,蹲下去抽烟。

"黑孩,怪不得你死活不离开铁匠炉,原来是图着烤火暖和哩,妈的,人小心眼儿不少。"小铁匠打了一个百无聊赖的呵欠,说。

工地上响起哨子声,刘副主任说,全体集合。民工们集合到闸前向阳的地方,男人抱着膀子,女人纳着鞋底子。黑孩偷觑着第七个桥墩上的石缝,心里忐忑不安。刘副主任说,天就要冷,因此必须加班赶,争取结冰前浇完混凝土底槽。从今天起每晚七点到十点为加班时间,每人发给半斤粮,两毛钱。谁也没提什么意见。二百多张脸上各有表情。黑孩看到小石匠的白脸发红发紫,姑娘的红脸发灰发白。

当天晚上,滞洪闸工地上点亮了三盏汽灯。汽灯发着白炽刺眼的光,一盏照耀石匠们的工场,一盏照着妇女们砸石子儿的地方。妇女们多数有孩子和家务,半斤粮食两毛钱只好不挣。灯下只围着十几个姑娘。她们都离村较远,大着胆子挤在一个桥洞里睡觉,桥洞两头都堵上了闸板,只在正面留了个洞,钻进钻出。菊子姑娘有时钻桥洞,有时去村里睡(村里有她一个姨表姐,丈夫在县城当临时工,有时晚上不回家睡,表姐就约她去作伴)。第三盏汽灯放在铁匠炉的桥洞里,照着老年、青年和少年。石匠工场上锤声叮当,钢钻子啃着石头,不时迸出红色的火星。石匠们干得还算卖劲,小石匠脱掉夹克衫,大红运动衣像火炬一样燃烧着。姑娘们围灯坐着,产生许多美妙联想。有时嘎嘎大笑,有时窃窃私语,砸石子的声音零零落落。在她们发出的各种声音的间隙里,充填着河上的流水声。菊子放下锤子,悄悄站起来,向河边走去。灯光把她的影子长长地投在沙滩上。"当心被光棍子把你捉去。"一个姑娘在菊子身后说。菊子很快走出灯光的圈子。这时她看到的灯光像几个白亮亮的小刺球,球刺儿伸到她面前停住了,刺尖儿是红的、软的。后来她又迎着灯光走上去。她忽然想去看看黑孩儿在干什么,便躲避着灯光,闪到第一个桥墩的暗影里。

她看到黑孩儿像个小精灵一样活动着,雪亮的灯光照着他赤裸的身体,像涂了一层釉彩。仿佛这皮肤是刷着铜色的陶瓷橡皮,既有弹性又有韧性,撕不烂也扎不透。黑孩似乎胖了一点点,肋条和皮肤之间疏远了一些。也难怪么,每天中午她都从伙房里给他捎来好吃的。黑孩很少回家吃饭,只是晚上回家睡觉,有时候可能连家也不回——姑娘有天早晨发现他从桥洞里钻出来,头发上顶着麦秸草。黑孩双手拉着风箱,动作轻柔舒展,好像不是他拉着风箱而是风箱拉着他。他的身体前倾后仰,脑袋像在舒缓的河水中漂动着的西瓜,两只黑眼睛里有两个亮点上下起伏着,如萤火虫优雅地飞动。

小铁匠在铁钻子旁边以他一贯的姿势立着,双手拄着锤柄,头歪着,眼睛瞪着,像一只深思熟虑的小公鸡。

老铁匠从炉子里把一支烧熟的大钢钻夹了出来,黑孩把另一支坏钻子捅到大钢钻腾出的位置上。烧透的钢钻白里透着绿。老铁匠把大钢钻放到铁砧上,用小叫锤敲敲砧子边,小铁匠懒洋洋地抄起大锤,像抡麻秆一样抡起来,大锤轻飘飘地落在钢钻子上,钢花立刻光彩夺目地向四面八方飞溅。钢花碰到石壁上,破碎成更多的小钢花落地,钢花碰到黑孩微微凸起的肚皮,软绵绵地弹回去,在空中画出一个个漂亮的半圆弧,坠落下去。钢花与黑孩肚皮相撞以及反弹后在空中飞行时,空气摩擦发热发声。打过第一锤,小铁匠如同梦中猛醒一般绷紧肌肉,他的动作越来越快,姑娘看到石壁上一个怪影在跳跃,耳边响彻"咣咣咣咣"的钢铁声。小铁匠塑铁成形的技术已经十分高超,老铁匠右手的小叫锤只剩下干敲砧子边的份儿。至于该打钢钻的什么地方,小铁匠是一目了然。老铁匠翻动钢钻,眼睛和意念刚刚到了钢钻的某个需要锻打的部位,小铁匠的重锤就敲上去了,甚至比他想的还要快。

姑娘目瞪口呆地欣赏着小铁匠的好手段,同时也忘不了看着黑孩和老铁匠。打得最精彩的时候,是黑孩最麻木的时候(他连眼睛都闭上了,呼吸和风箱同步),也是老铁匠最悲哀的时候,仿佛小铁匠不是打钢钻而是打他的尊严。

钢钻锻打成形,老铁匠背过身去淬火,他意味深长地看了小铁匠一眼,两个嘴角轻蔑地往下撇了撇。小铁匠直勾勾地看着师傅的动作。姑娘看到老铁匠伸出手试试桶里的水,把钻子举起来看了看,然后身体弯着像对虾,眼瞅着桶里的水,把钻子尖儿轻轻地、试试探探地触及水面,桶里水"嗞嗞"地响着,一股很细的蒸气蹿上来,笼罩住老铁匠的红鼻子。一会儿,老铁匠把钢钻提起来举到眼前,像穿针引线一样瞄着钻子尖,好像那上边有美妙的画图,老头脸上神采飞扬,每条皱纹里都溢出欣悦。他好像得出一个满意答案似的点点头,把钻子全淹到水里,蒸气轰然上升,桥洞里形成一个小小的蘑菇烟云。汽灯光变得红殷殷的,一切全都朦胧晃动。雾气散尽,桥洞里恢复平静,依然是黑孩梦幻般拉风箱,依然是小铁匠公鸡般冥思苦想,依然是老铁匠如枣者脸如漆眼如屎克螂者臂上疤痕。

老铁匠又提出一支烧熟的钢钻,下面是重复刚才的一切,一直到老铁匠要淬火时,情况才发生了一些变化。老铁匠伸手试水温。加凉水。满意神色。正当老铁匠要为手中的钻子淬火时,小铁匠耸身一跳到了桶边,非常迅速地把右手伸进了水桶。老铁匠连想都没想,就把钢钻戳到小伙子的右小臂上。一股烧焦皮肉的腥臭味儿从桥洞里飞出来,钻进姑娘的鼻孔。

小铁匠"嗷"地号叫一声,他直起腰,对着老铁匠恶狠狠地笑着,大声喊:

"师傅,三年啦!"

老铁匠把钢钻扔在桶里,桶里翻滚着热浪头,蒸气又一次弥漫桥洞。姑娘看不清他们的脸子,只听到老铁匠在雾中说:"记住吧!"

没等烟雾散尽她就跑了,她使劲捂住嘴,有一股苦涩的味儿在她胃里翻腾着。坐在石堆前,旁边一个姑娘调皮地问她:"菊子,这一大会儿才回去,是跟着大青年钻黄麻地了吧?"她没有回腔,听凭着那个姑娘奚落。她用两个手指捏着喉咙,极力不让自己发出声音。

收工的哨声响了。三个钟头里姑娘恍惚在梦幻中。"想汉子了吗?菊子?""走吧,菊子。"她们招呼着她。她坐着不动,看着灯光下幢幢的人影。

"菊子,"小石匠板板整整地站在她身后说,"你表姐让我捎信给你,让你今夜去做伴,咱们一道走吗?"

"走吗?你问谁呢?"

"你怎么啦?是不是冻病啦?"

"你说谁冻病啦?"

"说你哩!"

"别说我。"

"走吗?"

"走。"

石桥下水声响亮,她站住了。小石匠离她只有一步远。她回过头去,看到滞洪闸西边第一个桥洞还是灯火通明,其他两盏汽灯已经熄灭。她朝滞洪闸工地走去。

"找黑孩吗?"

"看看他。"

"我们一块去吧,这小混蛋,别迷迷糊糊掉下桥。"

菊子感觉到小石匠离自己很近了,似乎能听到他"怦怦"的心跳声。走着,走着。她的头一倾斜,立刻就碰到小石匠结实的肩膀,她又把身子往后一仰,一只粗壮的胳膊便把她揽住了。小石匠把自己一只大手捂在姑娘窝窝头一样的乳房上,轻轻地按摩着,她的心在乳房下像鸽子一样乱扑棱。脚不停地朝着闸下走,走进亮圈前,她把他的手从自己胸前移开。他通情达理地松开了她。

"黑孩!"她叫。

"黑孩!"他也叫。

小铁匠用一只眼看着她和他,腮帮子抽动一下。老铁匠坐在自己的草铺上,双手端着烟袋,像端着一杆盒子炮。他打量了一下深红色的菊子和淡黄色的小石匠,疲惫而宽厚地说:"坐下等吧,他一会儿就来。"

……黑孩提着一只空水桶,沿着河堤往上爬。收工后,小铁匠伸着懒腰说:"饿死啦。黑孩,提上桶,去北边扒点地瓜,拔几个萝卜来,我们开夜餐。"

黑孩睡眼迷蒙地看看老铁匠。老铁匠坐在草铺上,像只羽毛凌乱的败阵公鸡。

"瞅什么?狗小子,老子让你去你尽管去。"小铁匠腰挺得笔直,脖子一押一押地说。他用眼扫了一下瘫坐在铺上的师傅。胳膊上的烫伤很痛,但手上愉快的感觉完全压倒了臂上的伤痛,那个温度可是绝对的舒适绝对的妙。

黑孩拎起一只空水桶,踢踢踏踏往外走。走出桥洞,仿佛"扑通"一声掉下了井,四周黑得使他的眼睛里不时迸出闪电一样的虚光,他胆怯地蹲下去,闭了一会眼睛,当他睁开眼睛时,天色变淡了,天空中的星光暖暖地照着地,也照着瓦灰色的大地……

河堤上的紫穗槐枝条交叉伸展着,他用一只手分拨着枝条,仄着肩膀往上走。他的手捋着湿漉漉的枝条和枝条顶端一串串结实饱满的树籽,微带苦涩的槐枝味儿直往他面上扑。他的脚忽然碰到一个软绵绵热乎乎的东西,脚下响起一声"唧喳",没及他想起这是只花脸鹌,这只花脸鹌就懵头转向地飞起来,像一块黑石头一样落到堤外的黄麻地里。他惋惜地用脚去摸花脸鹌适才趴窝的地方,那儿很干燥,有一簇干草,草上还留着鸟儿的体温。站在河堤上,他听到姑娘和小石匠喊他。他拍了一下铁桶,姑娘和小石匠不叫了。这时他听到了前边的河水明亮地向前流动着,村子里不知哪棵树上有只猫头鹰凄厉地叫了一声。后娘一怕天打雷,二怕猫头鹰叫。他希望天天打雷,夜夜有猫头鹰在后娘窗前啼叫。槐枝上的露水把他的胳膊濡湿了,他在裤头上擦擦胳膊。穿过河堤上的路走下堤去。这时他的眼睛适应了黑暗,看东西非常清楚,连咖啡色的泥土和紫色的地瓜叶儿的细微色调差异也能分辨。他在地里蹲下,用手扒开瓜垅儿,把地瓜撕下来,"叮叮当当"地扔到桶里。扒了一会儿,他的手指上有什么东西掉下,打得地瓜叶儿哆嗦着响了一声。他用右手摸摸左手,才知道那个被打碎的指甲盖儿整个儿脱落了。水桶已经很重,他提着水桶往北走。在萝卜地里,他一个挨一个地拔了六个萝卜,把缨儿拧掉扔在地上,萝卜装进水桶……

"你把黑孩弄到哪儿去了?"小石匠焦急地问小铁匠。

"你急什么?又不是你儿子!"小铁匠说。

"黑孩呢?"姑娘两只眼盯着小铁匠一只眼问。

"等等,他扒地瓜去了。你别走,等着吃烤地瓜。"小铁匠温和地说。

"你让他去偷?"

"什么叫偷?只要不拿回家去就不算偷!"小铁匠理直气壮地说。

"你怎么不去扒?"

"我是他师傅。"

"狗屁!"

"狗屁就狗屁吧!"小铁匠眼睛一亮,对着桥洞外骂道:"黑孩,你他妈的去哪里扒地瓜?是不是到了阿尔巴尼亚?"

黑孩歪着肩膀,双手提着桶鼻子,趔趔趄趄地走进桥洞,他浑身沾满了泥土,像在地里打过滚一样。

"哟,我的儿!真够下狠的了,让你去扒几个,你扒来一桶!"小铁匠高声地埋怨着黑孩,说,"去,把萝卜拿到池子里洗洗泥。"

"算了,你别指使他了。"姑娘说,"你拉火烤地瓜,我去洗萝卜。"

小铁匠把地瓜转着圈子垒在炉火旁,轻松地拉着火。菊子把萝卜提回来,放在一块干净石头上。一个小萝卜滚下来,沾了一身铁屑停在小石匠脚前,他弯腰把它捡起来。

"拿来,我再去洗洗。"

"算了,光那五个大萝卜就尽够吃了。"小石匠说着,顺手把那个小萝卜放在铁砧子上。

黑孩走到风箱前,从小铁匠手里把风箱拉杆接过来。小铁匠看了姑娘一眼,对黑孩说:"让你歇歇哩,狗日的。闲着手痒痒?好吧,给你,这可不怨我,慢着点拉,越慢越好,要不就烤糊了。"

小石匠和菊子并肩坐在桥洞的西边石壁前。小铁匠坐在黑孩后边。老铁匠面南坐在北边铺上,烟锅里的烟早烧透了,但他还是双手捧烟袋,双肘支在膝盖上。

夜已经很深了,黑孩温柔地拉着风箱,风箱吹出的风犹如婴孩的鼾声。河上传来的水声越加明亮起来,似乎它既有形状又有颜色,不但可闻,而且可见。河滩上影影绰绰,如有小兽在追逐,尖细的趾爪踩在细沙上,声音细微如同毫毛纤毫毕现,有一根根又细又长的银丝儿,刺透河的明亮音乐般穿过来。闸北边的黄麻地里,"泼剌剌"一声响,麻秆儿碰撞着、摇晃着,好久才平静。全工地上只剩下这盏汽灯了,开初在那两盏汽灯周围寻找过光明的飞虫们,经过短暂的迷惘之后,一齐麇集到铁匠炉边来,为了追求光明,把汽灯的玻璃罩子撞得"哗哗啪啪"响。小石匠走到汽灯前,捏着汽杆,"噗唧噗唧"打气。汽灯玻璃罩破了一个洞,一只蝼蛄猛地撞进去,炽亮的石棉纱罩撞掉了,桥洞里一团黑暗。待了一会儿,才能彼此看清嘴脸。黑孩的风箱把炉火吹得如几片柔软的红绸布在抖动,桥洞里充溢着地瓜熟了的香味。小铁匠用铁钳把地瓜挨个翻动一遍。香味越来越浓,终于,他们手持地瓜红萝卜吃起来。扒掉皮的地瓜白气袅袅,他们一口凉,一口热,急一口,慢一口,咯咯吱吱,唏唏溜溜,鼻尖上吃出汗珠。小铁匠比别人多吃了一个萝卜两个地瓜。老铁匠一点也没吃,坐在那儿如同石雕。

"黑孩,回家吗?"姑娘问。

黑孩伸出舌头,舔掉唇上残留的地瓜渣儿,他的小肚子鼓鼓的。

"你后娘能给你留门吗?"小石匠说,"钻麦秸窝儿吗?"

黑孩咳嗽了一声。把一块地瓜皮扔到炉火里,拉了几下风箱,地瓜皮卷曲,燃烧,桥洞里一股焦糊味。

"烧什么你?小杂种,"小铁匠说,"别回家,我收你当个干儿吧,又是干儿又是徒弟,跟着我闯荡江湖,保你吃香的喝辣的。"

小铁匠一语未了,桥洞里响起凄凉亢奋的歌唱声。小石匠浑身立时爆起一层幸福的鸡皮疙瘩,这歌词或是戏文他那天听过一个开头。

恋着你刀马娴熟,通晓诗书,少年英武,跟着你闯荡江湖,风餐露宿,受尽了世上千般苦——

老头子把脊梁靠在闸板上,从板缝里吹进来的黄麻地里的风掠过他的头顶,他头顶上几根花白的毛发随着炉里跳动不止的煤火轻轻颤动。他的脸无限感慨。腮上很细的两根咬肌像两条蚯蚓一样蠕动着,双眼恰似两粒燃烧的炭火。

　　……你全不念三载共枕,如云如雨,一片恩情,当作粪土。奴为你夏夜打扇,冬夜暖足,怀中的香瓜,腹中的火炉……你骏马高官,良田万亩,丢弃奴家招赘相府,我我我我是苦命的奴呀……

　　姑娘的心高高悬着,嘴巴半张开,睫毛也不眨动一下地瞅着老铁匠微微仰起的表情无限丰富的脸和他细长的脖颈上那个像水银珠一样灵活地上下移动着的喉结。凄婉哀怨的旋律如同秋雨抽打着她心中的田地,她正要哭出来时,那旋律又变得昂扬壮丽浩渺无边,她的心像风中的柳条一样飘荡着,同时,有一种麻酥酥的感觉从脊椎里直冲到头顶,于是她的身体非常自然地歪在小石匠肩上,双手把玩着小石匠那只厚茧重重的大手,眼里泪光点点,身心沉浸在老铁匠的歌里,意里。老铁匠的瘦脸上焕发出夺目的光彩,她仿佛从哪儿发现了自己像歌声一样的未来……

　　小石匠怜爱地用胳膊揽住姑娘,那只大手又轻轻地按在姑娘硬邦邦的乳房上。小铁匠坐在黑孩背后,但很快他就坐不住了,他听到老铁匠像头老驴一样叫着,声音刺耳,难听。一会儿,他连驴叫声也听不到了。他半蹲起来,歪着头,左眼几乎竖了起来,目光像一只爪子,在姑娘的脸上撕着,抓着。小石匠温存地把手按到姑娘胸脯上时,小铁匠的肚子里燃起了火,火苗子直冲到喉咙,又从鼻孔里、嘴巴里喷出来。他感到自己蹲在一根压缩的弹簧上,稍一松神就会被弹射到空中,与滞洪闸半米厚的钢筋混凝土桥面相撞,他忍着,咬着牙。

　　黑孩双手扶着风箱杆儿,炉中的火已经很弱了,一绺蓝色火苗和一绺黄色火苗在煤结上跳跃着,有时,火苗儿被气流托起来,离开炉面很高,在空中浮动着,人影一晃动,两个火苗又落下去。黑孩目中无人,他试图用一只眼睛盯住一个火苗,让一只眼黄一只眼蓝,可总也办不到,他没法把双眼视线分开。于是他懊丧地从火上把目光移开,左右巡睃着,忽然定在了炉前的铁砧上。铁砧踞伏着,像只巨兽。他的嘴第一次大张着,发出一声感叹(感叹声淹没在老铁匠高亢的歌声里)。黑孩的眼睛原本大而亮,这时更变得如同电光源。他看到了一幅奇特美丽的图画:光滑的铁砧子。泛着青幽幽蓝幽幽的光。泛着青蓝幽幽光的铁砧子上,有一个金色的红萝卜。红萝卜的形状和大小都像一个大个阳梨,还拖着一条长尾巴,尾巴上的根根须须像金色的羊毛。红萝卜晶莹透明,玲珑剔透。透明的、金色的外壳里包孕着活泼的银色液体。红萝卜的线条流畅优美,从美丽的弧线上泛出一圈金色的光芒。光芒有长有短,长的如麦芒,短的如睫毛,全是金色,……老铁匠的歌唱被推出去很远很远,像一个小蝇子的嗡嗡声。他像个影子一样飘过风箱,站在铁砧前,伸出了沾满泥土煤屑、挨过砸伤烫伤的小手,小手抖抖索索……当黑孩的手就要捏住小萝卜时,小铁匠猛地蹿起来,他踢翻了一个水桶,水汩汩地流着,渍湿了老铁匠的草铺。他一把将那个萝卜抢来,那只独眼充着血:"狗日的!公狗!母狗!你也配吃萝卜?老子肚里着火,嗓里冒烟,正要它解渴!"小铁匠张开牙齿焦黑的大嘴就要啃那个萝卜。黑孩以少有的敏捷跳起来,两只细胳膊插进小铁匠的臂弯里,身体悬空一挂,又嘟噜滑下来,萝卜落到了地上。小铁匠对准黑孩的屁股踢了一脚,黑孩一头扎到姑娘怀里,小石匠大手一翻,稳稳地托住了他。

老铁匠停下了嘶哑的歌喉,慢慢地站起来。姑娘和小石匠也站起来。六只眼睛一起瞪着小铁匠。黑孩头很晕,眼前的一切都在转动。使劲晃晃头,他看到小铁匠又拿着萝卜往嘴里塞。他抓起一块煤渣投过去,煤渣擦着小铁匠腮边飞过,碰到闸板上,落在老铁匠铺上。

"日你娘,看我打死你!"小铁匠咆哮着。

小石匠跨前一步,说:"你要欺负黑孩?"

"把萝卜还给他!"姑娘说。

"还给他?老子偏不。"小铁匠冲出桥洞,扬起胳膊猛力一甩,萝卜带着飕飕的风声向前飞去,很久,河里传来了水面的破裂声。

黑孩的眼前出现了一道金色的长虹,他的身体软软地倒在小石匠和姑娘中间。

四

那个金色红萝卜砸在河面上,水花飞溅起来。萝卜漂了一会儿,便慢慢沉入水底。在水底下它慢滚动着,一层层黄沙很快就掩埋了它。从萝卜砸破的河面上,升腾起沉甸甸的迷雾,凌晨时分,雾积满了河谷,河水在雾下伤感地呜咽着。几只早起的鸭子站在河边,忧悒地盯着滚动的雾。有一只大胆的鸭子耐不住了,蹒跚着朝河里走。在蓬生的水草前,浓雾像帐子一样挡住了它。它把脖子向左向右向前伸着,雾像海绵一样富于伸缩性,它只好退回来,"呷呷"地发着牢骚。后来,太阳钻出来了,河上的雾被剑一样的阳光劈开了一条条胡同和隧道,从胡同里,鸭子们望见一个高个子老头儿挑着一卷铺盖和几件沉甸甸的铁器,沿着河边往西走去了。老头的背驼得很厉害,担子沉重,把它的肩膀使劲压下去,脖子像天鹅一样伸出来。老头子走了,又来了一个光背赤脚的黑孩。那只公鸭子跟它身边那只母鸭子交换了一个眼神,意思是说:记得吧?那次就是他,水桶撞翻柳树滚下河,人在堤上做狗趴,最后也下了河拖着桶残水,那只水桶差点没把麻鸭那个臊包砸死……母鸭子连忙回应:是呀是呀是呀,麻鸭那个讨厌家伙,天天追着我说下流话,砸死它倒利索……

黑孩在水边慢慢地走着,眼睛极力想穿透迷雾,他听到河对岸的鸭子在"呷呷呷呷、嘎嘎嘎嘎"地乱叫着。他蹲下去,大脑袋放在膝盖上,双手抱住凉森森的小腿。他感觉到太阳出来了,阳光晒着背,像在身后生着一个铁匠炉。夜里他没回家,猫身在一个桥洞里睡了。公鸡啼鸣时他听到老铁匠在桥洞里很响地说了几句话,后来一切归于沉寂。他再也睡不着,便踏着冰凉的沙土来到河边。他看到了老铁匠伛偻的背影,正想追上去,不料脚下一滑,摔了一个屁股墩,等他爬起来时,老铁匠已经消逝在迷雾中了。现在他蹲着,看着阳光把河雾像切豆腐一样分割开,他望见了河对岸的鸭子,鸭子也用高贵的目光看着他。露出来的水面像银子一样耀眼,看不到河底,他非常失望。他听到工地上吵嚷起来,刘太阳副主任响亮地骂着:"娘的,铁匠炉里出了鬼了,老混蛋连招呼都不打就卷了铺盖,小混蛋也没了影子,还有没有组织纪律性?"

"黑孩!"

"黑孩!"

"那不是黑孩吗?瞧,在水边蹲着。"

姑娘和小石匠跑过来,一人架着一只胳膊把他拉起来。

"小可怜,蹲在这儿干什么?"姑娘伸手摘掉他头顶上的麦秸草,说,"别蹲在这儿,怪冷的。"

"昨夜里还剩下些地瓜,让独眼龙给你烤烤。"

"老师傅走了。"姑娘沉重地说。

"走了。"

"怎么办?让他跟着独眼?要是独眼折磨他呢?"

"没事,这孩子没有吃不了的苦。再说,还有我们呢,谅他不敢太过火的。"

两个人架着黑孩往工地上走,黑孩一步一回头。

"傻蛋,走吧,走吧,河里有什么好看的?"小石匠捏捏黑孩的胳膊。

"我以为你狗日的让老猫叼了去了呢!"刘太阳冲着黑孩说。他又问小铁匠:"怎么样你?把老头挤兑走了,活儿可不准给我误了。淬不出钻子来我剜了你的独眼。"

小铁匠傲慢地笑笑,说:"请看好吧,刘头。不过,老头儿那份钱粮可得给我补贴上,要不我不干。"

"我要先看看你的活。中就中,不中你也滚他妈的蛋!"

"生火,干儿。"小铁匠命令黑孩。

整整一个上午,黑孩就像丢了魂一样,动作杂乱,活儿毛糙,有时,他把一大铲煤塞到炉里,使桥洞里黑烟滚滚;有时,他又把钢钻倒头儿插进炉膛,该烧的地方不烧,不该烧的地方反而烧化了。"狗日的,你的心到哪儿去啦?"小铁匠恼怒地骂着。他忙得满身是汗,绝技在身的兴奋劲儿从汗珠缝里不停地流溢出来。黑孩看到他在淬火前先把手插到桶里试试水温,手臂上被钢钻烫伤的地方缠着一道破布,似乎有一股臭鱼烂虾的味道从伤口里散出来。黑孩的眼里蒙着一层淡淡的云翳,情绪非常低落。九点钟以后,阳光异常美丽,阴暗的桥洞里,一道光线照着西壁,折射得满洞辉煌。小铁匠把钢钻淬好,亲自拿着送给石匠师傅去鉴定。黑孩扔下手中工具,蹑手蹑脚溜出桥洞,突然的光明也像突然的黑暗一样使他头晕眼花。略微迟疑了一下,他便飞跑起来,只用了十几秒钟,他就站在河水边缘上了。那些四个棱的狗蛋子草好奇地望着他,开着紫色花朵的水苋和擎着咖啡色头颅的香附草贪婪地嗅着他满身的煤烟味儿。河上飘逸着水草的清香和链鱼的微腥,他的鼻翅扇动着,肺叶像活泼的斑鸠在展翅飞翔。河面上一片白,白里掺着黑和紫。他的眼睛生涩刺痛,但还是目不转睛,好像要看穿水面上漂着的这层水银般的亮色。后来,他双手提起裤头的下沿,试试探探下了水,跳舞般向前走。河水起初只淹到他的膝盖,很快淹到大腿,他把裤头使劲捆起来,两半葡萄色的小屁股露了出来,这时候他已经立在河的中央了,四周的光一齐往他身上扑,往他身上涂,往他眼里钻,把他的黑眼睛染成了坝上青香蕉一样的颜色。河水湍急,一股股水流撞着他的腿。他站在河的硬硬的沙底上,但一会儿,脚下的沙便被流水淘走了,他站在沙坑里,裤头全湿了,一半贴着大腿,一半在屁股后飘起来,裤头上的煤灰把一部分河水染黑了。沙土从脚下卷起来,抚摸着他的小腿,两颗琥珀色的水珠挂在他的腮上,他的嘴角使劲抽动着。他在河中走动起来,用脚试探着,摸索着,寻找着。

"黑孩!黑孩!"

他听到小铁匠在桥洞前喊叫着。

"黑孩,想死吗?"

他听到小铁匠到了水边,连头也不回,小铁匠只能看到他青色的背。

"上来呀!"小铁匠挖起一块泥巴,对准黑孩投过去,泥巴擦着他的头发梢子落到河水里,河面上荡开椭圆形的波纹。又一坨泥巴扔过来,正打着他的背,他往前扑了一下,嘴唇沾到了河水。他转回身,"嗵嗵隆隆"地蹚着水往河边上走。黑孩遍身水珠儿,站在小铁匠面前。水珠儿从皮肤上往下滚动,一串一串,"嘟噜噜"地响。大裤头子贴在身上,小鸡子像蚕蛹一样硬邦邦地翘着。小铁匠举起那只熊掌一样的大巴掌刚要扇下去,忽然觉得心脏让猫爪子给剐了一下子,黑孩的眼睛直盯着他的脸。

"快去拉火。师傅我淬出的钢钻,不比老家伙差。"他得意地拍拍黑孩的脖颈。

铁匠炉上暂时没有活儿,小铁匠把昨夜剩下的生地瓜放在炉边烤着。黄麻地里的风又轻轻地吹进来了。阳光很正地射进桥洞。小铁匠用铁钳翻动着烤出焦油的地瓜,嘴里得意地哼着:"从北京到南京,没见过裤裆里拉电灯。黑孩,你见过裤裆里拉电灯吗?你干娘裤裆里拉电灯哩……"小铁匠忽然记起似的对黑孩说:"快点,拔两个萝卜去,拔回来赏你两个地瓜。"黑孩的眼睛猛然一亮,小铁匠从他肋条缝里看到他那颗小心儿使劲地跳了两下,正想说什么没及开口,黑孩就像家兔一样跑走了。

黑孩爬上河堤时,听到菊子姑娘远远地叫了他一声。他回过头,阳光捂住了他的眼。他下了河堤,一头钻进黄麻地。黄麻是散种的,不成垅也不成行,种子多的地方黄麻杆儿细如手指,铅笔;种子少的地方,麻秆如镰柄,手臂,但全都是一样高矮。他站在大堤上望黄麻田时,如同望着微波荡漾的湖水。他用双手分拨着粗粗细细的麻秆往前走,麻秆上的硬刺儿扎着他的皮肤,成熟的麻叶纷纷落地。他很快就钻到了和萝卜地平行着的地方,拐了一个直角往西走。接近萝卜地时,他趴在地上,慢慢往外爬。很快他就看到了满地墨绿色的萝卜缨子。萝卜缨子的间隙里,阳光照着一片通红的萝卜头儿。他刚要钻出黄麻地,又悄悄地缩回来。一个老头正在萝卜垅里爬行着,一边爬一边从口袋里往外掏着麦粒,一穴一穴地点种在萝卜垅沟中间。骄傲的秋阳晒着他的背,他穿着一件白布褂儿,脊沟漏湿了,微风扬起灰尘,使汗漏的地方发了黄。黑孩又膝行着退了几米远,趴在地上,双手支起下巴,透过麻秆的间隙,望着那些萝卜。萝卜田里有无数的红眼睛望着他,那些萝卜缨子也在一瞬间变成了乌黑的头发,像飞鸟的尾羽一样耸动不止……

一个红脸膛汉子从地瓜地里大步走过来,站在老头背后,猛不丁地说:"哎,老生,你说昨天夜里遭了贼?"

老头手忙脚乱地爬起来,垂着手回答:"遭了,偷了六个萝卜,缨子留下了,地瓜八墩,蔓子留下了。"

"怕是让修闸的那些狗日的偷去了,加点小心,中午饭晚点回去吃。"

"我听着啦,队长。"老头儿说。

黑孩和老头一起,目送着红脸汉子走上大堤。老头坐在萝卜地里,面对着黑孩。黑孩又慌乱地往后退出一节,这时,密密麻麻的黄麻把他的视线遮住了。

"黑孩!"

"黑孩!"

姑娘和小石匠站在大堤上,对着黄麻地喊着。他们背对着正晌的太阳,阳光照着散工的人群。

"我看到他钻到黄麻地里,我还以为他去撒尿拉屎了呢!"姑娘说。

"独眼龙难道又欺负他了?"小石匠说。

"黑孩!"

"黑孩!"

姑娘和小石匠的男女声二重喊贴着黄麻梢头像燕子一样滑翔,正在黄麻梢头捕食灰色小蛾的家燕被惊吓得高飞,好一会儿才落下来。小铁匠站在桥洞前边,独眼望着这并肩站着的男女,感到肚子越胀越大。方才姑娘和小石匠来找黑孩,那语气那神态就像找他们的孩子。"等着吧,丫头养的你们!"他恨恨地低语着。

"黑孩!黑孩!"姑娘说,"他怕是钻到黄麻地里睡着了。"

"去看看吗?"小石匠乞求地看着姑娘。

"去吗?去吧。"

两个人拉着手下了堤,钻到黄麻地里。小铁匠尾追着冲上河堤,他看到黄麻叶子像波浪一样翻滚着,黄麻杆子"唰拉拉"地响着,一男一女的声音在喊叫黑孩,声音像从水里传上来的一样……

黑孩趴累了,舒了一口气,翻了一个身,仰面朝天躺起来。他的身下是干燥的沙土,沙上铺着一层薄薄的黄麻落叶。他后脑勺枕着双手,肚子很瘪地凹陷着,一个带着红点的黄叶飘飘地落下来,盖住了他满是煤灰的肚脐。他望着上方,看到一缕粗一缕细的蓝色光线从黄麻叶缝中透下来,黄麻叶片好像成群的金麻雀在飞舞。成群的金麻雀有时又像一簇簇的葫芦蛾,蛾翅上的斑点像小铁匠眼中那个棕色的萝卜花一样愉快地跳动。

"黑孩!"

"黑孩!"

熟悉的声音把他从梦幻中唤醒,他坐起来,用手臂撞了一下身边那棵粗大的黄麻。

"这孩子,睡着了吗?"

"不会的,我们这么大声喊。他肯定是溜回家去了。"

"这小东西……"

"这里真好……"

"是好……"

声音越来越低,像两只鱼儿在水面上吐水泡。黑孩身上像有细小的电流通过,他有点紧张,双膝跪着,扭动着耳朵,调整着视线,目光终于通过了无数障碍,看到了他的朋友被麻秆分割得影影绰绰的身躯。一时间极静了的黄麻地里掠过了一阵小风,风吹动了部分麻叶,麻秆儿全没动。又有几个叶片落下来,黑孩听到了它们振动空气的声音。他很惊异很新鲜地看到一根紫红色头巾轻飘飘地落到黄麻秆上,麻秆上的刺儿挂住了围巾,像挑着一面沉默的旗帜,那件红格儿上衣也落到地上。成片的黄麻像浪潮一样对着他涌过来。他慢慢地站起来,背过身,一直向前走,一种异样的感觉猛烈冲击着他。

五

一连十几天,姑娘和小石匠好像把黑孩忘记了,再也不结伴到桥洞里来看望他。每当中午和晚上,黑孩就听到黄麻地里响起百灵鸟婉转的歌唱声,他的脸上浮起冰冷的微笑,好像他知道这只鸟在叫着什么。小铁匠是比黑孩晚好几天才注意到百灵鸟的叫声的。他躲在桥洞里仔细观察着,终于发现了奥秘:只要百灵鸟叫起来,工地上就看不见小石匠的影子,菊子姑娘就坐立不安,眼睛四下打量,很快就会扔下锤子溜走。姑娘溜走后一会儿,百灵鸟就歇了歌喉。这时,小铁匠的脸色就变得更加难看,脾气变得更加暴躁。他开始喝起酒来。黑孩每天都要走过石桥到村里小卖部给他装一瓶地瓜烧酒。

这天晚上,月光皎洁如水,百灵鸟又叫起来了。黄麻地里的熏风像温柔的爱情扑向工地。小铁匠攥着酒瓶子,把半瓶烧酒一气灌下去,那只眼睛被烧得泪汪汪的。刘太阳副主任这些天回家娶儿媳妇去了,工地上人心涣散,加夜班的石匠们多半躺在桥洞里吸烟,没有钻子要修理,炉火半死不活地跳动着。

"黑孩……去,给老子拔几个萝卜来……"酒精烧着小铁匠的胃,他感到口中要喷火。

黑孩像木棍一样立在风箱边上,看着小铁匠。

"你,等着老子揍你吗?去……"

黑孩走进月光地,绕着月光下无限神秘的黄麻地,穿过花花绿绿的地瓜地,到了晃动着沙漠蜃影的萝卜地。等他提着一个萝卜走回桥洞时,小铁匠已经歪在草铺上呼呼地睡了。黑孩把萝卜放在铁砧子上,手颤抖着拨亮炉火,可再也弄不出那一蓝一黄升腾到空中的火苗,他变换着角度,瞅那个放在铁砧子上的萝卜,萝卜像蒙着一层暗红色的破布,难看极了,黑孩沮丧地垂下头。

这天夜里,黑孩没有睡好。他躺在一个桥洞里,翻来覆去地打着滚。刘副主任不在,民工们全都跑回家去睡觉。桥洞里只剩下一层薄薄的麦秸草。月光斜斜地照进桥洞,桥洞里一片清冷光辉,河水声、黄麻声、小铁匠在最西边桥洞里发出的鼾声。以及其它一些莫名其妙的声音,一齐钻进了他的耳朵。石头上的麦草闪闪烁烁,直扎着他的眼睛。他把所有的麦秸草都收拢起来,堆成一个小草岭,然后钻进去,风还是能从草缝里钻进来,他使劲蜷缩着,不敢动了。他想让自己睡觉,可总是睡不着。他总是想着那个萝卜,那是个什么样的萝卜呀。金色的,透明。他一会儿好像站在河水中,一会儿又站在萝卜地里,他到处找呀,到处找……

第二天早晨,太阳还没出来,月亮还没完全失去光彩,成群的黑老鸹惊惶失措地叫着从工地上空掠过,滞洪闸上留下了它们脱落的肮脏羽毛。东边的地平线上,立着十几条大树一样的灰云,枝杈上挂满了破烂的布条。黑孩从桥洞里一钻出来就感到浑身发冷,像他前些日子打摆子时寒颤上来一样滋味。刘副主任昨天回来了,检查了工地上的情况,他非常生气,大骂了所有的民工。所以今天人们来得都很早,干活也卖力,工地上的锤声像池塘里的蛙鸣连成一片。今天要修的钢钻很多,小铁匠的工作态度也非常认真,活儿干得又麻利又漂亮。来换钢钻的石匠们不断地夸奖他,说他的淬火功夫甚至超过了老铁匠,淬出的钢钻又快又韧,下下都咬石头。

太阳两竿子高的时候,小石匠送来两支钢钻待修。这是两支新钻,每支要值四五块钱。小铁匠瞥瞥神采焕发的小石匠,独眼里射出一道冷光。小石匠没觉察到小铁匠的表情,幸福的眼睛里看到的全是幸福。黑孩儿感到心里害怕,他看出小铁匠要作弄小石匠了。小铁匠把那两支钢钻烧得像银子一样白,草草地在砧子上打出尖儿,然后一下子浸到水里去……

小石匠提着钢钻走了,小铁匠嘴上滑过一个得意的笑容,他对着黑孩眨眨眼,说:"孙子,他他妈的也配使老子淬出的钻子?儿子,你说他配吗?"黑孩缩在角落里,使劲打着哆嗦。一会儿,小石匠回到铁匠炉边,他把两支钻子扔到小铁匠跟前,骂道:"独眼龙,你这是淬得什么火?"

"孙子,叫唤什么?"小铁匠说。

"睁开你那只独眼看看!"

"这是你的钻子不好。"

"放屁,你这是成心捉弄老子。"

"捉弄你又怎么着?爷们看着你就长气!"

"你、你,"小石匠气得脸色煞白,说,"有种你出来!"

"老子怕你不成!"小铁匠撕下腰间扎着的油布,光着背,像只棕熊一样踱过去。

小石匠站在闸前的沙地上,把夹克衫和红运动衣脱下来,只穿一件小背心。他身材高大,面孔像个书生,身体壮得像棵树。小铁匠脚上还扎着那两块防烫的油布,脚掌踩得地上尖利的石嗖嗖地响,他的臂长腿短,上身的肌肉非常发达。

"文打还是武打?"小铁匠不屑一顾地说。

"随你的便。"小石匠也不屑一顾地说。

"你最好回家让你爹立个字据,打死了别让我赔儿子。"

"你最好回家先钉口棺材。"

骂着阵,两个人靠在了一起。黑孩远远地蹲着,一直没停地打着哆嗦。他看到,小铁匠和小石匠最初的交锋很像开玩笑。小石匠卷着舌头啐了小铁匠一脸唾沫,小铁匠扬起长臂,把拳头捅过去,小石匠一退,这一拳打空了。又啐。又一拳。又退。闪空。但小石匠的第三口唾沫没迸出唇,肩头上就被小铁匠猛捅了一拳,他的身体不由自主地转了一圈。

人们惊叫着围拢上来,高喊着:"别打了,别打了。"但没有人上前拉架。后来,连喊声也没有了,大家都睁大眼、屏住气,看着这两个身段截然不同的小伙子比试力气。菊子姑娘脸色灰白,使劲地抓住她身边一个姑娘的肩头。当她的情人吃了小铁匠的铁拳时,她就低声呻唤着,眼睛像一朵盛开的墨菊。

决斗还难分高低,你打我一拳,我也打你一拳,小石匠个头高,拳头打得漂亮潇洒,但显然有点飘,有点花哨,力量不很足,小铁匠动作稍慢一点,但出拳凶狠扎实,被他愣上一拳,小石匠就要转一个圈。后来,小铁匠头上挨了一拳,有点晕头转向,小石匠趁机上前,雨点般的拳头打得小铁匠的身体澎澎地响。小铁匠一猫腰,钻进了小石匠腋下,两只长臂像两条鳗鱼一样缠住了小石匠的腰,小石匠急忙夹住小铁匠的头,两个人前进,后退,后退,又前进,小石匠支持不住,仰面朝天摔在沙地上。

人群里爆发了一阵欢呼。

小铁匠站起来,吐吐口中的血沫子,歪着头,像只斗胜的公鸡。

小石匠爬起来,向着小铁匠扑过去。一白一黑两个身体又扭在一起。这次小石匠把身体伏得很低,保护着自己的下三路不让小铁匠得手,四只胳膊紧紧地纠缠着,有时候,小石匠把小铁匠撩起来,转着圈抡动,但并不能把小铁匠摔出去。小石匠气喘吁吁,满身都是汗水,小铁匠却连一个汗珠都没掉。小石匠体力不支,步伐错乱,眼前出现重影,稍一懈怠,手臂便被拨开,小铁匠抱住他的腰,箍得他出气不匀,他再次仰天倒地。

第三个回合小石匠败得更惨,小铁匠一个癞狗钻裆把他扛起来,摔出去足有两米远。

菊子姑娘哭着扑上去,扶起了小石匠。在菊子姑娘的哭声中,小铁匠脸上的喜色顿时消逝,换上了满面凄凉。他呆呆地站着。小石匠爬起来,拨开菊子的手,抓起一把沙土,对准小铁匠的脸打上去。沙土迷住了小铁匠的独眼,他像野兽一样嗥叫着,使劲搓着眼睛。小石匠趁机扑上去,卡着小铁匠的脖子把他按倒,拳头像摇鼓一样对着小铁匠的脑袋乱打……

这时候,从人们的腿缝里,钻出了一个黑色的影子。这是黑孩。他像只大鸟一样飞到小石匠背后,用他那两只鸡爪一样的黑手抓住小石匠的腮帮子使劲往后扳,小石匠龇着牙,咧着嘴,"噢噢"地叫着,又一次沉重地倒在沙地上。

小铁匠挣扎着坐起来,两只大手摸起地上的碎石片儿,向着四周抛撒。"畜牲!狗!"骂声和着石头片儿,像冰雹一样横扫着周围的人群,人们慌乱地躲闪着。菊子姑娘突然惨叫了一声。小铁匠的手像死了一样停住了。他的独眼里的沙土已被泪水冲积到眼角上,露出了瞳孔。他朦胧地看到菊子姑娘的右眼里插着一块白色的石片,好像眼里长出一朵银耳。他怪叫一声,捂着眼睛,躺在地上痛苦地扭动着。

黑孩听到姑娘的惨叫,便松开了自己的手。他的手指把小石匠的腮帮子抓出两排染着煤灰的血印。趁着人们慌乱的时候,他悄悄地跑回桥洞,蹲在最黑暗的角落上,牙齿"的的"地打着战,偷眼望着工地上乱纷纷的人群。

六

第二天,滞洪闸工地上消失了小石匠和菊子姑娘的影子,整个工地笼罩着沉闷压抑的气氛。太阳像抽风般颤抖着,一股股肃杀的秋风把黄麻吹得像大海一样波浪起伏,一群群麻雀惊恐不安地在黄麻梢头躁叫着。风穿过桥洞,扬起尘土,把半边天都染黄了。一直到九点多钟,风才停住,太阳也慢慢恢复正常。

刚娶完儿媳妇回来的刘太阳副主任碰上了这些事,心里窝着一腔火,他站在铁匠炉前,把小铁匠骂得狗血淋头,并扬言要抠出他那只独眼给菊子姑娘补眼。小铁匠一声不吭,黑脸上的刺疙瘩一粒粒憋得通红,他大口喘着气,大口喝着酒。

石匠们不知被什么力量催动着,玩命儿地干活,钢钻子磨秃了一大批,堆在红炉旁等着修理。小铁匠像大虾一样蜷曲在草铺上,咕咕地灌着酒,桥洞里酒气扑鼻。

刘副主任发火了,用脚踹着小铁匠骂:"你害怕了?装孙子了?躺着装死就没事了?滚起来修钻子,这样也许能将功补过。"

小铁匠把手中的酒瓶向上抛起来,酒瓶在桥面上砰然撞碎,碎玻璃掺着烧酒落了刘副主任一头。小铁匠跳起来,一路歪斜跑出去,喊着:"老子怕什么,老子天都不怕,死都不怕,还怕什么?"他爬上滞洪闸,继续高叫着:"我谁都不怕!"他的腿碰到了石栏杆,身子歪歪扭扭,桥下有人喊:"小铁匠,当心掉下桥。""掉下桥?"他哈哈大笑起来,笑着攀上石栏杆,一松手,抖抖擞擞地站在石栏杆上。桥下的人都中了魔,入了定,呼吸也不敢用力。

小铁匠双臂煞开,一上一下起伏着,像两只羽毛丰满的翅膀。他在窄窄的石栏杆上走起来,身体晃来晃去。他慢走变成快走,快走变成小跑,桥下的人捂住眼睛,又松手露出眼睛。

小铁匠一起一伏晃晃悠悠地在石栏杆上跑着,栏杆下乌蓝的水里映出他变了形的身影。他从西头跑到东头,又从东头跑回来,一边跑一边唱起来:"南京到北京,没见过裤裆里拉电灯,格里咙格里格咙,里格咙,里格咙,南京到北京,没见过裤裆里打弹弓……"

几个大胆的石匠跑上闸去,把小铁匠拖了下来。他拼命挣扎着,骂着:"别他妈的管我,老子是杂技英豪,那些大姐在电影上走绳子,老子在闸上走栏杆,你们说,谁他妈的厉害……"几个人累得气喘吁吁,总算把他弄回桥洞里。他像块泥巴一样瘫在铺上,嘴里吐着白沫,手撕着喉咙,哭叫着:"亲娘哟,难受死了,黑孩,好徒弟,救救师傅吧,去拔个萝卜来……"

人们突然发现,黑孩穿上了一件包住屁股的大褂子,褂子是用崭新的、又厚又重的小帆布缝的。这种布非常结实,五年也穿不破。那条大裤头子在褂子下边露出很短的一截,好像褂子的一个花边。黑孩的脚上穿着一双崭新的回力球鞋,由于鞋子太大,只好紧紧地系住鞋带,球鞋变得像两条丑陋的胖头鲇鱼。

"黑孩,听到了吗?你师傅让你去干什么?"一个老石匠用烟袋杆子戳着黑孩的背说。

黑孩走出桥洞,爬上河堤,钻进黄麻地。黄麻地里已经有了一条依稀可辨的小径,麻秆儿都向两边分开。走着走着,他停住脚。这儿一片黄麻倒地,像有人打过滚。他用手背揉揉眼睛,抽泣了一声,继续向前走。走了一会,他趴下,爬进萝卜地。那个瘦老头不在,他直起腰,走到萝卜地中央,蹲下去,看到萝卜垄里点种的麦子已经钻出紫红的锥芽,他双膝跪地,拔出了一个萝卜,萝卜的细根与土壤分别时发出水泡破裂一样的声响。黑孩认真地听着这声响,一直追着它飞到天上去。天上纤云也无,明媚秀丽的秋阳一无遮拦地把光线投下来。黑孩把手中那个萝卜举起来,对着阳光察看。他希望还能看到那天晚上从铁钻上看到的奇异景象,他希望这个萝卜在阳光照耀下能像那个隐藏在河水中的萝卜一样晶莹剔透,泛出一圈金色的光芒。但是这个萝卜使他失望了。它不剔透也不玲珑,既没有金色光圈,更看不到金色光圈里包孕着的活泼的银色液体。他又拔出一个萝卜,又举在阳光下端详,他又失望了。以后的事情就变得很简单了。他膝行一步。拔两个萝卜。举起来看看。扔掉。又膝行一步,拔,举,看,扔……

看菜园的老头子眼睛像两滴混浊的水,他蹲在白菜地里捉拿钻心虫儿。捉一个用手指捏死,再捉一个还捏死。天近中午了,他站起来,想去叫醒正在看园屋子里睡觉的队长。队长夜里误了觉,白天村里不安宁,难以补觉,看园屋子里只能听到秋虫浅吟,正好睡觉。老头儿一直起腰,就听到脊椎骨"叭哽叭哽"响。他恍然看到阳光下的萝卜地一片通红,好像遍地是火苗子。老头打起眼罩,急步向前走,一直走到萝卜地里,他才看得那遍地通红的竟是拔出来的还没有完全长成的萝卜。

"作孽啊!"老头子大叫一声。他看到一个孩子正跪在那儿,举着一个大萝卜望太阳。孩子的眼睛是那么大,那么亮,看着就让人难受。但老头子还是不客气地抓住他,扯起来,拖到看园屋子里,叫醒了队长。

"队长,坏了,萝卜,让这个小熊给拔了一半。"

队长睡眼惺忪地跑到萝卜地里看了看,走回来时他满脸杀气。对着黑孩的屁股他狠踢了一脚,黑孩半天才爬起来。队长没等他清醒过来,又给了他一耳巴子。

"小兔崽子,你是哪个村的?"

黑孩迷惘的眼睛里满是泪水。

"谁让你来搞破坏?"

黑孩的眼睛清澈如水。

"你叫什么名字?"

黑孩的眼睛里水光潋滟。

"你爹叫什么名字?"

两行泪水从黑孩眼里流下来。

"他娘的,是个小哑巴。"

黑孩的嘴唇轻轻嚅动着。

"队长,行行好,放了他吧。"瘦老头说。

"放了他?"队长笑着说,"是要放了他。"

队长把黑孩的新褂子、新鞋子、大裤头子全剥下来,团成一堆,扔到墙角上,说:"回家告诉你爹,让他来给你拿衣裳。滚吧!"

黑孩转身走了,起初他还好像害羞似地用手捂住小鸡儿,走了几步就松开了手。老头子看着这个一丝不挂的黑孩,抽抽答答地哭起来。

黑孩钻进了黄麻地,像一条鱼儿游进了大海。扑簌簌黄麻叶儿抖,明晃晃秋天阳光照。

黑孩——黑孩——

(初载《中国作家》1985 年第 2 期)

生死疲劳(第二章、第三章)

第二章 西门闹行善救蓝脸 白迎春多情抚驴孤

站在母驴后边那个满脸喜气的男人,是我的长工蓝脸。记忆中他还是个瘦弱的青年,想不到在我死后这短暂的两年里,竟出落成一个身材魁梧的壮汉。

他是我从关帝庙前雪地里捡回来的孩子。那时他身披破麻袋,脚上没有鞋,身体僵硬,满脸青紫,头发纠结成团。那时候我的爹刚去世,我的娘还健在。我刚刚从爹的手里接过了那口樟木箱上的黄铜钥匙。樟木箱里收藏着我们家那八十亩良田的地契和我们家全部的金银细软。那时我刚刚二十四岁,新娶了白马镇首富白连元家的二小姐为妻。二小姐乳名杏儿,大名没有,嫁到我家,就是西门白氏。白氏是大户人家的女儿,知书达理,身体娇弱,双乳犹如两个甜梨,下体也颇有韵致,炕上的活儿也可我心意,美中不足的是嫁过来数年尚未生育。

那时候我可谓少年得志。连年丰收,佃户交租踊跃,粮仓里大囤满小囤流。六畜兴旺,家养的黑骡马竟然下了双驹。这可是奇迹,传说中有,现实中少见。来我家看双驹的乡民络绎不绝,恭维的话不绝于耳。家里准备了茉莉花茶和绿炮台烟卷招待乡亲。村里的半大小子黄瞳偷了一包皮皮烟卷,被人拧着耳朵拖到我面前。第二章西门闹行善救蓝脸白迎春多情抚驴孤。这小子黄头发黄面皮,黄眼珠子滴溜溜转,似乎满肚子坏心眼儿。我挥手放了他,还送他一包皮皮茶叶,让他带回家给他爹喝。他爹黄天发是忠厚老实人,做一手好豆腐,是我的佃户,种着我五亩靠河的肥田,想不到他竟生养出这么一个混混儿子。后来黄天发送来一挑子能用秤钩子挂起来的老豆腐,赔情的话说了两箩筐,我又让太太送他二尺青直贡呢,让他回家做双新鞋过年。黄瞳啊黄瞳,就冲着我跟你爹多少年的交情,你也不该用土枪崩了我啊。我自然知道你是听人之命,但你完全可以对准我的胸膛开枪,给我留下个囫囵尸身啊!你这忘恩负义的杂种啊!

我西门闹堂堂正正、豁达大度、人人敬仰。接手家业时虽逢乱世,既要应付游击队,又要应付黄皮子,但我的家业还是在几年内翻番增值,良田新置一百亩,大牲口由四匹变成八匹,新拴了一辆胶皮轱辘大车,长工由两人变成四人,丫鬟由一个变成两个,还新添了两个置办饭食的老妈子。就是在这样的情景之下,我从关帝庙前,把冻得只有一口游气的蓝脸抱了回来。那天我是早起捡粪,说来你不会相信,我虽是高密东北乡第一的大富户,但一直保持着劳动的习惯。三月扶犁,四月播种,五月割麦,六月栽瓜,七月锄豆,八月杀麻,九月掐谷,十月翻地,寒冬腊月里我也不恋热炕头,天麻麻亮就撅着个粪筐子去捡狗屎。乡间流传着我因起得太早错把石头当狗屎捡回来的笑话,那是他们胡说,我鼻子灵敏,大老远就能嗅到狗屎的气味。一个地主,如果对狗屎没有感情,算不上个好地主。

  那天下了很大的雪,房屋、树木、街道都被遮盖,白茫茫一片。狗都躲起来了,没有狗屎可捡。但我还是踏雪出户。空气清凉,小风遒劲,黎明时分,有诸多神秘奇异现象,不早起何能看到?我从前街转到后街,登上土围子绕屯一周,看到东边天际由白变红,看到朝霞如火,看到一轮红日升起,广大的天下,雪映红光,宛如传说中的琉璃世界。我在关帝庙前发现了这个小子,雪掩盖了他半截身体。起初我以为他已经死了,考虑着捐几个善钱买一副薄皮棺材将他掩埋,免得被野狗吃掉。在此之前一年,曾有一个赤裸的男人冻死在土地庙前,那人遍体赤红,鸡巴像枪一样挺立着,围观者嬉笑不止。这件事被你那个怪诞朋友莫言写。到他的小说《人死屌不死》里了。这个人死屌不死的"路倒",是我出钱掩埋,掩埋在村西老墓田里。这样的善事,影响巨大,胜过树碑立传。我放下粪筐,把他挪动了一下,用手摸摸胸口,还有一丝热气,知道还没死,就脱下棉袍,将他包裹起来。沿着大街,迎着太阳,手托着这冻僵的孩子往家里走。此时天地间霞光万道,大街两侧的人家都开门扫雪,诸多的乡亲,看到了我西门闹的善举。就冲着这一点,你们也不该用土枪崩了我啊!就冲着这一点,阎王爷啊,你也不该让我转世为一头毛驴啊!常说救人一命,胜造七级浮屠,我西门闹千真万确地是救了一条命。我西门闹何止救过一条命?大灾荒那年春天我平价粜出二十石高粱,免除了所有佃户的租子,使多少人得以活命。可我却落了个何等凄惨的下场,天和地,人和神,还有公道吗?还有良心吗?我不服,我想不明白啊!

  我把那小子抱回家,放在长工屋的热炕头上。我本想点火烤他,但富有生活经验的长工头老张说,东家,万万烤不得。那冻透了的白菜萝卜,只能缓缓解冻,放到火边,立刻就会化成一摊烂泥。老张说得有理。就让这小子在炕上慢慢缓着,让家人熬了一碗姜糖水,用筷子撬开他的牙齿灌进去。姜汤一进肚,他就哼哼起来。我把这小子救活,让老张用剃头刀子刮去了他那一头乱毛,连同那些虱子。给他洗了澡,换上干净衣裳,领着这小子去见我娘。这小子乖巧,跪在地上就叫奶奶,把我娘喜得不行,念一声"阿弥陀佛",说这是哪座庙里的小和尚啊!问他年龄,摇头不知;问他家乡,他说记不清楚;问他家里还有什么人,更是把头摇得如货郎鼓似的。就这样,收留了这小子,算是认了个干儿子。这小子聪明猴儿,顺着竿儿往上爬;见了我就叫干爹,见到白氏就喊干娘。但不管你是不是干儿子,都得给我下力气干活。连我这个当东家的也得下力气干活。不劳动者不得食,这是后来的说法,但意思古来就有。这小子无名无姓,左脸上有巴掌大的一块蓝痣,我随口说,你小子就叫蓝脸吧,姓蓝名脸。这小子说,干爹,我要跟着你姓,姓西门,名蓝脸,西门蓝脸。我说这可不行,西门,不是随便可以姓的,好好干吧,干上二十年再说。这小子先是跟着长工干点零活,放马,放驴——阎王爷啊,你怎么黑心把我变成一头驴啊——后来就渐渐地顶大做了。别看他瘦弱,但手脚麻利,有眼力,会使巧劲儿,倒也弥补了体力的不足。现在,我注视着他宽阔的肩膀和粗壮的胳膊,知道他已经是个顶天立地的男人。

"哈哈,生下来了!"他大声喊叫着,俯下身来,伸出两只大手,将我扶持起来。我感到无比的羞耻和愤怒,努力吼叫着:

"我不是驴!我是人!我是西门闹!"

但我的喉咙像依然被那两个蓝脸鬼卒扪住似的,虽竭尽全力,可发不出声音。我绝望,我恐惧,我恼怒,我口吐白沫,我眼睛泌出黏稠的泪珠。他的手一滑,我就跌倒在地上,跌倒在那些黏稠的羊水和蚕皮样的胎衣里。

"快点,拿条毛巾出来!"随着蓝脸的喊叫,挺着大肚子的女人,从屋子里走出来。我猛然间看到了她的那张生了蝴蝶斑的、略有些浮肿的脸,和那张脸上两只忧伤的大眼睛。呜噢……呜噢……这是我西门闹的女人啊,我的二姨太迎春,她原是我太太白氏陪嫁过来的丫头,原姓不详,随主姓白。民国三十五年春天被我收了房。这丫头大眼直鼻,额头宽广,长嘴方颌,一脸福相,更兼那两只奶头上翘的乳房和那宽阔的骨盆,一看就知道是个生孩子的健将。我太太久不生养,内心惭愧,就将这迎春驱赶到我的被窝里。她那几句话通俗易懂又语重心长,她说:当家的,你把她收了吧!肥水不流外人田!

果然是块肥田。我与她合房的当夜,就使她怀了孕,不但是怀了孕,而且是双胞胎。第二年初春她就为我生了龙凤胎,男名西门金龙,女名西门宝凤,据接生姥姥说,还从来没有经历过这样善于生养的女人,她宽阔的骨盆,富有弹性的产道,就像从麻袋里往外倒西瓜一样,轻松地就把那两个肥大的婴儿产了下来。几乎所有的女人在初产时都要呼天抢地,悲惨嚎叫,但我的迎春生养时,产房里竟然无声无息。据接生姥姥说,在生产的过程中,迎春的脸上始终挂着神秘的微笑,宛如做着有趣的游戏,弄得接生婆心里十分紧张,生怕从她的产道里钻出妖精。

金龙和宝凤的出生,是西门家的天大之喜,怕惊扰婴儿和产妇,我让长工头老张和小长工蓝脸,买了十挂八百头的鞭炮,挑到村南的围子墙上燃放。鞭炮声声,一阵阵传来,使我大喜若狂。我这人有个怪癖,每逢喜事手就发痒,非努力劳动不能解除。在鞭炮声中,我捋拳捋袖,跳到牲口圈里,将积攒了一个冬天的几十车子粪撇了出来。村里一个惯于装神弄鬼的风水先生马智伯跑到牲口圈边,神秘地对我说:门市——这是我的字——门市贤弟,家里有产妇,不能打墙动土,更不能出粪淘井,冲撞了太岁,主着婴儿不利。

马智伯的话让我心头一凛,但开弓没有回头箭,任何事,只要开了头就要干到底,不能半途而废,出了一半的圈,不能再回填。我说,古人曰:人有十年旺,神鬼不敢傍。我西门闹心正不怕邪,行端不怕鬼,即便是碰上太岁又有何妨。也是被马智伯的臭嘴言中,我从粪中铲出一个葫芦状的怪物。这物似凝胶,如肉冻,似透明又混沌,既脆弱又柔韧,我把它铲到圈边上打量着,难道这就是传说中的太岁吗?我看到马智伯脸色灰白,山羊胡须哆哆嗦嗦,双手抱在胸前,对着怪物连连作揖,一边作揖,一边倒退,退到墙边,转身逃跑。我冷笑一声,说:如果太岁就是这副模样,那也就不值得敬畏了。太岁,太岁,如果我连喊三声你还不能逍遁,那就不要怪我不客气了。太岁,太岁,太岁!我闭着眼连吼三声,睁开眼看到那物还是原样,局促在圈边,与马粪相伴,完全是个死物,于是我挥起铁锨,一下子将它劈成两半。我看到那物的里边,也是那样似胶似冻的物质,宛如桃树疤痕里流淌出来的树脂。我将它铲起来,用力撇到了墙外,与马粪驴屎混合在一起,但愿这东西有肥力,能使七月的玉米,长出象牙般的大棒子,能使八月的谷子,抽出狗尾般的大穗子。

莫言那小子在他的小说《太岁》中写道:

> ……在一个透明的广口大瓶子里,倒上水,放上红茶和红糖,放在温暖的锅灶后边,十天之后,瓶子里长出一个葫芦状的怪物。村子里的人听说后,都跑来观看。马智伯的儿子马聪明紧张地说:"不得了了,这是太岁!当年地主西门闹挖出的太岁就是这样子。"我是现代青年,相信科学,不相信鬼神。我把马聪明轰走,将这玩艺儿从瓶子里倒出来,切开,剁碎,放在锅里炒,异香散发,令人馋涎欲滴。吃到嘴里,犹如肉冻粉皮,味道好极了,营养好极了……吃了一个太岁后,我的身体,在三个月内增高了十厘米……

这小子,真是能忽悠啊。

鞭炮声驱散了西门闹不能生育的谣言,许多人都置办礼物,准备在九日之后前来贺喜。但旧谣言刚破,新流言产生,西门闹出圈肥冲撞了太岁的事,一夜间传遍了高密东北乡十八个村镇。不但流传,而且添油加醋,说那太岁,是个七窍灵通的大肉蛋,在圈边滚来滚去,被我一锨劈开,一道白光冲天而去。冲撞了太岁,百日内必有血光之灾。我知道树大招风,财多遭嫉,许多人在暗中期待着西门闹倒霉。我心略有忐忑,但定力不失,如果上帝要惩罚我,何必还送我金龙宝凤两个宁馨儿。

....

迎春见到我,脸上也显出喜气。她困难地弯下腰,在那一瞬间我看清了她腹中的婴儿,是个男婴,左脸上也有一块蓝痣,毫无疑问是蓝脸的种子,巨大的耻辱,毒蛇信子一样的怒火,在我心中燃起。我要杀人,我要骂人,我要将蓝脸剁成肉泥。蓝脸,你这个忘恩负义的畜生,你这个丧尽天良的混账王八羔子!你口口声声叫我干爹,后来你干脆就叫我爹,如果我是你爹,那迎春就是你的姨娘,你将姨娘收做老婆,让她怀上你的孩子。你败坏人伦,该遭五雷轰顶!到了地狱,该当剥皮揎草,到畜生道里去轮回!可上天无道,地狱无理,到畜生道里轮回的偏偏是我一辈子没做坏事的西门闹。还有你,小迎春,小贱人,在我怀里你说过多少甜言蜜语?发过多少山盟海誓?可我的尸骨未寒,你就与长工睡在了一起。你这样的淫妇,还有脸活在世间吗?你应该立即去死,我赐你一丈白绫,呸,你不配用白绫,只配用捆过猪的血绳子,到老鼠拉过屎、蝙蝠撒过尿的梁头上去吊死!你只配吞下四两砒霜把自己毒死!你只配跳到村外那眼淹死过野狗的井里去淹死!在人世间应该让你骑木驴游街示众!在阴曹地府应该把你扔到专门惩罚淫妇的毒蛇坑里让毒蛇把你咬死!然后将你打入畜生道里去轮回,虽万世也不得超脱!啊噢~~啊噢~~但被打到畜生道里的却是我正人君子西门闹,而不是我的二姨太太。

她艰难地蹲在我的身边,用一条蓝格子的羊肚子毛巾,仔细地擦拭着我身上的黏液。干燥的毛巾拭到湿漉漉的皮毛上,使我感到十分舒适。她的动作轻柔,仿佛擦拭着她亲生的婴儿。可爱的小驹子,亲亲的小东西,你长得可真是好看,瞧这大眼睛,蓝汪汪的,瞧这小耳朵,毛茸茸的……她的嘴说到哪里,手中的毛巾就擦拭到哪里。我看到了她那颗依然善良的心,感受到了她发自内心的爱。我被感动了,心中邪恶的毒火渐渐熄灭,在世为人时的记忆变得遥远而模糊起来。我身上干爽了。我不哆嗦了。我的骨头硬了,腿上有了力气。一股力量,一个愿望,催促着我用力。哎哟,还是个驴儿子呢,她用毛巾擦拭了一下我的生殖器。我感到一阵羞耻,往昔为人时与她的性戏蓦然间又变得清晰无比。我是谁的儿子?我是母驴的儿子,我看到站在那里浑身颤抖的母驴,我的母亲?一头母驴?恼怒和烦躁催促着我,我站了起来。我撑着四条腿站了起来,仿佛一条短促的高腿板凳。

"站起来了,站起来了!"蓝脸抚着掌,兴奋地说。他伸手将蹲在地上的迎春拉了起来。他的眼睛里有很多温柔,看样子他对迎春还很有情意。我猛然想起当年的一些往事,似乎有人对我暗示过,说要我提防着家养的小长工乱了内室。也许他们早就有了暧昧之事?

我站在元旦上午的阳光里,为了不跌倒,不断地倒着蹄子。我迈开了为驴的第一步,开始了一个陌生的、充满了苦难和耻辱的旅途。我又走了一步,身体摇摇晃晃,肚皮绷得很紧。我看到了很大的太阳,很蓝的天,很白的鸽子在天上飞翔。我看到蓝脸扶着迎春走回屋子。我看到一男一女两个小孩,身上穿着簇新的棉袄,脚上穿着虎头鞋子,头上戴着兔皮帽,从大门外跑进来。他们的小短腿跨越高高的门槛时很是吃力。他们只有三四岁的光景。他们管蓝脸叫爹,管迎春叫娘,啊噢~~啊噢~~我知道他们原本是我的儿女,男孩叫西门金龙,女孩叫西门宝凤。我的孩子啊,爹好生思念你们啊!爹还指望着你们成龙成凤光宗耀祖呢,可你们竟然成了别人的儿女,而你们的爹,成了一头驴子。我心悲怆,头昏眼花,四肢抖颤,跌翻在地。我不要当驴,我要讨还我的人身,做我的西门闹,与他们算账。在我跌倒的同时,生我的那头母驴也轰然倒地,犹如一堵腐朽的墙壁。

生我的母驴死了,它四肢僵硬,如同木棍,大睁着双眼,死不瞑目,好像有满腹的冤屈。我对它的死丝毫不感到悲痛,我只是借它的身躯而诞生,全是阎王爷的诡计,亦或是阴差阳错。我没吃它一口奶,见到它两腿之间那肿胀的乳房我就感到恶心。我是喝着高粱面稀粥长大成驴,稀粥是迎春亲手熬,她对我有养育之恩。她用一柄木勺子舀着稀粥喂我,当我长大成驴时那木勺子已经被我咬得不成模样。喂我稀粥时我看到她乳房鼓胀,那里边蓄积着浅蓝的乳汁。我知道她的乳汁的味道,我吃过她的乳汁。她的乳汁很好,她的奶好,她的奶发孩子,两个孩子都吃不完,有的女人的奶有毒,好孩子也会被她毒死。她一边喂着我一边说:可怜的小驹驹,刚生下来就死了娘。我看到她说这些话时眼睛水汪汪的,盈着泪水,她是真心疼我。她的孩子,金龙和宝凤,好奇地问她:娘,小驴的娘怎么会死呢?她说,寿限到了,被阎王爷叫走了。她的孩子说:娘,你可不要被阎王爷叫走,你要是被阎王爷叫走,我们就跟小驴驹一样没有娘了,解放也就没娘了。她说:娘永远不走,阎王爷欠着咱家的债呢,他不敢来咱家。

屋子里传出了蓝解放的啼哭声。

你知道谁是蓝解放吗?故事的讲述者——年龄虽小但目光老辣,体不满三尺但语言犹如滔滔江河的大头儿蓝千岁突然问我。

我自然知道,我就是蓝解放,蓝脸是我的爹,迎春是我的娘。这么说,你曾经是我们家的一头驴?

是的,我曾经是你们家的一头驴。我生于1950年1月1日上午,而你蓝解放,生于1950年1月1日傍晚,我们都是新时代的产儿。

第三章　洪泰岳动怒斥倔户　西门驴闯祸啃树皮

尽管我不甘为驴,但无法摆脱驴的躯体。西门闹冤屈的灵魂,像炽热的岩浆,在驴的躯壳内奔突;驴的习性和爱好,也难以压抑地蓬勃生长;我在驴和人之间摇摆,驴的意识和人的记忆混杂在一起,时时想分裂,但分裂的意图导致的总是更亲密地融合。刚为了人的记忆而痛苦,又为了驴的生活而欢乐。啊噢~~啊噢~~蓝脸的儿子蓝解放,你明白我的意思吗?我的意思是说,譬如我看到你的爹蓝脸和你的娘迎春在炕上颠鸾倒凤时,我,西门闹,眼见着自己的长工和自己的二姨太搞在一起,痛苦地用脑袋碰撞驴棚的栅门,痛苦地用牙齿啃咬草料笸箩的边缘,但笸箩里新炒的黑豆搅拌着铡碎的谷草进入我的口腔,使我不由自主地咀嚼和吞咽,在咀嚼中,在吞咽中又使我体验到了一种纯驴的欢乐。

似乎只是一眨眼的工夫,我就长成了一匹半大驴,结束了在西门家大宅院里自由奔跑的岁月。缰绳拴在我头上,我被拴在槽头上。与此同时,已经改姓为蓝的金龙和宝凤各长高两寸,与我同年同月同日生的蓝解放,你,也学会了走路。你在院里像一只小鸭子似的摇来摆去。住在东厢房里的另一户人家,在这段时间里的一个狂风暴雨日,生了一对双胞胎女婴。可见西门闹家这块宅基地力未衰,依然盛产双胎。这两个女孩,长名互助,幼名合作。她们姓黄,是黄瞳的种子。她们是黄瞳与西门闹的三姨太秋香合伙生养的女儿。我的主人、你的爹,土改后分到了西门闹家的西厢房,这里原本就是二姨太迎春的住房。黄瞳分到了东厢房,东厢房的主人三姨太秋香,仿佛是房子的附赠,成了黄瞳的妻子。西门家堂皇的五间正房,现在是西门屯的村公所,每天都有人来此开会、办公。

那天我在院子里啃那棵大杏树,粗糙的树皮磨得我娇嫩的嘴唇火烧火燎,但我不愿放弃,我想知道树皮遮盖着什么东西。村长兼村支部书记洪泰岳,大声咋呼着,用一块尖利的石片将我投掷。石片正中我腿,铿然有声,十分刺激,这就是痛吗?一种热辣辣的感觉,血流如注,啊噢~~啊噢~~痛死我了,我是个可怜的驴孤儿。我看到腿上的血,不由得浑身哆嗦。我的腿瘸了,一瘸一拐地逃离院子东侧的杏树,逃到院子西侧。我家的门前,迎着朝阳,靠着南墙,有一个用木棍和苇席搭起来的棚子。那是我的窝,为我挡风遮雨,是我受到惊吓后就躲藏进去的地方。但这时我进不去窝棚,我的主人,正在里边,清理我夜里排泄的粪便。他看到了我腿上流着血一瘸一拐跑过来的情景。我猜想他也看到了洪泰岳飞石击中我腿的情形。石片在空中飞行,锋利的边缘切割着无色的空气,如同划破上等的绸缎,发出令驴心悸的声音。我看到主人站在棚口,庞大的身体像一座铁塔,阳光如同瀑布,在他身上流淌,蓝色的半边脸,另半边脸是红色,红与蓝以鼻为界,好像敌占区与解放区。今天这比喻已经十分陈旧,但那时却十分新鲜。我的主人痛苦地喊叫着:"我的驴子啊——!"我的主人恼怒地吼叫着:"老洪,你凭什么打伤我的驴?!"我的主人越过我的身体,用豹子般的敏捷动作,拦住了洪泰岳。

　　洪泰岳是西门屯的最高领导人,由于他过去的光荣历史,在一般干部将武器上缴的时候,他还随身佩戴着一支匣子枪。那赭红的牛皮枪套,牛皮哄哄地挂在他的屁股上,反射着阳光,散发着革命的气味,警告着所有的坏人:不要轻举妄动,不要贼心不死,不要试图反抗!他戴着一顶瓦灰色的长檐军帽,上身穿一件白布对襟小褂,腰里扎着一条四指宽的牛皮腰带,外边披着一件灰布夹袄,下穿肥大的灰裤,脚蹬千层底青华达呢面布鞋,没有扎绑腿,使他有几分像一个战时的武工队员。而战争年代,我不是驴而是西门闹的年代,我是西门屯首富的年代,我开明绅士西门闹的年代,我一妻两妾、良田二百亩、骡马成群的年代,你洪泰岳,洪泰岳你,是个什么东西!你那时是标准的下三滥,社会的渣滓,敲着牛胯骨讨饭的乞丐。你那件讨饭的道具,是公牛的胯骨制成,颜色微黄,打磨得异常光滑,边缘上串着九个铜环,轻轻一抖,便发出哗哗啷啷的声响。你攥着牛胯骨的把柄,在我们西门屯逢五排十的集市上,粉墨了脸,赤裸着背,脖子上悬挂着一个布兜,挺着圆滚滚的肚子,赤足,光头,瞪着乌溜溜精光四射的大眼,站在迎宾楼饭庄前边那一片用白石铺了地面的空场上,卖唱,炫技。能把一柄牛胯骨打出那么多套花样的全世界没有第二人。哗啷啷,哗啷啷,哗哗啷啷,哗啷,哗哗,啷啷,哗啷哗啷哗哗啷……牛胯骨在你手里上下翻飞,一片白光闪烁,成为整个集市的焦点。引人注目,闲人围拢,很快形成一个场子,打牛胯骨的叫化子洪泰岳顿喉高唱,虽是公鸭嗓,但抑扬顿挫,有板有眼,韵味十足:

　　　　太阳一出照西墙,东墙西边有阴凉。
　　　　锅灶里烧火炕头上热,仰着睡觉烫脊梁。
　　　　稀粥烫嘴吹吹喝,行善总比为恶强。
　　　　俺说这话您若不信,回家去问你的娘……

　　就是这样一个宝货,身份一公开,竟然是高密东北乡资格最老的地下党员,他曾经为八路军送过情报,铁杆汉奸吴三桂也死在他的手上。就是他在我坦白交出财宝后,一抹脸,目光如刺,面色似铁,庄严宣布:"西门闹,第一次土改时,你的小恩小惠、假仁假义蒙蔽了群众,使你得以蒙混过关,这次,你是煮熟的螃蟹难横行了,你是瓮中之鳖难逃脱了,你搜刮民财,剥削有方,抢男霸女、鱼肉乡里,罪大恶极,不杀不足以平民愤,不搬掉你这块挡道的黑石头,不砍倒你这棵大树,高密东北乡的土改就无法继续,西门屯穷苦的老少爷们儿就不可能彻底翻身。现经区政府批准并报县政府备案,着即将恶霸地主西门闹押赴村外小石桥正法!"轰隆一声巨响,电光闪烁,西门闹的脑浆涂抹在桥底冬瓜般的乱石上,散发着腥气,污染了一大片空气。想到此处,我心酸楚,我百口莫辩,因为他们不允许我争辩,斗地主、砸狗头、砍高草、拔大毛、欲加之罪何患无辞。我们会让你死得心服口服的,洪泰岳这样说过,但他们没给我申辩的机会,洪泰岳你出口无信,食言而肥。

他叉腰站在大门内,与蓝脸面对面,浑身上下透着威严。尽管我刚刚回忆了他敲牛胯骨时在我面前点头哈腰的形象,但人走时运马走膘,兔子落运遭老鹰,作为一头受伤的驴,我对这个人心存畏惧。我的主人,与洪泰岳对视着,中间距离约有八尺。我的主人出身贫苦,根红苗正,但他与我西门闹干爹干儿地称呼过,关系暧昧,尽管他后来提高了觉悟,在斗争我的过程中充当急先锋,挽回了贫雇农的好名声,并分得了房屋、土地和老婆,但他和西门家的特殊关系,总让当权者心存疑虑。

两个男人目光相持良久,最先说话的是我的主人:

"你凭什么打伤我的驴子?"

"如果你再敢让它啃树皮,我就把它枪毙!"洪泰岳拍拍屁股上的牛皮枪套,斩钉截铁地说。

"它是头畜生,用不着你这样的黑手!"

"我看,那些饮水不思源、翻身就忘本的人,还不如一头畜生!"洪泰岳盯着蓝脸说。

"此话怎么讲?"

"蓝脸你给我好生听着,一字一句都听仔细,"洪泰岳往前跨出一步,伸出一根手指,如同枪筒,对着我主人的胸脯,说,"土改胜利后,我就劝你不要和迎春结婚,虽然迎春也是苦出身,委身西门闹也是被逼无奈,虽然寡妇改嫁是人民政府大力提倡的好事,但你作为赤贫阶级,应该娶像村西头苏寡妇那样的女人,她家房无一间,地无一垄,丈夫病死后,便以乞讨为生,她虽然满脸麻子,但她是无产阶级,是我们自己人,她能让你保持气节,革命到底,但你不听我的劝告,非要和迎春结婚,考虑到婚姻自由,我不能违背政府法令,便依了你。不出我之所料,仅仅三年,你的革命意志已经彻底消退,你自私,落后,发家致富,想过上你的东家西门闹那种糜烂生活,你是一个蜕化变质的典型,如不觉悟,迟早会堕落成人民的敌人!"

我的主人怔怔地望着洪泰岳,半晌不动,犹如僵死,终于缓过气来,有气无力地问:

"老洪,既然苏寡妇身上有那么多好处,你为什么不与她结婚?"

洪泰岳被这句听上去软弱无力的话噎得张口结舌,半晌没回上话,状甚狼狈,终于回话,显然文不对题,但是义正词严:

"你不要跟我调皮,蓝脸,我代表党,代表政府,代表西门屯的穷爷们儿,给你最后一个机会,再挽救你一次,希望你悬崖勒马,希望你迷途知返,回到我们的阵营里,我们会原谅你的软弱,原谅你心甘情愿地给西门闹当奴才那段不光彩的历史,也不会因为你跟迎春结了婚而改变你雇农的阶级成分,雇农啊,一块镶着金边的牌子,你不要让这块牌子生锈,不要让它沾染上灰尘,我正式地告诉你,希望你立即加入合作社,牵着你这头调皮捣蛋的驴驹子,推着土改时分给你的独轮车,载着分你的那盘耧,扛着你的锨镢锄钩,领着你的老婆孩子,自然也包括西门金龙和西门宝凤那两个地主崽子,加入合作社,不要再单干,不要闹独立,常言道:'螃蟹过河随大溜','识时务者为俊杰',不要顽固不化,不要充当挡路的石头,不要充硬汉子,比你本事大的人成千上万,都被我们修理得服服帖帖。我洪泰岳,可以允许一只猫在我的裤裆里睡觉,但绝不允许你在我眼皮子底下单干!我的话,你听明白了没有?"

洪泰岳一条好嗓子,是当年打牛胯骨卖膏药时锻炼出来的,这样的好嗓子,这样的好口才,不当官才是咄咄怪事。我有几分入迷地听着他的话,看着他训斥蓝脸时那居高临下的姿态,尽管他的身材比蓝脸矮了半头,但我觉得他比蓝脸要高许多。我听到他提到了西门金龙和西门宝凤,心中惊恐无比,隐藏在驴体内的西门闹对自己遗留在这动荡不安的人世的两块亲骨肉放心不下,为他们的命运担忧,蓝脸既可以充当他们的保护伞,也可以成为给他们带来苦命的大灾星。这时,我的女主人迎春——我尽量地忘记她曾与我同床共枕为我生儿育女的往事吧——从西厢房出来,她出来前一定对着那半块镶嵌在墙壁上的破镜片整理过容貌。她上穿阴丹士林蓝偏襟褂子,下穿黑时布扫腿裤子,腰系一块蓝布白花围裙,头上罩着一方蓝布白花帕子,与围裙同样布料,很是利索很是和谐。阳光照着她憔悴的脸,那额,那眼,那嘴,那鼻,勾起我绵绵不绝的记忆,真是一个好女人啊,恨不得含在嘴里亲热着的好宝贝啊,蓝脸你这王八蛋真是有眼力啊,你如果娶了屯西那个满脸麻子的苏寡妇,即便是当了玉皇大帝,又有什么意思!她走过来,对着洪泰岳深深地鞠了一躬,说:

"洪大哥,你大人不见小人的怪,不要和这个直杠子人一般见识。"

我看到洪泰岳满脸僵硬的线条顿时和缓起来,他借坡下驴地说:

"迎春,你们家的历史情况,你心中有数,你们俩可以破罐子破摔,但你们的孩子,还要奔远大的前程,你们要替他们着想,过上十年八年回头看,蓝脸,你就会明白,我老洪今天所讲,都是为你好,为你的老婆孩子好,我的话都是金玉良言!"

"洪大哥,我明白您的好意,"她拉着蓝脸的胳膊,拽拽,说,"快给洪大哥赔个不是吧,入合作社的事,我们回家商量。"

"没有什么好商量的,"蓝脸说,"亲兄弟都要分家,一群杂姓人,混在一起,一个锅里摸勺子,哪里去找好?"

"你可真是石头蛋子腌咸菜,油盐不进啊,"洪泰岳恼怒地说,"好你蓝脸,你能,你就一个人在外边,等着看吧,看看是我们集体的力量大,还是你蓝脸的力量大。现在是我动员你入社,我苦口婆心地求你;总会有一天,你蓝脸要跪在地上求我,而且,那一天并不遥远!"

"我不入社!我也永远不会跪在地上求你,"蓝脸耷拉着眼皮说,"政府章程是'入社自愿,退社自由',你不能强迫我!"

"你是一块臭狗屎!"洪泰岳怒吼一声。

"洪大哥,您千万……"

"不要大哥长大哥短的,"洪泰岳轻蔑地、仿佛带着几分厌恶地对迎春说,"我是书记,我是村长,我还兼任着乡里的公安员!"

"书记,村长,公安员,"迎春怯声道,"我们回家就商量……"然后她揉着蓝脸,哭咧咧地,"你这个死顽固,你这个石头脑子,你给我回家……"

"我不回家,我话还没说完呢,"蓝脸执拗地说,"村长,你打伤了我的驴驹,要赔我药费!"

"我赔你一颗子弹!"洪泰岳一拍枪套,大笑不止,"蓝脸啊蓝脸,你可真行啊!"然后猛提嗓门,"这棵杏树,分到了谁的名下?"

"分到了我的名下!"一直站在东厢房门口看热闹的民兵队长黄瞳,应着,跑到洪泰岳面前,说,"支书,村长,公安员,土地改革时,这棵树分到我的名下,但这棵树,自分到我的名下后,就没结过一颗杏子,我准备立刻杀了它!这棵树,与西门闹一样,与我们贫雇农是有仇的。"

"你这是放屁!"洪泰岳冷冷地说,"你这是信口胡说,想讨我的好就要实事求是,杏树不结果实,是你不善管理,与西门闹无关。这棵树,虽然分在你的名下,但迟早也是集体的财产,走集体化的道路,消灭私有制度,根绝剥削现象,是天下大势,因此,你要看好这棵树,如果再让驴啃了它的皮,我就剥了你的皮!"

黄瞳在洪泰岳面前点头连连,脸上全是虚笑,两只细眯的眼睛射出金光,咧着嘴,龇着黄牙,露出紫色的牙龈。这时,他的老婆秋香,西门闹曾经的三姨太太,用扁担挑着两个箩筐,箩筐里放着两个婴儿,黄互助,黄合作。秋香,梳着飞机头,头发上抹着闷香的桂花油,脸上涂了一层粉,穿着滚花边的衣衫,绿缎子鞋上绣着紫红的花。她真是胆大包皮皮天,竟然穿戴着给我当姨太太时的衣衫,涂脂抹粉,眼波流动,一身媚骨,一身浪肉,哪里像个劳动妇女?我对这个女人,有清醒的认识,她心地不善,嘴怪心坏,只可当做炕上的玩物,不可与她贴心。我知道她心气很高,如果不是我镇压着她,白氏和迎春都要死在她的手里。在砸我狗头之前,这个娘们,看清了形势,反戈一击,说我强奸了她,霸占了她,说她每天都要遭受白氏的虐待,她甚至当着众多男人的面,在清算大会上,掀开衣襟,让人们看她胸膛上的疤痕。这都是被地主婆白氏用烧红的烟袋锅子烫的啊,这都是让西门闹这个恶霸用锥子扎的,她声情并茂地哭喊着,果然是学过戏的女人,知道用什么方子征服人心。收留了这个女人,是我西门闹一片好心,那时她只是个脑后梳着两条小辫的十几岁女孩,跟着她瞎眼的爹,沿街卖唱,不幸爹死街头,她卖身葬父,成了我家的丫鬟。你这个忘恩负义的女人,如果不是我西门闹出手相救,你要么冻死街头,要么落入妓院当了婊子。这婊子,哭着诉着,把假的说得比真的还真,土台子下那些老娘们一片抽泣,抬起袄袖子擦泪,袄袖子明晃晃的。口号喊起来,怒火煽起来了,我的死期到了。我知道死在这个婊子手里了。她哭着喊着,不时用那两只细长的眼睛偷偷地看我。如果不是有两个身强力壮的民兵反剪着我的胳膊,我会不管三七二十一,冲上去,给她一个耳光,给她两个耳光,给她三个耳光。我坦白,因为她在家庭里搬弄是非,我确曾抽过她三个耳光,她跪在我的脚前,抱着我的腿,泪眼婆娑地望着我,那眼神之媚,之可怜,之多情,让我的心陡地软了,让我的屌猛地硬了,这样的女人,即便是搬弄口舌,即便是好吃懒做,又有何妨,于是三巴掌之后就是如醉如痴的缠绵,这个风情万种的女人啊,是治我的一帖灵药。老爷,老爷,我的亲哥,你打死我吧,你弄死我吧,你把我斩成八段,我的魂也缠着你⋯⋯她猛地从怀里摸出了一把剪刀,对着我的头刺过来,几个民兵把她拦住,把她拖下台去。直到那时,我还认为,她是为了保全自己而演戏,我不能相信一个与我如胶似漆地睡过觉的女人,会真对我恨之入骨⋯⋯

她挑着互助、合作,看样子想去赶集。她对着洪泰岳撒娇,小脸儿黑黑的,仿佛一朵黑牡丹。洪泰岳道:

"黄瞳,你要管住她,你要改造她,让她改掉那些地主少奶奶的习性,你要让她下地劳动,不要让她四乡赶集!"

"听到了没有?!"黄瞳拦挡在秋香面前,说,"书记说你呢。"

"说我,我怎么啦?赶集都不让,那为什么不把集市取消?嫌老娘迷人,那你就去弄瓶镪水,给老娘点上一脸麻子!"秋香的小嘴,吧吧地说着,弄得洪泰岳好不尴尬。

"臭娘们,我看你是皮肉发痒了,欠揍!"黄瞳怒冲冲地说。

"你敢打我?你敢动我一指头,我就拼你个血胸膛!"

黄瞳以极麻利的动作抽了秋香一个耳光。片刻之间,众人呆若木鸡。我等待着秋香撒泼撒痴,满地打滚,寻死觅活,这都是她的惯用伎俩。但我的期待落了空,秋香没反,只是扔下扁担,捂着脸哭起来。互助和合作,受了惊吓,一齐在箩筐里哭。那两颗小头,金灿灿,毛茸茸,远看活像两个猴头。

挑起了战争的洪泰岳转脸又成了和事佬,劝和了黄瞳夫妇,他目不斜视地走进原西门家的正房,门旁的砖墙上,挂着木牌,牌上写着"西门屯村委会"的潦草字样。

我的主人抱着我的头,用他粗糙的大手,摩挲着我的耳朵,主人的老婆迎春,用盐水清洗了我前腿上的伤口,然后用一块白布包皮皮扎起来。在这样的既感伤又温馨的时刻,我不是什么西门闹,我就是一头驴,一头很快就要长大、与主人同甘共苦的驴。就像莫言那厮在他的新编吕剧《黑驴记》中的一段唱词:

> 身为黑驴魂是人
> 往事渐远如浮云
> 六道中众生轮回无量苦
> 皆因为欲念难断痴妄心
> 何不忘却身前事
> 做一头快乐的驴子度晨昏

(选自《生死疲劳》,作家出版社 2006 年版)

韩少功

爸爸爸(节选)

一

他生下来时,闭着眼睛睡了两天两夜,不吃不喝,一个死人相,把亲人们吓坏了,直到第三天才哇地哭出一声来。

能在地上爬来爬去的时候,他就被寨子里的人逗来逗去,学着怎样做人。很快学会了两句话,一是"爸爸",二是"×妈妈"。后一句粗野,但出自儿童,并无实在意义,完全可以把它当作一个符号,比方当作"×吗吗"也是可以的。

三五年过去了,七八年也过去了,他还是只能说这两句话,而且眼目无神,行动呆滞,畸形的脑袋倒很大,像个倒竖的青皮葫芦,以脑袋自居,装着些古怪的物质。吃饱了的时候,他嘴角沾着一两颗残饭,胸前油水光光一片,摇摇晃晃地四处访问,见人不分男女老幼,亲切地喊一声"爸爸"。要是你大笑,他也很开心。要是你生气,冲他瞪一眼,他也深谙其意,朝你头顶上的某个位置眼皮一轮,翻上一个慢腾腾的白眼,咕噜一声"×吗吗",掉头颠颠地跑开去。

他轮眼皮是很费力的,似乎要靠胸腹和颈脖的充分准备,运上一口长气,才能翻上一个白眼。掉头也是很费力的,软软的颈脖上,脑袋像个胡椒碾锤摇来晃去,须甩出一个很大的弧度,才能稳稳地旋到位。他跑起路来更费力,深一脚浅一脚找不到重心,靠整个上身尽量前倾,才能划开步子,靠目光扛着眉毛尽量往上顶,才能看清方向。他一步步跨度很大,像赛跑冲线的动作在屏幕上慢速放映。

都需要一个名字,上红帖或墓碑,于是他就成了"丙崽"。

丙崽有很多"爸爸",却没见过真正的爸爸。据说父亲不满意婆娘的丑陋,不满意她生下了这么个孽障,觉得自己很没面子,很早就贩鸦片出山,再也没有回来。有人说他已经被土匪裁了,有人说他还在岳州开豆腐坊,有人则说他沾花惹草,把几个钱都嫖光了,某某曾亲眼看见他在辰州街上讨饭。

他是否存在,说不清楚,成了个不太重要的谜。

丙崽他娘种菜喂鸡,还是个接生婆。常有些妇女上门来,在她耳边叽叽咕咕一阵,然后她带上剪刀什么的,跟着来人交头接耳地出门去。那把剪刀剪鞋样,剪酸菜,剪指甲,也剪出山寨一代人,一个未来。她剪下了不少活脱脱的生命,自己身上落下的这团肉却长不成个人样。她遍访草医,求神拜佛,对着木头人或泥巴人磕头,还是没有使儿子学会第三句话。有人悄悄传说,多年前她在灶房里码柴,曾打死一只蜘蛛。那蜘蛛绿眼赤身,有瓦罐大,织的网如一匹布,拿到火塘里一烧,气味臭满一山三日不绝。那当然是蜘蛛精了。冒犯神明,现世报应,有什么奇怪的呢?

不知她听说过这些没有,反正她发过一次疯病,被人灌了一嘴大粪,病好了,还胖了些,胖得像个禾场滚子,腰间一轮轮肉往下垂。只是像儿子一样,间或也翻一个白眼。

母子住在寨口边一栋木屋里,同别的人家一样,木屋在雨打日晒之下微微发黑,木柱木梁都毫无必要地粗大厚重——这里的树反正不值钱。门前有引水竹管,有猪屎狗粪,有经常晾晒着的红红绿绿的小孩衣裤以及被褥,上面荷叶般的尿痕当然是丙崽的成果。丙崽呢,在门前戳蚯蚓,搓鸡粪,抓泥巴,玩腻了,就挂着鼻涕打望人影。碰到一些后生倒树归来或上山去"赶肉"——就是去打野猪,他被那些红扑扑的脸所感动,会友好地喊一声"爸爸——"

哄然大笑。

被他眼睛盯住了的后生,往往会红着脸气呼呼地上来,骂几句粗话,对他晃一晃拳头。要不,干脆在他的葫芦脑袋上敲一丁公。

有时,后生们也互相逗耍。某个后生笑嘻嘻地拉住他,指着另一位开始教唆:"喊爸爸,快喊爸爸。"见他犹疑,或许还会塞一把红薯片子或炒板栗。当他照办之后,照例会有一阵旁人的开心大笑,照例会有丁公或耳光落在他头上。如果他愤怒地回敬一句"×吗吗",昏天黑地中,头上就火辣辣地更痛了。

两句话似乎是有不同意义的,可对于他来说,效果都一样。

他会哭,哇的一声哭出来。

妈妈赶过来,横眉瞪眼地把他拉走,有时还拍着巴掌,拍着大腿,蓬头散发地破口大骂。如果骂一句,在胯里抹一下,据说就更能增强语言的恶毒。"黑天良的,遭瘟病的,要砍脑壳的!渠是一个宝崽,你们欺侮一个宝崽,几多毒辣呀。老天爷你长眼呀,你视呀,要不是吾,这些家伙何事会从娘肚子里拱出来?他们吃谷米,还没长成个人样,就烂肝烂肺,欺侮吾娘崽呀……"

"视"是看的意思。"渠"是他的意思。"吾"是我的意思。"宝崽"是

"呆子"的意思。她是山外嫁进来的,口音古怪,有点好笑和费解。但只要她不咒"背时鸟"——据说这是绝后的意思,后生们一般不会怎么计较,笑一阵,散开去。

骂着,哭着,哭着又骂着,日子还热闹,似乎还值得边抱怨边过下去。后生们在门前来来往往,一个个冒出胡桩和皱纹,背也慢慢弯了,直到又一批挂鼻涕的奶崽长成门长树大的后生。只有丙崽凝固不动,长来长去还是只有背篓高,永远穿着开裆的红花裤。母亲说他只有"十三岁",说了好几年,但他的脸相明显见老,额上叠着不少抬头纹。

夜晚,母亲常常关起门来,把他稳在火塘边,坐在自己的膝下,膝抵膝地对他喃喃说话。说的词语,说的腔调,说话时悠悠然摇晃着竹椅的模样,都像其他母亲对待自己的孩子:"你这个奶崽,往后有什么用呵?你不听话,你教不变,吃饭吃得多,穿衣最费布,又不学好样。养你还不如养条狗,狗还可以守屋。养你还不如养头猪,猪还可以杀肉呢。呵呵呵,你这个奶崽,有什么用啊,眼眦大的用也没有,长了个鸡鸡,往后哪个媳妇愿意上门?……"

丙崽望着这个颇像妈妈的妈妈,望着那死鱼般眼睛里的光辉,觉得这些嗡嗡的声音一点也不新鲜,舔舔嘴唇,兴冲冲地顶撞:"x吗吗。"

母亲也习惯了,不计较,还是悠悠然地前后摇着身子,把竹椅摇得吱呀呀地响。

"你收了亲以后,还记得娘么?"

"x吗吗。"

"你生了娃崽以后,还记得娘么?"

"x吗吗。"

"你当了官发了财,会把娘当狗屎嫌吧?"

"x吗吗。"

"一张嘴只晓得骂人,好厉害咧。"

丙崽娘笑了,笑得眼小脖子粗。对于她来说,这种关起门来的对话,是一种谁也无权夺去的亲情享受。

二

寨子落在大山里和白云上,人们常常出门就一脚踏进云里。你一走,前面的云就退,后面的云就跟,白茫茫云海总是不远不近地团团围着你,留给你脚下一块永远也走不完的小孤岛,托你浮游。

小岛上并不寂寞。有时可见树上一些铁甲子鸟,黑如焦炭,小如拇指,叫得特别焦脆和宏亮,有金属的共鸣声。它们好像从远古一直活到现在,从没变什么样。有时还可见白云上飘来一片硕大的黑影,像打开了的两页书,粗看是鹰,细看是蝶,粗看是黑灰色的,细看才发现黑翅上有绿色、黄色、橘红色等复杂的纹络斑点,隐隐约约,似有非有,如同不能理解的文字。

行人对这些看也不看,毫无兴趣,只是认真地赶路。要是觉得迷路了,赶紧撒尿,赶紧骂娘,据说这是对付"岔路鬼"的办法。

点点滴滴一泡热尿,落入白云中去了。云下面发生了一些什么事情,似与寨里的人没有多大关系。秦时设过郡,汉时也设过郡,到明代"改土归流"……这都是听一些进山来的牛皮商和鸦片贩子说的。说就说了,山里却一切依旧,吃饭还是靠自己种粮。官家人连千家坪都不常涉足,从没到山里来过。

种粮是实在的,蛇虫瘴疟也是实在的。山中多蛇,蛇粗如水桶,蛇细如竹筷,常在路边草丛嗖嗖地一闪,对某个牛皮商的满心喜悦抽上黑黑的一鞭。据说蛇好淫,即便被装入笼子里,见到妖娆妇女,还会在笼中上下顿跌,躁动不已,几近气绝。取蛇胆也不易,据说击蛇头则胆入尾,击蛇尾则胆入头,耽搁久了,蛇胆化水,也就没用了。人们的办法是把草扎成妇人形,涂饰彩粉,引淫蛇抱缠游戏之,再割其胸取胆,那色胆包天的家伙在这一过程中竟陶陶然毫无感觉。还有一种挑生虫,春夏两季多见,人一旦染上虫毒,就会眼珠青黄,十指发黑,嚼生豆不腥,含黄连不苦,吃鱼会腹生活鱼,吃鸡会腹生活鸡。在这种情况下,解毒办法就是赶快杀一头白牛,让患者喝下生牛血,对满盆牛血学三声公鸡叫。

至于满山密密的林木,同大家当然更有关系了。大雪封山时,寄命一塘火。大木无须砍断,从门外直接插入火塘,一截截烧完便算完事。以至这里的火塘都直接对着大门,可减少劈柴的劳累。有一种楠木,长得很直,质地紧密,却虫防蚁,有微香,长至几丈或十几丈才撑开枝叶。古代常有采官进山,催调徭役倒伐这种树,去给州府做宫室的楹栋,支撑官僚们生前的威风。山民们则喜欢用它打造舟船,远远行至辰州、岳州、乃至江浙,由那些"下边人"拆船取材,移作它用,琢磨成花窗或妆匣。下边人把这种树木称为香楠。

人们出山当然有危险。木船或木排循溪水下行,遇到急流险滩,稍不留神就会船毁排散,尸骨不存。这是第一条。碰上祭谷神的,可能取了你的人头。碰上剪径的,可能钩了你的车船,刷了你的钱财。这是第二条。还有些妇人,用公鸡血掺和几种毒虫,干制成粉,藏于指甲缝中,趁你不留意时往你茶杯中轻轻一弹,令你饮茶之后暴死于途。这叫"放蛊"。据说放蛊者由此而益寿延年,至少也要攒下一些留给来世的阴寿。当然是害怕蛊祸,此地的青壮后生一般不会轻易远行,远行也不敢随便饮水,实在干渴难忍,视潭中或井中有活鱼游动,才敢前去捧喝两口。

有一次,两个汉子身上衣单,去一个石洞避风雨,摸索到洞里,发现那里有一大堆骷髅,石壁上还有刀砍出来的一些花纹,如鸟兽,如地图,似蝌蚪文,全不可解。谁知道这是怎么回事?谁知道这是不是一次放蛊的后果?

加上大岭深坑,山路崎岖,大树实在不易外运,于是长了也是白长,派不上多大用场,雄姿英发地长起来,又在阳光雨露下默默老死山中。枝叶腐烂,年年厚积,若有人软软地踏上去,腐积层就冒出几注黑汁和一些水泡,冒出阴湿浓烈的酸臭,浸染着一代代山猪和野豹的嗥叫。这些叫声总是凄厉而悠长。

村村寨寨所以都变黑了。

这些村寨不知来自何处。有的说来自陕西,有的说来自广西,说不太清楚。他们的语言和山下的千家坪的就很不相同。比如把"说"说成"话",把"站立"说成"倚",把"睡觉"说成"卧",把近指的"他"与远指的"渠"严格区分,颇有点古风。人际称呼也特别古怪,好像是很讲究大团结,故意混淆远近和亲疏,于是父亲被称为"叔叔",叔叔被称作"爹爹",姐姐成了"哥哥",嫂嫂成了"姐姐",如此等等。"爸爸"一词,还是人们从千家坪带进山来的,暂时算不上流行。所以,按照这里的老规矩,丙崽家那个离家远走杳无音信的人,应该是丙崽的"叔叔"。

这当然与他没太大关系。叫爹爹也好,叫叔叔也罢,丙崽反正从未见过那人。就像山寨里有些孩子一样,丙崽无须认识父亲,甚至不必从父姓。如果不是母亲吐露往事,他们可能永远不知自己的骨血与哪一个汉子有关。

但人们还是有认祖归宗的强烈冲动。对祖先较为详细的解释,是古歌里唱的。山里太阳落得早,夜晚长得无聊,大家就懒懒散散地串门,唱歌,摆古,说农事,说匪患,打瞌睡,毫无目的也行。坐得最多的地方,当然是那些灶台和茶柜都被山猪油抹得清清亮亮的殷实人家。壁上有时点着山猪油灯壳子,发出淡蓝色的光,幽幽可怖。有时人们还往铁丝编成的灯篮里添块松膏,待松膏烧得噼叭一炸,铜色火光惶惶一闪,灯篮就睡意浓浓地抽搐几下。火塘里的青烟冒出来,冬天可用来取暖,夏天可用来驱蚊。栋梁壁顶都被烟火熏得黑如焦炭,浑然黑色中看不清什么线条和界限,只有一股清洌的烟味戳鼻。要是火烧得太旺,气流上冲,梁上一根根灰线子不断摇晃,点点烟屑从天而降,翻舞飞腾,最后飘到人们的头上、肩上、或者膝头上,不被人们注意。

德龙最会唱歌,包括唱古歌。他没有胡子,眉毛也淡,平时极风流,妇女们一提起他就含笑切齿咒骂。他天生的娘娘腔,嗓音尖而细,憋住鼻腔一起调,一句句像刀子在你脑门顶里剜着,刮着,挤着,让你一身皮肉发紧。大家紧惯了,还紧出了满心的佩服:德龙的喉咙真是个喉咙呵!

他揣着一条敲掉了毒牙的青蛇,跨进门来,嬉皮笑脸,被大家取笑一番以后,不劳多劝就会盯住木梁,捏捏喉头,认真地开唱:

> 辰州县里好多房?
> 好多柱来好多梁?
> 鸡公岭上好多鸟?
> 好多窝来好多毛?

这类"十八扯"相当于开场白或定场诗,是些不打紧的铺垫。唱得气顺了,身子热了,眼里有邪邪的光亮迸出,风流情歌就开始登场:

> 思郎猛哎,
> 行路思来睡也思,
> 行路思郎留半路,
> 睡也思郎留半床。

德成风流,最愿意唱风流歌,每次都唱得女人们面红耳赤地躲避,唱得主妇用棒槌打他出门。当然,如果寨里有红白喜事,或是逢年过节祈神祭祖,那么照老规矩,大家就得表情肃然地唱"简",即唱历史,唱死去的人。歌手一个个展开接力唱,可以一唱数日不停,从祖父唱到曾祖父,从曾祖父唱到太祖父,一直唱到远古的姜凉。姜凉是我们的祖先,但姜凉没有府方生得早。府方又没有火牛生得早。火牛又没有优耐生得早。优耐是他爹妈生的,谁生下优耐他爹呢?那就是刑天——也许就是晋人陶潜诗中那个"猛志固常在"的刑天吧?刑天刚生下来的时候,天像白泥,地像黑泥,叠在一起,连老鼠也住不下。他举起斧头奋力大砍,天地才得以分开。可是他用劲用得太猛啦,把自己的头也砍掉了,于是以后成了个无头鬼,只能以乳头为眼,以肚脐为嘴,长得很难看的。但幸亏有了这个无头鬼,他挥舞着大斧,向上敲了三年,天才升上去;向下敲了三年,地才降下来。这才有了世界。

刑天的后代怎么来到这里呢?——那是很早以前,很早很早以前,很早很早很早以前,五支奶和六支祖住在东海边上,发现子孙渐渐多了,家族渐渐大了,到处都住满了人,没有晒席大一块空地。怎么办呢?五家嫂共一个春房,六家姑共一担水桶,这怎么活下去呵?于是,在凤凰的提议下,大家带上犁耙,坐上枫木船和楠木船,向西山迁移。他们以凤凰为前导,找到了黄央央的金水河,金子再贵也是淘得尽的。他们找到了白花花的银水河,银子再贵也是挖得完的。他们最后才找到了青幽幽的稻米江。稻米江,稻米江,有稻米才能养育子孙。于是大家唱着笑着来了。

奶奶离东方兮队伍长，
　　公公离东方兮队伍长。
　　走走又走走兮高山头，
　　回头看家乡兮白云后。
　　行行又行行兮天坳口，
　　奶奶和公公兮真难受。
　　抬头望西方兮万重山，
　　越走路越远兮哪是头？

　　据说，曾经有个史官到过千家坪，说他们唱的根本不是事实。那人说，刑天是争夺帝位时被黄帝砍头的。此地彭、李、麻、莫四大姓，原来住在云梦泽一带，也不是什么"东海边"。后因黄帝与炎帝大战，难民才沿着五溪向西南方向逃亡，进了夷蛮山地。奇怪的是，这些难民居然忘记了战争，古歌里没有一点战争逼迫的影子。

　　鸡头寨的人不相信史官，更相信他们的德龙——尽管对德龙的淡眉毛看不上眼。眉淡如水，完全是孤贫之相。

　　德龙唱了十几年，带着那条小青蛇出山去了。

　　他似乎就是丙崽的父亲。

三

　　丙崽对陌生人最感兴趣。碰上匠人或商贩进寨，他都会迎上去大喊一声"爸爸"，吓得对方惊慌不已。

　　碰到这种情况，丙崽娘半是害羞，半是得意，对儿子又原谅又责怪地呵斥："你乱喊什么？要死呵？"

　　呵斥完了，她眉开眼笑。

　　窑匠来了，丙崽也要跟着上窑去看，但窑匠说老规矩不容。传说烧窑是三国时的诸葛亮南征时路过这里教给山民们的，所以现在窑匠动土，先要挂一太极图顶礼膜拜。点火也极有讲究，须焚香燃炮在先，南北两处点火在后，窑匠念念有辞地轻摇鹅毛扇——诸葛亮不就是用的鹅毛扇吗？

　　女人和小孩不能上窑，后生去担泥坯也得禁恶言秽语。这些规矩，使大家对窑匠颇感神秘。歇工时，后生就围着他，请他抽烟，恭敬地讨教技艺，顺便也打听点山外的事。这其中，最为客气的可能要数石仁，他一见窑匠就喊"哥"喊"叔"，第二句就热情问候"我嫂""我婶"——指窑匠的女人。有时候对方反应不过来，不知道他是扯上了谁。三言两语说亲热了，石仁还会盛情邀请窑匠到他家去吃肉饭，吃粑粑，去"卧夜"。

石仁对窑匠最讨好,但一再讨好的同时也经常添乱,不是把堆码的窑坯撞垮了,就是把桶模踩烂了,把弓线拉断了,气得窑匠大骂他"圆手板"和"花脚乌龟",后来干脆不准他上窑来——权当他是另一个丙崽。

这使他多少有些沮丧和寥落。他外号仁宝,是个老后生,虽至今没有婚娶,但自认为是人才,常与外来的客人攀攀关系。无所事事的时候,他溜进林子里,偷看女崽们笑笑闹闹的溪边洗澡,被那些白色影子弄得快快活活的心痛。但他眼睛不好,看不大清楚,作为补偿,就常常去看小女崽撒尿,看母狗母猪母牛的某个部位。有一次,他用木棍对一头母牛进行探究,被丙崽娘看见了。这婆娘爱拨弄是非,回头就找这个嘀咕几句,找那个嘀咕几句,眉头跳跳的,见仁宝来了才镇定自若地走开。后来仁宝上山挖个笋子,刮点松膏,或是到牛栏房去加点草料,也总看见那婆娘探头探脑,装着在寻草药什么的,死鱼般的眼睛充满信心地往这边瞥一瞥,瞥得仁宝心里发毛。

仁宝没理由发作,骂了阵无名娘,还是不解恨,只好在丙崽身上出气,一见到他,注意到周围没什么旁人,就狠狠地在他脸上扇耳光。

小老头被打惯了,经得打,嘴巴歪歪地扯了几下,没有痛苦的表情。

石仁再来几下,直到手指有些痛。

"×吗吗,×吗吗……"小老头这才感到形势不妙,稳稳地逃跑。

仁宝追上去,捏紧他的后颈皮,逼着他给自己磕了几个响头,直到他额上有几颗陷进皮肉的沙粒。

他哇哇哭起来。但哭没有用,等那婆娘来了,他一张哑巴嘴说不清谁是凶手,只能眼睛翻成全白,额上青筋一根根暴出来,愤怒地揪自己的头发,咬自己的手指,朝着天大喊大叫,疯了一样。

丙崽娘在他身上找了找,没发现什么伤痕,"哭,哭死呵?走不稳,要出来野,摔痛了,怪哪个?"

丙崽气绝,把自己的指头咬出血来。

就这样,仁宝报复了一次又一次,婆娘欠下的债,让小崽子加倍偿还,他自己躲在远处暗笑。不过,丙崽后来也多了心眼。有一次再次惨遭欺凌,待母亲赶过来,他居然止住哭泣,手指地上的一个脚印:"×吗吗"。那是一个皮鞋底印迹,让丙崽娘一看就真相大白。"好你个仁宝臭肠子哎,你鼻子里长蛆,你耳朵里流脓,你眼睛里生霉长毛呵?你欺侮我不成,就来欺侮一个蠢崽,你枯脔心毒脔心不得好死呀——"她一把鼻涕一把泪,拉着丙崽去寻找凶手,"贼娘养的你出来,你出来!老娘今天把丙崽带来了,你不拿刀子杀了他,老娘就同你没完!你不拿锤子锤瘪他,老娘就一头撞死在你面前……"

这一夜,据说仁宝吓得没敢回家。

不过,后来仁宝同她并没有结仇,一见到她还"婶娘"前"婶娘"后的喊得特别甜。帮她家舂个米,修个桶,找窑匠讨点废砖瓦,都是挽起袖子轰轰烈烈地干。摘了几个南瓜或几个包谷,也忙着给她家送去。有人说,他是同丙崽娘打过一架,但打着打着就搂到一起去了,搂着搂着就撕裤子了——这件事就发生在他们去千家坪告官的路上,就发生在林子里,不知是真是假。还有人说,当时丙崽"×吗吗×吗吗"地骑到仁宝的头上揪打,反而被他娘一巴掌扇开,被赶到一边去,也不知是真是假。

反正结果有点蹊跷。看见仁宝有时给呆子一把杨梅或者红薯片,妇女们免不了更多指指点点:真的吗?不会吧?诸如此类。

丙崽对红薯片并不领情,一把掷回仁宝。"×吗吗。"

"你疯呵?好吃的。"

"×吗吗!"

"我×你妈妈呢。"

丙崽一口浓痰吐到仁宝的身上。

妇女们大笑:仁宝伢子,这下知道了吧?要×吗吗还不容易呵……她们没说完,差点笑得气岔,羞得仁宝一脸胀红夺路而逃。大概是受到笑声的鼓舞,丙崽左右看看,更加猖狂起来,把自己拉的屎抓了个满手,偏斜着脑袋,轮出一个白眼,继续追击仁宝,一路"×吗吗×吗吗×吗吗",竟把一条汉子追得满山跑。

仁宝跑下山去了。直到半个多月以后,他才重新出现在人们眼前。他头发剪短了,胡桩刮光了,还带回了一些新鲜玩意儿,一个玻璃瓶子,一盏破马灯,一条能长能短的松紧带子,一张旧报纸或一张不知是何人的小照片。他踏着一双更不合脚的旧皮鞋壳子,在石板路上嘎嘎咯咯地响,很有新时代气象。"你好!"他逢人便招呼,招呼的方式很怪异,让大家听不大懂。你什么好呢?又没生病,能不好么?

仁宝的父亲仲满是个裁缝,看见菜园里杂草深得可以藏一头猪,气不打一处来,对儿子脚下的皮鞋最感到戳眼:"畜生!死到哪里去了?有本事就莫回来!"

"你以为我想回来?我一进门就窝心冲。"

"你还想跑?看老子不刴了你的脚!"

"刴就要刴死,老子好投胎到千家坪去。"

"到千家坪,吃金子屙银子是吧?"

"千家坪的王先生穿皮鞋,鞋底还钉了铁掌子,走起来当当地响,你视过?"

仲满没见过什么钉铁掌的皮鞋,不便吭声,停了片刻才说:"皮鞋子上不得坡,下不得河,不透气,穿起来脚臭,有什么稀奇?"

"铁掌子,我是说铁掌子。"

"只有骡马才钉掌子,你不做人,想做畜生?"

仁宝觉得父亲侮辱了自己的同志,十分恼怒,狠狠地报复了一句:"辣椒秧子都干死了,晓得么?"

叭——裁缝一只鞋摔过来,正打中仁宝的脑袋。他不允许儿子如此不遵孝道。

"哼!"

仁宝怕第二只鞋子,但坚强地不去摸脑袋,冲冲地走进楼上自己的房间,继续戳他的旧马灯罩子。

听说他挨了打,后生们去问他,他总是否认,并且严肃地岔开话题:"这鬼地方,太保守了,太落后了,不是人活的地方。"

后生们不明白"保守"是什么意思,更不明白玻璃瓶子和马灯罩子有何用途,于是新名词就更有价值,能说新名词的仁宝也更可敬。人们常见他愤世嫉俗,对什么也看不顺眼,又见他忙忙碌碌,很有把握地在家里研究着什么。有时研究对联,有时研究松紧带子,有时研究烧石灰窑。有一回,还神秘地告诉后生们:他在千家坪学会了挖煤,现在他要在山里挖出金子来。金子!黄央央的金子哩!

他真的提着山锄,在山里转了好几天。有几个想沾光的后生,偷偷地跟着看,看了几天,发现他并没有真正动手。

对付同伴们的疑惑,他宽容地笑一笑,然后拍拍对方的肩,贴心地作些勉励:"就要开始了,听说没有?上面来人了,已经到了千家坪,真的。"

或者说:"就要开始啦,真的,明天就会落雪,秧都靠不住。"说完回头望一望什么,似乎总有个无形的人在跟着他。

有时甚至干脆只有一句:"你等着吧,可能就在明天。"

这些话赫赫有威,使同伴们好奇和崇敬,但大家不解其中深意,仍是一头雾水。要开始,当然好,要开始什么呢?要怎么开始呢?是要开始烧石灰窑,还是要开始挖金子,还是像他曾经说过的那样——下山去做上门女婿?不过众人觉得他踏着皮鞋壳子,总有沉思的表情,想必有深谋远虑。邀伴去犁田、倒树、或者砍茅草,干这一类庸俗的事,不敢叫他了。

仁宝从此渐渐有了老相,人瘦毛长一脸黑。他两眼更加眯,没看清人的时候,一脸戳戳的怒气。看清了,就可能迅速地堆出微笑。尤其是对待一些不凡人士:窑匠、木匠、界(锯)匠、商贩、读书人、阴阳先生等等,他总是顺着对方的言语,及时表示出惊讶,愤慨,惋惜,欢喜,乃至悲天悯人的庄严。随着他一个劲地点头,后颈上一点黑壳也有张有弛。当然,奉承一阵以后,他也会巧妙地暗示自己到过千家坪,见识过那里的官道和酒楼。有时他还从衣袋摸出一块纸片,谦虚谨慎地考一考外来人,看对方能否记得瓦岗寨的一条好汉到六条好汉,能否懂一点对联的平仄。

这一天,寨子里照例祭谷神,男女老少都聚集在祠堂。仁宝大不以为然,不过受父亲鞋底的威胁,还是不得不去应付一下。只是他脸上一直充满冷笑。可笑呵,年年祭谷神,也没祭出个好年成,有什么意思?不就是落后么?他见过千家坪的人作阳春,那才叫真正的作家,所谓作田的专家。哪像这鬼地方,一年只一道犁,甚至不犁不耙,不开水圳也不铲田埂,更不打粪凼,只是见草就烧一把火,还想田里结谷?再说就算田里结了谷,与他的雄图大志有何关系?他看到大家在香火前翘起屁股下拜,更觉得气愤和鄙夷。为什么不行帽沿礼?什么年月了,怎么就不能文明和进步?他在千家坪见过帽沿礼的,那才叫振奋人心!

他自信地对身边一个后生说:"会开始的。"

"开始?"后生不解地点点头。

"你要相信我的话。"

"相信,当然相信。"

他觉得对方并非知音,没什么意思。于是目光往左边的女人们投过去。有个媳妇,戴着耳环,不停地用衣袖擦着汗珠。跪下去时没注意,侧边的裤缝胀开了,露出了里面的白肉。仁宝眯着眼睛,看不太清楚,不过这已经足够,可以让他发挥想象,似乎目光已像一条蛇,从那窄窄的缝里钻了进去,曲曲折折转了好几个弯,上下奔蹿,恢恢乎游刃有余。他在脑子里已经开始亲热那位女人的肩膀、膝盖,乃至脚上每个趾头,甚至舌尖有了点酸味和咸味……

直到叭的一声,他感觉脑门顶遭到重重一击才猛醒过来。回头一看,是丙崽娘两只冒火的大圆眼,"你娘的×,借走老娘的板凳,还不还回来?"

"我……什么时候借过板凳?"

"你还装蒜?就不记得了?"丙崽娘又一只鞋子举起来了。

四

女人们白天爱串人家,偷偷地沿着屋檐溜进东家或西家,凑在火塘边叽叽咕咕,茶水喝干了几吊壶,尿桶里涨了好几寸,直说得个个面色发白,汗毛倒竖,才拿起竹篮或捣衣的木棰,罢休而去。

一般来说,她们谈得最多的是婚嫁之事。比如说,哪个男人暗取了哪个女子的一根头发,念上七十二遍"花咒",就把那女子迷住了。又比如说,哪个女子未婚先孕,用大凉的蓝靛打胎,居然打出了一个满身长毛的猴子。如此等等。有时候,她们也讨论一些不祥之兆:某家的鸡叫起来像鸭;腊月里居然没下一场雪;还有丙崽娘去岭那边接生带回的消息,说鸡尾寨的三阿公坐在屋里被一条大蜈蚣咬死,死了两天还没有人知道,结果有只脚被老鼠吃去一半——这些事端是不是有些不吉?

但后来又有人说,三阿公并没有死,前两天还看见他在坡上扳笋子。这样一说,三阿公又变得恍恍惚惚,有无都成为一个问题了。

像要印证这些兆头,后来一阵倒春寒,下了一阵冰雹,田里大部分禾苗都冻成了黑水,只剩下稀稀拉拉几根,像没有拔尽的鸡毛。几天后暴热,田里又多虫,稻谷都长成了草。粮食立刻就成了焦心的话题。家家都觉得奶崽太多,太能吃,又觉得米桶太浅,一舀就见底。有人开始借谷,一借就有了连锁反应,不管桶里有谷没谷的,都踊跃地借,大张旗鼓地借,以示自己也会盘算别人。丙崽娘也借得要死要活的,其实她这几年大模大样地积德,义务照看祠堂,偷偷省下了不少猫粮。祠堂里不能没有猫,不然老鼠啃了族谱和牌位怎么办?搅了祖宗的安宁怎么办?养猫也不能没有猫粮。丙崽娘每年从公田收成里分得两担谷,每天拿瓦罐盛半罐饭,吃吃喝喝从一些门户前经过,说是去送猫食,其实一进祠堂就自己吃了。只可怜那只饿猫,只吃点糠粉野菜,饿得皮包骨,成天蚊子一样尖叫。

靠这只老猫,娘崽两个居然混过了春荒。大家似乎知道这个中机巧,有人在她背后指指点点。她横眉横眼,装着没听见就是。

一直借到寨子里人心惶惶,女人们又开始谈起杀人祭谷神。丙崽娘有点兴高采烈,积极投入了这场对谷神的议论。得闲的时候,就带上针线鞋底,拉上丙崽,矮胖的身子左一顿、右一顿,屁股磨进一家家高大的门槛。对一些没听说过谷神的女崽,她谆谆教导:这可是个老规矩呐。不杀人是不能祭谷神的,要杀人就要杀个男的,选头发最密的杀,肉块都分给狗吃。杀到哪一家,就叫哪一家"吃天粮"……说得女子睁大眼睛,脸色发白,相互挤靠得越来越紧,她又笑起来,神秘地压低声音:"你屋里不会吃天粮的,放心。你男人头发胡子都稀么……不过,也不蛮稀。"或者说:"你屋里不会吃天粮的,放心。你竹哥太瘦了,没有几斤肉,不过……也不蛮瘦。嗯啦。"

她圆睁双眼,把一户户女人都安慰得心惊肉跳之后,才弯着一个指头,把碗里的茶叶扒起来,嚼得吱吱响,严肃认真地告别:"吾去视一下。"

"视一下"有很含混的意思,包括我去打听一下,我去说说情,有我做主,或者是我去看看我的鸡埘什么的,都通。但在女人们的恐慌中,这种含混也很温暖,似乎也值得寄予希望。

实在是割野葱去了。

然后是看鸡埘去了。

鸡埘那边就是仁宝父子的家。丙崽娘看完鸡埘,总是朝那边望一眼。这一眼的意思也很模糊,似乎是招呼,似乎是警惕,似乎是窥探隐私,似乎是不示弱地挑战:看你能把我怎么样?每天都这样偷偷地望几眼,叫仲裁缝心里猫抓似的。

仲裁缝恨女人,尤恨丙崽他娘,那个圆不圆瘪不瘪的家伙。说起来,她还算他的弟媳,又与他为邻,两家地坪相连树荫相接,要是拆了墙壁,大家会发现对方也不过是吃饭、睡觉、训儿子,没什么两样。但越接近就越看得清楚,看出些不一样来。丙崽娘常常挑起一竹篙女人的衣裤,显眼地晒在地坪里,正冲着裁缝的大门,使他一出门就觉得晦气,这不是有辱斯文么?她还经常在地坪里摊晒一些胞衣,作为大补佳药拿去吃,或卖钱。那些婆娘们腹中落下来的肉囊,有血腥气,在晒席上翻来滚去的,晒出一条条皱纹,恰似一个个鬼魂,令人须发倒竖。

不过,这一切都不如她那眼光可恶。似乎是心不在焉地瞅一眼,有毫无理由的理由,有毫不关心的关心,像投来一条无形的毒蛇。堂堂仲满的儿子就是被这样的毒蛇缠住,乱了辈分,毁了伦常,闹出一些恶浊不堪的闲言,岂不是往他仲满耳朵里灌脓?

"妖怪!"

有一天,仲裁缝在大门口怒骂。

地坪里没有他人,只有丙崽娘。她架起一条腿,撕剥脚皮,哼了一声,吐出一口痰,又恨恨剥下两大块茧皮。

就这样交了恶。

但仲裁缝从来不对丙崽做手脚。有一回,小老头怯怯地来到他家门口,研究了一下他脸上的麻子,吐了两个痰泡,把一团绿色鼻涕抹在布料上。裁缝忍无可忍,但还是没有恶语,只是横了一眼,旋即把布料塞进灶口,烧了。

避女人与小子,乃有君子之风。仲裁缝算不算君子,不好说。但他从不与女人交道,从不同后生笑闹,在寨子里是个颇有"话份"的长者。话份在这里也是一个含糊概念,初到这里来的人许久还弄不明白。似乎有钱,有一门技术,有一把胡须,有一个很出息的儿子或女婿,就有了所谓话份。后生们都以毕生精力来争取话份。

有话份,就意味着有人来听你说话。仲裁缝粗通文墨,自婆娘早死之后,孤独度日,晴耕雨读,翻破了几本六叔留下来的线装书,知道不少似真似假的旧事。晋公子重耳、吕洞宾、马伏波,还有他最为崇拜的贤相诸葛亮,都常在他嘴中出入。尤其是坐在火塘边的时候,他把竹烟管喝得嘀嘀的响,慢条斯理说一句,停半天再说一句,三个字一顿,五个字一断,间或夹上一声

"哎",久久没有下文,目光茫茫然,不像是在同听者说话,而是在同死去的先人禅对。后生们望着他脸上几颗冷峻的阴麻子,不敢催促他。

"汽车算个卵。"他说,"卧龙先生,造了木牛流马,逢山过山,逢水过水。只怪后人太蠢,就失传了。"

他还说:"先人一个个身高八尺,力敌千钧,日行三百。哪像现在,生出那号小杂种,茄子不是茄子,豆角不是豆角。"

大家知道他是说丙崽。

"先人真有那么高大?"有个后生表示怀疑,"上次我们挖坟砖,挖出来的骨头同我们的差不多,没长到哪里去呵。"

"晓得什么!"仲满哼了一声,"人死了,骨头就缩了。"

"那年千家坪唱戏,诸葛亮还是个矮子。"

"书真戏假,戏台上的事能信么?"

他越这样崇敬古人,越觉得日子不顺心。摇着蒲扇,还是感到闷,鼻尖上直冒汗——呸,妖怪,先前哪有这么热呢?那时候六月天的夜里也要盖被子呵。他觉得椅子也很不合意,吱吱呀呀叫得很阴险——妖怪,如今的手艺也真是哄鬼呵,哪像先前一张椅子,从出嫁坐到做外婆,还是紧紧实实的。想来想去,觉得没有了卧龙先生,这世道恐怕是要败了,这鸡头寨怕是要绝人了。

眼下,听人们都在议论天灾,议论杀人祭谷神,听得让人烦。他坐在家里不知要如何才好。好像出了点问题,仔细思量,才知是自己肚子饿。近来很少有人接他去做衣,即使接他去做上门工,主家的饭食也越来越稀软——此事最不可容忍。人是铁,饭是钢么,人吃饭怎么成了猪吃潲?如果米饭不是粒粒如铁砂,他情愿不摸筷子。当然,更让他寒心的是,今天是什么日子?是他五十岁大寿。想想看,寿星佬居然饿着,这日子还能过?

"仁拐子!"他叫喊。

没有人回答。

"仁拐子,要舂米啦!"

他又喊了一声,上楼去找找,还是没有找到米,只有半箩瘪壳谷,充其量只能拿来喂喂鸡。还有去年攒下来一担苞谷和几十个南瓜,竟然也不翼而飞。他往儿子的房间看看,发现那铺盖上全是灰土,还有老鼠屎,看来很久没有人睡过,使他不免吃了一惊。

他明白了什么,一句话也没说,只是啪啪两下,狠抽自己的耳光。"家门不幸,家门不幸呵。老子前世作了什么孽?……"

他看见墙边几个大瓦坛子,很久没有装酸菜了,倒立在那里,像几个囚犯受着大刑,永远倒栽在那里。他还看见一具棺木,不知是仁宝为谁准备的,横霸中央,不可一世。有一只老鼠钻出棺材,在墙根一晃即逝,更让他明白了什么。妖怪!对了,就是这个妖怪——他梦见过的,这家伙眼红足赤,抹了胭脂一般,拱手而立,眼睛滴溜溜地转,还同情地冲他一笑。这不就是古书上说的红眼媚鼠吗?不就是德龙家那妖婆附体的精怪吗?仁拐子一定是被它媚住的,是被它勾了魂魄的。

仲裁缝气喘吁吁,下楼找到铁尺,回头找媚鼠算账。一铁尺打过去,咣地破了个坛子,老鼠尾巴又缩进壁缝去了。他跑到另一房间,撬破一个木柜,捅烂两只箕篓,还是没有成功捕杀。他咚咚咚地蹿到楼下,对可疑之处一律给予惊天动地的检查。一瞬间,碗钵烂了,吊壶也倒了,桌椅板凳都苦苦地跪倒或趴下,尘灰到处飞扬。当他引火大烧鼠洞的时候,一不小心,黑油油的帐子又接上火,燎起热爆爆的一片金黄色光亮。

幸亏老黑狗前来相助,媚鼠总算被他找到,被他戳死,六只肉溜溜的乳鼠也被他斩首,拿到火塘中烧出了一股奇臭。他听见地坪中有脚步声,回过头,没看见儿子,只有丙崽娘蓬头散发,半掩胸襟,朝这边瞄了一眼。

大概是闻到了奇臭,不知这里发生了什么事。

他更加冒火,一咬牙,把老鼠的尸灰泡在水里,喝了下去。

他脸发黑,感到丹田之气已尽,默坐一阵之后出门而去。此时公鸡正在叫午,寨子里静得像没有人,只有两只蝴蝶在无声飞绕。对面是鸡公岭一片狰狞石壁,斑斓石纹有的像刀枪,有的像旗鼓,有的像兜鍪铠甲,有的像战马长车。还有些石脉不知含了什么东西,呈深深赭色,如淋漓鲜血劈头劈脑地从山顶泻下来,一片惨烈的兵家气象。仲裁缝突然觉得,他听到了来自那里的轰隆隆声浪,听到了先人们正在对自己召唤。

路过瓜棚时,见绿叶丛中冒出一张老人的脸。

"仲爷,吃了?"

"吃了。"他淡淡一笑。

"要祭谷神了?"

"要祭的吧?"

"轮到谁的脑袋?"

"听说……摇签。"

"摇签?"

"摇到我就好了。"

"活着是没什么意思。"

"我都活过了五十,该回去了。"

"谁说不是呢?"

"省得饿肚皮,省得挑担子。"

"还省得蚊子蚂蟥咬。"

"省得日晒雨淋。"

"省得受儿孙的气。"

双方不再说话。

山上的树漫天生长。从茶子坡过去,大木就多了。有些树上扎了篾条,那都是寿木。寨里的人很小就要上山给自己看寿木,看中了,留个记号,以后每年检查一两次,直到自己最终躺进寿木做成的棺材。但仲裁缝很少进山,也一直没选过寿木,而且憎恶这一棵棵居心不良的鸟树。君子坐有坐相,站有站相,死也要有个死威,死得顶天立地,还用得着准备什么?他提着弯刀进山来,就是要选一处好风景,砍出一个尖尖的树桩,然后桩尖对准粪门,一声嘿,坐桩而死,死出个慷慨激昂。他见过这种死法。前些年马子洞的龙拐子就是一个。他咳痰,咳得不耐烦了,就昂首挺胸地坐死在桩上。后来人们发现血流满地,桩前的草皮都被他抓破,抓出了两个坑,翻出了一堆堆浮土,可见他死得惨烈、死得好,不仅上了族谱的忠烈篇,还在四乡八里传为美谈。

他选定了一棵松树,用裁缝的手,不熟练地砍削起来。

五

为什么祭谷神不用猪羊而要用人肉,为什么杀人得杀个男人,最好是须发茂密的男人……这些道理从来无人深究。

有些寨子祭谷神,喜欢杀其它寨子的人,或者去路上劫杀过往的陌生商客,但鸡头寨似乎民风朴实,从不对神明弄虚作假,要杀就杀本寨人。抽签是确定对象的公道办法,从此以后每年对死者亲属补三担公田稻谷,算是补偿和抚恤。这一次,一签摇出来,摇到了丙崽的名下,让很多男人松了口气,一致认为丙崽真是幸运:这就对了,一个活活受罪的废物,天天受嘲笑和挨耳光,死了不就是脱离苦海?今后不再折磨他娘,还能每年给他娘赚回几担口粮,岂不是无本万利的好事?

听到这消息,丙崽娘两眼翻白,当场晕了过去。几个汉子不由分说,照例放一挂鞭炮以示祝贺,把昏昏入睡的丙崽塞入一只麻袋,抬着往祠堂而去。不料只走到半道,天上劈下一个炸雷,打得几个汉子脚底发麻,晕头转向,齐刷刷倒在泥水里。他们好半天才醒过来,吓得赶快对天叩拜,及时反省自己的罪过:莫非谷神大仙嫌丙崽肉少,对这个祭品很不满意,怒冲冲给出一个警告?

这样,丙崽娘哭着闹着赶上来,把麻袋打开,把咕咕噜噜的丙崽抱回家去,汉子们也就没怎么拦阻。

重新商议,重新摇签,杀了另一个短命鬼,是后来的事。不过像很多寨子一样,鸡头寨这次祭过谷神以后还是灾厄未除,地上依然大旱,下种的秋玉米没怎么出苗,稻田里的虫子也没退去。人们更恐慌了,不仅把周边山上的野菜挖了个遍,不仅把镯子耳环都拿去换粮食,而且鬼鬼祟祟张惶失措摩拳擦掌准备炸掉鸡头峰——这是一位巫师的主意。据这位巫师一边揪鼻涕一边说,流年不利,年成不好,主要是叫鸡精在作怪。你们没看见么?鸡头峰正冲着寨子里的田土,把五谷收成都啄进肚子里去啦。

巫师抓狂时发出的大声鸡叫,给人们印象很深。

风声传出去,七里路以外的鸡尾寨立刻炸了锅。道理是这样:若斩了鸡头,鸡尾还如何出粪?没有鸡尾出粪,鸡尾寨还拿什么丰收五谷?要知道,鸡尾寨是个大寨,有几百号人口,在寨前的石头大牌坊下进进出出,全靠叫鸡精一个粪门的照顾,近年来比较富足。那寨子出了一些读书人,据说有的在新疆带兵,回乡省亲都是坐八人大轿。每逢过年,那寨子里家家宰牛,牛叫声此起彼落,牛皮商也最喜欢往那里钻。

不仅鸡头吃谷鸡尾出粪的说法,一直在暗暗流传使两寨生隙,而且鸡尾寨去年一连几胎都生女崽,还生了什么葡萄胎,也是两寨不和的原因。有人说,鸡尾寨路口的一口水井和一棵樟树,就是保佑全寨的阳根和阴穴,是寨子里发人的保障。一年前有鸡头寨的某后生路过那里,上树摸鸟蛋,弄断一根枝桠,不就伤了鸡尾寨的命根?那后生还往井里丢了一只烂草鞋,不就是闹出什么葡萄胎的根由?……眼下,旧恨未消新仇又起,贼坏子们还要炸掉鸡头峰,也太歹毒了吧?

双方初次交手,是在两寨交界处吵了一架,还动起了手脚。鸡尾寨有人受伤,脑袋上留下一条深沟,嘴里大冒白色泡沫。鸡头寨也有人挂彩,肠子溜到肚皮外,带血带水地拖了两丈多远,被旁人捡起来,理成一小堆重新塞回肚囊。

不得了啦,不得了啦。寨子里锣声大震,人人头上都缠着白布条,家家大门上都倒挂着一条长裤,祖宗牌位前还有人们咬破手指洒下的血迹。这都是决一死战的表示。看着大人们忙着扛树木去寨前堵路设障,或是在阶前嚯嚯地磨刀,丙崽倒是显得很兴奋,大概把热闹当成了过年的景象。他到处喊"爸爸",摇摇摆摆地敲着一面小铜锣,口袋里装有红薯丝,掏出来一两根,就撒落了三四根,引来两条狗跟着他转。他对仲裁缝家的老黑狗会意地一笑,又朝两棵芭蕉树哇地叫嚣了一声,看见前面有一条牛,又低压着脑袋,朝那边一顿一顿地慢跑。

几个娃崽也在路口疯玩,看见了他。

"视,宝崽来了。"

"他没有叔叔,是个野崽。"

"吾晓得,渠是蜘蛛变的。"

"根本不是,渠的妈妈是蜘蛛变的。"

"要渠磕头,好不好!"

"不,要渠吃牛屎,吃最臭最臭的!啊呀,臭死人!"

……

丙崽朝他们敲了一下锣,舔舔鼻涕,兴奋地招呼:"爸爸爸——"

"哪个是你爸爸?呸,矮下来!"

娃崽们围上去,捏他的耳朵,把他揪到一堆牛屎前,逼他跪下去,鼻尖就要顶着牛粪堆了。"张嘴,你张嘴!"他们大喊。

幸好来了一群大人,才使娃崽们停止胡闹,遗憾地一哄而散。但丙崽还在那里久久地跪着,发现周围已无人影,才爬起来朝四下看看,咕咕哝哝,阴险地把一个小娃崽的斗笠狠狠踩上几脚,再若无其事地跟上人群,去看热闹。

大人们牵来了一头牛,牛身上的泥片已被洗刷干净了,须毛清晰,屁股头的胯骨显得十分突出。湿滑的牛嘴一挪一磨,散发出来自胃里的一种草料臭。

一个汉子提着大刀走过来,把刀插在地上,脱光上衣,大碗喝酒。那刀也令丙崽感到新奇。刀被磨得铮亮,刀口一道银光,柔顺而清凉,十分诱人。有花纹的刀柄被桐油擦得黄澄澄的,看来很合手,好像就要跳到你手上来,不用你费什么气力,就会嚓嚓嚓地朝什么东西砍去。"吉辰已到,太上显灵——"随着有人一声大呼,锣鼓齐鸣,鞭炮炸响,那汉子已经喝完酒,叭的一声,砸了酒碗,拔起刀来,一跺脚,一声嘿,手起刀落,牛头就在地动山摇之间离开了牛身,像一块泥土慢慢垮下来。牛角戳地之时,牛眼还圆圆地睁着,牛颈则像一个西瓜的剖面,皮层裹着鲜鲜的红肉——没有头的牛身还稳稳站了片刻。

娃崽们吓了一跳。他们不知道,为什么当牛身最终向前扑倒的时候,大人们都会一齐欢呼起来:

"赢了!"

"我们赢了!"

"我们赢定了!"

"拍死姓罗的那些臭杂种——"

……

其实这是一种战前预测方式。据说当年马伏波将军南征,每次战斗之前都要砍牛头问凶吉,如牛向前倒,就是预示胜利,若牛向后倒,就得赶快撤兵。

人们的欢呼太响亮了,吓得丙崽上嘴唇跳了一下,咕咕哝哝。他看见有一缕红红的东西,从大人们的腿下流出来,一条赤蛇般地弯弯曲曲急蹿。他蹲下去捏了捏,感到有些滑手,往衣上一抹,倒是很好看。不一会,他满身满脸就全是牛血。大概弄到嘴里的牛血有些腥,小老头翻了个白眼。

丙崽娘也提了个篮子来,想看看牛肉怎么分。听人家说,没人上阵的人家没有肉吃,正噘着嘴巴生气。一眼瞥见丙崽这血污污的全身,更把脸盘气大了。"你要死,要死呵?"她上前揪住小老头的嘴巴,揪得他眼皮往下扯,黑眼珠转不过来,似乎还望着祠堂那边。

"×妈妈。"

"又要老子洗,又要老了洗,你这个催命鬼要磨死我呵?还不如拿你去祭了谷神,也让老娘的手歇上几天呵。"

"×妈妈×妈妈。"

她把丙崽像提猫一样提回家去。

整整一天,丙崽没有衣穿,全身赤条条。他似乎还知道点羞耻,没有出门去巡游,只是听到远处急促地敲锣,也敲几下自己的小铜锣。看见妇女们哭哭泣泣燃着香火去祠堂,他也在水沟边插上一排树枝,把一堆牛粪当作叩拜的对象。不知什么时候,他倒在地上睡了一觉。醒来时觉得寨子里特别安静,就再睡了一觉,直到斜斜的夕阳投照在他身上,把他全身抹出了一片金色。

他醒来的时候,发现自己在祠堂的大瓦盖下,嘈杂的脚步声、叫骂声、哭嚎声、铁器碰撞声,响在他的周围。借着闪闪烁烁的松明子,他看不清这里的全景,只见男女老幼全是头缠白布,一眼望去,密密的白点起起伏伏飘移游动。好些女人互相搀扶着,依靠着,搂抱着,哭得捶胸顿足,泪水湿了袖口和肩头。丙崽娘一屁股坐在地上,不时用袖口去擦眼睛,也把眼圈哭红了,显得一张娃娃脸很纯真了。她坐在二满家的媳妇旁,用力收缩鼻孔,捉住对方的手,用外乡口音说:"人生一世,草木一秋,去也就去了。你要往开处想,呵?你还有后,有兄弟,有爷娘。吾呢,那死鬼不知是死是活,一个丙崽也当不得正人用的,比你还苦十倍呵。"

她劝别人莫哭,自己却带头大哭,使对方更加泪水横飞。

"打冤家总是有个三长两短。早死也是死,晚死也是死。早死早投胎,说不定投个富贵人家,还强了。呵?"

对方还是哭出奇怪声调,听上去是剪刀在玻璃上划出的尖声。

大概想到了什么伤心事,丙崽娘拍着双膝更加大放悲声,哭得自己头上的白布条在胸前滑上去,又滑下来。"吾那娘老子哎,你做的好事呀。你疼大姐,疼二姐,疼三姐,就是不疼吾呀。你做的好事呀,马桶脚盆都没有哇……"

这就不知道是什么意思了。

正堂里烧了一堆柴火,噼噼啪啪炸出些火光。靠三根大树支着,一口大铁锅架在火上,冒出咕咕嘟嘟的沸腾声,还有腾腾热气冲得屋梁上的蝙蝠四处乱窜。人们闻到了肉香,但人们也知道,锅里不光有猪肉,还有人肉。按照打冤家的老规矩,对敌人必须食肉寝皮,取尸体若干,切成了一块块,与猪肉块混成一锅,最能让战士们吃出豪气与勇气。当然,猪肉油水厚一些,味道鲜一些。为了怕人们专挑猪肉,也为了避免抢食之下秩序混乱,肉块必须公平分配,由一个汉子站在木凳上,抄一杆梭镖往锅里胡乱去戳,戳到什么就是什么,戳给谁谁就得吃。这叫吃"枪头肉"。

前面已经有人吃开了。有的吃到了肺,不知是猪肺还是人肺。有的吃到了肝,不知是猪肝还是人肝。有的吃到了猪脚,倒是吃得很安心。有的吃到了人手,当下就胸口作涌,哇的一声呕吐出来。

柴火的热气一浪浪袭来,把前排人的胸脯和胯裆都烤烫了,使他们不由自主往后挪。油浸浸的那杆梭标映着火光,油浸浸的发亮,不时从锅里带出一点汁水,就零零星星洒下三两火珠,落入身影后的暗处。一个赤膊大汉突然站起来,发疯般地大叫一声:"给老子上人肉!老子就是要吃罗老八的脔心肝肺……"

几个不甘示弱的汉子也站起来:

嚼罗老八的骨头!

嚼罗老八的脚筋!

老子要拿罗老八的鸡巴拌辣椒!

……

场面有点乱。人影错杂之际,火光把人影投射在四壁和屋顶,使那些比真人放大了几倍乃至十几倍的黑影,一下被拉长,一下被缩短,忽大忽小,忽胖忽瘦,扭曲成各种形状。

"德龙家的,过来!"

叫到丙崽娘的名字了。她哭得泪眼糊糊的,还在连连拍膝,"吾不要哇,吃命哇……"

"碗拿来。"

"罗老八是我接生的哇,他还喊我干娘哇……"

"德龙家的,你娘的×吃不吃?丙崽,你吃!"

丙崽穿着开裆裤,很不耐烦地被旁人推到前面,很不情愿地从旁人手里接过一个碗。他抓起碗里一块什么肺,被烫了一下,嗅了一嗅,大概觉得气味不好,翻了个白眼,连碗带肺都丢了,朝母亲怀里跑去。

"你要吃!"有人把肺块捡起来,重新放在碗里。

"你非吃不可!"很多油亮亮的大嘴都冲着他叫喊。

一位白胡子老人,对他伸出寸多长的指甲,响亮地咳了一声,激动地教诲:"同仇敌忾,生死相托,既是鸡头寨的儿孙,岂有不吃之理?"

"吃!"掌竹扦的那位汉子,把碗再次塞到他怀里,于是屋顶上出现了一个无比巨大的手影。

丙崽看着屋顶上黑影,哇地一声哭了。

六

仁宝下山耍了几日,顺便想打打零工,交交朋友。要是机会好,找个机会做上门女婿也不错。他听说前几天有一队枪兵从千家坪过,觉得太好了。嘿,这不就是要开始了么?可枪兵过就过了,既没有往鸡头寨去改天换地,也没邀他去畅谈一下什么理想,使他相当失望。倒是有一个买炭的伙计从山里慌慌地出来,说鸡头寨与鸡尾寨行武了,还说马子溪漂下来了一具尸体,不知为什么脚朝上头朝下,泡得一张脸有砧板大,吓死人⋯⋯

仁宝吓了一跳:还果真打起来了么?

他在外面人缘很广,在鸡尾寨也有一位窑匠朋友,一位铜匠朋友,一位教书匠朋友,堪称莫逆,不可伤情面的。如今打什么冤家呢?同饮一溪水,同烧一山柴,大家坐拢来喝杯酒吃碗肉不就结了?

仁宝回到了寨子里,发现父亲脸色苍白,重伤在床——那天他去坐桩,被一个砍柴的发现,把他救了回来,但下体的伤口一时半刻封不了疤。

"不是渠不孝,仲爹何事会寻绝路?"

"坐桩没死成,兴怕也会被气死。"

"崽大爷难做,没得办法呵。"

"你看渠个脸相,吊眉吊眼的,是个克爹的种。"

"他娘故得那样早,恐怕也是被克的吧?"

⋯⋯这一类话,从耳后飘来,仁宝不可能没听到。他跪在老爹的床前,抽了自己几个耳光,在地上砸出几个响头,又去借谷米给仲裁缝做了一顿干饭。见裁缝还是不理他,便毫无意义地扫了扫地,毫无意义地踩死了几只蚂蚁,毫无意义地把马灯罩子再研究了片刻,怏怏地往祠堂而去。

祠堂门前一圈人,都头缠白布条,正谈论着打冤家的事。这似乎是仁宝重建形象的好机会,只是大家都红了眼,红得仁宝也有几分激动,一开腔竟完全忘了自己回寨子来的初衷。"鸡头峰嘛,这个,当然么,是可以不炸的。请个阴阳先生来,做点关口,什么邪气都是可以破掉的是不是?"他显出知书识礼的公允,"不过话说回来,说回来。他们姓罗的明火执仗打上门来,也欺人太甚不是?小事就不要争了,不争了——"他闭着眼睛拖出长长的尾音,接着恶狠狠扫了众人一眼,"但我们要争口气,争个不受欺!"

"仁宝说得对,我们被他们欺侮太久了!"一个汉子说。

仁宝受到鼓舞,说得更为滔滔不绝:"人心都是肉长的,总得讲个天地良心吧?莫说是你们,我对鸡尾寨的人怎么样?他们来了,我冲豆子茶,豆子是要多抓一把的。到时候吃饭,我油盐是要多下一些的。怎么能翻脸不认人呢?树活一张皮,人活一口气,对这样不知好歹的畜牲,你还有什么道理可讲?……"

打冤家的正义性,由他以新的方式再次解说。众人如果不觉得他的道理有多新鲜,至少觉得那恶狠狠的扫视还是很感人。他眯着眼睛看出这一点,看到自己忤逆不孝和怕死躲战的恶名几乎消除,更为兴高采烈,把衣襟嚓的一下撕开,抡起一把山锄,朝地上狠狠砸出一个洞,"量小非君子,无毒不丈夫。呔!老子的命——就在今天了!"

他勇猛地扎了扎腰带,勇猛地在祠堂冲进冲出,又勇猛地上了一趟茅房,弄得众人都肃然起敬。

从这一天起,他似乎成了个预备烈士,总像要开始什么大事,在寨子内外无端地游来转去,好像在巡视哨卡,又好像在检查熬硝一类备战工作,无论看一棵树还是一块岩石,都锁着眉头目光凝重,有种出征临战之际壮士一去不复还的肃穆。转游完了,他见人就心情沉重地嘱托后事:"金哥,以后家父就拜托你了。我们从小就像嫡亲兄弟,不分彼此的。那次赶肉,要不是你,吾早就命归阴府了。你给吾的好处,吾都记得的……"

"二伯爷,腰子还阴痛么?你老要好好保重。以前很多事只怪吾没做好。吾本来要给你砍一屋柴禾,但来不及了。那次帮你垫楼板,也没垫得齐整。往后的日子里,你想吃就吃点,要穿就穿点,身子骨不灵便,就莫下田了。侄儿无用,服侍你的日子不多了,这几句还是烦请你把它往心里去……"

"庆嫂子,有件事早就想找你说一说。吾以前做了好些蠢事,有对不起你的地方,你千万莫记恨。有一次我偷了你的两个菜瓜,给窑匠师傅吃了,你不晓得。现在吾想起来,脔心蒂子都是痛的。吾今日特地来说声得罪了,对不起呵。你要咒就咒,你要打就打……"

"幺姐……你……你在洗衣么?这一次实在是没办法了。你千万莫难过,千万莫伤身子。吾是个没用的人,文不得,武不得,连几丘田也做不肥。不过人生一世,总是要死的。这一点我明白。八尺男儿,报家报国,义不容辞。你话呢？好些事眼下也没法讲了。反正只要你心里还有一个石仁哥，我也就落心落意去了。你千万……硬朗点，形势总会好的。吾这就告辞了……"

他很能克制悲伤，不时缩缩鼻子。

弄得连最讨厌他的幺姐也都有些戚戚然，泪水夺眶而出。"石仁，你不要这样，我以前也不是真恨你……"

"不，吾决心已定。"他低着头，望着路边一块破瓦片。

"不是说不打了吗？"

"你也相信？"他悲壮地一笑。

几天下来，大家都不知道他要干什么，不知道他马上要干什么。听见他的皮鞋子还是在石阶上响来响去，发现他还没有去赴汤蹈火。好在寨子里这一段很乱，又是鸡上屋，又是牛吃禾，又是办丧事和操武艺，众人没顾上研究这位大英雄。甚至也慢慢习惯了。要是他不忙，众人还会觉得少了点什么，有什么地方不对劲。

这一天，从鸡尾寨传来消息：对方准备告官。这样鸡头寨也得有所准备，仁宝在外面的脚路广，更得有所作为才对。不过他并没有同官府打过交道，对文书款式没有太多把握。两位老人想了想，记起仲裁缝说过的什么，对提笔的那位说："兴许，叫禀帖吧？"

仁宝想起了什么，摇摇手："不是不是，叫报告。"

"禀帖吧？"

"是报告。"

"总得有上有下，要讲点礼性。"

"要讲礼性，报告就最礼性了。"仁宝宽容地一笑，"没错的，没错的。"

"你去问你叔叔。"

"他只懂些老皇历，晓得个屁呵。"

"你读过好多书？他读过好多书？"

"现在还读什么书？下边人都看报纸了。"

"下边人打个屁也是香的？什么报告不报告，听起来太戳气了。"

"伯爷们，大哥们，听吾的，决不会错的。昨天落了场大雨，难道老规矩还能用？我们这里也太保守了，真的。你们去千家坪一视，既然人家都吃酱油，所以都照镜子，都穿皮鞋。你们晓不晓得？松紧带子是什么东西做的？是橡筋，这是个好东西。马灯烧的是什么东西？是汽油，也是个好东西。你们想想，还能写什么禀帖么？正因为如此，我们就要赶紧决定下来，再不能犹豫了，所以你们视吧。"

众人被他"既然"、"因为"、"所以"了一番，似懂非懂，半天没答上话来。想想昨天确实落了雨,就在他"难道"般的严正感面前,勉强同意写成"报帖"。

接下来又发生一些问题。老班子要用文言写,他主张用什么白话写;老班子主张用农历,他主张用什么公历;老班子主张在报告后面盖马蹄印,他说马蹄印太保守了,太难看了,太污浊了,只能惹外人笑话,应该以什么签名代替。他时而沉思,时而宽容,时而谦虚地点头附和——但附和之后又要"把话说回来",介绍各种新章法和新理论,俨然一个通情达理的新党。

"仁麻拐,你耳朵里好多毛!"丙崽娘忍无可忍,突然大喊了一声,"你哪来这么多弯弯肠子?四处打锣,到处都有你,都有你这一坨狗屎!"

"婶娘……"仁宝嘿嘿一笑。

"哪个是你婶娘,呸呸呸……"丙崽娘抽了自己嘴巴一掌,眼眶一红,眼泪就流出来,"你晓得的,老娘的剪刀等着你!"

说完拉着丙崽就走。

人们不知丙崽娘为何这样悲愤,不免悄声议论起来。仁宝急了,说她是个神经病,从来就不说人话么。然后忙掏出几皮烟叶,一皮皮分送给男人们,自己一点也不剩。加上一个劲的讨好,他鸡啄米似地点头哈腰,到处拍肩膀和送笑脸,慷慨英雄之态荡然无存。事后一个汉子揪住仁宝逼问:"你对德龙家的到底怎么样了?她硬是吃得下你。"仁宝捶胸顿足地说:"老天在上,我能怎么样?她是我婶娘,一个禾场滚子。我就是鸡巴再骚,不怕她碾死我?"汉子上下打量仁宝一眼,还是半信半疑。

七

告官的代表从千家坪回来,说官府收是收下了报帖,但还得派人上山来查勘事实,才能最终断案。不过从办案官的脸色来看,好像是凶多吉少。且不说鸡尾寨人脉广,在官场里有关系,就是说话这一条,鸡头寨也不占上风。他们的口音别出一格,办案官听着听着就发脾气:"你们说些什么话?把舌头扯直了再说好不好?"

爹妈给的舌头就是这样,还要怎么个直法?

"下次再在公堂上讲鸟语,先掌嘴三十!"办案官又说。

加上三位代表一到千家坪就水土不服,又是胸闷,又是头晕,又是呕吐拉稀,这官司看来是太不好打,也打不下去的。他们十张嘴顶不了仇家的一张嘴,这官司还能打么?难怪仲裁缝说过,先民有仇不动朝不告官,是祸是福从来都自己扛,那才是好汉。

告官叫做走"舌道",叫做文胜。行武叫做走"牙道",叫做武胜。到底是要用舌还是要用牙,寨子里分成两派意见,一时无法统一。有个后生突然想起了一件事,说那天杀牛以占胜败,结果并不灵。倒是丙崽当时在场咒了句"╳妈妈",像是给了个坏兆头,却灵验了……这不十分可疑吗?这一想,大家都觉得丙崽神秘。丙崽有一次从山崖上滚下来,不但没有死,还毫发未损,不是神了吗?丙崽有一次被棋盘蛇咬了一口,不但没有倒地立毙,还活蹦乱跳手舞足蹈追着蛇要打,不是更神了吗?这样一件大神物,只会说"爸爸"和"╳吗吗"两句话,莫非就是泄露天机的阴阳二卦?

大家都觉得是这个理,于是连忙取来一架滑竿,就是两根竹子夹一张椅子,把丙崽抬到祠堂前。香火也即刻点燃。

"丙相公……"

"丙大爷……"

"丙仙……"

汉子们伏拜在他面前,紧紧盯住他,对他额上的抬头纹充满希望。

丙崽刚坐过滑竿,十分快活,脸上笑纹舒展,鼻涕炸了一个泡。他把停止不动的滑竿踢了一脚,发现它还是不再动,翻了个白眼。

实在不好理解。

是不是他要高兴了才会显灵?有人狠狠心,把家里珍藏很久的一块粽粑找来,贡献给鸡头寨第一大高人。丙崽这才兴奋起来,急急地掰粽粑,没抓稳,掉了一块,其实就掉在他右脚边,但他脑袋转起来不灵便,轮着眼皮居然朝左边望去。这样个吃法,是吃一半掉一半。每掉一块,他照例去找,照例找错了方向。有时也能阴差阳错,发现了前几次掉下的碎粑,他捡起来就往嘴里塞。

他拍拍巴掌,听见了麻雀叫,仰头轮了个方向不够准确的白眼。最后指定了一个方向:"爸爸。"

好,终于有了结果。照事先的约定,他叫"爸爸"就意味着舌道,意味着官司还得继续打。主张用舌的一派因此欢欣鼓舞,一颗悬心总算落到实处。不过,主张牙道的一派还是犹疑,一再琢磨丙崽的其它意思。比方他手里的粽粑总是掉了一半,就没什么意味吗?嘴里吹了一个涎泡,又是什么含义?至于他的手指朝上,所指之处有祠堂一个尖尖的檐角,向上弯弯地翘起,像一只黑色老凤举翅欲飞。那不会是更重要的指点吧?

"渠是指麻雀,还是指树?"

"不,是指屋檐。"

"檐和言同音,是不是说要言和?"

"胡说,檐和炎同音,双火为炎么。他是说要用火攻。"

争了半天,天意又变得茫然难测。

不管是出于天意还是人意,这一天战端再起。鸡尾寨的人主动杀上山来。先是浓烟滚滚,大概是有人故意放火,大火顺着南风,很快就烧焦了鸡头寨的前山,直烧得鸟雀乱飞,一根根竹子炸得惊天动地,黑黑的烟灰到处降落。要不是侥幸碰上一场雨,整个寨子连同后山以及更多的山林,恐怕都得惨遭毒手。接下来,一伙满脸涂着血污的男女,据说嘴里念了刀枪不入的金刚咒,据说头上淋了祛邪避祸的狗血酒,越过大木横陈的路卡,操持刀枪哇哇哇往上冲,如同阎王殿开了大门。他们与迎战的壮丁们混成一团,又砍又劈,又戳又刺,又揍又踢,又咬又啃,经常分不清你我敌友。杀红了眼的时候,一锄头挖到自家人也是难免的。看花了眼的时候,对着一个树蔸大砍大杀也有可能。杀呵,杀呵,杀呵——杀你猪婆养的——杀你狗公奍的——在那一刻,一颗离开了身子的脑袋还在眨眼。一截离开了胳膊的手掌还在抓挠。一具没有脑袋的身子还在向前狂跑。很多人体就这样四分五裂和各行其是。

黑红色或淡红色的鲜血,迅速喷红了草坡和田土,汇入了干枯的沟渠……这一天夜里,特别安静。

活下来的人似乎被遍地鲜血吓慄了,震呆了,已经不知道哭泣,已经没有泪水。只有竹义家的媳妇疯了,在寨子里走一路就笑一路,唱一路戏文。

一些骨瘦如柴的狗异常活跃,被空气中的血腥味刺激得呜呜乱叫,须毛奋张,两耳竖立。它们也许太饿了,纷纷挤出门缝和跳越石墙,身体拉成一条直线,向血腥味狂射而去,在草坡上或溪沟里找到尸体,撕咬着,咀嚼着,咬得骨头咯咯咯脆响。一只只狗很快就吃得肚大肥圆,打着饱嗝,眼睛红红的,在茅草中蹿来蹿去时闹出很大动静。它们所到之处都会有血迹。肉块也被它们叼得满处都是。有时你去灶房,无意中搬开一捆柴禾,也许会发现柴弯里滚出一只陌生的手或者脚。

把人肉吃习惯以后,它们对活人也变得很有兴趣,总是心怀叵测地跟着人影。尤其是见到有人吵架,音容有些异样,它们就会盯住不放,大大方方地露出尖牙,长长的舌头活泼得像一条飘带,一片水波,等待着什么结果发生。据说竹义家的阿公有次在树下瞌睡,竟被狗误认成尸体,把它大咬了一口。

丙崽把一泡屎拉在椅子上了。

丙崽娘照例唤狗来舔:"呵哩——呵哩——呵哩——"

狗来了,嗅一嗅,又舔舔舌头走了,似乎对粪便已丧失热情。它们刚才听到召唤,不得不来敷衍一下,只是不想在主人面前过于趾高气昂,显得它们富贵并不忘旧情。

于是寨子里屎多了,苍蝇多了,到处都臭起来。丙崽娘遇到二满家的媳妇,缩了缩鼻子,"你身上怎么有股臭味?"

竹义家的瞪大眼,"怪事,是你身上臭。"

两人嗅了一阵,发现大家手都是臭的,袖口也都是臭的,连棒槌和竹篮也有股怪味,这才恍然大悟:原来空气早就臭了,连嘴里说出的话都像放屁。

丙崽娘一直自诩自己娘家是大户,最为干净整洁,因此她从来活得与众不同,即便时逢乱世,即便眼下差不多家家举丧,她还是贵人习惯依旧,带上草把和茶枯,把丙崽拉到水井边狠狠擦洗。但她腹中的米粮实在太少,以前吃下的胞衣也不管用,只是洗净了丙崽的屁股,裤子与椅子上的臭味却怎么也洗不掉。她喘着气,翻着白眼,两眼一黑便歪歪地倒下。

不知自己是怎样醒来的,是怎样摸回家的。没有被狗咬,恐怕就是万幸。她听着窗外的激情狗吠,望着蚊帐上和墙上密密麻麻的苍蝇,伤心地嚎啕大哭起来:"吾那娘老子哎,你做的好事呀。你疼大姐,疼二姐,疼三姐,就是不疼吾呀,你怎么把吾丢到这个黄连罐里来了,一丢就是几十年哇……"

丙崽怯怯地看着她,试探着敲了一下小铜锣,想使她高兴。

她望着儿子,手心朝上推了两把鼻涕,慈祥地点头:"来,坐到娘面前来。"

"爸爸。"儿子稳稳地坐下了。

"你一定不能死,你一定要活下去。伢呵,你要去找你那个砍脑壳的鬼!"

她咬着牙关,两眼像对对眼,黑眸子往鼻梁挤,眸子之外有一圈宽宽的眼白,让丙崽有些惊慌。

"×吗吗。"他轻声试了一句。

"你要去找你爸爸,他叫德龙,淡眉毛,细脑壳,会唱些瘟歌。"

"×吗吗。"

"你记住,他兴许在辰州,兴许在岳州,有人视过他的。"

"×吗吗。"

"你要告诉那个畜生,他害得吾娘崽好苦呵。你天天被人打,吾天天被人欺,人家哪个愿意正眼朝我们看一眼?要不是祠堂里一份猫粮,吾娘崽早就死了。要不是你娘不要脸,把一张脸皮任人踩,吾娘崽也早就死了。你要一五一十都告诉那个畜生——"

"×吗吗。"

"你要杀了他!"

丙崽不吭声了,上嘴唇跳了跳。

"吾晓得,你听懂了,听懂了的。你是娘的好崽。"丙崽娘笑了,眼中溢出一滴泪。

她轻轻拍着丙崽,把对方哄睡了,然后挽着个菜篮,一顿一顿地上山去,大概是去采野菜。但她再也没有回来。后来有各种传说,有的说她被蛇咬死了,有的说她被鸡尾寨的人裁了,还有的说她碰上岔路鬼,迷了路,丢了魂,最后摔到山崖下……据说有人看见过她的一只鞋子挂在树上。

这些都无关紧要。寨子里已经减少很多人,再减少一个,不是什么大不了的事。只是丙崽在一直等母亲归来。太阳下山,石蛙呱呱地叫,门前小道上的脚步声渐稀,他还没有见到那张熟悉的面孔。好像有很多蚊子,咬得他全身麻麻地直炸。小老头使劲地挠着,挠出了血,愤怒起来。他要报复蚊子,便把椅子推倒,把茶水泼在床上,把柴灰灌到吊壶里。一块石头砸过去,铁锅也叭的一声裂开。他颠覆了一个世界。

一切都沉入暗夜中,门外还是没有熟悉的脚步声。只有寨子里的隐隐哭声,有邻居木楼里麻子脸裁缝断断续续的呻吟。

小老头在蚊虫的包围下睡了一觉,醒来后觉得肚子饿,踉踉跄跄地走出寨子。月亮很圆,很白,浓浓的光雾照得遍地如白昼,连对面山上每棵树和每棵草,似乎也能看得一清二楚。溪那边,哗哗响处有一片银光灼灼的流水,大片银光中有几团黑影,像捅出了几个洞,其实是雄踞水中的巨石。石蛙已经沉寂,大概它们也睡了。但远处不知何处传来的密集狗吠,像传说着什么夜里发生的大事。

丙崽咬着指头继续走。妈妈曾带着他出外接生孩子。也许妈妈现在就在那些地方,他要去找。他在月光下走着,在笼罩大地的云雾之中走着,上身微微前倾,膝盖悠悠地一晃一晃,像随时可能折断。不知过了多久,不知走了多远,他踢到了一个斗笠,又踢到了一个藤编的盾牌,空落落地响。他咕噜了几声,撒了一泡尿,把盾牌狠踩了一脚。他发现前面躺着一个人,是女的,有散乱的长发,但丙崽从来没有见过。他摇了摇她的手,打她的耳光,扯她的头发,见她总是不能醒来。他手摸女人的乳房,知道这肥大的东西可以吃,便捧着它吸了几口,不过没吸到什么滋味,只好扫兴地撒手。他发现这个女人的腹部很柔软,有弹性,便骑上去,又是后仰又是上跳,感觉自己瘦尖尖的屁股十分舒服。

"爸爸。"小老头累了,靠着肥大乳房,靠着这个很像妈妈的女人睡了。两人的脸都被月光照得如同白纸。还有耳环一闪。

八

"爸爸。"

丙崽指着祠堂的檐角傻笑。

檐角确实没有什么奇怪,像伤痕累累的一只欲飞老凤。瓦是窑匠们烧制的,用山里的树,用山里的泥,烧出这只老凤的全身羽毛。也许一片片羽毛太沉重,它就飞不起来了,只能静听山里的斑鸠、鹧鸪、画眉以及乌鸦,静听一个个早晨和夜晚,于是听出了苍苍老态。但它还是昂着头,盯住一颗星星或一朵云。它肯定还想拖起整个屋顶腾空而去,像当年引导鸡头寨的祖先们一样,飞向一个美好的地方。

两个后生从祠堂里抬着大铁锅出来,见到丙崽不禁有些奇怪。

"那不是丙崽吗?"

"渠的娘都死了,渠还没死?"

"八字贱得好,死不到渠的头上。"

"怕是阎王老子忘记了。"

"听说渠从崖上跌下来,硬是跌不死。我就不信。"

"再让他跌一次,如何?"

"这个小杂种,上次还吃粽粑。"说话者是指丙崽曾经荣任大仙,享受过特殊优待,因此气不打一处来。

"就是,我们都吞糠咽菜,渠当了官呵?还可以吃粽粑,只怕还要八道酒席?"

两个后生放下锅,大步闯上前来,先把丙崽的全身搜了一遍,没发现红薯丝也没发现苞谷粒。其中一位本就窝火,见丙崽坐瘪了他的斗笠更是火冒三丈,伸手一抹,根本没用什么气力,丙崽就像一棵草倒下了。另一位抽出尖刀顶住他的鼻尖,唾沫星飞到丙崽脸上:"快,抽自己的嘴巴!你不抽,老子剥了你,煮了你!"

"敢!"

身后冒出冷冰冰的声音,两个后生回头看,是铁青的一张麻脸。

仲裁缝是最讲辈分的,伸出两个指头,剑指两个后生的鼻子:"渠是你们叔爹,高了两个辈份,岂能无礼?"

后生立刻想到了自己的地位,想到仲裁缝还是丙崽的伯伯,立刻避开怒目交换了一个眼色,老老实实抬锅去。

仲裁缝向家里走去,想了想,又回转身对侄儿伸出巴掌:"手!"

丙崽往后躲,翻了个白眼,不像是看他,只是看他头上的一棵树。他全身紧张得直颤抖,上嘴唇跳了跳,是试图压住恐惧的勉强一笑。

他的手太冷,太瘦,太小,简直是只鸡爪。仲裁缝抓住它,如同抓住一块冰,不觉全身颤了一下。他帮丙崽抹了抹脸,赶走对方头上几只苍蝇,扣好对方两个衣扣。这件衣不知是谁做的——他从来没给亲侄儿做过衣。

"跟吾走。"

"爸爸。"

"听话。"

"爸爸。"

"谁是你爸爸?"

"×吗吗。"

"畜生!"

……

裁缝不再看他,只是牵着他,默默地走下坡。不知为什么,看着空空荡荡的寨子,裁缝突然想起自己做过的很多很多衣,长的、短的、肥的、瘦的、艳的、素的,一件件向他飘来,像一个个无头鬼,在眼前摇来晃去。包括那天他看见鸡尾寨的一具尸体,上面的衣不也是出自他一双手?——他认得那针脚,认得那裁片。想到这里,他把丙崽的小爪子抓得更紧,"不要怕,吾就是你爸。你跟吾走。"

几条狗兴冲冲地跟着他们。

山里有一种草,叫雀芋,味甘,却很毒,传说鸟触即死,兽遇则僵。仲裁缝今天已采来雀芋半篮,熬了半锅汤水。事情看来只能这样了:寨里已多日断粮,几头牛和青壮男女,要留下来做阳春,繁衍子孙,传接香火,老弱病残就不用留了吧,就不要增加负担了吧?族谱上白纸黑字,列祖列宗们不也是这样干过吗?仲裁缝经常念及自己生不逢时,无功无业,愧对先人,今天总算以一锅毒药殉了古道,也算是稍稍有了些安慰。

裁缝先把丙崽带到药锅前,摸了摸对方的头,给他灌了半碗药汤。

"爸爸。"大概觉得味道还不错,丙崽笑了。

仲裁缝拍拍丙崽的肩,也舒心地笑了,带着他走向其他人家。他们沿着一条石阶,弯弯曲曲地升高,走过路旁石块垒成的矮墙,走过路旁厚重的木柱和木梁。矮墙缝中伸出好些杂草和野花,招引着蜻蜓蝴蝶。有些家户还没有盖房,只有路边的屋基,立了些光溜溜的木柱和横梁。大梁上飘动着避邪的红纸。

几条狗还是跟着他们。

裁缝提着木桶,知道药汤应该送往哪些人家。那些人家似乎也早知约定。见到裁缝与丙崽来到门前,老人们都摆上空碗,在大门边静静等待。

"时辰到了?"

"到了。"

"多舀点吧。"

"小半碗就够。"

"我怕不牢靠。"

"你放心,放心。"

元贵老倌扶着拐杖上来请求:"仲满,吾还想去铡把牛草。"

裁缝说:"你去,不碍事的。"

老人颤颤抖抖地走了,铡完草,搓搓手,又颤颤抖抖地回来。接过大陶碗,喉头滚动了两下,就喝光了药汤。胡须上还挂着几点水珠。

"仲满,你坐。"

"不坐了。今天天气好燥热。"

"嗯啦,好燥热。"

另一位老人抱着一个瞎眼小奶崽,给仲裁缝看了看,眼里旋着一圈泪。"仲满,你视视,兴许要给渠换件裤子?你连的那件,渠还没上过身。"

裁缝眨了一下眼皮,表示赞同。

老人转身回屋,不一会儿,让瞎眼奶崽穿着新崭崭的裤子,还戴着发亮的长命锁。老人枯瘦的手在新布上摸着,划出嚓嚓的响声。"这下就好了,这下就好了。让我孙儿到了阴间,好歹有个体面呵。"

"还是蛮合身的。"裁缝说。

"娃崽就是费衣。"

老人先给瞎眼奶崽灌了药汤,自己接着一饮而尽。

木桶已经很轻了,仲裁缝想了想,记起最后一位——玉堂爹爹,实际上是玉堂婆婆。这位老妇人总是坐在门前晒太阳,日长月久,如一座门神,已经老得莫辨男女。她指甲长长的,用无龈的牙龈艰难地勾留口水,皮肤如一件宽大的衣衫,落在骨架上。她架起的一条瘦腿,居然可以和另一条腿同时着地。任何人上前问话,她都听不见,只是漠然地望你一眼,向你展示白蒙蒙的眸子。

裁缝走到她正前面,她才感觉到身边有了人,昏浊的眼里闪耀一丝微弱的光。她明白什么,牙龈勾一勾口水,指指裁缝,又指指自己。

裁缝知道她的意思,先向她跪下,磕了三个头,然后掰开对方的嘴巴,朝无牙的黑洞里灌下药汤。

老门神呛了两下,嘴角边挂着残汤。

在仲裁缝点燃的一挂鞭炮声中,在此起彼伏的狗吠声中,裁缝也喝下了药汤,然后抱着丙崽端坐在家门口。像其他老弱病残一样,他也面对东方。因为祖先是从那边来的,他们此刻要回到那边去了。在那里,一片云海,波涛凝结不动,被太阳光照射的一边晶莹闪亮,镶嵌着阴暗的另一边。几座山头从云海中探出头来,好像太寂寞,互相打打招呼。一只金黄色的大蝴蝶从云海中飘来,像一闪一闪的火花,飘过永远也飞不完的群山,最后飘落到鸡头寨,飘落在一头老黑牛的背上——似乎是世界上最大的一只蝴蝶。

两天之后,鸡尾寨的男人们上来了,还夹着一些女人和儿童。听说这边的人要"过山",迁往其它地方,他们想来捡点什么有用的东西。官府的什么人也来过了。在官家人主持之下,鸡尾寨作为胜利的一方操办"洗心酒",带来两只烤羊和两坛谷酒,让胜败两方都喝得脸红红的,互相交清人头,一起折刀为誓,表示永不报冤。

一座座木屋已经烧毁,冒出淡淡的青烟,只留下遍地焦土和一些破瓦坛,还暴露出各家各户无锅的灶台,一个个黑色的洞口。屋基窄狭得难以让人相信——人们原来就活在这样小的圈子里?酸甜苦辣的日子就交给了这样的洞穴?鸡头寨的青壮男女仍然头缠着白布条,目光黯淡,形容憔悴。他们准备上路了。一些外嫁的姑娘在这个时候也抛夫别子,回到娘家,决意跟随兄弟姊妹,今后要死要活都捆在一起。他们把犁耙、斧镰、锅盆、衣被、箱篓,都拴在牛背或马背上,错错落落形成一列长队。一个锈马灯壳子,咣咣地晃在牛尾股上。最后剩下来的十几只羊和几只狗,一声不吭地跟着主人,似乎也知道生活将重新开始。

作为临别仪式,他们在后山脚下的一排新坟前磕头三拜,各自抓一把故土,用一块布包上,揣入自己的襟怀。

在泪水一涌而出之际,他们齐声大喊"嘿哟喂"——开始唱"简":

……他们的祖先是姜凉。姜凉没有府方生得早。府方没有火牛生得早。火牛没有优耐生得早。优耐没有刑天生得早。他们原来住在东海边,后来子孙渐渐多了,家族渐渐大了,到处住满了人,没有晒席大一块空地。怎么办呢?五家嫂共一个春房,六家姑共一担水桶。这怎么活得下去呢?没有晒席大一块空地呵,于是大家带上犁耙,在凤凰的引导下,坐上了枫木船和楠木船。

> 奶奶离东方兮队伍长,
> 公公离东方兮队伍长。
> 走走又走走兮高山头,
> 回头看家乡兮白云后。
> 行行又行行兮天坳口,
> 奶奶和公公兮真难受。
> 抬头望西方兮万重山,
> 越走路越远兮哪是头?
> ……

男女都认真地唱着,或者说是卖力地喊着。尤其是外嫁归来的女人们,更是喊得泪流满面。声音不太整齐,很干,很直,很尖利,没有颤音和滑音,一句句粗重无比,喊得歌唱者们闭上眼,引颈塌腰,气绝了才留一个向下的小小转音,落下尾声,再连接下一句。他们喊出了满山回音,喊得巨石绝壁和茂密竹木都发出嗡嗡嗡声响,连鸡尾寨的人也在声浪中不无惊愕,只能一动不动。

一行白鹭被这种呐喊惊吓,飞出了树林,朝天边掠去。

> 抬头望西方兮万重山,
> 越走路越远兮哪是头?

还加花音,还加"嘿哟嘿"。仍然是一首描写金水河、银水河以及稻米江的歌,毫无对战争和灾害的记叙,一丝血腥气也没有。

一丝也没有。

远行人影微缩成黑点,折入青青的山谷,向更深远的深山里去了。但牛铃声和马铃声,还有关于稻米江的幸福歌唱,还从无边的绿色中淡淡透出,轻轻地飘来,在冷冽的溪流上跳荡。溪水边有很多石头,其中有几块特别平整和光滑,简直晶莹如镜,显然是女人们长期捣衣的结果。这几面深色大镜摄入山间万象却永远不再吐露。也许,当草木把这一片废墟覆盖之后,野猪会常来这里嚎叫,野鸡会常来这里结窝。路经这里的猎手或客商,会发现这个山谷与其它山谷没什么不同,只是溪边那几块深色石块有点奇异,似有些来历,藏着什么秘密。

丙崽不知从什么地方冒出来了——他居然没有死,而且头上的脓疮也褪了红,净了脓,结了壳,葫芦脑袋在脖子上摇得特别灵活。他赤条条地坐在一条墙基上,用树枝搅着半个瓦坛子里的水,搅起了一道道旋转的太阳光流。他听着远方的歌声,方位不准地拍了一下巴掌,用很轻很轻的声音,咕哝着他从来不知道是什么模样的那个人:

"爸爸。"

他虽然瘦小和苍老,但脐眼足有铜钱大,令旁边几个小娃崽十分惊奇和崇拜。他们争相观看那个伟大的脐眼,友好地送给他几块石头,学着他的样,拍拍巴掌,纷纷喊起来:

"爸爸爸爸爸——"

一位妇女走过来,对另一位妇女说:"这个装得涮水么?"于是,把丙崽面前那半坛子旋转的光流拿走了。

(初载《人民文学》1985年第6期)

徐 星

无主题变奏

> 幸好,我还持着一颗失去甘美的
> 　　种子——一粒苦味的核
> 幸好,我明日启程登山
> 我要把它藏在
> 　　最隐秘的山涧,待它生命的来年
> 　　开花飘香,结一树甜蜜
> 结一树过去
> 　　在那没有鸟语的群山深处

一

也许我真的没有出息,也许。

我搞不清除了我现有的一切以外,我还应该要什么。我是什么?更要命的是我不等待什么。

也许每个人都在等待,莫名其妙地在等待着,总是相信会发生点什么来改变现在自己的全部生活,可等待的是什么你就是说不清楚。

真的,我什么也不等待。这么说并不是要告诉你我与众不同,其实在另外一个意义上我又太知道该要什么了,要吃饭要干活儿。

除此以外凡是摩登玩意儿都和我不相干。

如果我突然死了,会有多大反响呢?大概就像死了只蚂蚁。也许老Q会痛苦几天,也会很快过去,她会嫁人,在搞她的所谓的事业的同时也不耽误寻欢作乐,把以前对我的千娇百媚同样地献给另外一个男人。

既然我最爱的人都是如此,那么我还能对谁有那么点儿意义呢?

我不喜欢老Q那些艰深的音乐,据说德彪西经常无主题什么的。尽管有时我也迷恋柴可夫斯基谁谁谁的,可我不喜欢一件乐器的单调声音,除了小号。小号也单调,但是它总是热热闹闹的,那感觉就是有点棒,出来进去的。

可惜老 Q 弄的偏偏不是小号,这一点在我们热烈相爱的那阵子,倒是真让我给忽略了。尽管她拉的是意大利名家提琴,尽管它有几百年的历史,我还是不能容忍那些一串串指法练习、试音、调弦什么的。那他妈太无主题了,无主题还好,无内容,无连贯,除了它徒具形式以外还真是有点儿像我写的小说。这一点常常使我惶惑不安。

我纳闷儿为什么她不能拿起琴来就给我拉点动听的东西,而是长长一段时间由噪音编织成的预备期,一下子就倒了我的胃口,就象拼命咬了一口苹果却咬断了一个又大又粗又胖乎的虫子。

她说我不懂,我也许的确不大懂,就这样她走了,八成又是去哪儿调那四根宝贝弦了。不过她会回来的,我相信她还会继续爱我。

若干日子以前,我们彳亍在月光下,她曾低声对我说,要是我们分手,那她背后的一座大山就突然消失,她回过头来,只会看到一片荒凉、迷蒙的原野,自己就像一个孤零零的影子。我感动得真受不住了,一股温情一个劲儿往上涌,一转身钻进了一个就近的小酒馆儿……

也许没出息,也许。

我走到街上,随随便便地,真是车如流水马如龙,大千世界,芸芸众生。可我孤独得要命,愁得不想喝酒,不想醉什么的。我去看了一场电影,不过不仅没能解脱,反而多了不少晦气。那些地下工作者,穿着曲线毕露的旗袍,露着大半截儿大腿在前面拼命跑,几个坏蛋在后面玩命儿追,可就是追不上,有摩托车也不行。见了他妈鬼了。什么坏蛋,反正一概男的追女的。所以当然不能让他们追上了,导演还得给他们安排扒衣服什么的,大大有伤风化了。说实在的,我始终不相信那些油头粉面的男女们就是当初的地下党。要真是,拯民于水火之中就太轻而易举了。

二

回到家里,我信手拿起前些天那个名号叫"现在时"的"诗人"送来的诗集。这诗人喜欢用英文写诗,不知是刻意朦胧还是水平有限,永远用不准时态,所以大家叫他"现在时"。反正他大概会终生用下去。

老 Q 先读过了,她不客气地说了一句"破玩意儿"。这诗集确实让人倒胃口,尽是什么"我是什么什么""我像什么什么"之类的句子,就像没有他就没有了一切。你是什么呀？你是大屎蛋一个，你像什么呀？像美尼尔氏综合症患者！我见过，犯起病来尽管吐着白沫，嘴里也不会停止无休无止的嚎叫。也许他以为诗产生美就像东施皱皱眉头那样容易。

那一年我刚离开学校不久，我不是说毕业，你别误会。幸好九门功课的考试我全部在二十分以下，幸好高中时的竞技状态全都没有了，幸好我得了一场大病，于是我和学校双方得以十分君子气地分手，双方都不难堪……

那一年是文艺界的古典主义大复兴，那时人们还不以谈论萨特、弗洛伊德什么的为荣。书店尽是些奥斯丁、济慈，音乐厅也尽是些贝多芬什么的。我也偶尔去去音乐厅。

男人们高声卖弄，女人们嗲声嗲气，简直是时装展览会上的一群模特儿。选择音乐会开始前的音乐厅广场来搞社交真是恰到好处。从广场到音乐厅门口，一路上尽是脂粉味儿，我敢说这帮人没有几个懂音乐的，不过是装模作样附庸风雅罢了。要附庸风雅只要会玩命儿拍巴掌就行。我琢磨从这群姑娘中随便站出一个来让她在贝多芬和夏洛克之间选择，她准会毫不犹豫地选中后者。贝多芬追求爱情的一生即使延续到今天恐怕也没多大指望。这责任也许不尽在女人，金木水火土阴阳五行，缺一不成物质世界呀！

一个外国小妞儿也在人堆里钻来钻去的，还用手帕捂住鼻子，东张西望大概在找谁……

"现在时"居然也在这里，大概来搞点社交什么的。他曾是我的同学，因为哲学考试等等知道不少辩证法什么的，所以总得优，总惦着考研究生。在这个意义的比赛里，这小子还真是不难得分。

"怎么，你不打算调动调动了？"

真他妈恶俗恶俗的。"现在时"听说我分配在饭店工作，于是对比出来一大堆优越感。听他那口气，好像我比"四人帮"时的一个政治犯还值得同情。我真纳闷为什么大学里尽是些如此货色，难怪我那外号叫"老讳"的哥儿们解释他为什么上大学时说："大学里高雅的小娘儿们多。"

"对，我哪儿都不想去，就想在饭馆里混一肚子好下水。"我随便应付着，"你呢？你过得怎么样？"

"写点儿东西。""现在时"满认真，我差点儿没乐出声儿来。

我读过他写的东西，尽是些扯淡话，什么"人生海洛因幻景"啦，什么"我是和着玉米面蒸的发糕"啦，这个比喻还算确切。他那张脸真像一个倒立着的大窝头。还有，还有，还有什么"人是一碟两毛五的炒三丝儿""真善美是口香糖""真正的痛苦在于一无所爱"什么的，整个的一本箴言哲理集锦。他居然什么都知道,可我无论如何想象不出人怎么会是炒三丝儿?

寓意?幽默?深刻?见了他妈鬼了!要是我有一点儿喜欢他,我一定会教他玩儿赌点钱的扑克什么的,免得他总是虚度光阴。

那外国女人走过来了,原来和"现在时"是一起的。"现在时"赶快抛下我和她聊了起来,一群姑娘羡慕地盯着他们看,看那外国妞儿的扣子发式什么的。

在那么一个意义上,"现在时"永远得不了分,我比他高大、健壮、漂亮得多。以前我最爱听那帮姑娘们大失所望以后的腔调:"哟——我还以为你是搞'艺术'的呢!"真能让我笑破肚皮。我得意极了。我真想用我的天赋优势把北京所有的嗲声嗲气通通乱骗一通,那该多有乐儿!

那外国妞儿用一种我再熟悉不过的眼光瞟着我。原来外国女人也会他妈那个……"现在时"大概感到了一种不安全感,赶快对那妞儿咕噜了一句什么,那妞儿一脸不解的神情。我琢磨着也许是"现在时"用的时态又出了些阴错阳差,他阿谀地用手比划着,那妞儿笑了起来,那群姑娘们虽然只识QKA 也不甘寂寞,斜睨着我也跟着讪笑起来……"现在时"一定利用了他的一点儿阴错阳差的优势。偏偏我今天竞技状态良好,我大吼一声:"喂!老混蛋!过来,今天该向你要欠我的赌钱了,过来吧!""现在时"装聋作哑,赶快去弹弹烟灰。这小子真逗乐,刚才还和我乱儿八糟扔了一地烟头,现在居然跑到二十米以外的垃圾箱去弹一下烟灰。这外国妞儿使他"文雅"了一小会儿……

那天也是我第一次见到老 Q,她穿了一件鸡心领的黑纱半袖衬衣,浅蓝色的牛仔裤,梳着一个马尾巴辫儿。她整个的身体被一身瘦瘦的衣服包裹着,显得圆鼓鼓的;最能显现出曲线的部位随着皮鞋跟儿诱惑人的响声,有节奏地颤动着,好像无时无刻不在向四面八方发散着弹性;加上两只流连顾盼的眼睛,真能颠倒了每天站在街头巷尾期待着艳遇的芸芸众生。

她没票,踱来踱去,那双腿的优美姿势就像一匹健壮的马在不安地等着一个好骑手。这可真是个要了命的好机会,"现在时"刚刚给了我两张票,他这方面的路子直通罗马。

我大概是太主动了,说话的热气扑到她脸上,她警惕地看着我,眼睛像大山猫,拿过票谢也不谢甚至连钱都不付就走进剧院了。

不用说,我挨着她,她胸前的艺术院校的校徽熠熠发光,更搅得我心神不定。大学里看起来也有好姑娘,也许是我离开大学后好起来的。不知是我身上哪根神经起了一点怪不拉叽的作用,我尽力朝别的地方看,可还总是看见她:黑暗中两只又大又专注的眼睛直盯着乐队指挥。她居然不看我,连一个稍稍的暗示也没有。是否因为我不是卡拉扬、小泽征尔什么的?

我向来不会对人酸文假醋的,该说什么就说什么,该干什么就干什么,可那大山猫似的眼睛使我不敢造次,我甚至想到了讨还票钱那最后一招儿。

"喂!开导开导吧。"我终于忍不住举了举手里的节目单。

正好是一个谐谑曲乐章。

那大山猫似的眼睛又盯了我几秒钟,盯得我真难堪,我真想用嘴皮子遮上它。

半场过去了,德彪西的一个曲目快完了的时候,她突然转过身来:

"听!这是要抓住什么的感觉。"口气冷冰冰地像我握着的铁扶手。

那根起作用的神经终于松弛下来了,我不用直勾勾地看着她了,最后一招儿也可以弃置不用。可是和她谈话困难,我像敲着一块燧石的各个侧面,看看哪一面能迸发出些火花儿。我敲得精疲力竭,可发现的还是 nothing。

不过以后发生的一切都证实了我当时进取精神十分可佳。

音乐会结束了。不时有人和她打招呼,好像她认识全世界所有的红男绿女,不过招呼打过了她也没忘记回头找我。

"我也往那个方向走。"我大概是迷失方向了,那个方向对我来说正好南辕北辙……

一路上她偶尔笑笑,不过总是沉默,这非常吻合我今天产生的那种要命的要向别人倾诉孤独的欲望。我真想和她谈点儿只有知己间才会彼此倾吐的话。

"我们每人说出一种表情,只限于笑的,作个游戏。"她提议。

"好!我先说吧,"我赶快答应了,"大笑。"

冷笑。坏笑。窃笑。讪笑。

微笑。假笑。蠢笑。痴笑。

苦笑。一只眼哭一只眼笑。

"还有呢?"她颇有几分得意。我想不出还有什么,我只觉得这个游戏有点幼稚。

"皮笑肉不笑。"她一本正经地加以总结,"这些就是生活中的全部作戏感。"

不用说,我碰上了女知音。有一本书上说男人不能碰上女知音,有多少英雄好汉就是这样垮掉的。

后来证实了她对我并不作戏,她挺好的,当然不只限于在那张古老的铁床上……

在我知道她的名字叫老 Q 以前,就在那个晚上,我们以同样的速度爬上了"爱"的珠穆朗玛峰。

"我叫老Q。"她用平平淡淡的口气告诉我,然后一边系好胸罩那些横七竖八的带子一边慢吞吞地说,"好像不到这种程度,就谈不上真正的互相了解对吗?"

我也懒散地告诉她关于我的一些什么,还好,她始终没认为我是"搞艺术"的。"工作就是为了谋生。既然干什么都是为了挣钱,什么轻松就干什么呗!"这听起来有点儿山盟海誓的味道了。说来让人难以置信,当她带着小女子气说完这话的时候,我一骨碌从床上爬起来跪在她脚下紧紧抱住她膝盖那块地方,我感动得热泪盈眶。她也以圣母的姿态抚摸着我,仿佛要永远给我提供无穷无尽的保护似的,仿佛我从那时开始就再也不会受到任何伤害了……

我就喜欢又有意境又疯狂、又成熟又带些小女子气的姑娘。我甚至想到了一个温暖的归宿,一个各种气氛都浓浓的小窝儿——

良宵美宴,万家灯火……

一张大大的书桌,墨绿色的台布,桌子上一大堆书……

我们各坐一边……

月光下的花园,格里格、卡夫卡什么的。

当然了,没有不散的筵席。

什么不会够?痛苦会够,欢乐也他妈会够!

她逼着我干,像她那样干所谓"事业"。她说即使没什么处女地,也要耕耘好自己的那一小块田园。真可惜她就是认识不到每个人在生活当中都会有自己的位置。只要你想干,在任何一个位置上都不能说不是在干某一种事业……况且在另外一个意义上说,和老Q一样,我也在从事"艺术"。我不是说我有时写点对别人来说不知所云,对自己来说不着边际的小说,我指的是我的工作。

当我把雪白的、浆得发硬的桌布铺上桌子,把大小不等的、锃亮的高脚杯摆成一排倒上各种颜色的酒等着客人来时,我总是会得意地欣赏酿酒的那帮哥们儿的杰作——在雪白的桌布上,在华丽的大吊灯下,各种酒的颜色都是晶莹透明的。据说有个油画大师毕生追求这种色彩的效果,不过没来得及见到我的吊灯下的酒就死了。

我端着不锈钢的托盘在柔软的地毯上走来走去,一个光斑也就会在天花板上晃来晃去。这时的单间餐厅是那样安静,这个光斑好像是我的一个好伙伴,好像是为了不让我感到寂寞来和我窃窃私语的一样。在客人到来之前我会由衷地感到生活是高雅、华丽、美好的。

当然了,没有不散的筵席。

客人就座以后甚至都不用拿起筷子,马上就会把我的"艺术"破坏殆尽,不像老Q从事的艺术,一两个小时的享受以后还他妈余音绕梁,令人三天想不起来吃肉什么的。

三

我真正喜欢的是我的工作,也就是说我喜欢在我谋生的那家饭店里紧紧张张地干活儿,我愿意让那帮来自世界各地的男男女女们吩咐我干这干那。由此我感觉到这世界还有点儿需要我,人们也还有点儿需要我,由此我感觉到自己或许还有点儿价值。同时我把自己交给别人觉得真是轻松,我不必想我该干什么,我不必决定什么。每周一天的休息对我来说会比工作还沉重,每当这一天到来之前,在下班的路上我都会作出种种设想:比如我将爬在阳台上数数马路上一小时能有多少辆车,都有哪几种;或者走到楼下,数数这栋楼房究竟有多少扇窗户,其中有多少是关闭着的什么的……不过每每都被老Q那高亢的进取精神破坏。她把我扔在她家里而独自前往,这倒也没什么,重要的是破坏了我的兴致,我怎么能像她要求那样刻苦攻读什么,我怎么能像她那样抱着德彪西、威尔第什么的?

我走进公用电话间,下意识地拨了老G家的电话。她也曾是我的酒肉朋友,不过据说最近戒酒了,买了本陈琳什么的课本在家跟着电视机学ABC。

"喂喂!"对方还是没人来接,最好还是快点儿来接,让我来不及腻味,也许一转念我就把电话挂断了。

"Hello——"好!看来老G学得真棒!已经会用了。

"喂,我们一起吃饭吧!"

"嗯——"她拖长声音,又是他妈老一套,"我挺忙的,不过——"

"你忙个屁!"

"好吧,老狗!"

如果有什么让我厌恶,那一定是女人搽的那么一种东西,我反正说不上名来,就是搽在脸上像石灰,闻起来也像石灰的那种。她就是带着这种味儿来的。

我不吱声,可心里沮丧透了。

她吃起东西来,两腮就像塞进去两个鹅蛋,还有染成红颜色的小指甲剔牙。我忍无可忍了,尽管是她作东也不行。

"你真他妈讨厌透了。"

她怔了一下,站起来就走了,一副矫揉造作的步态,短发一甩一甩的,她八成觉得自己怪潇洒。在过去我们的多次交往中,一触及到她不满意的什么,她总是拔腿就走,不管什么场合,留下我一个人,傻乎乎的,然后就像通常书上写的那样"悻悻"地也走了。

我想去找老讳。我喜欢老讳,他是我那短得可怜的大学生活中的唯一知己。说到老讳实在是无可奉告,这人属于碌碌压不出个屁来之类的人,我喜欢他那憋着偷咬谁一口就跑的狗一样的眼神。在那灰色的七层楼上,七〇七房间,我曾有幸和老讳睡上下铺。我失眠时来回翻身,心想他少不了为此吃苦,没想到连他的呼吸声都听不见。我怀疑他会得什么暴病死了,爬在床沿儿一看,月光下他两只眼睛放射着两条恶光,吓得我忙不迭用被子把头蒙住。

同宿舍当中只有他是真正"矜持"到底的。刚住在一起的时候,除去我,其余几个人都清高矜持得要命,好像对方是瘟疫一样,谁也不主动接近谁。可是没过几天互相又为了过于接近,比如谁用了谁的脸盆了,谁喝了谁打的水了,谁用了谁的刷子刷皮鞋了什么的争吵不休,只有老讳超然物外。

要说起老三届确实和我们不一样。我觉得我们刚好在两代人中间,是既有古人又有来者。老讳对我来说真是古人了。他饱经沧桑,什么黑龙江、广东、山西什么的……有一次他对我说他十岁以前看了大部分巴尔扎克,一个月记了一千英语单词。我十岁时对外国的了解就是他妈的《海岸风雷》。他拿出他初一的课本给我看,那上面尽是些"庆历四年春,滕子京谪守巴陵郡……"什么的,我想起我初一时的课本上,尽是些批林批孔、儒法斗争!老讳给我讲起那时候的"老泡儿""喳架",都是先互通姓名——颇有不斩无名将的阵势,一个只要承认"栽了",另一个就会马上住手,于是两人一起喝酒。而我们"喳架"是大板儿砖块玩命儿往后脑勺上拍,拍完撒腿就跑。看来我们是不一样,只不过那些上了岁数的人看不出我们之间的差别,叫我们为一代人罢了。

有人说一个人幼年的经验能影响他整个的一生,老讳大概是幼年接受的全是好得不得了的经验,所以他的成绩在全系里总是名列前茅。

我奔向一条曲里拐弯但偏偏取名叫笔直胡同的地方,找到一个大杂院儿,一进院门就是一个套着胶皮管的水龙头,一个驼着背的老头用一条脏得说不出颜色的毛巾擦背,弄得水花四溅。小孩子们的哭闹、大人们亲昵的咒骂和一阵揪心扯肺的京胡组成了一部热热闹闹的大合唱。院子虽大,挤满了各式各样的小厨房,显得非常拥挤,一条环绕着这些小房子的小路到每户人家的门口分出一支。从院门口无论去哪家都要踏上这条迷宫似的小路,不时有个穿着裤衩、光着脊背、摇着偌大蒲扇的男人趿着鞋走过,或者一个最多穿件背心的妇女走到龙头前来倒脏水。花花绿绿的时髦衣服晾在铁丝上,衣服上的水嘀嘀嗒嗒地落进摆在地上的一排用旧尿盆什么的代用花盆里,一些连植物学家也未必能叫上名来的小花小草在旧尿盆里开得还挺茂盛……

我绕到老讳住的那间窗户上严严实实地糊满《参考消息》的房间门口,敲了敲门。

"谁呀?"一阵窸窸窣窣,我等了老半天,那扇不带玻璃的门终于开了。我大吃一惊:来开门的不是老讳,而是七〇七房间另一个叫"伪政权"的怪杰。我走进一看,一个小妞儿正襟危坐。

"老Q怎样?"他先发制人。

"还活着。"我大失所望。

"伪政权"也是我离开大学的一个重要原因,当时我过于偏激,羞于与这种人为伍。

"伪政权"在我们几个人中出身最好,据说他爷爷曾留着辫子留学德国什么的。一般要说起附庸什么大概就是附庸风雅,而他偏偏附庸流氓。据说他风流事儿不少,由此我想到现在一部分姑娘们大概不喜欢小伙子的一身又黑又亮的腱子肉了,欣赏的却是两条麻秆似的杏熟打杏枣熟打枣的细腿……你要是有兴趣恭维他一句,他马上就会变得粗俗不堪并以此为荣。他左眼皮上有道疤,每天如果有八个小时洗漱时间,他一定会用七个半小时照镜子,余下的时间则"半缘修道半缘君"——一半用来梳头洗脸一半用来为这道疤静默惋惜,然后大步流星神采飞扬地去教室。据说有一天他大胆向一个女生表白心迹,对方委婉回绝,他死缠不放问为什么,那女生被逼得没办法了只好从实招来:"什么也不为,就为你眼皮上的大金边!"于是他就被大家叫做"金边——傀儡政权",因为叫起来顺口,大家又简称"伪政权"。

"他是写小说的。"他居然向屋里那个二十岁出头的小丫头这样介绍我。

"哦!是吗?"又是一个嗲声嗲气。还是老G好点儿,虽然涂脂抹粉,可不装模作样。

"我不是写小说的,我是饭馆儿的。"我一点儿也不想抬举"伪政权",心里琢磨着老讳为什么会把房子借给他。

那小妞儿的表情开始起了些变化。"这是我老婆。""伪政权"指指她,我差点没呕出来。这小妞大概就是"现在时"小说里描写的那种"没有爱的痛苦"的荡妇什么的。

"你写爱情的?"小妞儿发出一声猫叫。

"我常写和老婆打架,写啃猪尾巴、吃驴蹄子什么的。"

她向上翻眼睛,故作意味深长地看着我,那股劲儿恨不能把长睫毛塞到我的眼睛里。

"下棋吧。"我对"伪政权"说,"我本来是来找老讳杀两盘儿。"

"老讳把房租给我了,每月三十五块。"

"哦!"我心里想老讳真是赚钱有术,"三十五块买一月风流,不贵。"

他把棋拿出来了,不过看得出来不大情愿。

我选择了黑色,我就喜欢这杀气腾腾的颜色。

"走吧,"我心里琢磨着这将是一场不按规则进行的比赛,因为我要杀得他忘了马应该走日,象应该走田。

"当头炮!"真他妈俗,就像"现在时"写的小说。

我把老将儿往上推了一步……

尽管吃掉他的子儿以前,我总是提醒他,让他缓棋,可他还是输了个一塌糊涂。他开始面红耳赤,硬要和我拼一拼,我也赢得腻味了,不想玩儿了,可是不让他在他老婆面前赢上一盘儿,我也难以脱身。

"晚上有俩哥儿们请我喝酒。"他拇指向上一挑,夸张地说。这姿势和语气再加上那据说是他爸爸出国去考察时带来的精致眼镜简直就是一幅漫画。这是一道不太巧妙的逐客令,我懂,不过我想装傻。

"请你喝汽水儿?"

"哪儿呀,喝酒!"真要命,这人缺点儿幽默感。

"我也去凑两杯吧!"

"那几个哥们儿你都不认识。"

"可能,不过酒我总能认识。"这一次他总算听懂了,脸上青一阵白一阵。我真想去见见他那哥儿们,不过因为心里毕竟还装着老 Q,我就告辞了。

四

我重新走到了大街上。东张张,西望望,看看商店橱窗,逛逛书店,才五点多钟,这钟点正是我无聊的高峰,如果不是休息也正是挤公共汽车的高峰。我只盼着今天快点儿过去,今天实在是让我讨厌。

于是我钻进一家小酒馆儿,买了一盘花生豆儿,打了半斤白酒,坐了下来。

一对小青年手拉着手在"嗞啦嗞啦"地吃面条,边吃边谈得热火朝天。

"你看过'车基斯基'的书吗?"一个甜丝丝的问话。

"怎么啦?"一个瓮声瓮气的回答。

"你就应该像那样爱我。"

"我他妈对你够可以的了,我借钱买了那么多东西给你,我妈差点没跟我玩命儿。"

我一阵心酸,把酒倒在烟缸里,扔进一个烟头,那大花瓷碗都没退回五毛钱押金就走出来了。

我走到音乐厅门口的台阶上坐下来,痴呆呆地看着行人。我琢磨着我是否属于没出息的那一类人,我想着我除了工作干活儿以外,还应该要点什么?向谁要?

老Q曾对我讲过她把人分成四类:

聪明的好人,聪明的坏人。

愚蠢的好人,愚蠢的坏人。

"你就是没有坚实的臂膀让女人来靠上疲倦的头。"有一天老Q曾用这句诗来和我开玩笑。

"我倒是希望能在一个女人的温存里休息上他一辈子。我除了头不疲倦,哪都不行了。"

"女人更疲倦。"老Q也许说对了,不过我不愿承认,她大概看出了我的心理活动,不知为什么归结到这样一句话:"你是聪明的坏人。"

老Q曾约我去看了场演出,为了这件和我们双方都风马牛不相及的事,按照她的归类法,我也给她归了类。

在剧场门口,我们看到一个穿着一身油腻腻的工作服的小伙子用高价买了张票后,拿胡萝卜般粗的脏手指头小心翼翼地抚了一下票面。唱歌的跳舞的演戏的我着实认识一大帮,经过筛选我就看老Q还像个好样儿的。这些人绝不会把这伙子之类的人放在眼里,他们不过是从这类人手里巧取他们的血汗钱罢了。别看他们唱个歌跳个舞以后左鞠一个躬右行一个礼,好像观众席上坐的都是他们七、八十岁的老爷爷,其实心里想的就是快点儿散场好让他们早点儿分红。据说有个什么演员在台上大吼"要不要吻我"什么的,这小伙子真该上去啃啃她那漂亮脸蛋;然后心里想着也没少吹口哨儿起哄,怪满足的,第二天接着去焊大铁门什么的。

那天就是这样一场"明星"荟萃的音乐会,乐队坐得像大碗喝酒大秤分黄金的梁山泊好汉们的座次。我在最后一排发现一个像老Q的提琴手,居然拉得还真卖力,让我伤心。我把她指给老Q看,她黯然神伤,大概联想到了自己的命运……

今天晚上是场世界第一流的提琴演奏会,老Q会来的,她绝不会错过这个机会。

也许我真爱她,她也爱我?也许!

她来了,带着面包和泥肠,就像什么也没发生。

我实在不愿看一个提琴手在台上像拖地板似的拉来拽去,而且拽得满头大汗,不过我没敢说。

演出完了,我们走出音乐厅,我表示愿意让她挽着我,就像我们以前多次和好时那样,她故意不理我,嗔怪地说:"你现在什么也不干。"

可我知道,她是想温柔点儿。

"我在写啊!"

"你写个屁!"

"你不懂。"我笑眯眯地把我写小说的绝招儿第一次告诉她,"我每天想起一点儿就写一点儿,没主题也不连贯,等写了一把纸头了,就把它们往起一串,嘿!就成了。这叫纸牌小说,跟生活一样,怎么看都成,就是不能解释。"

她笑了,我也兴高采烈地告诉她我看了一场助泄的电影,可我没敢说出于无聊去下了象棋,更没敢说起老G请我吃了晚饭……

五

看来老Q不把我拉到那样一个水平上她绝不会罢休,她一定要把我变成一个和那些人一样的人。我是说——那些搞"事业"的人,那些穿着讲究、举止不俗、谈吐文雅或许还戴个眼镜什么的人。可无论怎样,那些人搞的任何东西我不是不懂,就是不喜欢,可以说凡是我懂的我都不喜欢……

我想起"现在时""伪政权"以及我们七○七房间里其他几位做学问的人,当你问起他们为什么而学的时候,没有一个人能说出所以然,甚至都没有说为革命什么的。只有老讳除外,那天他终于露了一手儿给我。

"我玩命儿学,玩命儿干是为了让有更多的人了解我需要我。"这就是我喜欢老讳的原因所在,他不说就是不说,一说就是实话。其余几位每当我想起他们就不会为自己因"病"退学而感到半点懊悔。这些人在外面都是衣冠楚楚、一表人材,而"现在时"脱下油光可鉴的皮鞋,满宿舍的人都准备逃亡,因为他从不洗脚。

难道老Q真的希望我和他们一样?

"你的生活态度是向下的。"老Q曾这样对我说。这个结论我不敢苟同。我认为我看起来是在轻飘飘、慢吞吞地下坠,可我的灵魂中有一种什么东西升华了。生活中能让我振奋的东西很多,比如黄昏时分到郊区一片大山的山脚下眺望群山,猜谜似地想象着最远的、晚霞缭绕着的、太阳依傍着的那座山,山那边是什么?是海?是草原?是一片金黄色的杏园?……

山那边是什么?

有一天我问老Q,她作出了一个非常不诗意的回答:"山那边还是山!"也许她说得对,但我不愿相信。山那边仍将让我振奋。虽然这个回答已经深深地印在我的脑子里了……"不过有山就总会有登山的人。"我说。

再如你为别人做了点儿什么,得到了别人由衷的感谢等等,都让我喜欢,令我振奋。

老Q为我写小说介绍了不少名人给我,大多是些名声大振的中年人。

"写小说一定要有个小圈子,"她说,"大家互相读读作品,进步会快些。"

"写小说怎样、怎样——"名人们的开场白各有千秋。

"嗯。"我通常不置可否。

"你今年多大了?"

"二十。"

"在哪工作啊?"

"在××饭店。"整个儿一个口述户口簿。

"是吗?"最精彩的时刻到了,于是那只有名人们才会有的混浊无光的小斗鸡眼开始发光发亮,谈话到这阶段开始千篇一律。

"上次我们去吃饭,排队等了一上午,以后找你就方便多了。"

"下次我帮忙。"我他妈忍气吞声。

"师傅,我请了几个外国人,您能不能照顾一下?"

"外国人?火星人也他妈照样排队!"

我开始奔波在这些名人中间。按道理说我这样二十岁的年纪够老了,再加上十二年前就曾流浪各地,再也不应该为小小不言的什么翻船了。可有的时候想入非非的侥幸心理总是能战胜你,比如说你在一个十二月的三更时分流浪到了张家口,如果那正是一个寒风能把人撕成碎片的夜晚,如果你在等待,等待着一列驶向温暖的火车,你用手暖耳朵,再用呵气暖手,最后你捡了一根草绳子系在腰里,开始在站台上拼命跑。当你发现这一切都无济于事时,这车就是不来,于是你就——唉!我敢打赌,那时你就是想不到火,想不到家里那张单人的钢丝床和那床棕黄色的毛毯。你只是侥幸地想到哭。你会想——哭吧!大哭一场也许风就会停了,车就会来了。于是你对着猪肝色的夜,咧开大嘴嚎啕一场。

"人没有对象就没有价值。"自从我少年时期读到费尔巴哈的这句话以来,我一直琢磨至今。小说——是不是我的对象?

六

老 Q 终于和我分手了。

自从那次和好以后,有一段时间里老 Q 对我不再那样苛求了。我们都尽量避免那些敏感的问题。我们相安无事。不过她提出了一些条件,例如不能干扰她练琴什么的。

为了适应我,也许她把一周的工作都压缩在三天之内了。因此一星期我们总有三四次见面,也许会出去玩玩喝点酒什么的。她要求我每次见面时都讲点什么给她听,比如我们分手前的最后一次见面我还给她讲了《伪币制造者》,讲了老斐奈尔怎样偷看母亲往日的情书,发现自己竟是私生子,于是愤然出走,给他继父留下一封恶毒的信等等。

我不愿知道我们为什么分手,但我知道。
那是一个星期三的中午,我接到她的电话。
"喂,告诉你一个好消息!"
"我有一段时间没什么好消息了。"
"有一个学校招生,专业挺适合你的——"
是不是战幕又拉开了?这次可是她开始的。
我抑制住气愤,稍稍沉默了一会儿,她在电话那边等着。
"我说——你离开我算了。真的! 老 Q,算了吧!"
沉默。
"还有事吗? 我现在正忙。"
"晚上在老地方等我,你妈的!"她急了,恶毒地咒骂了一句,"啪"的一声挂断了电话。

下班后,我步履蹒跚地走向老地方——我们第一次见面的地方。我并不劳累,只是神情恍惚,脑子里各种五彩缤纷的念头交替出现,视而不见,听而不闻,怅怅然宛如在梦中。公共汽车拼命地鸣喇叭,自行车铃声响成一片。警察在十字路口的岗亭上团团乱转,人们背着、提着各式各样的包,吃着冰棍,看起来谁也不像我这样傻乎乎咧着嘴胡乱东张西望,脑子里空空如也。

五点来钟的太阳还是明晃晃的,我眯起眼睛看着站在对面电话亭边上等我的老Q,她穿了件无袖的连衣裙,两个肩膀圆滚滚的,煞是招我喜欢……

"你不要命了!"一辆大轿车在我身边不到两米的地方紧急刹车,刹车声真他妈难听。司机"呼"地关上车门,一个箭步跑到我面前,马上就有一帮人围观。

有的时候你就是说不清楚心里为什么愉快,有的时候你什么也不想只是一味地缅怀那些无时无地的印象,于是你就可能面带傻气十足的微笑。

"说你呢!听见没有?"

"说我?"

周围的人"哄"地笑开了。

"你他妈有毛病是不是?"

"对!我今天早晨从安定医院跳墙出来的,医生追了我七百里地……"我趴在他耳边说,神秘地看看四周。

司机疑惑地看看我,往后退了一步。警察跑来了,围观的人越来越多,我觉得很得意:老Q老Q,我正在这儿露脸呢,你怎么看不见?

我踮起脚向她微笑着招招手,这回你可要原谅我,不是有意迟到,而是身不由己。

人们的视线一起转向马路对面,老Q终于看见我了,她急忙跑过来,还不忘选择人行横道。风把她那棕色的连衣裙吹得紧裹在身上,我心爱的!

"这人缺心眼儿。"

"多危险哪!"

看热闹的人七嘴八舌,真他妈讨厌!据说日本人在大街上绝不围观,人们都忙忙叨叨的,怪不得他们都富得要命。

老Q上下打量我一番,发现我还完整,连忙向司机道歉。老Q真棒!举止不卑不亢恰到好处,司机一定是被她的气质慑服了,回到驾驶室用那五十多分贝的喇叭出气去了,于是人们作鸟兽散。

警察把我们带到交通岗亭,训斥了老Q一番,意思好像是说像我这样的人过马路一定要有人领着,老Q大概连连点头什么的。我只是回忆着刚才老Q跑来时那漂亮的、撩动我情思的步子。最后好像听到警察问我们是什么关系。

"我是她舅舅。"我赶快抢着回答,老Q吃惊地瞪了我一眼,拉着我走了。这回是她带着我,走在人行横道上。

过了马路后,老Q问我为什么是舅舅不是外甥,我也说不上来。接着她就一声不吭。

突然她呜咽了一声转身走进路边的小花园里。我走过来坐在她身边,拿出那套无聊的伎俩。

"你陪我去精神病院吧,我想去检查检查。"

她不说话。

"我去了那儿就太棒了,什么也不用负责。除了听见摇铃就去吃饭以外,整天可以憨不拉几地用手摸着肚子晒太阳。"

"你他妈赖死了,你别这么胡说八道好不好?"她终于忍不住"噗嗤"笑了。

唉!老Q!其实我们都是孩子,对!我们都是自然的孩子,无论是教授、部长什么的也都是。自然给他们阳光、空气、水,也同样给我。你何必强我所难?

"好啦。"我装作一本正经,"把你的计划告诉我吧!"

我不得不说,她又是向我宣战了。什么"要现实些"啦,"要有个自我中心"啦,"自我设计"什么的,难道我的这种和千百万人一样的普通生活继续下去的话真有灭顶之灾?于是,我答应去报名,去考试。不过恐怕整个是一本幻想……

七

几天后,我就坐在××学院的一个大教室里考试、考试……

我看着卷子上那些一道道琢磨不出有什么意义的题发呆,几年前考大学时的那种自信和竞技状态不知为什么丝毫也感觉不到了。

什么是形象思维?

奥赛罗迈着铜锤大花脸的台步来一段西皮二黄、高老太爷戴顶瓜皮小帽来个托举和祥林嫂的剪式变身跳就是,凡是具备如此创造性的思维活动都可以称作形象思维。

当然了,我不能这样答。什么是呢?我想到了主,我想如果这种时候他不伸出肥胖的、慈祥的手来拉我一把,那他一定是打算在我决定跳楼的那天拉住我,对吗?

他总是他妈帮倒忙!

那天和我一起来报名的那个蓝布小褂儿坐在前面不远的一张桌子上写得专心致志。他一定答得不错,但愿他知道什么是形象思维,但愿他什么都知道,都能写上答案。看起来他竞技状态不错,信心十足。我万分虔诚地希望他能考好,考上了,又多了一个万元户上大学的事例,虽然他未必能在这里学到多少东西……

我伏在课桌上打瞌睡,整个的夏天都昏昏欲睡,可我还在绞尽脑汁,为了爱情,为了不辜负老Q的厚望。

那天老Q陪我来报名,太阳明晃晃的,××学院的教学大楼真漂亮,绿油油的爬山虎一直爬上顶楼。

"你看,要是在这儿受几年系统教育,你会搞出名堂的。"看来老Q对我的价值深信不疑,可她不知道我的价值在大学里怎么也体现不出来。

报名处的两个老师坐在一扇开着的窗户前面,每人面前放着一杯茶。

"外地来的?"其中一个慢吞吞地呷了一口茶,然后客客气气地问那蓝布小褂儿。

"嗯那。"他拘束地点点头。

蓝布小褂儿提着个上面拙劣地绣着几朵荷花的书包,不知出于哪个村姑之手,斜背着军用水壶,裤脚吊得老高,脚上蹬了双塑料凉鞋。

"刚下火车?"

"嗯那!"

"大老远的,喝口水吧!"不知这位老师出于什么意图向另一位故作调皮地挤挤眼,一边用舞台上的表演动作不无夸张地指指保温桶。

老Q大概懂了这位的幽默,"你看,这就是你的竞争对手。"

"也许有个姑娘对他寄予厚望,就像你对我一样。"我有点不愉快了。难道七〇七里的那些人之所以丑态百出,仅仅是为了把蓝布小褂儿比下去?难道老Q对我的喋喋不休仅仅是为了让我不至于"沦"为蓝布小褂儿这样的"下等人"?

我喜欢老讳……

轮到我了。

"你的学历证明呢?"

我哪有什么学历证明?不过什么也难不住老Q,她在报名期限的最后一天找来了,不过那证明上写的是高中,完全不顾我曾读过大学。

"请把书包放在椅子底下。只要你一弯腰,我们就认为你是在作弊。"监考老师很客气,这话说得像开玩笑。

这些老师们都客客气气,充分体现了他们的教养。

什么是辩证法?

我开始任意用钢笔在考卷上发表我的见解,那老师能欣赏我的卷子才他妈怪了。

不过开头总是千篇一律的。

辩证法是人们认识世界的一种方法……
辩证唯物主义认为……

也许是最后一天了,所以我第二次来报名的时候几乎没什么人。窗子里面坐的还是那两位,依旧是每人一杯茶。

我靠在大树上喘喘气,究竟是什么力量驱使我为了报名就跑了两趟!

窗子里面的两位显得有点儿无聊,一只苍蝇飞来飞去经过一番选择,终于落在其中一位的鼻子上,他居然懒得挥下手,而是伸出舌头去舔,像他妈牛一样。

另一个想出了一个绝妙办法消遣,他从一摞报名单里随意抽出一张,先端详了一阵儿,突然哈哈大笑起来,学着河南口音——学得真是惟妙惟肖,不愧是艺术院校的——××年——××年,在河南×县××公社中学毕业。姓名×××。有何特长:俺写过四十万字的长篇小说。于是另一个也跟着大笑起来。

我大吃一惊!我感觉头晕目眩。这家伙会不会哪天出于无聊也会拿出我的报名单着实奚落一番?!我那饱经辛酸的二十岁的一生会不会也让他看得一文不值?假如我考取了,他会不会道貌岸然地在课堂上给我大讲什么社会主义精神文明什么的?

老 Q!我只想做个普通人,一点儿也不想做个学者,现在就更不想了。我总该有选择自己生活道路和保持自己个性的权利吧!

那被嘲弄的人如果亲眼目睹了这一情景会作何感想?那河南×县××公社的小伙子,他大概不会多愁善感,但也许会一下子破坏了那个支持他千里迢迢来赶考的自我中心……

我终于把关于辩证法的这道题写出来了,我发挥得淋漓尽致。我想告诉你我怎么答的:对一个人应该辩证地看。比如一个教师是个彻头彻尾的混蛋,他就喜欢给漂亮女生单独补课,他把农民、工人、当兵的都看成是下等人,可你就不能只说他是个混蛋,而要辩证地看。

八

发榜后的一个雨天,我和老 Q 去拜访她的一个朋友。据说此人手眼通天,有点石成金的本领,三年级小学生的诗作,经她"润色"后也能发表拿稿费。我有一段时间曾经急于还清酒账,给她送去过我写的小说。

据我看此人撒谎是一把好手,口气恐怕大于才气几十倍。她企图把每个人都当作一张牌来打,可是打我这张牌对她来说也许扎手了点儿。要是我打她那张牌——怎么说呢?我打"敲三家儿"的话,她就是一张倒霉的草花三,我打"拱猪"的话,她就是一张砸锅的黑桃 A。不过我很少玩扑克。

有的人撒谎是可以理解的。比如喊"狼来了"的孩子,一群光秃秃的大山,一群低头吃草的羊,够寂寞的,不妨寻寻开心。再如王二小给鬼子带路打八路什么的,结果把鬼子带到八路的包围圈里,也蛮对,为了革命利益。可一个三十来岁的女光棍还为虚荣撒谎?

纯粹为虚荣撒谎就他妈不大值得了,也许这是出于她的天性?不过三十来岁的女人大概应该有所收敛了。她曾自称是"被社会变得畸了形的人"。

我觉得她撒谎纯粹是因为自以为没有人比她更聪明,真是不可思议。比如她说今天摔了个跟头捡了七百块钱请你吃饭什么的,我就会毫不犹豫地点美尼姆斯餐厅。我还会装出一副羡慕不止的样子,就像江南刺史到了司空李绅家一样。

也许不能说她是个轻浮女人,她不过是习惯了在异性面前发嗲。幸好她还留着小姑娘们喜欢的披肩发,所以发起嗲来只不过让人觉得有点儿毛骨悚然,还不至于一下把人吓死。

她长着一张狐狸脸,皮肤蜡黄。奇怪的是她还在屋子里挂些小画儿片啦、洋娃娃啦、高仓健的照片什么的,好像每天都在等着七个小矮人出现的奇迹。

我和老 Q 找到她家时她正叼着烟卷儿在一张纸片上乱划什么。手上、脖子上戴着一嘟噜廉价首饰。

"我来拿我写的小说。"老 Q 还在和她寒暄,我开门见山。

"噢!那篇《关于水、关于雨、关于雷的故事》是你写的吗?"她边说边在一个看起来像是放大白菜的筐里翻着,那筐里乱七八糟的放着书报和水果还有没有打完的毛衣。

"我写的是凯撒和潘金莲的故事。"

"是吗!"她抬起头看看我,"我再找找看。"边翻边嘟嘟囔囔,不知嘟囔些什么,作出一副非常可爱的表情。

"你的小说写得不错,我给××看去了。"又是个名人。

她谈起名人来直呼其名而略其姓。还有一类是按名望大小分别称作×老或老×,好像这些人都是她大家族的成员。

"——哎,对了,你帮我买两条烟怎么样?"

"呸!给你他妈买两条上吊绳儿。"

我一脚踹开门走出来。天黑了,我看着星星深深地吸了口气,然后再深深地吐出那一肚子大白菜味儿。

他妈的!

老Q追出来了。我们一起去吃晚饭。她一言不发,我想今天在我们之间一定会发生些什么。

我们默默地坐在××餐厅二楼临窗的一张桌子旁,窗帷半掩半开,很大的雨滴打在玻璃上慢慢地流下来,街道上的路灯半明半暗。老Q把脸挨近窗子,向外面凝视着。

她的表情莫测高深,手里轻轻转动着斟满浓郁香味儿的"味美思"的高脚杯。我注视着她,不知该说点什么。

老Q继续向外凝视着,我向她摇了摇酒瓶,她摆摆手,又继续看着窗外。我拿过她的酒杯想把它斟满,她猛地转过身一把抢过酒瓶,双手把着瓶颈把它往桌上狠狠一放,然后头垂在双手上,乌黑的头发像瀑布似的倾泻下来。我用脚碰碰她,她大梦初醒似的朝四周看看,又对着我安详地嫣然一笑。

"老Q,有一天我会让你为我自豪的。"

"现在我已经够自豪的了。"

我给她讲起了《伪币制造者》,讲起了老斐奈尔,虽然她也许根本没听……

从餐厅出来已经十点多了,我们踏着泥泞踉踉跄跄地走向车站。老Q沉默着,漠然地看着稀疏的街道。车来了,她跳上去比我高了一截儿,我看见她从车窗里探出身来,泪流满面……

我们分手了。

我累了,我想回家。我想起妈妈一定为了给我换一条干净床单把我床上乱七八糟的书都放回书架上。今天我还要从书架上把《伪币制造者》拿下来继续读……

老Q,我还会给你写一篇故事。若干年后当你被分配到某个团去拉琴,去为香港什么地方来的末流歌星们伴奏,下班后顺便买五毛钱肉馅和几个胡萝卜回家的时候,而我还会和现在一样,心情总是莫名其妙地愉愉快快、恍恍惚惚,过马路时不会看看是否走在人行横道上……

(初载《人民文学》1985年第7期)

残 雪

山上的小屋

在我家屋后的荒山上,有一座木板搭起来的小屋。

我每天都在家中清理抽屉。当我不清理抽屉的时候,我坐在围椅里,把双手平放在膝头上,听见呼啸声。是北风在凶猛地抽打小屋杉木皮搭成的屋顶,狼的嗥叫在山谷里回荡。

"抽屉永生永世也清理不好,哼。"妈妈说,朝我做出一个虚伪的笑容。

"所有的人的耳朵都出了毛病。"我憋着一口气说下去,"月光下,有那么多的小偷在我们这栋房子周围徘徊。我打开灯,看见窗子上被人用手指捅出数不清的洞眼。隔壁房里,你和父亲的鼾声格外沉重,震得瓶瓶罐罐在碗柜里跳跃起来。我蹬了一脚床板,侧转肿大的头,听见那个被反锁在小屋里的人暴怒地撞着木板门,声音一直持续到天亮。"

"每次你来我房里找东西,总把我吓得直哆嗦。"妈妈小心翼翼地盯着我,向门边退去,我看见她一边脸上的肉在可笑地惊跳。

有一天,我决定到山上去看个究竟。风一停我就上山,我爬了好久,太阳刺得我头昏眼花,每一块石子都闪动着白色的小火苗。我咳嗽着,在山上辗转。我眉毛上冒出的盐汗滴到眼珠里,我什么也看不见,什么也听不见。我回家时在房门外站了一会,看见镜子里那个人鞋上沾满了湿泥巴,眼圈周围浮着两大团紫晕。

"这是一种病。"听见家人们在黑咕隆咚的地方窃笑。

等我的眼睛适应了屋内的黑暗时,他们已经躲起来了——他们一边笑一边躲。我发现他们趁我不在的时候把我的抽屉翻得乱七八糟,几只死蛾子、死蜻蜓全扔到了地上,他们很清楚那是我心爱的东西。

"他们帮你重新清理了抽屉,你不在的时候。"小妹告诉我,目光直勾勾的,左边的那只眼变成了绿色。

"我听见了狼嗥,"我故意吓唬她,"狼群在外面绕着房子奔来奔去,还把头从门缝里挤进来,天一黑就有这些事。你在睡梦中那么害怕,脚心直出冷汗。这屋里的人睡着了脚心都出冷汗。你看看被子有多么潮就知道了。"

我心里很乱,因为抽屉里的一些东西遗失了。母亲假装什么也不知道,垂着眼。但是她正恶狠狠地盯着我的后脑勺,我感觉得出来。每次她盯着我的后脑勺,我头皮上被她盯的那块地方就发麻,而且肿起来。我知道他们把我的一盒围棋埋在后面的水井边上了,他们已经这样做过无数次,每次都被我在半夜里挖了出来。我挖的时候,他们打开灯,从窗口探出头来。他们对于我的反抗不动声色。

吃饭的时候我对他们说:"在山上,有一座小屋。"

他们全都埋着头稀哩呼噜地喝汤,大概谁也没听到我的话。

"许多大老鼠在风中狂奔。"我提高了嗓子,放下筷子,"山上的砂石轰隆隆地朝我们屋后的墙倒下来,你们全吓得脚心直出冷汗,你们记不记得?只要看一看被子就知道。天一晴,你们就晒被子,外面的绳子上总被你们晒满了被了。"

父亲用一只眼迅速地盯了我一下,我感觉到那是一只熟悉的狼眼。我恍然大悟。原来父亲每天夜里变为狼群中的一只,绕着这栋房子奔跑,发出凄厉的嗥叫。

"到处都是白色在晃动,"我用一只手抠住母亲的肩头摇晃着,"所有的都那么扎眼,搞得眼泪直流。你什么印象也得不到。但是我一回到屋里,坐在围椅里面,把双手平放在膝头上,就清清楚楚地看见了杉木皮搭成的屋顶。那形象隔得十分近,你一定也看到过,实际上,我们家里的人全看到过。的确有一个人蹲在那里面,他的眼眶下也有两大团紫晕,那是熬夜的结果。"

"每次你在井边挖得那块麻石响,我和你妈就被悬到了半空,我们簌簌发抖,用赤脚蹬来蹬去,踩不到地面。"父亲避开我的目光,把脸向窗口转过去。窗玻璃上沾着密密麻麻的蝇屎。"那井底,有我掉下的一把剪刀。我在梦里暗暗下定决心,要把它打捞上来。一醒来,我总发现自己搞错了,原来并不曾掉下什么剪刀,你母亲断言我是搞错了。我不死心,下一次又记起它。我躺着,会忽然觉得很遗憾,因为剪刀沉在井底生锈,我为什么不去打捞。我为这件事苦恼了几十年,脸上的皱纹如刀刻的一般。终于有一回,我到了井边,试着放下吊桶去,绳子又重又滑,我的手一软,木桶发出轰隆一声巨响,散落在井中。我奔回屋里,朝镜子里一瞥,左边的鬓发全白了。"

"北风真凶,"我缩头缩脑,脸上紫一块蓝一块,"我的胃里面结出了小小的冰块。我坐在围椅里的时候,听见它们叮叮当当响个不停。"

我一直想把抽屉清理好,但妈妈老在暗中与我作对。她在隔壁房里走来走去,弄得踏踏地响,使我胡思乱想。我想忘记那脚步,于是打开一副扑克,口中念着:"一二三四五……"脚步却忽然停下了,母亲从门边伸进来墨绿色的小脸,嗡嗡地说话:"我做了一个很下流的梦,到现在背上还流冷汗。"

"还有脚板心,"我补充说,"大家的脚板心都出冷汗。昨天你又晒了被子。这种事,很平常。"

小妹偷偷跑来告诉我,母亲一直在打主意要弄断我的胳膊,因为我开关抽屉的声音使她发狂,她一听到那声音就痛苦得将脑袋浸在冷水里,直泡得患上重伤风。

"这样的事,可不是偶然的。"小妹的目光永远是直勾勾的,刺得我脖子上长出红色的小疹子来。"比如说父亲吧,我听他说那把剪刀,怕说了有二十年了?不管什么事,都是由来已久的。"

我在抽屉侧面打上油,轻轻地开关,做到毫无声响。我这样试验了好多天,隔壁的脚步没响,她被我蒙蔽了。可见许多事都是可以蒙混过去的,只要你稍微小心一点儿。我很兴奋,起劲地干起通宵来,抽屉眼看就要清理干净一点儿,但是灯泡忽然坏了,母亲在隔壁房里冷笑。

"被你房里的光亮刺激着,我的血管里发出怦怦的响声,像是在打鼓。你看看这里,"她指着自己的太阳穴,那里爬着一条圆鼓鼓的蚯蚓。"我倒宁愿是坏血症。整天有东西在体内捣鼓,这里那里弄得响,这滋味,你没尝过。为了这样的毛病,你父亲动过自杀的念头。"她伸出一只胖手搭在我的肩上,那只手像被冰镇过一样冷,不停地滴下水来。

有一个人在井边捣鬼。我听见他反复不停地将吊桶放下去,在井壁上碰出轰隆隆的响声。天明的时候,他咚地一声扔下木桶,跑掉了。我打开隔壁的房门,看见父亲正在昏睡,一只暴出青筋的手难受地抠紧了床沿,在梦中发出惨烈的呻吟。母亲披头散发,手持一把笤帚在地上扑来扑去。她告诉我,在天明的那一瞬间,一大群天牛从窗口飞进来,撞在墙上,落得满地皆是。她起床来收拾,把脚伸进拖鞋,脚趾被藏在拖鞋里的天牛咬了一口,整条腿肿得像根铅柱。

"他,"母亲指了指昏睡的父亲,"梦见被咬的是他自己呢。"

"在山上的小屋里,也有一个人正在呻吟。黑风里夹带着一些山葡萄的叶子。"

"你听到了没有?"母亲在半明半暗里将耳朵聚精会神地贴在地板上,"这些个东西,在地板上摔得痛昏了过去。它们是在天明那一瞬间闯进来的。"

那一天,我的确又上了山,我记得十分清楚。起先我坐在藤椅里,把双手平放在膝头上,然后我打开门,走进白光里面去。我爬上山,满眼都是白石子的火焰,没有山葡萄,也没有小屋。

(初载《人民文学》1985 年第 8 期)

刘 恒

狗日的粮食

日后人们记起杨天宽那天早晨离开洪水峪的样子,总找不到别的说法儿。他们只记住了一件事,不知道是不是顶重要的一件事。

"他背了二百斤谷子。"

这没滋没味儿的话说了足有三十年。它显不出味道是因为那天早晨以后的日子味道太浓的缘故。

杨天宽是趟着雾走的,步子很飘。他背着花篓,篓里竖着粮袋,鼓的。这些都陷入白烟,人们疑心他背着空篓。但他前几日的确跟各家借过粮食,谷子的用处也吞吐着挑明了。他走得健就是因了这个。

人们却只说:"他背了二百斤谷子。"把一个火烧火燎的光棍儿汉说得丢了分量。

杨天宽驴一样把谷子背到那地方,脸面丢尽了。不会说话,只会吐气,眼一劲儿翻白,晕噎中那个男人问他:"新谷?"

他点头,甩一帘汗下来。那人身后立一匹矮骡儿,也不计分量,只掂了掂就用肩一顶,将粮袋拱到骡鞍上。

"妥了,兄弟歇着。"

那人一笑,便牵了骡走。骡屁股后面就移出了一个人,站在那儿瞭他。杨天宽只对了一眼,不敢看了,有心去宰走了的男人,又没有力气。他叹了一口气。这声长叹便成了他永远扔不脱的话柄。

丑狠了。二百斤谷子换来个瘿袋。值也不值?他思来想去,觉得还是值,总归是有了女人。于是他领了女人上路,光棍脑袋细打的尽头那盘老炕的主意。事情比他想的来得快,女人有火。

"你的瘿袋咋长的?"出了清水镇的后街,杨天宽有了话儿。

"自小儿。"

"你男人嫌你……才卖?"

"我让人卖了六次……你想卖就是七次,你卖不?要卖就省打来回,就着镇上有集,卖不?"

"不,不……"女人出奇的快嘴,天宽慌了手脚,定了神决断,"不卖!"

"说的哩。二百斤粮食背回山,压死你!"女人咯咯笑着瞭前边去,瘪袋在肩上晃荡,天宽已不在意,只盯了眼边马似的肥臀和下方山道上两只乱掀的白薯脚。

"瘪袋不碍生?"天宽有点儿不放心。

"碍啥?又不长裆里……"女人话里有骚气,搅得光棍儿心动,"要啥生啥!信不?"

"是哩是哩!"

最后是女人到坡下小解,竟一蹲不起,让天宽扛到草棵子里呼天叫地地做了事。进村时女人的瘪袋不仅不让天宽丢脸,他倒觉得那是他舍不下的一块乖肉了。

那时分地不久。杨天宽屋里添了人,地数就不够,村里把囫囵坨两亩胡萝卜地拨给了他,地很肥,可是路远,是日本人在的时候游击队烧荒撂下的,多年不种了,天宽性子钝,人人不要的地给了他,也嚼不出啥,苦着脸忍了,女人却不,爬到猪棚上骂街。句句骂的猪,可句句人不要听,唬得村干部谁也不敢露脸。

"猪哩,哪个托生的你呀?你前辈造了孽,欺负我家男人,今世你可美了吧?哼哼啥,看老娘拉屎给你吃,你是个臭了心肝的……"

人们只知道天宽娶了个瘪袋婆,丑得可乐,却不想生得这般俐口,是个惹不得的夜叉,都不敢来撩拨了。天宽也由此生出一些怕来,女人的瘪袋越哭越亮,圆圆的像个雷,他便矮下三寸去,觉着自己做个男人确是活得不带劲,比不上这娘们儿豁爽。他灶间里舀一瓢水,哀怯怯地劝她。

"累着,行啦……下来喝。"

"你哑啦?尿挤不出一星,屁崩不来一个,尿的你!我下去你上来,你给我吆喝,给我日他欺人精的祖宗……"

天宽搀女人进屋,愁得苦。这女人是个混种,以后的日子怕难得好过。但是,凭怎么骂,女人还是女人,身条儿和力气都不缺,炕上也做得地里也做得,他要的不就是这个么。

女人果然勤快。扛了镢头、吃食,在囫囵坨搭个草棚,五宿不下山。白天翻坡地的黑土,两口子一对儿光膀,夜里草铺上打挺儿,四条白腿缠住放光。不下三日天宽就蔫了,女人却虎虎不倦,净了地留丈夫在棚里养精,独自下山背回一篓一篓的山药种。种块切得匀,拌了烧透的草灰,两拃一颗掩进松软的泥土。这女人很会做。

秋后天宽家收的山药吃不清了。叔伯兄弟杨天德口儿众,四个娃儿,谷子又没有长好,天宽有心接济他。

"屁话,饱日不思饥,你不怕我还怕日后饿煞哩,他吃自己种去……"

女人挡了他,在屋后掘了一口大窖,将黄皮山药鸡蛋似的堆成小山,封了。

她嘴伤人,心也伤人。天宽在乡人面前抬不起头,但他心里有数,女人待他不薄。两口子熬日月,有这个够了。

以后他们有了孩儿。头一个生下来,女人就仿佛开了壳,一劈腿就掉一个会哭会吃的到世上。直到四十岁她怀里几乎没短过吃奶的崽儿,总有小小的黄口叼她小萝卜似的奶头儿,吃饱了就在瘪袋上磨嫩牙,口水、鼻涕蹭她一脖儿。

她奶水一向充足。伏天吃饭,天宽蹲北屋檐下,她在灶间门口,孩儿玩她奶子弄不对付了,只需一压,一股白溜溜的长线能嗖地挂到天宽碗里去。两口子闲时打趣,奶柱儿时时滋得天宽眼珠麻痛。这些都成了男人的骄傲。

但是,女人到底不是奶牛,孩儿们也不是永远不大。他们要吃,孩儿们也要吃,大小八张嘴,总得有像样的东西来填塞。天宽起初只尝到养孩儿的乐趣,生得一多就明白自己和女人一辈子只在打洞,打无底洞。一个孩儿便是一个填不满的黑坑。他们生下第三个孩子的时候,锅里的玉米粥就稀了,并且再没有稠起来,到第四个孩儿端得住碗,捏得拢筷子,那粥竟绿起来,顿顿离不开叶子了。

孩儿们名字却好,都是粮食。大儿子唤做大谷,下边一溜儿四个女儿,是大豆、小豆、红豆、绿豆,煞尾的又是儿子,叫个二谷,两谷夹四豆,人丁兴旺。可一旦睡下来,撂一炕瘪肚子,天宽和女人就只剩下叹息。

几个孩子舌头都好,长而且灵活。每日餐后他们的母亲要验碗,哪个留下渣子就逃不脱骂和揍:"就你短舌,舔喽!"

脑勺上挨一掌,腮上掉着泪,下巴上挂着舌,小脸儿使劲儿往碗里挤,兄妹几个干得最早、最认真的正经事就是这个。外人进了天宽家,赶巧了能看见八个碗捂住一家人的脸面,舌面在粗瓷上的摩擦声、叭嗒声能把人吓一大跳。

天暗得看不清人形了,天宽常常顶着星星去串户。他拎一个小口袋,好像提拎着自己的心,又羞又慌,碰上不肯借粮给他的,他就恨不得整个儿钻到破口袋里去。洪水峪奸人少,没有借过粮给天宽的人不多,天德要算一个。

"你借不给,让瘪袋来!"

叔伯兄弟说出这个,天宽料定早年山药蛋的账还未结,只好讷讷地走开。传话给女人,她就骂:"这算一个爷的种?日歪了的!"

出不够气,她便到天德菜园儿里将白日瞄下的一颗南瓜摘来,放了盐煮,待天德在菜园儿里揪着秃秧跳脚,天宽的孩儿们已经拉出了南瓜籽。

一家人就这么活。

女人姓曹,叫什么谁也不知。她对人说叫杏花,但没有人信。西水那一带荒山无杏,有杏的得数洪水峪,杏花是她嫁来自己捡的名儿,大家还都说她不配,因此不叫。人们只叫她脖上的那颗瘤,瘿袋!

她的西水口音短促、尖厉,说快了能似公鸡踩蛋儿,咕咕咯咯的满是傲气,人们觉得这种嘴只配骂人。她又的确会骂,骂起来脏字连珠,恍惚间一跃而为男人,又比一般男人多着胆量和本事能让对手或与对手有关的一切女人受辱,不管她活着还是在坟里。

这里男人打老婆是一顿饭,常事。她来了就造出天宽这厌货,让老婆揪住耳朵在院里打悠儿。这又是西水的习气,人们简直近不得她,当她是西水的母虎。

生红豆那年,队里食堂塌台,地里闹灾,人眼见了树皮都红,一把草也能逗下口水,恰逢一小队演习的兵从山梁上过,瘿袋抱着刚出满月的红豆跟了去,从驮山炮的骡子屁股下接回一篮热粪。天宽见了在阳儿里晒,真把它当了粪,拎起来倒猪圈里。瘿袋见了空篮,从屋里跳出来就给他两嘴巴:"瞎了你的!我闻骡子屁都不嫌,你看一眼就嫌它?你自己拉!自己拉一锅能熬的来,能煮的来……"

谷子豆子们看着父亲让巴掌抡得转圈儿,好一阵挣扎才稳下来。墙头上有几个脑袋在笑,叹气。她不是母虎又是什么!但人们又发觉她夹着细筛到河里去了。

骡粪沾了猪圈的脏味儿,淘得不能不细,草棍儿和渣子顺水漂去,余下的是整的碎的玉米粒儿,两把能攥住,一锅煮糟的杏叶上就有了金光四射的粮食星星,一边搅着舌头细嚼,一边就觉得骡儿的大肠在蠕动,天宽家吃得惬意,女人是好的,天宽用筷子在打肥的腮上拨,这么想。乡人们只好沉默,百孬不如一好,这娘们儿坏得不透。

那年头天宽家坟场没有新土,一靠万幸,二靠这脏嘴凶心的女人。

日子苦,但让她得些怜悯也难。她做活不让男人,得看在什么地界儿。家里不消说了,推碾子腰顶主杠,咚咚地走,赛一头罩眼牲口,能把拉副杠的小儿小女甩起来;从风火铳背柴到家里,天宽一路打六歇,她两歇便足了,柴捆壮得能掩下半堵墙;担水一晨一夕十五担,雨雪难阻,五担满自家的缸,十担挑给烈属、军属,倒不是她仁义,而是每日四个工分诱着。地里就不同了,一上工立即筋骨全无,成了出奇的懒肉,别人锄两梯玉米的工夫,她能猫在绿林深处纳出半拉鞋底,锄不沾土;去远地收麻,男背八十,女背五十,她却嫩丫头似的只在胳肢窝里夹回镐把粗的一捆。

"瘿袋长到屁股台儿了,背不得?"队长怨她。

"背不得,我腿根子夹着你的屌哩!"

"……你篓儿倒不空。"

"空了不饿死你六个小祖宗?亏是天宽揍下的,你的种儿你敢说这个?!"

她笑得野,队长扯眉无话。她篓里是半下子泉里泡过的麻麻棵儿,绿格盈盈吐香,单等着掉锅里煮了,别人歇晌她不歇,草坡上乱扒图的就是这货,是村旁山地难得一见的野菜呢!队长能说什么?怪不得,自然地敬不得,还不由她去!

怪不得不只一项。她身上有口袋,收工进家手不知怎么一揉,嫩棒子、谷穗子、梨子、李子……总能揪一样出来。日积月累,也不能说是个小数目。但谁也逮不住她,不知道口袋在什么地方。有猜在裆里的,虽说是老娘们儿终究不是可探的地方,证实不易。或许又是人家不愿逮她罢了。天宽未必明白小秋收的底细,他只明白起初女人只是嘴坏些,有了孩儿,肚子一紧瘪,她的手便也坏了。不能说,他嘴打不过她,手打怕也吃力。况且养一堆活口,女人的本事哪一样都是有用的。

这爪子就难免四处撒野。

邻家靠院墙搭了葫芦架,水汪汪一棚嫩叶,几朵白花挤到墙头这边来,绿豆和二谷伸着小手去够。

"看落了!让它长……"瘿袋有了心思,也不说。白花枯后,茎上吊了拳大几颗蛋蛋,吹气似的胀起来。邻家女人也是精明的,趁瘿袋上工溜进来,用荆条圈将葫芦一一托牢,既免了坠秧,又宣白了它们的主人。瘿袋只当无事,邻人扒墙头窥动静,她就背身藏住冷笑,滴水不漏。

葫芦大了,估量着掺俩茄子已够吃一天,瘿袋便刮北风似的割了它们。依旧是煮,然后骂也依旧,邻家的嫩崽打了先锋骑墙头日偷儿的娘。这边就威凌凌杀出了瘿袋。不骂人,只骂葫芦。骂得很委屈,葫芦成了骚娘们儿,把漂亮身子递过墙,将清白的瘿袋勾引了。

"心肝葫芦肉儿,你天生是个招人日的货哩,明儿个记着,有骚憋自家院儿里,便宜自个儿留着……"

声气儿顿消,邻家女人羞得只剩了拔秧的力气,把一棚葫芦扯散了,吃亏的都说,西水的娘们儿不是个人。天宽也觉得女人八成是着了魔。

那一年粮食又不济。可二谷都七岁了呀!魔鬼附体的日子没个休、没个休。

天宽五十了,闹不清自己是怎么长的,也闹不清自己肚里是什么下水。人呆得像个木桩,横炕上总打不住要想年轻时那沉甸甸的二百斤谷子。鼻子凉酸,哀气也跟着涌,一声叠着一声。

"哀啥?见我那天就打哀声,半辈子也下来了,我亏了你没?"

"不亏,不亏!"

两口子捂一床破絮无事可做。早年几句话逗下来,天宽就能折腰腾身,压女人一身腥汗。如今不行了,女人的屁股他看都不要看,况且又有满满一炕大的小的孩子,大谷大豆怕已听不得爹娘喘气。

最后一次是在园子里,黄瓜架后边。俩人在月亮底下办事,不紧不慢做得渐浓,瘿袋就开了口:"明儿个吃啥?"

天宽愣住了,"吃啥?"自己问自己,随后就闷闷地拎着裤子蹲下。好像一下子解了谜,在这一做一吃之间寻到了联系。他顺着头儿往回想,就抓到了比二百斤谷子更早的一些模糊事,仿佛看到不识面的祖宗做着、吃着,一个向另一个唠叨:"明儿个吃啥?"

"你说吃啥哩?"他问瘿袋,不论月光把她粗皮照得多么白细,他算彻底失了兴趣了。

"麸子。"

"哪儿拾的?"

"鞍子房。小豆眼快,这丫头出息了。"

"……仓库后头地里有鼠坑儿,怕能掏下正经粮食。"

天宽认真琢磨耗窝儿的走向。从此清心寡欲,与女人贴肉的事算淡了。瘿袋也到了日子,仰炕上不再向他伸手。

吃啥?细想想,祖宗代代而思的老事,俩口子可是一天都不曾怠慢过。

女人日见憔悴。如虎也是病虎了,急躁中添了忧伤。瘿袋有了皱儿,再不似亮亮的粉红气球,骂人时也鼓不起来。

天宽呆想:操心操够了吧?看看六个孩儿个个饿相,大的小的都有舔鼻涕的病,心里就有了火苗,燎着熏着朝上顶。

他想逮上活的揍一顿,揍死它!

绿豆退学、二谷上学那年,洪水峪日子不坏。虽说新崽儿不在这家就在那家哇地降世,人均土地已由九分降到七分,但返销粮是足的。家家一本购粮证,每人二十斤,断了顿儿就到公社粮栈去买。夏粮绿在地里时辰,山道上总有拎着空的鼓的口袋的人,来回踟蹰地走。那天早上瘿袋挑了八担水,留七担晚上挑,伺候鸡、猪、人吃了,便揿着购粮证离了家。出村的时候,凡见她的人都觉得她气色不坏。过后人们才明白,凶人善相不是吉兆。

公社粮栈柜台外边挤着人,虽挤倒并不显得怎么饥饿,瘿袋捏着空口袋,发现钱和购粮证一并丢掉了。生就的急性子,当即便嗷地怪叫一声,跌倒地上吐开了沫儿。买粮的卖粮的四下里围住,看那有趣的瘿袋在她胸脯上滚来滚去,人人探个鸡脖儿,眼也都乌鸡似的鼓出来。粮栈一个人物拨不开人,拿腔儿抓调儿地念出一段语录,说的是大家都来自五湖四海,为了一个什么目标共同走到这地方来了,意思是他要挤进去……帮助帮助。那时候兴这个,而且管用,于是人们闪一条缝出来。他看明白了,到柜台后面端出个大茶缸,含一口水漱了漱嗓子,然后喷到瘿袋脸上。几口刷牙水浇下来,她嘴不抽抽了,眼却愣直。

"哪村的?"

"丢了。"

"姓啥?"

"丢了。"

"啥丢了?"

"丢了丢了……丢了……"

女人撒了癔症,围的人更添趣味,那人加倍逗能,逮住人中狠掐,嘿嘿着:"丢不了,你过来呗!"瘿袋乱扑愣,终于尖嚎"日你娘!"她爬起来,夺路而去。

瘿袋哭软了,一辈子刚气,不知哪儿积了那么多泪。她打了两个来回,把十几里山路上每块石头都摸了,又到灌木林儿里脱光,撅着腚撕衣裳补丁,希望里边藏点儿什么。有了月亮她才进家,油灯底下天宽在吸烟袋锅,旁边炕桌上给她晾着一碗稀粥。她盯住那碗粥愣了神儿。

"娘,快吃粥!"二谷蹦过来拽她。

"不吃,再不吃啦……"女人猫似的。

天宽一下子知道出了事。一边问,一边就有火苗在心里拱,手巴掌打着抖,没处搁没处放,女人不曾现过的软弱使他勇气陡升,尿人有了胆了不得!

"败家的!"

他吼一声,把粥碗往地下一砸。

"吃货!"

一辈子没这么痛快过。

"丢了粮,吃你!老子吃你!"

说着说着就管不住手,竟扑上去无头无脸一阵乱拍,大巴掌在女人头上、瘿袋上弹来弹去,好不自在。乡人们蹲在夜地里听,明白瘿袋的男人又成了男人,把女人的威风煞了,半世里逗能扒食,却活生生丢了口粮,这是西水女人的造化。天宽,往死里揍她!

正揍得紧,一声长号让他悬了手。

"天爷,瞭哪个拾了粮证,让他给我家还来呀,我的粮唉……"

这歌是复调,一遍一遍唱。月亮把那脖上的瘿袋照成个白球,在黑院里闪。天宽撸一把酸鼻涕,点个马灯拎着去了。

有睡不实的乡邻,半夜里听到瘿袋到水泉担水,白薯脚在石板上踏踏地蹭,又听到蒜臼响,响得很脆,啪啪的像是硬壳碎了。以后就没有声音。

天宽趴在山道上拿马灯东照西照的时候,他女人卧在席上服了苦杏仁儿。天上有不少星星,眨着眼冷冷地瞧着他们。

天宽耗尽了灯油回家,隔二里地就听到村里有惨哭。是自己那窝粮食在响。院子里嘈杂,豆子们从门里滚出来迎他:"爹,快看娘!"他一听就怕了,硬挺着踱到炕前,老娘们儿丑脸歪着,还有气,只是喘得骇人。他从二谷手里接过碗来,在粗瓷儿上抹下一指杏仁儿渣子,这才记起她一天不曾吃什么。她再不想惦记吃,所以她就吃了这个。一辈子不饥,天宽也有吃的意思了。

黎明时分,一扇门板离了村庄。几个邻家后生抬举着,瘿袋高高地睡在上边,蜡脸焕发荣光,大谷在前头引路,天宽由叔伯兄弟天德陪着殿后,一行人在雾里向山下滑。天宽迷迷瞪瞪走路,恍然回到差不多二十年前的那个早晨,但二百斤谷子正沉得把他压扁,压做薄薄的骨饼。

大谷唤他:"爹,娘有话!"

门板撂稳,天宽把耳朵凑上去。听不清,他扒拉一下瘿袋球,挨她嘴近些。

"狗日的!"

静了半天,又吐出两个字。

"粮……食……"

天宽赞同地点点头,很悲哀。他在女人头发上摸了一把,最后一把。

门板将要漂出山谷时,大谷把天德的儿子换下小解。那小子绕到大石头后面哗哗地撒了一通,接着便狂叫,蛇啃了似的。天宽赶来,只一眼就瞭上了那个皮筋扎紧的包包。它躺在石根子那儿,几束草掩着,像块灰石。两尺开外有两节不大新鲜的绿粪,是人的。为什么绿,天宽明白,但他分明已完全糊涂,傻了似的看看这、看看那,脸上迅即失了血色。

脏物如有幸石化,将使后世的考古学者出丑。他们将陷入历史的迷宫,在年代和人种问题上苦苦纠缠。

瘿袋却是离去了。天德的儿拾了布包抢功:"婶子,天爷还你粮证哩!"她两目圆睁,阔嘴微开,大瘿袋亮着黄光,仿佛对突如其来的窝心事儿大吃了一惊。

"婶子,你瞭瞭!"

"闭你娘的嘴!"

天宽吼过侄子,大谷便哭了。天德踹儿子一脚。看看人确是没了气,又赶上去踹儿子一脚,天宽也就下了泪。他收了布包,把女人身下垫的麻袋抽一条出来。卫生站不必去,粮食不能不买。余人抬了瘿袋回头,两口子一硬一软算是暂且分了手。

一袋粮食买回,刚够助丧的众乡亲饱食一顿,天宽的一家自然也扎进人堆抢吃,吃得猛而香甜。他们的娘死也对得起他们了。

"明儿个吃啥?"

夫妻合谋的事,剩天宽独自苦想,他深知了女人的不易。夜里头赤条条翻身,被里的空儿叫他心痛,接着就有女人脆响的脏话传来:"狗日的……粮食!"

这仁义的老伴竟去了。

洪水峪少了母虎,清静了,也寂寞了。听不到她公鸡踩蛋儿似的骂声,日子便过得不够紧迫,谷子豆子们摆脱了母亲的淫威,活得反而快活起来。岁月毕竟是一天一天不同,个个肚子大了不止一倍,却大抵充实得可以。

如今杨天宽六十多岁了,仍旧慈眉善目,老娘们儿似的低声细气。他一辈子没有逞过大男人的威风,也许试过一次,但只一次便要了老婆的命。到承包的田里做活,时时要拐到坟地里去,小心拔土堆旁的杂草,他好悔!

孩子们可没有什么债务,他们几乎将母亲忘却了。认真回想一番,也无非更加肯定那是个不可思议的人物。二谷念高中时翻过一本医书,发现瘿袋即是"甲状腺肿大"之类,于是母亲就脖上吊着个肉球在他脑海里走。虽说只是一闪,也算有了一份想念,不能说是不孝的了。大谷、大豆、小豆们都有了孩儿,他们的孩儿是不要苦杏核儿的,可见有些事他们也还记着。

老辈儿人却爱讲瘿袋的故事。开头便是:"他背了二百斤谷子。"语调沉在"谷子"上,意味着那不是土、不是石头、不是木柴,而是"谷子"是粮食,是过去代代人日后代代人谁也舍不下的、让他们死去活来的好玩意儿。

曹杏花因它而来又为它而走了,却是深爱它们的。

"狗日的……粮食!"

哪里是骂,分明是疼呢。是不是骂,骂个谁,得问在她坟上蹓跶的天宽,老家伙心里或许明白。

(初载《中国》1986年第9期)

余 华

十八岁出门远行

　　柏油马路起伏不止,马路像是贴在海浪上。我走在这条山区公路上,我像一条船。这年我十八岁,我下巴上那几根黄色的胡须迎风飘飘,那是第一批来这里定居的胡须,所以我格外珍重它们。我在这条路上走了整整一天,已经看了很多山和很多云。所有的山所有的云,都让我联想起了熟悉的人。我就朝着它们呼唤他们的绰号。所以尽管走了一天,可我一点也不累。我就这样从早晨里穿过,现在走进了下午的尾声,而且还看到了黄昏的头发。但是我还没走进一家旅店。

　　我在路上遇到不少人,可他们都不知道前面是何处,前面是否有旅店。他们都这样告诉我:"你走过去看吧。"我觉得他们说的太好了,我确实是在走过去看。可是我还没走进一家旅店。我觉得自己应该为旅店操心。

　　我奇怪自己走了一天竟只遇到一次汽车。那时是中午,那时我刚刚想搭车,但那时仅仅只是想搭车,那时我还没为旅店操心,那时我只是觉得搭一下车非常了不起。我站在路旁朝那辆汽车挥手,我努力挥得很潇洒。可那个司机看也没看我,汽车和司机一样,也是看也没看,在我眼前一闪就他妈的过去了。我就在汽车后面拼命地追了一阵,我这样做只是为了高兴,因为那时我还没有为旅店操心。我一直追到汽车消失之后,然后我对着自己哈哈大笑,但是我马上发现笑得太厉害会影响呼吸,于是我立刻不笑。接着我就兴致勃勃地继续走路,但心里却开始后悔起来,后悔刚才没在潇洒地挥着的手里放一块大石子。

　　现在我真想搭车,因为黄昏就要来了,可旅店还在它妈肚子里。但是整个下午竟没再看到一辆汽车。要是现在再拦车,我想我准能拦住。我会躺到公路中央去,我敢肯定所有的汽车都会在我耳边来个急刹车。然而现在连汽车的马达声都听不到。现在我只能走过去看了。这话不错,走过去看。

　　公路高低起伏,那高处总在诱惑我,诱惑我没命奔上去看旅店,可每次都只看到另一个高处,中间是一个叫人沮丧的弧度。尽管这样我还是一次一次地往高处奔,次次都是没命地奔。眼下我又往高处奔去。这一次我看到了,看到的不是旅店而是汽车。汽车是朝我这个方向停着的,停在公路的低处。我看到那个司机高高翘起的屁股,屁股上有晚霞。司机的脑袋我看不见,他的脑袋正塞在车头里。那车头的盖子斜斜翘起,像是翻起的嘴唇。车厢里高高堆着箩筐,我想着箩筐里装的肯定是水果。当然最好是香蕉。我想他的驾驶室里应该也有,那么我一坐进去就可以拿起来吃了。虽然汽车将要朝我走来的方面开去,但我已经不在乎方向。我现在需要旅店,旅店没有就需要汽车,汽车就在眼前。

我兴致勃勃地跑了过去,向司机打招呼:"老乡,你好。"

司机好像没有听到,仍在拨弄着什么。

"老乡,抽烟。"

这时他才使了使劲,将头从里面拔出来,并伸过来一只黑乎乎的手,夹住我递过去的烟。我赶紧给他点火。他将烟叼在嘴上吸了几口后,又把头塞了进去。

于是我心安理得了,他只要接过我的烟,他就得让我坐他的车。我就绕着汽车转悠起来,转悠是为了侦察箩筐的内容。可是我看不清,便去使用鼻子闻,闻到了苹果味。苹果也不错,我这样想。

不一会他修好了车,就盖上车盖跳了下来。我赶紧走上去说:"老乡,我想搭车。"不料他用黑乎乎的手推了我一把,粗暴地说:"滚开。"

我气得无话可说,他却慢悠悠地打开车门钻了进去,然后发动机响了起来。我知道要是错过这次机会,将不再有机会。我知道现在应该豁出去了。于是我跑到另一侧,也拉开车门钻了进去。我准备与他在驾驶室里大打一场。我进去时首先是冲着他吼了一声:"你嘴里还叼着我的烟。"这时汽车已经活动了。

然而他却笑嘻嘻地十分友好地看起我来,这让我大感不解。他问:"你上哪?"

我说:"随便上哪。"

他又亲切地问:"想吃苹果吗?"他仍然看着我。

"那还用问。"

"到后面去拿吧。"

他把汽车开得那么快,我敢爬出驾驶室爬到后面去吗?于是我就说:"算了吧。"

他说:"去拿吧。"他的眼睛还在看着我。

我说:"别看了,我脸上没公路。"

他这才扭过头去看公路了。

汽车朝我来时的方向驰着,我舒服地坐在座椅上,看着窗外,和司机聊着天。现在我和他已经成为朋友了。我已经知道他是在个体贩运。这汽车是他自己的,苹果也是他的。我还听到了他口袋里面钱儿叮当响。我问他:"你到什么地方去?"

他说:"开过去看吧。"

这话简直像是我兄弟说的,这话可多亲切。我觉得自己与他更亲近了。车窗外的一切应该是我熟悉的,那些山那些云都让我联想起来了另一帮熟悉的人来了,于是我又叫唤起另一批绰号来了。

现在我根本不在乎什么旅店,这汽车这司机这座椅让我心安而理得。我不知道汽车要到什么地方去,他也不知道。反正前面是什么地方对我们来说无关紧要,我们只要汽车在驰着,那就驰过去看吧。

可是这汽车抛锚了。那个时候我们已经是好得不能再好的朋友了。我把手搭在他肩上,他把手搭在我肩上。他正在把他的恋爱说给我听,正要说第一次拥抱女性的感觉时,这汽车抛锚了。汽车是在上坡时抛锚的,那个时候汽车突然不叫唤了,像死猪那样突然不动了。于是他又爬到车头上去了,又把那上嘴唇翻了起来,脑袋又塞了进去。我坐在驾驶室里,我知道他的屁股此刻肯定又高高翘起,但上嘴唇挡住了我的视线,我看不到他的屁股。可我听得到他修车的声音。

过了一会他把脑袋拔了出来,把车盖盖上。他那时的手更黑了,他把脏手在衣服上擦了又擦,然后跳到地上走了过来。

"修好了?"我问。

"完了,没法修了。"他说。

"等着瞧吧。"他漫不经心地说。

我仍在汽车里坐着,不知该怎么办。眼下我又想起什么旅店来了。那个时候太阳要落山了,晚霞则像蒸汽似地在升腾。旅店就这样重又来到了我脑中,并且逐渐膨胀,不一会便把我的脑袋塞满了。那时我的脑袋没有了,脑袋的地方长出了一个旅店。

司机这时在公路中央做起了广播操,他从第一节做到最后一节,做得很认真。做完又绕着汽车小跑起来。司机也许是在驾驶室里呆得太久,现在他需要锻炼身体了。看着他在外面活动,我在里面也坐不住,于是打开车门也跳了下去。但我没做广播操也没小跑。我在想着旅店和旅店。

这个时候我看到坡上有五个人骑着自行车下来,每辆自行车后座上都用一根扁担绑着两只很大的箩筐,我想他们大概是附近的农民,大概是卖菜回来。看到有人下来,我心里十分高兴,便迎上去喊道:"老乡,你们好。"

那五个人骑到我跟前时跳下了车,我很高兴地迎了上去,问:"附近有旅店吗?"

他们没有回答,而是问我:"车上装的是什么?"

我说:"是苹果。"

他们五人推着自行车走到汽车旁,有两个人爬到了汽车上,接着就翻下来十筐苹果,下面三个人把筐盖掀开往他们自己的筐里倒。我一时间还不知道发生了什么,那情景让我目瞪口呆。我明白过来就冲了上去,责问:"你们要干什么?"

他们谁也没理睬我,继续倒苹果。我上去抓住其中一个人的手喊道:"有人抢苹果啦!"这时有一只拳头朝我鼻子上狠狠地揍来了,我被打出几米远。爬起来用手一摸,鼻子软塌塌地不是贴着而是挂在脸上了,鲜血像是伤心的眼泪一样流。可当我看清打我的那个身强力壮的大汉时,他们五人已经跨上自行车骑走了。

司机此刻正在慢慢地散步,嘴唇翻着大口大口喘气,他刚才大概跑累了。他好像一点也不知道刚才的事。我朝他喊:"你的苹果被抢走了!"可他根本没注意我在喊什么,仍在慢慢地散步。我真想上去揍他一拳,也让他的鼻子挂起来。我跑过去对着他的耳朵大喊:"你的苹果被抢走了!"他这才转身看了我起来,我发现他的表情越来越高兴,我发现他是在看我的鼻子。

这时候,坡上又有很多人骑着自行车下来了,每辆车后都有两只大筐,骑车的人里面有一些孩子。他们蜂拥而来,又立刻将汽车包围。好些人跳到汽车上面,于是装苹果的箩筐纷纷而下,苹果从一些摔破的筐中像我的鼻血一样流了出来。他们都发疯般往自己筐中装苹果。才一瞬间工夫,车上的苹果全到了地下。那时有几辆手扶拖拉机从坡上隆隆而下,拖拉机也停在汽车旁,跳下一帮大汉开始往拖拉机上装苹果,那些空了的箩筐一只一只被扔了出去。那时的苹果已经满地滚了,所有人都像蛤蟆似地蹲着捡苹果。

我是在这个时候奋不顾身扑上去的,我大声骂着:"强盗!"扑了上去。于是有无数拳脚前来迎接,我全身每个地方几乎同时挨了揍。我支撑着从地上爬起来时,几个孩子朝我击来苹果,苹果撞在脑袋上碎了,但脑袋没碎。我正要扑过去揍那些孩子,有一只脚狠狠地踢在我腰部。我想叫唤一声,可嘴巴一张却没有声音。我跌坐在地上,我再也爬不起来了,只能看着他们乱抢苹果。我开始用眼睛去寻找那司机,这家伙此刻正站在远处朝我哈哈大笑,我便知道现在自己的模样一定比刚才的鼻子更精彩了。

那个时候我连愤怒的力气都没有了。我只能用眼睛看着这些使我愤怒极顶的一切。我最愤怒的是那个司机。

坡上又下来了一些手扶拖拉机和自行车,他们也投入到这场浩劫中去。我看到地上的苹果越来越少,看着一些人离去和一些人来到。来迟的人开始在汽车上动手,我看着他们将车窗玻璃卸了下来,将轮胎卸了下来,又将木板撬了下来。轮胎被卸去后的汽车显得特别垂头丧气,它趴在地上。一些孩子则去捡那些刚才被扔出去的箩筐。我看着地上越来越干净,人也越来越少。可我那时只能看着了,因为我连愤怒的力气都没有了。我坐在地上爬不起来,我只能让目光走来走去。

现在四周空荡荡了,只有一辆手扶拖拉机还停在趴着的汽车旁。有几个人在汽车旁东瞧西望,是在看看还有什么东西可以拿走。看了一阵后才一个一个爬到拖拉机上,于是拖拉机开动了。

这时我看到那个司机也跳到拖拉机上去了,他在车斗里坐下来后还在朝我哈哈大笑。我看到他手里抱着的是我那个红色的背包。他把我的背包抢走了。背包里有我的衣服和我的钱,还有食品和书。可他把我的背包抢走了。

我看着拖拉机爬上了坡,然后就消失了,但仍能听到它的声音,可不一会连声音都没有了。四周一下子寂静下来,天也开始黑下来。我仍在地上坐着,我这时又饥又冷,可我现在什么都没有了。

我在那里坐了很久,然后才慢慢爬起来。我爬起来时很艰难,因为每动一下全身就剧烈地疼痛,但我还是爬了起来。我一拐一拐地走到汽车旁边。那汽车的模样真是惨极了,它遍体鳞伤地趴在那里,我知道自己也是遍体鳞伤了。

天色完全黑了,四周什么都没有,只有遍体鳞伤的汽车和遍体鳞伤的我。我无限悲伤地看着汽车,汽车也无限悲伤地看着我。我伸出手去抚摸了它。它浑身冰凉。那时候开始起风了,风很大,山上树叶摇动时的声音像是海涛的声音,这声音使我恐惧,使我也像汽车一样浑身冰凉。

我打开车门钻了进去,座椅没被他们撬去,这让我心里稍稍有了安慰。我就在驾驶室里躺了下来。我闻到了一股漏出来的汽油味,那气味像是我身内流出的血液的气味。外面风越来越大,但我躺在座椅上开始感到暖和一点了。我感到这汽车虽然遍体鳞伤,可它心窝还是健全的,还是暖和的。我知道自己的心窝也是暖和的。我一直在寻找旅店,没想到旅店你竟在这里。

我躺在汽车的心窝里,想起了那么一个晴朗温和的中午,那时的阳光非常美丽。我记得自己在外面高高兴兴地玩了半天,然后我回家了,在窗外看到父亲正在屋内整理一个红色的背包,我扑在窗口问:"爸爸,你要出门?"

父亲转过身来温和地说:"不,是让你出门。"

"让我出门?"

"是的,你已经十八了,你应该去认识一下外面的世界了。"

后来我就背起了那个漂亮的红背包,父亲在我脑后拍了一下,就像在马屁股上拍了一下。于是我欢快地冲出了家门,像一匹兴高采烈的马一样欢快地奔跑了起来。

(初载《北京文学》1987年第10期)

池　莉

热也好冷也好活着就好

　　这天,大约是下午四点钟光景。有个赤膊男子骑辆破自行车,"嗤"地刹在小初开堂门前的流水沟里,不下车,脚尖蹭地上,将汗湿透的一张钱揉成一坨,两手指一弹,准确地弹到小初开堂的柜台上。
　　"喂。猫子。给支体温表。"
　　猫子愉快地应声"呃",去拿体温表。
　　收费的汉珍找了零钱,说,"谁呀?"
　　猫子说:"不晓得谁。"
　　汉珍说:"不晓得他叫你猫子?"
　　猫子说:"江汉路一条街人人都晓得我叫猫子。"
　　汉珍说:"哟,像蛮大名气一样。"
　　猫子说:"我实事求是。"
　　汉珍张了张嘴,没想出什么恰当的话来,也就闭了口,将摇头的电扇定向自己的脸,眼光从吹得东倒西歪的睫毛丛中模糊地投向街上。
　　猫子走到流水沟边递体温表给顾客,顷刻间两人都晒得汗滚油流。突然,他们被吓了一大跳,接着他们哈哈大笑,都说:"这个婊子养的!"
　　猫子又取出一支体温表给了顾客。汉珍说:"出么事了?"
　　猫子只顾津津有味地笑,扔过又一支体温表的钱。
　　汉珍说:"出么事了哟?"
　　猫子说:"你猜猜?"
　　汉珍说:"这么热的天让我猜?你这个人!"
　　猫子说:"猜猜有趣些。你死也猜不着。"
　　汉珍:"我真是要劝燕华别嫁你。个巴妈一点都不男子汉。"
　　猫子说:"么事男子汉?浅薄!告诉你吧,砰——体温表爆了,水银标出去了!"
　　汉珍猛地睁大眼睛,说:"我不信!"
　　"不信?这样——砰。"猫子做动作。动作很传神。汉珍说:"世界真奇妙。"

猫子白汉珍一眼，摹仿"正大综艺"节目主持人姜昆的普通话："世界真奇妙。"

他们捂着肚皮笑了。这天余下的钟点过得很快。他们没打瞌睡，谈论了许多奇奇怪怪的话题，好有意思。

下班了猫子本来是准备回自己家的，现在他改变决定还是回燕华家。今天体温表都爆了，多热的天，他要帮帮燕华。既然他们是在谈朋友，他就要表现体贴一点儿。

出了小初开堂，顺着大街走三分钟，燕华家就到了。旧社会过来的老房子，门面小，里头博大精深，地道战一样复杂，不知住了多少家。进门就是陡峭狭窄的木质楼梯，燕华家住二楼，住二楼其中的两间房。燕华一间，她父亲一间，都有十五个平方米，这种住房条件在武汉市的江汉路一带那是好得没说的了。所以燕华就更有俏皮的资本啦。猫子认为，燕华不俏皮谁俏皮？要长相有长相，要房子有房子，要技术有技术，要钱是个独生女。燕华不俏皮谁俏皮？人嘛，不过，话该这么说，燕华只管俏她的，猫子有猫子的把握。

住一楼的王老太在楼梯口坐只小板凳剥毛豆。王老太像钟点，每天下午六点钟准坐这儿择菜。

猫子说："太。热啊。"

王老太说："热啊猫子。"

猫子给王老太一盒仁丹，说："太。热不过了就吃点仁丹。"

王老太说："咳呀吃么仁丹，这大把年纪了活着害人，只惟愿一口气上不来去了才好。"

猫子说："看太说到哪里去了。"

王老太倒出几粒银光闪烁的仁丹丸子含在舌头上，含糊地说："猫子啊，燕华今天轮早班了，你小点心。"

用不着王老太提醒，猫子心中有数。燕华是公共汽车司机，一周一轮班，早班凌晨四点发车，最是睡不好觉的班次。燕华一轮到上早班就寻着猫子发火。所以猫子今天本来是要回自己家的。

燕华在厨房里洗菜，穿了件相当于男式背心的女背心，下面是花布裤头，整个背部包括裤头的腰全汗湿得贴在身上。厨房几家共用，几家的女人都在忙碌饭菜，自然都汗湿得不比燕华少。猫子想这里好比游泳池了。

猫子说："热啊嫂子们。"

女人们说："猫子好甜的嘴。"

猫子说："燕华。"

燕华哗啦啦洗菜，不理他。

猫子说："燕华我来洗吧。"

燕华继续洗菜不理人。

猫子朝女人们做了个求助的手势,女人们就说:"燕华死丫头,有福不会享。"

猫子说:"就是。"

燕华竖起一根手指,将脸面上的汗珠刮得飞溅,说:"去去。说不来呢做么事又来了?说你妈病了呢你妈这么快就好了?"

猫子说:"你不晓得今天出了什么事呢,我特意来告诉你的。"

燕华横了他一眼。

女人们都问:"么事呀么事呀?"

猫子说:"我卖一支体温表,拿到街上给顾客。只晒了一会太阳,砰——水银标出来了,体温表爆了。"

女人们说:"啧啧啧啧,你看这武汉婊子养的热!多少度哇!"

燕华说:"吹!"

猫子说:"我吹吗?我是吹的人吗?"

燕华说:"你以为你不吹?十男九吹。"

猫子说:"那让嫂子们说句公道话。"

女人们说:"猫子真不是吹的人。燕华别冤枉他了。"

燕华说:"你们干什么干什么?八国联军打中国呀。"说完忍不住笑,扭身跑了。

猫子脱了T恤衫,赤膊上阵洗菜。接着切菜。接着炒菜。叮叮当当,做得大汗淋漓,热火朝天。

女人们说:"猫子啊,一个怕老婆的毛坯子。"

猫子说:"怕就怕。怕老婆有么事丑的。当代大趋势。其实呢,是心疼她,上早班多辛苦。"

女人们说:"猫子真是个好男将哦,又体贴人又勤快,又不赌不嫖。"

猫子说:"你们又不接客,么样晓得我不嫖啊?"

一个女人跑上来拧了猫子的嘴。其他几个咬牙切齿笑,说:"这个小狗日的!"

猫子大笑。

菜饭刚做好,燕华的父亲回来了。老师傅白发白眉,寿星老头模样。老通城餐馆退休的豆皮师傅,没休一天又被高薪返聘回去了,据说他是当年给毛泽东主席做豆皮的厨师之一。这一带街坊邻居无不因此典故而敬慕他。

一厨房的人都一叠声打招呼。

"许师傅您家回来了。"

许师傅说:"回了回了。今天好热啊。"

人都应:"热啊热啊。"

许师傅说:"猫子你热死了,快到房里吹吹电扇。"

猫子说:"无所谓,吹也是热风。"

燕华冲了凉水澡出来。黑色背心白色短裤裙,乳房大腿都坦率地鼓着,英姿飒爽。猫子冲她打了个响指。她扭了扭腰要走。

许师傅说:"燕华!帮猫子摆饭菜。"

太阳这时正在一点一点沉进大街西头的楼房后边,余辉依然红亮地灼人眼睛。洒水车响着洒水音乐过来过去,马路上腾腾起了一片白雾,紧接着干了。黄昏还没来呢,白天的风就息了。这个死武汉的夏天!

燕华拎了两桶水,一遍又一遍洒在自家门口的马路上,终于将马路洒出了湿湿的黑颜色。待她直起腰的时候,许多人家已经搬出竹床了。

燕华叫:"猫子。"

猫子在楼上回答:"来了。"

过了一会儿猫子还没下楼。

燕华不满意了,高叫:"猫子——"

猫子搬了张竹床下来了。

燕华说:"老不下来老不下来,地方都给人家占了。"

猫子说:"哎你小点声好不好?你这人啦,谁家的竹床自有谁家的老地方。大家都要睡,挤紧点就挤紧点呗。"

燕华声音低了下来,却没服气,说:"就你懂事,就你会做人,就你讨街坊喜欢,德性!"

猫子说:"我实事求是嘛。"

猫子和燕华一边嘀咕着一边干活。他们摆好了一张竹床两只躺椅,鸿运扇搁竹床一头,电视机搁竹床另一头。几个晒得黑鱼一样的半大男孩窜来窜去碰得电线荡来荡去,燕华就说:"咄,咄。"赶小动物似的。猫子觉得怪有趣,说:"这些儿子们。"

许师傅摇把折扇下楼来了。他已经冲了个澡,腰间穿条老蓝的棉绸大裤衩,坐进躺椅里,望着燕华和猫子,一种十分受用的样子。

竹床中央摆的是四菜一汤。别以为家常小菜上不了谱,这可是最当令的武汉市人最爱的菜了:一是鲜红的辣椒凉拌雪白的藕片,二是细细的瘦肉丝炒翠绿的苦瓜,三是筷子长的鳌鳌鲦鱼煎得两面金黄又烹了葱姜酱醋,四是卤出了花骨朵朵的猪耳朵薄薄切了一小碟子。汤呢,清淡,丝瓜蛋花汤。汤上飘一层小磨麻香油。

燕华给父亲倒了一杯酒,给猫子也倒了一杯酒。"黄鹤楼"的酒香和着菜香就笼罩了一大片马路。隔壁左右的邻居说:"许师傅,好菜呀!"

许师傅用筷子直点自家的菜,说:"来来喝一口。"

邻居说:"您家莫客气。"

许师傅说:"那就有偏了。"

燕华冷笑着自言自语:"恶心。"

猫子说:"咳,老人嘛。"

马路对面也是成片的竹床。有人扯着嗓子叫道:"许师傅,好福气呀。"

许师傅说:"福气好福气好。"

燕华开了电视,正好雄壮的国歌升起。大街两旁的竹床上都开饭了。举目四顾,全是吃东西的嘴脸。许师傅喝得很香。猫子也香。一条湿毛巾搭在肩上,吃得勇猛,一会儿就得擦去滚滚的汗。燕华盛了一小碗绿豆稀饭,有一口没一口地喝,筷子在菜盘子里拨来拨去,百无聊赖。

猫子说:"燕华,我的菜是不是做得呱呱叫?"

燕华:"你自我感觉良好。"

猫子说:"嗤,许伯伯?"

许师傅说:"是呱呱叫。猫子不简单呐。"

燕华说:"我吃不香。这么热的天还吃得下东西?"

猫子说:"这是没睡好的原因,上早班太辛苦了。所以我不回家,来给你做菜。"

许师傅听完就嘀嘀地乐。燕华说:"他油嘴滑舌。先头说是因为出了体温表的事。"

猫子猛拍大腿。他怎么居然还没告诉未来老丈人今天的大新闻呢!他说:"许伯伯,今天出了件希奇事。一支体温表在街上砰地爆了,水银柱标出玻璃管了!"

许师傅歪着头想象了好半天,惊叹道:"真是世界之大无奇不有哇!猫子,体温表最高多少度?"

猫子说:"摄氏42度。"

许师傅说:"这个婊子养的!好热啊!"

燕华放下碗,说:"热死了。不吃了。"

猫子说:"热是热,吃归吃呀。"

燕华:"像个苕。"

猫子说:"不吃晚上又饿。"

燕华说:"像个苕。人是活的唦,就叫饿死了?满街的宵夜不晓得吃。"

猫子说:"好吧好吧,十二点钟去吃宵夜。"

燕华说:"你美哩,谁要你陪,我早和人家约好了。"

猫子说:"谁?和谁?"

燕华说:"你是太平洋的警察?——管得真宽。"

许师傅说:"猫子别理她!燕华像放多了胡椒粉,口口呛人。还是个姑娘伢咚。"

燕华说:"姑娘伢么样?姑娘伢么样?"

许师傅说:"姑娘伢要文静本分温顺。"

燕华说:"怕又是旧社会了吧?"

猫子说:"许伯伯您家莫和她怄气。"

许师傅说:"都不理她。"

一老一少两个男人就去看电视。燕华从鼻子里哼哼两声,转过身望街去坐;眼睛怔怔变幻着各种情绪。一般姑娘家只是背了人才有这种神态的。所以贴街行走的外地人冷不丁瞧见了燕华便吓了一跳。

街上行人稀了一些,却也稀不到哪儿去。武汉市城区每平方公里平均将近四千人,江汉路又是城区最繁华的商业区,行人又能稀到哪儿去?照旧是车水马龙。不过日暮黄昏了,竹床全出来了,车马就被挤到马路中间去了。本市人不觉得有什么异常,与公共汽车、自行车等等一块儿走在大街中间。外地人就惊讶得不得了。他们侧身慢慢地走,长长一条街,一条街的胳膊大腿,男女区别不大,明晃晃全是肉。武汉市这风景呵!

电视播映国际新闻了。

猫子大声宣布:"嗨,国际啦国际啦。"

在伊拉克侵占科威特之后,猫子主动负起了提醒街坊看国际新闻的责任。几家的男人端着饭碗跑了过来。

伊拉克吞并了科威特又想搞沙特阿拉伯。

猫子说:"个婊子养的伊拉克,吃饱了撑的。"

男人们都感慨:"这个婊子养的!"

有人说:"这婊子破坏我们亚运会。等开完了亚运再打不迟嘛。"

许师傅说:"毛主席说过,侵略者决无好下场。你们信不信?"

猫子说:"我信。有钱的国家都出动了,收拾它是迟早的事。"

男人们说:"那难说。阿盟其实不喜欢美国佬。咱们出兵算了,赚点外汇,减少点人口,又主持了正义,刀切豆腐两面光。不知江书记想到了这点没有?"

许师傅说:"你怎么这思想呢?现在的年轻人?"

大家说:"许师傅啊,我们哪有什么思想,比不得您家,毛泽东思想武装的。"

许师傅知道这是玩笑话,和气地笑了。

臭了一顿伊拉克,接着又臭武汉的持续高温。再接下来是广告,又臭广告。臭广告时人就渐渐散了。

猫子一放下碗,许师傅就说:"燕华,收碗。"

燕华说:"我要等汉珍。"

猫子说:"哦,汉珍。你们好紧的口,都不告诉我。"

燕华说:"你是个么事大人物,要告诉你?"

许师傅说:"收碗,燕华!"

猫子说:"我来收碗。"

许师傅说:"不行猫子。街坊邻居都看着,我家这点家教还是有的。燕华收碗。"

燕华不情不愿起身收拾碗筷,猫子给她打下手。

王老太和女人们看着燕华猫子上了楼,就对许师傅说:"您家做得对,燕华脾气是娇躁了一些。猫子是个几好的呀,换个人燕华要吃亏的。"

许师傅说:"是的哟,像猫子这忠厚的男伢现在哪里去找?现在的女伢们时兴找洋毛子,洋毛子会给他丈人炒苦瓜吃么?燕华要是不跟猫子,我捶断她的腿。"

燕华满以为猫子会主动洗碗的,谁知他放下饭锅就走。燕华说:"猫子啊。"

猫子说:"干什么呀?"

燕华说:"好好!我算看透你了!"

猫子说:"今儿都没给个好脸色嘛。"

燕华说:"么样脸色是好?"说着就露出了笑。

猫子说:"这就对了。谈朋友嘛要有具体行动。"

猫子一把拉过燕华拥进怀里。燕华说:"太热了。"胳膊却不由自主揽住了猫子的腰。两人扭扭拌拌进了房间。房间完全是个蒸笼,墙壁,地板,家具,摸哪儿都是烫的。等他们出房间时都有点儿中暑了。

汉珍是晚上八点半来的。燕华又换了一件新潮太阳裙和她走了。她们嘻嘻哈哈对猫子说:"拜拜。"

这个时候,住人的房子空了。男女老少全睡在马路两旁。竹床密密麻麻连成一片,站在大街上一望无际。各式各样的娱乐班子很快组合起来。

许师傅本来是要摸两把麻将的。新近相识的王厨师来了。王厨师是武汉人,在远洋轮上工作了三十年,最近退休回了老家。着了迷寻着许师傅讲究武汉小吃。他们还有一个忠实的听众王老太。王老太在许师傅谈论的武汉小吃中度过了大半生。

一个嫂子约猫子打麻将。

许师傅说:"猫子去玩吧。"

猫子说:"我不玩麻将。"

嫂子说:"玩么事呢?总要玩点么事啊。"

猫子说:"我和他们去聊天。"

嫂子说:"天有么事聊头?二百五!没听人说的么:十一亿人民八亿赌,还有两亿在跳舞,剩下的都是二百五。"

猫子说:"二百五就二百五。现在的人不怕戴帽子。"

嫂子膝下的小男孩爬竹床一下子摔跤了,哇地大哭。她丈夫远远叫道:"你这个婊子养的聋了!伢跌了!"

嫂子拎起小男孩,说:"你这个婊子养的么样搞的哟!"

猫子说:"个巴妈苕货,他是婊子养的你是么事?"

嫂子笑着拍猫子一巴掌,说:"哪个骂人了不成?不过说了句口头语。个巴妈装得像不是武汉人一样。"

猫子抱起小男孩,送到他家竹床上。这家男人递了猫子一支烟。

猫子说:"王师傅我说个新闻吓你一跳。"

男人说:"个巴妈。"

猫子说:"今天,就是今天,下午四点,我们店一支体温表在太阳下呆了两分钟,水银就冲破了玻璃管。"

男人扬起眉毛,半天才说:"真的?"

猫子很高兴,吐出一串烟圈。

男人说:"你说吓人不吓人,多热!还要不要人活嘛!"

猫子豪迈地笑,说:"个婊子养的,我们不活了!"

前边有人叫了:"猫子,过来坐。"

猫子前边去了。一大群人在说话看电视。猫子将电视机撤灭了,有声有色讲了今天体温表的事。人们听了十分激动。有人建议给武汉晚报写篇通讯。有人建议给市长专线打电话:多热的天,你还让我们全天上班吗?由此受到启发,有人提出政府在搞鬼,不让电台如实报天气预报,以免人心浮动。立即有人出来反驳,说测气象不是测的大马路,科学有科学的讲究,搞科学的人不会撒谎。猫子参加了争论,与他争论的小伙子说体温表事件很有可能不是气温的问题而是体温表质量问题。猫子极为气愤,因为体温表是他进的货,全是一等品。

许师傅这时也成了谈话的中心人物。围绕着他的除了王老太全是剃着青皮光头的老头子。

许师傅显然有几分得意忘形,他说毛主席吃完豆皮,到厨房来和厨师一一握手,最后拍着他的肩说:你的豆皮味道好极了!

老人们乐得跟小孩一样。许师傅自嘲说:"啊,是有点像雀巢咖啡的广告。"

王老太说:"再讲讲朝鲜国吃四季美的故事。"

许师傅就又讲金日成某年某月某日到武汉访问了四季美的小笼汤包。吃完就走了,去北京了。十多天后金日成启程回国,上车前突然对送行的中央首长说:"我还有一个小问题始终没想通。"中央首长请他讲,金日成说:"那武汉市四季美的汤包,汤是么样进包子的?"

老人们更乐得不知怎么才好,捧着茶杯咕咕喝茶,过那痛快的瘾。

王厨师说:"个杂种,我漂洋过海不晓得跑了多少国家和城市,个杂种,他们的油条都是软皮隆的,只有我们武汉的油条是酥酥的。"

许师傅说:"咳,提不得喽。说那上海吧,十里洋场,过早吃泡饭;头天的剩饭用开水一泡,就根咸菜,还是上海!北京首都哩,过早就是火烧面条,面条火烧。广州深圳,开放城市,老鼠蛇虫,什么恶心人他们吃什么。哪个城市比得上武汉?光是过早,来,我们只数有点名堂的——"

王老太扳起指头就数开了:老通城的豆皮,一品香的一品大包,蔡林记的热干面,谈炎记的水饺,田恒启的糊汤米粉,厚生里的什锦豆腐脑,老谦记的牛肉枯炒豆丝,民生食堂的小小汤圆,五芳斋的麻蓉汤圆,同兴里的油条,顺香居的重油烧梅,民众甜食的沃汁酒,福庆和的牛肉米粉。王老太的牙齿不关缝,气一急潜出了一挂口水。她难为情地用手遮住了嘴巴,说:"丢丑了丢丑了,老不死的涎都馋出来了。"

老人们鼓掌。

王厨师说:"不愧老汉口!会吃!我这个人喜欢满街瞎吃。过个早,面窝,糍粑,欢喜坨酥饺,核糕,糯米鸡,一样吃一个,好吃啊!"

许师傅说:"那不是吹的,全世界全国谁也比不过武汉的过早。"

老人们自豪极了,说:"就是就是。"

夜就这样渐渐深了。

公共汽车不再像白天那样呼呼猛开。它嗤嗤喘着气,载着半车乘客,过去了好久才过来。推麻将的声音变得清晰起来。竹床上睡的人因为热得睡不着不住地翻来覆去。女人家耳朵上,颈脖子上和手腕手指上的金首饰在路灯的照射下一闪一闪地发亮。竹床的竹子在汗水的浸润下使人不易觉察地慢慢变红着……

燕华正在回家的路上。

燕华和汉珍又约了两个高中女同学。四个姑娘穿得时髦之极。摩丝定型发胶将刘海高高耸在前额,脸上是浓妆艳抹。她们的步态是时装模特儿的猫步,走在大街上十分引人注目,没玩什么她们就开心极了。

她们没去跳舞也没看电影,就是逛大街。从江汉路逛到六渡桥,又从六渡桥逛回江汉路。吃冰淇淋,吃什锦豆腐脑,你出钱请一次,她出钱请一次。

汉珍说了今天体温表的新闻。

燕华说了今天她车上售票员小乜和乘客相骂的事。说是两个北方男人坐过了站,小乜要罚款。北方人不肯掏钱,还诉了一通委屈。小乜就说:"赖儿叭叽的,亏了裆里还长了一坨肉。"

北方人看着小乜是个年轻姑娘,不敢相信自己的耳朵,大声问:嘛?

小乜也大声告诉他们:鸡巴。不懂吗?

北方人面红耳赤,赶快掏出了钱。

四个姑娘笑得一塌糊涂。燕华顶快活,说:"个婊子养的,家里一个老头子,一个男朋友,想讲给人听又讲不出口,憋死我了。"

汉珍说:"那你就结婚当嫂子嘛。我看猫子已经等不得了。"

另外两个女同学说:"燕华只怕都是嫂子喽,猫子那老实?"

燕华扑过去撕女同学的嘴,闹得一团锦簇在霓虹灯下乱滚。

她们又议论了影星歌星,议论了黄金首饰的价格与款式,议论了各自的男朋友,议论了被歹徒杀害的"娟兰"和"两兰",为这四个女性叹息了一番。

汉珍说:"要是你们遇上了歹徒怎么办?"

燕华说:"老子不怕!凭么事让他搞钱?我们公司赚几个钱容易?全是老子们没日没夜开车赚的。邪不压正,你越怕越出鬼。"

姑娘们说:"是这个话,怕他也一样杀你。"

走着说着,实在走不动了,她们才分了手。

燕华买了宵夜拎回家来。

许师傅在躺椅上闭目养神。

燕华说:"爸爸吃点汆汁酒吧。猫子呢?"

许师傅说:"前边玩。"

燕华踮脚往前望,望见一片又一片竹床,没见猫子。

猫子这时其实在燕华的视线内,但他躺在四的竹床上。四的竹床都与众不同,脚矮,所以被遮挡住了。

四是个有点年纪的单身汉。街坊传说他是个作家,他本人则不置可否。四是他的小名。许多人讨厌他酸文假醋,猫子却有点喜欢他。因为和四说话可以胡说八道。

猫子说:"四,我给你提供一点写作素材好不好?"

四说:"好哇。"

猫子说:"我们店一支体温表今天爆炸了。你看邪乎不邪乎?"

四说:"哦。"

猫子说:"怎么样?想抒情吧?"

四说:"他妈的。"

猫子说:"他妈的四,你发表作品用什么名字?"

四唱起来:"不要问我从哪里来,我的故乡在远方,为什么流浪,流浪远方,流浪。"

猫子说:"你真过瘾,四。"

四将大背头往天一甩,高深莫测仰望星空,说:"你就叫猫子吗?"

猫子说:"我有学名,郑志恒。"

四说:"不,你的名字叫人!"

猫子说:"当然。"

然后,四给猫子聊他的一个构思,四说准把猫子聊得痛哭流涕。四讲到一半的时候,猫子睡着了。四就放低了声音,坚持讲完。

燕华洗了个澡,穿着汗衫短裤,沿着街低低叫唤:"猫子。猫子。"

四听见了却没回答。他想的是:让男人们自由一些吧。

凌晨一点钟了,燕华回到自家竹床上想睡上一会儿。王老太在她耳朵边说:"呀,猫子是个好男将啊。"

燕华说:"晓得。"

王老太又说:"男怕干错行,女怕找错郎啊!"

燕华说:"晓得晓得。"

王老太深深叹了一口气,不出声了。

燕华迷迷糊糊睡了一觉,一身汗,热醒了。三点半,该去上班了。

燕华的第一趟车四点钟准时发出。售票员依然是小乜。车过江汉路时,她们发现了猫子。猫子睡在四的竹床上,毫不客气摊成个大字。燕华最恨四,说:"这个混账东西,哪儿不好睡。"

小乜说:"猫子搭帐篷了。"

燕华说:"呸,流氓。"

小乜说:"个巴妈,他在大街上'搭帐篷',我把眼睛剜瞎它?"

燕华说:"个婊子养的!"

小乜说:"结婚吧。莫丢人了。"

小乜纵情大笑。

燕华说:"小点声伙计,武汉市就现在能睡一会。"

小乜掩住口,吃吃笑个不住。

燕华驾驶着两节车厢的公共汽车,轻轻在竹床的走廊里穿行,她尽量不踩油门,让车像人一样悄悄走路。

(初载《小说林》1991年第1—2期)

陈　染

嘴唇里的阳光

另一种规则

我是一个年轻女子,做着一份很刻板的工作,刻板得如同钟表的时针,永远以相同的半径朝着一个方向运行圆周,如同一辆疲倦的货车,永远沿着既定的轨道行驶。平时,我在阅读单位发的学习材料时,特别是那些与斗争新动向有关的文章,即使我把同一条消息读上十遍,也无法记住伊拉克与科威特到底是谁吞灭谁,飞毛腿与爱国者到底是谁阻截谁。但是,我会把那上边所有的印刷错误,比如一句话后边右下角的",'错印成"'"等等,牢记于心。这就是我干校对这一职业的后果。

我庆幸这一单纯的工作使我那混乱的头脑免于许多错误。因为在许多领域我是一个惯于想入非非而无法遵守规则的人。比如,一个凶猛残暴的杀手,他的性格孱弱的儿子在一次失误中弄死了一个人,当死刑无法逃脱地落到他的恐惧惊慌的儿子身上时,这个幽灵一般神出鬼没永远能脱身法律之网的父亲,主动承担了儿子的死罪。这举动应该说是对法律的一种嘲弄和欺骗,但我会对着这样一个杀人不见血的残暴父亲的舐犊之情感动得泪流满面,甚而起了一种敬仰。当我看到一个技术高超的外科医生,面对一个受了重伤、苦痛难耐、祈求帮助的阶级敌人的妻子而不予抢救医治的时候,我便会对这个医生产生恶感。这一立场问题以及不合规则的思路,使我无法成为一名合格的法官或医生。

据说,要成为一个作家必须要遵守更多的规则。我自知奇异的思维与混乱的脉路同样使我无法合乎规则。好在我懂得自己的症结,也从不期待或奢望成为什么。

但也许有另外一种可能,比如你正好与我拥有同样的思维方式,你会把我误入歧途的思维理解成另外一种规则,也说不准。

对针头的恐惧

牙科医生总使黛二小姐充满奇异的想像。这种奇异之想从她刚刚走近牙科诊室听到那种钻洗牙齿的嗞嗞声便开始了。走进诊室后,那声音便在她全身每一个细小的神经周围弥漫,与此同时,在她目光所及的空间里,无数颗牙齿便像雪片一样在她身前身后舞荡翻飞,纷纷扬扬,散发一股梨树花飘落的清香。

这会儿,黛二小姐坐在第103医院牙科诊室第103号孔森医生的诊椅上想入非非。黛二二十二岁,且带有一股病态的柔媚与忧郁。智齿阻生的痛苦把她带到这里,她仔细查看了她的四周:左侧扶手部位有一个冲盂和水杯。左上方是一套可以推拉旋转的器械和一只小电风扇。头部正上方是一个很大的聚光灯,它像一枚金色的向日葵,围绕着牙齿患者的口腔转动。右侧扶手旁边放着另外一只带轱辘的转椅,年轻的牙医就坐在上边。

这是一个沉默寡言的年轻医生。他个子很高,但敦实稳重。眼神专注而清澈(他的眼神使黛二小姐终生难忘,在未来的岁月中,她凭藉着这样一双眼睛把他从茫茫人海里找寻出来)。他的鼻子和嘴全部遮在雪白的大口罩里边,这遮挡起来的部分赋予他一种想象的空间,一种神秘莫测之感。假若你仰身靠在诊椅上,聚光灯雪亮地射在你的唇部周围,你神情紧张地攥紧拳头,本能地把它们放在腹部。年轻的牙医在你的右侧俯身贴近你的脸孔,你张大嘴,任他用钩子、钳子、刀子在你的牙齿上搬弄。他粗大有力的手指在你的不大的口腔空间不停地转动,由于口腔的狭小,他用力拔掉你的某个牙齿的时候,充满了内聚力。他使劲你也使劲。如果你像黛二小姐一样是个年轻女子,并且善于浮想联翩,那么你便很容易联想起另外一种事情。

孔森医生在黛二邻座的一个牙疾患者面前俯下身,他往那个头发花白的老妪的上腭上注射了麻药后,就转向黛二小姐这边。

他问:"有什么不舒服吗?"声音是低沉的,像闷在地下隧道的声音。

"没有。"她说。

"心脏有问题吗?"

"没有。"

"血压高吗?"

"不高。"

"那好,我们开始。"他的语词简约而准确。这种非此即彼式的谈话使她感到一种辩证法的魅力。

他转身去取麻药。黛二觉得他提出的疾病离她还遥远。她还年轻,那些老年性疾病还远远够不上她。黛二理解这种提问是拔牙程序之一,便冲他笑笑,表示对他的感谢。

他取来了装满麻药的注射器,针头冲上,用右手拇指推了推针管,细细碎碎的雾状液体便从针头孔零零星星喷射出来些许。这雾状的液体顷刻间纷纷扬扬,夸张地弥散开来。那白色的云雾袅袅腾腾飘出牙科病室,移到楼道,然后沿着楼梯向下慢行,它滑动了二十八级台阶,穿越了十几年的岁月,走向西医内科病房。在那儿,黛二小姐刚刚七岁半。

豁着门牙,劲张着两只惊恐的大眼睛望着这个白色世界的黛二,是个体弱多病的小萝卜头。她刚刚从一场脑膜炎的高烧昏迷中苏醒过来。

"认识妈妈吗?"一个和黛二小姐现在的年龄相仿的女子坐在她七岁半的小女儿身边,等待命运判决一样期待她的孩子的回答。

"认识妈妈吗?妈妈在哪儿?"那年轻女子又问。

黛二尽可能地张大由于疾病的折磨显得越发枯大的眼睛在房间里搜寻。墙壁是白色的,一个游荡的声音是白色的,一束在这声音后边从那个很高的嘴角射出的微笑是白色的。那儿,站着一个大个子男人,右手正推动针管,针头冲上,那针头像一个荒凉冷落的旷场正等待着人们经过。它长长地空空地等待着戳入她的屁股。他也许是朝他的小病人微笑,但一切表情全被白色的大口罩涂染成冷漠的无动于衷。

"认识妈妈吗?你看妈妈冲你笑呢!"

黛二一动不动,眼光游移着来来回回打量那针头。她把小身体里的全部力量都凝聚在她的目光中,阻挡着那针头向她靠近。

"妈妈在你身边呢,你不认识了吗?"那年轻女子几乎要崩溃了。

针头已经朝她慢慢过来,带着尖厉的寒光和嘶鸣。

"妈妈,不打针。"黛二一下子跃身抱住妈妈的脖子,"妈妈,不打针。"黛二大声哭叫。

那年轻女子泱泱哭泣起来,边笑边哭:"我的孩子又活了,没有变傻,又活了……"

白大褂和针头已经走到小黛二身边。

"把她放下,请出去,她要打针了。"白大褂上边的嘴说。那只硕大的针管就举在他手里,如同一只冷冷硬硬的手枪。

年轻女子令黛二失望地放下了她,高高兴兴地流着泪,退出去了。

她知道她的妈妈也怕这个男人,她的离开已经说明了这一点。她不想保护黛二,黛二最后的依赖没有了。她不再哭,她知道只有独自面对这个冰冷的针头了。

"趴下,脱下裤子。"

抵抗是没有用的,连妈妈都服从他。

她顺从地趴下,脱下裤子。

整整两个多月时间,七岁半的小黛二在"趴下,脱掉裤子"这句千篇一律的命令中感受着世界,她知道了没有谁会替代她承受那响亮的一针,所有的人都只能独自面对自己的针头。

那长长的针头从小黛二的屁股刺到她的心里,那针头同她的年龄一起长大。

牙科诊室响起一阵刺激的钻洗牙齿的声音,那嗞嗞声钻在黛二小姐的神经上,她打了个冷战。

年轻敦实的牙医举着盛满药液的针管向着她靠近。

"不!"黛二小姐一声惊叫扰乱了牙科诊室一成不变的操作程序。

一次奇遇

我与他的那次相遇完全是天意。那是五年前的事情。有一天薄暮向晚时候,黄昏衰落的容颜已经散尽,夜幕不容分说地匆匆降临。那一阵,我的永远涌动着的怀旧情绪总是把我从这一个由历史的碎片衔接的舞台拉向另一个展示岁月滑落的影院。那天,我独自走进一家宏大的剧场。这剧场弥散着一种华丽奢侈与宗教衰旧的矛盾气息。我是在门口撞见他的,确切地说,我首先是被一个英姿勃发丰采夺目的年轻男子的目光抓住,然后通过这个男子的声音认出了他。

"是你吗?"他说。

我定神看了看他,那双专注而清澈的眼睛我是认识的。但眼睛以下的部位只在我的想象中出现过。只不过想象中的下巴是宽阔的,棱角分明,眼前的这一个下巴却是陡削滑润。挺拔的直鼻子吻合了我的想象,正好属于他。

"是的,是我。我认识你……的一部分。"这种方式与一位英俊男子相识,使我不禁微微发笑。

他也微微发笑。他用右手在自己的下巴上摸了一下,那很大的手掌连同他的一声轻快的口哨声一起滑落。我们谁都没有提起在这之前我们曾经经历的那件事。

"你……一个人吗?"他说。

"对。"

"如果你不介意,我这儿正好有两张票。"

"我有票。"我举起自己手中的票。

"可是，我的是前排。"

"嗯……那么你不想继续等她了吗？"

"谁？"

"嗯……"我转身极目四望。

我还没有转回身，就被他轻轻拉了一下，"我就是在这儿等一位和你一模一样的姑娘。"

我笑着摇摇头，却跟着他走了。

巨大的帷幕拉开了，灯光昏黯，四周沉寂。我从来都以为，办公室与剧场影院最大的区别就在于，办公室是舞台，即使你不喜欢表演，你也必须担任一个哪怕是最无足轻重的配角，你无法逃脱。即使你的办公室里宁静如水，即使你身边只有一两个人——演员，你仍然无法沉湎于内心，你脸上的表情会出卖你。那里只是舞台，是外部生活，是敞开的空间。而影院、剧场却不同，当灯光熄灭，黑暗散落在你的四周，你就会被巨大无边的空洞所吞没，即使你周围的黑暗中埋伏着无数个脑袋，即使无数多窃窃私语弥漫空中如同疲倦的夜风在浩瀚的林叶上轻悄悄憩落，但你的心灵却在这里获得了自由漫步的静寂的广场，你看着舞台上浓缩的世界和岁月，你珠泪涟涟你吃吃发笑你无可奈何，你充分释放你自己。

那一天，演出一个与爱情有关的剧目，演员们如醉如痴，一个男人对着一个女人动听得像说假话一样倾诉真心话，一个女人对着另一个女人动听得像倾诉真心话一样说着假话。我完全沉浸在舞台上虚构的人生故事与感叹之中。当帷幕低垂，灯光骤然亮起，四周纷乱的嘈杂声与涌动的人流把我从内心空间拉回剧场里时，我再一次看到我身边的他那双专注而清澈的眼睛。

我说谢谢。

他也说谢谢。

然后我们一起往外走。随着缓慢而拥挤的人流我们挪着脚步。他的手臂放在我的身后以阻挡后边的人群对我的碰撞，那手臂不时地被人流碰到我的背部和腰上，我感受到轻柔而安全的触摸。走到门口，他接过我的外衣，从后边帮我穿上。这细微而自然的举动使我觉得那件外衣变得分外温馨。

从剧场到汽车站要经过一条极窄的楼群夹道。我来剧场的时候就发现了这狭小的通道潜藏着什么危险，当时天色还没有完全黑透，这种想象只是一掠而过。而从剧场出来时，夜色已经极为浓稠，月亮像一块破损的大石头只露出一角。于是，关于那个狭长的黑道的想象便把我完全地占领了。我提议，请他站在夹道口的这边，等我跑过去站在夹道口的另一边向他说再见,然后我们再分手。

他吃吃发笑。

"这么复杂干嘛?我送你过去。"

"不。"

"没关系没关系。"

"不用,我……真的不用。"

"怎么了,你?"

"我只是有点害怕……突然什么人……"

"噢,也包括我?"

"嗯……"

"你真是个小姑娘。你需要我又害怕我。好吧,你先过去,然后喊一声我再过去。我送你回去。"

我愉快地接受了。

我一口气飞跑过去,像百米冲刺。身后是他伫立在原地的身影和目光。我刚跑到夹道的另一端就大声叫:"我过来了。"

那一边咚咚的脚步声才响起。

我们重新聚合后,他郑重地向我保证了我的安全。我觉得我信赖他。这种信赖来源于以前我们共同经历的那一次我在这里暂时不便透露的记忆。

我们一边走一边很勉强地回忆了一下那段往事。我告诉他我对于他那双眼睛存有深刻的记忆,还有他的声音——大提琴从关闭的门窗里漫出的低柔之声。出乎我意料的是,他对于我那一次的细枝末节,包括神态举止都记忆犹新。

"当时我就知道你不会再来。"他说。

我们在夜晚的人影凋零的街上慢走,远远近近地说这说那。

我们的话题落到刚才剧场里的爱情剧上,我说我对男主角的一句台词有不同的看法。我说"肋骨说"是荒诞的,当初的亚当和夏娃以及未来的亚当和夏娃们无论怎样亲密,他们毕竟都分别长着自己的脑袋,有自己的思想和精神。女人是独立的。

他表示同意。

我又说:"这也许是我没有信仰的缘故。"

五年前的时候,我对于爱情这一话题的想往像对死亡这一话题的想往一样深挚。

在距我家的楼几十米的地方,我们分手了。

他的手轻轻抚了一下我的头发,说:"你说起话来像个大人。"他的重音落在"像"上边,那意思是说我其实不过是个小姑娘。

"这并不矛盾。"我越过了他的潜台词。

"矛盾是美丽的。你是个矛盾的姑娘。"

他的银灰色风衣飘起来轻打在我身上,我感到一种湿漉漉的温情。他向下俯了俯身,但只是俯了俯身。

大大的月亮全部呈现出来,街旁的路灯昏黄地在我们身影的一端摇动。他的气息抚在我的脸颊上,我垂下头无所适从。

我从他飘逸的风衣的拥围里脱出身来。我说:"别。"

"别紧张。我只想听听你的故事。"

望着他的脸孔,我感到安全而放松。

重现的阴影

黛二小姐仰坐在孔森医生的诊椅上,她的头颅微微后仰,左腿平平伸开,右腿膝盖处向内侧弯曲着,别在左侧小腿下边。双手僵硬地放在平坦的腹部。微微颤动的身体使她那一双美丽的乳房像两个吃惊的小脑瓜,探头探脑。年轻的牙医神情专注地凝视这年轻女子紧张的躯体,她在聚光灯强烈光芒的照射下呈现出孤独无援之态。

黛二小姐望着孔森医生举着注满药液的针管向她靠近,惊恐万状。她张大嘴,那只就要戳向她的上腭的狰狞的针头使她面色苍白,失去控制力。

"不!不!"她惊叫。

年轻的牙医放下针管,语调平平,似乎没有任何怜悯色彩,"如果你不舒服,那么就先不做。"

黛二脸孔发凉,嘴角和右侧鼻翼无法抑制地抽搐起来,以至她无法睁开眼睛,脑袋里一片空荡,许多铅色的云托着她的身体向上旋转,旋转。

……那是一片又一片浓得发沉的云,天空仿佛被一群黑灰色的病鸟的翅膀所覆盖,空中水气弥漫,骏马一般遨游在宇宙的硕鸟们慢慢晕倒,雷雨声把它们的羽翼一片片击落,那黑灰色掉下来徐徐地贴在房间的窗子上。就在那个阴雨绵绵的日子,在那个阴黯潮湿的房间里,七岁半的小黛二所目睹的一切像长发一样纷乱,模模糊糊中,小黛二触目惊心地看到一根长在男人身上的巨大的针头朝向她的脸孔,那景象在她记忆里的某个隐秘的地方长久地驻扎下来,在所有阴雨连绵的天气,群鸟们总是黑压压一片片晕倒……

牙科诊室一片嘈杂。她听到窗外仿佛响起了雨声,溅起一股霉味的暗绿色腾向天空。她感到仰坐的椅子被人缓慢地平放下来,她的头颅被一股力量引着向后倾仰下去。

"没什么,没什么,紧张的缘故。"她听到是年轻的孔森医生在说。

喧哗了一阵儿,她感到周围模模糊糊的白色人影散开了,诊室里恢复了原有的秩序。

黛二小姐感到年轻的牙医正在用手指触按她脸颊上的一些穴位,有力而酸胀的指压渐渐使她紧张抽搐的脸部肌肉放松下来。窗外下起了雨,细润的雨丝从玻璃窗轻柔地滑下,仿佛抚在她的脸颊。年轻的牙医正用白色的毛巾擦去她脸上沁出的虚汗。她模糊地看到一团白色,像一只帆船从遥远的天边驶进她的视线,那帆船正悬挂在窗口向着室内混浊的光线四处张望和探询。她紧迫地呼吸起来,感到自己的肺腑正一点一点被室内混浊的气息涂染得昏黄。她望着那白色的帆船,千思百绪,浮想联翩,她的目光和手臂一起用力,想伸出窗外抓住那一掠而过稍纵即逝的白色。

黛二小姐睁开眼,深深呼了一口气,渐渐恢复常态。

"感觉好些了吗?"牙医问。

黛二吃力地坐起来,"我……没有什么。"

年轻的牙医笑了笑(只是黛二猜测他在笑,他的一切表情都挡在口罩里边了)。"你晕针吗?"他说。

"不,不完全是。那针头……让我想起另外的事情。"

"今天你的状态不好。过几天在你感觉身体状态好的时候再来,你看好不好?"

黛二小姐双腿软软地走下诊椅,她感到愧疚交加。她知道她再也不会来这里。她望望这个触摸过她的脸颊的年轻牙医,他的清澈的眼睛已经印在她心里了。一种彻底失败的情绪统占了她的全身,她甚至没有和这位使她产生某种想象并且由于这种想象使她想延长与他的接触的年轻牙医告别,就怅然若失地离开了。

冬天的恋情

冬天是这样一个安详的老人,它心平气和地从热烈的夏天走过去,从偏执的浪漫的危险的热带气息走过去,一切渐渐宁息下来。我热爱夏天,然而,我的恋情却偏偏以冬天为背景展开,这当然也可看做我赋予这恋情的一种性质。

我在与他偶然地再次相遇以前,我的冬天漫长且荒凉。冰冷的北风总是呼啸着从窗外飞过,像个没有身影的隐身人气喘吁吁地狂奔。光秃秃的天空枯旷地迎向我的窗子。我在暖暖的房间里手捧一本什么书面窗而坐,阳光比我设想出来的所有的情人都更使我感到信赖,它懒洋洋爬满我的周身,只有它在我感到冰冷的岁月里尾随于我,覆盖于我,溶解我心灵里所有郁滞的东西——哀愁的、绝望的情结,使之超然平和起来,一切泰然而处之。

在这个冬季,我对他的信赖渐渐变得仅次于对阳光的信赖。

自从他闯入我的生活,我感到自己每一天都活得像做梦一样不真实。躯体只是一个表面静止的发射站,把神思发射出去,我的大部分时间无法留住涌动的思绪,只能一任它四方出游,如云如烟。我常常用力摸摸自己的脸颊,让真实的触觉使自己真实起来。

我们开始频繁地约会。我感到我喜欢并信赖这个男人。他总是回避那一次由于我的失态使我们在最初一次接触时彼此留下深刻记忆的那个事件。

我们每天晚上约会。这许多年来我惟一长久热爱的就是走路。我们沿着建国门大街一走就是几个小时,一路清风拂面,彩灯闪烁,景致迷人。这个属公马的男子有着雄马一样高大的身材(他在自己的属相前总要加上公性),我挎着他的左臂,悠然行走。实际上只消他一个人走,我们俩便可以共同向前移动。他就像土地一样承受我的一切。

终于有一天,他问我,"你为什么那一次走了之后就不再来了呢?"我知道他指的是我们最初的那次。"要不是在剧场偶然地碰到你,恐怕你永远消失了,不敢想象,我失去的可是一个世界。"

我忽然一阵感动。

我们就站在华灯照耀、光亮如昼的大街上亲吻起来。我的心一下子空了,四肢瘫软。这举动对于一个浅试初尝男女之事的小姑娘的确有着非同小可的震撼。我发现我是那么渴望他的身体,潜藏在我身体里的某种莫名的恐惧正在渐渐消散。

他把我拉进路旁的树林阴影里,我们在被树叶摇碎的月光里长时间地亲吻和爱抚。他强按着激动,生平第一次解开了一个年轻女子的钮扣,那种慌乱的解法使人感到一个刚刚学会系钮扣的儿童正在被幼儿园老师催着脱掉衣服。他也是第一次用目光旅游了一个女人真切的身体。我们紧紧拥抱,那种荡人心弦的触摸使两个初经云雨的年轻男女神飞魄散。我感到身体忽然被抽空了,成为一个空洞的容器,头顶冰凉发麻,我的身体变成一块杳无人烟的旷地,一种我从未体验过的空虚在漫延,没有边界,仿佛那旷地四周长满石笋、岩峰和游动的鱼……

我无意在此叙述我们的"爱情",我根本不知道这是否叫做爱情。五年后的今天,我仍然无法对我当时的情感做出准确的判断,因为我从来不知道爱情的准确含义。

记得当时正当我迫不及待地想投入他的怀抱感受他的身体的时候,我却忽然停住了,我只是抱住他的腰一动不动,泪眼星星,低声啜泣。我说:"我不想看见它,不想……"。他说"怎么了你?"我说"我就是不想看见它。""怎么了为什么?"我珠泪涟涟,用低声的哭泣回答他。

他停下来,久久抚摸我的脸颊。多少年潜藏在我身体里的压抑骨髓在喉。我终于鼓足勇气把压在我心底的东西胆怯地拿出来交给这个男人,我低声恳求他帮我分担,帮我分担。只有他可以分担我的恐惧。

我依偎在他臂弯上的温暖里,也依偎在他的职业带给我的安全中。我从未这样放松过,因为我从未在任何怀抱里失去过抑制力,我的一声声吟泣渐渐滑向我从未体验过的极乐世界;我也从未如此沉重过,我必须重新面对童年岁月里已经模糊了的往事,使我能够与他分担。

一次临床访谈

黛二小姐终于在一个绵雨过后的午日用电话约出了那位年轻牙医,她说她必须见他。

他们在绿树叠翠的被细雨润湿的疗养区域里慢步。太阳已经出来了,天空呈现出鲜嫩欲滴的粉红色,阳光把草坪上绿绿的雨露蒸腾起来。懒洋洋的长椅上半睡半醒的老人们默默自语。年轻的孔森医生身上散发出的来苏气味不断地使黛二小姐感到自己也是个病人。

"你终于来了。"他说。

"……"

"你的牙齿又发炎了吗?"

"……"

黛二小姐先是沉默不语,然后她讲起了另外的事情。她滔滔不绝,被倾吐往事之后的某种快慰之感牵引着诉说下去。

黛二小姐讲起她童年时代曾有过一位当建筑师的朋友,这位瘦削疲弱而面孔阴郁的中年男人是童年的黛二惟一的伙伴。他就住在黛二家的隔壁。那时候,孩子们的玩具只有沙土、石子和水,积木、橡皮泥以及那些非电动简易玩具还是奢侈品。小黛二一天一天沉浸在玩沙土的乐趣中,她在自己周围挖出无数个坑坑,在坑坑里放下一只用嘴吹鼓的圆纸球(她称之为地雷),然后在那些坑坑上交叉地放上两三根树枝,再用纸放在树枝上边,最后轻轻地用沙土将它们遮埋住。一切完毕之后,黛二像个运筹帷幄的将军站在原地四顾环视,身边布满了她已看不见了的成果。她闭上眼睛,在原地转上几圈,然后怀着一种刺激的心理走出地雷区。这是小黛二从电影《地道战》中学来并演绎了的游戏,她长时间沉浸在这种游戏中。

长大后的黛二小姐,无论在办公室还是在人群中,总是不能自已地回忆起儿时这种游戏,她才恍然感悟到小时候的游戏正是她今天的人生。

小黛二总是和她的建筑师朋友一起玩。这个沉默寡言的男人只有和黛二一起玩着具有象征性的游戏时才表现出兴奋的神情("象征性"这个词是成年后的黛二赋予"游戏"的修饰词)。他教会小黛二一些她意想不到的玩法。比如,他教会她建筑"高塔",他把碎石块用泥土砌起来,尽可能地高,那个高度对于童年的黛二完全可以比作耸立,这种耸立有一种轰然坍塌的潜在危险,一阵风便可以把它推翻刮倒。当它摇摇欲坠危险地耸立着的时候,建筑师便带领黛二发出一阵欢呼。

他们还玩水龙头。院子的西南角有一个长水池,水池上边是三只水龙头。建筑师常常把三只水管同时打开,尽可能地开大,让三注喷射的水流勃发而出。这种痛快淋漓的喷射带给他无穷的激动。每当这时,他便兴奋得嚎叫,那叫声回荡在无人的院落里格外瘆人,令小黛二兴奋又恐惧。

他是一个优秀的建筑师,家里的奖状贴满一面墙壁。但是,他的妻子却从不为此自豪。在黛二的记忆里,这一家惟一的邻居总是吵吵闹闹,小黛二问起父母他们吵闹的缘由,父母似乎总是躲躲闪闪避重就轻,或者模棱两可地说叔叔总是忙于建筑工作,没有时间照顾家庭,阿姨不高兴。小孩子不懂,不要多问。这种答复总使黛二不能满足。她总想找个机会问问她的建筑师朋友,直到在一个阴雨连绵的天气里,发生了那起令小黛二终生难忘的事件。当她哭着告诉了妈妈她所看到的建筑师裸露的那些以后,他们便再也不是朋友了。

长大后,黛二小姐才渐渐懂得了建筑师那种疯狂工作和游戏与他作为一个失败的男人之间的某种关联——一种丧失的补偿。

终于有一天,一辆白色的救护车鸣叫着把建筑师从小黛二玩游戏的院落拉走了。据说他被拉到城北的疯人院去了。人们说他在一个幽僻的林荫小道上徘徊许久之后,冲着一位途经这里的年轻女子再一次重复了那个阴雨天里对着小黛二的事情。

黛二在上小学的时候,亲身经历了一场火灾。人们先是被一股浓烈的焦糊味和呛鼻酸眼的烟雾从自家引出屋,继而人们看到建筑师家的窗子被无数只鲜红的狗舌头舔破,那些长长的狗舌唏嘘着渐渐合拢成一片灼热的火红。建筑师在停职之后的一天下午,把自己反锁在房间中,一把大火伴随着令人窒息的汽油味结束了他的苦恼、悔恨和无能为力的欲望。那滚滚的浓烟嘶鸣的火焰弥漫了静静的院落,弥漫了蜿蜿蜒蜒的小巷以及流失在小巷深处的黛二小姐蜿蜿蜒蜒的童年……

年轻的牙医把一只手重重压在黛二小姐的肩上,那种压法仿佛她会忽然被记忆里的滚滚浓烟带走飘去。那是一只黛二小姐想往已久的医生的手臂,她深切期待这样一只手把她从某种记忆里拯救出来。有生以来她第一次把自己当做病人软软地靠在那只根除过无数只坏牙的手臂之中。这手臂本身就是一个最温情最安全的临床访谈者,一个最准确的DSM—Ⅲ系统①。

诞生或死亡的开端

在我和他同居数月之后的一个风和日丽的上午,我们穿越繁闹的街区,走过一片荒地,和一个堆满许多作废的铁板、木桩和砖瓦的旷场。我对废弃物和古残骸从来都怀有一种莫名的情感和忧伤,那份荒凉落破与阴森瘆人的景观总使我觉得很久以前我曾经从这里经过,那也许是久已逝去的童年和少年时光。我们默默地伫立了一会儿,就走向旷场尽头一个狭小的房间——这个房间多少年来被人们视为爱情的摇篮与坟墓的发源地,据说它是通往喜剧与悲剧的舞台。我无法给这个地方准确地命名,正像我至今无法给自己当时的情感命名为爱情一样。

一个热情的并且习惯用"操"字充当语言的逗号(这个字在他嘴里并不含有喜或怒的情感色彩)为他滔滔不绝的句子断句的青年人接待了我们。我们从这个狭小的房间领取了一份红色的类似于奖状的证书。那上面写着:

××字第18号

黛二(女)23岁

孔森(男)26岁

自愿结婚,经审查合于本国婚姻

法关于结婚的规定,发给此证。

我和他各持一份。我们都知道那张纸厚如铁板又薄若蝉翼。

飞翔的仪式

黛二小妮终于再次出现在第103医院牙科诊室的第103号诊椅上,是在她结婚之后的一天下午。她的气色格外佼好,脸颊散发一股柔媚的光彩,那双惊恐的大眼睛已不复存在,她的目光像一个闪闪烁烁的星座散发着耀人的神韵。

---

① DSM-Ⅲ是精神医学里一个多轴分类系统,接受评价的行为是在不同的轴上或方面加以评估,从而全面准确地诊断出患者的障碍所在。

她坐上那把诊椅宁和而自信,像主人命令侍从般地对身旁那个年轻牙医说:

"我们开始吧。"

年轻的牙医右手举着注满药液的针管,针头空空地冲上,像举着一只填满火药的随时可以发出响亮一击的手枪,他把它在黛二小姐眼前晃了晃,说:"真的没问题了吗?"

黛二笑起来:"当然。"

她张大嘴巴,坦然地承受那只具有象征意义的针头戳入她的上腭。一阵些微的胀痛之后,温馨而甜蜜的麻醉便充满她的整个口腔。阳光进入她的嘴里,穿透她的上腭,渗入她的舌头,那光在她的嘴里翩翩起舞,曼声而歌。一抹粉红色的微笑从她的嘴里溢到唇边。

年轻的孔森医生俯下身贴近她的脸孔,尽管白色的大口罩遮挡了他的嘴唇,但黛二仍然感到一股热热的气息向她扑来。牙医用右手举着刀子和钳子,左臂做为支撑点压在她的胸部,这种重量带给她一种美妙绝伦的想象。年轻的牙医很顺利地拔掉了黛二小姐左边和右边的两颗已经坏死的智齿。他们一起用力的时候,黛二小姐没有感到疼痛,她是一个驯服而温存的合作者。他们好像只是在一起飞翔,一次行程遥远的飞翔,轻若羽毛,天空划满一道道彩虹般的弧线。那种紧密的交融配合仿佛使她重温了与丈夫的初夜同床。

当年轻的孔森医生把那两颗血淋淋的智齿哐啷一声丢到乳白色的托盘里时,深匿在黛二小姐久远岁月之中的隐痛便彻底地根除了。

(初载《收获》1992 年第 5 期)

陈忠实

白鹿原（第四章、第五章）

第四章

  第六房女人胡氏死去以后，娘俩发生了重大分歧。母亲白赵氏仍然坚持胡氏不过也是一张破旧了的糊窗纸，撕了就应该尽快重新糊上一张完好的。她现在表现出的固执比秉德老汉还要厉害几成。她说她进白家门的那阵儿，老阿公还在山里收购中药材，带着秉德，让老二秉义在家务农。那年秉义被人杀害，老阿公从山里赶回，路上遭了土匪，回到家连气带急吐血死去了。秉德把那两间门面的中药收购店铺租赁给一位吴姓的山里人，就回到白鹿村撑持家事来了。她和他生下七女三男，只养活了两个女子和嘉轩一个娃子，另外七个有六个都是月子里得下无治的四六风症，埋到牛圈里化成血水和牛粪牛尿一起抛撒到田地里去了。唯有嘉轩的哥哥拴牢长到六岁，已经可以抱住顶杆儿摇打沙果树上的果子了，搞不清得下什么病，肚子日渐胀大，胳膊腿越来越细，直到浑身通黄透亮，终于没能存活下来。嘉轩至今没女人，更说不上子嗣，说不定某一天她自己突然死掉，到阴地儿怎么向先走的秉德老汉交待？嘉轩诚心诚意地说，所有母亲说到的关系利害他都想到了，而且和母亲一样焦急，但这回无论如何不能贸贸然急匆匆办事了。这样下去，一辈子啥事也办不成，只忙着娶妻和埋人两件红白事了。得请个阴阳先生看看，究竟哪儿出了毛病。白赵氏同意了。
  夜里落了一场大雪。庄稼人被厚厚的积雪封堵在家里，除了清扫庭院和门口的积雪，再没有什么事情好做。鹿三早早起来了，已经扫除了马号院子里的积雪，晒土场也清扫了，磨房门口的雪也扫得一干二净，说不定有人要来磨面的。只等嘉轩起来开了街门，他最后再进去扫除屋院里的雪。嘉轩已经起来了，把前院后庭的积雪扫拢成几个雪堆，开了街门，给鹿三招呼一声，让他用小推车把雪推出去，自己要出门来不及清除了。他没有给母亲之外的任何人透露此行是去请阴阳先生，免得又惹起口舌。村巷里的道路被一家一户自觉扫掉积雪接通了，村外牛车路上的雪和路两旁的麦田里的雪连成一片难以分辨。他拄着一根棍子,脚下嚓嚓响着走向银白的田野。雪地里闪耀着绿色蓝色和红色的光带,眼前常常出现五彩缤纷的迷宫一样的琼楼仙阁。翻上一道土梁,他已经冒汗,解开裤带解手,热尿在厚厚的雪地上刺开一个豁豁牙牙的洞。这当儿,他漫无目的地瞧着原上的雪景,辨别着被大雪覆盖着的属于自己的麦田的垄畦,无意间看到一道慢坡地里有一坨湿土。整个原野里都是白得耀眼的雪被,那儿怎么坐不住雪?是谁在那儿撒过尿吧?筛子大的一坨湿土周围,未曾发现人的足迹或是野兽的蹄痕。他怀着好奇心走过去,裸露的褐黄的土地湿漉漉的,似乎有缕缕丝丝的热气蒸腾着。更奇怪的是地皮上匍匐着一株刺蓟的绿叶,中药谱里称为小蓟,可以止血败毒清火利尿。怪事!万木枯谢百草冻死遍山遍野也看不见一丝绿色的三九寒冬季节里,怎么会长出一株绿油油的小蓟来?他蹲下来用手挖刨湿土,猛然间出现了奇迹,土层露出来一个粉白色的蘑菇似的叶片。他愈加小心地挖刨着泥土,又露出同样颜色的叶片。再往深层挖,露出来一根嫩乎乎的同样粉白的秆儿,直到完全刨出来,那秆儿上缀着五片大小不一的叶片。他想连根拔起来,却又转念一想,说不定这是什么宝物珍草,拔起来死了怎么办?失了药性就成废物了。他又小心翼翼地把湿土回填进去,把周围的积雪踢刮过来伪装现场,又蹲下来挣着屁股挤出一泡屎来,任何人都不会怀疑这儿的凌乱了。他用雪擦洗了手上的泥土,又回到原来的牛车路上。

他当即转身朝回走去,踏着他来时踩下的雪路上的脚窝儿,缓两天再去找阴阳先生不迟。回到家里,母亲和鹿三都问他怎么又回来了,他一概回答说路上雪太厚太滑,爬不上那道慢坡去,他们都深信不疑。他回到自己的厦屋,从箱子里翻出一本绘图的石印本《秦地药草大全》来,这是一本家传珍宝,爷爷和父亲在山里收购药材那阵儿凭借此书辨别真伪。现在,他耐着心一页一页翻看又薄又脆的米黄色竹质纸页,一一鉴别对照,终于没有查到类似的药名。他心里猜断,不是怪物就是宝物。要是怪物贸然挖采可能招致祸端,要是宝物一时搞不清保存炮制的方法,拔了也就毁了。他想到冷先生肯定识货,可万一是宝物说不定进贡皇帝也未免难说,当即又否定了此举。他于焦急中想到姐夫朱先生,不禁一悦。

朱先生刚刚从南方讲学归来。杭州一位先生盛情邀约,言恳意切,仰慕他的独到见解,希望此次南行交流诸家,沟通南北学界,顺便游玩观赏一番南国景致。他兴致极高,乘兴南去,想着自己自幼苦读,昼夜吟诵,孤守书案,终于使学界刮目相看,此行将充分阐释自己多年苦心孤诣精研程朱的独到见解,以期弘扬关中学派的正宗思想。再者,他自幼至今尚未走出过秦地一步,确也想去风光宜人的南方游曳一番,以博见识,以开眼界。然而此行却闹得不大愉快,乘兴而去扫兴而归。到南方后,同仁们先不提讲学之事,连着几天游山玩水,开始尚赏心悦目,三天未过便烦腻不振。所到之处,无非小桥流水,楼台亭阁,古刹名寺,看去大同小异。整日吃酒游玩的生活,使他多年来形成的早读午习的生活习惯完全被打乱,心里烦闷无着,又不便开口向友人提及讲学之事。几位聚会一起的南北才子学人很快厮混熟悉,礼仪客套随之自然减免,不恭和戏谑的玩笑滋生不穷,他们不约而同把开心的目标集中到他的服饰和口语上。他一身布衣,青衫青裤青袍黑鞋布袜,皆出自贤妻之手,棉花自种自纺自织自裁自缝,从头到脚不见一根洋绫一缕丝绸。妻子用面汤浆过再用棒槌捶打得硬邦邦的衣服使他们觉得式样古笨得可笑;秦地浑重的口语与南方轻俏的声调无异于异族语言,往往也被他们讪笑取乐。他渐渐不悦他们的轻浮。一天晚宴之后,他们领他进了一座烟花楼。当他意识到这是一个什么去处时,怒不可遏,拂袖而去,对邀他南行讲学的朋友大发雷霆:"为人师表,传道授业解惑。当今世风日下人心不古,吾等责无旁贷,本应著书立论,大声疾呼,以正世风。竟然是白日里游山玩水,饮酒作乐,夜间寻花问柳,梦死醉生……"朋友再三解释,说几位同仁本是好意,见他近日情绪不佳,恐他离家日久,思念眷属,于是才……朱先生不齿地说:"君子慎独,此乃学人修身之基本。表里不一,岂能正人正世!何来如此荒唐揣测?"当即断然决定,天明即启程北归,再不逗留。朋友再三挽留说,如果一次学也不讲就匆匆离去,于他的面子上实在难以支持。朱先生于是让步,讲了一回,语言又成为大的障碍,一些轻浮子弟窃窃讥笑他的发音而无心听讲。朱先生更加懊恼,慨然叹曰:南国多才子,南国没学问。他憋着一肚子败兴气儿回到关中,一气登上华山顶峰,那一口气才吁将出来,这才叫山哪!随即吟出一首《七绝》来:

  踏破白云万千重,
  仰天池上水溶溶。
  横空大气排山去,
  砥柱人间是此峰。

  朱先生自幼聪灵过人,十六岁应县考得中秀才,二十二岁赴省试又以精妙的文辞中了头名文举人。次年正当赴京会考之际,父亲病逝,朱先生为父守灵尽孝不赴公车,按规定就要取消省试的举人资格。陕西巡抚方升厚爱其才更钦佩其孝道,奏明朝廷力主推荐,皇帝竟然破例批准了省试的结果。巡抚方升委以重任,不料朱先生婉言谢绝,公文往返六七次,仍坚辞不就。直至巡抚亲自登门,朱先生说:"你视我如手足,可是你知道不知道?你害的是浑身麻痹的病症!充其量我这只手会摆或者这只脚会走也是枉然。如果我不做你的一只手或一只脚,而是为你求仙拜神乞求灵丹妙药,使你浑身自如起来,手和脚也都灵活起来,那么你是要我做你的一只手或一只脚,还是要我为你去求那一剂灵丹妙药呢?你肯定会选取后者,这样子的话你就明白了。"方巡抚再不勉强。朱先生随即住进白鹿书院。

　　白鹿书院坐落在县城西北方位的白鹿原原坡上,亦名四吕庵,历史悠远。宋朝年间,一位河南地方小吏调任关中。骑着骡子翻过秦岭到滋水县换乘轿子,一路流连滋水河川飘飘扬扬的柳絮和原坡上绿莹莹的麦苗,忽然看见一只雪白的小鹿凌空一跃,又跳入绿色之中再不复现。小吏即唤轿夫停步,下轿注目许多时,再也看不见白鹿的影子,急问轿夫对面的原叫什么原,轿夫说,"白鹿原。"小吏"哦"了一声就上轿走了。半月没过,小吏亲自来此买下了那块地皮,盖房修院,把家眷迁来定居,又为自己划定了墓穴的方位。小吏的独生儿子仍为小吏。小吏的四个孙子却齐摆摆成了四位进士,其中一位官至左丞相,与司马光文彦博齐名。四进士全都有各自的著述。四兄弟全部谢世后,皇帝钦定修祠以纪念其功德,修下了高矮粗细格式完全一样的四座砖塔,不分官职只循长幼而分列祠院大门两边,御笔亲题"四吕庵"匾额于门首。吕氏的一位后代在祠内讲学,挂起了"白鹿书院"的牌子。这个带着神话色彩的真实故事千百年来被白鹿原上一代一代人津津有味地传诵着咀嚼着。朱先生初来时,院子里长满了荒草,蝙蝠在大梁上像蒜瓣一样结串儿垂吊下来。朱先生用方巡抚批给他的甚为丰裕的银饷招来工匠,彻底修缮了房屋,把一副由方巡抚书写的"白鹿书院"的匾牌架到原先挂着"四吕庵"的大门首上。那块御笔亲题的金匾已不知去向。大殿内不知什么朝代经什么人塑下了四位神像。朱先生令民工扒掉,民工畏怯不前,朱先生上前亲自动手推倒了,随口说:"不读圣贤书,只知点蜡烧香,怕是越磕头头越昏了!"

　　然而朱先生却被当作神正在白鹿原上下神秘而又热烈地传诵着。有一年麦子刚刚碾打完毕,家家户户都在碾压得光洁平整的打麦场上晾晒新麦,日头如火,万里无云,街巷里被人和牲畜踩踏起一层厚厚的细土,朱先生穿着泥屐在村巷里叮咣叮咣走了一遭,那些躲在树荫下看守粮食的庄稼人笑他发神经了,红红的日头又不下雨,穿泥屐不是出洋相么?小孩子们尾随在朱先生屁股后头,嘻嘻哈哈像看把戏一样。朱先生不恼不躁不答不辩,回到家里就躺下午歇了。贤妻嗔笑他书越念越呆了,连个晴天雨天都分辨不清了。正当庄稼人悠然歇晌的当儿,骤然间刮起大风,滚过一层乌云,顷刻间白雨如注,打麦场上顿时一片汪洋,好多人家的麦子给洪水冲走了。人们过后才领悟出朱先生穿泥屐的哑谜,痛骂自己一个个愚笨如猪,连朱先生的好心好意都委屈了。

第五章

　　有天晚上，朱先生诵读至深夜，走出窑洞去活动筋骨，仰面一瞅，满天星河，不由脱口而出："今年成豆。"说罢又回窑里苦读去了。不料回娘家来的姐姐此时正在茅房里，听见了，第二天回到自家屋就讲给丈夫。夫妇当年收罢麦子，把所有的土地全部种上了五色杂豆。伏天里旷日持久的干旱旱死了苞谷、稻和谷子，耐旱的豆类却抗住了干旱而获得丰收。秋收后，姐夫用毛驴驮来了各种豆子作酬谢，而且抱怨弟弟既然有这种本领，就应该把每年夏秋雨季成什么庄稼败哪样田禾的天象，告诉给自家的主要亲戚，让大家都发财。朱先生却不开口。事情由此传开，庄稼人每年就等着看朱先生家里往地里撒什么种子，然后就给自家地里也撒什么种子。然而像朱先生的姐姐那样得意的事再也没有出现过，朱家的庄稼和众人的庄稼一样遭灾，冷子打折了苞谷，蜱虫吸干了麦粒儿，蝗虫把一切秧苗甚至树叶都啃光吃净了。但这并不等于说朱先生不是神，而是天机不可泄露，给自己的老子和亲戚也不能破了天机。后来以至发展到丢失衣物，集会上走失小孩，都跑来找朱先生打筮问卜，他不说他们不走，哭哭啼啼诉说自己的灾难。朱先生就仔细询问孩子走失的时间地点原因，然后作出判断，帮助愚陋的庄稼人去寻找，许多回真的应验了。朱先生开办白鹿书院以后，为了排除越来越多的求神问卜者的干扰，于是就一个连一个推倒了四座神像泥胎，对那些吓得发痴发呆的工匠们说："我不是神，我是人，我根本都不信神！"

　　白鹿书院开学之日，朱先生忙得不亦乐乎，却有一个青年农民汗流浃背跑进门来，说他的一头怀犊的黄牛放青跑得不知下落，询问朱先生该到何处去找。朱先生正准备开学大典，被来人纠缠住，心里烦厌，然而他修养极深，为人谦和，仍然喜滋滋地说，"牛在南边方向。快跑！迟了就给人拉走了。"那青年农人听罢转身就跑，沿着一条窄窄的田间小道往南端直跑去，迎面有两个姑娘手拉着手在路上并肩而行，小伙子跑得气喘如牛摇摇晃晃来不及转身，正好从两个姑娘之间穿过去，撞开了她俩拉着的手。两位姑娘拉住他骂起来，附近地里正在锄麦子的人围过来，不由分说就打，说青年农民耍骚使坏。青年农民招架不住又辩白不清，拔腿就跑，那些人又紧追不舍。青年农民情急无路，就从一个高坎上跳了下去，跌得眼冒金星，抬头一看，黄牛正在坎下的土壕里，腹下正有一只紫红皮毛的小牛犊撅着屁股在吮奶，老黄牛悠然舔着牛犊。他爬起来一把抓住牛缰绳，跳着脚扬着手对站在高坎上头那些追打他的庄稼人发疯似的喊："哥们爷们，打得好啊，打得太好了！"随之把求朱先生寻牛的事述说一遍。那些哥们爷们纷纷从高坎上溜下来，再不论他在姑娘跟前耍骚的事了,更加详细地询问朱先生掐指占卜的细梢末节,大家都说真是活神仙啊!寻牛的青年农民手舞足蹈地说:"朱先生给我念下四句秘诀,'要得黄牛有,疾步朝南走。撞开姑娘手,老牛舔牛犊。'你看神不神哪!"这个神奇的传说自然很快传进嘉轩的耳朵,他在后来见到姐夫时问证其虚实,姐夫笑说:"哦,看来我不想成神也不由我了!"

嘉轩一贯尊重姐夫,但他却从来也没有像一般农人把朱先生当作知晓天机的神。他第一次看见姐夫时竟有点失望。早已名噪乡里的朱才子到家来迎娶大姐碧玉时,他才一睹姐夫的尊容和风采,那时他才刚刚穿上浑裆裤。才子的模样普普通通,走路的姿势也普普通通,似乎与传说中那个神乎其神的神童才子无法统一起来。母亲在迎亲和送嫁的人走后问他:"你看你大姐夫咋样?"他拉下眼皮沮丧地说:"不咋样。"母亲期望从他的嘴里听到热烈赞美的话而没有得到满足,顺手就给了他一个抽脖子。

他开始敬重姐夫是在他读了书也渐渐懂事以后,但也始终无法推翻根深蒂固的第一印象。他敬重姐夫不是把他看作神,也不再看作是一个"不咋样"的凡夫俗子,而是断定那是一位圣人,而他自己不过是个凡人。圣人能看透凡人的隐情隐秘,凡人却看不透圣人的作为;凡人和圣人之间有一层永远无法沟通的天然界隔。圣人不屑于理会凡人争多嫌少的七事八事,凡人也难以遵从圣人的至理名言来过自己的日子。圣人的好多广为流传的口歌化的生活哲理,实际上只有圣人自己可以做得到,凡人是根本无法做到的。"房是招牌地是累,攒下银钱是催命鬼。"这是圣人姐夫的名言之一,乡间无论贫富的庄稼人都把这句俚语口歌当经念。当某一个财东被土匪抢劫财宝又砍掉了脑袋的消息传开,所有听到这消息的男人和女人就会慨叹着吟诵出圣人的这句话来。人们用自家的亲身经历或是耳闻目睹的许多银钱催命的事例反复论证圣人的圣言,却没有一个人能真正身体力行。凡人们兴味十足甚至幸灾乐祸一番之后,很快就置自己刚刚说过的血淋淋的事例于脑后,又拼命去劳作去挣钱去迎接催命的鬼去了,在可多买一亩土地再添一座房屋的机运到来的时候绝不错失良机。凡人们绝对信服圣人的圣言而又不真心实意实行,这并不是圣人的悲剧,而是凡人永远成不了圣人的缘故。

从白鹿村朝北走,有一条被牛车碾压得车辙深陷的官路,直通到白鹿原北端的原边,下了原坡,涉过滋水,就离滋水县城很近了。白嘉轩从原顶抄一条斜插的小路走下去,远远就瞅见笼罩书院的青苍苍的柏树。白嘉轩踩着溜滑的积雪终于下到书院门口,仰头就看见门楼嵌板上雕刻着的白鹿和白鹤的图案,耳朵里又灌入悠长的诵读经书的声音。他进门后,目不斜视,更不左顾右盼,而是端直穿过院庭,一直走到后院姐夫和姐姐的起居室来。

姐姐正盘腿坐在炕上缝衣服,一边给弟弟沏茶,一边询问母亲的安宁。不用问,姐夫此刻正在讲学,他就坐着等着和姐姐聊家常。作为遐迩闻名的圣人姐夫朱先生的妻子的大姐也是一身布衣,没有绫罗绸缎着身。靛蓝色大襟衫、青布裤,小小脚上是系着带儿的家织布鞋袜,只是做工十分精细,那一颗颗布缍的纽扣和纽环,几乎看不出针钱的扎脚儿。姐姐比在自家屋时白净了,也胖了点儿,不见臃肿,却更见端庄,眼里透着一种持重、一种温柔和一种严格恪守着什么的严峻。大姐嫁给朱先生以后,似乎也渐渐透出一股圣人的气色了,已经不是在家时给他梳头给他洗脸给他补缀着急了还骂他几句的那个大姐了。院里一阵杂沓的脚步声,嘉轩从门里望过去,一伙伙生员朝后院走来,一个个都显得老成持重顶天立地的神气,进入设在后院的餐室以后,院子里静下来。姐夫随后回来,打过招呼问过好之后,就和他一起坐下吃早饭。饭食很简单,红豆小米粥,掺着扁豆面的蒸馍颜色发灰,切细的萝卜丝里拌着几滴香油。吃罢以后,姐夫口中喂进一撮干茶叶,咀嚼良久又吐掉了,用以消除萝卜的气味,免得授课或与人谈话时喷出异味来。姐夫把他领到前院的书房去说话。

五间大殿,四根明柱,涂成红色,从上到下,油光锃亮。整个殿堂里摆着一排排书架,架上搁满一摞摞书,进入后就嗅到一股清幽的书纸的气息。西进隔开形成套间,挂着厚厚的白色土布门帘,靠窗置一张宽大的书案,一只精雕细刻的玉石笔筒,一只玉石笔架和一双玉石镇纸,都是姐夫的心爱之物。滋水县以出产美玉而闻名古今,相传秦始皇的玉玺就取自这里的玉石。除了这些再不见任何摆设,不见一本书也不见一张纸,整个四面墙壁上,也不见一幅水墨画或一帧条幅,只在西山墙上贴着一张用毛笔勾书的本县地图。嘉轩每次来都禁不住想,那些字画条幅挂满墙壁的文人学士,其实多数可能都是附庸风雅的草包,像姐夫这样真有学问的人,其实才不显山露水,只是装在自己肚子里,更不必挂到墙上去唬人。两人坐在桌子两边的直背椅子上,中间是一个木炭火盆,炭火在静静地燃烧,无烟无焰,烧过留下的一层白色的炭灰,仍然是明晰地显露着木炭本来的木质纹路,看不见烟火却感到了温暖。姐夫一边添加炭棒,一边支起一个三角支架烧水沏茶。他就把怎样去请阴阳先生,怎么在雪地里撒尿,怎么发现那一块无雪的慢坡地,怎么挖出怪物,以及拉屎伪造现场的过程详尽述说了一遍,然后问:"你听说过这号事没有?"姐夫朱先生静静地听完,眼里露出惊异的神光,不回答他的话,取来一张纸摊开在桌上,又把一只毛笔交给嘉轩说:"你书一书你见到的那个白色怪物的形状。"嘉轩捉着笔在墨盒里膏顺了笔尖,有点笨拙却是十分认真地书起来,书了五片叶子,又书了秆儿把叶子连结起来,最终还是不无遗憾地憨笑着把笔交给姐夫,"我不会书书儿。"朱先生拎起纸来看着,像是揣摩一幅八卦图,忽然嘴一抿神秘地说:"小弟,你再看看你书的是什么?"嘉轩接过纸来重新审视一番,仍然憨憨地说:"基本上就是我挖出来的那个怪物的样子。"姐夫笑了,接过纸来对嘉轩说:"你画的是一只鹿啊!"嘉轩听了就惊诧得说不出话来,越看自己刚才画下的笨拙的图画越像一只白鹿。

很古很古的时候(传说似乎都不注重年代的准确性),这原上出现过一只白色的鹿,白毛白腿白蹄,那鹿角更是莹亮剔透的白。白鹿跳跳蹦蹦像跑着又像飘着从东原向西原跑去,倏忽之间就消失了。庄稼汉们猛然发现白鹿飘过以后麦苗忽地蹿高了,黄不拉几的弱苗子变成黑油油的绿苗子,整个原上和河川里全是一色绿的麦苗。白鹿跑过以后,有人在田坎间发现了僵死的狼,奄奄一息的狐狸,阴沟湿地里死成一堆的癞蛤蟆,一切毒虫害兽全都悄然毙命了。更使人惊奇不已的是,有人突然发现瘫痪在炕的老娘正潇洒地提着擀杖在案上擀面片,半世瞎眼的老汉睁着光亮亮的眼睛端着筛子拣取麦子里混杂的沙粒,秃子老二的癞痢头上长出了黑乌乌的头发,歪嘴斜眼的丑女儿变得鲜若桃花……这就是白鹿原。

嘉轩刚刚能听懂大人们不太复杂的说话内容时,就听奶奶母亲父亲和村里的许多人无数次地重复讲过白鹿神奇的传说,每个人讲的都有细小的差异,然而白鹿的出现却是不容置疑的。人们一代一代津津有味地重复咀嚼着这个白鹿的故事,尤其在战乱灾荒瘟疫和饥饿带来不堪忍受的痛苦里渴盼白鹿能神奇地再次出现,而结果自然是永远也没有发生过,然而人们仍然继续兴味十足地咀嚼着。那确是一个耐人咀嚼的故事。一只雪白的神鹿,柔若无骨,欢欢蹦蹦,舞之蹈之,从南山飘逸而出,在开阔的原野上恣意嬉戏。所过之处,万木繁荣,禾苗茁壮,五谷丰登,六畜兴旺,疫疠廓清,毒虫减绝,万家乐康,那是怎样美妙的太平盛世!这样的白鹿一旦在人刚解知人言的时候进入心间,便永远也无法忘记。嘉轩现在捏着自己刚刚书下那只白鹿的纸,脑子里已经奔跃着一只活泼的白色神鹿了。他更加确信自己是凡人而姐夫是圣人的观念。他亲眼看见了雪地下的奇异的怪物,亲手画出了它的形状,却怎么也判断不出那是一只白鹿。圣人姐夫一眼便看出了白鹿的形状,"你画的是一只鹿啊!"一句话点破了凡人眼前的那一张蒙脸纸,豁然朗然了。凡人与圣人的差别就在眼前的那一张纸,凡人投胎转世都带着前世死去时蒙在脸上的蒙脸纸,只有圣人是被天神揭去了那张纸投胎的。凡人永远也看不透眼前一步的世事,而圣人对纷纭的世事洞若观火。凡人只有在圣人揭开蒙脸纸点化时才恍悟一回,之后那纸又变得黑瞎糊涂了。圣人姐夫说过"那是一只鹿啊"之后,就不再说多余的一句话了,而且低头避脸。嘉轩明白这是圣人在下逐客令了,就告辞回家。

一路上脑子里都浮动着那只白鹿。白鹿已经溶进白鹿原,千百年后的今天化作一只精灵显现了,而且是有意把这个吉兆显现给他白嘉轩的。如果不是死过六房女人,他就不会急迫地去找阴阳先生来观穴位;正当他要找阴阳先生的时候,偏偏就在夜里落下一场罕见的大雪;在这样铺天盖地的雪封门坎的天气里,除了死人报丧谁还会出门呢?这一切都是冥冥之中的神灵给他白嘉轩的精确绝妙的安排。再说,如果他像往常一样清早起来在后院的茅厕里撒尿,而不是一直把那泡尿憋到土岗上去撒,那么他就只会留心脚下的跌滑而注定不敢东张西望了,自然也就不会发现几十步远的慢坡下融过雪的那一坨湿漉漉的土地了。如果不是这样,他永远也不会涉足那一坨慢坡下的土地,那是人家鹿子霖家的土地。他一路思索,既然神灵把白鹿的吉兆显示给我白嘉轩,而不是显示给那块土地的主家鹿子霖,那么就可以按照神灵救助自家的旨意办事了。如何把鹿子霖的那块慢坡地买到手,倒是得花一点心计。要做到万无一失而又不露蛛丝马迹,就得把前后左右的一切都谋算得十分精当。

办法都是人谋划出来的,关键是要沉得住气,不能急急慌慌草率从事。一当把万全之策谋划出来,白嘉轩实施起来是迅猛而又果敢的。

(选自《白鹿原》,人民文学出版社1997年版)

西　西

像我这样的一个女子

　　像我这样的一个女子,其实是不适宜与任何人恋爱的。但我和夏之间的感情发展到今日这样的地步,使我自己也感到吃惊。我想,我所以会陷入目前的不可自拔的处境,完全是由于命运对我作了残酷的摆布,对于命运,我是没有办法反击的。听人家说,当你真的喜欢一个人,只要静静地坐在一个角落,看着他即使是非常随意的一个微笑,你也会忽然地感到魂飞魄散。对于夏,我的感觉正是这样。所以,当夏问我你喜欢我吗的时候,我就毫无保留地表达了我的感情。我是一个不懂得保护自己的人,我的举止和语言,都会使我永远成为别人的笑柄。和夏一起坐在咖啡室里的时候,我看来是那么地快乐,但我的心中充满隐忧,我其实是极度地不快乐的,因为我已经预知命运会把我带到什么地方,而那完全是由于我的过错。一开始的时候,我就不应该答应和夏一起到远方去探望一位久别了的同学,而后来,我又没有拒绝和他一起经常看电影。对于这些事情,后悔已经太迟了,而事实上,后悔或者不后悔,分别也变得不太重要,此刻我坐在咖啡室的一角等夏,我答应了带他到我工作的地方去参观,而一切也将在那个时刻结束。当我和夏认识的那个季节,我已经从学校里出来很久了,所以当夏问我是在做事了吗,我就说我已经出外工作许多年了。
　　那么,你的工作是什么呢。
　　他问。
　　替人化妆。
　　我说。
　　啊,是化妆。
　　他说。
　　但你的脸却是那么朴素。
　　他说。
　　他说他是一个不喜欢女子化妆的人,他喜欢朴素的脸容。他所以注意到我的脸上没有任何的化妆,我想,并不是由于我对他的询问提出了答案而引起了联想,而是由于我的脸比一般的人都显得苍白。我的手也是这样。

我的双手和我的脸都比一般的人要显得苍白，这是我的工作造成的后果。我知道当我把我的职业说出来的时候，夏就像我曾经有过的其他的每一个朋友一般直接地误解了我的意思。在他的想象中，我的工作是一种为了美化一般女子的容貌的工作，譬如，在婚礼的节日上，为将出嫁的新娘端丽她们的颜面；所以，当我说我的工作并没有假期，即使是星期天也常常是忙碌的，他就更加信以为真了。星期天或者假日，总有那么多的新娘。但我的工作并非为新娘化妆，我的工作是为那些已经没有了生命的人作最后的修饰，使他们在将离人世的最后一刻显得心平气和与温柔。在过往的日子里，我也曾经把我的职业对我的朋友提及，当他们稍有误会时我立刻加以更正辨析，让他们了解我是怎样的一个人，但我的诚实使我失去了几乎所有的朋友，是我使他们害怕了，仿佛坐在他们对面喝着咖啡的我竟也是他们心目中恐惧的幽灵了。这我是不怪他们的，对于生命中不可知的神秘面我们天生就有原始的胆怯。我没有对夏的问题提出答案时加以解释，一则是由于我怕他会因此惊惧，我是不可以再由于自己的奇异职业而使我周遭的朋友感到不安的，这样我将更不能原谅我自己；其次是由于我原是一个不懂得表达自己的意思的人，而且长期以来，我同时习惯了保持沉默。

但你的脸却是那么朴素。

他说。

当夏这样说的时候，我已经知道这就是我们之间感情路上不祥的预兆了。但那时候，夏是那么地快乐，因为我是一个不为自己化妆的女子而快乐，但我的心中充满了忧愁。我不知道，在这个世界上，谁将是为我的脸化妆的一个人，会是怡芬姑母吗？我和怡芬姑母一样，我们共同的愿望仍是在我们有生之年，不要为我们自己至爱的亲人化妆。我不知道在不祥的预兆冒升之后，我为什么继续和夏一起常常漫游，也许，我毕竟是一个人，我是没有能力控制自己而终于一步一步走向命运所指引我走的道路上去；对于我的种种行为，我实在无法作出一个合理的解释，我想人难道不是这样子的吗，人的行为有许多都是令自己也莫名其妙的。

可以参观一下你的工作吗？

夏问。

应该没有问题。

我说。

她们会介意吗？

他问。

恐怕没有一个会介意的。

我说。

夏所以说要参观一下我的工作，是因为每一个星期日的早上我必须回到我的工作的地方去工作，而他在这个日子里并没有任何的事情可以做。他说他愿意陪我上我工作的地方，既然去了，为什么不留下来看看呢。他说他想看看那些新娘和送嫁的女人们热闹的情形，也想看看我怎样把她们打扮得花容月貌，或者化丑为妍。我毫不考虑地答应了。我知道命运已经把我带向起步跑的白线前面，而这注定是必会发生的事情，所以，我在一间小小的咖啡室里等夏来，然后我们一起到我工作的地方去。到了那个地方，一切就会明白了。夏就会知道他一直以为我为他而洒的香水，其实不过是附在我身体上的防腐剂的气味罢了；他也会知道，我常常穿素白的衣服，并不是因为这是我特意追求纯洁的表征，而是为了方便我出入我工作的那个地方。附在我身上的一种奇异的药水气味，已经在我的躯体上蚀骨了，我曾经用过种种的方法把它们洗涤清洁，都无法把它们驱除，直到后来，我终于放弃了我的努力，我甚至不再闻得那股特殊的气息，夏却是一无所知的，他曾经对我说，你用的是多么奇特的一种香水。但一切不久就会水落石出。我一直是一名能够修理一个典雅发型的技师，我也是个能束一个美丽出色的领结的巧手，但这些又有什么用呢，看我的双手，它们曾为多少沉默不语的人修剪过发须，又为多少严肃庄重的颈项修理过他们的领结。这双手，夏能容忍我为他理发吗，能容忍我为他细意打一条领带吗？这样的一双手，本来是温暖的，但在人们的眼中已经变成冰冷，这样的一双手，本来该适合怀抱新生的婴儿的，但在人们的眼中已经成为接抚骷髅的白骨了。

怡芬姑母把她的技艺传授给我，也许有甚多的理由，人们从她平日的言谈中可以探测得清清楚楚。不错，像这般的一种技艺，是一生一世也不怕失业的一种技能，而且收入甚丰，像我这样一个读书不多、知识程度低的女子，有什么能力到这个狼吞虎咽、弱肉强食的世界上去和别的人竞争呢。怡芬姑母把她的毕生绝学传授给我，完全是因为我是她的亲侄女儿的缘故。她工作的时候，从来不让任何一个人参观，直到她正式收我为她的门徒，才让我追随她的左右，跟着她一点一点地学习，即使独自对着赤裸而冰冷的尸体也不觉得害怕。甚至那些碎裂得四分五散的部分、爆裂的头颅，我已学会了把它们拼凑缝接起来，仿佛这不过是制作一件戏服。我从小失去父母，由怡芬姑母把我抚养长大。奇怪的是，我终于渐渐地变得愈来愈像我的姑母，甚至是她的沉默寡言，她的苍白的手脸，她步行时慢吞吞的姿态，我都愈来愈像她。有时候我不禁感到怀疑，我究竟是不是我自己，我或者竟是另外的一个怡芬姑母，我们两个人其实就是一个人，我就是怡芬姑母的一个延续。

从今以后，你将不愁衣食了。

怡芬姑母说。

你也不必像别的女子那般,要靠别的人来养活你了。

她说。

怡芬姑母这样说,我其实是不明白她的意思的。我不知道为什么跟着她学会了这一种技能,就可以不愁衣食,不必像别的女子要靠别人来养活自己,难道世界上就没有其他的行业可以令我也不愁衣食,不必靠别的人来养活么。但我是这么没有什么知识的一个女子,在这个世界上,我是必定不能和别的女子竞争的,所以,怡芬姑母才特别传授了她的特技给我,她完全是为了我好。事实上,像我们这样的工作,整个城市的人,谁不需要我们的帮助呢,不管是什么人,穷的还是富的,大官还是乞丐,只要命运的手把他们带到我们这里来,我们就是他们最终的安慰,我们会使他们的容颜显得心平气和,使他们显得无比地温柔。我和怡芬姑母都各自有各自的愿望,除了自己的愿望以外,我们尚有一个共同的愿望,那就是希望在我们的有生之年,都不必为我们至爱的亲人化妆。所以,上一个星期之内,我是那么地哀伤,我隐隐约约知道有一件凄凉的事情发生了,而这件事,却是发生在我年轻的兄弟的身上。据我所知,我年轻的兄弟结识了一个声色性情令人赞羡的女子,而且是才貌双全的,他们彼此是那么地快乐,我想,这真是一件幸福的大喜事,然而快乐毕竟是过得太快一点了,我不久就知道那可爱的女子不明不白地和一个她并不倾心的人结了婚。为什么两个本来相爱的人不能结婚,却被逼要苦苦相思一生呢。我年轻的兄弟变成了另外一个人了,他曾经这么说,我不要活了。我不知道应该怎么办,难道我竟要为我年轻的兄弟化妆吗。

我不要活了。

我年轻的兄弟说。

我完全不明白事情为什么会发展成那样,我年轻的兄弟也不明白。如果她说:我不喜欢你了。那我年轻的兄弟是无话可说的。但两个人明明相爱,既不是为了报恩,又不是经济上的困难,而在这么文明的现代社会,还有被父母逼了出嫁的女子吗?长长的一生为什么就对命运低头了呢。唉,但愿在我们有生之年,都不必为我们至爱的亲人化妆。不过,谁能说得准呢,怡芬姑母在正式收我为徒,传授我绝技的时候曾经对我说过:你必须遵从我一件事情,我才能收你为门徒。我不知道为什么怡芬姑母那么郑重其事,她严肃地对我说:当我躺下,你必须亲自为我化妆,不要让任何陌生人接碰我的躯体。我觉得这样的事并无困难,只是奇怪怡芬姑母的执着,譬如我,当我躺下,我的躯体与我,还有什么相干呢。但那是怡芬姑母惟一的一个私自的愿望,我必会帮助她完成,只要我能活到那个适当的时刻和年月。在漫漫的人生路途上，我和怡芬姑母一样，我们其实都没有什么宏大的愿望，怡芬姑母希望我是她的化妆师，而我，我只希望凭我的技艺，能够创造一个"最安详的死者"出来，他将比所有的死者更温柔，更心平气和，仿佛死亡真的是最佳的安息。其实，即使我果然成功了，也不过是我在人世上无聊时借以杀死时间的一种游戏罢了，世界上的一切岂不毫无意义，我的努力其实是一场徒劳，如果我创造了"最安详的死者"，我难道希望得到奖赏？死者是一无所知的，死者的家属也不会知道我在死者身上所花的心力，我又不会举行展览会，让公众进来参观分辨化妆师的优劣与创新，更加没有人会为死者的化妆作不同的评述、比较、研究和开讨论会，即使有，又怎样呢？也不过是蜜蜂蚂蚁的喧嚷，我的工作，只是斗室中我个人的一项游戏而已。但我为什么又作出了我的愿望呢，这大概是支持我继续我的工作的一种动力了，因为我的工作是寂寞而孤独的，既没有对手，也没有观众，当然更没有掌声。当我工作的时候，我只听见我自己低低的呼吸，满室躺着男男女女，只有我自己独自低低地呼吸，我甚至可以感到我的心在哀愁或者叹息，当别人的心都停止了悲鸣的时候，我的心就更加响亮了。昨天，我想为一双为情自杀的年轻人化妆，当我凝视那个沉睡了的男孩的脸时，我忽然觉得这正是我创造"最安详的死者"的对象。他闭着眼睛，轻轻地合上了嘴唇，他的左额上有一个淡淡的疤痕，他那样地睡着，仿佛真的不过是在安详睡觉。这么多年，我所化妆过的脸何止千万；许多的脸都是愁眉苦脸的，大部分的十分狰狞，对于这些面谱，我一一为他们作了最适当的修正，该缝补的缝补，该掩饰的掩饰，使他们变得无限地温柔。但我昨天遇见的男孩，他的容颜有一种说不出的平静，难道说他的自杀竟是一件快乐的事情？但我不相信这种表面的姿态，我觉得他的行为是一种极端懦弱的行为，一个没有勇气向命运反击的人，从我自己出发，应该是我不屑一顾的。我不但打消了把他创造为一个"最安详的死者"的念头，同时拒绝为他化妆，我把他和那个和他一起愚蠢地认命的女孩一起移交给怡芬姑母，让她去为他们因喝剧烈的毒液而烫烧的面颊细细地粉饰。

没有人不知道怡芬姑母的往事，因为有一些人曾经是现场的目击者。那时候怡芬姑母仍然年轻，喜欢一面工作一面唱歌，并且和躺在她面前的死者说话，仿佛他们都是她的朋友。至于怡芬姑母变得沉默寡言，那就是后来的事了。怡芬姑母习惯把她心里的一切话都讲给她沉睡了的朋友们听，她从来不写日记，沉睡在她面前的那些人都是人类中最优秀的听众，他们可以长时间地听她娓娓细说，而且，又是第一等的保密者。怡芬姑母会告诉他们她如何结识了一个男子，而他们在一起的时候就像所有的恋人们在一起那样地快乐，偶然中间也不乏遥远而继续的、时阴时晴的日子。那时候，怡芬姑母每星期一次上一间美容学校学化妆术,风雨不改,经年不辍,她几乎把所有老师的技艺都学齐了,甚至当学校方面告诉她她已经没有什么可以再学的时候她仍坚持要老师们看看还有什么新的技术可以传给她。她对化妆的兴趣如此浓厚,几乎是天生的因素,以至她的朋友都以为她将来必定要开什么大规模的美容院。但她没有,她只把她的学问贡献在沉睡在她面前的人的躯体上。而这样的事情,她年轻的恋人是不知道的,他一直以为爱美是女孩子的天性,她不过是比较喜好脂粉罢了。直到这么的一天,她带他到她工作的地方去看看,指着躺在一边的死者,告诉他,这是一种非常孤独而寂寞的工作,但是这样的一个地方,并没有人世间的是是非非,一切的妒忌、仇恨和名利的争执都已不存在;当他们落入阴暗之中,他们将一个个变得心平气和而温柔。他是那么地惊恐,他从来没有想像她是这样的一个女子,从事这样的一种职业,他曾经爱她,愿意为她做任何事,他起过誓,说无论如何都不会离弃她,他们必定白头偕老,他们的爱情至死不渝。不过,竟在一群不会说话、没有能力呼吸的死者的面前,他的勇气与胆量完全消失了,他失声大叫,掉头拔脚而逃,推开了所有的门,一路上有许多人看见他失魂落魄地奔跑。以后,怡芬姑母再也没有见过他了,人们只听见她独自在一间斗室里,对她沉默的朋友们说:他不是说爱我的么,他不是说不会离弃我的么,而他为什么忽然这么惊恐呢。后来,怡芬姑母就变得逐渐沉默寡言起来,或者,她要说的话也已经说尽,或者,她不必再说,她沉默的朋友都知道关于她的故事,有些话的确是不必多说的。怡芬姑母在开始把她的绝技传授给我的时候,也对我讲过她的往事,她选择了我,而没有选择我年轻的兄弟,虽然有另外的一个原因,但主要的却是,我并非一个胆怯的人。

你害怕吗?

她问。

我并不害怕。

我说。

你胆怯吗?

她问。

我并不胆怯。

我说。

是因为我并不害怕,所以怡芬姑母选择了我作她的继承人。她有一个预感,我的命运或者和她的命运相同,至于我们怎么会变得愈来愈相像,这是我们都无法解释的事情,而开始的原因也许是由于我们都不害怕。我们毫不畏惧。当怡芬姑母把她的往事告诉我的时候,她说,但我总相信,在这世界上,必定有像我们一般,并不畏惧的人。那时候,怡芬姑母还没有到达完全沉默寡言的程度,她让我站在她的身边,看她怎样为一张倔强的嘴唇涂上红色,又为一只久睁的眼睛轻轻抚摸,请他安息。那时候,她仍断断续续地对她的一群沉睡了的朋友说话;而你,你为什么害怕了呢。为什么在恋爱中的人却对爱那么没有信心,在爱里竟没有勇气呢。在怡芬姑母的沉睡的朋友中,也不乏胆怯而懦弱的家伙,他们则更加沉默了,怡芬姑母很知道她的朋友们的一些故事,她有时候一面为一个额上垂着刘海的女子敷粉时一面告诉我:唉唉,这是一个何等懦弱的女子呀,只为了要做一个名义上美丽的孝顺女儿,竟把她心爱的人舍弃了。怡芬姑母知道这边的一个女子是为了报恩,那边的女子是为了认命,都把自己无助地交在命运的手里,仿佛她们并不是一个个活生生有感情有思想的人,而是一件件商品。

这真是可怕的工作呀。

我的朋友说。

是为死了的人化妆吗,我的天呀。

我的朋友说。

我并不害怕,但我的朋友害怕,他们因为我的眼睛常常凝视死者的眼睛而不欢喜我的眼睛,他们又因为我的手常常抚触死者的手而不喜欢我的手。起先他们只是不喜欢,渐渐地他们简直就是害怕了,而且,他们起先不喜欢和感到害怕的只是我的眼睛和我的手,但到了后来,他们不喜欢和感到害怕的已经蔓延到我的整体,我看着他们一个一个在我的身边离去,仿佛动物看见烈火,田农骤遇飞蝗。我说:为什么你们要害怕呢,在这个世界上,总得有人做这样的工作,难道我的工作做得不够好,不称职?但我渐渐就安于我的现状了,对于我的孤独,我也习惯了。总有那么多的人,追寻一些甜蜜温暖的工作,他们喜欢的永远是星星与花朵。但在星星与花朵之中,怎样才显得出一个人坚定的步伐呢。我如今几乎没有朋友了,他们从我的手感觉到另一个深邃的国度的冰冷,他们从我的眼看见无数沉默浮游的精灵,于是,他们感到害怕了。即使我的手是温暖的,我的眼睛是会流泪的,我的心是热的,他们并不回顾。我也开始像我的怡芬姑母那样,只剩下沉睡在我的面前的死者成为我的朋友了。我奇怪我在静寂的时刻居然会对他们说:你们知道吗,明天早上,我会带一个叫做夏的人到这里来探访你们。夏问过:你们会介意吗。我说,你们并不介意。你们是真的不介意吧。到了明天,夏就会到这个地方来了,我想,我是知道这个事情的结局是怎样的,因为我的命运已经和怡芬姑母的命运重叠为一了。我想,我当会看到夏踏进这个地方时的魂飞魄散的样子,唉,我们竟以不同的方式彼此令彼此魂飞魄散。对于将要发生的事情,我并不惊恐,我从种种的预兆中已经知道结局的场面。夏说:你的脸却是那么朴素。是的,我的脸是那么朴素,一张朴素的脸并没有力量令一个人对一切变得无所畏惧。

我曾经想过转换一种职业,难道我不能像别的女子那样做一些别的工作吗?我已经没有可能当教师、护士,或者写字楼的秘书或文员,但我难道不能到商店去当售货员,到面包店去卖面包,甚至是当一名清洁女仆?像我这样的一个女子,只要求一日的餐宿,难道无处可以容身?说实在的,凭我的一手技艺,我真的可以当那些新娘的美容师,但我不敢想象,当我为一张嘴唇涂上唇膏时,嘴唇忽然裂开而显出一个微笑,我会怎么想,太多的记忆使我不能从事这一项与我非常相称的职业。只是,如果我转换了一份工作,我的苍白的手脸会改变它们的颜色吗,我的满身蚀骨的防腐剂的药味会完全彻底消失吗?那时,对于夏,我又该把我目前正在从事的工作绝对地隐瞒吗?对一个我们至亲的人隐瞒过往的事,是不忠诚的,世界上仍有无数的女子,千方百计地掩饰她们愧失了的贞节和虚长了的年岁,这都是我所鄙视的人物。我必定会对夏说,我长时期的工作,一直是在为一些沉睡的死者化妆。而他必须知道、认识,我是这样的一个女子。所以,我身上并没有奇异的香水气味,那是防腐剂的药水味;我常常穿白色的衣裳也并非由于我刻意追求纯洁的形象,而是我必须如此才能方便出入我工作的地方。但这些只不过是大海中的一些水珠罢了。当夏知道我的手长时期触抚那些沉睡的死者,他还会牵着我的手和我一起跃过急流的溪涧吗,他会让我为他修剪头发,为他打一个领结吗?他会容忍我的视线凝定在他的脸上吗?他会毫不恐惧地在我的面前躺下来吗?我想他会害怕,他会非常地害怕,他就像我的那些朋友,起先是惊讶,然后是不喜欢,结果就是害怕而掉转脸去。怡芬姑母说:如果是由于爱,那还有什么畏惧的呢。但我知道,许多人的所谓爱,表面上是非常地刚强、坚韧,事实上却是异常地脆弱、柔萎;吹了气的勇气,不过是一层糖衣。怡芬姑母说:也许夏不是一个胆怯的人。所以,这也是为什么我一直对我的职业不作进一步的解释的缘故,当然,另外的一个原因完全由于我是一个不擅于表达自己思想的人,我可能说得不好,可能选错了环境、气候、时间和温度,这都会把我想表达的意思扭曲。我不对夏解释我的工作并非为新娘添妆,其实也正是对他的一场考验,我要观察他看见我工作对象时的反应,如果害怕,那么他就是害怕了。如果他拔脚而逃,让我告诉我那些沉睡的朋友:其实一切就从来没有发生。

可以参观一下你工作情形吗?

他问。

应该没有问题。

我说。

所以,如今我坐在咖啡室的一个角落等夏来。我曾经在这个时刻仔细地思想,也许我这样做对夏是不公平的,如果他对我所从事的行业感到害怕,而又有什么过错呢,为什么他要特别勇敢,为什么一个人对死者的恐惧竟要和爱情上的胆怯有关,那可能是两件完全不相干的事情。我年纪很小的时候,我的父母都已经亡故了,我是由怡芬姑母把我抚养长大的,我,以及我年轻的兄弟,都是没有父母的孤儿。我对我父母的身世和他们的往事所知甚少,一切我稍后知悉的事都是怡芬姑母告诉我的。我记得她说过,我的父亲正是从事为死者化妆的一个人,他后来娶了我的母亲。当他打算和我母亲结婚的时候,曾经问她:你害怕吗?而我母亲说:并不害怕。我想,我所以也不害怕,是因为我像我的母亲,我身体内的血液原是她的血液。怡芬姑母说,我母亲在她的记忆中是永生的,因为她这么说过:因为爱,所以并不害怕。也许是这样,我不记得我母亲的模样和声音,但她隐隐约约地在我的记忆中也是永生的。可是我想,如果我母亲说了因为爱而不害怕的话,只因为她是我的母亲,我没有理由要求世界上的每一个人都如此。或者,我还应该责备自己从小接受了这样的命运,从事如此令人难以忍受的职业。世界上哪一个男子不喜爱那些温柔、暖和、甜美的女子呢,而那些女子也该从事一些亲切、婉约、典雅的工作,但我的工作是冰冷而阴森、暮气沉沉的,我想我整个人早已也染上了那样的一种雾霭,那么,为什么一个明亮如太阳似的男子要结识这样一个郁暗的女子呢,当他躺在她身边,难道不会想起这是一个经常和尸体相处的一个人,而她的双手,触及他的肌肤时,会不会令他想起,这竟是一双长期轻抚死者的手呢。唉唉,像我这样的一个女子,原是不适宜与任何人恋爱的。我想一切的过失皆自我而起,我何不离开这里,回到我工作的地方去,世界上从来没有一个我认识的人叫做夏,而他也将忘记曾经结识过一个女子,是一名为新娘添妆的美容师。不过一切又仿佛太迟了,我看见夏,透过玻璃,从马路的对面走过来。他手里抱着的是什么呢?这么大的一束花。今天是什么日子,有人生日吗。我看着夏从咖啡室的门口进来,发现我,坐在这边幽黯的角落里。外面的阳光非常灿烂,他把阳光带进来了,因为他的白色的衬衫反映了那种光亮。他像他的名字,永远是夏天。

喂,星期日快乐。

他说。

这些花都是送给你的。

他说。

他的确是快乐的,于是他坐下来喝咖啡。我们有过那么多快乐的日子。但快乐又是什么呢,快乐总是过得很快的。我的心是那么地忧愁。从这里走过去,不过是三百步路的光景,我们就可以到达我工作的地方。然后,就像许多年前发生过的事情一样,一个失魂落魄的男子从那扇大门里飞跑出来,所有好奇的眼睛都跟踪着他,直到他完全消失。怡芬姑母说:也许,在这个世界上,仍有真正具备勇气而不畏惧的人。但我知道这不过是一种假设,当夏从对面的马路走过来的时候,手抱一束巨大的花朵,我又已经知道,因为这正是不祥的预兆。唉唉,像我这样的一个女子,其实是不适宜与任何人恋爱的,或者,我该对我的那些沉睡了的朋友说:我们其实不都是一样的吗?几十年不过匆匆一瞥,无论是为了什么因由,原是谁也不必为谁而魂飞魄散的。夏带进咖啡室来的一束巨大的花朵,是非常非常地美丽,他是快乐的,而我心忧伤。他是不知道的,在我们这个行业之中,花朵,就是诀别的意思。

(初载香港《素叶文学》1982年第6期)

张大春

将 军 碑

　　除了季节交会的那几天之外,将军已经无视于时间的存在了。他通常在半夜起床,走上阳台,向满园阒暗招摇的花木挥手微笑,以示答礼。到了黄昏时刻,他就举起望远镜,朝太平山一带扫视良久,推断日本鬼子宿营的据点。如果清晨没有起雾和落雨的话,他总是穿戴整齐,从淡泊园南门沿小路上山,看看多年以后他的老部下们为他塑建的大理石纪念碑。

　　将军能够穿透时间、周游于过去与未来的事一直是个秘密。人们在将军活着的最后两年里始终无法了解他言行异常的原因;还以为他难耐退休的冷清寂寞,又经常沉湎于旧日的辉煌彪炳之中,以致神志不清了。于是有人怪罪将军的独子,认为他没有恪尽孝职,害得老人家幽居日久,变得疯疯癫癫的。也有人热心筹划些同乡会、基金会之类的机构,敦请将军出任理监事或者顾问等等,免得他"闲慌了"。此外,为将军八十岁而出版过庆寿文集的人更再三请示他口述回忆录,好为大时代留下历史的见证。

　　在将军仍能开口说话的时候,他总是礼貌地向这些偶尔来表达关切的人士道谢,并且为儿子维扬辩解。早几年里他还知道自己会在访客面前撒些小谎——比方说虚报维扬回淡泊园来探视的次数或逗留的时日;可是日子一久,将军就真的弄不清:究竟维扬是"前天上午刚走?"还是"昨儿晚上才回来过"?渐渐地,他应答客人的话少了,他经常答得驴唇不对马嘴,原因是他开始当着所有人的面神游起来。有一次同乡会的人请他谈养生之道,他却让对方立正站好一刻钟。另一次事件发生在将军83岁的暖寿宴席上。他一口沥干了金杯中的余酒,虎地站起身子,冲72位贺客说道:"你们要是真心看得起我武镇东,就把山上那块碑给卸了!我可担不住那么些好辞儿!"客人面面相觑,不明白将军的意思,大家都怀疑自己听错了——山上哪里有什么碑?可是没有人敢拂逆将军什么,连忙称:"是。"将军反而恼了,他知道没有人会去拆那块碑,气得一屁股坐下去,骂了声:"妈个屄的!一群小人。"武维扬这时轻轻推身离座,弯弯曲曲绕过几张红布圆桌,抬手格开老管家前来阻拦的肩膀,在一片哄闹声中走出淡泊园。将军目送儿子的背影消失在廊外的那排龙柏之间,又听见老管家嗫嚅着说:"大少爷晚上有个讲演会,赶回台北去了。"当下便打了个酒嗝,向众人点头、微笑、浑若无事地挥挥手。然而没有人知道:将军已经打定主意:从此再也不开口讲话了。

第一个发现将军变成哑巴的是基金会聘来为将军撰写回忆录的传记作家石琦。她花了一整天的时间请将军"努力回想一下民国十五年十一月北伐军克复九江的情形",可是将军径自在摇椅里前仰后合,丝毫不为所动。最后,石琦关掉录音机,轻拍着将军的手背,说:"那么您休息吧,我告辞了。"

其实将军一直没有休息,他仍旧流利地运用他那贯穿时间的秘密能力,把石琦从九江带到南昌,在一所珐琅工厂的地下室里,会见了当地青帮的头目马志方。马某人当场透露了一个惊人的情报:共产党即将在上海发动一次群众暴动。将军回头看一眼瑟缩在珐琅器堆里的石琦,笑着说:"不要怕!有我在。"说着便昂昂下巴示意石琦注意会议桌前和马志方会谈的那个年轻、英挺的自己。"那年我还不满25。"将军随即拉起石琦的手,穿过4个月又20天,抵达上海法租界外,看见两百多支削尖的竹竿上挂着一颗颗血淋淋的人头。石琦惊叫着倒在他的臂弯里。将军摇醒她,叉腰环视着混战之后硝烟弥漫的街道,说:"暴民都正法了,不要怕。"然而石琦却瞪起一双又惊又疑的眼睛,对他凝视了半晌,才轻拍两下他的手背,说:"那么您休息吧,我告辞了。"将军看着那双浑圆的小腿和纤细的脚踝,听见高跟鞋踏在青石砖上发出喀喀的脆响,任由她消失于烟尘之中。接着他发现自己孤独地站在黄浦马路上,放声呐喊着:"今天是个大日子!"喊声混糅着极喜和极悲,极响亮也极静默,将军无法确知:今天究竟是他25岁还是83岁的生日?

将军也曾悄悄地造访过自己84岁时的葬礼。

葬礼果然按照他的意思,在淡泊园举行。他的遗像还是72岁刚退役的时候照的那张,悬挂在大厅朝南的墙上。两旁四壁和大厅的横梁上挂满了各式各样的挽联和匾额。(他摘下老花镜,看了一副上联,就感觉有点头昏脑胀,上气不接下气,干脆作罢。)

他好不容易从人堆里瞥见维扬,穿着一袭白布长衫,银丝框眼镜底下的一双眼睛略微带点浮肿,显然是哭过了。这使将军在错愕中不禁有些惊喜,便往里挤了挤,站到他身边去。维扬比他高半头,他得挺直腰杆、踮颤着脚尖才看清楚儿子的鬓角也泛白了。将军半是嗔怨、半是怜惜地扯扯维扬的袖口,说:"到我死了还不肯讨老婆,我做了什么孽?要你来罚我绝子绝孙!"维扬甩甩袖子,没理他。

将军叹口气,吹跑了妇联会一个代表旗袍襟上的手绢儿。然后他跟着满地乱滚的手绢儿步出大厅,躲开朗诵祭文的怪腔怪调,看见石琦站在廊檐底下拿手指抹眼泪。他正想抬起手绢儿递上去,却听见基金会的秘书长说话了:"真是难得难得!石小姐,难得有机会碰见你。"他们亲切地寒暄一阵之后,石琦又恢复了先前忧戚的神色,低声说道:"人家辛辛苦苦又访问、又录音,搞了三个多月,结果全泡汤了。"秘书长拍抚着石琦的肩膀,想了半天,忽然眉头一展:"有了,待会儿我把将军的公子给你引见引见,也许还有救。"将军这一下子急了:"那小子知道个屁!""我知道他。"石琦掠一下额前的刘海,微笑着说:"他是社会学的名教授!""放屁!"将军气得从台阶上跳下来,翻倒了好几个花圈。

  从葬礼回来之后,将军就病了。每天昏睡十几二十个钟头。老管家守候在床边,求老天爷让将军说几句梦话,也好明白他究竟胡思乱想些什么。可是将军凭仗着数十年如一日的坚毅果决的精神,连梦话也不肯说。直到一个月之后的一天清早,满园的七里香味沿着青石砖路浩浩荡荡穿过回廊,开赴卧房的时候,将军才精神起来。他下床走向窗边,对列队恭迎的花香不住地点头,然后冲老管家说了一句话:"开春了。"老管家一愣,顿时喜泪盈眶,道:"您、您总算醒啦!"将军却觉得莫名其妙,以为对方老糊涂了。他恢复沉默,瞪视着老管家,气他竟然不记得这些日子以来主仆俩在江南打保卫战的艰苦患难。

  将军之所以要带着老管家重返古战场,无疑也是由于葬礼上受到刺激的缘故。他坚持让老管家作个见证:证明维扬没有资格续他的回忆录;在他最辉煌的那些岁月里——"维扬这臭小子还不知道在那里当孤魂野鬼,没处投胎呢!"多年以来,每当父子俩发生摩擦冲突的时候,将军都会意气风发地这么说;可是话一出口,就会有另一种更大、更强硬的恐惧浮现——将军真的怀疑这个在战后出生的老来子,曾经是某个无名火线上冤死的孤魂野鬼,或者是所有冤孽的总合和菁华。在这种恐惧的催迫之下,他不得不向老管家重新翻修他对历史的解释,编织一些新的记忆,涂改一些老的记忆,以抗拒冥冥中可能已经加诸在他身上的报应。

  于是,当主仆二人来到民国二十一年1月20日的上海,看着50名"日本青年保卫社"社员烧毁一家毛巾工厂、烧死两名中国工人的时候,将军便忙不迭地告诉老管家:"其实我那时候儿根本不在上海。打保卫战以后我才来的。"可是他无法说明:既然眼前这场夜火处于一个他从未经历的时空,他又怎么能带老管家"回来"?"将军!您以前说过:鬼子烧工厂是为了向您报复啊!您不是先活活打死了一个日本臭和尚吗?"将军立刻摇头否认,以免把那臭和尚和独身的维扬牵扯在一起。他义正词严地斥道:"胡说!"然而在另一方面,将军已经看见那个年轻、英挺的自己冲进火窟,救出了第三个中国人,却没料到:对方竟然是虹口地面上的中盘鸦片商。火灾事件之后,将军的懊恼并没有持续太久,因为他所救的人在尔后的一段日子里资助了他的非正规军一大笔粮饷,到头来还成为他的岳父。

将军接着悄声向老管家表示:他从来就没喜欢过他岳父那个老王八蛋。"可是,那时节——"将军沉吟着、叹息着,没有继续说下去。他希望对方能体谅:在内战外患频仍的年月里,没有什么人、什么事是纯粹的。荣耀与罪恶、功勋与杀孽、权势与爱情、恩与仇、生与死……全是可以搅和成一体的稀泥。"这我懂,将军。"老管家说。将军咬紧牙关,以免脸上流露出感激的表情;他使劲儿昂起下巴,坚定地凝视厂房那边冒窜到半空之中的熊熊烈焰。心底却有一股如火烧巨木般摧枯拉朽的声音在喊着:"维扬啊!你这个小孽障就从来没懂过!你懂得个屁!"

维扬再度回到淡泊园时正当清明节。将军一身仍旧是寿宴上穿的那套黑缎面夹袄和蓝绸袍子,坐在落地窗前,拿望远镜眺望梅雨中蠢蠢欲动的山势。维扬拍打着风衣上晶莹的雨珠走来,按住摇椅靠背,绕身到前头,弯腰端详了老人一阵,将军偏了偏头,嫌他遮住光。维扬则继续俯视着他绞皱的额头、脸颊和干缩的嘴,替他拈掉沾在下巴上的饭粒和襟前的一丛线球。然后对老管家说:"他精神不太好。"

"唉!就是啊,从二月里做寿到今天,将军跟掉了魂儿似,怎么也不肯说话。"老管家也近前来,陪维扬一道审视将军。他们同时感觉到:将军根本不知道也不在乎跟前的这两个人。维扬又掸掉将军膝头的一些雨珠,随口和老管家聊两句天气越来越坏,一年比一年多雨之类的话。老管家仿佛也被维扬那种鉴赏古董艺术品的肃穆神情和纯净洁癖所感染,抬手熨平了将军左耳后方残存的几茎乱发,漫声应道:"是啊!杜鹃花都光结苞子不开花了。""台北更糟,空气坏得一塌糊涂。"维扬说着,替将军抠掉一颗附着在鼻梁旁边的眼屎:"还是山上干净些。""是啊!""他现在自己会不会大小便?""会的会的。您放心。将军吃喝拉撒都好。""那好,"维扬伸手想去拉平将军夹袄的皱褶,发现老管家已经抢先做了,便松口气说:"那好——唉!还是山上干净些。""是啊,"老管家为将军卷了卷袖口,忽然发觉衬里的白袖筒已经脏了一圈,便赶紧再翻回原状,一面说:"我在后园里种了一畦菜,没有农药的,您回去的时候带一点。"维扬点点头,顺手理了理将军的衣头,轻推一下摇椅,说:"好的。我先到妈坟上看看去,回头再和你四处逛逛。"他们一左一右离开窗前,走了几步,维扬有些未尽心意而不安的感觉,回头望一眼兀自在摇椅上俯仰的将军,说:"他精神不太好。""唉!就是啊,从做寿那天起,人就不说话了。"

将军从望远镜筒里盯住维扬灰色的风衣渐行渐远。维扬走得很慢、很小心。满地烂湿的草叶和飞溅的泥浆居然没有弄脏他笔挺的米色法兰绒裤角。将军自己倒不顾忌这些,他一辈子高视阔步,扑面的风雨和陷脚的泥泞总让他感到爽快。这时他已然穿透望远镜筒,越出焦距之外,稳稳地在山头站定,等着他的儿子。

"快啊!"将军脱下白手套,捏紧拳头朝半山腰里的维扬吼了一声。他有些不耐烦,担心维扬来不及看见他们第二十军团重创日本"北支那方面军"的好戏。将军皱紧眉头瞥一眼西北角烟雾弥漫的黄土平原——那边隐约传来一阵又一阵的炮击;当炮击打着嘡哨掠去将军的帽子的时候,维扬才爬到崖子口。将军一把把他提起来,按倒在新绿的草丛里,紧接着塞了支望远镜过去:"看见没有,那就是'北支那方面军'第十师团的濑谷支队,他们已经掉进咱们的口袋儿里来了。"维扬一面点头,一面拍打着粘附在衣袋上的芒草尖。"再看那边,正面。我们从开封、徐州开来的战车队和重炮马上就要到了。看着罢!明儿一早,咱们给它来个瓮中捉鳖,叫他们一个也活不了!""我还要赶去上坟,爸!"维扬捋袖子瞄一眼精工表,低声说道:"这里什么时候可以结束?"将军深深地望了望对方,捺住性子,继续说:"再过几天,日本第五师团的坂本支队也来了四个大队,是从那个方向——看见没有?东北方——从那儿来的。哼!一样来得去不得!""爸!到底还要打多久——""多久?"将军猛地跳起身子:"八年!光这场仗你老子就打了八年!还不止咧!告诉你,老子打了一辈子!""我真的赶时间,爸!"维扬抬起手背轻轻拭去额头的汗水,哀求着说:"我得上坟去了。""上你妈的个坟!"将军骂道。"是。"维扬扶了扶银丝框眼镜,平静地说:"是上妈的坟。"将军一发怒不可遏,把手套掼在地上,举起靴底狠狠踩两踩,叫道:"你给我回来!老子毙了你。——这是中国的历史你知道不知道?""那是您的历史,爸。"维扬小心翼翼地循着来时的脚印退下崖子,语气仍旧十分恭敬:"而且都过去了,爸。"将军气得眼眶都要暴裂了,他跳两跳,一颗低飞的流弹不偏不倚擦中他的顶门,掀去一块头皮。从此将军的头顶上方秃掉一片,终身再没长过一根毛发。这一年将军37岁,他一辈子不会忘记这个叫台儿庄的地方。

台儿庄以后无数个日子里,将军养成了一些非常奇特的习惯。没事他就会试探性地摩擦几下秃掉的头皮,看看有没有复活的发芽儿在神不知、鬼不觉的情况下冒生出来。背着人的时候,将军往往面对一方小镜子,用指甲尖挤弄头发,以测知底下的发根是否真的死了。年岁一久,期待秃发再生的意思淡了,但是潜藏着的那种试探的意图却没有死。他总是在焦虑、困窘、愤怒或疑惧的时刻,伸手上头,让掌心在秃顶上空不到一毫米的地方按两下,有如一位刚烫好新发型的妇人试验发质弹性的模样。然后,他会用半长不短的指甲在头皮上往复搔抓,直抓得红光满面。

将军第一次抓破头皮是维扬进大学那年夏天。他简直气坏了,不敢想象自己的儿子竟然要念"社会学系"。在他看来,社会学就等于社会主义,社会主义就等于左派,左派就是共产党。"你不能打仗,那是你的造化。你要念文学校,也随你的便。"将军越说越快,声调也越高:"可是要念共产党的玩意儿,没门儿——给我立正站好!"维扬低下头,脸颊和下巴颏上的青筋抽搐着。将军来回踱方步,踹翻了一个茶几,吓得将军夫人在旁打抖,连茶碗的碎片也不敢拾。将军一径喷着唾沫道:"你要读书,不读读历史啊?你老子打共产党打了一辈子——""那是您的历史,爸!"维扬沉声打了个岔:"而且都过去了。"说完便掉头步出门去。将军终于抓搔出一头血爪印,大骂将军夫人无能:"搞得家里一点纪律也没有!"

维扬趁天黑前从坟上回到淡泊园。将军也辗转由46年前的台儿庄和20年前的官邸等大小战场上独自归来。父子俩都略略显出疲惫之态,隔着张饭桌轮流打呵欠。维扬照例报告一些教学和研究工作的近况,随时不忘抬手看看腕表或者整理一下原来已经整洁完美的西装、领带。将军总会在对方话语稍作停顿的时刻适切地点点头,并趁机喝口温汤、挟点菜什么的。咀嚼和吞咽的动作丝毫不影响他心里对儿子的谈话:"不管怎么着,不准你答应基金会那帮子人替我写什么录不录的! 又立碑、又立传,像什么话? 我又不是个死人。再一说,现在是个什么年月? 屁大的事儿还没做了呢,先论起功、行起赏来咧? 去! 小人当道。再一说,连你老子都不配写什么录不录的,你小子能懂什么? 别让人捧嗒捧嗒地忘了自己吃几两米。教授? 教授能大过司令官去么?""我夜间部那边还有两堂课,爸,我得走了。"维扬推桌起立,接过老管家早就准备好的一大包空心菜,顺势礼貌地跟他握手:"过两天我再来,您多费心了。""这些菜都是我亲手种的,一点农药都没有,吃着好吃再来拿去,还有一大园子呢。""还是山上干净些。台北空气坏得一塌糊涂。"维扬又转脸瞥了瞥将军,说:"他现在会不会自己大小便?""会的会的。"老管家像个介绍人似的朝将军摊伸手掌,说:"将军吃喝拉撒都好。""您留步。""您慢走。"他们在寒暄的时候并没有听见将军的话——他兜回头仍然在数落基金会的不是:"像什么话? 我又不是个死人!"

将军这天晚上睡得很不安稳,半夜雨停的过程都听得一清二楚。好不容易捱到天蒙蒙亮,他便决心到自己的坟上逛逛去。

坟头的高丽草还是新植的,比起旁边将军夫人的来,要显得精短爽利得多。将军俯身摸了摸草皮的顶端,掌窝子里传来一阵坚挺强韧的触感,生趣盎然。他朝里再摸两下,发现草根处有土,不禁满意地笑起来。不过,这一抹笑意并没有维持几秒钟,因为将军不该像平常抓头皮那样生猛狂暴地抓搔着草根下的土壤——它只是薄薄的一层,禁不起将军早年跟着青帮会家子练就的一副鹰爪铁指功,三抠两抠便现露出底部灰绿色的塑胶垫。将军不免大为懊恼,一屁股颓坐在墓石前,望着"显考前陆军上将武公镇东之墓"的字样,幽幽地叹了口气,拍打掉残附在指间的草皮断叶,道:"假的。"

前来上坟的维扬实在不能忍受高丽草剥落一大块的残缺景象,他扔下盛着供果、香烛和鲜花的竹篮,一个箭步窜上去,抖散了原先被宾士美发霜糊贴得非常顺亮的发梢,忍不住叫道:"看这草给扒的!这附近一定有野狗。"跟随在他身后的石琦笑着说:"听说你是个'不可救药的完美主义者',看来还真不错。"将军被维扬压在墓石上,背脊一阵凉,鼻子却得忍受维扬身上的古龙水气味,顿时烦恶起来,想一把推开对方;可又觉得有几分不忍,毕竟他有好几十年未曾如此亲近过儿子了。

维扬颇花了些气力,在坟堆四周拾回几茎带根的高丽草,将就着散碎土块给补植上去。左右顾盼,总不能顺眼,整个人的心绪都搞坏了。他默默地把香烛、供果摆设好,鲜花就放在半秃的那块草皮上——以免疮痍碍眼——便径自伏身铺了手帕,跪拜起来。石琦也跟着鞠躬如仪,将军赶紧拍屁股离位,站到一边去。

"我很感激你愿意陪我走这一趟!"维扬冲着坟对石琦说:"可是,我恐怕不能提供你什么有价值的资料——我和先父不是很亲近的,我也没赶上他的时代,你知道。"将军点了点头。

石琦也点了点头:"总可以谈谈你的家庭生活吧?比方说:童年的经验啦,父母的关系啦,什么的。"

"童年经验?"维扬的鼻孔因哼笑而张大了些,久久不能恢复原状。他走踱到一旁,下巴几乎撞到将军的额头,才说:"有一回他教我行举手礼,为了我的手掌抬不平,就让我对着国父遗像罚站,说是:'站到国父满意了,笑了,才准离开。'那年我4岁——这,算不算童年经验?"

石琦不理他的话,顽皮地笑着说:"结果你站了多久?"

"三天,整整三天。"维扬轻咬着牙关,连将军都听见那喀叱喀叱的摩擦声——可是他想不起家里曾经发生过这种事件,不由得"咦?"了一声。石琦再也笑不出,瞪起一双惯于又惊又疑的眼睛:"啊!好可怕,将军那么慈祥的人,真想不到!""没影儿的事!这小子胡扯八蛋!"将军抓搔几下头皮,继续说:"你当我死人哪?这么编排你老子!"说完狠狠一巴掌掴在维扬的左颊上。维扬拉起风衣领遮住风,走向将军夫人的坟。他小心翼翼地弯腰、曲腿、伸直手臂,拔除许多突兀的芒草,和几株野生的紫色牵牛,说:"我妈在旁边陪我跪了两天两夜,流了泪也不敢擦,一身旗袍都湿透了。结果她得了风寒,有几个月不能走路。"

"难道就没有一点愉快的事?"

"有什么好愉快的?"维扬和将军同时说。维扬忽然有些恍惚,觉得说这话时的情境似乎从前曾经经历过,却又若近似远,飘移不安,令人捉摸不着。他只好定定地叙述起"从小就穿一身笔挺僵硬军服、戴军帽、挂勋标、佩刀带枪"的记忆——"先父一直想把我塑造成一种标准军人的Stereotype,可是我不行。我骨子里就有那种Anti-bureaucrat的抗体。结果他痛苦,我痛苦,全家都痛苦。"将军听不懂洋文,可是他了解"痛苦"是用任何语言都蒙混不了的,当下气虎虎地掏出夹袄口袋里的皮夹子,翻出一张泛黄胶套里的泛黄照片;照片里的维扬显然还很年幼,一身鲜亮的军装,斜着小巴掌朝镜头敬礼,咧着张没牙的嘴呵呵傻笑。"这叫苦?"将军放声吼:"放你妈的狗臭屁!"

"最苦的是我妈。"维扬退两步,审视将军夫人坟上的杂草几乎已经清除净尽,才沉吟着说:"她是被先父逼死的。"

将军最是听不得这话,胡乱收了皮夹、照片,一步抢上前,左手揪起维扬的衣领,右手掔住石琦的肘弯,道:"给老子滚回去看看:是谁逼使谁?到底是谁逼使谁?"

那一年将军届龄退役,签请延了两年,正为"老骥伏枥,志在千里"的古训欣慰不已,部里又别无闲事,于是找了个国画名家,依古礼拜师学学画画。将军嫌山水呆板、花鸟柔弱,仕女更是不屑一顾,指定学画龙、虎、马。纸要大、笔要粗,端的是张张飞白。学的日子不多,求讨墨宝的却不少。将军偶尔也会寄个一、两轴到美国,给正在念学位的维扬。题词不外"王师北定中原日/家祭毋忘告乃翁"、"壮志饥餐胡虏肉/笑谈渴饮匈奴血"之类的古代书信。

维扬和石琦被将军押返淡泊园的时刻,书房里那个70岁的将军正在为一头白额吊睛大虎落款,虎头冲左扭,仿佛不胜迎面狂风之力而暴恼怒吼的模样。维扬瞄一眼题辞,是辛弃疾的"南乡子":"何处望神州/满眼风光北固楼/⋯⋯生子当如孙仲谋"那几个老句子,随即扭脸对石琦说:"就是这一幅,可把我整惨了。""哦?"石琦瞄一眼画,又瞅了瞅正在凝神观赏自己作画的将军。"那年我在D·C,"维扬立刻警醒地压低了声,附耳上去,说:"搞保钓。一起参加活动的几个同学知道我的出身,又看到他寄来的这幅画,就开了个检讨会狠狠斗了我一顿,叫我作自我批评,整整闹了一晚上。"维扬苦笑着摇摇头。"你那时候,那么左啊?""也不是左,唉!怎么说——"维扬紧一紧领带,脖子不很自在地扭了扭:"很困扰吧?""可是开那种会——""当时只是我们的'民主实习'罢了,不严重的。"

"不严重?"将军指着书房门口跑进来的老管家,冲两人说:"你们自己看着!"

老管家递给作画的将军一只航空信封,封皮下角印着"香港新风画廊"的篆字名衔,将军一面拆看,一面说:"要我去开画展的。"话音还没落定,脸色却变了,整个人上半身微微地抖颤着,震得砚池里的墨汁几乎泼洒出来。好一阵定过神,喘口大气,才对老管家说:"把这张拿去裱了,寄美国——请夫人来一趟。"

将军夫人挪蹭进屋的时候维扬对石琦说:"我一直认为中国女性的牺牲人格是一种政治副产品。"石琦解意深长地点点头。将军则再度提醒他俩注意——将军夫人从丈夫手中接过信笺,赞声:"好哇。""好个屁!看清罗——那个画廊的副理事长是谁?"夫人依言看去,忍不住"啊"的一声喊:"阿爹!他逃出来格罗!""做梦!"将军顺手拈起支画笔,扯过纸来,在上头随手画些粗大飞白的圆圈,一圈围一圈,密密叠叠,然后说:"凭他那副烟骨头?去!他是给放出来的。""你好像——"石琦侧昂起脸注视着维扬:"看得很透彻。""也是出去待了几年,才慢慢儿想清楚的。"维扬视线落在两个将军和将军夫人之间某个遥远又空茫的定点上,说:"中国人的男女关系和伦理关系其实一直被condition在一种political sphere的困境里面,出不来,""逃出来、放出来,弗是都一样?"夫人似乎已经感受到将军身上迸散出来的那股凛冽的恶意。将军伸纸压笔。重重地画了个大叉,沙着嗓子喊道:"女人家你懂什么?放他出来是冲老子来的,这是给我好看。邀我去开画展,去会会老丈人,去他娘的丢人现眼哪?还当我是没毛儿的奶孩子?去!""一家团圆是好事,丢啥子人嗐?"夫人说这话时泪水止不住地淌下来,语声一字比一字细弱,头也垂了,仿佛要说服自己的绣花鞋。"当时你会去搞运动,是为了走出这种困境吗?"石琦索性从皮包里掏出记事本子,速记起来。维扬抚平了鬓角,清清喉咙,开始进入像平时接受记者采访一般的情境,缓声说道:"Well,呃,我想,在行动的逻辑上,是的,不过我必须澄清的是:我并没有深入,我很快就退出了,成为一个旁观者。我对后来'钓运'会转变为'统运'也一直非常遗憾!当然,这是另一个层次的问题……""狗屁的话!什么团圆哪?他们这是存心翻我的老账。"将军把笔一扔,叫道:"这叫'统战'!你要去和那老王八蛋团圆,你就给我去死!"最后两句话被将军背后的将军抢着盖过去:"听见没有?是'统战'!""以我个人的观点,事情过了这么多年,我们应该用比较理性的态度去看它,不能再诉诸情绪了。"将军夫人此刻再也忍不住,骂声:"你不是人!"便转身冲出房去。将军继续吼道:"你去死!""那么——"石琦睒一眼将军和将军背后的将军:"话说回来;你是不是也能理性地谈一谈令尊呢?"维扬闻言,抿起嘴唇思索了片刻,才说:"坦白说,我们都活得很矛盾。"

将军带着极大的困惑从坟地回来,想着"矛盾"这两个他从来没用过的字,以及它们的意思。他对这两个字的反感,一方面是因为"他毕生的敌人惯用矛盾律的伎俩"——这已经是职业军人奉为信念的事;另一方面,将军一向认定:人只要信奉点什么,就根本不会有屁的矛盾。可是这样想来,将军不禁要替维扬担心。如果说维扬自己"活得很矛盾",那就表示他是个没什么信仰的人。那么,父子之间多年以来的摩擦便不止是"硬对软"、"文对武"、"新对旧"这样简单的斗争而已了。更可怕的是:将军搞不清楚儿子究竟在什么地方? 他相信什么? 他反对什么? 他为什么?——相形之下,将军反而觉得:维扬把他母亲的死归咎于老父之颠顶跋扈,倒是无可厚非的小事了。

在山头绕了两个圈子,将军从北坡回淡泊园南门,在山腰上看见一群荣工处的老荣民正在搭建一座鹰架,鹰架中间是空的。不过他知道:那中空的位置即将兴建起一座大理石纪念碑,碑上有七十二位基金会、同乡会的老朋友、老部下和他的老来子签署镌刻的铭赞之辞,纪念碑将于许久以后——他的90岁冥诞那一天——落成揭幕。维扬甚至会应邀发表一篇长达七分半钟的演讲,讲题是:"我的父亲武将军生前二三事。"

将军停下脚步,和荣工领班打了个招呼。"要盖个纪念碑是罢?"他说。"是啊!"领班掀起汗衫前襟擦拭额角的汗水,露出小臂上"反共抗俄救中国/杀朱拔毛锄汉奸"的青黑纹字:"一位老将军的,死了好几年了。"

"噢。"

"了不起啊! 打仗打了一辈子。"

"噢"。

"听说笔底下也好,还画过不少画。"

"噢。"

将军又听他褒扬了自己的勋业一番,却没有像往常那样受不了过誉之辞而大发雷霆。他捺住性子听,不时地点点头,仿佛正在听一首溜耳即逝的陌生乐曲。最后,他向对方举手致答礼告辞,喃喃地说:"是啊是啊! 人死得越久,也就越没什么矛盾了是罢?""您说啥?"

将军在夏天来临时说过一句话:"热起来了。"把老管家吓了一大跳,以为自己的耳朵出了毛病,竟然会真切地听见幻音。将军说"热起来了"的时候已置身于冥诞纪念会场,望着一袭火燥燥、红猩猩的巨大绸布从纪念碑上飘然揭落,以一种滑翔的姿势冉冉坠在碑础四周的花篮内侧,众人立时爆炒起一阵沸聒聒的掌声。

维扬的演讲却让将军十分意外。他竟然能清楚地说出将军在哪一年打过什么仗、在哪一年突过什么围、哪一年受勋、哪一年晋级。除了少数几个地名、人名念错之外,大致还符合将军的记忆。只有一点,将军听得仔细,而

不敢置信:

"1971年1月,先母周太夫人心脏病突发过世,先父哀毁逾恒,守灵49天,几乎粒米未进,可见先父用情之深了……"

维扬念着这一段的时候,脸色像平日一般镇白,毫无表情,只是把"哀"字念成了"衷"字,他自己也没有察觉更正。倒是将军这边诧异得紧,他猛烈地挠抓头皮,不知道该不该同意维扬的说法。

将军利用一整个夏天,盘桓在妻子吞服安眠药去世之后的那段时空里。有时候他会带着新配了助听器的老管家一块儿。两人的衣衫单薄,受不住旧日寒冬的凛杀,经常是去去就回。将军总在那样的冷风里问:"你倒是说,我究竟替她守灵了没有?"老管家打着哆嗦浑身摇撼,望望他,说:"您说呢?""我在问你啊!"老管家再望望空荡荡的厅堂,把个脑袋小小心心地凑合着害冷而摇得更剧烈了:"好、好像是没有哇!""可我又记得——""您说有就有,不就结啦?"将军"嗯"了声,又问:"那你再说说,我吃饭了没有?"老管家一愣,扶了扶助听器:"啥?您说啥?""我说我吃饭了没有哇?""有哇!"老管家说:"我做的饭菜,您都吃啦!还喝酒了咧,驱寒嘛。""咦?怪了!"将军说:"我不是光守灵、不吃饭来嘛?"老管家又发起抖、摇起头来:"冷哪!回去吧,将军!"

将军最后一次步行出淡泊园是在重阳节。维扬搀着他艰难地迎风上山。将军开口说道:"叶子都落了。"维扬答声:"是。"良久之后才忽然省悟到将军并没有变哑,便不自觉地停下脚步:"别走了,爸,山上冷。"将军不再理会他,径自往坡上迈。他要带儿子到冥诞纪念会场去,让他听一听:自己在6年以后说了些什么?

"……可见先父用情之深了。总而言之,先父是一个有信仰的人,他毕生为他的信仰而奋斗、牺牲,在我们这个充满变动和矛盾的时代里,他留下了不可磨灭的典型。他老人家虽然已经去世多年,但是他的精神不死,将永远和我们在一起。"

"你、你这、这是真心话?"将军颤声问道,同时左顾右盼地打量着台上和身边的两个儿子。身边的维扬迟疑了好一阵,说:"你不爱听么?"台上的维扬在掌声中走入人群,和来宾一一握手,最后他站在基金会秘书长的身旁,向对方致谢:"如果不是秘书长帮忙,我还真不知道该讲些什么呢。"说着,扬了扬手里的讲稿。"别谢我。"秘书长笑着说:"稿子是石小姐给拟的。啊!真是,文采流畅,字字珠玑,动人之至,动人之至。"

将军听着,头皮已经暴红起来,甩臂脱开身边的维扬搀在他胁下的手,喝道:"你要是不信这一套,为什么讲得这么溜啊?""只不过是一个演讲而已嘛!"说着,维扬拍两拍弄皱的袖子。"你到底反我什么?你到底信什么?"将军狠命一抬腿,朝纪念碑的方向踢去,刮动一阵凉风,让花篮、红布翻倒作一堆。演讲的维扬和石琦一起跑去把花篮归位,把红布也拉拉正。"坦白说,我们都活得很矛盾。"身边的维扬一面说,一面朝前走了。将军看着儿子的两个身影左冲右突,忽而分,忽而合,时而清晰,时而模糊;当下一阵天旋地转,放开嗓子大喝一声,挺起脑袋朝纪念碑撞去。也就在这一刻,他听见体内体外同时奔放出一阵轰然巨响,劈开一切虬扰缠祟的矛盾——他第一次相信、也从此解脱的东西。

于是将军无所不在,也无所谓褒贬了。他开始全心全意地守候着:有一天,维扬终究也要懂得这一切的;因为他们都是可以无视于时间,并随意修改回忆的人。

(初载台北《"中国时报"·人间副刊》1986年10月3—4日)

毕飞宇

青　衣

一

乔炳璋参加这次宴会完全是一笔糊涂账。宴会都进行到一半了,他才知道对面坐着的是烟厂的老板。乔炳璋是一个傲慢的人,而烟厂的老板更傲慢,所以他们的眼睛几乎没有好好对视过。后来有人问"乔团长",这些年还上不上台了?炳璋摇了摇头,大伙儿才知道"乔团长"原来就是剧团里著名的老生乔炳璋,80年代初期红过好一阵子的,半导体里头一天到晚都是他的唱腔。大伙儿就向他敬酒,开玩笑说,现在的演员脸蛋比名字出名,名字比嗓子出名,乔团长没赶上。乔团长很好听地笑了笑。这时候对面的胖大个子冲着乔炳璋说话了,说:"你们剧团有个叫筱燕秋的吧?"又高又胖的烟厂老板担心乔炳璋不知道筱燕秋,补充说:"1979年在《奔月》中演过嫦娥的。"乔炳璋放下酒杯,闭上眼睛,缓慢地抬起眼皮,说:"有的。"老板不傲慢了,他把乔炳璋身边的客人哄到自己的座位上去,坐到乔炳璋的身边,右手搭到乔炳璋的肩膀上,说:"都快二十年了,怎么没她的动静?"乔炳璋一脸的矜持,解释说:"这些年戏剧不景气,筱燕秋女士主要从事教学工作。"烟厂老板一听这话直着腰杆子反问说:"什么景气?你说说什么景气?关键是钱。"老板向乔炳璋送出他的大下巴,莫名其妙地颁布了他的命令,说:"让她唱。"乔炳璋的脸上带上了狐疑的颜色,试探性地说:"听老板的意思,老板想为我们搭台啰?"老板的脸上重又傲慢了,他一傲慢脸上就挂上了伟人的神情。老板说:"让她唱。"乔炳璋对小姐招招手,让她给自己换上白酒。炳璋捏着酒杯站起身,说:"老板可是开玩笑?"老板不仅傲慢,还严肃,一严肃就像作报告。老板说:"我们厂没别的,钱还有几个——你可不要以为我们光会赚钱,光会危害人民的身体健康,我们也要建设精神文明。干了。"老板没有起立,乔炳璋却弓着腰站起来了。他用酒杯的沿口往老板酒杯的腰部撞了一下,仰起了脖子。酒到杯干。乔炳璋激动了。人一激动就顾不上自己的低三下四。乔炳璋连声说:"今天撞上菩萨了,撞上菩萨了。"

《奔月》是剧团身上的一块疤。其实《奔月》的剧本早在1958年就写成了，是上级领导作为一项政治任务交代给剧团的。他们打算在一年之后把《奔月》送到北京，献给共和国十周岁的生日。可是，公演之前一位将军看了内部演出，显得很不高兴。他说："江山如此多娇，我们的女青年为什么要往月球上跑？"这句话把剧团领导的眼睛都说绿了，浑身起了鸡皮疙瘩。《奔月》当即下马。

严格地说，后来的《奔月》是被筱燕秋唱红的，当然，《奔月》反过来又照亮了筱燕秋。戏运带动人运，人运带动戏运，戏台本来就是这么回事。不过这已经是1979年的事了。1979年的筱燕秋年方十九，正是剧团上下一致看好的新秀。十九岁的燕秋天生就是一个古典的怨妇，她的运眼、行腔、吐字、归音和甩动的水袖弥漫着一股先天的悲剧性，对着上下五千年怨天尤人，除了青山隐隐，就是此恨悠悠。说起来十五岁那年筱燕秋还在《红灯记》中客串过一次李铁梅的，她高举着红灯站立在李奶奶的身边，没有一点铮铮铁骨，没有一点"打不尽豺狼决不下战场"的霹雳杀气，反倒秋风秋雨愁煞人了。气得团长冲着导演大骂，谁把这个狐狸精弄来了？！

但到了1979年，《奔月》第二次上马了。试妆的时候筱燕秋的第一声倒板就赢来了全场肃静。重新回到剧团的老团长远远地打量着筱燕秋，啷哝说："这孩子，黄连投进了苦胆胎，命中就有两根青衣的水袖。"

老团长是坐过科班的旧艺人，他的话一言九鼎。十九岁的筱燕秋立马变成A档嫦娥。B档不是别人，正是当红青衣李雪芬。李雪芬在几年前的《杜鹃山》中成功地扮演过女英雄柯湘，称得上红极一时。但是，在A档和B档这个问题上，李雪芬表现出了一位成功演员的得体与大度。李雪芬在大会上说："为了剧团的明天，我愿意做好传帮带；我愿意把我的舞台经验无私地传授给筱燕秋同志，做一根合格的接力棒。"筱燕秋眼泪汪汪地和同志们一起鼓了掌。《奔月》被筱燕秋唱红了。剧组在各地巡回演出，《奔月》成了全省戏剧舞台上最轰动的话题。所到之处，老戏迷抚今追昔，青年人则大谈古代的服装。全省的文艺舞台"和其他各条战线一样"，迎来了他们的"第二个春天"。《奔月》唱红了，和《奔月》一样蹿红的当然是当代嫦娥筱燕秋。军区著名的将军书法家一看完《奔月》就豪情迸发，他用苍松翠柏般的遒劲魏体改换了叶剑英元帅的伟大诗篇："攻城不怕坚，攻戏莫畏难。梨园有险阻，苦战能过关。"下面是一行行书落款："与燕秋小同志共勉"。将军书法家把筱燕秋叫到了家中，他在抚今追昔之后亲自将一条横幅送到了筱燕秋的手上。

谁能料得到"燕秋小同志"会自毁前程呢。事后有老艺人说，《奔月》这出戏其实不该上。一个人有一个人的命，一出戏有一出戏的命。《奔月》阴气过重,即使上,也得配一个铜锤花脸压一压,这样才守得住。后羿怎么说也应当是花脸戏,须生怎么行?就是到兄弟剧团去借也得借一个。否则剧组怎么会出那么大的乱子,否则筱燕秋怎么会做那样的事?

《奔月》剧组到坦克师慰问演出是一个冰天雪地的日子。这一天李雪芬要求登台。事实上,李雪芬的要求不过分。她毕竟是嫦娥的 B 档。相反,过分的倒是筱燕秋。《奔月》公演以来,筱燕秋就一直霸着毡毯,一场都没有让过。嫦娥的唱腔那么多,戏那么重,筱燕秋总是说自己"年轻","没问题","青衣又不是刀马旦","吃得消的"。其实大伙儿早就看出来了,闷不吭声的筱燕秋心气实在是太旺了,有吃独食的意思。这孩子的名利心开始膨胀了,想着法子横在李雪芬的面前。可是谁也没法说,领导一找她,她漂亮的小脸就成了猪肝。筱燕秋没心没肺,就有猪肝,她是做得出来的。领导们只能反过来给李雪芬做工作,让她"多指点指点年轻人","多扶持扶持年轻人"。可是李雪芬这一次的理由很充分,李雪芬说,她演《杜鹃山》的时候就经常下部队,今天上午还有很多战士冲着她喊"柯湘"呢,她在部队有观众基础,她不上台,"战士们不答应"。

李雪芬在这个晚上征服了坦克师的所有官兵,他们从嫦娥的身上看到了当年柯湘的影子,当年的柯湘头戴八角帽,一双草鞋,一把手枪,威风凛凛的。而今夜的柯湘却穿起了古装。李雪芬嗓音高亢,音质脆亮,激情奔放,这种高亢与奔放经过十多年的巩固与发展,业已构成了李雪芬独特的表演风格,即李派唱腔。基于此,李雪芬在舞台上曾经成功地塑造过一连串的巾帼豪杰,透过李雪芬的一招一式,观众们可以看到女战士慷慨赴死,女民兵英姿飒爽,女知青豪情冲天,女支书须眉不让。李雪芬在这个晚上重点展示了她的高亢嗓音,战士们有组织地给她鼓掌,掌声整齐而又有力,使人想起接受检阅的正步方阵。没有人注意到筱燕秋。其实戏演到一半,筱燕秋已经披着军大衣来到舞台了,一个人站立在大幕的内侧,冷冷地注视着舞台上的李雪芬。谁都没有注意到筱燕秋,谁没有发现筱燕秋的脸色有多难看。厄运在这个时候其实已经降临了,它笼罩着筱燕秋,同时也笼罩着李雪芬。《奔月》演完了。五次谢幕之后,李雪芬来到了后台,脸上洋溢着一股难以掩抑的飞扬神采。李雪芬就是在这个时候和筱燕秋在后台相遇了,面对面。一个热气腾腾,一个寒风飕飕。李雪芬一看见筱燕秋的脸色便主动迎了上去,左手拉着筱燕秋的右手,右手拉着筱燕秋的左手,说:"燕秋,都看了?"筱燕秋说:"看了。"李雪芬说:"还行吧?"筱燕秋却不开口。说话的工夫许多人已经走上来了,围在了她们的四周。李雪芬掀掉肩膀上的军大衣,说:"燕秋,我正想和你商量呢,你看看这样,这样,这句唱腔我们这样处理是不是更深刻一些,哎,这样。"李雪芬这么说着,手指已经跷成了兰花状,一挑眉毛,兀自唱了起来。艺人们都是知道的,同行是冤家,即使是师傅传艺,"宁教一声腔,不教一个字,宁教一个字,不教一口气"。可是李雪芬不。她把李派唱腔的一字一气毫无保留地演示给了筱燕秋。筱燕秋不声不响,只是望着李雪芬。人们站立在李雪芬和筱燕秋的四周,默默地看着剧团里的两代青衣,一个德艺双馨,一个谦虚好学,许多人都看到了这令人感慨的一幕,这令人心宽的一幕。但是筱燕秋的眼神很快就出了问题了,是那种极为不屑的样子。所有的人都看得出,燕秋这孩子的心气实在是太旺了,心里头不谦虚就算了,连目光都不谦虚了。李雪芬却浑然不觉,演示完了,李雪芬对着筱燕秋探讨性地说:"你看,这样,这才是旧社会的劳动妇女,我们这样处理,是不是好多了?"筱燕秋一直瞅着李雪芬,脸上的表情有些说不上来。"挺好,"筱燕秋打断了李雪芬,笑着说,"只不过你今天忘了两样行头。"李雪芬一听这话就把双手捂在了身上,又捂到头上去,慌忙说:"我忘了什么了?"筱燕秋停了好大一会儿,说:"一双草鞋,一把手枪。"大伙儿愣了一下,但随即就和李雪芬一起明白过来了。燕秋这孩子真是过分了,眼里不谦虚就不谦虚吧,怎么说嘴上也不该不谦虚的!筱燕秋微笑着望着李雪芬,看着热气腾腾的李雪芬一点一点地凉下去。李雪芬突然大声说:"你呢?你演的嫦娥算什么?丧门星,狐狸精,整个一花痴!关在月亮里头卖不出去的货!"李雪芬的脚尖一跶一跶的,再一次热气腾腾了。这一回一点一点凉下去的却是筱燕秋。筱燕秋似乎被什么东西击中了,鼻孔里吹的是北风,眼睛里飘的却是雪花。这时候一位剧务端过来一杯开水,打算给李雪芬焐焐手。筱燕秋顺手接过剧务手上的搪瓷杯,"呼"地一下浇在了李雪芬的脸上。

后台立即变成了捅开的马蜂窝。筱燕秋愣在原处,看着无序的身影在自己的面前急速穿梭,耳朵里充斥着慌乱的脚步声。脚步声轰隆轰隆的,从后台移向了过道,从过道移向了远处,最后变成了远处汽车的马达声。眨眼的工夫后台就空荡荡的了,而过道更空荡,像通往月亮的路。筱燕秋站立在原处,愣了好大一会儿,沿着寂静的过道拐进了化装间。筱燕秋站在镜子面前,吃惊地盯着镜子里的自己。直到这个时候筱燕秋才弄明白自己到底干了什么。她失神地望着自己的双手,一屁股坐在了化装间的凳子上。

保温杯里的水到底有多烫,这个问题已经没有任何意义了。事情的"性质"永远决定着事态的严峻程度。一心扶持筱燕秋的老团长气得晃起了脑袋,他把中指与食指并在一处,对着筱燕秋的鼻尖晃了十来下。老团长说:"你,你,你,你你你你你呀——啊!"老团长急得都不会说话了,就会背戏文,"丧尽天良本不该,名利熏心你毁就毁在妒良才!"

"不是这样的。"筱燕秋说。

"又是哪样?"

"不是这样的。"筱燕秋泪汪汪地说。

老团长一拍桌子,说:"又是哪样?"

筱燕秋说:"真的不是这样的。"

筱燕秋离开了舞台。嫦娥的 A 角调到戏校任教去了,而 B 角则躺在医院不出来。《奔月》第二次熄火。"初放蕊即遭霜雪摧,二度梅却被冰雹擂。"《奔月》没那个命。

二

谁能想到《奔月》会遇上菩萨呢。

启动资金终于到账了。这些日子炳璋一直心事重重。他在等。没有烟厂的启动资金,《奔月》只能是水中月。其实炳璋只等了十一天,可是炳璋就好像熬过了一个漫长的岁月。等钱的日子里炳璋发现,钱不只是数量,还是时光的长度。这年头钱这东西越来越古怪了。

但是,炳璋没有料到反对筱燕秋重新登台的力量如此巨大,预备会在筱燕秋能不能登台这个问题上僵持住了。炳璋把玩着手上的圆珠笔,一直在听。后来他把手上的圆珠笔丢到会议桌的桌面上,上身靠在椅背了。炳璋笑了笑,说:"你们还是让步吧,人家可是点了筱燕秋的名的。这年头给钱让步,不丢脸。"会议室里一片沉默。人们不说话。不说话虽说还是反对,但通融的余地肯定就大了。幸亏李雪芬离开剧团开饭店去了,要不然,李派唱腔的高亢嗓音炳璋现在可是招架不住的。大伙儿继续沉默,不说是,也不说否。但无声有时就是默许。炳璋因势利导,很含糊地说:"我看就这样了吧。"

然而,谁担纲 B 档,问题又来了。对一个演员来说,给当红演员做 B 档,本来就是一个寒碜人的角色,更何况又是筱燕秋的 B 档呢。还是老高出了一个好主意,B 档让筱燕秋自己在学生里头挑。筱燕秋忌妒心再重,再名欲熏心、利欲熏心,总不能和自己的弟子争风。大家都说好。可是老高接下来的一句话让炳璋心里不踏实了。老高说:"我看你们都白说,二十年过去了,筱燕秋也四十岁的人了,她的嗓子还能不能扛得住?我看悬。"这句话让炳璋觉得自己真的疏忽了,怎么就没有想到这个?毕竟是二十年哪。二十年,什么样的好钢不给你锈成渣?炳璋偷偷地叹了一口气。会议开来开去,在筱燕秋一个人的身上就纠缠了将近两个小时。这哪里是筹备?简直是回顾历史。没钱的时候想钱,钱来了却不知道怎么花。钱这东西不只是时光的长度,还有历史的脸色。钱这东西现在实在是太古怪了。

炳璋想听筱燕秋溜溜嗓子,这是必须的。要不然,烟厂的钱再多,还不如拿来卷鞭炮去放响呢。筱燕秋依照约定的时间来到会议室,刚一落座,炳璋发现自己又冒失了。很空的会议室里头只有他们两个,炳璋坐在这头,筱燕秋坐在那头,中间隔了一张长长的椭圆桌,有些公事公办的意味。筱燕秋胖了,人却冷得很,像一台空调,凉飕飕地只会放冷气。炳璋打算先和筱燕秋谈一谈《奔月》的,可《奔月》是筱燕秋永远的痛,炳璋越发不知道从哪儿开口了。

炳璋有几分惧怕筱燕秋。要是细说起来,炳璋比筱燕秋还大出一个辈分,不过筱燕秋的脾气戏校里头可是有名的。这个女人平时软绵绵的,一举一动都有些逆来顺受的意思,有点像水。但是,你要是一不小心冒犯了她,眨眼的工夫她就有可能结成了冰,寒光闪闪的,用一种愚蠢而又突发性的行为冲着你玉碎。所以戏校食堂里的师傅们都说,"吃油要吃色拉油,说话别找筱燕秋"。炳璋不知道怎么和筱燕秋挑开话题,就开始和筱燕秋绕。一会儿聊她的生活,一会儿聊她的教学、学生,还扯到了天气。有些前言不搭后语。东扯西拽了几分钟,筱燕秋闷头闷脑地说:"你到底想和我说什么?"炳璋被堵住了,心里头一急,脱口说:"你亮个相吧。"筱燕秋望着炳璋,把两只胳膊放到桌面上来,抱成了一个半圆,却又看不出任何风吹草动。筱燕秋毫无表情地望着炳璋,突然说:"想听什么?是西皮《飞天》还是二黄《广寒宫》?"《飞天》和《广寒宫》是《奔月》里著名的唱腔选段,筱燕秋因为《奔月》倒了二十年的霉,这刻儿主动把话题扯到《奔月》上去,无疑就有了一种挑衅的意思,有了一种子弹上膛的意思。炳璋本能地直了直上身,等着筱燕秋的唇枪舌剑。不过炳璋手里有牌,倒也没有过分担心。炳璋说:"那就来一段二黄。"筱燕秋站起身,离开座椅,拽了拽上衣的前下摆,又拽了拽上衣的后下摆,把目光放到窗户的外面去,凝神片刻,开始运手,运眼,咿咿呀呀地居然进了戏。她的嗓音还是那样地根深叶茂。炳璋还没有来得及诧异,一阵惊喜已经袭上了心头。一个贪婪而又充满悔恨的嫦娥已经站立在他的面前了。炳璋闭上眼睛,把右手插进裤子的口袋,跷起了四只手指头,慢慢地敲了起来,一个板,三个眼,再一个板,再三个眼。

筱燕秋一口气唱了十五分钟。炳璋睁开眼,眯起来,仔细详尽地打量起面前的这个女人。这段二黄慢板转原板转流水转高腔有极为复杂的表现难度,音域又那么宽,一个离开戏台二十年的演员能把它一口气完成下来,答案只有一个,她一直没有丢。炳璋歪在椅子里头,没有动。但是,他在暗中欷歔感叹了一回。二十年,二十年哪。炳璋有些百感交集,对筱燕秋说:"你怎么一直坚持下来了?"

"坚持什么?"筱燕秋说,"我还能坚持什么。"

炳璋说:"二十年,不容易。"

"我没有坚持,"筱燕秋听懂炳璋的话了,仰起脸说,"我就是嫦娥。"

筱燕秋从炳璋的办公室里出来,人却恍惚了。这是十月里的一个日子,一个有风有阳光的日子,像春天。阳光有些明媚,有些荡漾,但是恍惚,像梦寐,萦绕在筱燕秋的周遭。筱燕秋踩着自己的身影,就这么在马路上游走。后来筱燕秋停下了脚步,迷迷糊糊朝四下打量。筱燕秋低下头,失神地看着自己的身影。现在正是午后,筱燕秋的影子很短,胖胖的,像一个侏儒。筱燕秋注视着自己的身影,夸张变形的身影臃肿得不成样子,仿佛泼在地上的一滩水。筱燕秋往前走了几大步,地上的身影像一只巨大的蛤蟆那样也往前爬了几大步。筱燕秋突然凝神了,确信了这样一个事实:地上的身影才是自己,而自己的身体只是影子的附属物。人就是这样,都是在某一个孤独的刹那突然发现并认清了自己的。筱燕秋的眼神再一次茫然了,伤心与绝望成了十月的风,从一个不确切的地方吹来,又飘到一个不确切的地方去了。

筱燕秋突然决定减肥,立即就减。

在命运出现转机的时候,女人们习惯于以减肥开启她们的崭新人生。筱燕秋叫了一辆红夏利,直奔人民医院而去。人民医院是筱燕秋的伤心之地。这么多年了,即使在肾脏闹得最厉害的日子,筱燕秋也没有到这家医院就诊过一次。她的命运其实就是在人民医院彻底改变的,或者说,她的内心就是在人民医院彻底被击垮的。李雪芬住院的第二天,筱燕秋就被老团长逼到人民医院来了。李雪芬躺在医院里发过话了,只有筱燕秋自我批评的"态度"让她满意,她才可以考虑"是不是放她一马"。老团长一心想保筱燕秋,这一点全团上下都是知道的。老团长亲手给筱燕秋写了一份检查,让她到医院里念。事态是明摆着的,筱燕秋必须在李雪芬的面前走好这个场,剩下来的话才能往下说。筱燕秋看完检查书,合起来,急了。她一急就更加愚蠢。筱燕秋拼命地辩解说:

"我没有嫉妒她,我不是故意想毁了她。"老团长盯着筱燕秋,到了这样的光景这孩子的心气还这么旺,老团长的眼睛都气红了,就想抽她一耳光,怔了好半天又下不了手。老团长甩开了胳膊,大声说:"大牢我待过七年,我可不想到那地方去看你!"筱燕秋望着老团长的身影,她从老团长的背影里头看清了自己潜在的厄运。

筱燕秋还是到人民医院去了。李雪芬躺在床上,脸上蒙着一块很大的白纱布。团里的领导都在,《奔月》的主创也在,高高矮矮站了一屋子。筱燕秋把两手叉在小肚子前面,走到李雪芬的床前,耷拉着两只眼皮。她看着自己敛脚尖,开始骂。她把自己的祖宗八代里里外外都骂了一遍,骂成了一摊屎。骂完了,病房里静悄悄的,没有一个人说话,只有李雪芬在纱布的后面干咳了一声。气氛顿时压抑了。没有人好说什么。李雪芬到现在都没有把筱燕秋告到公安局去,已经算对得起她了。筱燕秋承受不了这样的压抑,泪汪汪地四处找人。老团长站在门框的旁边,对她瞪起了眼睛。筱燕秋没有退路了,她慢腾腾地从口袋里掏出检查书,一层一层地打开来,开始念。筱燕秋像油印打字机那样,一个字一个字地往外蹦。念完了,所有的人都松了一口气。检查书的内容最终肯定了检查者的"态度"。李雪芬把脸上的纱布掀开来,她的脸上紫红了一大块,涂着一层油亮亮的膏。李雪芬接过检查书,拉起筱燕秋的手,笑着说:"燕秋,你还年轻,心胸要宽,可不能再这样了。"筱燕秋看到了李雪芬的笑。还没看清,李雪芬却又把脸盖上了。筱燕秋感到李雪芬的笑容才是一杯水,并不烫,浇在了筱燕秋的心坎上。"嗞"地一下,筱燕秋如焰的心气就彻底熄灭了。

筱燕秋走出病房的时候满天都是大太阳。她走到楼梯口,站在扶手的旁边停下了脚步,转过头来。她看到了老团长如释重负的叹息。老团长对她点了点头。筱燕秋就那么望着老团长,突然也笑了一下,可是没能收住。她笑出了声来,一阵一阵的,两个肩头一耸一耸的,像戏台上须生或者花脸才有的狂笑。许多人都听到了筱燕秋出格的动静,他们从病房里探出脑袋,一起望着筱燕秋。筱燕秋就知道傻笑,膝盖一软,顺着楼梯的沿口一头栽了下去,从四楼一直滚到了三楼半。大伙儿跟下来,筱燕秋趴在水磨石地板上,听见老团长不停地对众人说:

"态度还是好的,态度还是深刻的。"

都二十年了。筱燕秋挂的是内分泌科,开过药,筱燕秋特地绕到了后院。二十年了,筱燕秋远远地看见了那座病房楼。一些人在那里进进出出。楼已经不是老样子了,墙面贴上了马赛克,但是屋顶、窗户和过廊一如过去,这一来又似乎还是老样子。筱燕秋立在那里,发现生活并不像常人所说的那样,在伸向未来,而是直指过去。至少,在框架结构上是这样的。

筱燕秋比平时到家晚了近一个小时,女儿已经趴在餐桌上做作业了。筱燕秋打开门,丈夫正歪在沙发里头看电视,电视只有画面,没有声音。筱燕秋提着人民医院的药袋,懒懒地倚在了门框上,疲惫地看着自己的丈夫。丈夫从筱燕秋的神情里头感到了某些异样,连忙走上来。筱燕秋把药袋递到丈夫的手上,一径往卧室去,进了卧室就把卧室的门反锁上了。丈夫把目光从筱燕秋的身上移到药袋里面,疑疑惑惑地掏出药盒子,反过来复过去地看。药盒子上全是外文,一副看不到底又望不到边的样子,这一来事态就进一步严峻了。丈夫从药盒子上预感到了大难,匆忙跟进卧室。刚一进门筱燕秋便扑了他的身上,胳膊箍住他的脖子,用力往里收。她的腹部贴在他的腹部,一吸一吸的。他感到了她的努力。她用力忍着,一种强烈而又迅猛的伤恸。丈夫手里的药袋掉在了地上,大祸真的临头了。丈夫的身体向后退了一步,"咚"的一声,卧室的门重又关死了。丈夫就那么拥着自己的妻子,毁灭性的念头在脑袋里窜来窜去。筱燕秋终于开口了,她哭着说:"面瓜,我又上台了。"面瓜似乎没听清,拨过筱燕秋的脑袋,用那种侥幸的和将信将疑的目光再一次打量妻子。筱燕秋说:"我又能上台了。"面瓜一把把筱燕秋推开了,惊魂未定,脱口说:"至于吗,你!弄成这样!"筱燕秋有些不好意思,瞥了一眼面瓜,笑了笑,却不停地掉泪,自语说:"我就是难过。"面瓜打开门,准备给妻子热晚饭,女儿却怯生生地堵在房门口。面瓜逃出了假想中的劫难,骨头都轻了,故意拉下脸来,粗声恶气地说:"做作业去!"

筱燕秋把面瓜拉住了,对女儿招了招手,示意女儿过来。她让女儿坐到自己的身边,端详起自己的女儿。女儿一点都不像自己,骨骼大得要命,方方正正的,全像她老子。但是筱燕秋今天晚上觉得自己的女儿特别地耐看,细细地推敲起来还是像自己,只是放大了一号。面瓜又要上厨房,筱燕秋说:"你不要做,我要减肥。"面瓜站在卧室的门口,不解地说:"你肥什么?我什么时候说你肥了。"筱燕秋把巴掌放到女儿的头顶上去,说:"你不嫌我肥,观众可不承认嫦娥是个胖婆娘。"

幸运的夫妻最急着要做的事情就是命令孩子上床。等孩子入睡了,他们好回到自己的床上,开始他们的庆典。幸福的夜晚都是宁静似水的,但又是轰轰烈烈的。这个夜晚实在让面瓜喜出望外,他上上下下地忙,里里外外地忙,进进出出地忙。都不知道怎么好了。

面瓜是一个交通警察,从部队上下来的,五大三粗,就是不活络。说起婚姻,面瓜最大的愿望也就是娶上一位国有企业的正式女工。面瓜做梦也没有想到著名的美人嫦娥会成为自己的老婆。真的像一个梦。

面瓜的婚姻算得上一桩老式婚姻,没有一丝一毫的新鲜花样。先是由介绍人在公园的一棵柳树下面介绍他们认识了。接下来便是"谈"。"谈"了一些日子,便匆匆步入了洞房。

这时的筱燕秋绝对是一个冰美人。她在公园鹅卵石的路面上不像一个行人,而更像一个梦游者,一具失魂的走尸。不过女人的落魄不仅没有妨碍女人的美丽,反而让她们炫目起来了。对于年轻而又漂亮的女人来说,落魄会赋予她们额外的魅力,在体貌的姣好之外,附带上一种气息的美——那种让人怦然心动的、招人怜爱的异质。面瓜一见到筱燕秋两只手就凉了,心口也凉了。筱燕秋一身寒气,凛凛的,像一块冰,要不像一块玻璃。面瓜顿时就自惭形秽了。面瓜甚至在暗中抱怨起介绍人来了,再怎么说他面瓜也配不上这样亮晶晶的美人的。面瓜小心翼翼地陪着筱燕秋沿着鹅卵石的路面往前走,筱燕秋不说话,面瓜就更不敢说了。最初的那些日子面瓜不是"谈"恋爱,简直是受罪。然而,这份罪受起来又有一份说不出来头的甜蜜。

筱燕秋还是那么凛凛的,魂不守舍的,瞳孔里虚散着目光的。面瓜起初以为筱燕秋看不上他,可是又不像。只要面瓜约她,筱燕秋总是会病歪歪地准时到达的。面瓜一点都不知道筱燕秋现在的心思,筱燕秋中了邪了,她铁定了心思一心要把自己嫁出去,越快越好。但是筱燕秋却又不好好"谈"。她不说话,就知道和面瓜一起走。面瓜在筱燕秋的面前自卑得要了命,一点想象力都没有了。他反反复复地把筱燕秋约到公园的那条鹅卵石路上去——既然他们是在那儿认识的,他们的"恋爱"就只能和必须在那儿"谈"了。筱燕秋从来不问心思以外的事,她只是面瓜的影子。面瓜怎么走她怎么走,面瓜往哪儿走她往哪儿走。其实面瓜也不知道往哪儿走,但是第一次既然那么走了,第二次当然也那样走。以此类推。他们每一次都走相同的路,以同样的方向向同样的地方走去,在同一个地方拐弯,在同一个地方休息,走完了,在同一个地方分手。然后,面瓜说同样的话,约好下一次见面的时间。局面的改变起源于一次意外。那一天筱燕秋的脚意外地在鹅卵石的路面上崴了一下,忽悠一下倒在了地上。在此以前筱燕秋一直斜着头,看着天上的月亮。她的鞋跟一定踩到了鹅卵石路上的罅隙,脚踝迅速地朝外一撇,说倒就倒下去了。面瓜的脸色吓得比月光还要白。面瓜天生的慢性子,是那种火上了头顶也能够不紧不慢地迈动四方步的男人。面瓜乱了。面瓜在手忙脚乱的时候越发不知所措。他慌慌张张地把筱燕秋送进医院,慌慌张张地把筱燕秋送到了家中。筱燕秋的脚踝肿起来了,青紫了一大块,肘部也蹭掉了一块皮。

筱燕秋对自己的受伤一点都没有在意。受伤的似乎是别人,她只不过是一个旁观者,偶然看见的罢了。她那种事不关己的样子使你相信,即使有人把她的脑袋砍下来,放在了桌面上,她也能镇定自若的,不慌不忙地眨巴她的眼睛。

疼的是面瓜。面瓜在疼。面瓜望着筱燕秋的脚脖子,不敢看筱燕秋的眼睛。后来他到底偷看了一眼筱燕秋,目光立即又避开了。面瓜说:"还疼么?"面瓜的声音很小,但是筱燕秋听见了。筱燕秋不是一块玻璃,而是一块冰。只是一冰块。此时此刻,她可以在冰天雪地之中纹丝不动,然而,最承受不得的恰恰是温暖。即使是巴掌里的那么一丁点余温也足以使她全线崩溃、彻底消融。面瓜木头木脑的,痛心地说:"我们还是别谈了吧,我把你摔成这种样子。"筱燕秋冷冷地望着面瓜,面瓜木头木脑的,扯不上边地胡乱自责。可胡乱的自责不是怜香惜玉又是什么?筱燕秋的心潮突然就是一阵起伏,汹涌起来了,所有的伤心一起汪了开来。坚硬的冰块一点一点地却又是迅猛无比地崩溃了、融化了。收都来不及收。不能自已。不可挽回。她一把拉住面瓜的手,她想叫面瓜的名字,但是没有能够,筱燕秋已经失声痛哭了。她拼了命地哭,声音那么大,那么响,全然不顾了脸面。面瓜吓得想逃,没能逃掉。筱燕秋死死地拽住了面瓜,面瓜没有能够逃掉。

筱燕秋和面瓜都没有意识到这一次大哭对他们来说意味着什么。在某种时候,女人为谁而哭,她就为谁而生。

戏校的筱燕秋老师匆匆忙忙把自己嫁了出去。筱燕秋置身于大海,面瓜是她唯一的独木舟。在筱燕秋看来,这桩婚姻过了此村就再无此店了。面瓜是令人满意的,是那种典型的过日子的男人,顾家、安稳、体贴、耐劳,还有那么一点自私。筱燕秋还图什么?不就是一个过日子的男人么?面瓜唯一的缺点就是床上贪了些,有点像贪食的孩子,不吃到弯不下腰是不肯离开餐桌的。不过这又算什么缺点呢?筱燕秋只是有点弄不明白,床上就那么一点事,每次也就是那么几个动作,又有什么意思?面瓜哪里来的那么大兴致,每一次都像吃苦,把自己累成那样。但是面瓜是疼老婆的,他在一次房事过后这样肉麻地对老婆说:"只要没有女儿,你就是我的女儿。"面瓜的这句呆话让筱燕秋足足想了一个多星期。床上的事筱燕秋不太喜欢做,想起来有时候反而倒是蛮好的。

这个晚上是筱燕秋命令女儿上床的。面瓜从妻子垂挂着的睫毛上猜到了这个晚上精彩的压轴戏。结婚这么多年了,每一次做爱都是面瓜巴结着筱燕秋,都是面瓜死皮赖脸的,今天的光景还是头一次。筱燕秋在女儿的床边轻声喊了一声女儿,女儿那边没有了动静。面瓜站在客厅里头就高兴,又是转圈,又是搓手。后来筱燕秋回到了自己的卧室,默默地脱光了,钻进了被窝。再后来筱燕秋从被窝里伸出了一只胳膊,五根手指挂在那儿。筱燕秋对面瓜说:"面瓜,来。"

这个晚上的筱燕秋近乎浪荡。她积极而又努力,甚至还有点奉承。她像盛夏狂风中的芭蕉,舒张开来了,铺展开来了,恣意地翻卷、颠簸。筱燕秋不停地说话,好些话说得都过分了,又不敢大声,一字一句都通了电。她急促地换气,紧贴着面瓜的耳边,痛苦地请求:"要喊,面瓜。我想喊,面瓜。"筱燕秋像换了一个人,陌生了。这是好日子真正开始的征候。面瓜心花怒放,心旌摇荡,忘乎所以。面瓜疯了,而筱燕秋更疯。

三

炳璋算过一笔账,决定从启动资金里拿出一部分来请烟厂老板一次客。要想把这顿饭吃得像个样,费用虽说不会低,这笔费用也许还能从烟厂那边补回来的。现在,关键中的关键是必须让老板开心。他开心了,剧团才能开心。过去的工作重点是把领导哄高兴了,如今呢,光有这一条就不够了。作为一个剧团的当家人,一手挠领导的痒,一手挠老板的痒,这才称得上两手都要抓。把老板请来,再把头头脑脑的请来,顺便叫几个记者,事情就有个开头的样子了。人多了也好,热闹。只要有一盆好底料,七荤八素全可以往火锅里倒。革命不是请客吃饭,对的。炳璋不想革命,就想办事。办事还真的是请客吃饭。

烟厂的老板成了这次宴请的中心。这样的人天生就是中心。炳璋整个晚上都赔着笑,有几次实在是笑累了,炳璋特意到卫生间里头歇了一会儿。他用巴掌把自己的颧骨那一块揉了又揉,免得太僵硬,弄得跟假笑似的。卖东西要打假,笑容和表情同样要打假。这可不是闹着玩的。

炳璋原以为启动资金到账之后他能够轻松一点的,相反,炳璋更紧张、更焦虑了。这么多年了,剧团没法上戏,一直干耗着,说过来居然也过来了。剧团不是美术家协会,不是作家协会,那些协会里的人老了,一个人待在家里,写几块招牌,画几枝蜡梅、几串葡萄,再不就到晚报上骂骂人,跷胳膊抬腿都有银子跟着来。一句话,那些人都是越老越值钱的。剧团不一样,再好的演员一个人待在家里也唱不来一台戏。当然了,为住房和职称找领导除外,在住房和职称面前,出色的演员一个人就能将生旦净末丑全部反串一遍。演戏这个行当说到底又与别的不同,不论是说唱念打还是吹拉弹奏,扛的是"艺术家"这块招牌,做的终究是体力活儿,吃的还是身体这碗饭,一到岁数身子骨就破了。他们的破身子骨全是沙漠,一盆水浇下去,不要说看不见水漂,就连"嗞"的一声都没有。他们挣不来一分钱,耗起银子来却是老将出马,一个顶俩。炳璋就愁钱。炳璋感到自己不只是一个剧团的团长,都快成商人了,就等着资本全部到位。炳璋想起了当年在学习班上听来的一句话,是一位领袖的著名格言:资本来到世上,从头到脚都滴着血和肮脏的东西。这话对。资本就是流淌的血,肮脏不肮脏事后再说。剧团等着这滴血,靠着这滴血,生产、生产、再生产、扩大再生产。急命呢。炳璋就等着《奔月》上马,越快越好。夜长了难免梦多。钱哪,钱哪。

宴会在老板和筱燕秋认识的那一刻达到高潮,这就是说,晚宴从头到尾都是高潮。宴会尚未开始,炳璋便把筱燕秋十分隆重地领了出来,十分隆重地叫到了老板的面前。这次见面对老板来说只是一次交际,也可以说,是一次娱乐活动。然而,它是筱燕秋一生中的一件大事。筱燕秋的后半生如何,完全取决于这次见面。筱燕秋得到宴会通知的时候不仅没有开心,相反,她的心中涌上了无边的惶恐,立即想起了前辈青衣、李雪芬的老师柳若冰。柳若冰是50年代戏剧舞台中最著名的美人,"文革"开始之后第一个倒霉的名角。她去世之前的一段往事曾经在剧团里头广为流传,那是1971年的事了,一位已经做到副军长的戏迷终于打听到当年偶像的下落了,副军长的警卫战士钻到了戏台的木地板下面，拖出了柳若冰。柳若冰丑得像一个妖怪，裤管上沾满了干结的大便和月经的紫斑。副军长远远地看着柳若冰，只看了一眼，副军长就爬上他的军用吉普车了。副军长上车之前留下了一句千古名言："不能为了睡名气而弄脏了自己。"筱燕秋捏着炳璋的请柬，毫无道理地想起了柳若冰。她坐在美容院的大镜子面前，用她半个月的工资精心地装潢她自己。美容师的手指非常柔和，但她感到了疼。筱燕秋觉得自己不是在美容，而是在对着自己用刑。男人喜欢和男人斗，女人呢，一生要做的事情就是和自己作斗争。

老板在筱燕秋的面前没有傲慢，相反，还有些谦恭。他喊筱燕秋"老师"，用巴掌再三再四地请筱燕秋老师坐上座。老板并不把文化局的头头们放在眼里，但是，他尊重艺术，尊重艺术家。筱燕秋几乎是被劫持到上座上来的。她的左首是局长，右首是老板，对面又坐着自己的团长，都是决定自己命运的大人物，不可避免地有点局促。筱燕秋正减着肥，吃得少，看上去就有点像怯场了，一点都没有二十年前头牌青衣的举止与做派。好在老板并没有要她说什么。老板一个人说。他打着手势，沉着而又热烈地回顾过去。他说自己一直是筱燕秋老师的崇拜者，二十年前就是筱燕秋老师的追星族了。筱燕秋很礼貌地微笑着，不停地用小拇指捋耳后的头发，以示谦虚和不敢当。但是老板回忆起《奔月》巡回演出的许多场次来了。老板说，那时候他还在乡下，年轻，无聊，没事干，一天到晚跟在《奔月》的剧组后面，在全省各地四处转悠。他还回忆起了一则花絮，筱燕秋那一回感冒了，演到第三场的时候居然在舞台上连着咳嗽了两声——台下没有喝倒彩，而是响起了雷鸣般的掌声。老板说到这儿的时候酒席上安静了。老板侧过头，看着筱燕秋，总结说："那里头就有我的掌声。"酒席上笑了，同时响起了掌声。老板拍了几下巴掌。这掌声是愉快的，鼓舞人心的，还是继往开来的，相见恨晚和同喜同乐的。大伙儿一起干了杯。

老板还在聊。语气是推心置腹的，谈家常的。他聊起了国际态势，WTO，科索沃，车臣，香港，澳门，改革与开放，前途还有坎坷；聊起了戏曲的市场化与产业化；聊起了戏曲与老百姓的喜闻乐见。他聊得很好。在座的人都在严肃地咀嚼，点头。就好像这些问题一直缠绕在他们的心坎上，是他们的衣食住行，油盐酱醋；就好像他们为这些问题曾经伤神再三，就是百思不得其解。现在好了，水落石出、大路通天了。答案终于有了，豁然开朗了，找到出路了。大伙儿又干了杯，为人类、国家以及戏剧的未来一起松了一口气。

炳璋一直望着老板。自从认识老板以来，他对老板一直都心存感激，但在骨子里头，炳璋瞧不起这个人。现在不同。炳璋对老板刮目相看了。老板不仅仅是一个成功的企业家,他还是一个成熟的思想家兼政治家。如果爆发战争,他也许就是一个出色的战略家和军事指挥家。一句话,他是伟人。炳璋有些激动,没头没脑地说:"下次人代会改选市长,我投厂长一票!"老板没有接他的话茬儿,点烟,做了一个意义不明的手势,把话题重新转移到筱燕秋的身上来了。

　　话题到了筱燕秋的身上,老板更机敏了,更睿智也更有趣了。老板的年纪其实和筱燕秋差不多,然而,他更像一个长者。他的关心、崇敬、亲切都充满了长者的意味,然而又是充满活力的、男人式的、世俗化的、把自己放在民间与平民立场上的,因而也就更亲切、更平等了。这种平等使筱燕秋如沐春风,人也自信、舒展了。筱燕秋对自己开始有了几分把握,开始和老板说一些闲话。几句话下来老板的额头都亮了,眼睛也有了光芒。他看着筱燕秋,说话的语速明显有些快,一边说话一边接受别人的敬酒。从酒席开始到现在,他一杯又一杯的,来者不拒,酒到杯干,差不多已经是一斤五粮液下了肚。老板现在只和筱燕秋一个人说,旁若无人。酒到了这个份儿上炳璋不可能没有一点担忧,许多成功的宴席就是坏在最后的两三杯上,就是坏在漂亮女人的一两句话上。炳璋开始担心,害怕老板过了量。成功体面的男人在女演员的面前被酒弄得不可收拾,这样的场面炳璋见得实在是太多了。炳璋就害怕老板冒出什么唐突的话来,更害怕老板做出什么唐突的举动。他非常担心,许多伟人都是在事态的后期犯了错误,而这样的错误损害的恰恰正是伟人自己。炳璋害怕老板不能善终,开始看表。老板视而不见,却掏出香烟,递到了筱燕秋的面前。这个举动轻薄了。炳璋看在眼里,咽了一口,知道老板喝多了,有些把持不住。炳璋看着面前的酒杯,紧张地思忖着如何收好今晚这个场,如何让老板尽兴而归,同时又能让筱燕秋脱开这个身。许多人都看出了炳璋的心思,连筱燕秋都看出来了。筱燕秋对老板笑笑,说:"我不能吸烟的。"老板点点头,自己燃上了,说:"可惜了。你不肯给我到月亮上做广告。"大伙儿愣了一下,接下来就是一阵哄笑。这话其实并不好笑,但是,伟人的废话有时候就等于幽默。

　　哄笑之中老板却起身了,说:"今天我很高兴。"这句话是带有总结性的。老板朝远处招招手,叫过司机,说:"不早了,你送筱燕秋老师回家。"炳璋吃惊地看了一眼老板,炳璋担心他会在筱燕秋面前纠缠的,但是没有,老板举止恰当,言谈自如,一副与酒无关的样子,就好像一斤五粮液不是被他喝到肚子里去了,而是放在裤子的口袋里面。老板实在是酒席上的大师,酒量过人,见好就收。整个晚宴凤头、猪肚、豹尾,称得上一台好戏。倒是筱燕秋有些始料不及,没想到这么快就结束了。筱燕秋一时不知道说什么,慌忙说:"我有自行车。"老板说:"哪有大艺术家骑自行车的。"老板一边坚持着

"请"的手势,一边关照司机回头来接他。筱燕秋瞥了老板一眼,只好跟着司机往门口去。她在走向门口的时候知道许多眼睛都在看她,便把所有的注意力全部集中在走路的姿势上,感觉有些别扭,甚至都不会走路了。好在没有人看出这一点。人们望着筱燕秋的背影,她的背影给人以身价百倍的印象。这个女人的人气说旺就旺了。

老板转过身来,和局长闲聊,请局长得空的时候到他们厂去转转。炳璋插进来,抢过话茬儿,说:"老板好酒量,好酒量!"他一口气把这句话重复了四五遍。炳璋自己也弄不懂为什么逮着老板的酒量不要命地死奉承,听上去好像心里有什么疙瘩,受了什么惊吓似的。老板莞尔而笑,笑而不答,掐烟的工夫又一次把话题岔开了。

四

老话是对的,好运气想找你,就算你关上大门它也会侧着身子从门缝里钻进来。这年头好运气并不玄乎,说白了,就是钱。只有钱才能够侧着身子从门缝里钻来钻去的。烟厂的老板算什么?这年头大街上的老板比春天的燕子多,比秋天的蚂蚱多,比夏天的蚊子多,比冬天的雪花多。然而,烟厂的老板有钱,又不是他自己的,这就齐了。可是,剧团和戏校里的人们真正羡慕的倒不是筱燕秋,而是春来。春来这个小丫头这一回真的是撞上大运了。

春来十一岁走进戏校,从二年级到七年级一直跟在筱燕秋的身后,知道筱燕秋的人都知道,春来不仅仅只是筱燕秋的学生,简直就是筱燕秋的宝贝女儿。春来最初学的并不是青衣,而是花旦,是筱燕秋厚着脸皮硬把她拽到自己的身边的。青衣与花旦其实是两个完全不同的行当,只不过现在喜欢看戏的人少了,许多人都习惯于把戏台上的年轻女性统统称为"花旦"。这种混淆局面的形成固然是后来的戏迷们功夫不到,但是,要是真的细究起来,这笔账还要记到著名大师梅兰芳的头上。梅老板博大精深,他在长期的舞台实践中把青衣与花旦的唱腔与表演程式杂糅在了一起,创建了一种有别于青衣同时又有别于花旦的新行当,也就是"花衫"。"花衫"行当的出现体现了梅老板的求新与创造的精神,也给后来的人们带来了不必要的麻烦,人们对青衣与花旦的区分也就再也不那么顶真,不那么严格了。比如说,当初所谓的"四大名旦",这个统称其实就十分马虎,贴切的说法应当是"两大名旦,两大青衣"。好在所有的剧种都一起没落了,分不清青衣花旦也不算什么芝麻大的事。可是,话还得反过来说,对于学戏和演戏的人来说,这可是一点含混不得的,青衣就是青衣,花旦就是花旦。它们的唱腔、道白、行头、台步、表演程式隔着九九艳阳天,真的是花开两朵,各表一枝的,永远弄不到一起去。

春来想学花旦有她的理由。就说道白,花旦的道白用的是清亮的京腔,而青衣的韵白则拖声拖气的,在没有翻译、不打字幕的情况下,比看盗版碟片还要吃力,一句话,青衣的韵腔道白说的整个就不是人话。唱腔就更不一样了,花旦唱起来利索、爽朗,接近于捏着嗓子的流行歌曲,还歪着脑袋一蹦三跳,又活泼,又可爱,像一只叽叽喳喳的小麻雀。青衣则不同,就那么一个字,她也要咿咿呀呀的,一步三晃的,一手捂着小肚子,一手比画着,在那儿晃悠着,跷着个小指头,慢慢地哼,等你上完了厕所,把该尿的尿了,该拉的拉了,前前后后擦完了,一回头,那个字还没唱完呢。戏剧如此不景气,喜欢青衣的也就剩下那么几个离休老干部了。许多当红青衣都走下舞台了,不是穿上漆黑的皮夹克站在麦克风前面乱了头发狮吼,就是在电视连续剧里头演一回二奶,演一回小蜜。好歹也能到晚报的文化版上"文化"那么一下子。青衣说到底不能和花旦比,现在的晚会那么多,笑星歌星们再闹腾,民族文化总是要弘扬的,国粹总是要保留的,"爱江山更爱美人"之后,最次也得来个"打不尽豺狼决不下战场"。花旦的出路比青衣多少要好一些,要不然,人们也不会把剧团戏称为"蛋窝"的。

春来是在三年级的下学期改学的青衣。春来这孩子说话的嗓音和筱燕秋并不像,可是,一开腔,春来的唱腔简直就是另一个筱燕秋。戏校的老师们开玩笑说,春来的嗓子天生就是和筱燕秋唱对台戏的料。筱燕秋和春来商量,让她放弃花旦,改学青衣。春来不肯。商量来商量去,春来就是不肯。筱燕秋急了,筱燕秋的那句名言至今还是戏校里的一个笑话,一个笑柄。筱燕秋一急,拉下了脸来,对春来说:"你要是不肯拜我为师,我就拜你,我拜你做我的老师,你答应不答应?"做老师的把话说到了这个份儿上,春来还敢说什么?

戏校的人们还记得春来刚到戏校时的模样,一口浓重的乡下口音,衣袖和裤腿都短得要命,袜子的上方还留了一截小腿肚。那时的春来一到冬天两只腮帮总是皱着的,裂了好几道红颜色的口子。没有人会相信春来能出落成今天的这副模样,什么叫女大十八变?春来就是一个最生动的例子,一个最具感召力的例子。谁能想到筱燕秋能有今天?谁能想到春来能赶上这趟车?

筱燕秋在戏校待了二十年了,教了那么多学生,细细排下来,却没有一个能唱出来的。大红大紫就不说了,显一下山露一下水的都没有过。这样的局面给筱燕秋带来了十分强烈的失败感。筱燕秋对自己是彻底死了心了,然而,毕竟又没有死透。一个人可以有多种痛,最大的痛叫做不甘。筱燕秋不甘。三十岁生日那一天筱燕秋就知道自己死了,十年里头筱燕秋每天都站在镜子面前,亲眼目睹着自己一天一天老下去,亲眼目睹着著名的"嫦娥"一天一天地死去。她无能为力。焦虑的过程加速了这种死亡。用手拽都拽不住,用指甲抠都抠不住。说到底时光对女人太残酷,对女人心太硬,手太狠。三十岁,我的亲爹,我的亲娘。三十岁生日那一天筱燕秋头一回喝了酒,不到二两。筱燕秋醉得不成样子。酒后的筱燕秋握着剪刀把厨房里的围裙剪成了两块。她把两块白布捏在手上,权当了水袖。筱燕秋挥舞着油渍斑斑的围裙,跌跌撞撞,油盐酱醋的罐子倒了一厨房,咣叮咣当的,碎了一厨房。她的手不知道被什么碎片剜破了,鲜红的血液流淌在水袖上,红白相间的围裙在半空中抛上去,又落下来,再抛上去,再落下来。面瓜冲进了厨房,抱住了筱燕秋,筱燕秋愣愣地盯着面瓜,喊面瓜"亲娘"。筱燕秋用纯正的韵腔对着面瓜念起了道白:"亲——娘——啊——啊!"面瓜知道筱燕秋醉了。面瓜担心妻子的叫喊传播出去,他把带血的围裙堵在了筱燕秋的嘴边。筱燕秋的嘴巴给堵紧了,腹部却激荡了起来,一挺一挺的,嗓子里发出母兽的呼噜声。面瓜心疼万分,不住地喊燕秋的名字。筱燕秋侧过头,回望着面瓜,叫不出声。然而,她的腹部还在叫,面瓜看得见。她用她的腹部一遍又一遍地呼喊:"亲、娘、啊、啊、啊、啊!"

"千生万旦,难求一净",这是旧时的艺人留下来的古话了。其实这话不对。筱燕秋从一开始就不能同意这句话。生、旦、净、末、丑,唱花脸的固然难求一个,然而,没有一个行当的演员可以成千上万地一抓一把。自古到今,唱青衣的成百上千,真正把青衣唱出意思来的,真正领悟了青衣的意蕴的,也就那么几个。唱青衣固然要有上好的嗓音,上好的身段——可是好嗓音算得了什么?好身段又算得了什么?出色的青衣最大的本钱是你是一个什么样的女人。哪怕你是一个七尺须眉,只要你投了青衣的胎,你的骨头就再也不能是泥捏的,只能是水做的,飘到任何一个码头你都是一朵雨做的云。戏台上的青衣不是一个又一个女性角色,甚至不是性别,而是一种抽象的意味,一种有意味的形式,一种立意,一种方法,一种生命里的上上根器。女人说到底不是长成的,不是岁月的结果,不是婚姻、生育、哺乳的生理阶段。女人就是女人。她学不来也赶不走。青衣是接近于虚无的女人,或者说,青衣是女人中的女人,是女人的极致境界。青衣还是女人的试金石,是女人,即使你站在戏台上,在唱,在运眼,在运手,所谓的"表演""做戏"也不过是日常生活里的基本动态,让你觉得生活就是如此这般的——话就是那样说的,路就是那样走的;不是女人,哪怕你坐在自家的沙发上,床头上,你都是一个拙巴的戏子,你都在"演",演也演不像,越演越不像人。与此相应的是,花脸则是一个绝对的男人,或者说,是绝对男人的绝对侧面。男人就应当是简单的,所有的身心只是一张脸谱,简单到夸张的程度,简单到恒久与一成不变的程度。所以,戏的衰退首先是男人与女人的携手衰退。是种性的一天不如一天。

老天爷创造出一个花脸不容易,老天爷创造出一个青衣同样不容易。筱燕秋是其中的一个,其中的另一个则是春来。

春来的出现让筱燕秋看到了希望。春来是"嫦娥"能够活在这个世上最充分的理由。筱燕秋宛如一个绝望的寡妇,拉扯着唯一的孩子。只要有春来,筱燕秋的香火终究可以续上了,这是老天爷对筱燕秋的最后一点补贴,最后一点安慰。春来刚过了十七岁,严格地说,还是一个女孩子。但是春来从来就不是女孩子,她天生就是一个女人,一个风姿绰约的女人,一个风情万种的女人,一个风月无边的女人,一个她看你一眼就让你愁肠百结的女人。这不是早熟,只能说,它与生俱来。春来在十七岁的这个夏天就此步入了青衣的黄金年段,身段该有的都有,该没的都没。腰肢里头流宕着一股天成的婀娜态,风流态。春来的一双眼睛里头有一种独特而美妙的神采,她看所有的东西都不是看,而是顾盼,左盼盼,右顾顾,有股美目盼兮的意思,有股依依不舍的意思,还有股此怨不知所从何来的意思。春来运动的眼珠就像戏台上的运眼,她有一种将最戏剧化的程式还原到生活中来的禀赋,她同时还有一种将最日常化的动态提升到戏台上的异质。而春来的变声期也是格外地顺利,居然没怎么在意说过去就过去了,许多演员过不了变声期这么一个鬼门关,昨晚上洗澡的时候还好好的,一觉醒来,好嗓子已经被鬼偷走了。

春来这孩子命好。所有的一切好像都是给她预备好了的。虽说只是嫦娥的B档,但是谁也不能否认,二郎神的灵光已经照亮春来了。

五

一部戏总是从唱腔戏开始。说唱腔俗称说戏,你先得把预设中一部戏打烂了,变成无数的局部、细节,把一部戏中戏剧人物的一恨、一怒、一喜、一悲、一伤、一哀、一枯、一荣,变成一字、一音、一腔、一调、一颦、一笑、一个回眸、一个亮相、一个水袖、一句话,变成一个又一个说、唱、念、打,然后,再把它组装起来,磨合起来,还原成一段念白,一段唱腔。说戏过后,排练阶段才算真正开始。首先是连排。一个人成不了一台戏,"戏"首先是人与人的关系。那么多的演员挤在一个戏台上,演员与演员之间就必须沟通、配合、交流、照应,这样的完善过程也就是连排。连排完了还不行。演员的唱腔、造型还得与乐队、锣鼓家伙形成默契,没有吹、拉、弹、奏、打,那还叫什么戏?把吹、拉、弹、奏、打一同糅合进去,这就是所谓的响排了。响排过了还得排,也就是彩排。彩排接近于实弹演习,是面对着虚拟中的观众进行的一次公演,该包头的得包头,该勾脸的得勾脸,一切都得按实地演出的模样细细地走场。彩排过去了,一出大戏的大幕才能拉得开。

几乎所有的人都注意到了,从说唱腔的第一天开始,筱燕秋就流露出了过于刻苦、过于卖命的迹象。筱燕秋的戏虽说没有丢,但毕竟是四十岁的人了,毕竟是二十年不登台了,她的那种卖命就和年轻人的莽撞有所不同,仿佛东流的一江春水,在入海口的前沿拼命地迂回、盘旋,巨大的漩涡显示出无力回天的笨拙、凝重。那是一种吃力的挣扎、虚假的反溯,说到底那只是一种身不由己的下滑、流淌。时光的流逝真的像水往低处流,无论你怎样努力,它都会把覆水难收的残败局面呈现给你。让你竭尽全力地拽住牛的尾巴,再缓缓地被牛拖下水去。

截至说戏阶段,筱燕秋已经从自己的身上成功地减去了4.5公斤的体重。筱燕秋不是在"减"肥,说得准确一些,是抠。筱燕秋热切而又痛楚地用自己的指甲一点一点地把体重往外抠,往外挖。这是一场战争,一场隐蔽的、没有硝烟的、只有杀伤的战争。筱燕秋的身体现在就是筱燕秋的敌人,她以一种复仇的疯狂针对着自己的身体进行地毯式轰炸,一边轰炸一边监控。减肥的日子里头筱燕秋不仅仅是一架轰炸机,还是一个出色的狙击手。筱燕秋端着她的狙击步枪,全神贯注,密切注视着自己的身体。身体现在成了她的终极标靶,一有风吹草动筱燕秋就会毫不犹豫地扣动她的扳机。筱燕秋每天晚上都要站到磅秤上去,她对每一天的要求都是具体而又严格的:好好减肥,天天向下。筱燕秋一定要从自己的身上抠去十公斤——那是她二十年前的体重。筱燕秋坚信,只要减去十公斤,生活就会回到二十年前,她就会站在二十年前,二十年前的曙光一定会把她的身影重新投射在大地上,颀长、婀娜、娉婷世无双。

这是一场残酷的持久战。汤、糖、躺、烫是体重的四大忌,也就是说,吃和睡是减肥的两大法门。筱燕秋首先控制的就是自己的睡。她把自己的睡眠时间固定在五个小时,五个小时之外,她不仅不允许自己躺,甚至不允许自己坐。接下来控制的就是自己的嘴了。筱燕秋不允许自己吃饭,不允许自己喝水,更不用说热水了。她每天只进一些瓜果、蔬菜。在瓜果与蔬菜之外,筱燕秋像贪婪的嫦娥那样,就知道大口大口地吞药。

减肥的前期是立竿见影的,她的体重如同股票的熊市一样,一路狂跌。身上的肉少了,然而,皮肤却意外地多了出来。多皮的皮肤挂在筱燕秋的身上,宛如捡来的钱包,浑身上下找不到一个存放的地方。多出来的皮肤使筱燕秋对自己产生了这样一种错觉:整个人都是形式大于内容的。这是一个古怪的印象,一个恶劣的印象,这还是一个滑稽和歹毒的印象。最要命的还在脸上,多出来的皮肤使筱燕秋的脸庞活脱脱地变成了一张寡妇脸。筱燕秋望着镜子里的自己,寡妇一样沮丧,寡妇一样绝望。

真正的绝望还在后头。减肥见了成效之后筱燕秋整日便有些恍惚,这是营养不良的具体反应。精力越来越不济了。头晕、乏力、心慌、恶心,总是犯困,贪睡,而说话的气息也越来越细。说戏阶段过去了,《奔月》就此进入了艰苦的排练阶段,体力消耗逐渐加大,筱燕秋的声音就不那么有根,不那么稳,有点飘。气息跟不上,筱燕秋只好在嗓子里头发力,声带收紧了,唱腔就越来越不像筱燕秋的了。

筱燕秋再也没有料到自己会出那么大的丑,当着那么多人的面,她在给春来示范一段唱腔的时候居然"刺花儿"了。"刺花儿"俗称"唱破"了,是任何一个靠嗓子吃饭的人最丢脸的事。那声音不像是人的嗓子发出来的,像玻璃剐在了玻璃上,像发情期的公猪趴在了母猪的背脊上。其实"刺花儿"也不是什么大不了的事,每一个演员都会碰上的,然而,筱燕秋到底又不是别人,她不能忍受一起集中过来的目光。那些目光不是刀子,而是毒药,它不需要你流一滴血,不让你有半点疼痛,活生生地就要了你的命。筱燕秋决定挽回她的体面。她必须在众人的面前捞回这个脸面。筱燕秋强作镇定,示意再来。连续两次,嗓子就是不肯给筱燕秋下这个台。筱燕秋的嗓子痒得要了命,宛如爬上一万只小虫子。想咳。筱燕秋用力忍住,咬着牙,把满嘴的咳嗽堵在嗓眼里头。坐在一边的炳璋端来了一杯水,递到筱燕秋的面前,故意轻松地对大伙儿说:"歇会儿,歇会儿了哈。"筱燕秋没有接炳璋的杯子,接杯子这个动作筱燕秋无论如何是不肯做的。筱燕秋看着演后羿的男演员,说:"我们再来一遍。"筱燕秋这一回没有"刺花儿",她的高音部只爬到了一半,筱燕秋自己就停下来了。筱燕秋重重地吁出一口气,僵在那儿。没有一个人敢上来和筱燕秋搭腔,没有一个人敢看筱燕秋。筱燕秋强忍着,越忍越难忍。人在丢脸的时候不能急着挽回,有时候,你想挽回多少,反过来会再丢出去多少。她开始用目光去扫别人,他们像是约好了的,都是一副过路人的样子,似乎什么都没发生过。众人的心照不宣有时候更像一次密谋,其残忍的程度不亚于千夫所指。筱燕秋想再来一遍,到底没有勇气了。炳璋端着茶杯,大声对众人宣布:"筱燕秋老师感冒了,就到这儿,今天就到这儿了,哈。"筱燕秋泪汪汪地盯着炳璋,知道他的好意。可是筱燕秋就想扑上去,揪着炳璋的领口给他两大耳光。

排练厅立即走空了,只留下了筱燕秋与春来。春来同样不敢看她的老师,弓着腰,假装收拾东西。筱燕秋长久地望着春来,她年轻的侧影是多么的美,颧骨和下巴那儿发出瓷器才有的光。筱燕秋失神了,反反复复在心里问:自己怎么就没她那个命?春来直起身来,发现老师的目光一直罩在自己的身上,唬了一大跳。筱燕秋突然说:"春来,你过来。"春来停住了,愣在那儿没有动。筱燕秋说:"春来,你把刚才我唱的那一段重来一遍。"春来咽了一口气,她在这样的时候怎么敢做那样的事。春来说:"老师。"筱燕秋没开口,却挪了一把椅子,坐了下来。春来的心里头慌乱了一会儿,不过看老师的架势,躲是躲不过去了,反倒镇定下来了,站好了,进了戏。筱燕秋坐在椅子上,用心地看着春来,听着春来。几分钟过后筱燕秋却走神了。她瞥了一眼墙上的大镜子,大镜子像戏台,十分残酷地把春来和自己一同端出来了。筱燕秋有意无意地拿自己和春来做起了比较。镜子里的筱燕秋在春来的映照之下显得那样地老,几乎有些丑了。当初的自己就是春来现在的这副样子,它现在到哪儿去了呢?人不能比人,这话真是残忍。人不能比别人,人同样不能和自己的过去攀比。什么叫青山遮不住,毕竟东流去?镜子会慢慢地告诉你。筱燕秋的自信心在往下滑,像水往低处流,挡都挡不住。她想起了当初复出时的那种喜悦,那样的喜悦说到底也不过是过眼的烟云,刹那之间就荡然无存了。筱燕秋动摇了,甚至产生了打退堂鼓的意思,却又舍弃不下。虽说春来的表演还有许多地方需要打磨,然而,从整体上说,这孩子超过自己也就是眼前的事了。春来如此年轻,未来的岁月实在是不可限量。筱燕秋突然就是一顿难受,内中一阵一阵地酸,一阵一阵地疼。筱燕秋知道自己嫉妒了。细细说起来,筱燕秋就因为嫉妒吃了二十年的苦头,可是,她实在没有嫉妒过李雪芬,从来没有,一天都没有。但是,面对自己的学生,筱燕秋遏制不住。筱燕秋知道自己在嫉妒,她第一次尝到了嫉妒的厉害。她看到了血在流。筱燕秋痛恨自己,她不能允许自己嫉妒。她决定惩罚。她用指甲拼命地掐自己的大腿。越用力越忍,越忍越用力。大腿上尖锐的疼痛让筱燕秋产生了一种古怪的轻松感。她站起身来,决定利用这个空隙帮春来排练,不允许自己有半点保留。筱燕秋站到春来的面前,面对面,手把手,从腰身到眼神,一点一点地解释,一点一点地纠正,她一定要把春来锻造成自己的二十年前。太阳落下去了,梧桐树的巨大阴影落在窗户的玻璃上,抚摸着玻璃,絮絮叨叨的,苦口婆心的。排练大厅里的光线越来越暗,越来越安静。她们忘记了开灯,师徒两个在昏暗的光线下面反反复复地比画,一遍又一遍,每一个动作都细微到手指的最后一个关节。筱燕秋的脸离春来只有几寸那么远,春来的眼睛忽闪忽闪的,在昏暗的排练大厅里反而显得异样地亮,那样地迷人,那样地美。筱燕秋突然觉得对面站着的就是二十年前的自己,二十年前的筱燕秋就在自己的面前,亭亭玉立。筱燕秋迷惑了,像做梦,像水中观月。眼前的一切都像梦幻那样飘忽起来,充满了不确定性。筱燕秋停下来,侧着头,用那种不聚焦的、近乎烟雾的目光笼罩了春来。春来不知道自己的老师怎么了,也侧过了脑袋,端详着自己的老师。筱燕秋绕到了春来的身后,一手托住春来的肘部,另一只手捏住了春来翘着的小拇指的指尖。筱燕秋望着春来的左耳,下巴几乎贴住春来的腮帮。春来感到了老师的温湿的鼻息。筱燕秋松开手,十分突兀地把春来揽进了怀抱。她的胳膊是神经质的,搂得那样地紧,乳房顶着春来的后背,脸贴在了春来的后颈上。春来猛一惊,却不敢动,僵在了那里,连呼吸都止住了。但只是一会儿,春来的呼吸便澎湃了,大口大口地换气,她喘息一次两只乳房就要在筱燕秋的胳膊里软绵绵地撞击一回。筱燕秋的手指在春来的身上缓缓地抚摸,像一杯水泼在了玻璃台板上,开了岔,困厄地流淌。她的手指流淌到春来腰部的时候春来终于醒悟过来了,春来没敢叫喊,春来小声央求说:"老师,别这样。"

筱燕秋突然醒来了。那真是一种大梦初醒的感觉。梦醒之后的筱燕秋无限地羞愧与凄惶,她弄不清自己刚才到底做了些什么。春来捡起包,冲出了排练大厅。筱燕秋被丢在排练大厅的正中央,耳朵里头充满了春来下楼的脚步声,急促得要命。筱燕秋想叫住春来,可她实在不知道还能对春来说什么。筱燕秋就觉得羞愧难当。天已经黑了,却又没有黑透,是梦的颜色。筱燕秋垂着手,呆呆地站着,不知身在何处。

下班的路上筱燕秋就觉得这一天太古怪了,大街是古怪的,路灯的颜色是古怪的,行人走路的样子也是古怪的。筱燕秋一直想哭,但是,实在又不知道要哭什么。不知道要哭什么就不那么容易哭得出来。这一来筱燕秋的胸口反而堵住了。胸口堵住了,肚子却出奇地饿,这阵饿是丧心病狂的,仿佛肚子里长了五只手,七上八下地拽。筱燕秋走到路边的一家小饭店,决定停下脚步。她怀着一股难言的仇恨走进饭店,要过菜单,专门挑大油大腻的点。一上来筱燕秋就恶狠狠地吞下了三只大肉丸。筱燕秋又是嚼,又是咽,一直吃到喘息都困难的程度。

六

春来并没有在筱燕秋的面前流露什么,戏还是和过去一样地排。只是春来再也不肯看筱燕秋的眼睛了。筱燕秋说什么,她听什么,筱燕秋叫她怎么做,她就怎么做,就是不肯再看筱燕秋的眼睛。一次都不肯。筱燕秋与春来都是心照不宣的,不过,这不是母亲与女儿之间才有的心照不宣,是女人与女人之间的那种,致命的那种,难以启齿的那种。

筱燕秋再也没有料到会和春来这样别扭。一个大疙瘩就这样横在了她们的面前。这个疙瘩看不见,也就越发无从下手了。筱燕秋恢复了饮食,可还是累。筱燕秋说不出这种累掩藏在身体的哪个部位,它具有散发性,在身体的内部四处延展,都无所不在了。好几次她都想从剧组退出,就是下不了那个死决心。这样的心态二十年以前曾经有过一次的,她想到过死,后来竟一次又一次犹豫了。筱燕秋责怪自己当初的软弱。二十年前她说什么也应当死去的。一个人的黄金岁月被掐断了,其实比杀死了更让你寒心。力不从心地活着,处处欲罢不能,处处又无能为力,真的是欲哭无泪。

春来那里一点动静都没有。她永远都是那样气定神闲的,没有一点风吹,没有一点草动,远远的,和筱燕秋隔着一两丈的距离。筱燕秋现在怕这孩子,只是说不出。如果春来就这么和自己不冷不热地下去,筱燕秋的这辈子就算彻底了结了,一点讨价还价的余地都没有了。"嫦娥"要是不能在春来的身上复生,筱燕秋站二十年的讲台究竟是为了什么?

筱燕秋终于和老板睡过了。这一步跨出去了,筱燕秋的心思好歹也算了了。这是迟早的事,早一天晚一天罢了。筱燕秋并没有什么特别的感觉,这件事说不上好,也说不上不好,从古到今反正都是这样的。老板是谁?人家可是先有了权后有了钱的人,就算老板是一个令人恶心的男人,就算老板强迫了她,筱燕秋也不会怪老板什么的。更何况还不是。筱燕秋在这个问题上没有半点羞答答的,半推半就还不如一上来就爽快。戏要不就别演,演都演了,就应该让看戏的觉得值。

可是筱燕秋难受。这种难受筱燕秋实在是铭心刻骨。从吃晚饭的那一刻起,到筱燕秋重新穿上衣服,老板从头到尾都扮演着一个伟人,一个救世主。筱燕秋一脱衣服就感觉出来了,老板对她的身体没有一点兴趣。老板是什么人?这年头漂亮新鲜的小姑娘就是货架上的日用百货,只要老板喜欢,下巴一指,售货员就会把什么样的现货拿到他们的面前。筱燕秋是自己脱光衣服的,刚一扒光,老板的眼神就不对劲了,它让筱燕秋明白了减肥后的身体是多么的不堪入目。老板一点儿都没有掩饰。在那个刹那里头筱燕秋反而希望老板是一个贪婪的淫棍,一个好色的恶魔,她就是卖给老板一回她也卖了。然而,老板不那样。老板上了床就更是一个伟人了。他十分从容地躺在了席梦思上,用下巴示意筱燕秋骑上去。老板平躺在席梦思上,一动不动。筱燕秋骑上去之后就只剩下筱燕秋一个人忙活了。有一个阶段老板对筱燕秋的工作似乎比较满意,嘴里哼唧了几声,说,"哦,叶儿。哦,叶儿。"筱燕秋不知道老板到底在哼唧什么。几天之后,筱燕秋伺候老板之前老板先让她看了几部外国毛片,看完了毛片筱燕秋才算明白过来,大老板在学洋人叫床呢。老板在床上可真是冲出了亚洲走向了世界,一下子就与世界接轨了。这固然不是做爱,可是,这甚至不是性交,筱燕秋只是莫名其妙地巴结着一个男人,伺候着一个男人。筱燕秋就觉着自己贱。她好几次都想停止下来了,然而,性是一个歹毒的东西,不是你想停就停得下来的。这样的感觉筱燕秋在和面瓜做爱的时候反而没有过。筱燕秋一边动作一边骂着自己,她这个女人实在是下贱得到了家了。

　　筱燕秋从老板那回来的时候外面下了一点小雨,马路上水亮水亮的,满眼都是汽车尾灯的倒影与反光,猩红猩红的,热烈得有些过分,有些无中生有,因而也就平添了许多颓丧的意思。筱燕秋望着路面上的斑驳反光,认定了自己今晚是被人嫖了。被嫖的却又不是身体。到底是什么被嫖了,筱燕秋实在又说不上来。她弓在巷子的拐角处,想呕吐出一些什么,终于又没有能够如愿,只是呕出了一些声音。那些声音既难听,又难闻。

　　女儿已经睡了。面瓜正看着电视,陷在沙发里头等着筱燕秋。筱燕秋进了门就没有看面瓜。她不肯和面瓜打照面,低着头径直往卫生间去。筱燕秋打算先洗个澡的,又有些过于多疑,担心这样匆忙地洗澡面瓜会怀疑什么,只好坐到便池上去了。坐下一会儿,没有拉出什么,也没有尿出什么。只是拽着内衣,正过来看了看,反过来又看了看。筱燕秋把自己的上上下下全都检查了一遍,没有发现任何点点斑斑,放下心来走出了卫生间。筱燕秋困乏得厉害,为了不让面瓜看出来,便故意弄出一副精神饱满的样子。面瓜还坐在那儿,弄不懂筱燕秋为什么这样开心,傻笑起来,说:"喝酒啦?脸红红的。"筱燕秋的心口咯噔了一下,轻描淡写地说:"哪里红了。"面瓜认真起来,说:"是红了。"筱燕秋不敢纠缠,立即把话岔开了,说:"孩子呢?"面瓜说:"早就睡了。"筱燕秋不情愿面瓜老是站在自己的面前,她实在不能承受面瓜的目光。筱燕秋说:"你先上床去吧,我冲个澡。"她回避了"睡觉"这两个字,但"上床"的意思其实还是一样的。筱燕秋说这句话的时候迅速地瞥了一眼面瓜,面瓜却开心起来了,不住地搓手。筱燕秋的胸口平白无故地便是一阵痛。

　　筱燕秋把洗澡水的温度调得很烫,几乎达到了疼痛的程度。筱燕秋就希望自己疼。疼的感觉具体而又实在,甚至还有一点快慰,有一种自虐和自戕的味道。筱燕秋把自己冲了又冲,搓了又搓。她用指头抠向身体的深处,企图抠出一点儿什么,拽出一点儿什么。洗完了,筱燕秋坐在了客厅里的沙发上,皮肤上泛起了一层红,有些火烧火燎的。大约在深夜十一点,面瓜裹着毛巾被出来了。面瓜显然没睡,挂着一脸巴结的笑,面瓜说:"魂不守舍的,捡到钱包了吧?"筱燕秋没有搭腔。面瓜文不对题地"嗨"了一声,说:"今天是周末了。"筱燕秋凛了一下,紧张起来了,不动。面瓜挨着筱燕秋坐下来,嘴唇正对着筱燕秋的右耳垂。面瓜张开嘴巴,顺势把筱燕秋的耳垂衔在了嘴里,手却向常去的地方去了。筱燕秋的反应是她自己都始料不及的,她一把就把面瓜推开了,她的力气用得那样猛,居然把面瓜从沙发上推下去了。筱燕秋尖声叫道:"别碰我!"这一声尖叫划破了宁静的夜,突兀而又歇斯底里。面瓜怔在地上,起先只是尴尬,后来竟有些恼羞成怒了,夜深人静的,又不敢发作。筱燕秋的胸脯一鼓一鼓的,像涨满了风的帆。筱燕秋抬起头来,眼眶里突然沁出了两汪泪,她望着自己的丈夫,说:"面瓜。"

今夜不能入眠。筱燕秋在漆黑的夜里瞪大了眼睛,黑夜里的眼睛最能看清的就是自己的今生今世。筱燕秋的一只眼睛看着自己的过去,一只眼睛看着自己的未来。可筱燕秋的两眼都一样地黑。筱燕秋好几次想伸出手去抚摸面瓜的后背,终于忍住了。她在等天亮。天亮了,昨天就过去了。

除了学戏,春来总是闷不吭声的,静得像一杯水。空闲的时刻春来习惯于一个人坐在一边,又长又弯的眉毛挑在那儿,大而亮的眼睛这儿睃睃,那儿瞅瞅,一副妩媚而又自得的模样。春来的身上有一种寂静的美,恬然的美,一举一动都透出弱柳扶风的意味。但是,这样的女孩子说来动静就来了动静。春来无风就是三尺浪。她带来了消息,一个让筱燕秋五雷轰顶的消息。

临近响排的那一天炳璋突然把筱燕秋叫住了。炳璋的脸上很不好看,他闷着头,不声不响地只是把筱燕秋往自己的办公室里带,春来坐在炳璋的办公室里,安安静静地翻着当天的晚报。筱燕秋一看见春来就预感到有什么事发生了。

"她要走。"炳璋一进办公室就这样没头没脑地说。

"谁要走?"筱燕秋蒙在那儿。她看了一眼春来,不解地说,"要到哪里去?"

春来站起身来,依旧不肯看自己的老师。她站在筱燕秋的面前,一言不发,只是望着自己的脚尖。春来的模样再一次使筱燕秋想起了自己的当初,她当初站在李雪芬的病床前面就是这副样子的。但是,自己的心气和春来的现在显然是不可同日而语的。春来磨蹭了半天,开口说话了。春来说:"我想走。"春来说:"我要到电视台去。"

筱燕秋听清楚了,就是不明白。春来的那两句话前言不搭后语的,筱燕秋弄不清里面的山高水深。筱燕秋说:"你要到哪里去?"

春来直接把底牌亮出来了。春来说:"我不想演戏了。"

筱燕秋听明白了,每一个字都听清楚了。筱燕秋静静地打量着她的学生,慢慢歪过了脑袋。筱燕秋轻声说:"你不想做什么?"

春来又沉默了,接下来的话是炳璋帮她说的。炳璋说:"电视台要一个主持人,她报名去了,一个月之前她就报名去了。都已经面试过了,人家要她。"筱燕秋想起来了,说戏的那些日子里头电视台的确是在晚报上面做过广告的,都一个月了,这孩子不声不响居然把什么都准备好了。筱燕秋傻在了沙发旁边,身体晃了一下,就好像被谁拽了一把。筱燕秋顿时就乱了方寸。她伸出双手,打算搭到春来的肩膀上去的,刚一伸手,又收回了原处。筱燕秋喘息了,突然喊道:"你知道你在说什么?"

春来看了看窗外,不说话。

"你休想!"筱燕秋大声说。

"我知道你在我的身上花费了心血,可我走到今天也不容易。你不要拦我。"

"你休想!"

"那我退学。"

筱燕秋抬起了双手,就是不知道要抓什么。她看了看炳璋,又看了看春来,双手抖动起来。她一把拽住了春来的衣襟,心碎了。筱燕秋低声说:"你不能,你知道你是谁?"

春来耷拉着眼皮,说:"知道。"

"你不知道!"筱燕秋心痛万分地说,"你不知道你是多好的青衣——你知道你是谁?"

春来歪了歪嘴角,好像是笑。但没出声。春来说:"嫦娥的B档演员。"

筱燕秋脱口说:"我去和他们商量,你演A档,我演B档,你留下来,好不好?"

春来掉过头去,说:"我不抢老师的戏。"

春来还是那样生硬,然而,口气上毕竟有所松动了。筱燕秋抓住了春来的手,慌忙说:"没有,你没有抢我的戏!你不知道你多出色,可我知道。出一个青衣多不容易,老天爷要报应的——你演A档,你答应我!"她把春来的手捂在自己的掌心里,急切地说,"你答应我。"

春来抬起了头来,望着她的老师。这么些日子来春来还是第一次这样正眼看她的老师。筱燕秋仔细地研究着春来的目光,这是一种疑虑的目光,一种打算改弦更张的目光。筱燕秋全神贯注地看着春来,就好像春来的目光一移开立即就会飞走了的。炳璋一直注视着春来,他从春来细微的变化当中看到了玄机。那绝对是七不离八的。炳璋有底了,知道和春来的谈话从哪儿入手了。炳璋对筱燕秋摆了摆手,示意她先出去。筱燕秋不动,都有些神经质了,直到炳璋把手搭在了她的肩上她才还过了神来。筱燕秋一步一回头。炳璋悄声说:"先回去,你先回去。"

筱燕秋回到了排练大厅,远远地打量着炳璋的那扇窗。那扇窗现在是她的命。排练结束了,人去楼空,空荡荡的排练大厅孤零零地吊着筱燕秋的身影。筱燕秋在焦急地等。夕阳残照,大厅里的粉尘悬浮在半空,橙黄橙黄的,弥漫着一股毫无由头的温馨,植物的叶片被残阳放大了,已经看不出植物叶片的轮廓。筱燕秋抱着胳膊,在大厅里来来回回。炳璋的窗户突然打开了,探出了炳璋的脑袋和一条手臂。筱燕秋看不见炳璋的表情,然而,她看到了炳璋挥舞胳膊。炳璋挥得很有力,最后还把指头握成了拳头。筱燕秋明白了。她扶着墙边的练功架,泪水涌了上来。她的身体沿着墙面慢慢滑落了下去。在她坐在地板上的时候,筱燕秋终于哭出了声来。她的一切差一点就付诸东流了,这真的是一场劫后余生。这是多么幸福的泪水,多么令人欣慰的泪水。筱燕秋扶着一把椅子,扶着椅子的靠背坐了上去。她在椅子上慢慢地哭,慢慢地体会这份幸福与欣慰。筱燕秋在抹眼泪的时候认认真真地责备了自己一回,剧组一成立她其实就应该和春来说明白的,春来要是有戏演,她断不至于去找别的出路的。自己都这个年纪了,一个青衣到了这个岁数,还争什么戏?还演什么 A 档。这样多好!反正春来都已经顶上来了,再怎么说,春来终究是另一个自己,是自己的另一种形式。只要春来唱红了,自己的命脉一样可以在春来的身上流传下去的。这么一想筱燕秋突然放松了,心中的压力与阴影荡然无存。放弃,彻底放弃。筱燕秋深深地出了一口气,心情为之一振。

　　减肥真的像一场病。病去如抽丝,病来如山倒。开禁没几天,磅秤的红色指针呼啦一下就把筱燕秋的体重反弹上去了,还捞回了 0.5 公斤,都有点像有奖销售了。筱燕秋的心情爽朗了一些日子,但是,等体重真的回复到过去,筱燕秋便又后悔了。刚刚到手的机会说失去就这么失去了,这样的伤心实在是毁灭性的。筱燕秋望着磅秤上的红色指针,指针翘上去一点儿筱燕秋的心就沉下去一点儿。但是筱燕秋不允许自己伤心,不是不允许自己流露出伤心,而是不允许自己产生一点点难受的念头,产生多少就掐死多少。做出放弃的承诺之后,筱燕秋原以为自己从此就能心静如水的。但是没有。相反,登台的念头甚至比以往更强烈了。可是放弃 A 档毕竟是筱燕秋在炳璋的面前亲口承诺的,这个承诺是一把剑,筱燕秋亲眼看着自己被这把剑劈成两个,一个站在岸上,另一个则被摁在了水底。当水下的筱燕秋企图浮出水面的时候,岸上的筱燕秋毫不犹豫地就会用鞋底把她踩向水的深处。岸上的筱燕秋感到了水下的窒息,而水下的筱燕秋则亲眼目睹了谋杀的冷酷。岸上和水下的两个女人一起红眼了,怒目相向。筱燕秋在水底与岸上两头挣扎,疲惫万分。她选择了拼命进食,宛如溺水的人拼命喝水。她的体重就此一路飙升。捞回来的体重不仅是对春来的一种交代,同样也是对自己最有效的阻拦。筱燕秋第一次发现自己这么能吃,实在是好胃口。

　　剧组的人们从筱燕秋的身上看出了反常种种。这个沉默的女人在减肥初见成效的时刻说放弃就放弃了。没有人听到筱燕秋说起过什么,然而,人们看着筱燕秋的脸色重新红润起来了,而唱腔的气息也再一次落了地,生了根。有了猜测,那次"刺花儿"对筱燕秋的刺激一定太大了,要不然,像筱燕秋这样好强的女人不可能说放弃就放弃的。真正反常的也许还不是筱燕秋放弃了减肥,几乎所有人都注意到了,《奔月》刚进入响排,筱燕秋其实已经把自己撤下来了。实地排练的差不多全是春来,筱燕秋只是提着一把椅子,坐在春来的对面,这儿点拨一下,那儿纠正一下。筱燕秋显出一副愉快万分的模样,只是愉快得有些过了头,就好像太阳都已经放到他们家冰箱里了。这一来就免不了夸张和表演的意思。筱燕秋把所有的精力全都耗在了春来的身上,看上去再也不像一个演员在排练,更像一个导演,严格地说,像春来一个人的导演。人们不知道筱燕秋到底怎么了,没有人知道这个女人的脑子里栽的是什么果,开的是什么花。

一到家筱燕秋的疲惫就全上来了。那种疲惫像秋雨之后马路两侧被点燃的落叶,弥散出呛人的浓烟,缭绕着,纠缠着,盘旋在筱燕秋的体内。筱燕秋甚至连眼睛都有些累了,只要一看住什么东西,一看就是好半天,眼珠子就再也懒得挪动一下子。好几次筱燕秋都直起了腰,大口大口地做深呼吸,想把虚拟的烟雾从自己的胸口呼出去,可是深呼吸总也是吸不到位,努力了几次,筱燕秋只好作罢了。

筱燕秋的失神自然没有逃出面瓜的眼睛,她那种半死不活的模样不能不引起面瓜的高度关注。她在床上已经连续两次拒绝面瓜了,一次冷漠,另一次则神经质。她那种模样就好像面瓜不是想和她做爱,而是提了一把匕首,存心想刺刀见红。面瓜已经暗示了几次了,有些话说得都已经相当露骨了,她竟然什么都没有听得进去。这个女人的心一定开叉了,这个女人看来是不为所动了。

七

炳璋在筱燕秋给春来示范亮相的时候找到了筱燕秋。春来在亮相这个问题上老是处理得不那么到位。亮相不仅是戏剧心理的一种总结,它还是另一种戏剧心理无言的起始。亮相有它的逻辑性,有它的美。亮相最大的难点就是它的分寸,艺术说到底都是一种恰如其分的分寸。筱燕秋连续示范了好几遍。筱燕秋强打着精神,把说话的声音提到了近乎喧哗的程度。她要让所有的人都看出来,她热情洋溢,她还心平气和,她没有丝毫不甘,没有丝毫委屈,她的心情就像用熨斗熨过了一样平整。她不仅是最成功的演员,她还是这个世上最幸福的女人,最甜蜜的妻子。

炳璋这时候过来了。他没有进门,只在窗户的外面对着筱燕秋招了招手。炳璋这一次没有把筱燕秋叫到办公室里去,而是喊到了会议室。他们的第一次谈话就是在办公室里进行的。那一次谈得很好,炳璋希望这一次同样谈得很好。炳璋先是询问了排练的一些具体情况,和颜悦色的,慢条斯理的。炳璋要说的当然不是排练,可他还是习惯于先绕一个圈子。他这个团长不知道为什么,就是有点害怕面前的这个女人。

筱燕秋坐在炳璋的对面,专心致志。她那种出格的专心致志带上了某种神经质的意味,好像等待什么宣判似的。炳璋瞥了一眼筱燕秋,说话便越发小心翼翼了。

炳璋后来把话题终于扯到春来的身上来了。炳璋倒也是打开窗子说起了亮话。炳璋说,年轻人想走,主要还是担心上不了戏,看不到前途,其实也不是真的想走。筱燕秋突然堆上笑,十分突兀地大声说:"我没有意见,真的,我绝对没有意见。"炳璋没有接筱燕秋的话茬儿,顺着自己的思路往下走。炳璋说:"照理说我早就该找你交流交流的,市里头开了两个会,耽搁了。"炳璋自我解嘲似的笑了笑,说,"你是知道的,没办法。"筱燕秋咽了一口,又抢话了,说:"我没意见。"炳璋小心地看了一眼筱燕秋,说:"我们还是很慎重的,专门开了两次行政会议,我想再和你商量商量,你看这样好不好——"筱燕秋突然站起来了,她站得如此之快,把她自己都吓了一跳。筱燕秋又笑,说:"我没意见。"炳璋紧张地跟着站起了身,疑疑惑惑地说:"他们已经和你商量了?"筱燕秋茫然地望着炳璋,不知道"他们"和她"商量了"什么了。炳璋把下嘴唇含在嘴里,不住地眨眼,有些欲言又止。炳璋最后还是鼓起了勇气,磕磕绊绊地说:"我们专门开了两次行政会议,我们想呢——他们还是觉得我来和你商量妥当一些,能够从你的戏量里头拿出一半,当然了,你不同意也是合情合理的,你演一半,春来演一半,你看看是不是——"

下面的话筱燕秋没有听清楚,但是前面的话她可是全听清楚了。筱燕秋突然醒悟过来了,这些日子她完全是自说自话了,完全是自作主张了!领导还没有找她谈话呢!一出戏是多大的事?演什么,谁来演,怎么可能由她说了算呢?最后一定要由组织来拍板的。她筱燕秋实在是拿自己太当人了。一人一半,这才是组织上的决定呢,组织上的决定历来就是各占百分之五十。筱燕秋喜出望外,喜出了一身冷汗,脱口说:"我没意见,真的,我绝对没有意见。"

筱燕秋的爽快实在出乎炳璋的意料。他小心地研究着筱燕秋,不像是装出来的。炳璋悄悄地松了一口气。炳璋有些激动,想夸筱燕秋,一时居然没有找到合适的词句。炳璋后来自己也奇怪,怎么说出那样一句话来了,几十年都没人说了。炳璋说:"你的觉悟真是提高了。"筱燕秋在返回排练大厅的路上几乎喜极而泣,她想起了春来闹着要走的那个下午,想起了自己为了挽留春来所说的话。筱燕秋突然停下了脚步,回头看会议室的大门。筱燕秋当着炳璋的面说过的,春来演 A 档,可炳璋并没有拿她的话当回事。显然,炳璋一定只当是筱燕秋放了个屁。筱燕秋对自己说,炳璋是对的,她这个女人所作的誓言顶多只是一个屁。不会有人相信她这个女人的,她自己都不相信。

过道里旋起了一阵冬天的风,冬天的风卷起了一张小纸片。孤寂的小纸片是风的形式,当然也就是风的内容。没有什么东西像风这样形式与内容绝对统一的了。这才是风的风格。冬天的风从筱燕秋的眼角膜上一扫而过,给筱燕秋留下了一阵战栗。纸片像风中的青衣,飘忽,却又痴迷,它被风丢在了墙的拐角。又是一阵风飘来了,纸片一颠一颠的,既像躲避,又像渴求。小纸片是风的一声叹息。

天气说冷就冷了,而公演的日子说近也就近了。老板在这样的时刻表现了老板的威力,老板实在是一个操纵媒体的大师,最初的日子媒体上只是零零星星地做了一些报道,随着公演一天一天地逼近,媒体逐渐升温了,大大小小的媒体一起喧闹了起来。热闹的舆论营造出这样一种态势,就好像一部《奔月》业已构成了公众的日常生活,成了整个社会倾心关注的重点。媒体设置了这样一个怪圈:它告诉所有的人,"所有的人都在翘首以待"。舆论以倒计时这种最为撩拨人的方式提醒人们,万事俱备,只欠东风。

响排已经接近了尾声。这个上午筱燕秋已经是第五次上卫生间了,一大早起床的时候筱燕秋就发现身上有些不大对路,恶心得要了命。筱燕秋并没有太往心里去。前些日子服用了太多的减肥药,感觉好像也是这样的。第五次走进卫生间之后,筱燕秋的脑子里头一直挂牵着一件事,到底是什么事,一时又有点想不起来,反正有一件要紧的事情一直没有做。筱燕秋就觉着自己胀得厉害,不住地要小解。其实也尿不出什么。利用小解的机会筱燕秋又想了想,还是觉得有一件要紧的事情没有做。就是想不起来。

洗手的时候一阵恶心重又反上来了,顺带着还涌上来一些酸水。筱燕秋呕了几口,突然愣住了。她想起来了。筱燕秋终于想起来了。她知道这些日子到底是什么事还没做了。她惊出了一身汗,站在水池的前面,一五一十地往前推算。从炳璋第一次找她谈话算起,今天正好是第四十二天。四十二天里头她一直忙着排戏,居然把女人每个月最要紧的事情弄忘了。其实也不是忘了,破东西它根本就没有来!筱燕秋想起了四十二天之前她和面瓜的那个疯狂之夜。那个疯狂的夜晚她实在是太得意忘形了,居然疏忽了任何措施。她这三亩地怎么就那么经不起惹的呢?怎么随便插进一点什么它都能长出果子来的呢?她这样的女人的确不能太得意,只要一忘乎所以,该来的肯定不来,不该来的则一定会叫你现眼。筱燕秋下意识地捂住了自己的小肚子,先是一阵不好意思,接下来便是不能遏制的恼怒。公演就在眼前,她那天晚上怎么就不能把自己的大腿根夹紧呢?筱燕秋望着水池上方的小镜子,盯着镜子中的自己。她像一个最粗鲁的女人用一句最下作的话给自己做了最后总结:"操你妈的,夹不住大腿根的贱货!"

肚子成了筱燕秋的当务之急。筱燕秋算了一下日子,这一算一口凉气一直逼到了她的小腿肚子。公演的日子就在眼前,要是在戏台上犯了恶心,呕吐起来,救火都来不及的。首选当然是手术。手术干净、彻底,一了百了。可手术到底是手术,皮肉之苦还在其次,恢复起来可实在是太慢了。上了台,你就等着"刺花儿"吧。筱燕秋五年之前坐过一次小月子,刮完了身子骨便软了,趿拉了二十多天。筱燕秋不能手术,只有吃药。药物流产不声不响的,歇几天或许就过去了。筱燕秋站在水池的前面,愣在那儿,突然走出了卫生间,直接往大门口的方向去。筱燕秋要抢时间,不是和别人抢,而是和自己抢,抢过来一天就是一天。

筱燕秋的手上捏了六粒白色的小药片。医生交代了,早晚各一粒,后天上午两粒,吃完了再去找他。小药片的名字起得实在是抒情,"含珠停"。就好像筱燕秋的肚子里头这刻儿含着的是一粒锃亮的珍珠,正在缓缓地生长,筱燕秋要做的事情是把它停下来。难怪现在写诗的少了,写戏的少了,他们都忙着给大大小小的药丸子起名字去了。筱燕秋望着手里的小药片,心中涌上了一阵酸楚。女人的一生总是由药物相陪伴,嫦娥开了这个头,她筱燕秋也只能步嫦娥的后。药物实在是一个古怪的东西,它们像生活当中特别诡异的阴谋。

筱燕秋的家离医院有一段路,筱燕秋还是决定步行回去。一路上她生着自己的气,更多的是生面瓜的气。到家的时候她已经不是在生面瓜的气了,而是对面瓜充满了仇恨。一进家门她就没有给面瓜好脸。筱燕秋没有吃,没有洗,倒下头便睡。

筱燕秋没有请假,说到底流产这样的事情也不是什么了不得的光荣,没必要弄得路人皆知。只不过筱燕秋有点扛不住"含珠停"的药物反应。她恶心得厉害了,身子骨全轻了,像是从月亮上刚飞回来的。筱燕秋用力支撑着,总算把这一天的排练挺过来了。但是,她的仇恨却与日俱增。筱燕秋这一次总算把面瓜恨到骨子里头了。第二天的夜晚是昨天晚上的翻版,气氛却比昨天更为凌厉。筱燕秋走进家门的时候更加严峻地阴着一张脸,不吃,不喝,不洗,不说,一声不响地上床。家里异样了。冬天的风一起堵在了面瓜的门口,顺着门缝扁扁地劈了进来。面瓜静静地听了一会儿,不知所以,不知所措。

但是筱燕秋并没有睡。面瓜在夜深人静的时候听到了她的沉重叹息。她把气吸得那么深,而呼的时候却故意收住了,静悄悄的,好像故意不让人听见似的;这又瞒得住谁呢?面瓜也轻轻地叹了一口气。生活出了问题了,生活绝对出了问题了。面瓜看到了生活的尽头。

面瓜开始缅怀起过去。一个人学会了缅怀,必然意味着某一种东西走到了尽头。面瓜是在筱燕秋最落魄的时候鸠占了鹊巢,两个人原本就不般配的。人家现在又能演戏了,又要做大明星了,做了嫦娥的人除了想往天上飞还往哪儿飞?她迟早总是要飞回到天上去的。这个家离鸡飞狗散的日子绝对不远了。面瓜记起了筱燕秋这些日子里的诸种反常,面对着夜的颜色,兀自冷笑了一回。

一大早筱燕秋吃掉最后两粒药片,坐在家里静静地等。上午九点,筱燕秋带上擦换的纸巾往医院去。医生没有做别的,还是命令她吃药。这一回医生给她的是三颗六角形的白色片剂,筱燕秋一口吞进了肚子,转了一会儿,在一边的椅子上静静地坐等。腹部的阵痛在她坐下之后慢慢开始了,一阵紧似一阵。筱燕秋弓在那儿,不声不响地喘息。后来医生过来了,厉声说:"坐在这儿做什么?要等四个小时呢。出去跑,跳,坐在这儿做什么?"筱燕秋来到了楼下,肚子却疼得咬人了,有些支撑不住,就想找个地方好好躺下来。筱燕秋不敢回到楼上,实在又不愿意待在医院的门口,万一碰上熟人免不了丢人现眼。筱燕秋实在熬不过去,一赌气就回到了家中。家中没有人,整座楼上都没有人。筱燕秋站在客厅里头,突然想起了医生的话。她决定跳,决定在这个无人的时刻弄出一点动静来。筱燕秋脱了鞋,光着脚,"呼"地一下一蹦多高。光着的脚后跟落在了楼板上,楼板"咚"地一下,吓了筱燕秋一跳,听上去却鼓舞人心。筱燕秋倾听了片刻,再跳,楼板"咚"的又一下。楼板的轰隆声激励了筱燕秋,筱燕秋越跳越疼,越疼越跳,颠跳伴随着疼痛,疼痛伴随着颠跳。筱燕秋越跳越高,越跳越来劲了。一阵空前的畅快与轻松突然间布满了筱燕秋,这真是一次意外的收获,意外的惊喜。筱燕秋扒掉了大衣,在自己的大衣上拼命地跳跃、拼命地扭动。她的头发散开来了,像一万只手,在半空中乱舞乱抓。筱燕秋就想叫,只想叫,不过不叫也没有关系,这样就足够了。筱燕秋都忘记了为什么而跳的了,她现在只是为跳而跳,为"咚咚"作响而跳,为地动山摇而跳。筱燕秋痛快淋漓了,升腾起来了,飞起来了。她竭尽了全力,直至耗尽了最后一丝体力。筱燕秋躺在地板上,眼窝里沁出了幸福的泪。

楼下小卖部的女人听到了楼上的反常动静。她伸出了脖子,自语说:"楼上这是怎么啦?"她的丈夫正在数钱,没有抬头,"嗨"了一声,说:"装修呢。"

中午时分那粒"珍珠"从筱燕秋的体内滑落了出来。血在流,疼痛却终止了。无痛一身轻,从疼痛中解脱出来的时刻多么令人陶醉!筱燕秋疲惫万分。她躺在床上,仔细详尽地体会着这份陶醉、这份轻松、这份疲惫。陶醉是一种境界。轻松是一种领悟。疲惫是一种美。

筱燕秋睡着了。

筱燕秋不知道这一觉睡了有多久,昏睡之中筱燕秋做了许多细碎的梦,连不成片断,像水面上的月光,波光粼粼的,密密匝匝的,闪闪烁烁的,一个都捡不起来。筱燕秋甚至知道自己在做梦,但是醒不来。

"哐当"一声,面瓜下班了。今天下午面瓜下班到家之后显得有点异样,手上没有了轻重,似乎什么都碍他的事。面瓜摔摔打打的,这儿"咚"地一下,那儿"轰"地一下。筱燕秋想支起身子和他说些什么,但是整个人都绵软了,只好罢了。筱燕秋翻了个身,接着睡。

筱燕秋看出了事态的严重性。事实上,当一个人看出了事态的严重性的时候,事态往往已经超出了当事人的认知程度。说起来还是女儿提醒了筱燕秋,那天晚上女儿故意绕到了卫生间里头,问筱燕秋说:"爸爸最近怎么啦?"女儿的脸上是一无所知的样子,孩子的一无所知往往意味着知根知底。这句话把筱燕秋问醒了,她从女儿的目光当中看到了自己的恍惚,看到了家中潜在的危险性。第二天排练一结束筱燕秋就撑着身子拐到了菜场,买了一只老母鸡,顺便还捎了一些洋参片。天这么冷了,面瓜一天到晚站在风口,该给他补一补了。再说自己也该补一补了。等吃完了这顿饭,筱燕秋一定要和面瓜好好聊一聊的。

面瓜回家的时候脸上紫紫的,全是冬天的风。筱燕秋迎了上去。筱燕秋一点都不知道自己热情得有多过分,一点都不像居家过日子的模样。面瓜疑疑惑惑地看了筱燕秋一眼,挪开之后的目光愈发疑云密布了。女儿远远地看了看父母这边,趴在阳台上做作业去了。客厅里头只有筱燕秋和面瓜两个。筱燕秋回头瞄了一下阳台,舀了一碗鸡汤端到了餐桌上。筱燕秋像一个下等酒馆的女老板,热情地劝了,说:"喝点吧,天冷了,补补,鸡汤,还加了洋参片。"

面瓜陷在沙发里头,没动,却点起了一根香烟。面瓜的胸脯笑了一下,脸上的笑容就不那么像笑,看上去有些古怪。面瓜把打火机丢在茶几上,自语说:"补补。鸡汤。还加了洋参片。"面瓜抬起头,说:"补什么补?这么冷的天,让我夜里到大街上去转圆圈?"

这话伤人了。这话一出口面瓜也知道伤人了,听上去还特别地别扭。就好像夫妻两个在一起生活就为了床上那些事似的,这一来又戳到了筱燕秋的痛处。面瓜其实并没有细想,只是心情不好,脱口就出来了。面瓜想缓和一下,又笑,这一回笑得就更不像笑了,看上去一脸的毒。筱燕秋当头遭到了一盆凉水,生活中最恶俗、最卑下的一面裸露出来了。筱燕秋重新把脸拉了下来,说:"不喝拉倒。"

说完这话筱燕秋瞄了一眼阳台,目光正好和女儿撞上了。女儿立即把目光移开了,仰起头,做出一副认真思考的样子。

八

彩排极其成功。春来演了大半场,临近尾声的时候筱燕秋演了一小段,算是压轴。师生同台,真的成了一件盛事了。炳璋坐在台下的第二排,控制着自己,尽量平静地注视着戏台上的两代青衣。炳璋太兴奋了,差不多溢于言表了。炳璋跷着二郎腿,五根手指像五个下了山的猴子,开心得一点板眼都没有。几个月之前剧团是一副什么样子,现在说上戏就上戏了。炳璋为剧团高兴,为春来高兴,为筱燕秋高兴,然而,他还是为自己高兴。炳璋有理由相信自己成了最大赢家。

筱燕秋没有看春来的彩排,她一个人坐在化装间里休息了。她的感觉实在不怎么好。后来筱燕秋上台了,筱燕秋一登台就演唱了《广寒宫》,这是嫦娥奔月之后幽闭于广寒宫中的一段唱腔,即整部《奔月》最大段、最华彩的一段唱,二黄慢板转原板转流水转高腔,历时十五分钟之久。嫦娥置身于仙境,长河即落,晓星将沉,嫦娥遥望着人间,寂寞在嫦娥的胸中无声地翻涌,碧海青天放大了她的寂寞,天风浩荡,被放大的寂寞滚动起无从追悔的怨恨。悔恨与寂寞相互撕咬,相互激荡,像夜的宇宙,星光闪闪的,浩渺无边的,岁岁年年的。人是自己的敌人,人一心不想做人,人一心就想成仙。人是人的原因,人却不是人的结果。人啊,人啊,你在哪里?你在远方,你在地上,你在低头沉思之间,你在回头一瞥之间,你在悔恨交加之间。人总是吃错了药,吃错了药的一生经不起回头一看,低头一看。吃错药是嫦娥的命运,女人的命运,人的命运。人只能如此,命中八尺,你难求一丈。

这段二黄的后面有一段笛子舞,嫦娥手里拿着从人间带过去的一支竹笛,众仙女飘飘然,徐徐而上。嫦娥在众仙女的环抱之中做无助状,做苦痛状,做悔恨状,做无奈状,做顾盼状。嫦娥与众仙女亮相。整部《奔月》就是在这个亮相之中降下大幕的。

照炳璋原来的意思,彩排的戏量筱燕秋与春来一人一半的。筱燕秋没有同意。她对自己的身体没有把握。嫦娥在服药之后有一段快板唱腔,快板下面又是一段水袖舞,水袖舞张狂至极,幅度相当大。不论是快板还是水袖舞,都是力气活儿。放在过去筱燕秋自然是没有问题的,今天却不行。筱燕秋流产毕竟才第五天。虽说是药物流产,可到底失了那么多的血,身子还软,气息还虚,筱燕秋担心自己扛不下来,到底也不是正式演出。筱燕秋的决定的确是明智的,笛子舞过后,大幕刚刚落下,筱燕秋一下子就坍塌在地毯上了,把身边的"仙女们"吓了一大跳。好在筱燕秋并不慌张,她坐在毡毯上,笑着说:"绊了一下,没事的。"筱燕秋没有谢幕,直接到卫生间去了。她感到了不好,下身热热的,热热的东西在往下淌。

筱燕秋从卫生间里出来,一拐弯就被众人围住了。炳璋站在最前面,冲着她无声地微笑,跷着他的大拇指。炳璋在赞美筱燕秋。炳璋的赞美是由衷的,他的眼里噙着泪花。筱燕秋的嫦娥实在是太出色了。炳璋把左手搭在筱燕秋的肩膀上,说:"你真的是嫦娥。"

筱燕秋无力地笑着。她突然看见春来了,还有老板。春来依偎在老板身边,仰着脸,满面春风,一路走一路和老板说着什么。老板步履矫健,神采奕奕,像微服私访的伟人。老板亲切地微笑着,边微笑边点头。筱燕秋从他们的神态上面敏锐地捕捉到了异样的征候,心口"咯噔"了一下。筱燕秋笑了笑,迎了上去。

《奔月》公演的这天下起了大雪,一大早就是雪霁之后晴朗的冬日。晴朗的太阳把城市照得亮亮的,白白的,都有些刺眼了。大雪覆盖了城市,城市像一块巨大的蛋糕,铺满了厚厚的奶油,又柔和,又温馨,笼罩着一种特殊的调子,既像童话,又像生日。筱燕秋躺在床上,目光穿过了阳台,静静地看着玻璃外面的巨大蛋糕。筱燕秋没有起床,她就是弄不明白,下身的血怎么还滴滴答答的,一直都不干净。筱燕秋没有力气,她在静养。她要把所有的力气都省下来,留给戏台,留给戏台上的一举一动,一字一句。

临近傍晚的时分厚厚的蛋糕已经被糟蹋得不成样子了,有一种客人散尽、杯盘狼藉的意味。雪化了一部分,积余了一部分,化雪的地方裸露出了大地的乌黑、肮脏、丑陋,甚至狰狞。筱燕秋叫了一辆出租车,早早来到了剧院。化妆师和工作人员早到齐了。今天是一个不一般的日子,是筱燕秋这一生当中最为重要的日子。一下车筱燕秋就在台前与台后都走了一遍,看了一遍,和工作人员招呼了几回,然后,回到化装间,查看过道具,静静地坐在了化妆台的前面。

筱燕秋望着镜子里的自己,慢慢地调息。她细细地端详着自己,突然觉得自己今天是一个古典的新娘。她要精心地梳妆,精心地打扮,好把自己闪闪亮亮地嫁出去。她不知道新郎是谁,尚未拉开的红色大幕是她头上的红头盖,把她盖住了。一阵慌张十分突兀地涌向了筱燕秋的心房,筱燕秋慌张得厉害。红头盖是一个双重的谜,别人既是你的谜,你同样又构成了别人的谜。你掩藏在红头盖的下面,你与这个世界彻底变成了互猜的关系,由不得你不紧张,不心跳,不神飞意乱。

筱燕秋深吸了一口气,定下心来。她披上了水衣,扎好,然后,筱燕秋伸出了手去。她取过了底彩。她把肉色的底彩挤在了左手的掌心上,均匀地抹在脸上、脖子上、手背上。抹匀了,筱燕秋开始搽凡士林。化妆师递上了面红,筱燕秋用中指一点一点地把自己的眼眶、鼻梁画红了,左右研究了一回,满意了,拍定妆粉。筱燕秋开始上胭脂了。胭脂搽在了面红抹过的部位,面红立即出彩了,鲜亮了起来,镜子里青衣的模样顿时就出来了一个大概。现在轮到眼睛了。筱燕秋用指尖顶住了眼角,把眼角吊向太阳穴的斜上方,画眼、画眉。画好了,筱燕秋松开手,眼角的皮肤一起松垮垮地掉了下来,而眼眶却画在了高处,这一来眼角那一把就有些古怪,妖里妖气的。

化完妆,筱燕秋便把自己交给了化妆师。化妆师湿好了勒头带,开始为筱燕秋吊眉。化妆师把筱燕秋的眼角重新顶上去,筱燕秋感到有点疼。化妆师用潮湿的勒头带把筱燕秋的脑袋裹了一圈又一圈,勒住了眼角的皮,紧绷绷的,吊上去的眼角这一回算是固定住了,筱燕秋的双眼呈倒"八"字状,看上去有点像传说中的狐狸,妩媚起来了,灵动起来了。吊好眉,化妆师为筱燕秋贴上大片,左腮一个,右腮一个,筱燕秋的脸型一下子变了,居然变成了一只剥了壳的鸡蛋。上好齐眉穗,盖好水纱,戴上头套、假发,一个活灵活现的青衣立时就出现在镜框里了。筱燕秋盯着自己,看,她漂亮得自己都认不出自己来了。那绝对是另一个世界里的另一个女人。但是,筱燕秋坚信,那个女人才是筱燕秋,才是她自己。筱燕秋挺起了胸,侧过头,意外地发现化装间里挤了好些人。他们一起愣在那儿,专心地看着她,用一种疑惑的眼光研究着她。筱燕秋看到了春来,春来就在身边。春来一直就站在筱燕秋的身边。春来呆在那儿,她不敢相信面前的女人就是与她朝夕相处的老师筱燕秋。筱燕秋简直就是变魔术,突然变出一个人来了。筱燕秋睃了春来一眼。她知道这个小女人此时此刻的心情。她看得出,这个小女人妒忌了。筱燕秋没有开口,她现在谁也不是。她现在只是自己,是另一个世界里的另一个女人。是嫦娥。

大幕拉开了。红头盖掀起来了。筱燕秋撂开了两片水袖。新娘把自己嫁出去了。没有新郎,这个世界就是新郎,所有的人都是新郎。所有的新郎一起盯住了唯一的新娘。筱燕秋站在入相处,锣鼓响了起来。

筱燕秋没有料到一出戏如此之短,筱燕秋只觉得刚开了一个头,刚刚离开了这个世界,说回来就又回来了。筱燕秋起初还担心自己的身体吃不消的,刚刚登台的时候是有那么一点紧张,很快她就完全放松下来了。她开始了抒发,开始了倾诉,她彻底忘记了自己,甚至,彻底忘记了嫦娥,她把满腔的块垒抽成了一根绵延的细长的丝,一点一点地吐了出来,缠绕了起来,挥洒了起来。她在世界的面前坦露出了她自己,满世界都在为她喝彩。她越来越投入,越来越痴迷,筱燕秋越陷越深。这是喜悦的两个小时,哭泣的两个小时,五味俱全的两个小时,缤纷飞扬的两个小时,酣畅的两个小时,凄艳的两个小时,恣意的两个小时,迷乱的两个小时,这还是类似于床笫之欢的两个小时。筱燕秋的身体连同她的心窍,一起全都打开了,舒张了,延展了,润滑了,柔软了,自在了,饱满了,接近于透明,接近于自缢,处在了亢奋的临界点。筱燕秋就感到自己成了一颗熟透了的葡萄,就差轻轻地、尖锐地一击,然后,所有黏稠的液汁就会了却心愿般地流淌出来。可是,戏完了,没戏了,结束了,"那个女人"说走就走了,毫不留情地把筱燕秋留给了筱燕秋。筱燕秋置身于巨大的惯性之中,她停不下来,她的身体不肯停下来。筱燕秋欲罢不能,她还要唱,还要演。筱燕秋不知道自己是怎么谢幕的,可大幕黑了一张脸,拉下了。那感觉就如同高潮临近的时候男人突然收走了他的器具。筱燕秋伤心欲绝。筱燕秋就想对着台下喊:"不要走,我求求你们,你们都回来,你们快回来!"

散场了,一切都结束了。筱燕秋不是不累,而是有劲无处使。她在焦虑之中蠢蠢欲动。她在百般失落之中走向了后台,炳璋站在那儿,似乎在等着她。炳璋张开了双臂,正在出口那边高兴地迎候着她。筱燕秋走到炳璋的面前,委屈得像个孩子。她扑在了炳璋的怀里。她把脸埋进炳璋的胸前,失声痛哭。炳璋拍着她,不停地拍着她。炳璋懂。炳璋一个劲地眨巴他的眼睛。没有人知道筱燕秋的心思,没有人知道筱燕秋此时此刻最想做的是什么。筱燕秋自己也说不上来。嫦娥飞走了,只把筱燕秋一个人留在了这个世界上。筱燕秋就觉得自己想找一个男人,不要命地做一次爱。筱燕秋突然抬起了头来,脸上的油彩糊成了一片,三分像人,七分像鬼,炳璋吓了一跳。炳璋再也没有料到筱燕秋会说出这样的话来,炳璋听了筱燕秋的话才知道自己并不懂得这个女人。筱燕秋冷冷地望着炳璋,说:"明天还是我。你答应我。明天我还是要上!"

筱燕秋一口气演了四场。她不让。不要说是自己的学生,就是她亲娘老子来了她也不会让。这不是 A 档 B 档的事。她是嫦娥,她才是嫦娥。筱燕秋完全没有在意剧团这几天气氛的变化,完全没有在意别人看她的目光,她管不了这些。只要化妆的时间一到,她就平平静静地坐在了化妆台的前面,把自己弄成别人。

天气晴好了四天,午后的天空又阴沉下来了。昨晚的天气预报说了,今天午后有大风雪的。下午风倒是起了,雪花却没有。午后的筱燕秋又乏了,浑身上下像是被捆住了,两条腿费劲得要了命。下午刚过了三点,筱燕秋突然发起了高烧,而下身又见红了,量比以往似乎还多了些,都没完没了了。高烧来得快,上得更快。筱燕秋的后背上一阵一阵地发寒,大腿的前侧似乎也多出了一根筋,拽在那儿,吊在那儿,无缘无故地扯着疼。筱燕秋到底不踏实了,到医院挂了妇科门诊。筱燕秋计划好了的,开上药,吃了,好歹也不会耽搁晚上的演出。可这一回医生倒是没有忙着让她吃药,而是问了又问,开出一大串的检查单子,叫她查了又查。医生一脸的肃穆,既没有吓人的话,也没有宽慰人的话,一副死不了也不怎么好的样子。医生最后开口了,医生说:"怎么拖到现在?内膜都感染成这样了,你看看血象。"医生后来说,"手术还是要做。最好呢,住下来。"筱燕秋没有讨价还价,生硬地说:"我不住。"筱燕秋又追了一句,说,"手术能不能等些时候?"医生的目光从眼镜镜框的上方看过来,说:"身体不等人哪。"筱燕秋说:"我不住。"医生拿起了处方,龙飞凤舞,说:"先消炎,再忙你也得先消炎。先吊两瓶水再说。"

利用取药的工夫筱燕秋拐到大厅,她看了一眼时钟,时间不算宽裕。毕竟也没到火烧眉毛的程度。吊到五点钟,完了吃点东西,五点半赶到剧场,也耽搁不了什么。这样也好,一边输液,一边养养神,好歹也是住在医院里头。

筱燕秋完全没有料到会在输液室里头睡得这样死,简直都睡昏了。筱燕秋起初只是闭上眼睛养养神的,空调的温度打得那么高,养着养着居然就睡着了。筱燕秋那么疲惫,发着那么高的烧,输液室的窗户上又挂着窗帘,人在灯光下面哪能知道时光飞得有多快?筱燕秋一觉醒来,身上像松了绑,舒服多了。醒来之后筱燕秋问了问时间,问完了眼睛便直了。她拔下针管,包都没有来得及提,拔完了针管就往门外跑。

天已经黑了。雪花却纷扬起来。雪花那么大,那么密,远处的霓虹灯在纷飞的雪花中明灭,把雪花都打扮得像无处不入的小婊子了,而大楼却成了器宇轩昂的嫖客,挺在那儿,在错觉之中一晃一晃的。筱燕秋拼命地对着出租车招手,出租车有生意,多得做不过来,傲慢得只会响喇叭。筱燕秋急得没病了,一个劲地对着出租车挥舞胳膊,都精神抖擞了。她一路跑,一路叫,一路挥舞她的胳膊。

筱燕秋冲进化装间的时候春来已经上好妆了。她们对视了一眼,春来没有开口。筱燕秋上课的时候关照过她的,化上妆这个世界其实就没有了,你不再是你,他也不再是他——你谁都不认识,谁的话你也不要听。筱燕秋一把抓住了化妆师,她想大声告诉化妆师,她想告诉每一个人,"我才是嫦娥,只有我才是嫦娥!"但是筱燕秋没有说。筱燕秋现在只会抖动她的嘴唇,不会说话。此时此刻,筱燕秋就盼望着王母娘娘能从天而降,能给她一粒不死之药,她只要吞下去,她甚至连化妆都不需要,立即就可以变成嫦娥了。王母娘娘没有出现,没有人给筱燕秋不死之药。筱燕秋回望着春来,上了妆的春来比天仙还要美。她才是嫦娥。这个世上没有嫦娥,化妆师给谁上妆谁才是嫦娥。

锣鼓响起来了。筱燕秋目送着春来走向了上场门。大幕拉开了,筱燕秋看见老板坐在了第三排的正中央。他像伟人一样亲切地微笑,伟人一样缓慢地鼓掌。筱燕秋望着老板,反而平静下来了。筱燕秋知道她的嫦娥这一回真的死了。嫦娥在筱燕秋四十岁的那个雪夜停止了悔恨。死因不详,终年四万八千岁。

筱燕秋回到了化装间,无声地坐在化妆台前。剧场里响起了喝彩声,化装间里就越发寂静了。她望着自己,目光像秋夜的月光,汪汪地散了一地。筱燕秋一点都不知道她做了些什么,她像一个走尸,拿起水衣给自己披上了,然后取过肉色底彩,挤在左手的掌心,均匀地、一点一点地往脸上抹,往脖子上抹,往手上抹。化完妆,她请化妆师给她吊眉,包头,上齐眉穗,戴头套,最后她拿起了她的笛子。筱燕秋做这一切的时候是镇定自若的,出奇地安静。但是,她的安静让化妆师不寒而栗,后背上一阵一阵地竖毛孔。化妆师怕极了,惊恐地盯着她。筱燕秋并没有做什么,也没有说什么,只是拉开了门,往门外走。

筱燕秋穿着一身薄薄的戏装走进了风雪。她来到剧场的大门口,站在了路灯的下面。筱燕秋看了大雪中的马路一眼,自己给自己数起了板眼,同时舞动起手中的竹笛。她开始了唱,她唱的依旧是二黄慢板转原板转流水转高腔。雪花在飞舞,剧场的门口突然围上来许多人,突然堵住了许多车。人越来越多,车越来越挤,但没有一点声音。围上来的人和车就像是被风吹过来的,就像是雪花那样无声地降落下来的。筱燕秋旁若无人。剧场内爆发出又一阵喝彩声。筱燕秋边舞边唱,这时候有人发现了一些异样,他们从筱燕秋的裤管上看到了液滴在往下淌。液滴在灯光下面是黑色的,它们落在了雪地上,变成一个又一个黑色窟窿。

(初载《小说月报》2000 年第 7 期)

萧 鼎

诛仙（节选）

序 章

时间：不明，应该在很早、很早以前。
地点：神州浩土。
天地不仁，以万物为刍狗！
这世间本是没有什么神仙的，但自太古以来，人类眼见周遭世界，诸般奇异之事，电闪雷鸣，狂风暴雨，又有天灾人祸，伤亡无数，哀鸿遍野，决非人力所能为，所能抵挡。遂以为九天之上，有诸般神灵，九幽之下，亦是阴魂归处，阎罗殿堂。

于是神仙之说，流传于世。无数人类子民，诚心叩拜，向着自己臆想创造出的各种神明顶礼膜拜，祈福诉苦，香火鼎盛。

自古以来，凡人无不有一死。但世人皆恶死爱生，更有地府阎罗之说，平添了几分苦惧，在此之下，遂有长生不死之说。

相比某些生灵物种，人类或在体质上处于劣势，但万物灵长，却是绝无虚言。在追求长生的原动力下，一代代聪明才智之士，前赴后继，投入毕生精力，苦苦钻研。至今为止，虽然真正意义上的长生不死仍未找到，却有一些修真炼道之士，参透些天地造化，以凡人之身，掌握强横力量，借助各般秘宝法器之力，竟可震撼天地，有雷霆之威。而一些得道高深的前辈，更传说已活上千年之久而不死。世上之人以为得道成仙，便有更多人投入修真炼道之路。

神州浩土，广瀚无边。唯有中原大地，最是丰美肥沃，天下人口十之八九聚居于此。而东南西北边荒之地，山险水恶，多凶兽猛禽，多恶瘴毒物，亦多蛮族夷民，茹毛饮血，是以人迹罕至。而人间自古相传，有洪荒遗种，残存人世，藏于深山密谷，寿逾万年，却是无人得见。

时至今日，人间修真炼道之人，多如过江之鲫，数不胜数。又以神州浩土之广阔，人间奇人异士之多，故修炼之法道林林总总，俱不相同。长生之法还未找到,彼此间却逐渐有了门派之分,正邪之别。由之而起的门户之见、钩心斗角乃至争伐杀戮,在所多有。

当长生不死看起来那般遥远而不可捉摸,修炼中所带来的力量,便逐渐成了许多人的目标。

方今之世,正道大昌,邪魔退避。中原大地山灵水秀,人气鼎盛,物产丰富,为正派诸家牢牢占据。其中尤以"青云门""天音寺"和"焚香谷"为三大支柱,是为领袖。

这个故事,便是从"青云门"开始的。

第一章　青　云

青云山脉巍峨高耸,虎踞中原,山阴处有大河"洪川",山阳乃重镇"河阳城",扼天下咽喉,地理位置十分重要。

青云山连绵百里,峰峦起伏,最高有七峰,高耸入云,平日里只见白云环绕山腰,不识山顶真容。青云山山林密布,飞瀑奇岩,珍禽异兽,在所多有,景色幽险奇峻,天下闻名。

只是更有名的,却是在这山上的修真门派——青云门。

青云一脉历史悠久,创派至今已有两千余年,为当今正邪两道之首。据说开派祖师本是一个江湖相师,半生潦倒,郁郁不得志。在其四十九岁那年,云游四方,路经青云山,一眼便看出此山钟灵奇秀,聚天地灵气,是一绝好之地。当下立刻登山,餐风饮露,修真炼道,未几,竟于青云山深处一处密洞内,得到一本无名古卷,上载各般法门妙术,艰深枯涩,却是妙用无穷,威力巨大。

相师得此奇遇,潜心修习。忽忽二十年,小有所成,乃出,几番江湖风雨,虽不能独霸天下,倒也成了一方之雄。遂在青云山上,开宗立派,名曰:青云。因此古卷所载,近于道家,他便做道人打扮,自号"青云子",后世子弟多尊称为"青云真人"。

青云子寿三百六十七岁,生前收了十个弟子,临终前叮嘱道:"我半生所学,尽在相术,尤精于风水之相。这青云山乃是人间罕有灵地,我青云一门占有此山,日后必定兴盛,尔等决不可放弃。切记,切记!"

当时十位弟子纷纷点头,深信不疑,青云子方才溘然而逝。不料其后百年间,不知是天意弄人,或根本是青云子相术不精,青云门非但没有发达,反而日见式微。

十位弟子中,两人早夭,四人死于江湖仇杀对决,剩下的一人残废,一人失踪,只传下两脉。如此过了五十年,青云山方圆百里发生了从未有过的天灾地震,山洪暴发,地动山摇,死伤无数,竟是又绝了一脉。而仅剩独苗,却限于资质,本领低微,早不复青云子当年风光,反因那本古卷缘故,惹来外敌争夺,几番血战,若不是青云子留下的几道厉害禁制法宝,只怕青云门已被人灭了。

这种情况一直持续了整整四百年,青云门毫无起色,几乎可以用"苟延残喘"来形容了。到了最后,甚至被人欺负到了家门口,青云七峰中,除了主峰通天峰,其余六座都被外敌占了,其中还有强盗悍匪,以做据点,四处抢掠,横行不法。不知情的人多有误解,以为青云门已堕落如斯,青云子弟虽多般辩解,亦有心杀敌正名,却是有心无力,可怜可叹。至今想起,那实在是青云一脉最悲苦的一段日子。

直到距今一千三百年前,情况才有了改变。

大概是青云子的相术终于显灵了,或是上天累了,不再捉弄青云门,在这个时候,从青云门第十一代传人中,竟出了一个惊才绝艳、领袖群伦的绝世人物——青叶道人。青叶俗家本姓叶,原是一贫苦书生,天资聪颖过人,却屡试不中,后机缘巧合,为青云门第十代掌门无方子收为关门弟子,年仅二十二岁。

青叶入门之后,只一年间便将无方子所传的所有剑术法道领悟贯通,在众弟子中独占鳌头。又过一年,便连无方子也只能凭借深厚修行与他勉强打个平手。无方子又惊又喜,断然将祖师传下的那本古卷拿出,传于青叶自行参详。青叶便就此在通天峰后山"幻月洞"闭关,这一关便是十三年,方才破关而出。

据说他破关之时,正是月圆之夜。那夜冷月高悬,整座青云山通天峰便如白昼一般。忽而狂风大作,后山竟有龙吟长啸,声震百里,听者无不变色。后,有淡紫祥光,冲天而起,一声巨响,幻月洞府豁然而开,青叶须发尽白,面带微笑,身有清光,缓步而出,众人骇然,以为成仙。

其后,青叶正式出家,以本家姓叶,取青云之"青"字,故名青叶。他当日笑别恩师无方子,道:"师尊稍待,弟子出去办事,一日即回。"

众人不明所以,一日夜后青叶御剑而回,青云山六峰外敌,竟已尽数伏诛。青叶道人道法之强,手段之狠,一时间名动天下,青云门声势大盛。

又过一年,无方子即将掌门之位传于青叶,自己清修去了,不再理门中琐事。青叶掌权之后,励精图治,大力扶助同门,严格挑选传人,加之他从那无名古卷上领会所得,有神鬼不测之威。青云门从此蒸蒸日上,五十年间,已是正道支柱,而到了二百年后,便已领袖正道各门诸派。

青叶真人高寿七百五十岁而逝,他一生收徒严谨,仅传七人,遂将青云七峰分置七人,令七脉共传香火。其中长门居于主峰通天峰青云观中,是一门重心所在。

及至今日,青云门下弟子已近千人,高手如云,声威显赫,与"天音寺""焚香谷"并列为当世三大门派。而掌门道玄真人,功参造化,超凡入圣,更是当世一等一的绝世人物。

青云山麓脚下,离大城"河阳"还有五十里地的西北方,有个小村落叫"草庙村"。这里住着四十多户人家,民风淳朴,村中百姓多以上山打柴交于青云门换些银两生活。平日里村民常见青云弟子高来高去,有诸般神奇,对青云门是崇拜不已,以为得道仙家。而青云门一向照顾周遭百姓,对这里的村民也颇为不错。

这一日,天空阴沉沉的,乌云低垂,让人有股喘不过气来的感觉。

从草庙村处看去,那巍峨的青云山直插天际,奇峰怪岩,隐隐带了一丝狰狞。

只是,村民们世代居住于此,这般景象见过不知多少次了,毫不在意,更不要说无知小孩了。

"臭小子,你往哪儿跑?"一声喝骂,带了几分笑意,出自一半大小孩之口,他看去十岁左右,眉目清秀,领着四五个男女孩童,追着前方另一个小孩。前头那小孩比他小了两岁,个子也矮些,此刻脸上满是笑容,拼力向前跑去,间中还回头做了个鬼脸。

"张小凡,有种你就站住!"后头那小孩高声叫道。

前头那叫张小凡的孩子"呸"了一声,边跑边道:"你当我白痴啊!"说着反而跑得更快了。

一路追跑,这些小孩逐渐跑近了村子东头的那间破旧草庙。从外看去,这座小草庙破旧不堪,也不知经历了多少人世风雨。

张小凡第一个冲了进去,不料一不留神,居然被门板绊了一下,扑通一声,摔了个跟头。后边几个小孩大喜,一拥而上,将他压在身下,那清秀男孩面有得意,笑道:"被我抓住了,这下你没话说了罢?"

谁知张小凡怪眼一翻,道:"不算不算,你暗算了我,怎么能算?"

那男孩一愣,奇道:"我什么时候暗算你了?"

张小凡道:"好你个林惊羽,你敢说这个门板不是你放在这儿的?"

那叫林惊羽的小孩大声道:"哪有此事!"

张小凡一抿嘴,头一歪,一副坚决不投降、不屈服的样子。林惊羽气从心头起,一手扼住他的脖子,怒道:"说好了抓住就认输的,你服不服?"

张小凡理也不理。

林惊羽脸色通红,手上用力,大声道:"服不服?"

张小凡气管被他扼住,呼吸逐渐困难,慢慢的脸也开始涨红,但他小小年纪,性子竟是极犟,硬是一声不吭。

林惊羽却是越来越怒,手上力气越来越大,口中一迭声道:"服不服,服不服,服不服?"

这时其他小孩眼看不对,都悄悄缩了回去,只剩下这两个无知孩童,为了意气之争,由着各自偏激性子,这般彼此坚持下去。

眼看着一场大祸便无端生出,忽听这草庙深处一声佛号,有人道:"阿弥陀佛,快快住手。"

一只干瘦手掌,横空而出,伸出二指,在林惊羽双手上弹了一弹。林惊羽如遭电击,全身大震,双手自然而然地松开了。

张小凡大口喘气,显是憋得狠了。他二人怔在当地,回过神来,想起了刚才情景,对看一眼,彼此都越来越是后怕。

林惊羽怔怔道:"小凡,对不住了。我也不知道怎么……"

张小凡摇了摇头,呼吸渐渐平稳,道:"没事。咦,你是谁?"

众小孩顺着他眼光看去,只见在这庙中,正站着一个年老和尚,脸上皱纹横生,一身破旧袈裟,全身上下脏兮兮的。只有手中持着一串碧玉念珠,竟是晶莹剔透、耀人眼目,发出淡淡青光。奇怪的是,在十几颗大小一致,光洁剔透的青玉念珠中,偏偏还夹杂着一颗非玉非石、颜色深紫、暗淡无光的圆珠。

第二章 迷 局

那老僧不答,只用目光在这两个小孩身上细细看了看,忍不住便多看了林惊羽几眼,心道:"好资质,只是性子怎么却如此偏激?"

这时张小凡踏上一步,道:"喂,你是谁啊,怎么从没见过你?"

草庙村在青云门附近,这里道教为尊,佛家弟子极为少见,故张小凡有此一问。

老僧看了他一眼,嘴角露出一丝笑意,反问道:"小施主,刚才性命交关,你只要认个输便是了,为何却要苦苦支撑?若非老衲出手,你只怕已白白送了性命!"

张小凡呆了一呆,心里觉得这老和尚说的未尝没有道理,只是事到临头,他却还是说不出所以然来,只得怔在那里。

林惊羽瞪了老僧一眼,拉了张小凡的手,道:"小凡,这老和尚古里古怪,我们别理他。"说完便拉他向外边走去,几个孩子都跟了过去,显然一向以他马首是瞻。

张小凡下意识地也迈开脚步,只是他走出庙门一段路后,忍不住又回头向庙里看去,只见天色渐暗,依稀可以看见那老和尚依然站在那里,只是面容已模糊不清了。

夜深。

一声雷鸣,风卷残云,天边黑云翻滚。

风雨将欲来,一片肃杀意。

老僧仍在草庙之中,席地打坐。抬眼看去,远方青云山只剩下了一片朦胧,四野静无人声,只有漫天漫地的急风响雷。

好一场大风!

一道闪电裂空而过,这座在风中孤独伫立的小草庙亮了一亮,只见那老僧在这片刻间已站在了庙门口,一脸严肃,抬眼看天,双眉越皱越紧。

西边村子中,不知何时已起了一股黑气,浓如黑墨,翻涌不止。老僧站在草庙之中,死死盯着这股黑气。

忽然,那股黑气一卷,盘旋而起,径直便往村外而去,正向着草庙方向而来。它速度极快,转眼即至。老僧眼尖,一眼看见其中竟夹带着一个小孩,正是白天见过的林惊羽。

老僧脸色一沉,再不迟疑,也不见他如何作势,枯瘦身子霍地拔地而起,直插入黑气之中。

黑暗中不知名处,传来了一声微带讶意的声音:"咦?"

几声闷响,黑气霍然止住,在草庙上空盘旋不去。老僧肋下夹着林惊羽,缓缓落下,但身后袈裟已被撕去了一块。

借着微弱光线,只见林惊羽双目紧闭,呼吸平稳,也不知是睡了还是昏了过去。

老僧没有放下他,抬头看着空中那团黑气,道:"阁下道法高深,为何对无知孩童下手,只怕失了身份罢?"

黑气中传来一个沙哑声音,道:"你又是谁,敢管我闲事?"

老僧不答,却道:"此处乃青云山下,若为青云门知道阁下在此地胡作非为,只怕阁下日后就不好过了。"

那人"呸"了一声,语带不屑,道:"青云门算什么,就仗着人多而已。老秃驴莫要多说,识相的就快快把那小孩给我。"

老僧合十道:"阿弥陀佛,出家人慈悲为怀,老衲断不能眼睁睁看着这小孩遭你毒手。"

那人怒道:"好贼秃,你是找死。"

随着他的话语,原来一直盘旋的黑气中,一道深红异芒在其中闪了一闪,刹那间这小小草庙周围,阴风大作,鬼气大盛。

"毒血幡!"老僧脸上突现怒容,"孽障,你竟然敢修炼此等丧尽天良、祸害人间的邪物,今日决计饶不了你。"

那沙哑声音一声冷笑,却不答话,只听一声呼啸,红芒大盛,从半空之中,腥臭之气大作,一面两丈红幡缓缓祭起。这时,鬼哭之声越发凄厉,似有无数怨灵夜哭,其间还隐隐有骨骼作响声,闻之惊心。

"贼秃,受死!"那黑气中人一声断喝,只见从那血色红幡之上,突现狰狞鬼脸,有三角四眼,尖齿獠牙,"咔、咔、咔、咔"骨骼乱响处,鬼脸上的四只眼睛突然全部睁开,"吼"的一声,竟化为实体,从幡上冲出,带着无比血腥之气,击向老僧。

老僧脸上怒色更重,知道这毒血幡威力越大,修炼过程中害死的无辜之人势必更多。要炼成眼前这般威势,只怕要以三百人以上精血祭幡方才可以。

这邪人实在丧尽天良!

眼看那鬼物就要冲到眼前,老僧却并不放下肋下小孩林惊羽,只用持着碧玉念珠的左手,在身前虚空画圆,单手结佛门狮子印,五指屈伸,指尖隐隐发出金光,片刻间已在身前幻出一面金色法轮,金光辉煌,与那鬼物抵持在半空中。

"小小伎俩,也来卖……"他一个"弄"字还未说完,突然全身大震,只觉得右手抱着小孩林惊羽处,手腕被异物咬了一口,一股麻痒感觉立时行遍半身,眼前一黑,身前法轮登时摇摇欲坠。

而正在此时,前方那鬼物又有诡异变化,在它左右四眼正中额头上,"咔、咔"两声,竟又开了一只血红巨目,腥风大起,威势更重,只听一声鬼嚎,血色红光闪过,那鬼物将金色法轮击得粉碎,重重打在老僧胸口。

老僧整个人被打得向后飞了起来,肋下的林惊羽也掉在了地上,途中几声闷响,怕是肋骨已尽数断了。片刻之后,他枯瘦的身子砸在草庙壁上,"轰"的一声,尘土飞扬,一整面墙都塌了下来。

"哈哈哈哈哈……"黑气中人一阵狂笑,得意无比。

老僧颤巍巍地站起,喉咙一热,忍不住一口热血喷了出来,把身前僧衣都染红了。他只觉得眼前金星乱闪,全身剧痛而那股麻痒感觉也越来越逼近了心脏。

他强自镇定心神,眼角扫过倒在地上兀自昏迷的林惊羽,却见在他衣襟之中,缓缓爬出一只彩色蜈蚣,个大如掌,最奇异的是它尾部分了七叉,看去仿佛有七条尾巴似的。而且每一只各呈一色,各不相同,色彩绚丽,只是美丽中却带了几分可怖。

"七尾蜈蚣!"老僧的话听起来像是一声呻吟。

他脸上黑气越来越重,嘴角也不断流出血来,似乎已是难以支撑,但仍然强撑着不愿倒下。他看着半空中那团黑气，道："你将这天下奇毒之物放在那孩子身上，又故意隐藏实力，看准机会一击伤我，你是冲着我来的吧？"

黑气中人"嘿嘿"冷笑一声，道："不错，我便是专门冲着你普智秃驴来的。若非如此，凭你一身天音寺佛门修行，倒也不好对付。好了，现在快快把'噬血珠'交出来，我便给你七尾蜈蚣的解药，饶你不死！"

普智惨笑一声，道："枉我名中还有一个'智'字，竟想不到你炼这毒血幡邪物，岂有不贪图'噬血珠'的道理。"他脸色一肃，断然道："要我将这世间至凶之物给你，却是妄想。"

那黑气中人大怒："那你便去见你的佛祖吧！"红芒一闪，毒血幡迎风招摇，鬼哭声声，巨大鬼物再现，在空中微一盘旋，再次冲向普智。

普智一声大喝，全身衣袍无风自鼓，原本瘦小的身躯似乎涨大了许多。他左手用力处，只听一声脆响，那串碧玉念珠已为他捏断，十几颗晶莹剔透的念珠竟不下坠，反而滴溜溜转个不停，一个个发出青光，浮在普智身前，只有那一颗深紫圆珠，却径直掉下。

普智手掌一翻，将那深紫珠子一把抓在手中，双手即结左右水瓶印，两目圆睁，全身上下隐有金光，口中一字一字念道："奄、嘛、呢、叭、弥、哞！"

"六字大明咒。"黑气中人的口气立时多了几分凝重。

随着普智"哞"字声落，刹那间所有碧玉念珠一起大放光芒，同一时刻，那邪人祭起的鬼物已冲到跟前，血腥之气扑面而来。但一接触到碧玉青光，顿时化为无形，不能进前，就此僵持在半空。

饶是如此，普智的身子又是一阵摇晃，七尾蜈蚣是天下绝毒之物，以他数百年的修行，仍然难以抵挡。只是他隐泛黑气的脸上，却露出淡淡一丝笑容，带了几分凛然。

"呔！"

普智一声大喝，如做狮子吼，声震四野，身前碧玉念珠受佛力驱弛，光芒更盛，忽地一颗念珠"噗"的一声碎裂，在半空中幻做一个"佛"字，疾冲向前，打在那鬼物脸上。

"哇……呀！"那鬼物一声凄厉嚎叫，登时退了几步，周身红芒大为衰退，显然已受了伤。黑气中人怒道："好个秃驴！"

他正要动作，只是说时迟那时快，片刻间七八颗念珠都幻做佛家真言打中鬼物。那鬼物嚎叫不止，连连退避，做恐惧状，在被第九颗碧玉念珠击中时，终于一声长嚎，五口齐齐迸裂，骨骼乱响，"轰"的一声跌落在地，挣扎了几下，便僵直不动，缓缓化作血水，腥臭无比。

与此同时，普智却"哇"的一声，又喷出一大口血，而血的颜色，已成了黑的。

"啊!"一声尖叫,在这两大高人斗法的紧要关头,从草庙门口传来。

普智和那邪人都吃了一惊,天上黑气一动,普智也同时向门口看去,只见日间见到的小孩张小凡,不知为何来到了这草庙之前,站在门口,目瞪口呆地看着庙中这奇异景象。

黑气中人一声冷哼,也不见他如何动作,那只原来爬在林惊羽身上的七尾蜈蚣忽然振尾,借势飞起,疾如闪电,向那张小凡飞去。

普智双眉一竖,右手一指,一颗碧玉念珠急冲而至。那七尾蜈蚣竟似通灵,知道厉害,不敢抵挡,尾巴一振,便如翅膀一般折冲而起,投入黑气之中,再无声息。

黑气中人阴森森地道:"嘿嘿,果然不愧是天音寺四大神僧,重伤之下,还能破了我的'毒血尸王',但你受尸王一击,又中七尾蜈蚣之毒,还能撑多久? 还是乖乖地把'噬血珠'给我吧。"

普智此刻便连眼角也开始流出黑血,惨笑一声,嘶声道:"老衲就算今日毙命于此,也要除了你这个妖人。"

话声一落,他身前所有碧玉念珠同时亮了起来,空中那人立刻戒备,忽然间一声呼啸,一物闪着青光从后面撞入黑气,却是刚才击向七尾蜈蚣的那颗碧玉念珠,在空中飞出了一段,被普智暗中操控,折到黑气后边,猝起发难。

只听黑气中一声怒吼,显然那人猝不及防,"砰、砰、砰"几声乱响,青芒闪处,黑气散乱,最终四处散开,化于无形。从半空中缓缓落下一个高瘦之人,全身上下用黑袍紧紧包住,看不清容貌岁数,只有一双眼睛,凶光闪闪,在他背后,还绑着一把长剑。

普智低声道:"阁下如此道行,怎地却不敢见人么?"

黑衣人眼中凶光闪动,厉声道:"秃驴,今日让你死无葬身之地!"

说罢,他反手"刷"的一声拔出背后长剑,只见此剑清如秋水,亮不刺目,有淡淡清光,附于其上。

"好剑!"普智忍不住叫了一声。

那黑衣人一声低哼,手握剑诀,脚踏七星,连行七步,长剑霍然刺天,口中念念有词:

"九天玄刹,化为神雷,

煌煌天威,以剑引之!"

片刻之间,天际乌云顿时翻涌不止,雷声隆隆,黑云边缘不断有电光闪动,天地间一片肃杀,狂风大作。

"神剑御雷真诀!"普智的脸色在刹那间苍白如灰,随之而起的是一种惊讶,一丝绝望和一点点莫名的狂热。

"你竟是青云门下!"

PS:

文中普智所诵之"奄、嘛、呢、叭、弥、吽!",即有名的"六字大明咒",佛家经典中又称"观音灵感真言"。佛经中载:此真言通天地造化,诵之可脱尘埃,涤心镜,至大欢喜极乐境界。是佛家中最著名的经典真言咒文之一。

现将全文附录如下:

奄嘛呢叭弥吽,麻葛倪牙纳,积都特巴达,积特些纳,微达哩葛,萨而翰而塔,卜哩悉塔葛,纳补罗纳,纳卜哩,丢贰班纳,捺麻庐吉,说罗耶莎珂。

(初载起点中文网 http://www.Qidian.com)

格 非

戒 指 花

突然间黄昏变得明亮,因为此刻正有细雨落下。透过有栅栏的窗户,丁小曼可以看见那处空荡荡的停车场。遮雨篷下坐着一个小男孩。他看上去只有四五岁,身上背着一个洗得发黄的小书包,双腿不时地踢着不锈钢的垃圾桶。他很瘦。哪怕是让目光轻轻一碰,也能触摸到他突出的肩胛骨。他已经在那儿坐了好一会儿了。街道对面的山坡上,是一片开阔的玉米地。茂密的玉米几乎将那条通往水泥厂的小路遮盖住了。不久前,在这条小路上发生了一起离奇的凶杀案。说它离奇,倒不是因为案件本身有多么复杂,也不是因为歹徒在杀死被害者之后的奸尸行径令人发指;这个普通的刑事案件之所以吸引了众多媒体的注意,疑犯的年龄是一个关键的因素。蜘蛛新闻网是这样报道这个案件的:

96岁的耄耋老者奸杀18岁花季少女

世界之大,无奇不有。体态丰盈、长相俏丽的平谷镇水泥厂女工白莉莉(18岁)做梦也没有想到她竟然会被一个足以做她祖父的老人奸杀。8月18日夜间,白莉莉在下夜班返回宿舍的途中,在经过一片玉米地时,身后突然蹿出一道黑影,犯罪嫌疑人高德顺(96岁)用木棒猛击她的后脑勺,将其击晕,然后强奸了她。白莉莉的尸体于第二天凌晨被发现。尽管她的嘴巴和下体被塞满了泥土,但技艺精湛的侦缉队员们还是从她的阴道中提取了毛发和精液的残留物,从而在事发48小时内将罪犯一举擒获。据高德顺事后交代,他在发泄兽欲的过程中,白莉莉曾经醒过来一次,她不断地叫他爷爷,恳求他不要杀死自己。高德顺自称当时也曾的确动了"恻隐之心",但他最终还是残忍地掐死了她,随后又进行了两次奸尸。(记者李鼎新)

诺亚网的报道与蜘蛛网几乎一字不差,但却使用了另外一个标题:96岁?不可思议!!!这也是丁小曼听到这件事的第一反应。当《新闻周刊》主编邱怀德打电话让她赶往案发现场采写一篇两万字的新闻稿时,丁小曼脱口而出的一句话也是:怎么可能?

"这个世界上没有什么事是不可能的。"邱怀德说,"当初我第一次请你吃饭时,你说不可能,可后来呢?"

丁小曼是今天凌晨到达这里的。她没有费什么周折,就找到了那家水泥厂以及报道中提到的那一片玉米地。整整一个上午,她一共采访了十六个人。每一个人的回答都是一致的:不知道。他们的表情和语调也都完全一样。不知道,然后扭身就走。最后一个人的回答稍有不同,他的答复是:知不道。

丁小曼独自一人在玉米地里转悠了两个小时。四周寂然无声,她能听到地沟里流淌的水声,甚至玉米叶在阳光下卷曲的声音。这些声音让她想起了自己没有实现的抱负:上大学时母亲让她报考植物学,父亲让她报考垃圾处理,为了讨好他们两个人,她就两个专业一起报。最后却录取在西班牙语专业。

她来到镇派出所时,已经是中午时分了。在传达室里,几个民警正在边吃饭边聊天。丁小曼刚刚掏出记者证来,说明了自己的意图,屋里的人就全笑了。一个高个子民警用筷子敲了敲饭盆:"嗬,又来一个!"他一下子就把窗户给关了。总之,采访进行得很不顺利,她打算找一个旅馆先住下来再说。后来,天空中就有细雨落下。或曾经落下。下雨,无疑是在过去发生的一件事。它牵动了她的全部记忆,什么时候、什么地方全都想不起来了。

那个小男孩朝窗口这边走过来了。他抬头看雨,又看看手里捏着的一枚硬币,仿佛对天空的阴霾迷惑不解。丁小曼朝他钩了钩手指,像招呼一条小狗。"宝贝儿,过来。"她喊道。于是,小男孩来到了窗下。他装出对她没有兴趣的样子,用硬币刮着窗户栏上的铁锈。

"怎么不回家?雨下大了。"丁小曼说。小男孩不理睬她,只是用力吸了吸鼻涕。手机的铃声响了。那是一条短信,是邱怀德发来的:你还没有告诉我肚脐眼下面那道疤是怎么回事。

"我有很多钱……"小男孩突然说了一句,带着天真的炫耀。丁小曼抬头看了他一眼,笑了笑,给他的上司回了一个短信:虽然你是我的领导,但我不得不说你这个人真是有点无聊。

"你刚才说你有很多钱?"丁小曼问他。小男孩点点头,他有点害羞。

"拿出来给我看看。"丁小曼朝他挤了挤眼睛。

小男孩犹豫了一下,把背上的小书包转过来,从里面拿出了一个塑胶袋。里面花花绿绿果然装满了钞票。

"有多少?"丁小曼笑道。

"多极了。"小男孩也笑了,"比一千还要多,根本数不过来。"

"阿姨帮你数,怎么样?"丁小曼本来是随口这么一说,没想到小男孩还真的把钱从窗户中递了进来。丁小曼将塑胶袋里的钱一股脑地倒在桌子上,然后坐了下来,按照币值的大小帮他理了起来。"妈妈呢?"丁小曼问道。"在抽屉里。"他想了想答道。她听见他在小声地唱歌。那是她从来没有听过的一首歌。不过,他的声音太小了,丁小曼几乎什么也听不清。很快,丁小曼就帮他把那些钱数好了,一共是四十七块二角。她从头上取下一根橡皮筋,将那些钱用橡皮筋勒好,仍然放回到塑胶袋里递给他。

"一共是四十七块两毛,加上你手里的那枚硬币,就是四十八块两毛,你记住了吗?"

"记住了。"他说。

"好吧,那你现在可以回家了,把钱交给妈妈。走吧,雨下大了。"

"我不能回去。"

"为什么?"

"你说,什么东西可以悬在空中?"小男孩忽然向她提出了这么一个古怪的问题。

丁小曼又笑了。她有点喜欢这个小男孩了。他长长的眼睫毛上缀满了亮晶晶的雨珠。"你是在给我猜谜语吧,让我猜猜看——鸟,对不对?"他摇摇头。

"风筝,对不对?"

他仍然在摇头:"我是说人,人可以悬在空中不落下来吗?"

丁小曼想了想,说:"跳伞运动员大概可以。"

"什么是跳伞运动员呀?"

"从飞机上跳下来,有降落伞。"丁小曼答道。随着一声清脆的铃声,邱怀德又发来了短信:案件有新进展,请立刻上网浏览。丁小曼随后就打开了电脑。在等待桌面出现的这段时间里,那个小男孩又在唱歌了。这一次,她听清楚了他唱的内容:

你说要听听我唱歌
你说要看看我的脸
我不能唱歌给你听,我一唱歌就要流眼泪
我不能让你看我的脸,你一看我我就要流眼泪

丁小曼的心就像是被针突然刺了一下。毕竟,她已有很长时间没有听过这么稚拙的歌了。她又抬头重新打量起这个孩子来。天色已暗。街道对面的一幅巨大的广告牌,已经亮起了霓虹灯。小男孩也注意到丁小曼正在看他,他突然不唱了。

"下面呢?你接着唱,阿姨很想听。"

"可我忘了,你说这是怎么回事呀?"小男孩向她摊开手。

"谁教你唱这首歌?"

"妈妈。"

"妈妈呢?"

"在抽屉里。"还是那句话。

互联网接通了,丁小曼打开了蜘蛛网的网页。初一看,并没有关于凶杀案的最新报道,倒是网民参加这个案件讨论的人数已经猛增到 106 873 人。丁小曼随即进入讨论区,马上就看到了网民所发的新帖子:

来自 61.53.185.* 的网友于 17:03:23 发表评论

我 KAO,这是真的吗?96 岁?他能硬得起来吗?而且是三次!!!

来自 128.72.64.* 的网友于 17:02:34 发表评论

真羡慕这条老狗。我今年才 37 岁,就已经完全丧失了 TMD 性欲,害得我老婆像一条发情的母狗,成天嗷嗷乱叫。

来自 78.52.38.* 的网友于 17:10:12 发表评论

没准那老头一发愤,果然就写出一部《史记》来。拜托各位,今晚阿森纳对曼联榜首大战中央五台转不转播?

网友 Catch Wind 261 于 16:52:02 发表评论

宰了他。最好把他阉了,让他成为另一个司马迁。

网友 6158KV3100 于 16:47:01 发表评论

强力建议政府不要枪毙他。应全面跟踪他的饮食习惯,做认真细致的调查研究,为什么人家 96 岁了,还能有如此旺盛的性功能?争取早日生产出咱们中国人自己的伟哥。

来自 117.28.413. 的网友于 16:33:56 发表评论

为什么要把我的帖子删去?我抗议!我只不过就说了几句真话而已。

在诺亚网上,全国著名性心理学家耿玉秀教授正和网友在线交谈:这事按常识来说,不太可能,但也不是完全不可能。我看到报道,既然警方从被害人性器官中检测出了精液,说明性交是完成了的。医学,尤其是解剖学研究的成果表明,海绵体充血和脑丘体和中枢神经类型……

丁小曼从网上下来,发现那个小男孩已经不在了。窗外的雨下得更大了。车灯不时地照亮了停车场,雨点把路面弄得像一锅烧开的粥。

服务员按铃进来送开水,丁小曼就和她聊了起来。丁小曼一提起不久前发生的那件事,服务员就笑了,她说,今天也有一个电视台的记者向她打听这件事。

"那是不可能的。"她说,"你们所说的那个案子就发生在我们宾馆对面的那个山坡上,出这么大的事,我们不可能不知道,何况……"服务员说到这里,忽然停住了,只是抿嘴而笑。

"何况什么?"

"那种事情,我说的强奸这回事,在我们镇上,已经五六年没有听说了,根本用不着。到处都是妓女,你只要花很少的一点钱,就哪儿都能找到,什么服务都有,你都想象不出他们搞的那些鬼名堂。用不着冒那么大的风险,除非他疯了。"丁小曼又问她,餐厅在哪儿,服务员说了声"二楼",就倒退着走出去了。

服务员的话多少证实了她此前的判断:这是一则假新闻。蜘蛛网和诺亚网的新闻来源都注明是《淮阳晚报》。她从电话簿上很快就查到了这家报社的电话号码。可对方说,他们的新闻是《星星都市报》的一位兼职记者提供的。在丁小曼的再三恳求下,对方才提供了这位记者的电话。丁小曼拨通了这位记者的电话,接电话的是一台电脑:你好,这里是省农机公司……

丁小曼看着窗外的雨有点心烦意乱。她给邱怀德的手机发了一个短信:我怀疑这是一条假新闻,没有任何进展。邱怀德不喜欢接电话,他迷上了短信,因为他觉得这样更时尚。窗外的一个报贩正在高声叫卖当天的报纸:

卖报,卖报,最新消息。巩俐自杀。
卖报,卖报,巩俐自杀。最新消息。

不一会儿她的手机就响了,邱怀德给她回了电:那你就编一个。在新闻行业中,适当的杜撰是允许的。宝贝,我想你。这么潮,这么长。

这个短信显然增加了她的忧虑。丁小曼一生气干脆就把手机给关了。

丁小曼上楼去用餐的时候,心里还在想着那个小男孩。她总觉得有什么事不对劲。她上了电梯,可就在她转过身来的那一刻,她看见了他。原来他并没有离开,他蜷缩着身子趴在大堂的沙发上睡着了。他的屁股撅得很高。一个头发花白的门卫正打算把他推醒。电梯的门很快就关上了。

餐厅里到处都是人,服务生将她带到一个靠窗的位子坐下。点完菜以后,服务生向她躬了躬身子:"对不起,今天晚上客人比较多,菜上得比较慢,您得多等一会儿。"

她的对面坐着的一位穿西装的男士已经用完了餐,一边剔着牙,一边看报纸。桌上有一只白瓷花瓶,瓶子里插着一朵玫瑰。喧闹的说话声,杯盘的碰撞声,甚至把窗外的雨声都盖住了。可她知道雨下得很大,窗户玻璃上泻水如注。她坐在那儿一阵胡思乱想。任意几个事物之间都能找到联系,都能给她提供丰富的联想。比如说小男孩和那个子虚乌有的水泥厂女工;比如说跳伞运动员和张开翅膀的鸟;比如说玫瑰和雨,还有她熟悉的博尔赫斯。谁听见雨落下来,谁就回想起那个时候,幸福的命运向她呈现了一朵叫做玫瑰的花,和它那奇妙、鲜红的色彩。可她的玫瑰凋萎了,正在腐烂。她甚至觉得自己的脑子也正在一点点地烂掉。她等了足足有四十五分钟,可是菜还是没有送来。坐在她对面的那个男士已经离开了,却将看完的报纸随手放在了餐桌上。丁小曼拂去了两根丢在报纸上的牙签,拿起报纸翻了翻,头版上的醒目标题一下子就吸引住了她:巩俐自杀身亡(详情请见第八版)

丁小曼将报纸翻到第八版,找了半天,才在右下角很小的一块地方读到了这则报道:

  本报通讯员王小强 诸葛镇八里乡丁卯村七组农妇巩俐为两只鸭子与邻居争吵怄气,回到家中一时想不开,用一根麻绳将自己吊死在屋梁下……

丁小曼的嘴角撇过一丝冷笑,随后就将报纸丢在了桌上。饭菜上来了,丁小曼吃了几口,眼睛又朝那份报纸看了一眼。她忽然想起一件什么事来,放下碗筷又拿起那张报纸看了起来,她的目光紧紧盯在"用一根麻绳将自己吊死在屋梁下"这一行小字上。她心头一紧,忽然想起了刚才那个小男孩给她猜的谜语:人可以悬在空中不落下来吗?

她意识到了某种危险,又有点责怪自己的粗心。她向服务生招了招手,结完账就朝楼下跑去。

她一口气跑到大堂里。沙发上空空荡荡,小男孩已经离开了。她朝门卫走过去,向他打听小男孩的去向。老人指了指门外,没有理她。

"你认识他吗?"丁小曼问道。

"怎么不认识?"老头一说话,嘴里就冒出一股刺鼻的蒜味,"说起来,他爹还是我的学生呢。"

"这么说,你还是个老师?"

"我退休前在高中教地理,那是好多年前的事了。他爹就在我班上,他肝不好,读到高三就退学了,现在在镇子上扫马路。我差不多每天都看见他们爷儿俩。那个小男孩可懂事了,他爹扫马路,他就跟着他爹捡废纸。"

"你这两天看到过他爹吗?"丁小曼问。

老头认真地想了想说道:"你这一说,我倒想起来了,这两天都没见他来扫马路。你找那孩子有事吗?"

"他家住哪儿?"丁小曼急切地问道,"你能不能带我去一趟?"

"他家我倒认识,不过我的腰不太好,走不动路,再说外面还下着雨呢。"

丁小曼取出钱包,抽出一张一百元的人民币递给老人:"麻烦你带我去一趟,我有急事要找他。"

老头看了看丁小曼递过来的钱,嘿嘿地笑了两声,似乎没有料到她给了这么多。老人转过身去向服务台的小姐借伞,小姐打趣道:"您老的腰不疼了吗?"中学教师还挺幽默,他答道:"不疼,不疼,她要是给我两百块,我可以一口气跑到美国。"

他们俩在雨中走了差不多一小时,终于来到了一幢五层的灰砖楼前。一辆白色的面包车亮着灯迎面驶来,将泥水溅了她一脸。地理教师把她带到楼房最西侧的一个楼洞前就站住了。

"我不上去了,把伞给我。他家住在四楼,401。我就不上去了。"说完,他从丁小曼手里接过雨伞,自己收拢了它,转身走了。

门洞里积了一层雨水。底楼的两家住户都开着门,两家的女主人在高声地谈论着什么。他的舌头吐出了那么长,怪吓人的。在三楼她碰到三个警察正从楼上下来,他们穿着雨衣,脚上是高高的雨靴,手里拿着长长的电筒,楼道里聚集了不少人。孩子也不懂事,人死了这么长时间,怎么也不知道叫人。她闻到了一股刺鼻的消毒药水的味道,怪怪的。

401 的门开着。丁小曼一眼就看见了那个小东西。他正趴在床上吃着梨或苹果,他已经吃得只剩下核了。一个四十多岁的中年妇女站在床边,一副心神不定的样子。房间里还有一个小女孩,七八岁。她正踮着脚要从五斗橱上拿什么东西,中年妇女大叫一声:"别碰,会传染的!"转过身来就给了她一巴掌。与此同时,妇人也发现了门口站着的丁小曼。小男孩显然也看见了她,他咧开嘴笑了。

"你是他家什么人?"中年妇女上上下下地打量着她。

丁小曼想了想,说:"亲戚。"

妇人长长地松了一口气,笑道:"那就太好了。"

她说她就住在对门。刚才民警吩咐她,暂时由她来照管这个小男孩。明天早上居委会会有人来处理这件事的。

"他家出什么事了?"

"刚才你没看见殡仪馆来的车吗?他爹吊死了。"妇人说,"这孩子今天一大早,也就四五点钟吧,就来敲我的门,我从水泥厂下夜班回家,刚睡了两个小时就被这小东西吵醒了。我开了门,问他有什么事,小东西说:'你快去看看我爸爸。'我心想:'你爸爸我又不是没见过,有什么好看的。'说实话,我那时是太困了,就把门关上了,谁知道他爹上了吊。"

那女人摊开双手凑在灯光下仔仔细细地看:"我刚才帮他们搬尸体来着,你说会不会传染?他是老肝炎。不过我已经用肥皂洗过手了。"

"洗过手就没事了。"丁小曼对她说。

那妇人牵过女孩的手转身就往外走。

"他妈呢?"丁小曼对着她们的背影问了一句。妇人回过头来,朝她挥了挥手:"也死了。两个月前刚死的,肺癌。"随后,她听见对面的门砰的一声关上了。

现在屋子里就只剩下了他们两个人,丁小曼和小男孩。朝西的窗户玻璃碎了一块,风呼呼地灌进来,将墙边的一摞旧报纸打得透湿。五斗橱上有一张医院的病历单,字迹潦草但还能辨认:肝,CA,晚期。旁边还搁着一卷麻绳,是新的。这自然使丁小曼联想到:孩子的父亲在从医院回来的路上,说不定产生了自杀的念头,就去杂货店买了麻绳。

丁小曼挨着孩子坐在床上,摸了摸他的头,问他饿不饿。小男孩眼睛有点迷糊了,他说他刚才吃了苹果,不太饿,就是有点想睡觉。随后,他忽然从床上溜到地上,搬过一张凳子来,爬上去,打开了五斗橱最上面一层的那个抽屉,取出一个相框来,朝丁小曼晃了晃。

"这就是我妈妈。我说过,她住在抽屉里。"

在看这幅照片的时候,丁小曼才意识到嘴里咸咸的泪水。那是一张苍白而脆弱的脸,目光中带着疑问、哀矜和惊恐。仿佛在拍下它的那一刹那,她正巧看到了一件什么可怕的事。丁小曼把相框放回抽屉里。她想去打盆水来给孩子洗洗脸,但却找不到脸盆。她只得将孩子带到厨房里,凑近水龙头,用手蘸了水替他抹脸。她看到他鼻子下面有一块血斑,就问他鼻子是不是破了。男孩说,他早上去敲对面阿姨的门,阿姨一关门,就把他的鼻子撞流血了。

"可流了一会儿,就不流了,你说这是怎么回事呀?"男孩道。

丁小曼一直在流泪。她抱起他,替他脱了鞋,洗了脚,然后就把他抱到床上去。他那小身体软绵绵的,一接触到床铺,几乎立刻就睡着了。

丁小曼坐在床边看着他,独自流了一会儿泪。她取出手机来,拨通了邱怀德的电话。

"邱主编……我想换一个题目,另写一篇报道。"

"你的声音怎么不对劲,出什么事了……喂喂……"

"我这里发生了一件事,我想把它写出来……"丁小曼随后就在电话里说了这件事。

"傻瓜,这事哪儿都有,每天都在发生,算不得什么新闻。"在电话的另一端,邱怀德耐着性子听她说完了那件事,笑了起来,"你不要感情用事。我这里要接另一个电话,待会儿我给你打过来。"

她靠在床上,等了两个小时。脑子里乱七八糟。邱怀德的电话还没有打来,窗外的雨飒飒地下着。这蒙住了窗玻璃的细雨,必将在被遗弃的郊外,在某个不复存在的庭院里洗亮架上的黑葡萄。潮湿的暮色带给我一个声音,我渴望的声音,我的父亲回来了,他没有死去。丁小曼迷迷糊糊地睡了一会儿,脑子里一直在想,第二天早上如何与这个小男孩告别。一想到这里,她的眼泪不知不觉又流下来了。

半夜里,小东西忽然醒了过来,眼睛又黑又亮。他正在拨弄着丁小曼的左手,实际上他是在看丁小曼无名指上戴着的那枚戒指。丁小曼把戒指退下来,递给他看。

"它是什么?"小东西问她。

"它是一枚戒指。"

小家伙把戒指放在眼前看了半天,忽然说:"我想起妈妈教我唱的那首歌了。"正在这时,手机的铃声响了,是邱怀德打来的,依然是一条短信:计划改变,明天一早赶往合肥,随后转机飞往北京。刘晓庆出事了。

小男孩呆呆地看着她:"我要唱歌了,你听不听?"

"听,阿姨很想听,你唱吧!"她摸了摸他的头。他的眼睛又黑又亮。

你说要听听我唱歌
你说要看看我的脸
我不能唱歌给你听,我一唱歌就要流眼泪
我不能让你看我的脸,你一看我我就要流眼泪
还是给你摘一朵野花吧
你问我,妈妈,那是什么名字的花
你问我,妈妈,那是什么颜色的花
那是戒指花呀
那是洁白漂亮的戒指花
它是妈妈的泪,它是妈妈的心
它是戒指花

(选自《戒指花》,春风文艺出版社2007年版)

刘慈欣

流浪地球

刹车时代

我没见过黑夜,我没见过星星,我没见过春天、秋天和冬天。

我出生在刹车时代结束的时候,那时地球刚刚停止转动。

地球自转刹车用了四十二年,比联合政府的计划长了三年。妈妈给我讲过我们全家看最后一个日落的情景,太阳落得很慢,仿佛在地平线上停住了,用了三天三夜才落下去。当然,以后没有"天"也没有"夜"了,东半球在相当长的一段时间里(有十几年吧)将处于永远的黄昏中,因为太阳在地平线下并没落深,还在半边天上映出它的光芒。就在那次漫长的日落中,我出生了。

黄昏并不意味着昏暗,地球发动机把整个北半球照得通明。地球发动机安装在亚洲和美洲大陆上,因为只有这两个大陆完整坚实的板块结构才能承受发动机对地球巨大的推力。地球发动机共有一万二千台,分布在亚洲和美洲大陆的各个平原上。从我住的地方,可以看到几百台发动机喷出的等离子体光柱。你想象一个巨大的宫殿,有雅典卫城上的神殿那么大,殿中有无数根顶天立地的巨柱,每根柱子像一根巨大的日光灯管那样发出蓝白色的强光。而你,是那巨大宫殿地板上的一个细菌,这样,你就可以想象到我所在的世界是什么样子了。其实这样描述还不是太准确,是地球发动机产生的切线推力分量刹住了地球的自转,因此地球发动机的喷射必须有一定的角度,这样天空中的那些巨型光柱是倾斜的,我们是处在一个将要倾倒的巨殿中!南半球的人来到北半球后突然置身于这个环境中,有许多人会神经失常的。比这景象更可怕的是发动机带来的酷热,户外气温高达摄氏七八十度,必须穿冷却服才能外出。在这样的气温下常常会有暴雨,而发动机光柱穿过乌云时的景象简直是一场噩梦!光柱蓝白色的强光在云中散射,变成无数种色彩组成的疯狂涌动的光晕,整个天空仿佛被白热的火山岩浆所覆盖。爷爷老糊涂了,有一次被酷热折磨得实在受不了,看到下大雨喜出望外,赤膊冲出门去,我们没来得及拦住他。外面雨点已被地球发动机超高温的等离子光柱烤热,把他身上烫起了一层皮。

但对于我们这一代在北半球出生的人来说,这一切都很自然,就如同对于刹车时代以前的人们,太阳星星和月亮那么自然,我们把那以前人类的历史都叫做前太阳时代,那真是个让人神往的黄金时代啊!

我在小学入学时,作为一门课程,教师带我们班的三十个孩子进行了一次环球旅行。这时地球已经完全停转,地球发动机除了维持这个行星的这种静止状态外,只进行一些姿态调整,所以在从我三岁到六岁这三年中,光柱的光度大为减弱,这使得我们可以在这次旅行中更好地认识我们的世界。

我们首先在近距离见到了地球发动机,是在石家庄附近的太行山出口处看到它的,那是一座金属的高山,在我们面前赫然耸立,占据了半个天空,同它相比,西边的太行山山脉如同一串小土丘。有的孩子惊叹它如珠峰一样高。我们的班主任小星老师是一位漂亮姑娘,她笑着告诉我们,这座发动机的高度是一万一千米,比珠峰还要高一千多米,人们管它们叫"上帝的喷灯"。我们站在它巨大的阴影中,感受着它通过大地转来的震动。

地球发动机分为两大类,大一些的叫"山",小一些的叫"峰"。我们登上了"华北794号山"。登"山"比登"峰"花的时间长,因为"峰"是靠巨型电梯上下的,上"山"则要坐汽车沿盘"山"公路走。我们的汽车混在不见首尾的长车队中,沿着光滑的钢铁公路向上爬行。我们的左边是青色的金属峭壁,右边是万丈深渊。车队是由50吨的巨型自卸卡车组成,车上满载着从太行山上挖下的岩石。汽车很快升到了5000米以上,下面的大地已看不清细节,只能看到反射的地球发动机的一片青光。小星老师让我们戴上氧气面罩。随着我们距喷口越来越近,光度和温度都在剧增,面罩的颜色渐渐变深,冷却服中的微型压缩机也大功率地忙碌起来。在六千米处,我们见到了进料口,一车车的大石块倒进那闪着幽幽红光的大洞中,一点声音都没传出来。我问小星老师地球发动机是如何把岩石做燃料的。

"重元素聚变是一门很深的学问,现在给你们还讲不明白。你们只需要知道,地球发动机是人类建造的力量最大的机器,比如我们所在的华北794号,全功率运行时能向大地产生150亿吨的推力。"

我们的汽车终于登上了顶峰,喷口就在我们头顶上。由于光柱的直径太大,我们现在抬头看到的是一堵发着蓝光的等离子体巨墙,这巨墙向上延伸到无限高处。这时,我突然想起不久前的一堂哲学课,那个憔悴的老师给我们出了一个谜语。

"你在平原上走着走着,突然迎面遇到一堵墙,这墙向上无限高,向下无限深,向左无限远,向右无限远,这墙是什么?"

我打了一个寒战,接着把这个谜语告诉了身边的小星老师。她想了好大一会儿,困惑地摇摇头。我把嘴凑到她耳边,把那个可怕的谜底告诉她。

"死亡。"

她默默地看了我几秒钟,突然把我紧紧地抱在怀里。我从她的肩上极目望去,迷蒙的大地上,耸立着一片金属的巨峰,从我们周围一直延伸到地平线。巨峰吐出的光柱,如一片倾斜的宇宙森林,刺破我们摇摇欲坠的天空。

我们很快到达了海边,看到城市摩天大楼的尖顶伸出海面,退潮时白花花的海水从大楼无数的窗子中流出,形成一道道瀑布……刹车时代刚刚结束,其对地球的影响已触目惊心:地球发动机加速造成的潮汐吞没了北半球三分之二的大城市,发动机带来的全球高温融化了极地冰川,更使这大洪水雪上加霜,波及到南半球。爷爷在三十年前亲眼目睹了百米高的巨浪吞没上海的情景,他现在讲这事的时候眼还直勾勾的。事实上,我们的星球还没启程就已面目全非了,谁知道在以后漫长的外太空流浪中,还有多少苦难在等着我们呢?

我们乘上一种叫船的古老的交通工具在海面上航行。地球发动机的光柱在后面越来越远,一天以后就完全看不见了。这时,大海处在两片霞光之间,一片是西面地球发动机的光柱产生的青蓝色霞光,一片是东方海平面下的太阳产生的粉红色霞光,它们在海面上的反射使大海也分成了闪耀着两色光芒的两部分,我们的船就行驶在这两部分的分界处,这景色真是奇妙。但随着青蓝色霞光的渐渐减弱和粉红色霞光的渐渐增强,一种不安的气氛在船上弥漫开来。甲板上见不到孩子们了,他们都躲在船舱里不出来,舷窗的帘子也被紧紧拉上。一天后,我们最害怕的那一时刻终于到来了,我们集合在那间用作教室的大舱中,小星老师庄严地宣布:

"孩子们,我们要去看日出了。"

没有人动,我们目光呆滞,像突然冻住一样僵在那儿。小星老师又催了几次,还是没人动。她的一位男同事说:

"我早就提过,环球体验课应该放在近代史课前面,学生在心理上就比较容易适应了。"

"没那么简单,在近代史课前,他们早就从社会知道一切了。"小星老师接着对几位班干部说,"你们先走,孩子们,不要怕,我小时候第一次看日出也很紧张的,但看过一次就好了。"

孩子们终于一个个站了起来,朝着舱门挪动脚步。这时,我感到一只湿湿的小手抓住了我的手,回头一看,是灵儿。

"我怕……"她嘤嘤地说。

"我们在电视上也看到过太阳,反正都一样的。"我安慰她说。

"怎么会一样呢,你在电视上看蛇和看真蛇一样吗?"

"……反正我们得上去,要不这门课会扣分的!"

我和灵儿紧紧拉着手,和其他孩子一起战战兢兢地朝甲板走去,去面对我们人生中的第一次日出。

"其实,人类把太阳同恐惧连在一起也只是这三四个世纪的事。这之前,人类是不怕太阳的,相反,太阳在他们眼中是庄严和壮美的。那时地球还在转动,人们每天都能看到日出和日落。他们对着初升的太阳欢呼,赞颂落日的美丽。"小星老师站在船头对我们说,海风吹动着她的长发,在她身后,海天连接处射出几道光芒,好像海面下的一头大得无法想象的怪兽喷出的鼻息。

终于,我们看到了那令人胆寒的火焰,开始时只是天水连线上的一个亮点,很快增大,渐渐显示出了圆弧的形状。这时,我感到自己的喉咙被什么东西掐住了,恐惧使我窒息,脚下的甲板仿佛突然消失,我在向海的深渊坠下去,坠下去……和我一起下坠的还有灵儿,她那蛛丝般柔弱的小身躯紧贴着我颤抖着;还有其他孩子,其他的所有人,整个世界,都在下坠。这时我又想起了那个谜语,我曾问过哲学老师,那堵墙是什么颜色的,他说应该是黑色的。我觉得不对,我想象中的死亡之墙应该是雪亮的,这就是为什么那道等离子体墙让我想起了它。这个时代,死亡不再是黑色的,它是闪电的颜色,当那最后的闪电到来时,世界将在瞬间变成蒸气。

三个多世纪前,天体物理学家们就发现这太阳内部氢转化为氦的速度突然加快,于是他们发射了上万个探测器穿过太阳,最终建立了这颗恒星完整精确的数学模型。巨型计算机对这个模型计算的结果表明,太阳的演化已向主星序外偏移,氦元素的聚变将在很短的时间内传遍整个太阳内部,由此产生一次叫氦闪的剧烈爆炸,之后,太阳将变为一颗巨大但暗淡的红巨星,它膨胀到如此之大,地球将在太阳内部运行!事实上在这之前的氦闪爆发中,我们的星球已被气化了。

这一切将在四百年内发生,现在已过了三百八十年。

太阳的灾变将炸毁和吞没太阳系所有适合居住的类地行星,并使所有类木行星完全改变形态和轨道。自第一次氦闪后,随着重元素在太阳中心的反复聚集,太阳氦闪将在一段时间反复发生,这"一段时间"是相对于恒星演化来说的,其长度可能相当于上千个人类历史。所以,人类在以后的太阳系中已无法生存下去,唯一的生路是向外太空恒星际移民,而照人类目前的技术力量,全人类移民唯一可行的目标是人马座比邻星,这是距我们最近的恒星,有4.3光年的路程。以上看法人们已达成共识,争论的焦点在移民方式上。

为了加强教学效果,我们的船在太平洋上折返了两次,又给我们制造了两次日出。现在我们已完全适应了,也相信了南半球那些每天面对太阳的孩子确实能活下去。

以后我们就在太阳下航行了,太阳在空中越升越高,这几天凉爽下来的天气又热了起来。我正在自己的舱里昏昏欲睡,听到外面有骚乱的人声。灵儿推开门探进头来。

"嗨,飞船派和地球派又打起来了!"

我对这事儿不感兴趣,他们已经打了四个世纪了。但我还是到外面看了看,在那打成一团的几个男孩儿中,一眼就看出了挑起事儿的是阿东,他爸爸是个顽固的飞船派,因参加一次反联合政府的暴动,现在还被关在监狱里,有其父必有其子。

小星老师和几名粗壮的船员好不容易才拉开架,阿东鼻子血乎乎的,振臂高呼:"把地球派扔到海里去!"

"我也是地球派,也要扔到海里去?"小星老师问。

"地球派都扔到海里去!"阿东毫不示弱,现在,在全世界飞船派情绪又呈上升趋势,所以他们又狂起来了。

"为什么这么恨我们?"小星老师问,其他几个飞船派小子接着喊了起来。

"我们不和地球派傻瓜在地球上等死!"

"我们要坐飞船走!飞船万岁!"

……

小星老师按了一下手腕上的全息显示器,我们面前的空中立刻显示出一幅全息图像,孩子们的注意力立刻被它吸引过去,暂时安静下来。那是一个晶莹透明的密封玻璃球,大约有10厘米直径,球里有三分之二充满了水,水中有一只小虾、一小枝珊瑚和一些绿色的藻类植物,小虾在水中悠然地游动着。小星老师说:"这是阿东的一件自然课的设计作业,小球中除了这几样东西外,还有一些看不见的细菌。它们在密封的玻璃球中相互依赖,相互作用。小虾以海藻为食,从水中摄取氧气,然后排出含有机物质的粪便和二氧化碳废气,细菌将这些东西分解成无机物质和二氧化碳,然后海藻利用了这些无机物质与人造阳光进行光合作用,制造营养物质,进行生长和繁殖,同时放出氧气供小虾呼吸。这样的生态循环应该能使玻璃球中的生物在只有阳光供应的情况下生生不息。这是我见过的最好的课程设计,我知道,这里面凝聚了阿东和所有飞船派孩子的梦想,这就是你们梦中飞船的缩影啊!阿东告诉我,他按照计算机中严格的数学模型,对球中每一样生物进行了基因设计,使他们的新陈代谢正好达到平衡。他坚信,球中的生命世界会长期活下去,直到小虾寿命的终点。老师们都很钟爱这件作业,我们把它放到所要求强度的人造阳光下,也坚信阿东的预测,默默地祝福他创造的这个小小的世界。但现在,时间只过去了十几天……"

小星老师从随身带来的一个小箱子中小心翼翼地拿出了那个玻璃球,死去的小虾漂浮在水面上,水已混浊不堪,腐烂的藻类植物已失去了绿色,变成一团没有生命的毛状物覆盖在珊瑚上。

"这个小世界死了。孩子们,谁能说出为什么?"小星老师把那个死亡的世界举到孩子们面前。

"它太小了!"

"说得对,太小了,小的生态系统,不管多么精确,是经不起时间的风浪的。飞船派们想象中的飞船也一样。"

"我们的飞船可以造得像上海或纽约那么大。"阿东说,声音比刚才低了许多。

"是的,按人类目前的技术也只能造这么大,同地球相比,这样的生态系统还是太小了,太小了。"

"我们会找到新的行星。"

"这连你们自己也不相信。人马座没有行星,最近有行星的恒星在八百五十光年以外,目前人类能建造的最快的飞船也只能达到光速的百分之零点五,这样就需十七万年时间才能到那儿,飞船规模的生态系统连这十分之一的时间都维持不了。孩子们,只有像地球这样规模的生态系统,这样气势磅礴的生态循环,才能使生命万代不息!人类在宇宙间离开了地球,就像婴儿在沙漠里离开了母亲!"

"可……老师,我们来不及的,地球来不及的,它还来不及加速到足够快,航到足够远,太阳就爆炸了!"

"时间是够的,要相信联合政府!这我说了多少遍,如果你们还不相信,我们就退一万步说,人类将自豪地去死,因为我们尽了最大的努力!"

人类的逃亡分为五步:第一步,用地球发动机使地球停止转动,使发动机喷口固定在地球运行的反方向;第二步,全功率开动地球发动机,使地球加速到逃逸速度,飞出太阳系;第三步,在外太空继续加速,飞向比邻星;第四步,在中途地球重新自转,调转发动机方向,开始减速;第五步,地球泊入比邻星轨道,成为这颗恒星的卫星。人们把这五步分别称为刹车时代,逃逸时代,流浪时代Ⅰ(加速),流浪时代Ⅱ(减速),新太阳时代。

整个移民过程将延续两千五百年时间,一百代人。

我们的船继续航行,航到了地球黑夜的部分,在这里,阳光和地球发动机的光柱都照不到,在大西洋清凉的海风中,我们这些孩子第一次看到了星空。天啊,那是怎样的景象啊,美得让我们心醉。小星老师一手搂着我们,一手指着星空,"看,孩子们,那就是人马座,那就是比邻星,那就是我们的新家!"说完她哭了起来,我们也都跟着哭了,周围的水手和船长,这些铁打的汉子也流下了眼泪。所有的人都用泪眼探望着老师指的方向,星空在泪水中扭曲抖动,唯有那个星星是不动的,那是黑夜大海狂浪中远方陆地的灯塔,那是冰雪荒原中快要冻死的孤独旅人前方隐现的火光,那是我们心中的星星,是人类在未来一百代人的苦海中唯一的希望和支撑……

在回家的航程中,我们看到了启航的第一个信号:夜空中出现了一个巨大的彗星,那是月球。人类带不走月球,就在月球上也安装了行星发动机,把它推离地球轨道,以免在地球加速时相撞。月球上行星发动机产生的巨大彗尾使大海笼罩在一片蓝光之中,群星看不见了。月球移动产生的引力潮汐使大海巨浪冲天,我们改乘飞机向南半球的家飞去。

启航的日子终于到了!

我们一下飞机,就被地球发动机的光柱照得睁不开眼,这些光柱比以前亮了几倍,而且所有光柱都由倾斜变成笔直。地球发动机开到了最大功率,加速产生的百米巨浪轰鸣着滚上每个大陆,灼热的飓风夹着滚烫的水沫,在林立的顶天立地的等离子光柱间疯狂呼啸,拔起了陆地上所有的大树……这时从宇宙空间看,我们的星球也成了一个巨大的彗星,蓝色的彗尾刺破了黑暗的太空。

地球上路了,人类上路了。

就在启航时,爷爷去世了,他身上的烫伤已经感染。弥留之际他反复念叨着一句话:

"啊,地球,我的流浪地球啊……"

逃逸时代

学校要搬入地下城了,我们是第一批入城的居民。校车钻进了一个高大的隧洞,隧洞成不大的坡度向地下延伸。走了有半个钟头,我们被告知已入城了。可车窗外哪有城市的样子?只看到不断掠过的错综复杂的支洞,和洞壁上无数的密封门,在高高洞顶的一排泛光灯下,一切都呈单调的金属蓝色。想到后半生的大部分时光都要在这个世界中度过,我们不禁黯然神伤。

"原始人就住洞里,我们又住洞里了。"灵儿低声说,这话还是让小星老师听见了。

"没有办法的,孩子们,地面的环境很快就要变得很可怕很可怕,那时,冷的时候,吐一口唾沫,还没掉到地上呢,就冻成小冰块儿了;热的时候,再吐一口唾沫,还没掉到地上,就变成蒸汽了!"

"冷我知道,因为地球离太阳越来越远了;可为什么还会热呢?"同车的一个低年级的小娃娃问。

"笨,没学过变轨加速吗?"我没好气地说。

"没。"

灵儿耐心地解释起来,好像是为了分散刚才的悲伤。"是这样:跟你想的不同,地球发动机没那么大劲儿,它只能给地球很小的加速度,不能把地球一下子推出太阳轨道,在地球离开太阳前,还要绕着它转15个圈呢!在这15个圈中地球慢慢加速。现在,地球绕太阳转着一个挺圆的圈儿,可它的速度越快呢,这圈儿就越扁,越快越扁越快越扁,太阳越来越移到这个扁圈的一边儿,所以后来,地球有时离太阳会很远很远,当然冷了……"

"可……还是不对!地球到最远的地儿是很冷,可在扁圈的另一头儿,它离太阳……嗯,我想想,按轨道动力学,还是现在这么近啊,怎么会更热呢?"

真是个小天才,记忆遗传技术使这样的小娃娃成了平常人,这是人类的幸运,否则,像地球发动机这样连神都不敢想的奇迹,是不会在四个世纪内变成现实的。

我说:"可还有地球发动机呢,小傻瓜,现在,一万多台那样的大喷灯全功率开动,地球就成了火箭喷口的护圈了……你们安静点吧,我心里烦!"

我们就这样开始了地下的生活,像这样在地下五百米处人口超过百万的城市遍布各个大陆。在这样的地下城中,我读完小学并升入中学。学校教育都集中在理工科上,艺术和哲学之类的教育已压缩到最少,人类没有这份闲心了。这是人类最忙的时代,每个人都有做不完的工作。很有意思的是,地球上所有的宗教在一夜之间消失得无影无踪,人们现在终于明白,就算真有上帝,他也是个王八蛋。历史课还是有的,只是课本中前太阳时代的人类历史对我们就像伊甸园中的神话一样。

父亲是空军的一名近地轨道宇航员,在家的时间很少。记得在变轨加速的第五年,在地球处于远日点时,我们全家到海边去过一次。运行到远日点顶端那一天,是一个如同新年或圣诞节一样的节日,因为这时地球距太阳最远,人们都有一种虚幻的安全感。像以前到地面上去一样,我们需穿上带有核电池的全密封加热服。外面,地球发动机林立的刺目光柱是主要能看见的东西,地面世界的其他部分都淹没于光柱的强光中,也看不出变化。我们乘飞行汽车飞了很长时间,到了光柱照不到的地方,到了能看见太阳的海边。这时的太阳已成了一个棒球大小,一动不动地悬在天边,它的光芒只在自己的周围映出了一圈晨曦似的亮影,天空呈暗暗的深蓝色,星星仍清晰可见。举目望去,哪有海啊,眼前是一片白茫茫的冰原。在这封冻的大海上,有大群狂欢的人。焰火在暗蓝色的空中开放,冰冻海面上的人们以一种不正常的忘情在狂欢着,到处都是喝醉了在冰上打滚的人,更多的人在声嘶力竭地唱着不同的歌,都想用自己的声音压住别人。

"每个人都在不顾一切地过自己想过的生活,这也没有什么不好。"爸爸突然想起了一件事,"呵,忘了告诉你们,我爱上了黎星,我要离开你们和她在一起。"

"她是谁?"妈妈平静地问。

"我的小学老师。"我替爸爸回答,我升入中学已两年,不知道爸爸和小星老师是怎么认识的,也许是在两年前的毕业仪式上?

"那你去吧。"妈妈说。

"过一阵子我肯定会厌倦,那时我就回来,你看呢?"

"你要愿意当然行。"妈妈的声音像冰冻的海面一样平稳,但很快激动起来,"啊,这一颗真漂亮,里面一定有全息散射体!"她指着刚在空中开放的一朵焰火,真诚地赞美着。

在这个时代,人们看四个世纪以前的电影和小说时都莫名其妙,他们不明白,前太阳时代的人怎么会在不关生死的事情上倾注那么多的感情。当看到男女主人公为爱情而痛苦或哭泣时,他们的惊奇是难以言表的。在这个时代,死亡的威胁和逃生的欲望压倒了一切,除了当前太阳的状态和地球的位置,没有什么能真正引起他们的注意并打动他们了。这种注意力高度集中的关注,渐渐从本质上改变了人类的心理状态和精神生活,对于爱情这类东西,他们只是用余光瞥一下而已,就像赌徒在盯着轮盘的间隙抓住几秒钟喝口水一样。

过了两个月,爸爸真从小星老师那儿回来了,妈妈没有高兴,也没有不高兴。

爸爸对我说:"黎星对你印象很好,她说你是一个有创造力的学生。"

妈妈一脸茫然:"她是谁?"

"小星老师嘛,我的小学老师,爸爸这两个月就是同她在一起的!"

"哦,想起来了!"妈妈摇头笑了,"我还不到四十,记忆力就成了这个样子。"她抬头看看天花板上的全息星空,又看看四壁的全息森林,"你回来挺好,把这些图像换换吧,我和孩子都看腻了,但我们都不会调整这玩意儿。"

当地球再次向太阳跌去的时候,我们全家都把这事忘了。

有一天,新闻报道海在融化,于是我们全家又到海边去。这是地球通过火星轨道的时候,按照这时太阳的光照量,地球的气温应该仍然是很低的,但由于地球发动机的影响,地面的气温正适宜。能不穿加热服或冷却服去地面,那感觉真令人愉快。地球发动机所在的这个半球天空还是那个样子,但到达另一个半球时,却真正感到了太阳的临近:天空是明朗的纯蓝色,太阳在空中已同启航前一样明亮了。可我们从空中看到海并没融化,还是一片白色的冰原。当我们失望地走出飞行汽车时,听到惊天动地的隆隆声,那声音仿佛来自这颗星球的最深处,真像地球要爆炸一样。

"这是大海的声音!"爸爸说,"因为气温骤升,厚厚的海冰层受热不均匀,这很像陆地上的地震。"

突然,一声雷霆般尖利的巨响插进这低沉的隆隆声中,我们后面看海的人们欢呼起来。我看到海面上裂开一道长缝,其开裂速度之快如同广阔的冰原上突然出现的一道黑色的闪电。接着在不断的巨响中,这样的裂缝一条接一条地在海冰上出现,海水从所有的裂缝中喷出,在冰原上形成一条条迅速扩散的急流……

回家的路上,我们看到荒芜已久的大地上,野草在大片大片地钻出地面,各种花朵在怒放,嫩叶给枯死的森林披上绿装……所有的生命都在抓紧时间发泄着活力。

随着地球和太阳的距离越来越近,人们的心也一天天揪紧了。到地面上来欣赏春色的人越来越少,大部分人都深深地躲进了地下城中,这不是为了躲避即将到来的酷热、暴雨和飓风,而是躲避那随着太阳越来越近的恐惧。有一天在我睡下后,听到妈妈低声对爸爸说:"可能真的来不及了。"

爸爸说:"前四个近日点时也有这种谣言。"

"可这次是真的,我是从钱德勒博士夫人口中听说的,她丈夫是航行委员会的那个天文学家,你们都知道他。他亲口告诉她已观测到氦的聚集在加速。"

"你听着,亲爱的,我们必须抱有希望,这并不是因为希望真的存在,而是因为我们要做高贵的人。在前太阳时代,做一个高贵的人必须拥有金钱、权力或才能,而在今天只要拥有希望,希望是这个时代的黄金和宝石,不管活多长,我们都要拥有它!明天把这话告诉孩子。"

和所有的人一样,我也随着近日点的到来而心神不定。有一天放学后,我不知不觉走到了城市中心广场,在广场中央有喷泉的圆形水池边呆立着,时而低头看着蓝莹莹的池水,时而抬头望着广场圆形穹顶上梦幻般的光波纹,那是池水反射上去的。这时我看到了灵儿,她拿着一个小瓶子和一根小管儿,在吹肥皂泡。每吹出一串,她都呆呆地盯着空中飘浮的泡泡,看着它们一个个消失,然后再吹出一串……

"都这么大了还干这个,这好玩吗?"我走过去问她。

灵儿见了我以后喜出望外,"我们俩去旅行吧!"

"旅行？去哪？"

"当然是地面啦！"她挥手在空中划了一下，从手腕上的计算机甩出一幅全息景象，显示出一个落日下的海滩，微风吹拂着棕榈树，道道白浪，金黄的沙滩上有一对对的情侣，他们在铺满碎金的海面前呈一对对黑色的剪影。"这是梦娜和大刚发回来的，他们俩现在还满世界转呢，他们说外面现在还不太热，外面可好呢，我们去吧！"

"他们因为旷课刚被学校开除了。"

"哼，你根本不是怕这个，你是怕太阳！"

"你不怕吗？别忘了你因为怕太阳还看过精神病医生呢。"

"可我现在不一样了，我受到了启示！你看，"灵儿用小管儿吹出了一串肥皂泡，"盯着它看！"她用手指着一个肥皂泡说。

我盯着那个泡泡，看到它表面上光和色的狂澜，那狂澜以人的感觉无法把握的复杂和精细在涌动，好像那个泡泡知道自己生命的长度，疯狂地把自己渺如烟海的记忆中无数的梦幻和传奇向世界演绎。很快，光和色的狂澜在一次无声的爆炸中消失了，我看到了一小片似有似无的水汽，这水汽也只存在了半秒钟，然后什么都没有了，好像什么都没有存在过。

"看到了吗？地球就是宇宙中的一个小水泡，啪一下，什么都没了，有什么好怕的呢？"

"不是这样的，据计算，在氦闪发生时，地球被完全蒸发掉至少需要一百个小时。"

"这就是最可怕之处了！"灵儿大叫起来，"我们在这地下五百米，就像馅饼里的肉馅一样，先给慢慢烤熟了，再蒸发掉！"

一阵冷颤传遍我的全身。

"但在地面就不一样了，那里的一切瞬间被蒸发，地面上的人就像那泡泡一样，啪一下……所以，氦闪时还是在地面上为好。"

不知为什么，我没同她去，她就同阿东去了，我以后再也没见到他们。

氦闪并没有发生，地球高速掠过了近日点，第六次向远日点升去，人们绷紧的神经松弛下来。由于地球自转已停止，在太阳轨道的这一面，亚洲大陆上的地球发动机正对它的运行方向，所以在通过近日点前都停了下来，只是偶尔做一些调整姿态的运行，我们这儿处于宁静而漫长的黑夜之中。美洲大陆上的发动机则全功率运行，那里成了火箭喷口的护圈。由于太阳这时也处于西半球，那儿的高温更是可怕，草木生烟。

地球的变轨加速就这样年复一年地进行着。每当地球向远日点升去时，人们的心也随着地球与太阳距离的日益拉长而放松；而当它在新的一年向太阳跌去时，人们的心又一天天紧缩起来。每次到达近日点，社会上就谣言四起,说太阳氦闪就要在这时发生了;直到地球再次升向远日点,人们的恐惧才随着天空中渐渐变小的太阳平息下来,但又在酝酿着下一次的恐惧……人类的精神像在荡着一个宇宙秋千,更恰当地说,在经历着一场宇宙俄罗斯轮盘赌:升上远日点和跌向太阳的过程是在转动弹仓,掠过近日点时则是扣动扳机!每扣一次时的神经比上一次更紧张,我就是在这种交替的恐惧中度过了自己的少年时代。其实仔细想想,即使在远日点,地球也未脱离太阳氦闪的威力圈,如果那时太阳爆发,地球不是被气化而是被慢慢液化,那种结果还真不如在近日点。

在逃逸时代,大灾难接踵而至。

由于地球发动机产生的加速度及运行轨道的改变,地核中铁镍核心的平衡被扰动,其影响穿过古腾堡不连续面,波及地幔,各个大陆地热逸出,火山横行,这对于人类的地下城市是致命的威胁。从第六次变轨周期后,在各大陆的地下城中,岩浆渗入灾难频繁发生。

那天当警报响起来的时候,我正走在放学回家的路上,听到市政厅的广播:"F112 市全体市民注意,城市北部屏障已被地应力破坏,岩浆渗入!岩浆渗入!现在岩浆流已到达第四街区!公路出口被封死,全体市民到中心广场集合,通过升降梯向地面撤离。注意,撤离时按《危急法》第五条行事,强调一遍,撤离时按《危急法》第五条行事!"

我环视了一下四周迷宫般的通道,地下城现在看上去并没有什么异常。但我知道现在的危险:只有两条通向外部的地下公路,其中一条去年因加固屏障的需要已被堵死,如果剩下的这条也堵死了,就只有通过经竖井直通地面的升降梯逃命了。升降梯的载运量很小,要把这座地下城的 36 万人运出去需要很长时间,但也没有必要去争夺生存的机会,联合政府的《危急法》把一切都安排好了。

古代曾有过一个伦理学问题:当洪水到来时,一个只能救走一个人的男人,是去救他的父亲呢,还是去救他的儿子? 在这个时代的人看来,提出这个问题很不可理解。

当我到达中心广场时,看到人们已按年龄排起了长长的队。最靠近电梯口的是由机器人保育员抱着的婴儿,然后是幼儿园的孩子,再往后是小学生……我排在队伍中间靠前的部分。爸爸现在在近地轨道值班,城里只有我和妈妈,我现在看不到妈妈,就顺着几公路长的队身后跑,没跑多远就被士兵拦住了。我知道她在最后一段,因为这个城市主要是学校集中地,家庭很少,她已经算年纪大的那批人了。

长队以让人心里着火的慢速度向前移动,三个小时后轮到我跨进升降梯时,心里一点都不轻松,因为这时在妈妈和生存之间,还隔着两万多名大学生呢！而我已闻到了浓烈的硫磺味……

我到地面两个半小时后，岩浆就在五百米深的地下吞没了整座城市。我心如刀绞地想象着妈妈最后的时刻：她同没能撤出的一万八千人一起，看着岩浆涌进市中心广场。那时已经停电，整个地下城只有岩浆那可怖的暗红色光芒。广场那高大的白色穹顶在高温中渐渐变黑，所有的遇难者可能还没接触到岩浆，就被这上千度的高温夺去了生命。

但生活还在继续，这严酷恐惧的现实中，爱情仍不时闪现出迷人的火花。为了缓解人们的紧张情绪，在第十二次到达远日点时，联合政府居然恢复了中断达两个世纪的奥运会。我作为一名机动冰橇拉力赛的选手参加了奥运会，比赛是驾驶机动冰橇，从上海出发，从冰面上横穿封冻的太平洋，到达终点纽约。

发令枪响过之后，上百只雪橇在冰冻的海洋上以每小时二百公里左右的速度出发了。开始还有几只雪橇相伴，但两天后，他们或前或后，都消失在地平线之外。这时背后地球发动机的光芒已经看不到了，我正处于地球最黑的部分。在我眼中，世界就是由广阔的星空和向四面无限延伸的冰原组成的，这冰原似乎一直延伸到宇宙的尽头，或者它本身就是宇宙的尽头。而在无限的星空和无限的冰原组成的宇宙中，只有我一个人！雪崩般的孤独感压倒了我，我想哭。我拼命地赶路，名次已无关紧要，只是为了在这可怕的孤独感杀死我之前尽早地摆脱它，而那想象中的彼岸似乎根本就不存在。

就在这时，我看到天边出现了一个人影。近了些后，我发现那是一个姑娘，正站在她的雪橇旁，她的长发在冰原上的寒风中飘动着。你知道这时遇见一个姑娘意味着什么，我们的后半生由此决定了。她是日本人，叫山杉加代子。女子组比我们先出发十二个小时，她的雪橇卡在冰缝中，把一根滑杆卡断了。我一边帮她修雪橇，一边把自己刚才的感觉告诉她。

"您说的太对了，我也是那样的感觉！是的，好像整个宇宙中就只有你一个人！知道吗？我看到您从远方出现时，就像看到太阳升起一样耶！"

"那你为什么不叫救援飞机？"

"这是一场体现人类精神的比赛，要知道，流浪地球在宇宙中是叫不到救援的！"她挥动着小拳头，以日本人特有的执着说。

"不过现在总得叫了，我们都没有备用滑杆，你的雪橇修不好了。"

"那我们坐您的雪橇一起走好吗？如果您不在意名次的话。"

我当然不在意，于是我和加代子一起在冰冻的太平洋上走完了剩下的漫长路程。经过夏威夷后，我们看到了天边的曙光。在这被那个小小的太阳照亮的无际冰原上，我们向联合政府的民政部发去了结婚申请。

当我们到达纽约时,这个项目的裁判们早等得不耐烦,收摊走了。但有一个民政局的官员在等着我们,他向我们致以新婚的祝贺,然后开始履行他的职责:他挥手在空中划出一个全息图像,上面整齐地排列着几万个圆点,这是这几天全世界向联合政府登记结婚的数目。由于环境的严酷,法律规定每三对新婚配偶中只有一对有生育权,抽签决定。加代子对着半空中那几万个点犹豫了半天,点了中间的一个。当那个点变为绿色时,她高兴得跳了起来。但我的心中却不知是什么滋味,我的孩子出生在这个苦难的时代,是幸运还是不幸呢?那个官员倒是兴高采烈,他说每当一对儿"点绿"的时候他都十分高兴,他拿出了一瓶伏特加,我们三个轮着一人一口地喝着,都为人类的延续干杯。我们身后,遥远的太阳用它微弱的光芒给自由女神像镀上了一层金辉,对面,是已无人居住的曼哈顿的摩天大楼群,微弱的阳光把它们的影子长长地投在纽约港寂静的冰面上,醉意朦胧的我,眼泪涌了出来。

地球,我的流浪地球啊!

分手前,官员递给我们一串钥匙,醉醺醺地说:"这是你们在亚洲分到的房子,回家吧,哦,家多好啊!"

"有什么好的?"我漠然地说,"亚洲的地下城充满危险,你们在西半球当然体会不到。"

"我们马上也有你们体会不到的危险了,地球又要穿过小行星带,这次是西半球对着运行方向。"

"上几个变轨周期也经过小行星带,不是没什么大事吗?"

"那只是擦着小行星带的边缘走,太空舰队当然能应付,他们可以用激光和核弹把地球航线上的那些小石块都清除掉。但这次……你们没看新闻?这次地球要从小行星带正中穿过去!舰队只能对付那些大石块,唉……"

在回亚洲的飞机上,加代子问我:"那些石块很大吗?"

我父亲现在就在太空舰队干那件工作,所以尽管政府为了避免惊慌照例封锁消息,我还是知道一些情况。我告诉加代子,那些石块大得像一座大山,五千万吨级的热核炸弹只能在上面打出一个小坑。"他们就要使用人类手中的威力最大的武器了!"我神秘地告诉加代子。

"你是说反物质炸弹?!"

"还能是什么?"

"太空舰队的巡航范围是多远?"

"现在他们力量有限,我爸说只有一百五十万公里左右。"

"啊,那我们能看到了!"

"最好别看。"

加代子还是看了,而且是没戴护目镜看的。反物质炸弹的第一次闪光是在我们起飞不久后从太空传来的,那时加代子正在欣赏飞机舷窗外空中的星星,这使她的双眼失明了一个多小时,以后的一个多月都红肿流泪。那真是让人心惊肉跳的时刻,反物质炮弹不断地击中小行星,湮灭的强光此起彼伏地在漆黑的太空中闪现,仿佛宇宙中有一群巨人围着地球用闪光灯疯狂拍照似的。

半小时后,我们看到了火流星,它们拖着长长的火尾划破长空,给人一种恐怖的美感。火流星越来越多,每一个在空中划过的距离越来越长。突然,机身在一声巨响中震颤了一下,紧接着又是连续的巨响和震颤。加代子惊叫着扑到我怀中,她显然以为飞机被流星击中了,这时舱里响起了机长的声音。

"请各位乘客不要惊慌,这是流星冲破音障产生的超音速爆音,请大家戴上耳机,否则您的听觉会受到永久的损害。由于飞行安全已无法保证,我们将在夏威夷紧急降落。"

这时我盯住了一个火流星,那个火球的体积比别的大出许多,我不相信它能在大气中烧完。果然,那火球疾驰过大半个天空,越来越小,但还是坠入了冰海。我从万米高空看到,海面被击中的位置出现了一个小白点,那白点立刻扩散成一个白色的圆圈,圆圈迅速在海面扩大。

"那是浪吗?"加代子颤着声儿问我。

"是浪,上百米的浪。不过海封冻了,冰面会很快使它衰减的。"我自我安慰地说,不再看下面。

我们很快在檀香山降落,由当地政府安排去地下城。我们的汽车沿着海岸走,天空中布满了火流星,那些红发恶魔好像是从太空中的某一个点同时迸发出来的。一颗流星在距海岸不远处击中了海面,没有看到水柱,但水蒸气形成的白色蘑菇云高高地升起。涌浪从冰层下传到岸边,厚厚的冰层轰隆隆地破碎了,冰面显出了浪的形状,好像有一群柔软的巨兽在冰下排着队游过。

"这块有多大?"我问那位来接应我们的官员。

"不超过五公斤,不会比你的脑袋大吧。不过刚接到通知,在北方八百公里的海面上,刚落下一颗二十吨左右的。"

这时他手腕上的通讯机响了,他看了一眼后对司机说:"来不及到204号门了,就近找个入口吧!"

汽车拐了个弯,在一个地下城入口前停了下来。我们下车后,看到入口外有几个士兵,他们都一动不动地盯着远方的一个方向,眼里充满了恐惧。

我们都顺着他们的目光看去,在天海连线处,我们看到一层黑色的屏障,初一看好像是天边低低的云层,但那"云层"的高度太齐了,像一堵横在天边的长墙,再仔细看,墙头还镶着一线白边。

"那是什么呀?"加代子怯生生地问一个军官,得到的回答让我们毛发直竖。

"浪。"

地下城高大的铁门隆隆地关上了,约莫过了十分钟,我们感到从地面传来的低沉的声音,咕噜噜的,像一个巨人在地面打滚。我们面面相觑,大家都知道,百米高的巨浪正在滚过夏威夷,也将滚过各个大陆。但另一种震动更吓人,仿佛有一只巨拳从太空中不断地击打地球,在地下这震动并不大,只能隐约感到,但每一个震动都直达我们灵魂深处。这是流星在不断地击中地面。

我们的星球所遭到的残酷轰炸断断续续持续了一个星期。

当我们走出地下城时,加代子惊叫:"天啊,天怎么是这样的!"

天空是灰色的,这是因为高层大气弥漫着小行星撞击陆地时产生灰尘,星星和太阳都消失在这无际的灰色中,仿佛整个宇宙在下着一场大雾。地面上,滔天巨浪留下的海水还没来得及退去就封冻了,城市幸存的高楼形单影只地立在冰面上,挂着长长的冰凌柱。冰面上落了一层撞击尘,于是这个世界只剩下一种颜色:灰色。

我和加代子继续回亚洲的旅行。在飞机越过早已无意义的国际日期变更线时,我们见到了人类所见过的最黑的黑夜,飞机仿佛潜行在墨汁的海洋中。看着机舱外那没有一丝光线的世界,我们的心情也暗到了极点。

"什么时候到头儿呢?"加代子喃喃地说。我不知道她指的是这个旅程还是这充满苦难和灾难的生活,我现在觉得两者都没有尽头。是啊,即使地球航出了氦闪的威力圈,我们得以逃生,又怎么样呢?我们只是那漫长阶梯的最下一级,当我们的一百代重孙爬上阶梯的顶端,见到新生活的光明时,我们的骨头都变成灰了。我不敢想象未来的苦难和艰辛,更不敢想象要带着爱人和孩子走过这条看不到头的泥泞路,我累了,实在走不动了⋯⋯就在我被悲伤和绝望窒息的时候,机舱里响起了一声女人的惊叫:

"啊!不!不能,亲爱的!!"

我循声看去,见那个女人正从旁边的一个男人手中夺下一支手枪,他刚才显然想把枪口凑到自己的太阳穴上。这人很瘦弱,目光呆滞地看着前方无限远处。女人把头埋在他膝上,嘤嘤地哭了起来。

"安静。"男人冷冷地说。

哭声消失了,只有飞机发动机的嗡嗡声在轻响,像不变的哀乐。在我的感觉中,飞机已粘在这巨大的黑暗中,一动不动,而整个宇宙,除了黑暗和飞机,什么都没有了。加代子紧紧钻在我怀里,浑身冰凉。

突然,机舱前部有一阵骚动,有人在兴奋地低语。我向窗外看去,发现飞机前方出现了一片朦胧的光亮,那光亮是蓝色的,没有形状,十分均匀地出现在前方弥漫着撞击尘的夜空中。

那是地球发动机的光芒。

西半球的地球发动机已被陨石击毁了三分之一,但损失比启航前的预测要少;东半球的地球发动机由于背向撞击面,完好无损。从功率上来说,它们是能使地球完成逃逸航行的。

在我眼中,前方朦胧的蓝光,如同从深海漫长的上浮后看到的海面的亮光,我的呼吸又顺畅起来。

我又听到那个女人的声音:"亲爱的,痛苦呀恐惧呀这些东西,也只有在活着时才能感觉到,死了,死了什么也没有了,那边只有黑暗。还是活着好,你说呢?"

那瘦弱的男人没有回答,他盯着前方的蓝光看,眼泪流了下来。我知道他能活下去了,只要那希望的蓝光还亮着,我们就都能活下去,我又想起了父亲关于希望的那些话。

一下飞机,我和加代子没有去我们在地下城中的新家,而是到设在地面的太空舰队基地去找父亲,但在基地,我只见到了追授他的一枚冰冷的勋章。这勋章是一名空军少将给我的,他告诉我,在清除地球航线上的小行星的行动中,一块被反物质炸弹炸出的小行星碎片击中了父亲的单座微型飞船。

"当时那个石块和飞船的相对速度有每秒一百公里,撞击使飞船座舱瞬间气化了,他没有一点痛苦,我向您保证,没有一点痛苦。"将军说。

当地球又向太阳跌回去的时候,我和加代子又到地面上来看春天,但没有看到。世界仍是一片灰色,阴暗的天空下,大地上分布着由残留海水形成的一个个冰冻湖泊,见不到一点绿色。大气中的撞击尘挡住了阳光,使气温难以回升。甚至在近日点,海洋和大地都没有解冻,太阳呈一个朦胧的光晕,仿佛是撞击尘后面的一个幽灵。

三年以后,空中的撞击尘才有所消散,人类终于最后一次通过近日点,向远日点升去。在这个近日点,东半球的人有幸目睹了地球历史上最快的一次日出和日落。太阳从海平面上一跃而起,迅速划过长空,大地上万物的影子在很快地变换着角度,仿佛是无数根钟表的秒针。这也是地球上最短的一个白天,只有不到一个小时。当一小时后太阳跌入地平线,黑暗降临大地时,我感到一阵伤感。这转瞬即逝的一天,仿佛是对地球在太阳系四十五亿年进化史的一个短暂的总结。直到宇宙的末日,它不会再回来了。

"天黑了。"加代子忧伤地说。

"最长的一夜。"我说。东半球的这一夜将延续两千五百年,一百代人后,人马座的曙光才能再次照亮这个大陆。西半球也将面临最长的白天,但比这里的黑夜要短得多。在那里,太阳将很快升到天顶,然后一直停在那个位置上渐渐变小,在半世纪内,它就会融入星群难以分辨了。

按照预定的航线,地球升向与木星的会合点。航行委员会的计划是:地球第15圈的公转轨道是如此之扁,以至于它的远日点到达木星轨道,地球将与木星在几乎相撞的距离上擦身而过,在木星巨大引力的拉动下,地球将最终达到逃逸速度。

离开近日点后两个月,就能用肉眼看到木星了,它开始只是一个模糊的光点,但很快显出圆盘的形状,又过了一个月,木星在地球上空已有满月大小了,呈暗红色,能隐约看到上面的条纹。这时,十五年来一直垂直的地球发动机光柱中有一些开始摆动,地球在做会合前最后的姿态调整,木星渐渐沉到了地平线下。以后的三个多月,木星一直处在地球的另一面,我们看不到它,但知道两颗行星正在交会之中。

有一天我们突然被告知东半球也能看到木星了。于是人们纷纷从地下城中来到地面。当我走出城市的密封门来到地面时,发现开了十五年的地球发动机已经全部关闭了,我再次看到了星空,这表明同木星最后的交会正在进行。人们都在紧张地盯着西方的地平线,地平线上出现了一片暗红色的光,那光区渐渐扩大,伸延到整个地平线的宽度。我现在发现那暗红色的区域上方同漆黑的星空有一道整齐的边界,那边界呈弧形,那巨大的弧形从地平线的一端跨到了另一端,在缓缓升起,巨弧下的天空都变成了暗红色,仿佛一块同星空一样大小的暗红色幕布在把地球同整个宇宙隔开。当我回过神来时,不由倒吸一口冷气,那暗红色的幕布就是木星!我早就知道木星的体积是地球的1300倍,现在才真正感觉到它的巨大。这宇宙巨怪在整个地平线上升起时产生的那种恐惧和压抑感是难以用语言描述的,一名记者后来写道:"不知是我身处噩梦中,还是这整个宇宙都是一个造物主巨大而变态的头脑中的噩梦!"木星恐怖地上升着,渐渐占据了半个天空。这时,我们可以清楚地看到它云层中的风暴,那风暴把云层搅动成让人迷茫的混乱线条。我知道那厚厚的云层下是沸腾的液氢和液氦的大洋。著名的大红斑出现了,这个在木星表面维持了几十万年的大旋涡大得可以吞下整个地球。这时木星已占满了整个天空,地球仿佛是浮在木星沸腾的暗红色云海上的一只气球!而木星的大红斑就处在天空正中,如一只红色的巨眼盯着我们的世界,大地笼罩在它那阴森的红光中,……这时,谁都无法相信小小的地球能逃出这巨大怪物的引力场,从地面上看,地球甚至连成为木星的卫星都不可能,我们就要掉进那无边云海覆盖着的地狱中去了!但领航工程师们的计算是精确的,暗红色的迷乱的天空在缓缓移动着,不知过了多长时间,西方的天边露出了黑色的一角,那黑色迅速扩大,其中有星星在闪烁,地球正在冲出木星的引力魔掌。这时警报尖叫起来,木星产生的引力潮汐正在向内陆推进,后来得知,这次大潮百多米高的巨浪再次横扫了整个大陆。在跑进地下城的密封门时,我最后看了一眼仍占据半个天空的木星,发现木星的云海中有一道明显的划痕,后来知道,那是地球引力作用在木星表面留下的痕迹,我们的星球也在木星表面拉起了如山的液氢和液氦的巨浪。这时,木星巨大的引力正在把地球加速甩向外太空。

离开木星时,地球已达到了逃逸速度,它不再需要返回潜藏着死亡的太阳,向广漠的外太空飞去,漫长的流浪时代开始了。

就在木星暗红色的阴影下,我的儿子在地层深处出生了。

叛 乱

离开木星后,亚洲大陆上一万多台地球发动机再次全功率开动,这一次它们要不停地运行五百年,不停地加速地球。这五百年中,发动机将把亚洲大陆上一半的山脉用做燃料消耗掉。

从四个多世纪死亡的恐惧中解脱出来,人们长出了一口气。但预料中的狂欢并没有出现,接下来发生的事情出乎所有人的想象。

在地下城的庆祝集会后,我一个人穿上密封服来到地面。童年时熟悉的群山已被超级挖掘机夷为平地,大地上只有裸露的岩石和坚硬的冻土,冻土上到处有白色的斑块,那是大海潮留下的盐渍。面前那座爷爷和爸爸度过了一生的曾有千万人口的大城市现在已是一片废墟,高楼钢筋外露的残骸在地球发动机光柱的蓝光中拖着长长的影子,好像是史前巨兽的化石……一次次的洪水和小行星的撞击已摧毁了地面上的一切,各大陆上的城市和植被都荡然无存,地球表面已变成火星一样的荒漠。

这一段时间,加代子心神不定。她常常扔下孩子不管,一个人开着飞行汽车出去旅行,回来后,只是说她去了西半球。最后,她拉我一起去了。

我们的飞行汽车以四倍音速飞行了两个小时,终于能够看到太阳了,它刚刚升出太平洋,这时看上去只有棒球大小,给冰封的洋面投下一片微弱的、冷冷的光芒。加代子把飞行汽车悬停在五千米的空中,然后从后面拿出了一个长长的东西,去掉封套后我看到那是一架天文望远镜,业余爱好者用的那种。加代子打开车窗,把望远镜对准太阳,让我看。

从有色镜片中我看到了放大几百倍的太阳,我甚至清楚地看到太阳表面的缓缓移动的明暗斑点,还有日球边缘隐隐约约的日珥。

加代子把望远镜同车内的计算机联起来,把一个太阳影像采集下来。然后,她又调出了另一个太阳图像,说:"这个是四个世纪前的太阳图像。"接着,计算机对两个图像进行比较。

"看到了吗?"加代子指着屏幕说,"它们的光度、像素排列、像素概率、层次统计等参数都完全一样!"

我摇摇头说:"这能说明什么?一架玩具望远镜,一个低级图像处理程序,加上你这个无知的外行……别自寻烦恼了,别信那些谣言!"

"你是个白痴。"她说着,收回望远镜,把飞行汽车向回开去。这时,在我们的上方和下方,我又远远地看到了几辆飞行汽车,同我们刚才一样悬在空中,从每辆车的车窗中都伸出一架望远镜对着太阳。

以后的几个月中,一个可怕的说法像野火一样在全世界蔓延。越来越多的人自发地用更大型更精密的仪器观测太阳。后来,一个民间组织向太阳发射了一组探测器,它们在三个月后穿过日球。探测器发回的数据最后证实了那个事实。

同四个世纪前相比,太阳没有任何变化。

现在,各大陆的地下城已成了一座座骚动的火山,局势一触即发。一天,按照联合政府的法令,我和加代子把儿子送进了养育中心。回家的路上我们俩都感到维系我们关系的唯一纽带已不存在了。走到市中心广场,我们看到有人在演讲,另一些人在演讲者周围向市民分发武器。

"公民们!地球被出卖了!人类被出卖了!!文明被出卖了!!!我们都是一个超级骗局的牺牲品!这个骗局之巨大之可怕,上帝都会为之休克!太阳还是原来的太阳,它不会爆发,过去现在将来都不会,它是永恒的象征!爆发的是联合政府中那些人阴险的野心!他们编造了这一切,只是为了建立他们的独裁帝国!他们毁了地球!他们毁了人类文明!!公民们,有良知的公民们!拿起武器,拯救我们的星球!拯救人类文明!!我们要推翻联合政府,控制地球发动机,把我们的星球从这寒冷的外太空开回原来的轨道!开回到我们的太阳温暖的怀抱中!!"

加代子默默地走上前去,从分发武器的人手中接过了一支冲锋枪,加入到那些拿到武器的市民的队列中,她没有回头,同那支庞大的队列一起消失在地下城的迷雾里。我呆呆地站在那儿,手在衣袋中紧紧攥着父亲用生命和忠诚换来的那枚勋章,它的边角把我的手扎出了血……

三天后,叛乱在各个大陆同时爆发了。

叛军所到之处，人民群起响应，到现在，很少有人怀疑自己受骗了。但我加入了联合政府的军队，这并非由于对政府的坚信，而是我三代前辈都有过军旅生涯，他们在我心中种下了忠诚的种子，不论在什么情况下，背叛联合政府对我来说是一件不可想象的事。

美洲、非洲、大洋洲和南极洲相继沦陷，联合政府收缩防线死守地球发动机所在的东亚和中亚。叛军很快对这里构成包围态势，他们对政府军占有压倒优势，之所以在相当长一段时间里攻势没有取得进展，完全是由于地球发动机。叛军不想毁掉地球发动机，所以在这一广阔的战区没有使用重武器，使得联合政府得以苟延残喘。这样双方相持了三个月，联合政府的十二个集团军相继临阵倒戈，中亚和东亚防线全线崩溃。两个月后，大势已去的联合政府连同不到十万军队在靠近海岸的地球发动机控制中心陷入重围。

我就是这残存军队中的一名少校。控制中心有一座中等城市大小，它的中心是地球驾驶室。我拖着一条被激光束烧焦的手臂，躺在控制中心的伤兵收容站里。就是在这儿，我得知加代子已在澳洲战役中阵亡。我和收容站里所有的人一样，整天喝得烂醉，对外面的战事全然不知，也不感兴趣。不知过了多久，听到有人在高声说话。

"知道你们为什么这样吗？你们在自责，在这场战争中，你们站到了反人类的一边，我也一样。"

我转头一看，发现讲话的人肩上有一颗将星，他接着说："没关系的，我们还有最后的机会拯救自己的灵魂。地球驾驶室距我们这儿只有三个街区，我们去占领它，把它交给外面理智的人类！我们为联合政府已尽到了责任，现在该为人类尽责任了！"

我用那只没受伤的手抽出手枪，随着这群突然狂热起来的受伤和没受伤的人，沿着钢铁通道，向地球驾驶室冲去。出乎预料，一路上我们几乎没遇到抵抗，倒是有越来越多的人从错综复杂的钢铁通道的各个分支中加入我们。最后，我们来到了一扇巨大的门前，那钢铁大门高得望不到顶。它轰隆隆地打开了，我们冲进了地球驾驶室。

尽管以前无数次在电视中看到过，所有的人还是被驾驶室的宏伟震惊了。从视觉上看不出这里的大小，因为驾驶室淹没在一幅巨型全息图中。那是一幅太阳系的模拟图。整个图像实际就是一个向所有方向无限伸延的黑色空间，我们一进来，就悬浮在这空间之中。由于尽量反映真实的比例，太阳和行星都很小很小，小得像远方的萤火虫，但能分辨出来。以那遥远的代表太阳的光点为中心，一条醒目的红色螺旋线扩展开来，像广阔的黑色洋面上迅速扩散的红色波圈。这是地球的航线。在螺旋线最外面的一点上，航线变成明亮的绿色,那是地球还没有完成的路程。那条绿线从我们的头顶掠过,顺着看去,我们看到了灿烂的星海,绿线消失在星海的深处,我们看不到它的尽头。在这广漠的黑色的空间中,还飘浮着许多闪亮的灰尘,其中几个尘粒飘近,我发现那是一块块虚拟屏幕,上面翻滚着复杂的数字和曲线。

我看到了全人类瞩目的地球驾驶台,它好像是飘浮在黑色空间中的一个银白色的小行星,看到它我更难以把握这里的巨大——驾驶台本身就是一个广场,现在上面密密麻麻地站着五千多人,包括联合政府的主要成员、大部分负责实施地球航行计划的星际移民委员会的成员,和那些最后忠于政府的人。这时我听到最高执政官的声音在整个黑色空间响了起来。

"我们本来可以战斗到底的,但这可能导致地球发动机失控,这种情况一旦发生,过量聚变的物质将烧穿地球,或蒸发全部海洋,所以我们决定投降。我们理解所有的人,因为已经进行了四十代人、还要延续一百代人的艰难奋斗中,永远保持理智确实是一个奢求。但也请所有的人记住我们,站在这里的这五千多人,这里有联合政府的最高执政官,也有普通的列兵,是我们把信念坚持到了最后。我们都知道自己看不到真理被证实的那一天,但如果人类得以延续万代,以后所有的人都将在我们的墓前洒下自己的眼泪,这颗叫地球的行星,就是我们永恒的纪念碑!"

控制中心巨大的密封门隆隆开启,那五千多名最后的地球派一群群走了出来,在叛军的押送下向海岸走去。一路上两边挤满了人,所有人都冲他们吐唾沫,用冰块和石块砸他们。他们中有人密封服的面罩被砸裂了,外面零下一百多度的严寒使那些人的脸麻木了,但他们仍努力地走下去。我看到一个小女孩,举起一大块冰用尽全身力气狠命地向一个老者砸去,她那双眼睛透过面罩射出疯狂的怒火。

当我听到这五千人全部被判处死刑时,觉得太宽容了。难道仅仅一死吗?这一死就能偿清他们的罪恶吗?!能偿清他们用一个离奇变态的想象和骗局毁掉地球、毁掉人类文明的罪恶吗?他们应该死一万次!这时,我想起了那些做出太阳爆发预测的天体物理学家,那些设计和建造地球发动机的工程师,他们在一个世纪前就已作古,我现在真想把他们从坟墓中挖出来,让他们也死一万次。

真感谢死刑的执行者们,他们为这些罪犯找了一种好的死法:他们收走了被判死刑的每个人密封服上加热用的核能电池,然后把他们丢在大海的冰面上,让零下百度的严寒慢慢夺去他们的生命。

这些人类文明史上最险恶最可耻的罪犯在冰海上站了黑压压的一片,在岸上有十几万人在看着他们,十几万副牙齿咬得嘣嘣响,十几万双眼睛喷出和那个小女孩一样的怒火。

这时,所有的地球发动机都已关闭,壮丽的群星出现在冰原之上。

我能想象出严寒像无数把尖刀刺进他们的身体,他们的血液在凝固,生命从他们的体内一点点流走,这想象中的感觉变成一种快感,传遍我的全身。看到那些在严寒的折磨中慢慢死去,岸上的人们快活起来,他们一起唱起了《我的太阳》。我唱着,眼睛看着星空的一个方向,在那个方向上,有一颗稍大些刚刚显出圆盘形状的星星发出黄色的光芒,那就是太阳。

啊,我的太阳,生命之母,万物之父,我的大神,我的上帝!还有什么比您更稳定,还有什么比您更永恒,我们这些渺小的、连灰尘都不如的碳基细菌,拥挤在围着您转的一粒小石头上,竟敢预言您的末日,我们怎么能蠢到这个程度?!

一个小时过去了,海面上那些反人类的罪犯虽然还全都站着,但已没有一个活人,他们的血液已被冻结了。

我的眼睛突然什么都看不见了,几秒钟后,视力渐渐恢复,冰原、海岸和岸上的人群又在眼前慢慢显影,最后完全清晰了,而且比刚才更清晰,因为这个世界现在笼罩在一片强烈的白光中,刚才我眼睛的失明正是由于这突然出现的强光的刺激。但星空没有重现,所有的星光都被这强光所淹没,仿佛整个宇宙都被强光融化了,这强光从太空中的一点迸发出来,那一点现在成了宇宙中心,那一点就在我刚才盯着的方向。

太阳氦闪爆发了。

《我的太阳》的合唱戛然而止,岸上的十几万人呆住了,似乎同海面上那些人一样,冻成了一片僵硬的岩石。

太阳最后一次把它的光和热撒向地球。地面上冰结的二氧化碳干冰首先气化,腾起了一阵白色的蒸汽;然后海冰表面也开始融化,受热不均的大海冰层发出惊天动地的巨响;渐渐地,照在地面上的光柔和起来,天空出现了微微的蓝色;后来,强烈的太阳风产生的极光在空中出现,苍穹中飘动着巨大的彩色光幕……

在这突然出现的灿烂阳光下,海面上最后的地球派们仍稳稳地站着,仿佛五千多尊雕像。

太阳爆发只持续了很短的时间,两个小时后强光开始急剧减弱,很快熄灭了。在太阳的位置上出现了一个暗红色球体,它的体积慢慢膨胀,最后从这里看它,已达到了在地球轨道上看到的太阳大小,那么它的实际体积已大到越出火星轨道,而水星、火星和金星这三颗地球的伙伴行星这时已在上亿度的辐射中化为一缕轻烟。但它已不是太阳,它不再发出光和热,看去如同贴在太空中一张冰冷的红纸,它那暗红色的光芒似乎是周围星光的散射。这就是小质量恒星演化的最后归宿:红巨星。

五十亿年的壮丽生涯已成为飘逝的梦幻,太阳死了。

幸运的是,还有人活着。

流浪时代

当我回忆这一切时,半个世纪已过去了。二十年前,地球航出了冥王星轨道,航出了太阳系,在寒冷广漠的外太空继续着它孤独的航程。

最近一次去地面是十几年前的事了,那是儿子和儿媳陪我去的,儿媳是一个金发碧眼的姑娘,就要做母亲了。

到地面后,我首先注意到,虽然所有地球发动机仍全功率运行,巨大的光柱却看不到了,这是因为地球大气已消失,等离子体的光芒没有散射的缘故。我看到地面上布满了奇怪的黄绿相间的半透明晶体块,这是固体氧氮,是已冻结的空气。有趣的是空气并没有均匀地冻结在地球表面,而是形成了小山丘似的不规则的隆起,在原来平滑的大海冰原上,这些半透明的小山形成了奇特的景观。银河系的星河纹丝不动地横过天穹,也像被冻结了,但星光很亮,看久了还刺眼呢。

地球发动机将不间断地开动五百年,到时地球将加速至光速的千分之五,然后地球将以这个速度滑行一千三百年,之后地球就走完了三分之二的航程,它将调转发动机的方向,开始长达五百年的减速,地球在航行二千四百年后到达比邻星,再过一百年时间,它将泊入这颗恒星的轨道,成为它的一颗卫星。

　　我知道已被忘却
　　流浪的航程太长太长
　　但那一时刻要叫我一声啊
　　当东方再次出现霞光

　　我知道已被忘却
　　启航的时代太远太远
　　但那一时刻要叫我一声啊
　　当人类又看到了蓝天

　　我知道已被忘却
　　太阳系的往事太久太久

但那一时刻要叫我们一声啊
当鲜花重新挂上枝头
……

  每当听到这首歌,一股暖流就涌进我这年迈僵硬的身躯,我干涸的老眼又湿润了。我好像看到人马座三颗金色的太阳在地平线上依次升起,万物沐浴在它温暖的光芒中。固态的空气熔化了,变成了碧蓝的天。两千多年前的种子从解冻的土层中复苏,大地绿了。我看到我的第一百代孙子孙女们在绿色的草原上欢笑,草原上有清澈的小溪,溪中有银色的小鱼……我看到了加代子,她从绿色的大地上向我跑来,年轻美丽,像个天使……

  啊,地球,我的流浪地球……

2000.1.12 于娘子关

(选自《流浪地球》,长江文艺出版社 2008 年版)